GETUIGE

LARS KEPLER BIJ UITGEVERIJ CARGO

Hypnose
Contract

Lars Kepler

Getuige

Vertaald door Jasper Popma en Clementine Luijten

2012

DE BEZIGE BIJ

AMSTERDAM

Cargo is een imprint van uitgeverij De Bezige Bij, Amsterdam

Copyright © 2011 Lars Kepler
First published in the Dutch language by arrangement
with Bonnier Group Agency, Stockholm, Sweden
Copyright Nederlandse vertaling © 2012 Jasper Popma en Clementine Luijten
via het Scandinavisch Vertaal- en Informatiebureau Nederland
Oorspronkelijke titel *Eldvittnet*
Oorspronkelijke uitgever Albert Bonniers Förlag
Omslagontwerp Studio Jan de Boer
Omslagillustratie Hummingbirds
Foto auteur Anna-Lena Ahlström
Vormgeving binnenwerk Peter Verwey, Heemstede
Druk Koninklijke Wöhrmann, Zutphen
ISBN 978 90 234 6905 6
NUR 305

www.uitgeverijcargo.nl

'en alle leugenaars:
hun deel is de poel, die brandt van vuur en zwavel'

Openbaring 21:8

Een medium is een persoon die zich uitgeeft voor iemand met een paranormale begaafdheid, die verbanden buiten het geaccepteerde wetenschappelijke bereik kan interpreteren.

Sommige mediums brengen contacten met overledenen tot stand tijdens spiritistische seances, terwijl andere begeleiding aanbieden via bijvoorbeeld tarotkaarten.

Pogingen om via een medium in contact te komen met overledenen gaan ver terug in de geschiedenis van de mens. Duizend jaar voor Christus al probeerde koning Saul van Israël om de geest van de dode profeet Samuel om raad te vragen.

Over de hele wereld krijgt de politie bij gecompliceerde zaken hulp van spirituele mediums en spiritisten. Dat gebeurt vele malen per jaar hoewel er geen enkel gedocumenteerd geval bestaat waarin een medium heeft bijgedragen aan een oplossing.

1

Elisabet Grim is eenenvijftig jaar en haar haar is grijzend. Haar ogen staan vrolijk en als ze glimlacht zie je dat haar ene voortand iets over de andere heen ligt.

Elisabet werkt als verpleegkundige op de Birgittagården, een jeugdzorginternaat ten noorden van Sundsvall. Het internaat valt onder de private sector en huisvest acht meisjes tussen de twaalf en zeventien jaar overeenkomstig de wet op de jeugdzorg.

Als ze binnenkomen zijn veel meisjes verslaafd aan drugs, bijna allemaal vertonen ze automutilerend gedrag en hebben ze eetstoornissen. Een aantal van hen is zeer gewelddadig.

Er bestaan eigenlijk geen alternatieven voor de gesloten jeugdinternaten met beveiligde deuren, betraliede ramen en sluizen. De volgende halte is doorgaans de gevangenis of psychiatrische dwangverpleging voor volwassenen, maar de Birgittagården behoort tot de weinige uitzonderingen. Hier zijn meisjes ondergebracht die op de weg terug zijn naar een open instelling.

De aardige meisjes belanden op de Birgittagården, zoals Elisabet het uitdrukt.

Ze pakt het laatste stukje pure chocolade, stopt het in haar mond, proeft de zoetheid ervan en voelt de bittere prikkeling onder haar tong.

Langzaam beginnen haar schouders te ontspannen. De avond was rommelig. Toch begon de dag zo goed. 's Ochtends lessen en na de lunch zwemmen en een spel bij het meer.

Na het avondeten ging de beheerster naar huis en bleef Elisabet alleen achter op het internaat.

Nadat de holding Blancheford het zorgconcern waar de Birgittagården onder valt vier maanden geleden heeft opgekocht, is er 's nachts minder personeel.

De pupillen mochten tot tien uur televisiekijken. Zelf zat ze in het kantoortje, waar ze alle persoonlijke beoordelingen probeerde bij te werken, toen ze boos geschreeuw hoorde. Ze liep snel naar de televisiekamer en zag dat Miranda losging op de kleine Tuula. Ze schreeuwde dat Tuula een kutwijf en een hoer was, trok haar van de bank en schopte haar tegen haar rug.

Elisabet is inmiddels gewend aan Miranda's gewelddadigheid. Ze beende naar binnen en trok haar weg bij Tuula, kreeg een klap tegen haar wang en zag zich genoodzaakt tegen Miranda te schreeuwen dat haar gedrag onacceptabel was. Zonder discussie nam ze Miranda mee naar de fouilleerruimte en vervolgens naar de separeerkamer op de gang.

Elisabet wenste Miranda goedenacht, maar Miranda zei niets terug. Ze zat met haar blik op de vloer gericht op het bed en glimlachte voor zich uit toen Elisabet de deur dichtdeed en op slot draaide.

Het nieuwste meisje, Vicky Bennet, had vanavond eigenlijk een afspraak voor haar gesprek, maar daar hadden ze vanwege het conflict tussen Miranda en Tuula geen tijd meer voor. Vicky liet voorzichtig weten dat zij aan de beurt was voor een gesprek met Elisabet, en toen het werd uitgesteld was ze verdrietig, sloeg een theekopje kapot, pakte een scherf en sneed zichzelf in haar buik en over haar polsen.

Toen Elisabet binnenkwam zat Vicky met beide handen voor haar gezicht geslagen terwijl het bloed over haar onderarmen liep.

Elisabet waste de oppervlakkige wonden, plakte een pleister op haar buik, verbond haar polsen met zwachtels, troostte haar en noemde haar 'lieverd' tot ze een glimlachje zag. Voor de derde nacht op rij gaf ze het meisje tien milligram Sonata zodat ze kon slapen.

2

Nu slapen alle pupillen en is het stil op de Birgittagården. Achter het raam van het kantoortje brandt een lamp, waardoor de wereld buiten ondoordringbaar zwart lijkt.

Met een diepe rimpel in haar voorhoofd voert Elisabet achter de computer een verslag van de gebeurtenissen van de avond in in het zorgdossier.

Het is bijna twaalf uur en ze realiseert zich dat ze zelfs geen tijd heeft gehad om haar avondpilletje in te nemen. Haar drugsje, zoals ze het gekscherend noemt. Nachtdiensten en uitputtende dagen hebben haar slaapritme verwoest. Normaal gesproken neemt ze om tien uur tien milligram Stilnoct, zodat ze rond elven kan inslapen en dan een paar uur rust krijgt.

De septemberduisternis heeft zich rond het bos gesloten, maar ze kan het gladde oppervlak van het meer Himmelsjön nog steeds als parelmoer zien oplichten.

Eindelijk kan ze de computer uitzetten en haar pilletje nemen. Ze trekt haar vest om zich heen en denkt dat een glas rode wijn nou lekker zou zijn. Het lijkt haar heerlijk om met een boek en een glas wijn in haar bed te zitten, wat te lezen en met Daniel te kletsen.

Maar vannacht heeft ze dienst en blijft ze in de personeelskamer slapen.

Er gaat een schok door haar heen als Buster buiten opeens aanslaat. Hij blaft zo fel dat het kippenvel op haar armen staat.

Het is al laat, ze had al in bed moeten liggen.

Normaal gesproken slaapt ze rond deze tijd al.

Als de computer uitgaat, is de kamer donker. Om haar heen is alles meteen ontzettend stil. Elisabet wordt zich bewust van de geluiden die ze zelf veroorzaakt. Hoe de gasvering van de bureaustoel sist als ze opstaat, hoe de vloerplanken kraken onder haar voeten als ze naar het raam loopt. Ze probeert naar buiten te kijken, maar de duisternis weerkaatst slechts haar eigen gezicht, het kantoortje met de computer en de telefoon, de muren met de gouden en groene patronen.

Plotseling ziet ze de deur achter haar rug een stukje opengaan.

Haar hart begint sneller te kloppen. De deur stond op een kiertje, maar is nu halfopen. Het moet de tocht zijn, probeert ze zichzelf voor te houden. De tegelkachel in de eetkamer trekt grote hoeveelheden lucht aan.

Elisabet voelt een merkwaardige onrust vanbinnen, er begint een soort angst door haar aderen te kruipen. Ze durft zich niet om te draaien, staart in de donkere ruit naar de weerspiegeling van de deur achter haar rug.

Ze luistert naar de stilte, naar de computer die nog tikt.

In een poging het onbehagen van zich af te schudden, steekt ze haar hand uit, knipt de lamp in de vensterbank uit en draait zich om.

Nu staat de deur wijd open.

De rillingen lopen vanuit haar nek over haar hele rug.

Er brandt noodverlichting in de gang tot aan de eetkamer en de kamers van de pupillen. Ze verlaat het kantoortje om te controleren of de luikjes van de tegelkachel dichtzitten, als ze plotseling gefluister uit de kamers van de pupillen hoort komen.

3

Elisabet staat stil met haar blik op de gang gericht te luisteren. Eerst hoort ze niets, daarna is het er weer. Een fluistering, zo teer dat hij nauwelijks waarneembaar is.

'Het is jouw beurt om je ogen te sluiten,' fluistert iemand.

Elisabet staat doodstil en kijkt het donker in, knippert keer op keer met haar ogen, maar kan geen gedaanten onderscheiden.

Net als ze denkt dat er een meisje in haar slaap ligt te praten, klinkt er een wonderlijk geluid. Alsof iemand een overrijpe perzik op de grond laat vallen. En nog eentje. Zwaar en nat. Een tafelpoot schraapt over de vloer en dan vallen er nog twee perziken.

Vanuit haar ooghoek meent Elisabet een beweging te zien. Een schaduw die langsglijdt. Ze draait zich om en ziet de deur naar de eetkamer langzaam dichtgaan.

'Wacht,' zegt ze hoewel ze vermoedt dat het weer tocht.

Ze haast zich erheen, grijpt de deurkruk vast en voelt een vreemde weerstand. Er ontstaat een kort touwtrekken, waarna de deur zomaar meegeeft.

Elisabet loopt de eetkamer in. Ze is alert en probeert de ruimte te overzien. Het bekraste tafelblad glimt een beetje. Voorzichtig loopt ze naar de tegelkachel toe, ziet haar eigen bewegingen weerspiegelen in de gesloten messing luikjes.

De verhitte rookkanalen stralen warmte uit.

Plotseling klinkt er geratel en getik vanachter de luikjes. Ze doet een stap naar achteren en stoot tegen een stoel.

Het was maar een stuk gloeiend hout dat in elkaar zakte en tegen de binnenkant van de luikjes stootte. Er is hier helemaal niemand.

Ze haalt adem, verlaat de eetkamer, sluit de deur en loopt over de gang terug naar haar slaapkamer, maar blijft nogmaals staan om te luisteren.

Vanaf de afdeling van de meisjes komt geen enkel geluid. Zurige geuren drijven in de lucht, dampend metaalachtig. Haar blik speurt naar bewegingen in de donkere gang, maar alles is stil. Toch wordt ze erheen getrokken. Naar de reeks onafgesloten deuren. Sommige lijken op een kier te staan, terwijl andere dichtzitten.

Aan de rechterkant van de gang liggen de wc's en daarnaast een alkoof met de afgesloten deur van de separeerkamer waar Miranda slaapt.

Het spionnetje glanst een beetje.

Elisabet blijft staan en houdt haar adem in. Een hoge stem fluistert iets in een kamer, maar zwijgt abrupt als Elisabet verder loopt.

'Stil zijn nu,' zegt ze hardop.

Haar hart begint te bonken als ze een reeks snelle bonzen hoort. Het is moeilijk om het geluid te lokaliseren, maar het klinkt alsof Miranda in haar bed met blote voeten tegen de muur ligt te trappen. Elisabet wil naar de deur gaan om door het spionnetje naar haar te kijken, als ze ziet dat er iemand in de donkere alkoof staat. Het is een mens.

Ze hapt naar adem en begint achteruit te lopen, met een droomachtig, loodzwaar gevoel in haar lichaam.

Ze beseft onmiddellijk hoe gevaarlijk de situatie is, maar de angst maakt haar traag.

Pas als de vloer in de gang kraakt, komt de impuls om voor haar leven te rennen.

De gestalte in het donker beweegt zich opeens snel.

Ze draait zich om, begint te rennen, hoort voetstappen achter zich, glijdt uit over het voddenkleed, stoot haar schouder tegen de muur en rent verder de gang door.

Een zachte stem maant haar te blijven staan, maar ze blijft niet staan, ze rent, sjeest de gang door.

De deuren zwaaien open en veren terug.

In paniek stormt ze langs de fouilleerruimte, zoekt steun bij de muren. De lijst met het Kinderrechtenverdrag van de VN raakt los van het haakje en knalt tegen de grond. Ze bereikt de buitendeur, tast naar de deurkruk, stoot de deur open en rent de koele nachtlucht in, maar struikelt op het trapje naar het erf. Ze valt op haar heup en één

been klapt onder haar. Het doet zo'n pijn in haar enkel dat ze het uitschreeuwt. Ze glijdt op de grond, hoort zware voetstappen in de hal,
kruipt een stukje, verliest haar schoenen en komt kermend overeind.

4

De hond blaft naar haar, rent rond, hijgt en piept. Elisabet loopt hinkend over het donkere erf, weg van het hoofdgebouw. De hond blaft weer, opgewonden en schor. Elisabet weet dat ze niet door het bos zal kunnen gaan, de dichtstbijzijnde boerderij ligt ver weg – een halfuur met de auto. Ze kan nergens heen. Ze kijkt rond in het donker en sluipt achter de droogschuur. Als ze bij het bakhuisje komt, doet ze de deur met trillende handen open, gaat naar binnen en trekt de deur voorzichtig dicht.

Hijgend zakt ze op de grond en zoekt haar telefoon.

'O god, o god...'

Elisabets handen trillen zo erg dat ze hem op de grond laat vallen. De achterkant vliegt eraf en de batterij valt eruit. Ze is de onderdelen bij elkaar aan het rapen als ze knerpende voetstappen op het grind hoort.

Ze houdt haar adem in.

Haar hartslag dreunt in haar lichaam. Haar oren suizen. Ze probeert iets te zien door het lage raam.

Vlak ervoor staat de hond te blaffen. Buster is haar gevolgd. Hij krabt aan de deur en piept opgewonden.

Ze kruipt verder de hoek in tussen de gemetselde stookplaats en de muur, probeert zacht te ademen, verstopt zich helemaal achterin naast de houtmand en duwt dan de platte batterij weer in de telefoon.

Elisabet gilt het uit als de deur van het gebouwtje opengaat. In paniek schuift ze verder langs de muur, maar ze kan nergens heen.

Ze ziet de laarzen, de overschaduwde gestalte en daarna het afschuwelijke gezicht en de hand met de hamer, de donkere glans en het gewicht.

Ze knikt, luistert naar de stem en houdt haar handen voor haar gezicht.

De schaduw aarzelt, maar schuifelt dan door het bakhuisje, drukt haar met één voet tegen de vloer en slaat hard. Een plotseling branddend gevoel op haar voorhoofd vlak boven de haargrens. Haar gezichtsvermogen verdwijnt volledig. Het doet vreselijk pijn, en tegelijkertijd voelt ze het warme bloed duidelijk over haar oren en haar nek stromen, als een streling.

De volgende slag raakt haar op dezelfde plek, haar hoofd zwiept achterover en het enige wat ze waarneemt is hoe er zuurstof in haar longen wordt gezogen.

Verward denkt ze dat de lucht wonderlijk zoet is en dan verliest ze het bewustzijn.

Elisabet voelt niets van de rest van de slagen en hoe haar lichaam erdoor toegetakeld wordt. Ze merkt niet dat de sleutels van het kantoortje en de separeerkamer uit haar zak worden gehaald en ze merkt niet dat ze op de grond blijft liggen en dat de hond het gebouwtje daarna binnen glipt en bloed van haar verbrijzelde hoofd oplikt terwijl het leven haar langzaam verlaat.

5

Iemand heeft een grote rode appel op tafel laten liggen. Hij glanst en ziet er verrukkelijk uit. Ze wil hem opeten en daarna doen alsof ze van niets weet. De vragen negeren, het gezeur niet horen, daar alleen maar met een chagrijnige kop blijven zitten.

Ze steekt haar hand uit naar de appel, maar als ze hem eindelijk vast heeft, voelt ze dat hij helemaal verrot is.

Haar vingers zakken zo in het koude, vochtige vruchtvlees.

Nina Molander wordt wakker doordat ze haar hand snel terugtrekt. Het is midden in de nacht. Ze ligt in haar bed. Het enige wat ze hoort is het geblaf van de hond op het erf. Het nieuwe medicijn maakt haar 's nachts wakker. Ze moet uit bed om te plassen. Haar kuiten en voeten zetten op, maar ze heeft de medicijnen nodig, anders worden al haar gedachten donker, kan niks haar meer iets schelen en kan ze niks anders dan met gesloten ogen liggen.

Ze denkt dat ze een beetje licht nodig heeft, iets om naar uit te kijken. Niet alleen de dood, niet alleen gedachten aan de dood.

Nina slaat haar dekbed open, zet haar voeten op de warme houten vloer en stapt uit bed. Ze is vijftien jaar en heeft steil, blond haar. Ze is stevig gebouwd, met brede heupen en grote borsten. Het witte flanellen nachthemd zit strak over haar buik.

Het hele gebouw is stil en de gang wordt verlicht door het groene schijnsel van het bordje van de nooduitgang.

Achter een deur hoort ze vreemd gefluister en Nina denkt dat de anderen een feestje houden en dat niemand haar zelfs maar heeft gevraagd of ze ook wil komen.

Dat wil ik ook niet, denkt ze.

In de gang hangt de geur van een uitgebrand vuurtje. De hond slaat weer aan. De vloer is kouder op de gang. Ze doet geen enkele poging om zachtjes te lopen. Ze heeft zin om de deur van de wc dicht te slaan, keer op keer. Het kan haar niet schelen dat Almira kwaad wordt, dat ze dingen tegen je rug gooit.

De oude vloerplanken kraken een beetje. Nina loopt verder naar de wc's, maar blijft staan als ze iets nats onder haar rechtervoet voelt. Vanonder de deur van de separeerkamer waar Miranda slaapt, komt een donkere plas tevoorschijn. Nina staat eerst roerloos, niet wetend wat ze moet doen, maar dan ziet ze de sleutel in het slot.

Dat is vreemd.

Ze steekt haar hand uit naar de glanzende deurkruk, doet de deur open, stapt naar binnen en knipt het licht aan.

Er is overal bloed – het druppelt, glinstert en stroomt.

Miranda ligt op het bed.

Nina doet een paar stappen achteruit, merkt niet dat ze in haar broek plast. Ze steunt met een hand tegen de muur, ziet de bloedige voetafdrukken op de vloer en heeft het gevoel dat ze gaat flauwvallen.

Ze draait zich om, is op de gang, doet de deur van de kamer ernaast open, knipt de plafondlamp aan, gaat naar binnen en schudt aan Carolines schouder.

'Miranda is gewond,' fluistert ze. 'Ik denk dat ze gewond is.'

'Wat doe je in mijn kamer?' vraagt Caroline terwijl ze overeind gaat zitten. 'Hoe laat is het goddomme eigenlijk?'

'Er ligt bloed op de vloer!' gilt Nina.

'Doe rustig.'

6

Nina ademt veel te snel, ze kijkt Caroline in de ogen, moet het haar laten begrijpen, maar is tegelijkertijd verbaasd over haar eigen stem, dat ze midden in de nacht durft te gillen.

'Er ligt overal bloed!'

'Stil jij,' sist Caroline en ze stapt uit bed.

Nina's gegil heeft de anderen gewekt, er klinken al stemmen vanuit de kamers.

'Kom kijken,' zegt Nina terwijl ze angstig aan haar armen krabt. 'Miranda ziet er vreemd uit, je moet naar haar kijken, je moet...'

'Even dimmen nou. Ik ga kijken, maar ik weet zeker dat...'

Er klinkt een gil uit de gang. Die komt van de kleine Tuula. Caroline snelt naar buiten. Tuula staart de separeerkamer in. Haar ogen zijn opengesperd. Indie komt de gang op terwijl ze aan haar oksel krabt.

Caroline trekt Tuula weg, maar vangt wel een glimp op van het bloed op de muren en Miranda's witte lichaam. Haar hart bonst snel. Ze blokkeert de weg voor Indie, denkt dat niemand van hen meer zelfmoorden hoeft te zien.

'Er is een ongeluk gebeurd,' legt ze snel uit. 'Indie, kun je iedereen meenemen naar de eetkamer?'

'Is er iets met Miranda?' vraagt Indie.

'Ja, we moeten Elisabet waarschuwen.'

Lu Chu en Almira komen dezelfde kamer uit. Lu Chu draagt alleen een pyjamabroek en Almira heeft haar dekbed om zich heen geslagen.

'Ga naar de eetkamer,' zegt Indie.

'Mag ik mijn gezicht eerst wassen?' vraagt Lu Chu.

'Neem Tuula mee.'

'Jezus, wat is er aan de hand?' vraagt Almira.

'Weet ik niet,' antwoordt Caroline kort.

Terwijl Indie iedereen naar de eetkamer probeert te krijgen, haast Caroline zich door de gang naar de slaapkamer van het personeel. Ze weet dat Elisabet slaappillen neemt en het niet merkt als er meisjes wakker zijn en rondrennen.

Caroline bonst zo hard ze kan op de deur.

'Elisabet, wakker worden,' roept ze.

Geen enkele reactie. Ze hoort niets.

Caroline loopt verder langs de fouilleerruimte naar het kantoortje. De deur staat open en ze loopt zo naar binnen, pakt de telefoon en belt Daniel, de eerste persoon die in haar opkomt.

De lijn kraakt.

Indie en Nina komen het kantoor binnen. Nina's lippen zijn wit weggetrokken, ze beweegt zich houterig en haar lichaam trilt.

'Wacht in de eetkamer,' zegt Caroline kortaf.

'Maar het bloed? Heb je het bloed gezien?' schreeuwt Nina en ze rijt een wond op haar rechteronderarm open.

'Daniel Grim,' zegt een vermoeide stem aan de andere kant van de lijn.

'Met mij, met Caroline, er is hier een ongeluk gebeurd en Elisabet wordt niet wakker, ik krijg Elisabet niet wakker, dus bel ik jou, ik weet niet wat we moeten doen.'

'Er zit bloed aan mijn voeten,' gilt Nina. 'Er zit bloed aan mijn voeten...'

'Doe rustig!' schreeuwt Indie en ze probeert Nina mee te trekken.

'Wat is er aan de hand?' zegt Daniel met een stem die plotseling alert en beheerst klinkt.

'Miranda is in de separeer, maar die zit vol bloed,' antwoordt Caroline en ze slikt hard. 'Ik weet niet wat we moeten...'

'Is ze ernstig gewond?' vraagt hij.

'Ja, ik geloof... of ik...'

'Caroline,' onderbreekt Daniel haar. 'Ik bel een ambulance en zo...'

'Maar wat moet ik doen? Wat moet ik...'

'Kijk of Miranda hulp nodig heeft en probeer Elisabet wakker te maken,' antwoordt Daniel.

7

De alarmcentrale in Sundsvall zit in een rood bakstenen gebouw van drie verdiepingen aan de Björneborgsgatan naast het Bäckpark. Jasmin heeft normaal gesproken geen moeite met de nachtdienst, maar nu voelt ze zich ongewoon moe. Het is vier uur 's ochtends. Ze zit met een headset op achter de computer en blaast in haar mok met zwarte koffie. In de kantine gaan het praten en de grappen door. Op de voorpagina's van de kranten stond gisteravond dat een medewerker van de alarmcentrale bijverdiende met telefoonseks. Het bleek dat ze alleen maar een administratief baantje had bij een bedrijf dat in telefoonseks deed, maar de boulevardkranten wekten de suggestie dat ze twee soorten gesprekken aannam bij de alarmcentrale.

Jasmin kijkt over haar beeldscherm heen naar buiten. Het is nog niet licht aan het worden. Er dendert een vrachtwagen langs. Verderop in de straat staat een lantaarnpaal. Het bleke schijnsel valt op een loofboom, een grijs elektriciteitshuisje en een stukje van het lege trottoir.

Jasmin zet haar koffiekop neer en neemt een binnenkomend telefoontje aan.

'Alarmcentrale... wat is er aan de hand?'

'Ik heet Daniel Grim, ik ben maatschappelijk werker op het jeugdinternaat de Birgittagården. Ik ben zojuist gebeld door een pupil. Het klinkt heel ernstig. Jullie moeten erheen.'

'Kunt u vertellen wat er is gebeurd?' vraagt Jasmin terwijl ze de Birgittagården opzoekt in de computer.

'Ik weet het niet, ik ben gebeld door een meisje dat er woont. Ik begreep niet goed wat ze zei, iedereen gilde op de achtergrond en ze huilde en vertelde dat de hele kamer onder het bloed zat.'

Jasmin laat haar collega Ingrid Sandén weten dat ze assistentie nodig heeft.

'Bent u zelf ter plaatse?' vraagt Ingrid in haar microfoon.

'Nee, ik ben thuis, lag te slapen, maar ik werd gebeld...'

'Hebt u het over de Birgittagården ten noorden van Sunnås?' vraagt Jasmin rustig.

'Schiet alsjeblieft op,' zegt Daniel met trillende stem.

'We sturen politie en een ambulance naar de Birgittagården ten noorden van Sunnås,' herhaalt Jasmin voor de zekerheid.

Ze trekt zich terug uit het gesprek en waarschuwt onmiddellijk de politie en een ambulance. Ingrid vraagt Daniel verder uit.

'Is de Birgittagården geen internaat?'

'Ja, een jeugdzorginternaat,' antwoordt hij.

'Zou er geen personeel aanwezig moeten zijn?'

'Jawel, mijn vrouw Elisabet heeft dienst, ik zal haar nu bellen... ik weet niet wat er aan de hand is, ik weet niets.'

'De politie is onderweg,' zegt Ingrid geruststellend terwijl ze uit haar ooghoek het blauwe licht van het eerste voertuig al in de uitgestorven straat ziet flikkeren.

8

De smalle zijweg van weg 86 leidt rechtstreeks het donkere bos in, en daarna naar het meer Himmelsjön en de Birgittagården.

Het grind knarst onder de wielen van de politiewagen en ratelt tegen de onderkant. Het licht van de koplampen speelt tussen de hoge stammen van de dennen.

'Ben jij er eerder geweest?' vraagt Rolf Wikner terwijl hij in zijn vier schakelt.

'Ja... een paar jaar geleden was er een meisje dat een van de gebouwen in brand probeerde te steken,' antwoordt Sonja Rask.

'Waarom kunnen ze dat personeel verdomme niet bereiken?' moppert Rolf.

'Ze hebben hun handen zeker vol – wat er ook aan de hand mag zijn,' zegt Sonja.

'Maar het zou goed zijn als we meer wisten.'

'Ja,' antwoordt ze rustig.

De twee collega's zitten daarna zwijgend naast elkaar en luisteren naar de berichten over de politieradio. Er is een ambulance onderweg en nog een politiewagen.

De weg is zoals zoveel bosbouwwegen kaarsrecht. De banden denderen door kuilen en gaten. Boomstammen flitsen langs en het zwaailicht dringt tot diep in het bos door.

Sonja rapporteert aan het bureau op het moment dat ze het terrein tussen de donkerrode gebouwen van de Birgittagården op rijden.

Een meisje in nachthemd staat op de trap die naar het hoofdgebouw leidt. Haar ogen zijn opengesperd, maar haar gezicht is bleek en afwezig.

Rolf en Sonja stappen uit en haasten zich in het pulserende blauwe licht naar haar toe, maar het meisje lijkt ze niet te zien.

Een hond begint opgewonden te blaffen.

'Is er iemand gewond?' vraagt Rolf luid. 'Is er iemand die hulp nodig heeft?'

Het meisje gebaart onduidelijk naar de bosrand, wankelt even en probeert een stap te doen als haar benen onder haar wegklappen. Ze valt achterover op haar hoofd.

'Gaat het?' vraagt Sonja als ze bij haar is.

Het meisje blijft op de trap liggen, staart naar de lucht en ademt snel en oppervlakkig. Sonja ziet dat ze zichzelf in haar onderarmen en haar nek heeft gesneden.

'Ik ga naar binnen,' zegt Rolf verbeten.

Sonja blijft bij het meisje in shock en wacht de komst van de ambulance af terwijl Rolf naar binnen gaat. Hij ziet bloedige afdrukken van laarzen en blote voeten in meerdere richtingen over de houten vloer lopen. Lange passen door de gang naar de hal en terug. Rolf voelt de adrenaline zich door zijn lichaam verspreiden. Hij let er goed op niet op de sporen te trappen, maar weet dat zijn voornaamste taak is levens te redden.

Hij kijkt een gemeenschappelijke woonkamer in en ziet dat alle lampen aan zijn en dat er vier meisjes op twee banken zitten.

'Is er iemand gewond?' roept hij.

'Misschien een beetje,' glimlacht een klein roodharig meisje in een roze trainingspak.

'Waar is ze?' vraagt hij gestrest.

'Miranda ligt op bed,' antwoordt een wat ouder meisje met donker, steil haar.

'Hier ergens?' vraagt hij terwijl hij naar de slaapafdeling wijst.

Het oudere meisje knikt en Rolf volgt de bloedige voetsporen, passeert een eetkamer met een grote houten tafel en een tegelkachel, en bereikt de donkere gang met deuren naar de kamers van de pupillen. Laarzen en blote voeten hebben rondgestapt in het bloed. De oude vloer achter hem kraakt. Rolf blijft staan, haalt zijn zaklamp van zijn riem en schijnt de gang in. Vlug laat hij zijn blik over de sierlijke, handgeschreven spreuken en Bijbelteksten op de muur gaan en richt de lamp dan op de vloer.

Vanonder de deur in een donkere alkoof is er bloed over de vloer gestroomd. De sleutel zit in het slot. Hij loopt verder, neemt de zaklamp voorzichtig in zijn andere hand, strekt zijn arm uit en drukt de punt van de klink naar beneden.

Een klik, de deur glijdt open en de deurkruk veert ratelend terug.

'Hallo? Miranda? Ik heet Rolf en ik ben van de politie,' zegt hij in de stilte terwijl hij dichterbij komt. 'Ik kom nu je kamer binnen...'

Het enige wat hij hoort is zijn eigen ademhaling.

Voorzichtig schuift hij de deur open en laat het licht van de zaklantaarn door de kamer gaan. De aanblik is zo gruwelijk dat hij even staat te wankelen op zijn benen en steun moet zoeken bij de deurpost.

Instinctief wendt hij zijn blik af, maar zijn ogen hebben al gezien wat hij niet wilde zien. Zijn oren horen zijn razende hartslag tegelijk met het gedruppel in de plas op de vloer.

Een jonge vrouw ligt op bed, maar grote delen van haar hoofd lijken te ontbreken. Er is bloed op de muren gespat en er druppelt nog steeds bloed van de donkere kap van de lamp.

De deur achter Rolf slaat plotseling dicht en hij schrikt zo hevig dat hij de zaklamp op de vloer laat vallen. De kamer wordt volkomen zwart. Hij draait zich om, tast in het duister en hoort meisjeshanden op de buitenkant van de deur roffelen.

'Nu ziet ze je,' gilt een hoge stem. 'Nu kijkt ze!'

Rolf voelt de deurkruk, probeert de deur open te krijgen, maar hij is geblokkeerd. Het spionnetje licht op in het donker. Met trillende handen drukt hij de deurkruk naar beneden en stoot met zijn schouder.

De deur vliegt open en Rolf struikelt de gang in. Hij haalt diep adem. Even verderop staat het kleine roodharige meisje met grote ogen naar hem te kijken.

9

Commissaris Joona Linna staat bij het raam van zijn hotelkamer in Sveg, vierhonderdvijftig kilometer ten noorden van Stockholm. Het licht van de dageraad is koel en dampend blauw. Er branden geen straatlantaarns in de Älvgatan. Het zal nog vele uren duren voor hij weet of hij Rosa Bergman gevonden heeft.

Zijn lichtgrijze overhemd is opengeknoopt en hangt over de zwarte broek van zijn pak, zijn blonde haar staat zoals altijd alle kanten op en zijn pistool ligt in de schouderholster op het bed.

Ondanks herhaalde verzoeken van diverse expertgroepen is Joona aangebleven als operationeel commissaris bij de rijksrecherche. Hij ergert veel mensen door zijn eigen weg te gaan, maar in krap vijftien jaar heeft hij meer ernstige zaken in Scandinavië opgelost dan enige andere agent.

Afgelopen zomer is er een klacht tegen Joona binnengekomen bij de afdeling Intern Onderzoek van de rijkspolitie, omdat hij een links-extremistische groepering had gewaarschuwd voor een inval van de veiligheidsdienst. Sindsdien is Joona een aantal taken ontnomen, zonder dat hij formeel op non-actief is gesteld.

Degene die het onderzoek leidt, heeft duidelijk laten weten dat hij de hoofdofficier van justitie van de nationale eenheid voor politiezaken zal inschakelen als er naar zijn inschatting de geringste aanleiding voor vervolging bestaat.

De beschuldigingen zijn ernstig, maar op dit moment kan Joona zich niet druk maken over een eventuele schorsing of represailles.

Zijn gedachten draaien slechts om de oude vrouw die hem volgde bij de Adolf Fredrik-kerk en hem een boodschap van Rosa Bergman overbracht. Met smalle handen liet ze hem twee ouderwetse speelkaarten zien.

'Dit ben jij, hè?' vroeg de vrouw voorzichtig. 'En dit is de krans, de bruidskroon.'

'Wat wilt u?' vroeg hij.

'Ik wil niets,' zei de oude vrouw. 'Maar ik heb een boodschap van Rosa Bergman.'

Zijn hart begon te bonzen. Maar hij dwong zichzelf zijn schouders op te halen en vriendelijk te zeggen dat er sprake moest zijn van een vergissing: 'Want ik ken niemand die...'

'Ze vraagt zich af waarom je doet alsof je dochter dood is.'

'Het spijt me, maar ik begrijp niet waar u het over hebt,' antwoordde Joona glimlachend.

Hij glimlachte, maar zijn stem was vreemd geworden, ver van hem verwijderd en koud, als vanonder een steen. De woorden van de vrouw kolkten door hem heen, hij had haar smalle armen willen vastpakken om te eisen te weten wat er was gebeurd, maar hij bleef rustig.

'Ik moet gaan,' zei hij en hij stond op het punt zich om te draaien toen de migraine als een lemmet door zijn linkeroog zijn hersenen in schoot. Zijn gezichtsveld werd verblind door een doornige, flikkerende halo.

Toen hij gedeelten van zijn gezichtsvermogen terugkreeg, zag hij mensen in een kring om zich heen staan. Ze weken opzij om ambulanceverpleegkundigen door te laten.

De oude vrouw was verdwenen.

Joona had ontkend dat hij Rosa Bergman kende, hij had gezegd dat er sprake moest zijn van een misverstand. Maar hij had gelogen.

Want hij weet heel goed wie Rosa Bergman is.

Hij denkt elke dag aan haar. Hij denkt aan haar, maar zij zou niets over hem moeten weten. Want als Rosa Bergman weet wie hij is, is er iets verschrikkelijk verkeerd gegaan.

Joona vertrok een paar uur later uit het ziekenhuis en begon onmiddellijk naar Rosa Bergman te zoeken.

Hij was genoodzaakt dat alleen te doen en vroeg verlof aan.

Volgens openbare registers is er in Zweden niemand die Rosa Bergman heet, maar er zijn in Scandinavië meer dan tweeduizend mensen met de achternaam Bergman.

Systematisch nam hij het ene na het andere register door. Twee weken geleden was de enige mogelijkheid die hem nog restte de papieren archieven van het Zweedse bevolkingsregister doorzoeken. Eeuwenlang was de registratie van de bevolking de taak van de kerk geweest, maar in 1991 was de registratie overgenomen door de belastingdienst en gedigitaliseerd.

Joona begon met de kerkregisters in het zuiden. Hij zat met een kartonnen bekertje met koffie voor zich in het provinciaal archief in Lund en zocht in de kaartenbak naar de geboortedatum van Rosa Bergman en de gemeente waar ze was gedoopt. Daarna reisde hij af naar Visby, naar Vadstena en Gotenburg.

Hij ging naar Uppsala en het enorme archief in Härnösand. Hij doorzocht honderdduizenden bladen met geboorten, plaatsen en stambomen.

10

Gistermiddag zat Joona in het provinciaal archief in Östersund. De zoetige antiquariaatslucht van oud, gevlekt papier en harde kaften vulde de ruimte. Het zonlicht verplaatste zich traag over de hoge wanden, schitterde kort in het glas van de stilstaande pendule en bewoog daarna verder.

Kort voor sluitingstijd vond Joona een meisje dat vierentachtig jaar geleden geboren was en werd gedoopt als Rosa Maja in de gemeente Sveg in de provincie Härjedalen. De ouders van het meisje heetten Kristina en Evert Bergman. Joona kon geen gegevens over hun huwelijk vinden, maar de moeder van het meisje was negentien jaar eerder in dezelfde gemeente geboren onder de naam Kristina Stefanson.

Het kostte Joona drie uur om een vierentachtig jaar oude vrouw met de naam Maja Stefanson te lokaliseren in een verzorgingstehuis in Sveg. Het was al zeven uur 's avonds, maar Joona stapte in de auto en reed naar Sveg. Toen hij aankwam lag ze al in bed en werd hij niet binnengelaten.

Joona nam zijn intrek in Lilla Hotellet, probeerde te slapen maar werd om vier uur wakker en staat sindsdien bij het raam op de ochtend te wachten.

Hij weet bijna zeker dat hij Rosa Bergman heeft gevonden. Ze heeft haar achternaam veranderd in de geboortenaam van haar moeder en gebruikt haar tweede doopnaam als roepnaam.

Joona kijkt op zijn horloge en vindt dat het tijd is om te gaan. Hij knoopt zijn jasje dicht, verlaat de kamer, loopt naar de receptie en wandelt het dorpje in.

Het verzorgingstehuis Blåvingen bestaat uit een groep gebouwen met geel pleisterwerk op een goed onderhouden gazon met wandelpaden en bankjes om op uit te rusten.

Joona doet de deur van het tehuis open en gaat naar binnen. Hij dwingt zichzelf langzaam verder te lopen door de gang met tl-buizen en gesloten deuren naar werkkamers en keukens.

Ze had me niet mogen vinden, denkt hij weer. Ze had me niet mogen kennen, er is iets misgegaan.

Joona heeft het nooit over dat wat hem tot eenzaamheid bracht, maar het is elk moment in hem aanwezig.

Zijn leven brandde als magnesium, vlamde op en doofde in een en hetzelfde moment, van groots wit tot smeulend as.

In de gemeenschappelijke ruimte staat een magere man van een jaar of tachtig naar het kleurrijke tv-beeld te staren. Het is een ochtendprogramma waarin een televisiekok sesamolie verhit in een hapjespan en vertelt over nieuwe manieren om de traditionele kreeftenfeestjes in augustus te vieren.

De oude man draait zich om naar Joona en knijpt zijn ogen tot spleetjes.

'Anders?' vraagt de man brommend. 'Ben jij dat, Anders?'

'Ik heet Joona,' zegt hij met zijn zachte Finse tongval. 'Ik zoek Maja Stefanson.'

De man staart hem met vochtige, roodomrande ogen aan.

'Anders, luister naar me, jongen. Je moet me nu helpen hier weg te komen. Er zitten hier alleen maar bejaarden.'

De man slaat met zijn magere vuist op de rugleuning van de bank, maar houdt abrupt op als er een verpleegkundige de kamer binnen komt.

'Goedemorgen,' zegt Joona. 'Ik ben hier voor Maja Stefanson.'

'Wat gezellig,' zegt ze. 'Maar ik wil u waarschuwen dat Maja erg dementeert. Zodra ze de kans krijgt, gaat ze ervandoor.'

'Ik begrijp het,' zegt Joona.

'Afgelopen zomer wist ze helemaal naar Stockholm te komen.'

De vrouw neemt Joona mee door een gedweilde gang met gedimde verlichting en doet dan een deur open.

'Maja?' roept ze vriendelijk.

11

Een oude vrouw staat het bed op te maken. Als ze opkijkt, herkent Joona haar meteen. Dit was de vrouw die hem bij de Adolf Fredrik-kerk achtervolgde. Zij heeft hem de speelkaarten laten zien. Zij zei dat ze een boodschap van Rosa Bergman voor hem had.

Joona's hart bonst heel snel.

Ze is de enige die weet waar zijn vrouw en dochter zich bevinden en ze zou niet van zijn bestaan op de hoogte moeten zijn.

'Rosa Bergman?' vraagt Joona.

'Ja,' antwoordt ze terwijl ze haar hand als een schoolkind omhoog steekt.

'Ik heet Joona Linna.'

'Ja,' glimlacht Rosa Bergman en ze sloft naar hem toe.

'U liet een boodschap aan me overbrengen,' zegt hij.

'Lieve hemel, dat herinner ik me niet,' antwoordt Rosa en ze gaat op de bank zitten.

Hij slikt hard en doet een stap in haar richting.

'U vroeg me waarom ik doe alsof mijn dochter dood is.'

'Dat moet je niet doen,' zegt ze berispend. 'Dat is helemaal niet aardig.'

'Wat weet u van mijn dochter?' vraagt Joona en hij doet nog een stap in de richting van de vrouw. 'Heeft u iets gehoord?'

Ze glimlacht afwezig en Joona slaat zijn blik neer. Hij probeert helder te denken en merkt dat zijn handen trillen als hij naar het keukentje loopt en twee koppen koffie inschenkt.

'Rosa, het is belangrijk voor me,' zegt hij langzaam en hij zet de koppen op tafel. 'Heel belangrijk...'

Ze knippert een paar keer met haar ogen en vraagt dan met angstige stem: 'Wie ben jij? Is er iets met moeder?'

'Rosa, herinner je je een klein meisje dat Lumi heet? Haar moeder heet Summa en je hebt ze geholpen om...'

Joona verstomt als hij in de verwarde staarogen van de oude vrouw kijkt.

'Waarom heeft u me opgezocht?' vraagt hij hoewel hij weet dat het zinloos is.

Rosa Bergman laat haar koffiekopje op de grond vallen en begint te huilen. De verpleegkundige komt binnen en troost haar vakkundig.

'Kom, dan loop ik met je mee,' zegt ze zacht tegen Joona.

Ze lopen samen door de op rolstoelen berekende gang.

'Hoe lang is ze al dement?' vraagt Joona.

'Het is snel gegaan met Maja... Vorige zomer zagen we de eerste tekenen, dus het is ongeveer een jaar geleden dat ze... vroeger heette het dat je kinds werd, wat voor de meesten tamelijk dicht bij de waarheid ligt.'

'Als ze... als haar hoofd plotseling helder is,' zegt hij ernstig. 'Neem dan alsjeblieft contact met me op.'

'Dat gebeurt soms inderdaad,' knikt de vrouw.

'Bel me meteen,' zegt hij terwijl hij haar zijn visitekaartje geeft.

'Commissaris?' zegt ze verbaasd, en ze prikt het kaartje op het prikbord achter het bureau in het kantoortje.

12

Als Joona de frisse lucht in komt, ademt hij diep in alsof hij zijn adem al die tijd heeft ingehouden. Misschien had Rosa Bergman iets belangrijks te zeggen, denkt hij. Het is mogelijk dat iemand haar die opdracht had gegeven. Maar ze werd dement voor ze haar taak kon volbrengen.

Hij zal nooit weten waar het over ging.

Er zijn twaalf jaar verstreken sinds hij Summa en Lumi verloor.

De laatste sporen naar hen zijn uitgewist met het verloren geheugen van Rosa Bergman.

Het is nu voorbij.

Joona stapt in zijn auto, veegt de tranen van zijn wangen, sluit zijn ogen even en draait dan de sleutel in het contactslot om om terug te rijden naar Stockholm.

Hij heeft zo'n dertig kilometer over de E45 in de richting van Mora gereden, als Carlos Eliasson, chef van de rijksrecherche, belt.

'We hebben een moord in een jeugdinternaat in Sundsvall,' zegt Carlos met gespannen stem. 'De alarmcentrale is vanmorgen even na vieren gebeld.'

'Ik heb verlof,' zegt Joona bijna geluidloos.

'Je had toch best naar de karaokeavond kunnen komen.'

'Een andere keer,' zegt Joona, schijnbaar tegen zichzelf.

De weg loopt recht door het bos. In de verte tussen de bomen glinstert een zilverachtig meer.

'Joona? Wat is er gebeurd?'

'Niets.'

Iemand roept Carlos op de achtergrond.

'Ik heb nu een bestuursvergadering, maar ik wil... Ik heb Susanne Öst net gesproken. Ze zegt dat de regiopolitie van Västernorrland niet van plan is een formeel verzoek om bijstand in te dienen.'

'En waarom bel je mij dan?'

'Ik heb gezegd dat ik een waarnemer zou sturen.'

'Wij sturen toch geen waarnemers?'

'Nu wel,' zegt Carlos met zachte stem. 'Het ligt helaas wat gevoelig allemaal. Je herinnert je de trainer van het nationaal hockeyteam, Janne Svensson... de pers hield maar niet op met berichten over het onvermogen van de politie.'

'Want die hebben ze nooit gevonden...'

'Praat me er niet van – het was de eerste grote zaak van Susanne Öst als officier van justitie,' gaat Carlos verder. 'Ik wil niet zeggen dat de pers gelijk had, maar de politie van Västernorrland had je die keer nodig gehad. Ze waren te traag, werkten volgens het boekje en de tijd verstreek... het is niet ongebruikelijk, maar soms wordt er veel over geschreven.'

'Nu kan ik niet verder praten,' zegt Joona ter afronding.

'Je weet dat ik je niet zou vragen als het om een simpele moordzaak ging,' zegt Carlos en hij haalt adem. 'Maar er zal veel over geschreven worden, Joona... het is erg gruwelijk, erg bloedig... en het lichaam van het meisje is gearrangeerd.'

'Hoe? Hoe is het gearrangeerd?' vraagt Joona.

'Ze schijnt met haar handen voor haar gezicht op een bed te liggen.'

Joona zit zwijgend met zijn linkerhand aan het stuur. De bomen schieten aan beide kanten van de auto langs. Carlos ademt in de hoorn. Op de achtergrond klinken stemmen. Zonder iets te zeggen slaat Joona af van de E45, de Losvägen op, die naar de kust in het oosten leidt, om daar verder te gaan naar Sundsvall.

'Alsjeblieft Joona, ga er alleen heen... help ze om de zaak zelf op te lossen, het liefst voor de pers aan het schrijven slaat.'

'Dus nu ben ik geen waarnemer meer?'

'Jawel, dat wel... blijf gewoon in de buurt, observeer het onderzoek, doe voorstellen... Als je maar begrijpt dat je überhaupt geen uitvoerende taken hebt.'

'Omdat er een intern onderzoek naar me loopt?'

'Het is belangrijk dat je een laag profiel houdt,' zegt Carlos.

13

Ten noorden van Sundsvall verlaat Joona de kustlijn en slaat af naar weg 86 die langs de rivier Indalsälven landinwaarts loopt.

Na twee uur rijden bereikt hij het afgelegen internaat. Hij mindert vaart en rijdt een smalle, onverharde weg in. Het zonlicht zoekt zich een weg door de hoge dennen en schijnt tussen de stammen.

Zijn gedachten cirkelen rond de rapportages die hij tijdens de autorit heeft gekregen.

Een dood meisje, denkt Joona.

Terwijl iedereen sliep, is er een meisje vermoord en in haar bed gelegd. Het geweld was naar het oordeel van de plaatselijke politie uitgesproken bruut en agressief. Ze hebben geen verdachte, het is te laat voor wegafzettingen, maar alle collega's in de provincie zijn op de hoogte gebracht en commissaris Olle Gunnarsson leidt het vooronderzoek.

Even voor tienen zet Joona zijn auto voor de buitenste versperring van de politie en stapt uit. In de greppel gonst het van de insecten. Het internaat ligt op een grote open plek in het bos. Vochtige bomen glinsteren in de zonneschijn op de helling naar het meer Himmelsjön. Op een metalen bord aan de rand van de weg staat: Birgittagården, jeugdzorginternaat.

Joona loopt naar een verzameling ossenbloedrode gebouwen die als een typische boerderij uit Hälsingland rondom het erf gegroepeerd staan. Een ambulance, drie politiewagens, een witte Mercedes en drie andere auto's staan voor de gebouwen. Een hond blaft onafgebroken aan een looplijn tussen twee bomen.

Een wat oudere man met een walrussnor, bierbuik en gekreukeld linnen pak staat voor het hoofdgebouw. Hij heeft Joona gezien, maar maakt geen aanstalten hem te groeten. In plaats daarvan rolt hij zijn sjekkie en likt aan het vloeipapier. Joona stapt over een volgende afzetting heen en de man schuift het sjekkie achter zijn oor.

'Hallo, ik ben de waarnemer van rijksrecherche,' zegt Joona.

'Gunnarsson,' zegt de man. 'Commissaris.'

'Het is de bedoeling dat ik het werk hier volg.'

'Nou, zolang je niet in de weg loopt,' zegt de man en hij kijkt Joona met kille ogen aan.

Joona kijkt naar het hoofdgebouw. De technisch rechercheurs zijn al ter plaatse. Het licht van schijnwerpers vult de kamers en doet alle ramen onnatuurlijk fel oplichten.

Er komt een agent met een bijna wit gezicht naar buiten. Hij houdt zijn hand voor zijn mond, wankelt de trap af, zoekt steun bij de muur, buigt naar voren en geeft over tussen de brandnetels rondom de waterton.

'Dat zul jij ook doen als je binnen bent geweest,' zegt Gunnarsson met een glimlach tegen Joona.

'Wat weten we tot nu toe?'

'We weten geen reet... De melding kwam vannacht, het was de maatschappelijk werker van de Birgittagården... Daniel Grim heet hij. Het was vier uur. Hij was thuis in de Bruksgatan in Sundsvall en was net hiervandaan gebeld... hij wist niet veel toen hij de alarmcentrale belde, alleen dat de meiskes van alles over bloed hadden gegild.'

'Dus de meisjes hebben zelf gebeld?' vraagt Joona.

'Ja.'

'Alleen niet naar de alarmcentrale, maar naar de maatschappelijk werker in Sundsvall,' zegt Joona.

'Precies.'

'Er moet hier toch personeel zijn geweest?'

'Nee.'

'Zou dat niet moeten?'

'Ik neem aan van wel,' zegt Gunnarsson met vermoeide stem.

'Welk meisje heeft de maatschappelijk werker gebeld?' vraagt Joona.

'Een ouder meiske,' antwoordt Gunnarsson met een blik in zijn blocnote. 'Caroline Forsgren heet ze... Maar voor zover ik heb begrepen, heeft niet Caroline het lichaam gevonden, maar... het is ongelooflijk rommelig, meerdere meiskes hebben in die kamer gekeken. Het is verdomde akelig moet ik zeggen. We hebben er eentje naar het ziekenhuis gebracht. Ze was hysterisch en het leek het ambulancepersoneel het beste.'

'Wie waren als eersten ter plaatse?' vraagt Joona.

'Twee collega's... Rolf Wikner en Sonja Rask,' antwoordt Gunnarsson. 'En ik was hier om ongeveer... kwart voor zes en toen heb ik meteen naar de officier van justitie gebeld... en toen deed ze het denk ik haast in haar broek en belde naar Stockholm... en nu hebben we jou op ons dak gekregen.'

Hij glimlacht zonder vriendelijkheid naar Joona.

'Heb je een verdachte?' vraagt Joona.

Gunnarsson ademt in en zegt op belerende toon: 'Mijn lange ervaring zegt me dat het onderzoek zijn loop moet hebben... we moeten hier mensen heen halen, getuigen verhoren, sporen veiligstellen...'

'Mag ik binnen gaan kijken?' vraagt Joona met een blik op de deur.

'Dat zou ik je niet aanraden... binnenkort hebben we foto's.'

'Ik wil het meisje zien voor ze verplaatst wordt,' zegt Joona.

'Er is sprake van stomp geweld, zeer grof, zeer agressief,' zegt hij. 'De dader is groot. Na haar dood is het slachtoffer op haar bed gelegd. Niemand heeft iets gemerkt tot er een meisje naar de wc wilde gaan en midden in het bloed stapte dat onder de deur door kwam.'

'Was het warm?'

'Zeg... het is niet zo gemakkelijk om met die meiskes om te gaan,' legt Gunnarsson uit. 'Ze zijn bang en steeds ontzettend kwaad, ze protesteren tegen alles wat we zeggen, luisteren niet, schreeuwen tegen ons en... Zojuist moesten ze zo nodig voorbij de afzettingen om dingen uit hun kamer te halen, iPods, lippenbalsem en jassen, en toen we ze naar een bijgebouw wilden overbrengen, zijn er twee het bos in gevlucht.'

'Gevlucht?'

'We hebben ze net te pakken gekregen, maar... we moeten ze alleen nog zover krijgen dat ze vrijwillig terugkomen, ze liggen op de grond en eisen dat ze op Rolfs schouders teruggebracht worden.'

14

Joona trekt beschermende kleding aan, loopt de trap naar het hoofdgebouw op en gaat door de deur naar binnen. In de hal gonzen de ventilatoren van de schijnwerpers en de lucht is al warm. Elk hoekje is zichtbaar in het felle licht. Stof beweegt zacht door de lucht.

Joona neemt alles op en loopt langzaam verder over de staptegels op de brede vloerplanken. Een schilderij is op de grond gevallen en het verbrijzelde glas glinstert in het sterke licht. Bloedige laarzensporen lopen verschillende kanten op door de gang naar de buitendeur en terug.

Het gebouw heeft zijn vroegere herenboerstijl behouden. Patroonschilderingen glanzen in bleke kleurenpracht en de bloemmotieven van de rondtrekkende schilders uit Dalarna kronkelen over muren en schouwen.

Verderop in de gang staat een technisch rechercheur met de naam Jimi Sjöberg een zwarte stoel met groen licht te beschijnen, nadat hij er eerst *Hungarian Red* op heeft aangebracht.

'Bloed?' vraagt Joona.

'Niet op deze,' mompelt Jimi, terwijl hij verder zoekt met het groene licht.

'Hebben jullie iets onverwachts gevonden?'

'Erixon belde vanuit Stockholm om te zeggen dat we helemaal niets, hoe klein ook, mochten aanraken voordat Joona Linna naar de plaats delict had gekeken,' antwoordt hij glimlachend.

'Daar ben ik dankbaar voor.'

'Dus we zijn eigenlijk nog niet echt begonnen,' gaat Jimi verder. 'We hebben die rottige tegels neergelegd en alles gefotografeerd en gefilmd en... ik ben zo vrij geweest om monsters te nemen van de bloedsporen in de gang om die naar het lab te sturen.'

'Prima.'

'En Siri heeft de afdrukken in de hal veiliggesteld voor ze verprutst werden...'

De andere technisch rechercheur, Siri Karlsson, heeft net de messing deurkruk van de deur van de separeerkamer gehaald. Ze stopt hem voorzichtig in een papieren zak en loopt dan naar Joona en Jimi toe.

'Hij komt naar de plaats delict kijken,' meldt Jimi.

'Het is nogal onaangenaam,' zegt Siri achter haar mondkapje. Haar ogen staan vermoeid en gejaagd.

'Dat begrijp ik,' antwoordt Joona.

'Je kunt ook naar de foto's kijken, als je dat liever wilt,' zegt ze.

'Dit is Joona Linna,' licht Jimi toe.

'Sorry, dat wist ik niet.'

'Ik ben hier alleen als waarnemer,' zegt Joona.

Ze slaat haar blik neer en als ze weer opkijkt, is de huid onder haar ogen roodgekleurd.

'Iedereen heeft het over je,' zegt ze. 'En ik bedoel... het... het... interne onderzoek interesseert me niet. Het lijkt me leuk om met je samen te werken.'

'Mij ook,' zegt Joona.

Hij staat stil, luistert naar het zoemen van de lampen en stelt zich erop in om de indrukken in zich op te nemen zonder toe te geven aan de impuls zijn blik af te wenden.

15

Joona loopt naar de alkoof en de deur zonder kruk.

Het slot met de sleutel zit er nog in.

Hij sluit zijn ogen even en gaat dan de kleine kamer binnen.

Alles is stil en belicht.

De opgewarmde lucht is verzadigd van de geur van bloed en urine. Hij dwingt zichzelf in te ademen om ook de gewone geuren te ruiken: vochtig hout, bezwete lakens en deodorant.

Het hete metaal van de schijnwerpers tikt. Door de muren hoort hij gedempt hondengeblaf.

Joona staat volkomen stil en dwingt zichzelf het lichaam op het bed te bekijken. Hij houdt zijn blik op elk detail gericht, hoewel hij eigenlijk weg wil, het gebouw uit, de frisse lucht in, naar de duisternis van het bos.

Er is bloed op de vloer gelopen. Er is bloed op de vastgeschroefde meubels en de bleke Bijbelmotieven op de muur gespat. Het zit ook tegen het plafond en in de deurloze wc. Op het bed ligt een mager meisje in de vroege puberteit. Ze is op haar rug gelegd met haar handen voor haar gezicht. Ze is slechts gekleed in een witte katoenen onderbroek. Haar borsten worden bedekt door haar ellebogen en haar enkels zijn over elkaar geslagen.

Joona voelt zijn hart bonzen, voelt zijn eigen bloed door zijn aderen naar zijn hersenen stromen, voelt de hartslag dreunen in zijn slapen.

Hij dwingt zichzelf te kijken, te registreren en te denken.

Het gezicht van het meisje is verborgen.

Alsof ze bang is, alsof ze de dader niet wil zien.

Voordat het meisje in het bed werd gelegd, is ze blootgesteld aan zeer hevig geweld.

Het gaat om herhaalde slagen van een stomp voorwerp tegen haar voorhoofd en hoofd.

Ze was maar een klein meisje en ze moet ongelooflijk bang zijn geweest.

Een paar jaar geleden was ze nog een kind, maar een reeks gebeurtenissen in haar leven heeft haar naar deze kamer geleid, in een jeugdinternaat. Misschien heeft ze gewoon pech gehad met haar ouders en pleeggezinnen. Misschien dachten ze dat ze hier veilig zou zijn.

Hij neemt elk onaangenaam detail in ogenschouw tot hij het gevoel heeft dat hij het niet meer uithoudt. Dan sluit hij zijn ogen even en denkt aan het gezicht van zijn dochter en de grafsteen die de hare niet is, waarna hij zijn ogen weer opslaat en verdergaat met zijn onderzoek.

Alles wijst erop dat het slachtoffer op de stoel bij het tafeltje zat toen de dader haar aanviel.

Joona probeert de bewegingen die de bloedspatten hebben veroorzaakt gestalte te geven.

Elk druppeltje bloed dat door de lucht valt, neemt een kogelronde vorm aan en heeft een diameter van vijf millimeter. Als de druppel kleiner is, komt dat doordat het bloed is blootgesteld aan een kracht van buitenaf die hem in kleinere druppels heeft verdeeld.

Dan spreekt men van spetters.

Joona staat nu op de twee staptegels voor het tafeltje, waarschijnlijk precies op de plek waar de moordenaar een paar uur geleden stond. Het meisje zat toen op de stoel aan de andere kant van de tafel. Joona observeert het patroon van de bloedspetters, draait zich om en ziet bloed tot hoog op de muur. Het wapen is vele malen naar achteren gezwaaid om kracht te verzamelen en elke keer dat het voor een nieuwe slag van richting is veranderd, zijn er achterwaartse spetters ontstaan.

Joona is al langer op de plaats delict gebleven dan welke andere commissaris dan ook zou doen. Toch is hij nog niet klaar. Hij gaat terug naar het meisje op het bed, staat voor haar, ziet het sieraad in haar navel, de lipafdruk op het waterglas, ziet dat ze vlak onder haar rechterborst een levervlek heeft laten weghalen, ziet de lichte haartjes op haar scheenbenen en een vergeelde bloeduitstorting op haar dij.

Hij buigt zich voorzichtig over haar heen. Vanaf haar huid stijgt nog steeds een zwakke warmte op. Hij kijkt naar de handen die over haar gezicht liggen en ziet dat ze de dader niet heeft gekrabd, er zitten geen huidrestjes onder haar nagels.

Hij doet een paar passen bij haar weg en kijkt weer. De witte huid. De handen voor het gezicht. De gekruiste enkels. Ze heeft amper bloed op haar lichaam. Alleen het kussen is bebloed.

Verder is ze schoon.

Joona kijkt de kamer door. Achter de deur hangt een plank met twee kledinghaken. Op de vloer eronder staat een paar sportschoenen met bolletjes witte sokken erin en aan een van de haken hangen een gebleekte spijkerbroek aan een lusje, een zwarte sweater en een spijkerjack. Op de plank ligt een wit behaatje.

Joona raakt de kleren niet aan, maar ze lijken niet bebloed.

Ze heeft zich waarschijnlijk uitgekleed en haar kleren opgehangen voor ze vermoord werd.

Maar waarom zit er dan geen bloed over haar hele lichaam? Ze moet ergens door beschermd zijn. Maar waardoor? Er is hier niks.

16

Joona loopt het erf op de zonneschijn in en denkt dat de mate van geweld die tegen het meisje is gebruikt verschrikkelijk is en toch was haar lichaam schoon en wit als een steen in de zee.

Gunnarsson had verteld dat het geweld tegen haar agressief was.

Joona vindt het geweld wel heftig, bijna wanhopig heftig, maar niet agressief in de betekenis van buiten zinnen. De slagen waren doelgericht, de bedoeling was te doden, maar verder is het lichaam met zorg behandeld.

Gunnarsson zit op de motorkap van zijn Mercedes te telefoneren.

In tegenstelling tot bijna alle andere verschijnselen tenderen moordonderzoeken niet naar chaos als er geen sturing aan wordt gegeven en hebben ze de neiging zichzelf op te lossen. Maar Joona heeft nooit afgewacht, heeft er nooit op vertrouwd dat de orde vanzelf zou herstellen.

Hij weet uiteraard dat de moordenaar bijna altijd een bekende van het slachtoffer is die kort na de daad contact opneemt met de politie en bekent, maar daar rekent hij niet op.

Ze ligt nu op het bed, denkt hij. Maar toen ze werd vermoord zat ze gekleed in slechts een onderbroek aan de tafel.

Het is moeilijk te geloven dat het in alle stilte is gebeurd.

Er moet een getuige zijn op een plaats als deze.

Een van de meisjes heeft iets gehoord of gezien, denkt Joona terwijl hij naar het bijgebouw loopt. Iemand heeft waarschijnlijk vermoed wat er komen ging, een dreiging of conflict bespeurd.

De hond jankt onder de boom, bijt in de riem van de looplijn en begint dan weer te blaffen.

Joona loopt verder naar de twee mannen die voor het bijgebouw staan te praten. Hij begrijpt dat een van hen de leider plaats delict is, een man van begin vijftig met een schuine pony en gekleed in een donkerblauwe politietrui. De andere is waarschijnlijk niet van de politie. Hij is ongeschoren en heeft vriendelijke, vermoeide ogen.

'Joona Linna, waarnemer rijksrecherche,' zegt hij en hij schudt ze allebei de hand.

'Åke,' zegt de pd-leider.

'Ik heet Daniel,' zegt de man met de vermoeide ogen. 'Ik werk hier als maatschappelijk werker... Toen ik hoorde wat er gebeurd was ben ik meteen gekomen.'

'Heb je even tijd?' vraagt Joona. 'Ik zou de meisjes willen spreken en het is waarschijnlijk beter als jij daar bij bent.'

'Nu?' vraagt Daniel.

'Als het schikt,' antwoordt Joona.

De man knippert achter zijn brillenglazen en zegt bezorgd: 'Het is alleen zo dat er twee pupillen het bos in gevlucht zijn...'

'Ze zijn gevonden,' zegt Joona.

'Ja, dat weet ik, maar ik moet ze waarschijnlijk kalmeren,' zegt Daniel en opeens glimlacht hij onwillekeurig. 'Ze zeggen dat ze alleen terugkomen als ze op de schouders van een agent mogen zitten.'

'Gunnarsson doet dat vast wel,' antwoordt Joona en hij loopt door naar het rode gebouwtje.

Hij denkt dat hij bij deze eerste ontmoeting zal moeten proberen de pupillen te duiden, te zien wat er gaande is tussen hen, wat er speelt onder de oppervlakte.

Als iemand iets heeft gezien, blijkt dat meestal meteen uit het gedrag van de anderen in de groep, ze draaien mee als kompasnaalden.

Joona weet dat hij niet bevoegd is getuigen te verhoren. Maar ik moet weten of er een getuige is, denkt hij als hij zich bukt om de lage deur door te gaan.

17

De vloer kraakt als Joona het bijgebouw in gaat en door de hal loopt. In de krap bemeten kamer zitten drie meisjes. De jongste kan niet ouder dan twaalf zijn. Haar huid is rossig en haar haar zo rood als koper. Ze zit op de grond tegen de muur televisie te kijken, fluistert in zichzelf en slaat dan haar achterhoofd meerdere malen tegen de muur, doet haar ogen even dicht en kijkt dan weer naar de tv.

De andere twee lijken haar niet eens op te merken. Ze blijven gewoon op de bruine ribfluwelen bank in oude modetijdschriften liggen bladeren.

Een psychologe van het streekziekenhuis in Sundsvall zit op de grond naast het roodharige meisje.

'Ik heet Lisa,' probeert ze vriendelijk. 'Hoe heet jij?'

Het meisje blijft televisiekijken. Het is een herhaling van de serie *Blue Water High*. Het volume staat hard en er verspreidt zich een kil schijnsel in de kamer.

'Heb je weleens gehoord van het sprookje over Duimelijntje?' vraagt Lisa. 'Ik voel me vaak net als zij. Klein als een duim... Hoe voel jij je?'

'Als Jack the Ripper,' antwoordt het meisje met haar hoge stem zonder haar blik van de televisie te halen.

Joona loopt door en gaat in een fauteuil voor de televisie zitten. Een van de meisjes op de bank kijkt hem met grote ogen aan, maar slaat haar blik glimlachend neer als hij haar groet. Ze is fors, heeft afgekloven nagels en draagt een spijkerbroek en een zwarte trui met de tekst RAZORS PAIN YOU LESS THAN LIFE. Ze heeft blauwe oogschaduw op en draagt een glinsterend elastiekje om haar pols. Het andere meisje lijkt wat ouder en draagt een T-shirt met opengeknipte armsgaten en een paardenprint en heeft een rozenkrans met witte pareltjes om haar nek. In haar elleboogholte heeft ze littekens van injecties en haar hoofd ligt tegen een legerjack dat dienstdoet als kussen.

'Indie?' vraagt het oudste meisje gedempt. 'Ben jij binnen wezen kijken voor de smerissen kwamen?'

'Ik wil geen nachtmerries,' antwoordt het stevige meisje sloom.

'Arme kleine Indie,' pest ze.

'Wat?'

'Je bent zeg maar bang voor nachtmerries terwijl...'

'Ja, daar ben ik bang voor.'

'Zo fokking,' lacht ze. 'Zo fokking ego...'

'Hou je bek, Caroline,' roept het roodharige meisje.

'Miranda is vermoord,' gaat Caroline verder. 'Dat lijkt me wel wat erger dan...'

'Nou, ik vind het best lekker om van haar af te zijn,' zegt Indie.

'Jij bent echt ziek,' glimlacht Caroline.

'Zij was godverdomme ziek, ze brandde me met een sigaret en...'

'Kappen met bitchen,' onderbreekt het roodharige meisje haar.

'En ze sloeg me met het springtouw,' gaat Indie verder.

'Jij bent echt een bitch,' verzucht Caroline.

'Absoluut, dat wil ik best toegeven als je je daardoor beter voelt,' treitert Indie. 'Het is supervervelend dat er een idioot dood is, maar ik...'

Het roodharige meisje slaat weer met haar hoofd tegen de muur en doet daarna haar ogen dicht. De buitendeur gaat open en de twee pupillen die het bos in waren gevlucht, komen samen met Gunnarsson binnen.

18

Joona leunt achterover, zijn gezicht is rustig, zijn donkere jasje is opengevallen en plooit zich licht, zijn gespierde lichaam is ontspannen, maar zijn ogen zijn grijs als een bevroren baai als hij de binnenkomende meisjes opneemt.

De andere pupillen roepen hard boe en lachen. Lu Chu loopt overdreven heupwiegend en maakt een v-teken.

'*Lesbian loser!*' roept Indie.

'We kunnen samen gaan douchen,' antwoordt Lu Chu.

Daniel Grim, de maatschappelijk werker, komt na de meisjes binnen. Het is duidelijk dat hij Gunnarsson probeert te laten luisteren.

'Ik wil alleen dat jullie het een beetje kalm aan doen met de meisjes,' zegt Daniel en hij dempt zijn toon voor hij verdergaat. 'Jullie maken ze bang, alleen al door hier te zijn...'

'Maak je geen zorgen,' sust Gunnarsson.

'Maar dat doe ik juist wel,' zegt Daniel eerlijk.

'Hè?'

'Ik maak me wel zorgen,' zegt hij.

'Tja, dan heb ik lak aan je,' zucht Gunnarsson. 'Je moet je domweg gedeisd houden en mij mijn werk laten doen.'

Joona ziet dat Daniel ongeschoren is en dat het T-shirt onder zijn jack binnenstebuiten zit.

'Ik wil alleen uitleggen dat... voor deze meisjes staat de politie niet voor veiligheid.'

'Jawel hoor,' grapt Caroline.

'Fijn om te horen,' zegt Daniel glimlachend tegen haar en hij richt zich weer tot Gunnarsson. 'Maar in alle ernst... voor de meeste pupillen hier is de politie betrokken geweest bij de vervelendste periodes van hun leven.'

Joona ziet dat Daniel heel goed begrijpt dat hij lastig is in de ogen van de politie, maar dat hij toch besluit een andere kwestie aan te snijden.

'Ik heb het net met de pd-leider gehad over onderdak voor...'

'Eén ding tegelijk,' kapt Gunnarsson hem af.

'Het is belangrijk omdat...'

'Sukkel,' zegt Indie geïrriteerd.

'Zeik in je broek,' treitert Lu Chu.

'Omdat het schadelijk kan zijn,' gaat Daniel verder. 'Het kan schadelijk voor de pupillen zijn om hier vannacht te blijven.'

'Moeten ze naar een hotel?' vraagt Gunnarsson.

'Jij zou godverdomme vermoord moeten worden!' gilt Almira en ze gooit een glas naar Indie.

Het slaat aan diggelen tegen de muur, water en glasscherven spatten op de grond. Daniel vliegt erheen, Almira keert zich af, maar het lukt Indie haar meerdere keren met haar vuist op haar rug te slaan voordat Daniel ze uit elkaar haalt.

'Gedragen jullie je eens!' brult hij.

'Almira is een fokking kutwijf dat...'

'Bedaar Indie,' zegt hij terwijl hij haar hand blokkeert. 'We hebben het hierover gehad, toch?'

'Ja,' antwoordt ze rustiger.

'Je bent immers een aardige meid,' zegt hij glimlachend.

Ze knikt en begint samen met Almira de glasscherven van de grond te rapen.

'Ik haal de stofzuiger,' zegt Daniel en hij vertrekt.

Hij duwt de deur van buitenaf dicht, maar die gaat langzaam weer open en hij slaat hem zo hard dicht dat het schilderij met het Carl Larsson-motief tegen de muur klappert.

'Had Miranda vijanden?' vraagt Gunnarsson aan niemand in het bijzonder.

'Nee,' antwoordt Almira en ze giechelt.

Indie werpt een blik op Joona.

'Luister nu!' zegt Gunnarsson met stemverheffing. 'Jullie moeten gewoon onze vragen beantwoorden en niet zitten etteren en schreeuwen. Zo moeilijk kan dat toch niet zijn?'

'Dat hangt van de vragen af,' antwoordt Caroline rustig.

'Ik wil wel gaan schreeuwen,' mompelt Lu Chu.

'Waarheid, durven of doen,' zegt Indie terwijl ze glimlachend naar Joona wijst.

'Waarheid,' antwoordt Joona.

'Ik leid dit verhoor,' protesteert Gunnarsson.

'Wat betekent dit?' vraagt Joona en hij houdt zijn handen voor zijn gezicht.

'Wat? Dat weet ik niet,' zegt Indie. 'Vicky en Miranda deden dat altijd...'

'Hou op,' onderbreekt Caroline haar. 'Jij hebt Miranda niet gezien, zo lag ze namelijk, er zat overal bloed en...'

Haar stem breekt en de psychologe gaat naar haar toe en probeert haar met zachte stem te kalmeren.

'Wie is Vicky?' vraagt Joona terwijl hij opstaat uit de fauteuil.

'Ze is de nieuwste hier op...'

'Maar waar is ze in foksnaam?' roept Lu Chu.

'Welke kamer is van haar?' vraagt Joona snel.

'Ze is vast naar haar neukerdje,' zegt Tuula.

'We hamsteren vaak Stesolid en slapen als...'

'Over wie hebben we het nu?' vraagt Gunnarsson met luide stem.

'Vicky Bennet,' antwoordt Caroline. 'Ik heb haar de hele dag nog niet...'

'Waar is ze verdomme?'

'Vicky heeft zo gruwelijk veel diagnoses,' lacht Lu Chu.

'Doe die tv uit,' zegt Gunnarsson gestrest. 'Ik wil dat iedereen kalmeert en...'

'Schreeuw niet zo!' schreeuwt Tuula en ze zet het geluid harder.

Joona gaat op zijn hurken voor Caroline zitten, vangt haar blik en houdt die met ernstige rust vast.

'Welke kamer is van Vicky?'

'De laatste, helemaal achter in de gang,' antwoordt Caroline.

19

Joona verlaat het bijgebouw en loopt heel snel over het erf, komt de maatschappelijk werker met de stofzuiger tegen, groet de technisch rechercheurs, neemt de trap met grote stappen en gaat het hoofdgebouw weer in. Het is schemerig, de lampen zijn uit, maar de staptegels glimmen als kiezelstenen.

Er ontbreekt een meisje, denkt Joona. Niemand heeft haar gezien. Misschien is ze weggelopen in het tumult, misschien proberen de andere pupillen haar te helpen door achter te houden wat ze weten.

Het onderzoek van de plaats delict is nog maar amper begonnen en de kamers zijn nog niet doorzocht. De hele Birgittagården had uitgekamd moeten worden, maar daar is geen tijd voor geweest, er is te veel tegelijk gebeurd.

De pupillen zijn gestrest en bang.

Slachtofferhulp zou hier moeten zijn.

De politie heeft versterking nodig, meer technisch rechercheurs, meer middelen.

Joona huivert bij de gedachte dat het ontbrekende meisje zich misschien in haar kamer heeft verstopt. Ze kan iets gezien hebben en zo bang zijn dat ze niet tevoorschijn durft te komen.

Hij loopt verder de gang in met de deuren naar de kamers van de meisjes.

De houten muren en balken tikken wat, maar verder is het stil in het gebouw. In de alkoof staat de deur zonder deurkruk op een kier. Daarbinnen ligt de dode met haar handen voor haar ogen op bed.

Joona herinnert zich plotseling dat hij drie horizontale strepen bloed op de deurpost naar de alkoof heeft gezien. Uitgesmeerd bloed van drie vingers, maar geen vingerafdrukken. Joona had naar de strepen gekeken, maar was zo druk bezig geweest de indrukken van de plaats delict te structureren, dat hij zich nu pas realiseert dat ze aan de verkeerde kant zaten. De sporen leidden niet bij de moord vandaan, maar in tegengestelde richting, verder de gang in. Er gaan vage, uitgelopen sporen van laarzen, schoenen en blote voeten alle kanten op, maar de drie strepen leiden verder naar binnen.

Degene met bloed aan de handen had iets te doen in de kamer van een andere pupil.

Niet meer doden, smeekt Joona fluisterend.

Hij trekt latex handschoenen aan en loopt verder naar de laatste kamer. Als hij de deur opendoet, klinkt er een ritselend geluid, hij blijft abrupt staan en probeert iets te zien. Het geluid verdwijnt. Joona steekt zijn hand voorzichtig uit in het donker om de lichtschakelaar te zoeken.

Hij hoort het ritselende geluid weer, samen met een merkwaardig metaalachtig gerinkel.

'Vicky?'

Hij tast met zijn hand langs de muur, vindt het knopje en knipt het licht aan. Onmiddellijk vult de ascetische kamer zich met geel licht. Het kraakt even en het raam zwaait open naar het bos en het meer Himmelsjön. In de hoek ritselt iets en Joona ziet dat er een omgevallen vogelkooi ligt. Een gele parkiet klapwiekt met zijn vleugels en klimt over het dak van de kooi.

De geur van bloed is doordringend. Een mengeling van ijzer en iets anders, iets zoets en ranzigs.

Joona legt plastic staptegels neer en gaat langzaam de kamer in.

Er zitten bloedvlekken rondom de vensterhaakjes. Duidelijke handafdrukken wijzen erop dat iemand op de vensterbank is geklommen, steun heeft gezocht bij de kozijnen en daarna op het grasveld buiten is gesprongen.

Hij gaat naar het bed toe. Er loopt een ijskoude rilling langs zijn nek als hij het dekbed wegtrekt. De lakens zitten vol ingedroogd bloed. Maar degene die hier gelegen heeft, was niet gewond.

Het bloed is afgeveegd, uitgesmeerd.

Een bebloed persoon heeft tussen de lakens geslapen.

Joona blijft een tijdje staan om de bewegingen te interpreteren.

Ze heeft echt geslapen, denkt hij.

Als hij het kussen weg wil halen, blijkt het vast te zitten. Het zit vastgeplakt aan het onderlaken en het matras. Joona trekt het los. Daar ligt een hamer met bruine klompen donker bloed en haren. Het meeste bloed is opgezogen door de stof, maar de kop van de hamer glinstert nog vochtig.

20

De Birgittagården is in een mooi, zacht licht gehuld en het meer Himmelsjön glinstert toverachtig tussen de hoge, oude bomen. Een paar uur geleden nog maar stond Nina Molander op om te gaan plassen en vond Miranda dood in haar bed. Ze maakte iedereen wakker, er brak paniek uit en ze belden maatschappelijk werker Daniel Grim die onmiddellijk de politie waarschuwde.

Nina Molander was zozeer in shock dat ze met de ambulance naar het streekziekenhuis in Sundsvall is gebracht.

Op het erf staat Gunnarsson met Daniel Grim en Sonja Rask. Gunnarsson heeft de achterklep van zijn witte Mercedes opengezet en de schetsen van de technici van de plaats delict in de kofferbak gelegd.

De hond aan de looplijn blaft voortdurend opgewonden en rukt aan zijn riem.

Als Joona achter de auto blijft staan en zijn hand door zijn warrige haar haalt, hebben de drie personen zich al naar hem omgedraaid.

'Het meisje is via haar raam gevlucht,' zegt hij.

'Gevlucht?' vraagt Daniel verbijsterd. 'Is Vicky gevlucht? Waarom zou...'

'Er zat bloed op de vensterbank, er zat bloed in haar bed en er...'

'Maar dat betekent toch niet...'

'Er lag een bebloede hamer onder haar kussen,' rondt Joona af.

'Dit klopt niet,' zegt Gunnarsson geïrriteerd. 'Dat kan niet kloppen, aangezien het geweld zo ontzettend hevig was.'

Joona kijkt maatschappelijk werker Daniel Grim weer aan. Zijn gezicht is weerloos en kwetsbaar in het scherpe zonlicht.

'Wat zeg jij?' vraagt Joona hem.

'Waarover? Over dat Vicky... Dat is volkomen ziek,' antwoordt Daniel.

'Waarom?'

'Alleen al omdat jullie er zonet,' zegt hij met een onwillekeurig lachje, 'nog volkomen zeker van waren dat het om een grote man ging – Vicky is klein, ze weegt nog geen vijftig kilo, haar polsen zijn zo dun als...'

'Is ze gewelddadig?' vraagt Joona.

'Vicky heeft dit niet gedaan,' antwoordt Daniel rustig. 'Ik werk nu al twee maanden met haar en ik kan zeggen dat zij het niet is.'

'Was ze gewelddadig voor ze hier kwam?'

'Zoals jullie weten heb ik mijn beroepsgeheim,' antwoordt Daniel.

'Je begrijpt toch zeker wel dat je onze tijd staat te verdoen met je beroepsgeheim?' zegt Gunnarsson.

'Ik kan zeggen dat ik sommige pupillen train in agressiebeheersing... bijvoorbeeld door niet met woede op teleurstelling of angst te reageren,' vertelt Daniel beheerst.

'Maar Vicky niet?' vraagt Joona.

'Nee.'

'En waarom is ze hier?' vraagt Sonja.

'Ik kan me niet uitlaten over individuele pupillen.'

'Maar je bent van mening dat ze niet gewelddadig is?'

'Ze is aardig,' zegt hij eenvoudig.

'Wat denk je dan dat er is gebeurd? Waarom ligt er een bebloede hamer onder haar kussen?'

'Ik weet het niet, het klopt niet. Misschien heeft ze iemand geholpen? Het wapen verborgen.'

'Welke pupillen zijn gewelddadig?' vraagt Gunnarsson kwaad.

'Ik kan niemand aanwijzen – dat moeten jullie toch begrijpen.'

'Dat doen we,' antwoordt Joona.

Daniel kijkt hem dankbaar aan en ademt rustiger.

'Maar probeer met ze te praten,' zegt Daniel. 'Dan merk je vrij snel wie ik bedoel.'

'Bedankt,' zegt Joona en hij loopt weg.

'Maar realiseer je dat ze een bekende hebben verloren,' zegt Daniel snel.

Joona blijft staan en gaat terug naar Daniel.

'Weet je in welke kamer Miranda is gevonden?'

'Nee, maar ik ging ervan uit...'

Daniel zwijgt en schudt zijn hoofd.

'Want ik kan me nauwelijks voorstellen dat het haar eigen kamer is,' zegt Joona. 'Hij is bijna leeg, ligt rechts van de wc's.'

'De separeer,' antwoordt Daniel.

'Wanneer komt iemand daar terecht?' vraagt Joona.

'Als...'

Daniel zwijgt en kijkt verbaasd.

'Waar denk je aan?'

'De deur had op slot moeten zitten,' zegt hij.

'Er zit een sleutel in het slot.'

'Welke sleutel?' vraagt Daniel met stemverheffing. 'Alleen Elisabet heeft de sleutel van die kamer.'

'Wie is Elisabet?' vraagt Gunnarsson.

'Mijn vrouw,' antwoordt Daniel. 'Zij had vannacht dienst...'

'Maar waar is ze nu?' vraagt Sonja.

'Hoe bedoel je?' zegt Daniel en hij kijkt haar verward aan.

'Is ze thuis?' vraagt ze.

Daniel ziet er overrompeld en onzeker uit.

'Ik ging ervan uit dat Elisabet met Nina mee is gegaan in de ambulance,' zegt hij langzaam.

'Nee, Nina Molander is alleen gegaan,' antwoordt Sonja.

'Maar natuurlijk is Elisabet meegegaan naar het ziekenhuis, ze zou een pupil nooit...'

'Ik was hier als eerste ter plaatse,' onderbreekt Sonja hem.

Haar stem klinkt bars en schor van vermoeidheid.

'Er was geen personeel,' vervolgt ze. 'Alleen een heel stel bange meisjes.'

'Maar mijn vrouw was immers...'

'Bel haar,' zegt Sonja.

'Dat heb ik geprobeerd, maar haar telefoon staat uit,' zegt Daniel zacht. 'Ik dacht... ik nam aan...'

'Jezus, wat een puinhoop,' zegt Gunnarsson.

'Mijn vrouw Elisabet,' gaat Daniel verder met een stem die steeds

56

erger trilt, 'heeft een hartafwijking, er kan, ze kan...'

'Probeer rustig te praten,' zegt Joona.

'Mijn vrouw heeft een vergroot hart en... ze had nachtdienst en had hier moeten zijn... haar telefoon staat uit en...'

21

Daniel kijkt hen vertwijfeld aan, frunnikt aan de rits van zijn jack en herhaalt dat zijn vrouw een hartafwijking heeft. De hond blaft en rukt zo hard aan de riem dat hij zichzelf haast wurgt, hij rochelt en gaat dan door met blaffen.

Joona loopt naar de blaffende hond onder de boom. Hij probeert hem te kalmeren terwijl hij de riem van de halsband losmaakt. Zodra Joona hem loslaat, rent de hond over het terrein naar een gebouwtje. Joona beent achter hem aan. De hond krabt aan de drempel, jankt en hijgt.

Daniel Grim staart naar Joona en de hond en komt naar hen toe lopen. Gunnarsson roept tegen hem te blijven staan, maar toch loopt hij door. Zijn lichaam beweegt houterig en zijn gezicht staat vertwijfeld. Het grind knarst onder zijn voeten. Joona probeert de hond te kalmeren, pakt zijn halsband en trekt het dier naar achteren, weg bij de deur.

Gunnarsson rent over het erf en pakt Daniels jack beet, maar hij rukt zich los, valt op het grind, schaaft zijn hand en komt weer overeind.

De hond blaft, rukt aan de halsband en spant zijn lichaam.

De geüniformeerde politieman gaat voor de deur staan. Daniel probeert zich langs hem te wringen en schreeuwt met tranen in zijn stem: 'Elisabet! Elisabet! Ik moet...'

De politieman probeert hem mee te trekken, terwijl Gunnarsson snel naar Joona toe gaat en hem helpt met de hond.

'Mijn vrouw,' kermt Daniel. 'Het kan mijn...'

Gunnarsson trekt de hond mee naar de boom.

De hond hijgt, graaft met zijn poten in het grind en blaft naar de deur.

Joona voelt een pijnscheut achter zijn ogen als hij een latex handschoen aantrekt.

Op een houten bord onder het lage dak staat in uitgesneden letters BAKHUIS.

Voorzichtig doet Joona de deur open en kijkt de donkere ruimte in. Honderden vliegen zoemen in de lucht. Overal op de glanzend afgesleten vloerplanken zitten bloedige sporen van hondenpoten. Zonder naar binnen te gaan verplaatst Joona zich zijwaarts om voorbij de gemetselde stookplaats te kunnen kijken.

De achterkant van een mobiele telefoon glinstert naast een spoor van uitgesmeerd bloed.

Als Joona door de deuropening naar binnen leunt, klinkt het gezoem van de vliegen luider. Een vrouw van een jaar of vijftig ligt met open mond op haar rug in een bloedplas. Ze draagt een spijkerbroek, roze sokken en een grijs vest. De vrouw heeft duidelijk geprobeerd weg te schuiven, maar de hele bovenkant van haar gezicht en hoofd is verbrijzeld.

22

Pia Abrahamsson merkt dat ze wat te hard rijdt.

Ze had erop gerekend eerder weg te kunnen, maar de vergadering van predikanten in Östersund liep uit.

Pia kijkt in de achteruitkijkspiegel naar haar zoon. Zijn hoofd hangt een beetje naar voren. Zijn ogen zijn gesloten achter zijn bril. De ochtendzon flikkert tussen de bomen en op zijn rustige gezichtje.

Ze mindert snelheid tot tachtig kilometer per uur, hoewel de weg kaarsrecht door het sparrenbos loopt.

Het is spookachtig stil op de wegen.

Twintig minuten geleden kwam haar een vrachtwagen met boomstammen tegemoet, maar daarna heeft ze geen enkel voertuig meer gezien.

Ze knijpt haar ogen tot spleetjes om goed te kunnen zien.

De wildafrastering schiet monotoon voorbij.

De mens moet het bangste dier ter wereld zijn, denkt ze.

In dit land staat achtduizend kilometer wildafrastering. Niet om de dieren te beschermen, maar om de mensen te beschermen. Door deze zee van bossen lopen smalle wegen die aan beide kanten zijn afgezet met hoge hekken.

Pia Abrahamsson werpt een vlugge blik op Dante op de achterbank.

Ze werd zwanger toen ze als predikant in de gemeente Hässelby werkte. De vader was redacteur het weekblad van de Zweedse kerk. Ze stond met de zwangerschapstest in haar hand en realiseerde zich dat ze zesendertig was.

Ze besloot het kind te houden, maar niet de vader van het kind. Haar zoon is het beste wat haar is overkomen.

Dante zit in zijn autostoeltje te slapen. Zijn hoofd hangt zwaar op zijn borstkas en zijn knuffeldeken is op de grond gegleden.

Voor hij in slaap viel was hij zo moe dat hij overal om huilde. Hij huilde omdat de auto vies rook naar mama's parfum en omdat Super Mario opgegeten was.

Het is nog minstens twintig kilometer naar Sundsvall en daarna nog zo'n vierhonderdvijftig naar Stockholm.

Pia Abrahamsson moet inmiddels nodig plassen – ze heeft te veel koffie gedronken tijdens de vergadering.

Er moet snel een tankstation komen.

Ze zegt tegen zichzelf dat ze niet midden in het bos moet stoppen.

Dat zou ze niet moeten doen en toch doet ze het.

Pia Abrahamsson, die elke zondag preekt over het feit dat alles wat gebeurt met een diepere bedoeling gebeurt, zal over een paar minuten slachtoffer worden van het blinde, onverschillige lot.

Soepel slaat ze bij een bosbouwweg af en ze zet haar auto voor de neergelaten slagboom die de passage in de afrastering afsluit. Achter de slagboom loopt de steenslagweg recht het bos in naar een stapelplaats voor rondhout.

Ze is van plan om alleen uit het zicht van de weg te lopen en het portier open te laten zodat ze Dante kan horen, mocht hij wakker worden.

'Mama?'

'Probeer nog wat te slapen.'

'Mama, je mag niet weggaan.'

'Lieverd,' zegt Pia. 'Ik moet plassen. Ik laat het portier open. Ik kan je steeds zien.'

Hij kijkt haar met slaperige ogen aan.

'Ik wil niet alleen zijn.'

Ze glimlacht naar hem en aait hem over zijn klamme wang. Ze weet dat ze te beschermend is, dat ze een moederskindje van hem maakt, maar ze kan het niet laten.

'Heel heel eventjes maar,' zegt ze overredend.

Dante houdt haar hand vast en probeert haar te beletten weg te gaan, maar ze trekt zich los en haalt een vochtig doekje uit het pak.

Pia stapt uit de auto, bukt onder de slagboom en loopt verder over de grindweg, draait zich om en zwaait naar Dante.

Stel je voor dat er iemand langs kwam rijden die haar in haar blote kont zou fotograferen met zijn mobiele telefoon.

De foto van de plassende predikant zou circuleren op YouTube, Facebook, Flashback Forum, blogs en chatboxen.

Ze huivert even, verlaat de grindweg en loopt nog verder tussen de bomen. Zware bosbouw-, oogst- en uitsleepmachines hebben het terrein kapotgereden.

Als ze zeker weet dat ze niet meer te zien is vanaf de grote weg, trekt ze haar onderbroek naar beneden, stapt eruit, doet twee stappen, trekt haar rok een stukje op en gaat op haar hurken zitten.

Ze merkt dat ze moe is, haar bovenbenen beginnen te trillen en ze zoekt met haar hand steun op het zachte mos dat rond de boomstam groeit.

Opluchting maakt zich van haar meester en ze sluit haar ogen.

Als ze weer opkijkt, ziet ze iets onbegrijpelijks. Een dier loopt op zijn achterpoten langs de grindweg, strompelend, voorovergebogen.

Een magere gestalte in viezigheid, bloed en modder.

Pia houdt haar adem in.

Het is geen dier, het is alsof een deel van het bos zich heeft losgemaakt en een eigen leven heeft gekregen.

Als een klein meisje van twijgen.

Het wezen wankelt even, maar loopt dan verder naar de slagboom.

Pia staat op en loopt erachteraan.

Ze probeert iets te zeggen, maar heeft geen stem.

Er breekt een takje onder haar voet.

Het is gaan motregenen in het bos.

Langzaam als in een nachtmerrie verplaatst ze zich; het is net alsof ze niet kan rennen.

Tussen de bomen ziet ze dat het wezen al bij de auto is. Smerige repen van stof hangen rondom de handen van het vreemde meisje.

Struikelend komt Pia de grindweg op en ze ziet hoe het wezen haar tas van de stoel maait, gaat zitten en het portier dichttrekt.

'Dante,' hijgt ze.

De auto scheurt weg, rijdt over Pia's mobiele telefoon en sleutelbos, draait recht de grote weg op, schampt de middenvangrail, belandt weer op de rijbaan en verdwijnt.

Pia rent jammerend naar de slagboom en merkt dat haar hele lichaam trilt.

Wat er gebeurt is onbegrijpelijk. Het moddermens kwam uit het niets, het was er zomaar en nu zijn haar auto en haar zoon verdwenen.

Ze gaat onder de slagboom door en loopt de grote, lege weg op. Ze gilt niet, ze kan niet gillen. Het enige wat ze hoort, is haar hijgende ademhaling.

23

Het bos schiet langs en regendruppels tikken tegen de grote voorruit. De Deense vrachtwagenchauffeur Mads Jensen ziet al op tweehonderd meter afstand dat er een vrouw midden op de weg staat. Hij vloekt en claxonneert. De vrouw maakt een sprongetje door het loeiende geluid, maar in plaats van aan de kant te gaan, blijft ze op de weg staan. De chauffeur toetert weer en dan doet de vrouw langzaam een stap naar voren, legt haar hoofd in haar nek en slaat de vrachtwagen die naderbij komt gade.

Mads Jensen mindert vaart en voelt de kracht van de oplegger tegen de oude dolly van Fliegel. Hij moet harder remmen, de overbrenging is slecht, de stuuras kraakt en de aanhangwagen slingert even voor hij het hele voertuig tot stilstand weet te brengen.

Het toerental daalt sterk en het rommelen van de zuigers klinkt steeds zwaarder.

Daar staat de vrouw, op maar drie meter afstand van de motorkap. Nu pas ziet hij dat de vrouw zwarte predikantenkleding onder haar spijkerjack draagt. Een rechthoekje van de witte gesteven boord steekt af tegen het zwarte overhemd.

Het gezicht van de vrouw is open en merkwaardig bleek. Als hun blikken elkaar door de ruit vinden, beginnen er tranen over haar wangen te biggelen.

Mads Jensen zet de knipperlichten aan en stapt uit de cabine. De motor straalt sterke hitte en dieselgeur uit. Als hij om de wagen heen is gelopen, heeft de vrouw met een hand steun gezocht bij een koplamp en ademt ze hortend.

'Wat is dit?' vraagt Mads.

Ze richt haar blik op hem. Haar ogen zijn wijd opengesperd. Het gele knipperlicht pulseert op haar.

'Heb je hulp nodig?' vraagt hij.

Ze knikt en hij probeert haar om de auto te leiden. Het begint harder te regenen en het wordt snel donker.

'Is er iets ergs gebeurd?'

Ze biedt een beetje tegenstand, maar loopt wel mee en klimt naar de passagiersplaats. Hij doet het portier achter haar dicht, loopt snel naar de andere kant en stapt in.

'Ik kan hier niet blijven staan, ik blokkeer de hele weg,' zegt hij. 'Ik moet gaan rijden. Is dat oké?'

Ze geeft geen antwoord, maar hij brengt de vrachtwagen in beweging en zet de ruitenwissers aan.

'Ben je gewond?' vraagt hij.

Ze schudt haar hoofd en houdt een hand voor haar mond.

'Mijn kind,' fluistert ze. 'Mijn...'

'Wat zeg je?' vraagt hij. 'Wat is er gebeurd?'

'Ze heeft mijn kind meegenomen...'

'Ik bel de politie, zal ik dat doen? Zal ik de politie bellen?'

'O, God,' kermt ze.

24

De regen klettert hard tegen de ruit, de ruitenwissers zwiepen het water snel weg en de rijbaan voor hen lijkt te koken.

Pia zit in de warme cabine hoog boven de grond en haar lichaam trilt. Ze kan niet rustig worden. Ze begrijpt dat ze onsamenhangend sprak, maar nu hoort ze de chauffeur met de alarmcentrale bellen. Er wordt hem verteld door te rijden over weg 86, dan af te slaan naar weg 330, om in Timrå een klaarstaande ambulance te treffen die haar naar het ziekenhuis in Sundsvall zal brengen.

'Wat? Waar hebben jullie het over?' vraagt Pia. 'Het gaat niet om mij. Ze moeten de auto stoppen, dat is het enige wat nu telt.'

De Deense chauffeur kijkt haar verbaasd aan en ze begrijpt dat ze zich moet concentreren en duidelijk moet zijn. Ze moet zichzelf tot kalmte manen ook al is de grond onder haar voeten verdwenen en bevindt ze zich in een vrije val.

'Mijn zoon is ontvoerd,' zegt ze.

'Ze zegt dat haar zoon is ontvoerd,' herhaalt de chauffeur in de telefoon.

'De politie moet de auto stoppen,' gaat ze verder. 'Een Toyota... Een rode Toyota Auris. Het kenteken weet ik zo gauw niet, maar...'

De chauffeur vraagt de centralist van de alarmcentrale te wachten.

'Maar die rijdt vlak voor ons op deze weg... jullie moeten hem tegenhouden... mijn zoon is nog maar vier, hij bleef in de auto terwijl ik...'

Hij herhaalt haar woorden voor de centralist, zegt dat hij in een vrachtwagen in oostelijke richting op weg 86 rijdt, ongeveer veertig kilometer van Timrå.

'Ze moeten opschieten...'

De vrachtwagen mindert vaart, passeert een verbogen verkeerslicht, rijt over een rotonde, de aanhangwagen dendert als de wielen over de verkeersdrempel rollen, voert de snelheid dan op, langs een wit bakstenen gebouw en verder over de weg langs de rivier.

De alarmcentrale verbindt de Deense chauffeur door met de politie, een vrouw in een surveillancewagen. Ze zegt dat ze Mirja Zlatnek heet en dat ze maar dertig kilometer verderop is, op weg 330 in Djupängen.

Pia Abrahamsson neemt de telefoon over, slikt hard om de misselijkheid te laten zakken. Ze hoort zelf dat haar stem beheerst klinkt hoewel hij trilt.

'Luister goed,' zegt ze. 'Mijn zoon is ontvoerd en de auto rijdt op de... wacht...'

Ze richt zich tot de chauffeur.

'Waar zijn we? Op welke weg rijden we?'

'Weg 86,' antwoordt de chauffeur.

'Hoe groot is hun voorsprong?' vraagt de agente.

'Ik weet het niet,' zegt Pia. 'Vijf minuten misschien.'

'Zijn jullie Indal al gepasseerd?'

'Indal?' herhaalt Pia.

'Dat is nog bijna twintig kilometer,' zegt de chauffeur luid.

'Dan hebben we ze,' zegt de agente. 'Dan zitten ze vast...'

Als Pia Abrahamsson die woorden hoort, beginnen haar tranen te stromen. Ze veegt vlug over haar wangen en hoort de agente met een collega praten. Er zullen wegversperringen worden opgezet op weg 330 en op de weg over de rivier. Haar collega bevindt zich in Nordansjö en hij zegt dat hij binnen vijf minuten ter plaatse kan zijn.

'Dat is genoeg,' zegt de agente snel.

De vrachtwagen rijdt op de weg langs de kronkelende rivier door het dunbevolkte gedeelte van de provincie Medelpad. Ze achtervolgen de auto met Pia Abrahamssons vierjarige zoon erin zonder die te zien, maar ze weten dat hij voor hen rijdt. Want er zijn geen alternatieven. Weg 86 voert door een enkel gehucht, maar er zijn geen afslagen, alleen bosbouwwegen zonder verbindingen, recht het bos in, enkele tientallen kilometers door moerassige gebieden naar kapplaatsen, maar dan lopen ze dood.

'Ik kan dit niet aan,' fluistert Pia.

De weg waar ze overheen rijden vertakt een kilometer of tien verderop. Vlak na het dorpje Indal loopt de ene poot van de vertakking
over een brug de rivier over en gaat dan bijna pal naar het zuiden,
terwijl de andere weg verder langs de rivier richting kust loopt.

Pia zit met krampachtig gevouwen handen tot God te bidden. Verderop hebben twee politiewagens de beide wegen afgezet. Eén surveillancewagen staat bij het bruggenhoofd aan de overkant van de rivier,
en de andere staat acht kilometer verder naar het oosten.

De vrachtwagen met de Deense chauffeur en predikant Pia Abrahamsson rijdt nu langs Indal. Door de dichte regen zien ze de lege
brug boven het hoge, stromende water en het roterende zwaailicht
van een eenzame politiewagen bij het bruggenhoofd aan de overkant.

25

Politieagente Mirja Zlatnek heeft de surveillancewagen dwars over de hele rijbaan heen gezet en de handrem aangetrokken. Als er een auto langs wil, moet die de berm in rijden en met twee wielen de diepe greppel in gaan.

Voor haar ligt een lang en recht stuk weg. Het blauwe zwaailicht van de politiewagen flitst over het natte asfalt, op de donkere naalden van de bomen en tussen de stammen.

De regen klettert hard op het dak.

Mirja zit een poosje stil, kijkt door de voorruit naar buiten en probeert na te denken over de situatie.

Het zicht is slecht vanwege de stortregen.

Ze had op een heel rustige dag gerekend omdat bijna al haar collega's in de regio in de weer zijn met het dode meisje op de Birgittagården. Zelfs de rijksrecherche is bij het vooronderzoek betrokken.

In het verborgene heeft Mirja een angst voor het operationele deel van haar beroep ontwikkeld, zonder dat ze echt iets traumatisch heeft meegemaakt. Misschien heeft het te maken met de keer dat ze probeerde te bemiddelen in een gezinsdrama dat slecht afliep, maar dat is al jaren geleden.

De angst heeft langzamerhand bezit van haar genomen. Ze geeft de voorkeur aan administratieve taken en preventie.

Vanmorgen zat ze aan haar bureau recepten van haar kooknetwerk te lezen. Elandenfilet in bladerdeeg, gegrilde aardappelpartjes en roomsaus met eekhoorntjesbrood. Een stevige puree van aardperen.

Ze had de surveillancewagen meegenomen om in Djupängen naar een gestolen aanhangwagen te kijken, toen de melding van de ontvoerde jongen binnenkwam.

Mirja houdt zichzelf voor dat ze de zaak zal kunnen oplossen. Want de auto met het vierjarige zoontje van de vrouw kan nergens anders heen.

Dit stuk weg is net een lange tunnel, een fuik.

De vrachtwagen rijdt erachteraan.

Of de auto met de jongen rijdt na Indal direct de brug over. Daar heeft haar collega Lasse Bengtsson de weg afgezet.

Of hij komt hierheen – en hier wacht ik hem op, denkt Mirja.

Ongeveer tien kilometer achter de auto rijdt de vrachtwagen.

Het hangt natuurlijk af van de snelheid van de auto, maar binnen twintig minuten, meer niet, zal het tot een confrontatie komen.

Mirja houdt zichzelf voor dat het kind vast niet echt ontvoerd is. Het heeft waarschijnlijk met een voogdijkwestie te maken. De vrouw die ze sprak was te overstuur om samenhangende inlichtingen te geven, maar het was in ieder geval duidelijk dat haar auto zich ergens op de weg aan deze kant van Nilsböle moet bevinden.

Het is zo voorbij, houdt ze zichzelf voor.

Binnen niet al te lange tijd kan ze teruggaan naar haar kamer op het bureau, een kop koffie drinken en een broodje ham eten.

Maar tegelijkertijd is er iets wat haar verontrust. De vrouw had het over een meisje met armen als twijgen.

Mirja had haar naam niet gevraagd. Daar was geen tijd voor geweest. Ze ging ervan uit dat de alarmcentrale alle gegevens had opgenomen.

Haar ontzetting was beangstigend geweest. Ze had snel geademd en hetgeen ze had meegemaakt, had ze beschreven als iets onbegrijpelijks, zonder enige redelijke verklaring.

De regen slaat tegen de voorruit en de motorkap. Mirja legt haar hand op de portofoon, blijft even zo zitten en roept dan Lasse Bengtsson op.

'Wat gebeurt er?' vraagt ze.

'Het regent keihard, maar verder is alles rustig, geen auto, geen enkele... Wacht, nu zie ik een vrachtwagen, een immense vrachtwagen op de 330.'

'Dat is de man die belde,' zegt Mirja.

'Maar waar is die Toyota verdomme gebleven,' zegt Lasse. 'Ik sta hier al een kwartier, dan moet hij binnen vijf minuten bij je zijn als er geen ufo is...'

'Wacht heel even,' zegt Mirja snel en ze verbreekt het contact met haar collega als ze in de verte het licht van twee koplampen ziet.

26

Mirja Zlatnek stapt uit de surveillancewagen en loopt enigszins voor-overgebogen door de stortbui. Ze tuurt door de dichte regen naar de auto die naderbij komt.

Ze heeft een hand op het pistool in de holster gelegd, loopt de auto tegemoet en gebaart ondertussen met haar linkerhand om de chauffeur te laten stoppen.

Het regent blaasjes, het water stroomt over de rijbaan en kabbelt het gras van de berm in.

Mirja ziet dat de auto vaart mindert en ze ziet haar eigen schaduw omgeven door het blauwe, roterende licht van achteren, over de weg springen. Ze hoort een oproep uit de surveillancewagen komen, maar blijft buiten. De stemmen over de portofoon klinken blikkerig, knetteren voortdurend, maar toch kan ze het gesprek duidelijk horen.

'Ongelooflijk bloederig,' herhaalt een jonge collega terwijl hij de ontdekking van een tweede slachtoffer op de Birgittagården beschrijft, een vrouw van middelbare leeftijd.

De auto komt dichterbij, langzaam, rijdt naar de kant van de weg en blijft staan. Mirja Zlatnek loopt erheen. Het is een Mazda-pick-up met bemodderde banden. Het portier aan de bestuurderskant gaat open en een grote man met een groen jachtvest en een Helly Hansen-trui stapt uit. Hij heeft netjes gekamd haar tot op zijn schouders, een breed gezicht met een grote neus en kleine, smalle ogen.

'Zit je alleen in de auto?' roept Mirja terwijl ze water uit haar gezicht veegt.

Hij knikt en kijkt weg naar het bos.

'Ga aan de kant,' zegt ze terwijl ze naar hem toe loopt.

Hij doet een minimaal stapje achteruit.

Mirja buigt zich voorover om in de auto te kijken. Haar haar is intussen kletsnat en het water loopt via haar nek over haar rug.

Vanwege de regen en het vuil op het raampje is het lastig iets te zien. Op de bestuurdersstoel ligt een opengeslagen krant. Hij zat op een krant tijdens het rijden. Ze loopt om de auto heen, en probeert te zien wat er op de krappe achterbank ligt. Een oude deken en een thermoskan.

Over de portofoon klinkt een nieuwe oproep, maar ze kan de woorden niet onderscheiden.

Het jachtvest van de man is op de schouders al donkergroen van de regen. Er ratelt iets in de auto, een schrapend geluid over metaal.

Als ze weer opkijkt, is de man dichter bij haar komen staan. Een klein stukje, een paar decimeter. Of ze verbeeldt het zich maar. Ze weet het eigenlijk niet zeker. Hij neemt haar op, laat zijn blik over haar lichaam glijden en fronst zijn vlezige voorhoofd.

'Woon je hier?' vraagt ze.

Met haar voet veegt ze vuil van het nummerbord, ze noteert het kenteken en loopt dan verder om de auto heen.

'Nee,' antwoordt hij langzaam.

Op de vloer voor de passagiersstoel staat een roze sporttas. Mirja loopt om de auto heen maar blijft de grote man in het oog houden. Op de laadvloer ligt iets onder een stuk groen zeildoek, met stevige spanbanden eroverheen.

'Waar ga je naartoe?' vraagt ze.

Hij staat doodstil en volgt haar met zijn blik. Plotseling stroomt er vanonder het zeildoek bloed over de laadvloer, in de groeven met modder en naalden.

'Wat ligt hieronder?' vraagt ze.

Als hij geen antwoord geeft, steekt ze haar hand uit over de achterklep van de laadbak. Ze kan er niet makkelijk bij – ze moet zich tegen de auto aan drukken. De man doet een stapje opzij. Haar vingertoppen raken het zeildoek, maar ze laat de man niet los met haar blik. Hij likt langs zijn lippen terwijl zij de punt optilt. Ze klikt haar pistool los, richt haar blik dan snel op de laadvloer en vangt een glimp op van de slanke hoef van een jonge ree, een kalfje nog.

De man staat bewegingsloos in het blauwe zwaailicht, maar Mirja

73

houdt haar hand toch op haar wapen als ze een paar stappen bij de auto vandaan doet.

'Waar heb je deze ree geschoten?'

'Ze lag op de weg,' legt hij uit.

'Heb je de plaats gemarkeerd?'

Hij spuugt langzaam op de grond, tussen zijn voeten.

'Mag ik je rijbewijs zien?'

Hij geeft geen antwoord, maakt volstrekt geen aanstalten om te doen wat ze zegt.

'Je rijbewijs,' herhaalt ze, maar ze hoort de onzekerheid in haar stem.

'Wij zijn uitgepraat,' zegt hij en hij loopt naar zijn auto.

'Volgens de wet moet je wildaanrijdingen rapporteren...'

De man gaat achter het stuur zitten, sluit het portier, start en rijdt weg. Ze ziet hem met twee wielen in de berm langs de surveillance-wagen rijden. Als hij de weg weer op rijdt en uit het zicht verdwijnt, denkt Mirja dat ze de auto nader had moeten onderzoeken, het hele zeildoek weg had moeten halen en onder de deken op de achterbank had moeten kijken.

De regen gutst tussen de bladeren, in de verte krast een kraai vanuit een boomtop.

Er gaat een schok door Mirja heen als ze het geluid van een zware motor achter zich hoort. Ze draait zich om en haalt haar pistool te-voorschijn, maar ziet niets anders dan de regen.

27

De Deense chauffeur Mads Jensen wordt over de telefoon uitgekafferd door zijn planner. Zijn nek wordt rood en hij probeert de situatie uit te leggen. Pia Abrahamsson hoort de geïrriteerde stem over de telefoon, hoe de man aan de andere kant blijft schreeuwen over coördinaten en verneukte logistiek.

'Maar,' probeert Mads Jensen te zeggen. 'Maar je moet andere mensen toch h...'

'Ik kort je op je loon,' snauwt de planner. 'Dat is de hulp die je van mij krijgt.'

'En bedankt,' zegt Mads en hij drukt het gesprek weg.

Pia zit zwijgend naast de chauffeur terwijl het dichte bos aan beide kanten langsschiet. De cabine galmt van de harde regen. In de tweedelige zijspiegel ziet Pia de schommelende oplegger en de bomen waar ze net voorbij zijn.

Mads neemt een nicotinekauwgumpje en staart naar de weg voor zich. Er klinkt een dreunend geluid van de motor en de zware druk van de banden op het asfalt.

Ze kijkt naar de kalender die meeslingert met de bewegingen van de vrachtwagen. Een weelderige vrouw die een opblaaszwaan in een zwembad omarmt. Onder aan het glimmende blad staat augustus 1968. De weg loopt af en het gewicht van de lading staafijzer verhoogt de snelheid van het hele voertuig.

Ver weg in de vore van bomen zien ze een felblauw licht knipperen in de grijze regen. Een politiewagen blokkeert de rijbaan.

Pia Abrahamsson voelt haar hart op hol slaan. Ze staart naar de politiewagen en de vrouw met donkerblauwe trui die met haar hele arm zwaait. Nog voor de vrachtwagen helemaal stilstaat opent Pia het portier. Het geluid van de motor is opeens opdringerig en de banden knerpen.

Ze voelt zich duizelig als ze naar beneden klimt en naar de wachtende agente toe snelt.

'Waar is de auto?' vraagt de agente.

'Hè? Wat zeg je?'

Pia staart de andere vrouw aan en probeert het natte gezicht te duiden, maar wordt alleen nog maar angstiger door de ernst in haar blik. Ze heeft het gevoel dat haar benen elk moment onder haar kunnen wegklappen.

'Hebben jullie de auto gezien toen jullie hem passeerden?' verduidelijkt de agente.

'Passeerden?' zegt Pia krachteloos.

Mads Jensen komt naar ze toe.

'We hebben niets gezien,' zegt hij tegen de vrouw. 'Je moet te laat zijn geweest.'

'Te laat? Ik reed zelfs over deze weg, ik ben over deze weg gekomen...'

'Maar waar is die verdomde auto dan?' vraagt hij.

Mirja Zlatnek rent terug naar de surveillancewagen en neemt contact op met haar collega.

'Lasse?' vraagt ze hijgend.

'Ik heb je opgeroepen,' zegt hij. 'Je reageerde niet...'

'Nee, ik was...'

'Is het allemaal goed gegaan?' vraagt hij.

'Waar is die auto in godsnaam?' schreeuwt ze bijna. 'De vrachtwagen is hier, maar de auto is weg.'

'Er zijn geen andere wegen,' zegt hij.

'We moeten een opsporingsbericht laten uitgaan en weg 86 naar de andere kant afzetten.'

'Ik regel het meteen,' zegt hij en hij verbreekt de verbinding.

Pia Abrahamsson staat inmiddels bij de politiewagen. Het vocht is door haar kleren heen gedrongen. Politieagente Mirja Zlatnek zit met open portier op de bestuurdersstoel.

'Je zei tegen me dat jullie hem zouden pakken,' zegt Pia.

'Ja, ik...'

'Je zei het, ik geloofde je toen je dat zei.'

'Ik weet het, ik begrijp dit niet,' zegt Mirja. 'Het klopt niet, je kunt niet met tweehonderd per uur over deze wegen rijden, het is onmogelijk dat de auto de brug over is gereden voordat Lasse er was.'

'Maar hij móét ergens zijn,' zegt Pia hard terwijl ze de priesterboord lostrekt van haar blouse.

'Wacht,' zegt Mirja Zlatnek plotseling.

Ze roept de alarmcentrale op.

'Wagen 321 hier,' zegt ze snel. 'We hebben nog een wegafzetting nodig, nu meteen... Vóór Aspen... Er loopt daar een smalle weg, als je die kent kun je zo van Kävsta naar Myckelsjö rijden... Ja, precies... wie zei je? Goed, dan is hij daar over acht, tien minuten...'

Mirja stapt uit de auto, kijkt uit over de rechte weg alsof ze de rode Toyota nog steeds verwacht.

'Mijn zoontje – is hij weg?' vraagt Pia haar.

'Ze kunnen nergens heen,' antwoordt Mirja en ze probeert geduldig te klinken. 'Ik begrijp dat je bezorgd bent, maar we zullen ze vinden – ze moeten ergens afgeslagen zijn en daar zijn gebleven, ze kunnen nergens heen...'

Ze zwijgt en wist de regen van haar voorhoofd, ademt in en vervolgt: 'We zetten de laatste wegen af en dan gaan we met een helikopter van de reddingsdienst...'

Pia doet het bovenste knoopje van haar blouse open en zoekt met haar hand steun bij de motorkap van de politiewagen. Ze ademt veel te zwaar, probeert tot bedaren te komen, ze heeft pijn op haar borst. Ze begrijpt dat ze eisen zou moeten stellen, maar kan niet helder denken, voelt alleen een vertwijfelde angst en verwarring.

28

Hoewel het nog steeds giet van de regen, druppelt het maar een beetje op de grond tussen de bomen in het bos.

Een grote, witte commandobus staat stil in de regen, midden op het erf tussen de gebouwen van de Birgittagården. In de bus bevindt zich een commandocentrale en om een tafel met plattegronden en computers zit een groep mannen en vrouwen.

Het gesprek over het actuele moordonderzoek valt stil als ze naar de portofoongesprekken over een ontvoerd jongetje luisteren. Er zijn wegversperringen opgezet op weg 330 en op de brug bij Indal, bij Kävsta en verder naar het noorden op weg 86. Hun collega's zijn er eerst van overtuigd dat ze de auto zullen tegenhouden, maar daarna wordt het stil. Tien minuten lang geen communicatie, tot de portofoon ineens weer kraakt en een collega hijgend verslag uitbrengt.

'Hij is weg, de auto is weg... hij zou hier moeten zijn, maar hij komt niet... We hebben verdomme alle wegen die er zijn afgesloten, maar hij is gewoon weg... ik weet niet wat ik moet doen,' zegt Mirja vermoeid. 'De moeder zit bij mij in de auto, ik zal proberen met haar te praten...'

De agenten hebben zwijgend naar de gesprekken zitten luisteren. Nu verzamelen ze zich rondom de plattegrond op de tafel, terwijl Bosse Norling weg 86 volgt met zijn vinger.

'Als ze hem hier en hier hebben afgezet... kán de auto niet wegkomen,' zegt hij. 'Hij kan natuurlijk naar een garage in Bäck of Bjällsta zijn gereden... of hij is een bosbouwweg ingeslagen, maar het blijft raar.'

'En die bosbouwwegen lopen allemaal dood,' zegt Sonja Rask.

'Ben ik de enige die denkt dat Vicky Bennet die auto meegenomen kan hebben?' vraagt Bosse voorzichtig.

Het gekletter op het dak is minder geworden, maar er stroomt nog steeds regenwater langs de ramen van de bus.

Sonja gaat aan de computer zitten en begint het misdaadregister, het verdachtenregister en actuele voogdijkwesties te controleren via het intranet van de politie.

'Negen van de tien keer,' zegt Gunnarsson en hij leunt achterover terwijl hij een banaan pelt, 'lost dit soort vervelende kwesties zichzelf op... Ik denk dat ze met haar vent in de auto zat, ze kregen ruzie en het eindigde ermee dat hij het zat was, haar eruit zette en ervandoor ging.'

'Ze is niet getrouwd,' zegt Sonja.

'Volgens de statistieken,' vervolgt Gunnarsson op dezelfde onderwijzende toon, 'worden de meeste kinderen in Zweden buiten het huwelijk geboren en...'

'Hier hebben we het,' onderbreekt Sonja hem. 'Pia Abrahamsson heeft de voogdij over haar zoon Dante aangevraagd en de vader heeft geprobeerd dat aan te vechten...'

'Dus we laten het mogelijke verband met Vicky Bennet los?' vraagt Bosse.

'Probeer eerst de vader te pakken te krijgen,' zegt Joona.

'Dat doe ik,' zegt Sonja en ze gaat achter in de bus zitten.

'Hoe was het buiten Vicky Bennets raam?' vraagt Joona.

'Op de grond was er niets, maar we hebben afdrukken en wat stolsel op de vensterbank buiten en op de gevel gevonden,' zegt een technisch rechercheur.

'En bij de bosrand?'

'Zo ver waren we nog niet toen het ging regenen.'

'Maar Vicky Bennet is waarschijnlijk zo het bos in gerend,' zegt Joona bedachtzaam.

Hij slaat Bosse Norling gade die op de ouderwetse manier met een passer over de kaart gebogen zit, hij plaatst de pin op de Birgittagården en tekent een cirkel.

'Zij heeft die auto niet meegenomen,' zegt Gunnarsson. 'Het kost goddomme geen drie uur om door het bos bij weg 86 te komen en die te volgen tot...'

'Maar het is niet makkelijk om je 's nachts te oriënteren... dus ze kan best zo gelopen zijn,' zegt Bosse.

Hij wijst een boog op de kaart aan ten oosten van een moerassig gebied, en daarna een lijn die schuin naar het noorden loopt.

'Dan zou het tijdstip kloppen,' zegt Joona.

'Dantes vader is op het moment op Tenerife,' roept Sonja vanachter in de bus.

Olle Gunnarsson vloekt binnensmonds, loopt naar de portofoon en roept agente Mirja Zlatnek op.

'Met Gunnarsson,' zegt hij. 'Heb je de getuigenverklaring van de moeder opgenomen?'

'Ja, ik...'

'Hebben we een signalement?'

'Dat was niet makkelijk, er spelen veel emoties en de moeder geeft geen eenduidig beeld,' antwoordt Mirja terwijl ze door haar neus ademt. 'Ze is ontzettend overstuur en heeft het over een skelet met draden aan de handen dat uit het bos kwam. Een meisje met bloed in het gezicht, een meisje met armen als twijgen...'

'Maar ze heeft het over een meisje?'

'Ik heb haar verklaring opgenomen, maar ze zegt alleen maar rare dingen, ze moet eerst bedaren voor we haar echt kunnen verhoren...'

'Maar ze komt steeds terug op een meisje?' vraagt Gunnarsson langzaam.

'Ja... meerdere keren.'

29

Joona stopt zijn auto bij de afzetting op weg 330, groet een postende politieman, laat zijn legitimatie zien en rijdt dan verder langs de rivier Indalsälven.

Hij heeft bericht gekregen dat de pupillen van de Birgittagården tijdelijk in hotel Ibis gehuisvest worden. Maatschappelijk werker Daniel Grim is opgenomen op de psychiatrische crisisafdeling van het streekziekenhuis, beheerster Margot Lundin is thuis in Timrå en Faduumo Axmed, die in deeltijd als pedagogisch assistent werkt, heeft vrij en is bij haar ouders in Vänersborg.

Toen politieagente Mirja Zlatnek vertelde dat Pia Abrahamsson telkens had herhaald dat ze een mager meisje met zwachtels om haar handen had gezien, begreep iedereen dat toch Vicky Bennet de auto met het jongetje had meegenomen.

'Maar het is een mysterie dat ze niet is vastgelopen bij de wegafzettingen,' had Bosse Norling gezegd.

Er werd een helikopter ingezet, maar de auto was nergens te bekennen, niet in het dorpje en niet op de bosbouwwegen.

Eigenlijk is het geen mysterie, denkt Joona. De meest voor de hand liggende verklaring is dat het haar simpelweg is gelukt zich te verstoppen voordat ze bij de wegafzettingen kwam.

Maar waar?

Ze moet iemand kennen die in Indal woont, iemand met een garage.

Joona had gevraagd met de pupillen te mogen spreken, samen met een jeugdpsycholoog en een vertrouwenspersoon van Slachtofferhulp, en probeert zich de eerste ontmoeting in het bijgebouw voor de geest te halen, toen Gunnarsson was binnengekomen met de twee meisjes die het bos in gevlucht waren. Het roodharige meisje had televisiegekeken en met haar achterhoofd tegen de muur gebonkt. Het meisje dat Indie werd genoemd had handen voor je gezicht geassocieerd met Vicky en toen ze ontdekten dat ze verdwenen was, had iedereen geschreeuwd en door elkaar gepraat. Een aantal pupillen dacht dat ze sliep op een overdosis Stesolid. Almira spuugde op de grond en Indie wreef in haar gezicht en kreeg blauwe oogschaduw op haar handen.

Joona denkt dat er iets met Tuula was. Het roodharige meisje met de witte wimpers en de glimmende, roze trainingsbroek. Eerst had ze tegen hen geschreeuwd stil te zijn, maar ze had ook iets gezegd terwijl iedereen door elkaar praatte.

Tuula had gezegd dat Vicky naar haar neukerdje was gegaan.

30

Het tweesterrenhotel Ibis ligt aan de Trädgårdsgatan, niet ver van het politiebureau in Sundsvall. Ibis is een hotel dat naar stofzuiger, tapijten en oude sigarettenrook ruikt. De gevel bestaat uit crèmekleurig plaatijzer. Op de balie van de receptie staat een schaal snoepjes. De politie heeft de pupillen van de Birgittagården in vijf aangrenzende kamers ondergebracht en twee geüniformeerde bewakers in de gang geposteerd.

Joona loopt met grote passen over de versleten vloerbedekking.

Psychologe Lisa Jern wacht Joona bij een van de kamerdeuren op. Haar donkere haar is grijzend bij het voorhoofd en haar mond is smal en nerveus.

'Is Tuula er al?' vraagt Joona.

'Ja, ze is er... maar wacht,' zegt de psychologe als hij zijn hand op de deurkruk legt. 'Ik heb begrepen dat je hier bent als waarnemer van de rijksrecherche en...'

'Het leven van een kleuter is in gevaar,' onderbreekt Joona haar.

'Tuula zegt haast niets en... Mijn advies als kinderpsycholoog is helaas om te wachten tot ze zelf initiatief neemt en begint te vertellen over wat er is gebeurd.'

'Daar is geen tijd voor,' zegt Joona en hij legt zijn hand weer op de deurkruk.

'Wacht, ik... Het is heel belangrijk om op hetzelfde niveau als de kinderen te zijn, ze mogen zich absoluut niet gestigmatiseerd voelen als ziek of als...'

Joona doet de deur open en stapt de kamer in. Tuula Lehti zit op een stoel met haar rug naar een rij ramen. Een klein meisje, twaalf jaar nog maar, met sportkleding en sportschoenen.

Tussen de lamellen van de houten luxaflex is een straat met geparkeerde auto's te zien. Alle tafels hebben tafelbladen van beukenfineer en op de vloer ligt groene vaste vloerbedekking.

Helemaal achter in de kamer zit een man met gekamd haar en een blauwgeruit flanellen overhemd naar zijn telefoon te kijken. Joona begrijpt dat hij de vertrouwenspersoon van de pupillen is.

Joona gaat tegenover Tuula zitten en kijkt haar aan. Haar wenkbrauwen zijn licht en het steile haar is rood en piekerig.

'We hebben elkaar vanmorgen even gezien,' zegt hij.

Ze slaat haar sproetige armen over elkaar op haar buik. Haar lippen zijn smal en bijna kleurloos.

'*Kill the cops*,' mompelt ze.

Lisa Jern loopt om de tafel heen en gaat naast het in elkaar gedoken kleine meisje zitten.

'Tuula,' zegt ze op milde toon. 'Weet je nog dat ik vertelde dat ik me soms net Duimelijntje voel? Dat is helemaal niet gek, want ook als je volwassen bent kun je je soms zo klein als een duim voelen.'

'Waarom praat iedereen zo fokking achterlijk?' vraagt Tuula en ze kijkt Joona in de ogen. 'Zijn jullie soms randdebiel... of denken jullie dat ik dat ben?'

'Eerlijk gezegd denken we dat jij een beetje randdebiel bent,' antwoordt Joona.

Tuula glimlacht verbaasd en staat op het punt iets te zeggen als Lisa Jern haar verzekert dat dat niet waar is, dat de commissaris maar een grapje maakte.

Tuula slaat haar armen steviger om zichzelf heen, staart naar de tafel en blaast haar wangen op.

'Je bent absoluut niet randdebiel,' herhaalt Lisa Jern even later.

'Jawel,' fluistert Tuula.

Ze spuugt een taaie klodder speeksel op tafel, zit daarna stil in de klodder te pielen en maakt er een ster van.

'Wil je niet praten?' fluistert Lisa.

'Alleen met de Fin,' zegt Tuula haast onhoorbaar.

'Wat zeg je nou?' vraagt Lisa glimlachend.

'Ik praat alleen met de Fin,' zegt Tuula en ze steekt haar kin in de lucht.

'Wat aardig,' reageert de psychologe stijfjes.

Joona zet het opnameapparaatje aan en neemt de formaliteiten rustig door, tijd en plaats, aanwezige personen en het doel van het gesprek.

'Hoe ben je op de Birgittagården gekomen, Tuula?' vraagt hij.

'Ik zat in Lövsta... Er zijn wat dingen gebeurd die misschien niet zo oké waren,' vertelt ze en ze slaat haar blik neer. 'Ik kwam op gesloten terecht hoewel ik eigenlijk te jong ben... Ik hield me koest, keek tv en na een jaar en vier maanden werd ik overgeplaatst naar de Birgittagården.'

'Wat is het verschil... vergeleken met Lövsta?'

'Dat is... de Birgittagården is net een echt thuis, zo voelt het wel... Er ligt vloerbedekking en de meubels zitten niet met van die kutschroeven vast aan de muur... En niet alles zit helemaal op slot en met alarmen en zo... En je kunt rustig slapen en krijgt echt gekookt eten.'

Joona knikt en ziet vanuit zijn ooghoek dat de vertrouwenspersoon nog steeds op zijn telefoon kijkt. Psychologe Lisa Jern ademt door haar neus terwijl ze naar hen luistert.

'Wat hebben jullie gister gegeten?'

'Taco's,' antwoordt Tuula.

'Was iedereen daarbij?'

Ze haalt haar schouders op.

'Ik geloof het wel.'

'Miranda ook? Heeft zij gisteravond ook taco's gegeten?'

'Je hoeft alleen haar buik maar open te snijden om dat te zien – hebben jullie dat niet gedaan?'

'Nee, dat hebben we niet gedaan.'

'Waarom niet?'

'Daar hebben we nog geen tijd voor gehad.'

Tuula vertrekt haar mond en peutert dan een los draadje van haar broek. Haar nagels zijn afgekloven en de nagelriemen gescheurd.

'Ik heb naar binnen gekeken bij de separeer. Het was best heftig,' zegt Tuula en ze begint met haar bovenlichaam te wiegen.

'Heb je gezien hoe Miranda lag?' vraagt Joona even later.

'Ja, zo,' zegt Tuula snel en ze houdt haar handen voor haar gezicht.

'Waarom denk je dat ze dat deed?'

Tuula schopt de rand van het tapijt omhoog en trapt hem weer naar beneden.

'Misschien was ze bang.'

'Heb je dat iemand anders zien doen?' vraagt Joona op luchtige toon.

'Nee,' antwoordt Tuula en ze krabt in haar hals.

'Jullie worden niet in jullie kamer opgesloten?'

'Het is haast net een open internaat,' glimlacht Tuula.

'Gaan jullie vaak 's nachts stiekem naar buiten?'

'Ik niet.'

Tuula's mond wordt klein en hard en ze doet alsof ze met haar wijsvinger op de psychologe schiet.

'Waarom niet?' vraagt Joona.

Ze kijkt hem in de ogen en zegt zacht: 'Ik ben bang in het donker.'

'En de anderen?'

Joona ziet dat Lisa Jern met een geïrriteerde frons tussen haar wenkbrauwen staat te luisteren.

'Die wel,' fluistert Tuula.

'Wat doen ze als ze wegsluipen?'

Het meisje slaat haar ogen neer en glimlacht bij zichzelf.

'Ze zijn immers ouder dan jij,' gaat Joona verder.

'Ja,' antwoordt ze terwijl haar wangen en nek rood kleuren.

'Zien ze jongens?'

Ze knikt.

'Vicky ook?'

'Ja, ze gaat 's nachts stiekem naar buiten,' zegt Tuula terwijl ze zich naar Joona toe buigt.

'Weet je naar wie ze toe gaat?'

'Dennis.'

'Wie is dat?'

'Weet ik niet,' fluistert ze en ze likt langs haar lippen.

'Maar hij heet Dennis? Heb je een achternaam?'

'Nee.'

'Hoe lang blijft ze dan weg?'

Tuula haalt haar schouders op en pulkt een stukje tape onder de zitting van haar stoel los.

31

Officier van justitie Susanne Öst staat buiten het hotel naast een grote Ford Fairlane te wachten. Haar gezicht is rond en onopgemaakt. Ze heeft haar blonde haar opgestoken in een paardenstaart en draagt een zwarte lange broek en een grijs jasje. Ze heeft hard in haar hals gekrabd en een punt van de kraag van haar blouse wijst omhoog.

'Heb je er iets op tegen dat ik een tijdje politieagentje speel?' vraagt ze blozend.

'Integendeel,' zegt Joona en hij schudt haar de hand.

'We zijn bezig de deuren langs te gaan, doorzoeken garages, schuren, parkeerplaatsen en dergelijke,' zegt ze ernstig. 'Zo sluiten we het net, er zijn niet veel plekken waar je een auto kunt verbergen...'

'Nee.'

'Maar nu we een naam hebben gaat het natuurlijk wat sneller,' glimlacht ze terwijl ze het voorportier van de grote Ford opent. 'Er zijn in dit gebied vier mensen die Dennis heten.'

'Ik rij achter je aan,' zegt hij terwijl hij in zijn Volvo stapt.

De Amerikaanse auto schommelt als hij wegrijdt richting Indal. Joona volgt haar en denkt aan Vicky.

Haar moeder Susie Bennet was verslaafd en dakloos tot ze afgelopen winter overleed. Vicky heeft vanaf haar zesde jaar in verschillende pleeggezinnen en instituten gewoond en heeft waarschijnlijk snel geleerd om relaties te verbreken en op te bouwen.

Als Vicky 's nachts wegsluipt om iemand te ontmoeten, moet hij vrij dicht in de buurt wonen. Misschien wacht hij op haar in het bos of op de grindweg, misschien volgt ze weg 86 naar zijn huis in Baggböle of Västloning.

Het asfalt droogt op, het regenwater verzamelt zich in de greppels en ondiepe plassen. De lucht is lichter geworden maar het bos druipt nog steeds.

De officier van justitie belt Joona en hij ziet dat ze in haar achteruitkijkspiegel naar hem kijkt terwijl ze praat.

'We hebben nu een Dennis in Indal gevonden,' zegt ze. 'Hij is zeven
jaar... en een andere Dennis, in Stige, maar hij werkt op het moment
in Leeds...'

'Nog twee,' constateert Joona.

'Ja, Dennis en Lovisa Karmstedt wonen in een huis even buiten
Tomming. Daar zijn we nog niet geweest. Verder is er een Dennis
Rolando die bij zijn ouders even ten zuiden van Indal woont. We zijn
bij zijn ouders langs geweest en daar hebben we niks gevonden. Maar
hij heeft ook een grote loods aan de Kvarnvägen waar we niet in kunnen... het is vast niks, want ze hebben hem gesproken en hij blijkt in
de auto naar Sollefteå te zitten.'

'Forceer de deur van die loods.'

'Oké,' zegt ze en ze hangt op.

Het landschap wordt opener en aan beide kanten van de weg liggen
akkers. Overal glinstert en blinkt het. Rode boerderijen liggen tegen
de bosrand en achter de boerderijen loopt het bos vele tientallen kilometers door.

Op het moment dat Joona het rustige Östanskär passeert, zagen
twee geüniformeerde agenten de stalen deur van de loods open met
een haakse slijper. Een regen van vonken spuit over de weg. De agenten drukken forse breekijzers tussen de deur en breken hem dan de
verkeerde kant op open en gaan naar binnen. Het schijnsel van hun
zaklampen dringt door tussen donkere formaties. Onder vuile plastic
hoezen staan een stuk of vijftig verouderde arcadespellen, apparaten
met namen als Space Invaders, Asteroids en Street Fighter.

Joona ziet Susanne Öst bellen en hem daarna een blik via de spiegel
toewerpen. Zijn telefoon gaat. Susanne vertelt vlug dat er nog maar
één adres overblijft. Het is niet ver weg. Ze zouden er in tien minuten
moeten zijn.

Ze mindert vaart en hij rijdt achter haar aan als ze rechts afslaat naar
een weg tussen twee drassige omheinde weiden, die verder het bos
in leidt. Ze komen bij een geelhouten huis waar de luxaflex voor alle
ramen naar beneden getrokken is. Appelbomen groeien in de goed

onderhouden tuin en op het erf staat een blauw-witgestreepte schommelbank.

Ze zetten hun auto neer en lopen samen naar een geparkeerde politiewagen.

Joona groet zijn collega's en kijkt daarna naar het huis met de dichte luxaflex.

'We weten niet of Vicky de auto heeft meegenomen om het kind te ontvoeren of alleen omdat ze een auto wilde hebben en er toevallig een kind op de achterbank zat,' zegt hij. 'Maar we moeten het kind op dit moment hoe dan ook als gegijzeld beschouwen.'

'Gegijzeld,' herhaalt de officier van justitie zacht.

Ze loopt naar de deur, belt aan en roept dat de politie de deur zal forceren als ze niet binnengelaten worden. In het huis verplaatst iemand zich. De vloer kraakt en er valt een zwaar meubelstuk om.

'Ik ga naar binnen,' zegt Joona.

Een agent bewaakt de buitendeur, de kant die aan het gras grenst en de afgesloten garagedeur, en de ander loopt met Joona mee om het huis heen.

Hun schoenen en broekspijpen worden nat in het hoge gras. Aan de achterkant leidt een klein betonnen trapje naar een deur met matglas van een souterrain. Als Joona de deur in trapt, gaat de deurpost aan splinters en glasscherven vliegen over het blauwe zeil van de bijkeuken.

32

Het glas knarst onder Joona's schoenen als hij een keurige bijkeuken met een handmangel in loopt.

Miranda zat op een stoel toen ze werd vermoord, denkt Joona. Elisabet werd op haar sokken over het terrein naar het bakhuisje gejaagd, probeerde weg te kruipen maar werd van voren doodgeslagen.

Hij voelt het gewicht van het nieuwe pistool dat in de holster onder zijn rechterarm hangt. Het is een halfautomatische Smith & Wesson, kaliber .45ACP. Het weegt iets meer dan het vorige, bevat minder patronen maar vuurt het eerste schot sneller af.

Voorzichtig opent Joona een krakende deur en kijkt een boerenkeuken in. Op de ronde tafel staat een grote aardewerken schaal met rode appels en het mooie, oude houtfornuis ruikt naar vuur. Bevroren kaneelbroodjes liggen op een bord te ontdooien en de la met scherpe messen staat open.

Door de luxaflex ziet hij vagelijk het natte groen van de tuin.

Joona loopt de hal in en hoort de plafondlamp tinkelen. Glazen prisma's stoten tegen elkaar. Iemand loopt op de vloer erboven zodat de lamp zwaait.

Hij sluipt de trap op en kijkt tussen de treden door. Kleding hangt stil in het donker onder de trap.

Joona komt op de overloop, sluipt bijna geruisloos langs de reling, een slaapkamer met een tweepersoonsbed in. De luxaflex zit dicht en de plafondlamp doet het niet.

Joona gaat naar binnen, perkt vuurlijnen af en loopt opzij.

Op de bonte lappendeken liggen een vizierkijker en een jachtgeweer.

Iemand ademt vlak bij hem. Joona loopt verder naar binnen en richt zijn pistool op de hoek. Achter de open kleerkast staat een man met ronde schouders en lichtblond haar naar hem te staren.

De man is blootsvoets en draagt een donkerblauwe spijkerbroek en een wit T-shirt met de tekst STORA ENSO erop. Hij verbergt iets achter zijn rug en schuifelt langzaam naar rechts, dichter naar het bed toe.

'Ik ben van de rijksrecherche,' zegt Joona terwijl hij zijn pistool een stukje laat zakken.

'Dit is mijn huis,' zegt de man gedempt.

'Je had open moeten doen.'

Joona ziet dat er zweet over de wangen van de man stroomt.

'Heb je mijn achterdeur kapotgemaakt?' vraagt de man.

'Ja.'

'Is ie te repareren?'

'Dat betwijfel ik,' antwoordt Joona.

Heel even schittert er iets in het rookglas van de schuifdeur in de kleerkast. Joona ziet dat de man een groot keukenmes achter zijn rug houdt.

'Ik wil graag in je garage kijken,' zegt Joona rustig.

'Daar staat mijn auto.'

'Leg het mes op het bed en laat me de garage zien.'

De man haalt het mes tevoorschijn en kijkt er zelf naar. Het gelakte houten handvat is versleten en het lemmet is vele malen geslepen.

'Ik heb weinig tijd,' zegt Joona.

'Je had mijn achterdeur niet...'

Plotseling bemerkt Joona een beweging achter zich. Blote voeten kletsen over de vloer. Hij kan maar een klein stukje opzij gaan zonder het mes uit het oog te verliezen. Een schaduw stort zich op zijn rug. Joona draait zijn lichaam, heft zijn arm en voltooit de beweging, vergroot de kracht en vangt de aanstormende gedaante op met zijn elleboog.

Joona houdt de loop van het pistool op de man met het mes gericht en raakt met zijn elleboog een jongen midden in zijn borstkas. De jongen slaakt een zucht en hapt naar adem, probeert ergens steun te zoeken en zakt op zijn knieën.

Hij zuigt lucht in zijn longen, kruipt in elkaar op de vloer, verkreukelt het voddenkleed onder zich en blijft hijgend op zijn zij liggen.

'Ze komen uit Afghanistan,' zegt de man zacht. 'Ze hebben hulp nodig en...'

'Ik schiet je in je been als je het mes niet weglegt,' zegt Joona.

De man kijkt weer naar het mes en gooit het op het bed. Opeens verschijnen er twee kleinere kinderen in de deuropening. Ze staren Joona met grote ogen aan.

'Je verbergt vluchtelingen?' vraagt Joona. 'Hoeveel verdien je daarmee?'

'Zou ik me laten betalen?' zegt hij verontwaardigd.

'Doe je dat?'

'Nee.'

Joona ziet de donkere blik van de jongen.

'*Do you pay him?*' vraagt hij.

De jongen schudt zijn hoofd.

'Geen mens is illegaal,' zegt de man.

'*You don't have to be afraid,*' zegt Joona tegen de grootste jongen. '*I promise I will help you if you are abused in any way.*'

De jongen houdt zijn ogen lang op Joona gericht en schudt dan zijn hoofd.

'*Dennis is a good man,*' fluistert hij.

'Daar ben ik blij om,' zegt Joona, hij kijkt de man in de ogen en verlaat dan de kamer.

Joona loopt de trap af, helemaal tot de garage. Hij kijkt even naar de oude, stoffige Saab en bedenkt dat Vicky en Dante nog steeds verdwenen zijn, en dat ze geen plekken meer hebben om te doorzoeken.

33

Flora Hansen dweilt het versleten zeil in de hal van de flat. Haar linkerwang gloeit nog van de draai om haar oren en haar oor suist vreemd. De glans van de vloerbedekking is in de loop der jaren afgesleten. Maar het water doet het droge spoor in het midden weer even glanzen.

Een lichte geur van groene zeep verspreidt zich door de kamers.

Flora heeft alle matten geklopt en heeft ook de televisiekamer, de krap bemeten keuken en Hans-Gunnars kamer gedweild, maar ze wacht met Ewa's slaapkamer tot *Solsidan* op televisie is begonnen.

Ewa en Hans-Gunnar volgen de serie allebei – ze missen nooit een aflevering.

Flora dweilt de vloer met krachtige bewegingen, de grijze slierten van de zwabber kletsen tegen de plinten. Ze verplaatst zich achterwaarts en stoot per ongeluk tegen het oude schilderij dat ze dertig jaar geleden op de kleuterschool heeft gemaakt. Alle kinderen mochten allerlei soorten pasta op een stuk hout plakken en daarna werd het schilderij overgespoten met gouden verf.

Ze hoort de tune van het televisieprogramma.

Dit is haar kans.

Er gaat een pijnscheut door haar rug als ze de zware emmer optilt aan het hengsel en hem naar Ewa's kamer draagt.

Flora doet de deur achter zich dicht en zet de emmer ervoor, zodat de deur niet zomaar opengedaan kan worden.

Haar hart bonst al flink als ze de zwabber uitspoelt in de emmer, overtollig water eruit drukt en naar de trouwfoto op het nachtkastje kijkt.

Ewa verstopt de sleutel van de secretaire altijd aan de achterkant van het lijstje.

Flora doet al het huishoudelijk werk om in de logeerkamer te mogen wonen. Ze moest weer bij Ewa en Hans-Gunnar intrekken toen haar werkeloosheidsuitkering stopte nadat ze haar baan als ziekenverzorgster in het Sankt Göran-ziekenhuis was kwijtgeraakt.

Als kind dacht Flora dat haar echte ouders haar zouden komen halen, maar waarschijnlijk waren ze drugsverslaafden, aangezien Hans-Gunnar en Ewa zeggen niets van hen te weten. Flora is hier op vijfjarige leeftijd gekomen en herinnert zich niets van de tijd ervoor. Hans-Gunnar heeft altijd over haar gepraat alsof ze een last was en vanaf haar vroege tienerjaren verlangt Flora naar elders. Op haar negentiende kreeg ze de baan als ziekenverzorgster en ze verhuisde diezelfde maand nog naar een eigen flatje in Kallhäll.

De zwabber drupt als Flora naar het raam loopt en de vloer begint te dweilen. Onder de radiator is het zeil zwart van vroegere lekkages. De oude luxaflex is beschadigd en hangt scheef voor het raam. Op de vensterbank staat een beschilderd houten paardje uit Rättvik tussen de geraniums.

Flora dweilt langzaam in de richting van het nachtkastje, blijft staan en luistert.

Ze hoort het geluid van de televisie.

Op de trouwfoto zijn Ewa en Hans-Gunnar jong. Zij draagt een witte jurk en hij een pak met een zilverkleurige stropdas. De lucht is wit. Op een heuvel naast de kerk staat een zwarte klokkentoren met een uivormige koepel. De toren steekt als een vreemde hoed achter Hans-Gunnars hoofd omhoog. Flora weet niet waarom ze het beeld altijd onaangenaam heeft gevonden.

Ze probeert rustig te ademen.

Voorzichtig zet ze de zwabber tegen de muur, maar voor ze de foto oppakt wacht ze tot ze Ewa hoort lachen om iets in de serie.

Tegen de achterkant van het lijstje zit de sierlijke messing sleutel. Flora haalt hem van het haakje, maar haar handen trillen zo erg dat ze hem laat vallen.

Rinkelend valt de sleutel op de vloer en stuitert onder het bed.

Flora moet steun zoeken terwijl ze vooroverbuigt.

Op de gang klinken voetstappen en Flora blijft liggen wachten. Het bloed bonkt in haar slapen.

De vloer voor de deur kraakt en daarna wordt het weer stil.

De sleutel ligt tussen de stoffige snoeren langs de muur. Ze steekt haar hand onder het bed en pakt hem, staat op en wacht even voor ze naar de secretaire loopt. Ze draait hem van het slot, klapt het zware blad naar beneden en trekt een laatje open. Onder de ansichtkaarten uit Parijs en Mallorca ligt de envelop waarin Ewa het geld voor de vaste lasten bewaart. Flora doet de envelop met het geld voor de volgende maand open en pakt de helft eruit, stopt de briefjes in haar zak, legt de envelop snel terug, probeert het laatje dicht te krijgen, maar het zit ergens vast.

'Flora,' roept Ewa.

Ze trekt de la weer open, ziet niets vreemds, probeert hem dicht te schuiven maar trilt te erg om erin te slagen.

In de gang klinken weer voetstappen.

Flora duwt tegen de la. Hij zit scheef maar gaat toch dicht, traag en moeizaam. Ze klapt de secretaire dicht, maar heeft geen tijd meer om hem op slot te doen.

De deur van Ewa's slaapkamer gaat open, stoot tegen de emmer zodat het water eruit klotst.

'Flora?'

Ze pakt de zwabber, mompelt iets en verplaatst de emmer, veegt het gemorste water op en gaat dan verder met dweilen.

'Ik kan mijn handcrème niet vinden,' zegt Ewa.

Haar ogen zijn gespannen en de rimpels rondom haar ontevreden mond verdiepen zich. Ze staat blootsvoets op de pas gedweilde vloer, haar gele joggingbroek zit zakkig en haar witte T-shirt spant over haar buik en grote borsten.

'Die... staat misschien in het kastje in de badkamer, naast het haarwater, denk ik,' zegt Flora en ze spoelt de zwabber weer uit.

Er is reclame op televisie, het geluid staat harder en schelle stemmen hebben het over voetschimmel. Ewa blijft bij de deur naar haar staan kijken.

'Hans-Gunnar vond de koffie niet lekker,' zegt ze.

'Dat spijt me.'

Flora drukt overtollig water uit de zwabber.

'Hij zegt dat je goedkopere koffie overgiet in het pak.'

'Waarom zou...'

'Lieg niet,' kapt Ewa haar af.

'Dat doe ik niet,' mompelt Flora terwijl ze verder dweilt.

'Je begrijpt toch wel dat je zijn kopje af moet wassen en nieuwe koffie moet zetten?'

Flora stopt met dweilen, zet de zwabber tegen de muur naast de deur, zegt sorry en gaat naar de televisiekamer. Ze voelt de sleutel en de biljetten in haar zak. Hans-Gunnar kijkt haar niet eens aan als ze het kopje naast de schaal koekjes wegpakt.

'Jezus, Ewa,' roept hij. 'Het begint weer!'

Flora schrikt van zijn stem, haast zich verder, komt Ewa in de hal tegen en kijkt haar in de ogen.

'Weet je nog dat ik vanavond naar de sollicitatiecursus moet?' zegt Flora.

'Je krijgt toch geen werk.'

'Nee, maar het moet wel, dat zijn de regels... Ik maak nieuwe koffie en probeer de vloer af te maken... dan kan ik de gordijnen morgen misschien doen.'

34

Flora betaalt de man met de grijze jas. Het water van zijn paraplu druipt in haar gezicht. Hij geeft haar de sleutel van de deur en zegt dat ze hem na afloop weer in de brievenbus van de antiekzaak kan stoppen.

Flora bedankt hem en loopt gehaast verder over de stoep. De stiknaden van haar oude jas beginnen los te laten. Ze is veertig jaar, maar haar meisjesachtige gezicht straalt eenzaamheid uit.

Het eerste blok van de Upplandsgatan na het Odenplan zit vol antiek- en curiosazaken. In de etalages glinsteren kristallen kroonluchters en vitrinekasten, oud speelgoed van beschilderd blik, porseleinen poppetjes, medailles en pendules.

Naast de betraliede glazen deur van de winkel Carlén Antikviteter zit een smallere deur naar een souterrain. Op de ondoorzichtige glazen ruit plakt Flora een bordje van wit karton.

SPIRITISTISCHE AVOND

Een steile trap leidt naar het souterrain, waar je de leidingen hoort ruisen als er iemand boven doortrekt of de kraan gebruikt. Flora heeft de ruimte zeven keer gehuurd om seances te houden. Elke keer zijn er tussen de vier en zes deelnemers geweest, net voldoende om de huur te dekken. Ze heeft contact met een aantal kranten en tijdschriften opgenomen voor artikelen over haar vermogen met doden te spreken, maar ze heeft geen respons gekregen. Voor vanavond heeft ze een vrij grote advertentie geplaatst in het newagetijdschrift *Fenomen*.

Flora heeft maar een paar minuten voordat de deelnemers arriveren, maar ze weet wat ze moet doen. Vlug schuift ze de meubels in de kamer aan de kant en zet dan twaalf stoelen in een kring.

Op de tafel in het midden legt ze de twee poppen in negentiende-eeuwse klederdracht. Een man en een vrouw met glimmende porseleinen gezichtjes. Het idee is dat die haar helpen een sfeer van vroeger op te roepen. Na afloop van de seances stopt ze ze meteen weer terug in de eikenhouten kast, omdat ze ze eigenlijk onprettig vindt.

Om de poppen heen zet ze twaalf theelichtjes op tafel. Met een lucifer drukt ze een beetje strontiumzout in een kaarsje, waarna ze het gaatje dichtmaakt.

Vervolgens loopt ze snel naar de kast om de oude wekker te zetten. Dat heeft ze vier keer geleden geprobeerd. De klepel ontbreekt, dus het enige wat je hoort als hij gaat, is een hakkelend geluid in de kast. Voor ze hem heeft kunnen opwinden, gaat de buitendeur open. De eerste deelnemers zijn er al. Paraplu's worden uitgeschud en daarna hoort ze voetstappen op de trap.

Flora kijkt zichzelf per ongeluk aan in de vierkante muurspiegel. Haar bewegingen stokken, ze ademt in en strijkt met haar hand over de grijze jurk die ze bij het Leger des Heils heeft gekocht.

Zodra ze een beetje glimlacht, ziet ze er ontspannener uit.

Ze steekt wierook aan en begroet Dina en Asker Sibelius zacht. Ze hangen hun jas op en praten gedempt met elkaar.

De deelnemers zijn bijna allemaal oude mensen die weten dat ze de dood naderen. Het zijn mensen die hun verliezen niet kunnen verdragen, die niet kunnen accepteren dat de dood definitief zal zijn.

De buitendeur gaat weer open en er komt iemand de trap af. Het is een ouder paar dat ze niet kent.

'Welkom,' begroet ze hen zacht.

Ze staat op het punt zich om te draaien als ze haar bewegingen staakt en even naar de man kijkt alsof ze iets speciaals heeft gezien, maar doet daarna alsof ze het gevoel van zich afschudt en vraagt hen plaats te nemen.

De deur naar de straat gaat weer open, en er komen meer bezoekers binnen.

Als het tien over zeven is, moet ze zich erbij neerleggen dat dit het is. Negen personen is toch de beste opkomst tot nu toe, maar het zijn er nog steeds te weinig om het geld dat ze van Ewa heeft geleend te kunnen terugleggen.

Flora probeert rustig te ademen, maar voelt dat haar benen trillen als ze de grote ruimte zonder ramen weer in loopt. De deelnemers zitten al in een kring. De gesprekken staken en alle blikken zijn op haar gericht.

35

Flora Hansen steekt de kaarsen op tafel aan en pas als ze op haar stoel gaat zitten, laat ze haar blik over de aanwezigen gaan. Vijf van hen zijn vaker geweest, maar de anderen zijn nieuw. Tegenover haar zit een man van een jaar of dertig. Zijn gezicht is open en mooi op een jongensachtige manier.

'Welkom op deze plek... bij mij,' zegt ze en ze slikt hard. 'Laten we meteen beginnen...'

'Ja,' antwoordt de oude Asker met krakerige, vriendelijke stem.

'Pak elkaars handen vast en sluit de cirkel,' verzoekt Flora warm.

De jonge man kijkt haar recht aan. Zijn blik is glimlachend en nieuwsgierig. Er kriebelt een gevoel van spanning en verwachting in Flora's buik.

De stilte die ontstaat is zwart en machtig, tien personen vormen een kring en voelen gezamenlijk hoe de doden zich achter hun ruggen verzamelen.

'Verbreek de cirkel niet,' zegt ze streng tegen de groep. 'Verbreek de cirkel niet, wat er ook gebeurt. Want dan kan het zo zijn dat onze bezoekers de weg naar gene zijde niet terugvinden.'

Haar deelnemers zijn zo oud dat ze veel meer mensen aan de dood zijn kwijtgeraakt dan ze nog onder de levenden hebben. Voor hen is de dood een plaats vol bekende gezichten.

'Jullie mogen nooit naar de dag van jullie eigen dood vragen,' zegt Flora. 'En jullie mogen geen vragen over de duivel stellen.'

'Waarom mag dat niet?' vraagt de jonge man glimlachend.

'Niet alle geesten zijn goed en onze kring is niet meer dan een poort naar gene zijde...'

De donkere ogen van de jonge man glinsteren.

'Demonen?' vraagt hij.

'Dat denk ik niet,' zegt Dina Sibelius met een bezorgd lachje.

'Ik probeer de poort te bewaken,' zegt Flora ernstig. 'Maar ze... ze voelen onze warmte, zien de kaarsjes branden.'

Het wordt weer stil. De leidingen suizen. Een wonderlijk, verontwaardigd gebrom, als een vlieg die verstrikt is geraakt in een spinnenweb.

'Zijn jullie er klaar voor?' vraagt ze langzaam.

De deelnemers mompelen bevestigend en Flora voelt een rilling van genot als ze merkt hoe er een geheel nieuw soort aandacht in de kamer heerst. Ze denkt dat ze hun hart kan horen slaan, hun hartslag voelt in de donkere kring.

'Nu ga ik in trance.'

Flora houdt haar adem in en knijpt in de handen van Asker Sibelius en de nieuwe vrouw. Ze doet haar ogen stevig dicht, wacht zo lang ze kan, vecht tegen de impuls te ademen tot ze begint te trillen en ademt dan heel diep in.

'Er zijn zoveel bezoekers van gene zijde,' zegt Flora na een tijdje.

De mensen die eerder zijn geweest, hummen bevestigend.

Flora merkt dat de jonge man naar haar kijkt, ze voelt zijn alerte, belangstellende blik op haar wangen, haar haar, haar hals.

Ze laat haar kin zakken en bedenkt dat ze met Violet zal beginnen om de jonge man te overtuigen. Flora kent haar verhaal, maar heeft haar laten wachten. Violet Larsen is een vreselijk eenzame vrouw. Vijftig jaar geleden heeft ze haar enige zoon verloren. Op een avond kreeg de jongen een epidemische hersenvliesontsteking en uit angst voor besmetting wilde geen ziekenhuis hem opnemen. Violets man is de hele nacht met de zieke jongen van ziekenhuis naar ziekenhuis gereden. Toen de dag aanbrak, is de jongen in zijn armen gestorven. De vader bezweek aan zijn verdriet en overleed een jaar later. Een fatale nacht waarin al haar geluk uitdoofde. Sindsdien is Violet een kinderloze weduwe. Zo heeft ze een halve eeuw geleefd.

'Violet,' fluistert Flora.

De oude vrouw richt haar vochtige ogen op haar.

'Ja?'

'Er is hier een kind, een kind dat een man bij de hand houdt.'

'Hoe heten ze?' fluistert Violet met trillende stem.

'Ze heten... de jongen zegt dat jij hem altijd Jusse noemde.'

Violet hapt naar adem.

'Dat is mijn kleine Jusse,' fluistert ze.

'En de man, hij zegt dat je weet wie hij is, jij bent zijn bloem.'

Violet knikt glimlachend.

'Dat is mijn Albert.'

'Ze hebben een boodschap voor je, Violet,' gaat Flora ernstig verder. 'Ze zeggen dat ze je elke dag en elke nacht volgen en dat je nooit alleen bent.'

Er rolt een dikke traan over Violets rimpelige wang.

'Het jongetje vraagt je niet verdrietig te zijn. "Mama," zegt hij, "ik heb het goed. Papa is altijd bij mij."'

'Ik mis jullie zo,' snikt Violet.

'Ik zie de jongen, hij staat vlak naast je en raakt je wang aan,' fluistert Flora.

Violet huilt zacht en het wordt weer stil. Flora wacht tot de warmte van het kaarsje het strontiumzout doet ontvlammen, maar het laat op zich wachten.

Ze mompelt binnensmonds en overweegt wie ze nu zal kiezen. Ze sluit haar ogen en wiegt haar bovenlichaam zachtjes heen en weer.

'Er zijn er zoveel...' mompelt ze. 'Er zijn er zoveel... Ze verdringen zich in de smalle poort, ik voel hun aanwezigheid, ze verlangen naar jullie, ze verlangen ernaar met jullie te praten...'

Ze zwijgt als er een kaarsje op tafel begint te knetteren.

'Geen ruzie aan de poort,' mompelt ze.

Het knetterende kaarsje brandt plotseling met een vuurrode vlam en iemand in de groep gilt.

'Jij bent niet uitgenodigd, jij blijft buiten,' zegt Flora kordaat en ze wacht tot het rode vuur verdwijnt. 'Nu wil ik de man met de bril spreken,' mompelt ze. 'Ja, kom dichterbij. Hoe heet je?'

Ze luistert inwendig.

'Je wilt het zoals altijd,' zegt Flora en daarna kijkt ze haar bezoekers aan. 'Hij zegt dat hij het wil zoals altijd. Hij krijgt het zoals altijd, met slavinken, gekookte aardappels en...'

'Dat is mijn Stig!' roept de vrouw naast Flora uit.

'Het is moeilijk te verstaan wat hij zegt,' gaat Flora verder. 'Ze zijn met zovelen, ze vallen hem in de rede...'

'Stig,' fluistert de vrouw.

'Hij zegt sorry... hij wil dat je hem vergeeft.'

Door de handen die elkaar vasthouden voelt Flora de sidderingen van de oude vrouw.

'Ik heb je vergeven,' fluistert ze.

36

Na afloop van de seance laat Flora de bezoekers snel gaan. Ze weet dat mensen graag alleen willen zijn met hun fantasieën en herinneringen. Langzaam loopt ze rond in de ruimte, blaast de theelichtjes uit en zet de stoelen weer goed. Ze voelt nog steeds een wellust in haar lichaam doordat alles zo goed ging.

In het halletje heeft ze een kistje gezet waar de bezoekers geld in hebben gestopt. Ze telt het en ziet dat het niet genoeg is om het geld dat ze uit Ewa's envelop heeft geleend, terug te betalen. Volgende week heeft ze weer een spiritistische avond en dat is haar laatste mogelijkheid om het bedrag bij elkaar te krijgen zonder ontdekt te worden.

Ze heeft in *Fenomen* geadverteerd, maar er zijn toch te weinig deelnemers gekomen. De laatste tijd wordt ze 's nachts wakker, staart met droge ogen het duister in en vraagt zich af wat ze moet doen. Aan het eind van de maand betaalt Ewa altijd de rekeningen. Dan zal ze merken dat er geld ontbreekt.

Het regent niet meer als ze buitenkomt. De lucht is zwart. Straatlantaarns en neonreclames verlichten het natte asfalt. Flora doet de deur dicht en gooit de sleutel door de brievenbus van Carlén Antikviteter.

Als ze het kartonnen bordje weghaalt en in haar tas stopt, ziet ze iemand in het portiek naast het hare staan. Het is de jonge man van de seance. Hij stapt op haar af en glimlacht verontschuldigend.

'Hoi, ik vraag me af... kan ik je uitnodigen voor een glaasje wijn?'

'Dat gaat niet,' antwoordt ze afhoudend uit gewoonte.

'Je bent echt geweldig,' zegt hij.

Flora weet niet wat ze moet zeggen, ze voelt dat haar gezicht steeds roder wordt naarmate hij langer naar haar kijkt.

'Nou, het is omdat ik naar Parijs moet,' liegt ze.

'Heb je geen tijd om wat vragen te beantwoorden?'

Nu begrijpt ze dat hij een journalist moet zijn van een tijdschrift dat ze heeft benaderd voor een artikel.

'Ik vertrek morgenvroeg,' zegt ze.

'Geef me een halfuur – kan dat?'

Terwijl ze haastig de straat oversteken naar de dichtstbijzijnde bistro vertelt de jonge man dat hij Julian Borg heet en voor het newagetijdschrift *Nära* schrijft.

Een paar minuten later zit Flora tegenover hem aan een tafeltje met een witpapieren tafelkleed. Ze nipt voorzichtig van de rode wijn. Zoet en bitter vermengen zich in haar mond en een warmte verspreidt zich door haar lichaam. Julian Borg eet een caesarsalade en zijn ogen nemen haar nieuwsgierig op.

'Hoe is dit begonnen?' vraagt hij. 'Heb je altijd geesten gezien?'

'Toen ik klein was dacht ik dat iedereen ze zag, het was niets vreemds voor me,' zegt ze en ze bloost omdat het liegen haar zo makkelijk afgaat.

'Wat zag je?'

'Dat mensen die ik niet kende bij ons woonden... ik dacht dat het eenzame mensen waren... en soms kwam er een kind mijn kamer binnen waarmee ik probeerde te spelen...'

'Vertelde je dat aan je ouders?'

'Ik leerde al snel om mijn mond te houden,' zegt Flora en ze neemt weer een slokje wijn. 'Ik ben de laatste jaren pas gaan begrijpen dat veel mensen de geesten nodig hebben, hoewel ze ze niet kunnen zien... en de geesten hebben de mensen nodig. Ik heb mijn taak eindelijk gevonden... Ik sta tussen ze in en help ze elkaar te ontmoeten.'

Ze kijkt een paar seconden in de warme ogen van Julian Borg.

Eigenlijk was alles begonnen op het moment dat Flora haar baan als ziekenverzorgster kwijtraakte. Ze zag haar vroegere collega's steeds minder en binnen een jaar had ze al het contact met haar vrienden verloren. Toen haar uitkering werd stopgezet en ze geen geld meer kreeg, moest ze weer bij Ewa en Hans-Gunnar intrekken.

Via het arbeidsbureau deed ze een cursus om nagelstyliste te worden en leerde ze een andere deelneemster kennen, Jadranka uit Slowakije. Jadranka had depressieve perioden, maar de maanden waarin het goed met haar ging, verdiende ze bij door gesprekken te voeren via een website die De Tarotdienst heette.

Ze gingen steeds meer met elkaar om en Jadranka nam Flora mee naar een grote seance van de Waarheidszoekers. Na afloop hadden ze het erover hoe je dat allemaal veel beter kon doen, en binnen een paar maanden hadden ze het souterrain in de Upplandsgatan gevonden. Na twee seances verergerde de depressie van haar vriendin, en werd ze opgenomen in een kliniek ten zuiden van Stockholm. Maar Flora ging in haar eentje verder met de seances.

Bij de bibliotheek leende ze boeken over healing, vorige levens, engelen, aura's en astrale lichamen. Ze las over de gezusters Fox, spiegelkabinetten en Uri Geller, maar ze leerde het meest van de inspanningen van de scepticus James Randi om bluf en trucs te ontmaskeren.

Flora heeft nog nooit geesten of spoken gezien, maar ze heeft gemerkt dat ze goed is in zeggen wat mensen graag willen horen.

'Je zegt "geesten" en niet "spoken",' zegt Julian en hij legt zijn bestek gesloten op zijn bord.

'Dat is natuurlijk hetzelfde,' antwoordt ze. 'Maar "spoken" klinkt eng of negatief.'

Julian glimlacht en zijn ogen staan sympathiek eerlijk als hij zegt: 'Ik moet bekennen dat... ik maar moeilijk in geesten kan geloven, maar...'

'Je moet een open gemoed hebben,' legt Flora uit. 'Conan Doyle was bijvoorbeeld spiritist... je weet wel, die man die al die boeken over Sherlock Holmes heeft geschreven...'

'Heb je de politie weleens geholpen?'

'Nee, dat...'

Flora bloost hevig en weet niet wat ze moet zeggen en kijkt op haar horloge.

'Sorry, je moet gaan,' zegt hij en hij pakt haar handen over de tafel heen vast. 'Ik wil alleen zeggen dat ik weet dat je mensen wilt helpen en dat ik dat aardig vind.'

Flora's hart klopt hevig door de aanraking. Ze durft hem niet aan te kijken voor ze vertrekken en hun wegen zich scheiden.

37

De rode gebouwen van de Birgittagården zien er idyllisch uit in het daglicht. Joona staat bij een enorme treurberk met officier van justitie Susanne Öst te praten. Regendruppels raken los van de takken en vallen glinsterend door de lucht.

'De politie gaat verder met het buurtonderzoek in Indal,' vertelt de officier van justitie. 'Iemand is tegen een stoplicht aan gereden en daaromheen liggen een heleboel glasscherven maar verder... niets.'

'Ik zou nog een keer met de pupillen willen praten,' zegt Joona en hij denkt aan het geweld dat zich heeft afgespeeld achter de beslagen ruiten van het internaat.

'Ik dacht dat het met Dennis iets op zou leveren,' zegt Susanne.

Joona denkt aan de separeerkamer en wordt overvallen door een bang vermoeden. Hij probeert de gewelddadige gebeurtenissen voor zijn geestesoog op te roepen, maar hij ziet alleen nog maar schaduwen tussen de meubels. De mensen zijn doorschijnend als stoffig glas, veranderlijk en haast onmogelijk te onderscheiden.

Hij ademt diep in en plotseling is de kamer waar Miranda met haar handen voor haar gezicht ligt, volstrekt duidelijk. Hij ziet alle kracht achter het opgespatte bloed en de zware slagen. Hij kan elke beweging volgen en neemt waar hoe de hoek na de derde klap verandert. De lamp begint te slingeren. Miranda's lichaam wordt overspoeld door bloed.

'Maar ze heeft geen bloed over zich heen gekregen,' fluistert hij.

'Wat zeg je nu?' vraagt Susanne Öst.

'Ik moet even iets checken,' antwoordt Joona net op het moment dat de deur van het hoofdgebouw opengaat en een kleine man in strakke beschermende kleding naar buiten komt.

Het is Holger Jalmert die als hoogleraar forensische technieken verbonden is aan de universiteit van Umeå. Hij doet zijn mondkapje omstandig af en zijn gezicht is helemaal bezweet.

'Ik regel een verhoor met de meisjes in het hotel voor over een uur,' zegt Susanne.

'Dank je,' zegt Joona en hij loopt het terrein over.

De hoogleraar staat voor zijn bestelauto, trekt zijn beschermende kleren uit, stopt ze in een vuilniszak en sluit die goed af.

'Haar dekbed is verdwenen,' zegt Joona.

'Eindelijk mag ik kennismaken met Joona Linna,' glimlacht de hoogleraar en hij opent een nieuwe verpakking met wegwerpoveralls.

'Ben je in Miranda's kamer geweest?'

'Ja, ik ben er klaar.'

'Er was geen dekbed in haar kamer.'

Holger staat even stil en fronst zijn voorhoofd.

'Nee, daar heb je gelijk in.'

'Vicky moet Miranda's dekbed hebben verstopt in de kast of onder het bed in haar eigen kamer,' zegt Joona kort.

'Daar wilde ik net beginnen,' zegt Holger, maar Joona loopt al naar het gebouw.

De hoogleraar kijkt hem na en bedenkt dat er gezegd wordt dat Joona Linna zo koppig is dat hij naar een plaats delict blijft staan staren tot die zich als een boek voor hem opent.

Hij laat het verpakkingsplastic los, neemt de overalls mee en haast zich achter de commissaris aan.

Ze kleden zich om en trekken nieuwe schoenhoesjes en latex handschoenen aan voor ze de deur van Vicky's kamer opendoen.

'Er lijkt iets onder het bed te liggen,' zegt Joona zakelijk.

'Eén ding tegelijk,' mompelt Holger terwijl hij zijn mondkapje opzet.

Joona wacht in de deuropening terwijl de hoogleraar de kamer fotografeert en met zijn lasermeter opmeet om alle vondsten daarna in te voeren in een driedimensionaal coördinatensysteem.

Een poster van Robert Pattinson met een bleek gezicht en donkere oogschaduw hangt vlak boven de mooie Bijbelmotieven en op een plank staat een grote bak met witte beveiligingsclips van H&M.

Joona volgt Holgers werk als hij de vloer beetje bij beetje afdekt met koud folie, het vastdrukt met een rubberen roller, behoedzaam oplicht, fotografeert en verpakt. Hij werkt langzaam van de deur naar het bed en dan verder naar het raam. Als hij de folie van de vloer licht, zien ze de zwakke afdruk van een sportschoen in de gele gelatinelaag.

'Ik moet zo gaan,' zegt Joona.

'Maar je wilt dat ik eerst onder het bed kijk?'

Holger schudt zijn hoofd over Joona's ongeduld, maar spreidt het beschermende plastic dan zorgvuldig uit op de vloer naast het bed. Hij gaat op zijn knieën zitten, reikt onder het bed en pakt een hoek van de bundel beet.

'Het is inderdaad een dekbed,' zegt hij geconcentreerd.

Voorzichtig trekt hij het zware pak op het plastic. Het is gedraaid en doordrenkt met bloed.

'Ik denk dat Miranda het om haar schouders had toen ze werd vermoord,' zegt Joona zacht.

Holger wikkelt er plastic omheen en schuift het geheel in een zak. Joona kijkt op zijn horloge. Hij heeft nog tien minuten. Holger neemt steeds meer monsters. Hij gebruikt vochtige wattenstaafjes voor ingedroogde bloedvlekken en korsten en laat ze een tijdje drogen voor hij ze verpakt.

'Als je iets vindt wat op een plaats of een persoon wijst, dan moet je me meteen bellen,' zegt Joona.

'Dat begrijp ik.'

Voor de hamer onder het kussen gebruikt de pietluttige professor honderdtwintig wattenstaafjes die hij stuk voor stuk verpakt en merkt. Haartjes en textielvezels tapet hij vast op overheadsheets, losse plukjes haar verpakt hij in papier, weefsel en schedelfragmenten stopt hij in buisjes die vervolgens gekoeld worden om de groei van bacteriën tegen te gaan.

38

De vergaderzaal in het Ibishotel was bezet en Joona wacht in de ontbijtzaal terwijl de officier van justitie met het bezorgde personeel over een nieuwe verhoorruimte praat. Een televisie met flikkerend schijnsel hangt in een metalen constructie aan het plafond.

Joona belt Anja, wordt doorverbonden naar het antwoordapparaat van haar mobiel en vraagt haar uit te zoeken of er een goede gerechtsarts in Sundsvall zit.

Het nieuws op de televisie begint verslag uit te brengen van de moorden op de Birgittagården en de laatste dramatische ontwikkelingen. Er worden beelden van de politieafzettingen, de rode gebouwen en het bord met de tekst jeugdzorginternaat getoond. De vluchtweg van de verdachte is op een kaart geprojecteerd en midden op weg 86 staat een verslaggever te vertellen over de ontvoering en de mislukte wegafzettingen van de politie.

Joona staat op en loopt naar de televisie als een stem meedeelt dat de moeder van het ontvoerde jongetje heeft verzocht om live op tv een beroep op de ontvoerder te mogen doen.

Plotseling verschijnt Pia Abrahamsson in beeld. Ze zit met een gekweld gezicht aan een keukentafel en houdt een briefje in haar hand.

'Als je dit hoort,' begint ze. 'Ik begrijp dat je onrecht is aangedaan, maar daar heeft Dante niks mee te maken...'

Pia kijkt recht de camera in.

'Je moet hem terugbrengen,' fluistert ze met trillende stem. 'Je bent vast aardig, maar Dante is nog maar vier jaar en ik weet hoe bang hij is... hij is zo...'

Ze kijkt op het briefje en de tranen rollen over haar wangen.

'Je mag niet naar tegen hem doen, je mag mijn kleine... niet slaan...'

Ze barst in hevig, klaaglijk huilen uit en draait haar gezicht weg voordat ze terugkeren naar de studio in Stockholm.

Een gerechtspsychiater van het Säter-ziekenhuis zit aan een hoge tafel en probeert de anchorman uit te leggen hoe gevaarlijk de situatie op dit moment is.

'Ik heb natuurlijk geen inzage in het dossier van het meisje en wil niet speculeren over de vraag of ze schuldig is aan de twee moorden, maar gezien haar plaatsing in een jeugdinternaat is het uiteraard zeer wel mogelijk dat ze ernstig psychisch labiel is en ook als...'

'Met wat voor risico's?' vraagt de anchorman.

'Het is mogelijk dat ze helemaal niet voor het jongetje zorgt,' legt de psychiater uit. 'Misschien vergeet ze hem af en toe volkomen... maar hij is nog maar vier en als hij dan opeens begint te huilen of om zijn moeder roept, kan ze natuurlijk kwaad en gevaarlijk worden...'

Susanne Öst komt de ontbijtzaal in om Joona te halen. Met een glimlachje biedt ze hem een kop koffie en een koekje aan. Hij bedankt haar en loopt mee naar de lift. Samen gaan ze naar de bovenste verdieping, waar ze een sombere bruidssuite in gaan, met een afgesloten minibar en een bubbelbad op afgebladderde gouden pootjes.

Tuula Lehti ligt op een breed bed met hoge stijlen naar Disney Channel te kijken. De vertrouwenspersoon van Slachtofferhulp knikt hen toe. Susanne doet de deur dicht en Joona trekt een stoel met roze bekleding bij en gaat zitten.

'Waarom zei je tegen me dat Vicky een vriend heeft die Dennis heet?' vraagt Joona.

Tuula gaat rechtop zitten en drukt een hartvormig kussen tegen haar buik.

'Dat dacht ik,' zegt ze kort.

'Waarom dacht je dat?'

Tuula haalt haar schouders op en richt haar blik op de televisie.

'Heeft ze het over iemand die Dennis heet gehad?'

'Nee,' glimlacht ze.

'Tuula, ik moet Vicky echt vinden.'

Ze trapt de sprei en het roze zijden dekbed op de vloer en kijkt daarna weer naar de televisie.

'Moet ik hier de hele dag blijven?'

'Nee, je kunt terug naar je kamer als je dat wilt,' antwoordt de vertrouwenspersoon.

'*Sinä olet vain pieni lapsi,*' zegt Joona. 'Je bent nog maar een kind.'

'*Ei,*' antwoordt ze zacht en ze kijkt hem in de ogen.

'Je zou niet in een internaat hoeven wonen.'

'Ik vind het prima,' zegt ze toonloos.

'Gebeuren er nooit vervelende dingen?'

Haar nek kleurt rood en de witte wimpers knipperen.

'Nee,' zegt ze kortaf.

'Miranda heeft je gisteren geslagen.'

'O ja,' mompelt ze en ze probeert het hartvormige kussen in elkaar te drukken.

'Waarom was ze boos?'

'Ze dacht dat ik in haar kamer had gesnuffeld.'

'Was dat zo?'

Tuula likt aan het kussen.

'Ja, maar ik heb niks meegenomen.'

'Waarom snuffelde je in haar kamer?'

'Dat doe ik bij iedereen.'

'Waarom?'

'Leuk,' antwoordt ze.

'Maar Miranda dacht dat je iets van haar gepakt had?'

'Ja, ze was een beetje boos...'

'Wat dacht ze dat je had gepakt?'

'Dat zei ze niet,' glimlacht Tuula.

'Wat denk jij?'

'Ik weet het niet, meestal gaat het over medicijnen... Lu Chu heeft me van de trap geduwd toen ze dacht dat ik die stomme *roofies* van d'r had gepakt.'

'Als het niet om medicijnen ging, wat dacht ze dan dat je had meegenomen?'

'Weet ik het,' zucht Tuula. 'Make-up, oorbellen...'

Ze gaat weer op de rand van het bed zitten, leunt achterover en fluistert iets over een strasketting.

'En Vicky?' vraagt Joona. 'Slaat Vicky ook mensen?'

'Nee,' glimlacht Tuula weer.

'Wat doet zij dan?'

'Daar kan ik me niet over uitlaten, want ik ken haar niet, volgens mij heeft ze nog nooit één woord tegen me gezegd, maar...'

Het meisje zwijgt en haalt haar schouders op.

'Waarom niet?'

'Weet niet.'

'Maar je hebt haar toch weleens kwaad gezien?'

'Ze snijdt zichzelf en jullie kunnen...'

Tuula zwijgt en schudt haar hoofd.

'Wat wou je zeggen?'

'Dat jullie haar kunnen laten barsten... binnenkort pleegt ze zelfmoord en dan hebben jullie een probleem minder,' zegt Tuula en ze ontwijkt Joona's blik.

Ze bestudeert haar vingers, mompelt iets in zichzelf, staat abrupt op en loopt de kamer uit.

39

Het wat oudere meisje Caroline komt samen met de vertrouwenspersoon binnen. Ze draagt een lang flodderig T-shirt met een jong katje erop. Een tatoeage met runen kronkelt over haar arm en in haar elleboogholte lichten oude littekens van injecties wit op.

Als ze Joona groet, glimlacht ze verlegen. Daarna gaat ze voorzichtig in de fauteuil aan het bruine bureau zitten.

'Tuula zegt dat Vicky 's nachts naar buiten gaat om een jongen te zien,' zegt Joona.

'Nee,' lacht Caroline.

'Waarom denk jij van niet?'

'Dat doet ze niet,' glimlacht Caroline.

'Je klinkt zeker van je zaak.'

'Tuula denkt dat we allemaal megasletten zijn,' legt ze uit.

'Dus Vicky sluipt niet stiekem naar buiten?'

'Jawel,' antwoordt Caroline met een ernstig gezicht.

'Wat doet ze dan buiten?' vraagt Joona zonder zijn ongeduld te laten merken.

Caroline kijkt hem kort in de ogen en wendt haar blik dan af, naar het raam.

'Ze gaat achter het bakhuisje zitten om haar moeder te bellen.'

Joona weet dat Vicky's moeder is overleden voor Vicky op de Birgittagården kwam, maar in plaats van dat hij Caroline met dat feit confronteert, vraagt hij volstrekt rustig: 'Waar hebben ze het over?'

'Nou... Vicky spreekt alleen korte berichtjes in op de voicemail van haar moeder, maar ik denk... voor zover ik begrepen heb belt haar moeder nooit terug.'

Joona knikt en denkt dat wellicht niemand Vicky heeft verteld dat haar moeder dood is.

'Heb je haar horen praten over iemand die Dennis heet?' vraagt hij.

'Nee,' antwoordt Caroline zonder aarzelen.

'Denk goed na.'

Ze kijkt hem rustig in de ogen, maar schrikt op als de telefoon van Susanne Öst opeens zoemt vanwege een sms'je.

'Met wie zou Vicky contact kunnen zoeken?' gaat Joona verder hoewel de energie uit het verhoor is verdwenen.

'Haar moeder. Zij is de enige die ik kan bedenken.'

'Vriendinnen of vriendjes?'

'Nee,' antwoordt Caroline. 'Maar ik ken haar niet... dat wil zeggen, we zijn allebei ADL en zagen elkaar vaak, maar ze had het nooit over zichzelf.'

'Wat is ADL?'

'Het klinkt als een diagnose,' lacht Caroline. 'Maar het staat voor All Day Lifestyle. Alleen voor extra aardige pupillen. Je mag proberen om buiten te zijn, meegaan naar Sundsvall om boodschappen te doen, spannende dingen...'

'Maar jullie hebben toch wel met elkaar gepraat toen jullie dat soort dingen deden?' probeert Joona.

'Een beetje, maar... nee.'

'Met wie praatte ze dan wel?'

'Met niemand,' antwoordt ze. 'Behalve met Daniel, natuurlijk.'

'De maatschappelijk werker?'

40

Joona en Susanne verlaten de bruidssuite en lopen samen door de gang naar de lift. Ze schiet in de lach als ze tegelijk op de knop drukken.

'Wanneer mogen we Daniel Grim horen?' vraagt Joona.

'De arts vond het gisteren nog te vroeg, en dat is wel te begrijpen,' zegt ze en ze werpt hem een korte blik toe. 'Dit is niet gemakkelijk. Maar ik kan hem weer eens vragen, dan moeten we maar zien wat er gebeurt.'

Op de begane grond stappen ze uit de lift, ze lopen naar de uitgang maar houden halt bij de receptie als ze Gunnarsson daar zien wachten.

'O ja, ik kreeg een sms'je dat de sectie is begonnen,' zegt Susanne tegen Joona.

'Mooi. Wanneer denk je dat we een eerste rapport krijgen?' vraagt hij.

'Ga naar huis,' hijgt Gunnarsson. 'Jij hoort hier niet te zijn, je mag verdomme geen enkel verslag lezen, je moet...'

'Rustig toch even,' onderbreekt Susanne hem verbaasd.

'We zijn hier in deze streken zo verdomde achterlijk dat we een rottige waarnemer het hele vooronderzoek laten overnemen, puur en alleen omdat hij uit Stockholm komt.'

'Ik probeer te helpen,' zegt Joona. 'Omdat het...'

'Hou alsjeblieft je bek.'

'Het is mijn vooronderzoek,' zegt de officier van justitie terwijl ze Gunnarsson streng aankijkt.

'Dan zou je misschien moeten weten dat Joona Linna Intern Onderzoek achter zich aan heeft en dat de hoofdofficier van justitie van de rijks...'

'Wordt er intern onderzoek naar je gedaan?' vraagt Susanne Öst verbijsterd. 'Is dat waar?'

'Ja,' antwoordt Joona. 'Maar mijn taak...'

'En ik heb je al die tijd vertrouwd,' zegt ze en haar mond wordt heel klein. 'Ik laat je toe in het onderzoek, luister naar je. En jij liegt gewoon.'

'Ik heb hier geen tijd voor,' zegt Joona ernstig. 'Ik moet Daniel Grim spreken.'

'Dat doe ik wel,' zegt Gunnarsson snuivend.

'Jullie begrijpen neem ik aan dat dit heel belangrijk is,' vervolgt Joona. 'Daniel Grim kan de enige zijn die...'

'Ik ben niet van plan met je samen te werken,' valt de officier van justitie hem in de rede.

'Je bent geschorst,' zegt Gunnarsson.

'Ik ben al het vertrouwen in je kwijt,' zucht Susanne terwijl ze naar de uitgang loopt.

'Dag,' zegt Gunnarsson en hij loopt haar achterna.

'Als je de mogelijkheid krijgt om met Daniel te praten, moet je naar Dennis vragen,' roept Joona hen na. 'Vraag Daniel of hij weet wie Dennis is en vraag vooral waar Vicky heen is. We hebben een naam of een plaats nodig. Daniel is de enige met wie Vicky sprak en hij...'

'Ga toch naar huis,' lacht Gunnarsson. Hij zwaait naar hem over zijn schouder en verdwijnt naar buiten.

41

Maatschappelijk werker Daniel Grim werkt al elf jaar in deeltijd met de jongeren van het internaat Birgittagården. Hij geeft cognitieve gedragstherapie en *aggression replacement training* en spreekt alle pupillen minstens één keer per week individueel.

Daniels vrouw Elisabet was verpleegkundige en deed de nachtdiensten en hij dacht dat zij met Nina Molander, het meisje dat in zware shock was, in de ambulance mee was gegaan naar het ziekenhuis.

Toen Daniel begreep dat Elisabet dood in het bakhuis lag, zakte hij op de grond in elkaar. Hij sprak verward over Elisabets hartziekte, maar toen het tot hem doordrong dat ze was overleden door toedoen van geweld, werd hij heel stil. Op de huid van zijn armen stond kippenvel en het zweet stroomde over zijn wangen, hij ademde snel en zei geen woord toen hij op een brancard de ambulance in geschoven werd.

Commissaris Gunnarsson heeft al een nieuwe sigaret tevoorschijn gehaald als hij uit de lift stapt op afdeling 52 a van de psychiatrische vleugel van het streekziekenhuis in Sundsvall.

Een jonge man met openhangende doktersjas komt hem tegemoet, ze begroeten elkaar en Gunnarsson loopt met hem mee door een gang met lichtgrijze muren.

'Zoals ik over de telefoon al zei, denk ik niet dat een verhoor nu al zinvol is...'

'Nee, maar ik wil alleen een praatje met hem maken.'

De arts houdt abrupt halt en kijkt Gunnarsson even aan als hij begint uit te leggen hoe de zaken ervoor staan.

'Daniel Grim bevindt zich in een soort traumatische stresstoestand die *arousal* wordt genoemd. Daarbij zijn de hypothalamus en het limbisch systeem geactiveerd en...'

'Dat interesseert me niet,' valt Gunnarsson hem in de rede. 'Ik moet weten of hij is volgepropt met medicijnen en helemaal van de wereld is.'

'Nee, hij is niet van de wereld, maar ik zou je niet bij hem laten als er niet...'

'We hebben een dubbele moord die...'

'Je weet heel goed wie er hier de beslissingen neemt,' onderbreekt de arts hem rustig. 'Als ik denk dat een gesprek met de politie een negatieve invloed heeft op het herstel van de patiënt, moeten jullie doodeenvoudig wachten.'

'Dat begrijp ik,' zegt Gunnarsson op een geforceerde rustiger toon.

'Maar omdat de patiënt zelf heeft herhaald dat hij de politie wil helpen, heb ik besloten dat je hem in mijn aanwezigheid vragen kunt stellen.'

'Dank je wel,' glimlacht Gunnarsson.

Ze lopen verder door de gang, slaan een hoek om, komen langs een reeks ramen die uitkijken op een binnenplaats met dakramen en airconditioning, waarna de arts een deur van een ziekenkamer opendoet.

Lakens en dekbed liggen op de kleine bank, maar Daniel Grim zit met zijn rug tegen de verwarming op de vloer onder het raam. Zijn gezicht is wonderlijk ontspannen en hij kijkt niet op als ze binnenkomen.

Gunnarsson trekt een stoel bij en gaat voor Daniel zitten. Een poosje later vloekt hij en hurkt dan neer voor de rouwende man.

'Ik moet nodig met je praten,' zegt hij. 'We moeten Vicky Bennet vinden... ze wordt verdacht van de moorden op de Birgittagården en...'

'Maar ik...'

Gunnarsson zwijgt abrupt als Daniel iets fluistert en wacht dan tot hij verdergaat.

'Ik verstond je niet,' zegt hij.

De arts staat stil naar ze te kijken.

'Ik denk niet dat zij het is,' fluistert Daniel. 'Ze is zo aardig en zo...'

Hij veegt tranen van zijn wangen en onder zijn bril vandaan.

'Ik weet dat je beroepsgeheim hebt,' stelt Gunnarsson. 'Maar is er een manier waarop je ons kunt helpen Vicky Bennet te vinden?'

'Ik zal het proberen,' mompelt Daniel, waarna hij zijn lippen hard op elkaar perst.

'Kent ze iemand die in de buurt van de Birgittagården woont?'

'Misschien... ik heb wat moeite met helder denken...'

Gunnarsson kreunt en probeert van houding te wisselen.

'Jij bent Vicky's maatschappelijk werker,' zegt hij ernstig. 'Waar denk je dat ze heen is? Het interesseert ons niet of ze schuldig is. Daar weten we niets van. Maar we weten wel vrij zeker dat ze een kind heeft ontvoerd.'

'Nee,' fluistert hij.

'Met wie neemt ze contact op? Waar gaat ze heen?'

'Ze is bang,' antwoordt Daniel met trillende stem. 'Ze kruipt onder een boom in elkaar en verstopt zich, het... het... Wat vroeg je ook alweer?'

'Is er een schuilplaats die jij kent?'

Daniel begint iets over Elisabets hart te mompelen, dat hij dacht dat het met haar hartafwijking te maken had.

'Daniel, je hoeft dit niet te doen als het te belastend voor je is,' zegt de arts. 'Als je wilt rusten kan ik de politie vragen later terug te komen.'

Daniel schudt snel zijn hoofd en probeert daarna rustig te ademen.

'Noem een paar plaatsen,' zegt Gunnarsson.

'Stockholm.'

'Waar?'

'Ik... ik heb geen idee...'

'Godverdomme zeg,' brult Gunnarsson.

'Het spijt me, het spijt me...'

Daniels kin trilt en zijn mondhoeken trekken naar beneden, tranen wellen op in zijn ogen. Hij wendt zijn gezicht af en barst in snikken uit, bevend over zijn hele lichaam.

'Ze heeft je vrouw doodgeslagen met een hamer en...'

Daniel slaat zijn achterhoofd zo hard tegen de verwarming dat zijn bril op zijn schoot valt.

'Eruit,' zegt de arts scherp. 'Geen woord meer. Dit was een vergissing, meer gesprekken krijgen jullie niet.'

42

De parkeerplaats voor het streekziekenhuis in Sundsvall is bijna leeg. Het langgerekte gebouw maakt een verlaten indruk in het bewolkte ochtendgloren. Donkerbruin baksteen onderbroken door witte ramen die hun ogen dicht lijken te doen voor de wereld. Joona loopt dwars door wat lage bosjes naar de ingang van het ziekenhuis.

De receptie in de hal is onbemand. Hij wacht even bij de donkere balie tot er een schoonmaker blijft staan.

'Waar zit forensische geneeskunde?' vraagt Joona.

'Tweehonderdvijftig kilometer naar het noorden,' glimlacht de schoonmaker vriendelijk. 'Maar als je de patholoog bedoelt, kan ik je laten zien waar je moet zijn.'

Samen lopen ze door verlaten gangen en nemen ze een grote lift naar de ondergrondse afdeling van het ziekenhuis. Het is koud en de grote vloertegels zijn her en der gebarsten.

De schoonmaker trekt twee dubbele stalen deuren open en aan het eind van de gang hangt een bordje bij een deur: Afdeling voor Klinische Pathologie en Cytologie.

'Succes,' zegt de man terwijl hij naar de deur wijst.

Joona bedankt hem en loopt alleen verder door de gang, ziet bandensporen van brancards en karretjes op het linoleum. Hij passeert het laboratorium, doet de deur van de snijzaal open en loopt meteen de witbetegelde ruimte met een roestvrijstalen sectietafel in. Aan het plafond hangt een kristallen kroonluchter en samen met de tl-buizen is het koude licht overweldigend. Er sist een deur en twee mensen rijden vanuit de koelruimte een baar naar binnen.

'Neem me niet kwalijk,' zegt Joona.

Een magere man in witte jas draait zich om. Een pilotenzonnebril met wit montuur schittert even. Het is patholoog-anatoom Nils 'de

Naald' Åhlén uit Stockholm. Een oude vriend van Joona. Naast hem staat zijn jonge leerling met zijn lange, zwartgeverfde haar in slierten over de schouders van zijn doktersjas.

'Wat doen jullie hier?' vraagt Joona opgeruimd.

'Een vrouw van de rijksrecherche heeft me gebeld en bedreigd,' antwoordt de Naald.

'Anja,' zegt Joona.

'Ik werd echt bang... ze snauwde me af en zei dat Joona natuurlijk niet helemaal naar Umeå kon gaan om met een patholoog-anatoom te praten.'

'En nu we hier toch zijn maken we van de gelegenheid gebruik om naar Nordfest te gaan,' vertelt Frippe.

'The Haunted speelt in Club Destroyer,' zegt de Naald met een gereserveerd lachje.

'Dat geeft de doorslag,' zegt Joona.

Frippe lacht en Joona ziet de versleten leren broek onder zijn witte jas en zijn cowboylaarzen met lichtblauwe beschermhoesjes erover.

'We zijn klaar met de vrouw... Elisabet Grim,' zegt de Naald. 'Het enige opvallende is eigenlijk de verwondingen aan haar handen.'

'Afweerverwondingen?' vraagt Joona.

'Maar aan de verkeerde kant,' zegt Frippe.

'We kunnen zo naar haar kijken,' zegt de Naald. 'Maar eerst geven we Miranda Ericsdotter wat aandacht.'

'Wanneer zijn ze overleden – kunnen jullie dat zeggen?' vraagt Joona.

'De temperatuur daalt zoals je weet...'

'*Algor mortis*,' zegt Joona.

'Ja, en deze afkoeling volgt een golvende curve... die afvlakt als de temperatuur van het lichaam de kamertemperatuur nadert...'

'Dat weet hij,' zegt Frippe.

'Dus... in combinatie met de beoordeling van de lijkvlekken en stijfheid kunnen we zeggen dat het meisje en de vrouw ongeveer tegelijkertijd zijn gestorven, vrijdagavond laat.'

Joona kijkt hoe ze de baar naar de sectietafel rijden, tot drie tellen en een licht lichaam in een verzegelde transportzak op de tafel tillen.

Als Frippe de zak opent, verspreidt zich een bedompte lucht van nat moutbrood en oud bloed.

Het meisje ligt op de sectietafel in dezelfde positie als waarin ze werd gevonden, met haar handen voor haar gezicht geslagen en haar enkels gekruist.

Lijkstijfheid ontstaat doordat het calciumniveau in de stilstaande spieren stijgt, waardoor twee verschillende proteïnen een verbinding aangaan. De stijfheid begint meestal in het hart en het diafragma. Na een halfuur treedt het op in de kaakmusculatuur en na twee uur in de nek.

Joona weet dat er veel kracht nodig zal zijn om Miranda's handen voor haar gezicht weg te halen.

Plotseling schieten er merkwaardige gedachten door zijn hoofd. Dat niet Miranda zich achter de handen verbergt, gedachten aan een veranderd gezicht, aan beschadigde of uitgestoken ogen.

'We hebben geen verzoek tot autopsie gekregen,' zegt de Naald. 'Waarom ligt ze met haar handen voor haar gezicht?'

'Dat weten we niet,' antwoordt Joona zacht.

Frippe fotografeert het lichaam zorgvuldig.

'Ik neem aan dat er een uitgebreid forensisch geneeskundig onder- zoek nodig is en dat jullie een sectierapport willen,' zegt de Naald for- meel.

'Ja,' antwoordt Joona.

'Eigenlijk zou je een secretaresse nodig hebben bij een homicide,' mort de patholoog-anatoom als hij om het lichaam heen loopt.

'Nu zeur je weer,' glimlacht Frippe.

'Ja, dat is zo, neem me niet kwalijk,' zegt de Naald en hij blijft even achter Miranda's hoofd staan voor hij verder loopt.

Joona denkt aan de Duitstalige dichter Rilke die schreef dat de le- venden ervan bezeten waren verschil te maken tussen de levenden en de doden. Hij beweerde dat er andere wezens waren, engelen, die geen verschil maakten.

'De lijkvlekken wijzen erop dat het slachtoffer stil heeft gelegen,' mompelt de Naald.

'Maar ik denk dat Miranda vlak na de moord is verplaatst,' zegt

Joona. 'Vanwege het patroon van het bloed vermoed ik dat haar lichaam slap was toen het op het bed werd gelegd.'

Frippe knikt bevestigend.

'Als het zo snel gebeurt, dan ontstaan er geen vlekken.'

Joona dwingt zichzelf te blijven staan terwijl de twee artsen een nauwkeurige uitwendige schouwing van het lichaam doen. Hij kijkt en denkt dat zijn eigen dochter niet veel jonger is dan dit meisje dat stil en vreemd voor hem ligt.

Door de witte huid is een geel netwerk van adertjes zichtbaar geworden. Rondom haar hals en op haar dijen lopen aderen als bleke rivierenstelsels. Haar platte buik is wat ronder en donkerder geworden.

Joona volgt wat er in de snijzaal gebeurt, registreert het werk van de pathologen-anatomen, ziet hoe zakelijk de Naald de witte onderbroek openknipt en hem verpakt voor analyse, luistert naar hun gesprek en constateringen, maar bevindt zich in gedachten tegelijkertijd op de plaats delict.

De Naald constateert volstrekte afwezigheid van zichtbare sporen van verweer en Joona hoort hem het ontbreken van verwondingen aan de weke delen met Frippe bespreken.

Niets wijst op strijd of gewone mishandeling.

Miranda heeft de slagen op haar hoofd afgewacht, heeft niet geprobeerd te ontkomen, heeft zich niet verweerd.

Joona denkt aan de kale kamer waar ze haar laatste momenten heeft doorgebracht en registreert ondertussen dat de twee mannen haren met haarwortels uit haar hoofd trekken voor vergelijkende monsters en EDTA-buisjes met bloed vullen.

De Naald schraapt onder haar nagels, kijkt Joona aan en kucht zacht.

'Geen huidresten... ze heeft zich niet verdedigd.'

'Ik weet het,' antwoordt Joona.

Als ze vervolgens het letsel aan haar schedel gaan onderzoeken, komt Joona dichterbij en zorgt dat hij alles kan zien.

'Krachtig stomp geweld tegen het hoofd is waarschijnlijk de directe doodsoorzaak,' zegt de Naald als hij merkt hoe aandachtig Joona kijkt.

'Van voren?' vraagt Joona.

'Ja, schuin van voren,' antwoordt de Naald terwijl hij naar het bebloede haar wijst. 'Impressiefracturen van het slaapbeen... We zullen een CT-scan maken, maar ik ga ervan uit dat er grote bloedvaten aan de binnenkant van de schedel gescheurd zijn en dat er botsplinters de hersenen zijn binnengedrongen.'

'Net als bij Elisabet Grim zullen we beschadigingen van de cortex van de grote hersenen vinden,' zegt Frippe.

'Myeline in het haar,' wijst de Naald.

'In de schedelholte van Elisabet zaten gescheurde vaten en er was liquor en bloed in haar neusholte gelopen,' vertelt Frippe.

'Jullie denken dus dat ze rond hetzelfde tijdstip zijn overleden,' zegt Joona.

'Vlak na elkaar,' knikt Frippe.

'Allebei dezelfde slagen van voren, dezelfde doodsoorzaak,' vervolgt Joona. 'Hetzelfde moordwapen en...'

'Nee,' onderbreekt de Naald hem. 'Verschillende moordwapens.'

'Maar de hamer,' zegt Joona haast geluidloos.

'Ja, Elisabets schedel is ingeslagen met de hamer,' zegt de Naald. 'Maar Miranda is om het leven gebracht met een steen.'

Joona staart hem aan.

'Is ze met een steen vermoord?'

43

Joona is bij de patholoog-anatoom gebleven tot hij Miranda's gezicht achter haar handen had gezien. De gedachte dat ze zich na haar dood niet had willen vertonen, spookt nog steeds door zijn hoofd. Toen ze haar handen hadden weggetrokken, voelde hij een vreemde onrust.

Nu zit hij aan Gunnarssons bureau op het politiebureau van Sundsvall het eerste technisch rapport te lezen. Er valt geel licht door de luxaflex naar binnen. Verderop zit een vrouw in het schijnsel van een computerscherm. De telefoon gaat en ze mompelt geïrriteerd als ze op de display kijkt.

Een van de wanden hangt vol kaarten en foto's van het jongetje Dante Abrahamsson. De boekenkasten langs de andere wanden zijn gevuld met ordners en stapels papier. Het kopieerapparaat rammelt bijna onophoudelijk. In de koffieruimte staat een gewone radio en als de popmuziek verstomt, hoort Joona het opsporingsbericht voor de derde keer.

'We hebben een opsporingsbericht,' zegt de presentator, waarna ze het voorleest. 'De politie is op zoek naar een vijftienjarig meisje en een vierjarige jongen, mogelijk samen. Het meisje heeft lang blond haar en de jongen draagt een bril en is gekleed in een donkerblauwe trui en een donkere ribbroek. Ze zijn voor het laatst gesignaleerd in een rode Toyota Auris op weg 86 richting Sundsvall. Neemt u als u inlichtingen heeft alstublieft contact op met de politie via...'

Joona staat op, loopt naar de verlaten koffieruimte, zet de radio op muziekzender p2 en gaat met een kop koffie terug naar het bureau. Er klinkt een ruisende opname van een ijzig heldere sopraan. Het is Birgit Nilsson die Brünnhilde zingt in *Der Ring des Nibelungen* van Wagner.

Joona zit met zijn koffiekop in zijn hand en denkt aan het jongetje dat is ontvoerd door een meisje dat misschien psychotisch is.

Hij ziet ze voor zich, hoe ze zich verstoppen in een garage, hoe het jochie gedwongen is onder dekens op de betonnen vloer te liggen, met tape over zijn mond, vastgebonden.

Als hij nog leeft, moet hij verschrikkelijk bang zijn.

Joona leest verder in het technisch rapport.

Het is nu zeker dat de sleutels in het slot van de separeerkamer van de Birgittagården van Elisabet Grim zijn en dat de laarzen die bloedige voetsporen hebben achtergelaten op de plaatsen delict, in de kleerkast van Vicky Bennet stonden.

We hebben twee moorden, denkt Joona. De ene lijkt primair en de andere secundair. Miranda was het primaire slachtoffer, maar om haar te kunnen doden, zag de dader zich genoodzaakt de sleutels van Elisabet af te pakken.

Volgens de reconstructie van de technisch rechercheurs kan een ruzie eerder die vrijdagavond de ontketenende factor zijn, hoewel er ook een langduriger rivaliteit op de achtergrond kan spelen.

Voor het tijd was om naar bed te gaan heeft Vicky Bennet de hamer en de laarzen die door iedereen worden gebruikt uit de schuur gehaald en daarna heeft ze op haar kamer gewacht. Toen de anderen eenmaal sliepen, ging ze naar de verpleegkundige Elisabet Grim en eiste de sleutels. Elisabet weigerde en vluchtte door de gang, het erf op en het bakhuis in. Vicky Bennet achtervolgde haar en sloeg haar dood met de hamer, pakte haar sleutels, ging terug naar het hoofdgebouw, draaide de separeerkamer van het slot en sloeg Miranda dood. Om de een of andere reden heeft ze haar slachtoffer op het bed gelegd en haar handen voor haar gezicht gedaan. Vicky ging terug naar haar kamer, verstopte de hamer en de laarzen en vluchtte toen door het raam het bos in.

Zo stellen de technisch rechercheurs die ter plaatse zijn geweest zich de loop der gebeurtenissen voor.

Joona denkt dat het weken zal duren voordat het gerechtelijk laboratorium in Linköping met de uitslagen komt en dat de technisch rechercheurs er tot die tijd simpelweg van uitgaan dat Miranda en Elisabet allebei met de hamer zijn omgebracht.

Maar Miranda is doodgeslagen met een steen.

Joona ziet haar voor zich: een mager meisje op een brits, haar huid zo bleek als porselein, de gekruiste enkels, de blauwe plek op haar dij, het katoenen slipje, het kleine sieraad in haar navel, de handen die over haar gezicht lagen.

Waarom is ze met een steen gedood terwijl Vicky een hamer had?

Geconcentreerd bekijkt Joona elke foto van de plaats delict afzonderlijk en stelt zich de gebeurtenissen dan voor zoals hij altijd doet. Hij zet zichzelf op de plaats van de moordenaar en dwingt zichzelf om elke beangstigende keuze als noodzakelijk te zien. Voor degene die doodt, is de moord de enige optie. De eenvoudigste of beste oplossing op dat moment.

De moord komt de dader niet gruwelijk of beestachtig voor, maar ofwel rationeel of verleidelijk.

Soms kan de dader niet verder kijken dan één slag tegelijk, hij heeft misschien alleen een uitlaatklep nodig voor die ene slag, hij rechtvaardigt maar één enkele slag. De volgende slag is nog ver weg, voelt misschien decennia van hem verwijderd, tot ook die hem plotseling overspoelt. Voor de moordenaar kan de dood het einde zijn van een epische sage die begint met de eerste slag en dertien seconden later wordt afgerond met de laatste.

Alles wijst op Vicky Bennet, iedereen gaat ervan uit dat zij Miranda en Elisabet heeft vermoord en tegelijkertijd lijkt niemand te geloven dat Vicky daartoe in staat is, psychisch noch fysiek.

Maar alle mensen hebben het in zich, denkt Joona terwijl hij het rapport teruglegt in Gunnarssons postvakje. We zien de spiegelingen ervan in onze dromen en fantasieën. Iedereen heeft gewelddadigheid in zich, maar de meesten weten zichzelf te beteugelen.

Gunnarsson komt het politiebureau binnen en hangt zijn kreukelige jas op. Hij boert achter zijn hand en loopt dan de koffieruimte in. Als hij met een kop koffie in zijn hand binnenkomt en Joona ziet zitten, grijnst hij: 'Missen ze je niet in Stockholm?'

'Nee,' antwoordt Joona.

Gunnarsson ruikt aan een geopend pakje sigaretten en kijkt de vrouw bij de computer aan.

'Alle rapporten gaan direct naar mij.'

'Oké,' zegt ze met neergeslagen ogen.

Gunnarsson mompelt iets.

'Hoe is het gesprek met Daniel Grim gegaan?' vraagt Joona.

'Goed. Niet dat het jou wat aangaat. Maar ik moest het verdomd voorzichtig aanpakken.'

'Wat wist hij over Vicky?'

Gunnarsson maakt een sissend geluid met zijn lippen en schudt zijn hoofd.

'Niets waar de politie iets mee kan.'

'Maar heb je naar Dennis gevraagd?'

'Die rottige dokter stond als een moeder in mijn nek te hijgen en heeft de hele boel afgekapt.'

Gunnarsson krabt hard onder zijn kin en lijkt zich er niet van bewust dat hij een aansteker en pakje sigaretten in zijn hand houdt.

'Ik wil een kopie van het rapport van Holger Jalmert zodra het binnenkomt,' zegt Joona. 'En ik wil de resultaten van het gerechtelijk lab en...'

'Nee, nu moet je mijn zandbak met rust laten,' onderbreekt Gunnarsson Joona.

Hij grijnst breed naar zijn vrouwelijke collega, maar wordt onzeker als hij Joona's ernstige, grijze blik ziet.

'Je hebt geen idee hoe je Vicky Bennet en het jongetje moet vinden,' zegt Joona en hij staat op. 'En je hebt geen idee hoe je verder moet komen met het moordonderzoek.'

'Ik reken op tips van de bevolking,' antwoordt Gunnarsson. 'Er is altijd iemand die iets gezien heeft.'

44

Vanmorgen is Flora vlak voor de wekker ging wakker geworden. Hans-Gunnar wilde om kwart over acht ontbijt op bed. Toen hij was opgestaan moest Flora de kamer luchten en zijn bed opmaken. Ewa zat haar op een stoel in haar gele trainingsbroek en de huidkleurige beha in de gaten te houden. Ze stond op en controleerde of het onderlaken helemaal strak lag en netjes was omgevouwen bij de hoeken van het matras. De gehaakte sprei moest aan beide kanten precies even ver over de rand van het bed hangen, en Flora moest het drie keer opnieuw doen voor Ewa tevreden was.

Nu is het lunchtijd en Flora komt thuis van de supermarkt met tassen boodschappen en sigaretten voor Hans-Gunnar, geeft het wisselgeld terug en blijft dan zoals altijd staan wachten terwijl hij het bonnetje bestudeert.

'Jezus, wat is die kaas duur,' zegt hij ontevreden.

'Je zei dat ik cheddar moest kopen,' memoreert Flora.

'Maar niet als die zo godvergeten duur is, dat snap je toch wel, dan koop je toch gewoon andere kaas.'

'Sorry, ik dacht...'

Ze kan haar zin niet afmaken. De zegelring van Hans-Gunnar flitst plotseling voor haar gezicht als hij haar een harde klap geeft. Het gaat heel snel. Haar oor begint te suizen en haar wang trekt.

'Je wilde toch cheddar hebben,' zegt Ewa vanaf de bank. 'Dan is het haar schuld toch niet.'

Hans-Gunnar mompelt iets over idioten en gaat naar het balkon om te roken. Flora ruimt de boodschappen op en loopt dan naar de logeerkamer waar ze op bed gaat zitten. Ze raakt haar wang voorzichtig aan en bedenkt dat ze de klappen van Hans-Gunnar zat is. Soms slaat hij haar meerdere keren op een dag. Ze merkt het altijd als het eraan zit te komen, want anders kijkt hij nooit naar haar. Het ergste is niet de pijn, maar zijn kortademigheid en zijn blik die daarna op haar blijft hangen.

Ze kan zich niet herinneren dat hij haar als kind heeft geslagen. Hij werkte en was zelden thuis. Op een keer wees hij landen aan op de globe in hun slaapkamer.

Ewa en Hans-Gunnar gaan weg om met vrienden te jeu-de-boulen. Flora zit in haar kamer. Zodra ze de buitendeur dicht hoort slaan, richt ze haar blik op de hoek. Op de oude ladekast staat een voorwerp dat ze in de brugklas van haar juf heeft gekregen. Een kar van glas die wordt getrokken door een glazen paard. In de bovenste lade ligt een knuffel uit haar kindertijd: een smurfin met blond haar en hoge hakken. In de middelste la ligt een stapel keurig opgevouwen handdoeken. Flora haalt de handdoeken eruit en pakt een mooie groene jurk uit de kast. Die heeft ze in het begin van de zomer bij de kringloopwinkel gekocht, buiten haar kamer heeft ze hem nooit aangehad, maar hierbinnen trekt ze hem vaak aan als Ewa en Hans-Gunnar niet thuis zijn.

Ze heeft net haar vest opengeknoopt als ze stemmen vanuit de keuken hoort. Het is de radio. Ze gaat erheen om hem uit te zetten en ziet dat Ewa en Hans-Gunnar cake gegeten hebben. De vloer voor de voorraadkast ligt vol kruimels. Ze hebben een halfvol glas aardbeiensap op het aanrecht laten staan en de fles staat er ook nog.

Flora pakt een doekje en veegt de kruimels van de vloer, spoelt het doekje uit en wast het glas af.

Op de radio wordt verslag gedaan van een moord in Noord-Zweden.

Er is een meisje vermoord in een internaat voor jongeren met zelfbeschadigend gedrag.

Flora wringt het doekje uit en hangt het over de kraan.

Ze hoort dat de politie geen informatie wil geven zolang het onderzoek bezig is, maar de journalist interviewt een paar meisjes uit het internaat live in de uitzending.

'Je wilt toch weten wat er aan de hand is, dus ik ben erlangs gedrongen,' zegt een meisje met gebroken stem. 'Maar ik heb niet zoveel kunnen zien omdat ze me wegtrokken bij de deur, ik gilde een beetje, maar ik snapte ook wel dat dat geen zin had.'

Flora pakt de fles sap en wil naar de koelkast gaan.

'Wil je vertellen wat je hebt gezien?'

'Ja, ik zag Miranda, ze lag zeg maar zo op het bed, zoals ik nu doe, zie je.'

Flora stokt en luistert naar de radio.

'Ze deed haar ogen dicht?' vraagt de verslaggever.

'Nee, zo, met beide handen voor haar gezicht om...'

'Fok zeg, wat loop jij te liegen,' roept iemand achter haar.

Opeens hoort Flora iets op de grond kletteren en voelt ze haar voeten nat worden. Ze kijkt omlaag en ziet dat ze de fles heeft laten vallen. Haar maag keert zich opeens om, de maaginhoud komt heftig omhoog en ze weet het kleine wc'tje maar net te bereiken voor ze overgeeft.

45

Als Flora de wc uit komt is het nieuws afgelopen. Een vrouw met een Duits accent bespreekt menu's voor de herfst. Flora raapt de glasscherven bij elkaar, dweilt het sap op en blijft midden in de keuken staan. Ze staart naar haar witte, koude handen, loopt dan naar de telefoon in de hal en belt de politie.

Flora wacht en hoort droog gekraak in de hoorn terwijl hij overgaat.

'Politie,' antwoordt een vrouw met vermoeide stem.

'Ja, dag, mijn naam is Flora Hansen en ik wil graag...'

'Wacht,' zegt de stem. 'Ik verstond je niet.'

'Nou,' begint Flora opnieuw. 'Mijn naam is Flora Hansen en ik heb een tip over die moord op dat meisje in Sundsvall.'

Het blijft even stil. Dan komt de vermoeide maar kalme stem terug: 'Wat wil je vertellen?'

'Krijg je geld voor een tip?' vraagt Flora.

'Nee, helaas.'

'Maar ik... ik denk dat ik het dode meisje heb gezien.'

'Bedoel je dat je daar was toen het gebeurde?' vraagt de agente snel.

'Ik ben een spiritueel medium,' zegt Flora geheimzinnig. 'Ik heb contact met de doden... en ik heb alles gezien, maar ik denk... ik denk dat ik het me beter zou herinneren als ik ervoor betaald kreeg.'

'Je hebt contact met de doden,' herhaalt de vrouw vermoeid. 'Is dat je tip?'

'Het meisje hield haar handen voor haar gezicht,' zegt Flora.

'Dat staat godbetert in alle kranten,' snauwt de vrouw ongeduldig.

Flora's hart trekt zich samen van schaamte. Ze zou zo weer kunnen overgeven. Het koude zweet loopt over haar rug. Ze had niet gepland wat ze zou gaan zeggen, maar begrijpt nu dat ze iets anders naar voren had moeten brengen. De boulevardkranten lagen al in de winkels toen ze eten en sigaretten voor Hans-Gunnar ging kopen.

'Dat wist ik niet,' fluistert ze. 'Ik vertel alleen wat ik zie... ik zie ook heel veel andere dingen waar jullie misschien wel voor willen betalen.'

'We betalen niet voor...'

'Maar ik heb het moordwapen gezien, jullie denken misschien dat jullie het moordwapen hebben gevonden, maar dat klopt niet, want ik zag...'

'Weet je dat er een boete staat op het onnodig bellen van de politie?' onderbreekt de agente haar. 'Het is zelfs strafbaar. Ik wil niet vervelend doen, maar je begrijpt ook wel dat je mijn tijd in beslag neemt terwijl er misschien iemand die echt iets gezien heeft probeert te bellen.'

'Ja, maar ik...'

Flora wil net over het moordwapen beginnen als ze een klik hoort. Ze kijkt naar de telefoon en belt vervolgens nogmaals het nummer van de politie.

46

De Zweedse kerk heeft Pia Abrahamsson een tijdelijk onderkomen bezorgd in een groot houten huis in de villawijk van Sundsvall. De woning
is groot en mooi, gemeubileerd met klassieke meubels van Carl Malm-
sten en Bruno Mathsson. De diakens die boodschappen voor haar doen
hebben haar herhaaldelijk aangespoord tot een gesprek onder vier ogen
met een predikant, maar Pia kan zich er niet toe zetten.

Ze heeft de hele dag in de huurauto rondgereden, over dezelfde
weg, langs de kleine gehuchten, door Indal, en de bosbouwwegen op
en neer.

Meerdere keren is ze politie tegengekomen die haar verzocht naar
huis te gaan.

Nu ligt ze aangekleed op bed in het donker te staren. Ze heeft niet
geslapen sinds Dante is verdwenen. De telefoon gaat. Ze reikt ernaar,
kijkt op de display en zet dan het geluid uit. Het zijn haar ouders. Ze
bellen voortdurend. Pia staart in het donker in het vreemde huis.

In haar hoofd hoort ze Dante de hele tijd huilen. Hij is bang en
roept om zijn moeder, vraagt of hij naar huis mag, naar mama.

Ze moet opstaan.

Pia pakt haar jas en opent de buitendeur. Ze heeft een bloedsmaak
in haar mond als ze weer in de huurauto stapt en wegrijdt. Ze moet
Dante vinden. Stel dat hij in een greppel naast de weg zit? Hij heeft
zich misschien verstopt onder een stuk karton. Het meisje heeft hem
misschien zomaar ergens achtergelaten.

De wegen zijn donker en verlaten. Iedereen lijkt te slapen. Ze probeert iets te zien in de zwarte nevel achter de koplampen.

Ze rijdt naar de plek waar haar auto werd gestolen en blijft stil-
zitten, haar trillende handen op het stuur, dan keert ze de auto en
begint terug te rijden. Ze rijdt het plaatsje Indal in, waar de auto met

Dante hoogstwaarschijnlijk is verdwenen. Langzaam passeert ze een kinderdagverblijf, rijdt lukraak de Solgårdsvägen in en vervolgt haar weg langs de donkere villa's.

Een beweging onder een trampoline maakt dat ze acuut stopt en uit de auto stapt. Ze struikelt door een lage rozenhaag de tuin in en haalt haar benen open, loopt naar de trampoline en ziet een dikke kat die zich verstopt in het donker.

Ze draait zich om naar de bakstenen villa en kijkt met bonkend hart naar de neergelaten rolgordijnen.

'Dante?' roept ze. 'Dante? Hier is mama! Waar ben je?'

Haar stem klinkt hees en verdrietig. In het huis gaat licht aan. Pia loopt verder naar de volgende tuin en belt aan, bonst op de deur en gaat in de richting van een schuurtje.

'Dante!' schreeuwt ze zo hard ze kan.

Ze loopt de huizen aan de Solgårdsvägen af en roept haar zoon, bonst met haar vuisten op dichte garagedeuren, opent deuren van speelhuisjes, baant zich een weg door woest struikgewas, over een greppel en komt weer uit op de Indalsvägen.

Een auto remt met gierende banden, ze doet een pas achteruit en valt. Ze kijkt op naar de agente in uniform die zich naar haar toe haast.

'Hoe is het?'

Pia wordt overeind geholpen en kijkt verdwaasd naar de agente met een forse neus en twee blonde vlechten.

'Hebben jullie hem gevonden?' vraagt ze.

De andere agent komt erbij staan en zegt dat ze haar naar huis zullen brengen.

'Dante is bang in het donker,' zegt Pia en ze hoort hoe schor haar stem klinkt. 'Ik ben zijn moeder, maar ik was ongeduldig met hem, ik dwong hem terug te gaan naar zijn eigen bed als hij 's nachts naar me toe kwam. Daar stond hij dan in zijn pyjama en zei dat hij bang was, maar ik...'

'Waar heb je je auto neergezet?' vraagt de vrouw en ze pakt Pia's bovenarm vast.

'Blijf van me af,' schreeuwt Pia en ze rukt zich los. 'Ik moet hem vinden!'

Ze slaat de agente in het gezicht en schreeuwt het uit als ze haar overmeesteren en tegen het asfalt drukken. Ze worstelt om los te komen, maar ze draaien haar armen op haar rug en houden haar in bedwang. Pia voelt haar wang hard over het asfalt schaven en huilt hulpeloos als een kind.

47

Joona Linna denkt aan het ontbreken van getuigen: niemand lijkt iets te weten over Vicky Bennet en niemand heeft iets gezien. Hij rijdt over de wondermooie weg tussen golvende akkers en glinsterende meren tot hij bij een witstenen huis aankomt. In een enorme pot op de veranda staat een citroenboom met kleine groengele vruchten.

Hij belt aan, wacht en loopt dan om het huis heen.

Op een witte tuinstoel, onder een appelboom, zit Nathan Pollock met zijn been in het gips.

'Nathan?'

De slanke man verstijft en draait zich naar hem om. Hij houdt een hand boven zijn ogen tegen de zon en glimlacht dan verbaasd.

'Joona Linna, ben je het echt?'

Nathans zilvergrijze haar hangt in een dunne paardenstaart over zijn schouder en hij is gekleed in een zwarte broek en een los gebreide trui. Nathan Pollock behoort tot de landelijke afdeling Moordzaken – kortweg Moordzaken – een groep die bestaat uit zes experts die assisteren bij ingewikkelde moordzaken in heel Zweden.

'Joona, het spijt me heel erg van dat interne onderzoek, ik had je niet bij de Brigade naar binnen moeten laten gaan.'

'Het was mijn eigen keuze,' zegt Joona terwijl hij gaat zitten.

Nathan schudt langzaam zijn hoofd.

'Ik heb een enorme aanvaring met Carlos gehad omdat ze jou er zo uit hebben gepikt.'

'En heb je toen je been gebroken?' vraagt Joona.

'Nee, dat kwam door een boze vrouwtjesbeer die de tuin in kwam stormen,' antwoordt Nathan glimlachend zodat zijn gouden tand opblinkt.

'Of hij is van de ladder gevallen toen hij appels plukte,' suggereert een hoge stem achter hen.

'Matilda,' zegt Joona.

Hij staat op en omhelst de vrouw met dik, kastanjebruin haar en een huid vol sproeten.

'Commissaris,' glimlacht ze en ze gaat zitten. 'Ik hoop dat je wat werk bij je hebt voordat mijn geliefde begint met sudoku's.'

'Misschien wel,' zegt Joona langzaam.

'Meen je dat?' glimlacht Nathan en hij krabt aan het gips.

'Ik heb de plaats delict gezien en naar de lichamen gekeken, maar ik heb geen toegang tot processen-verbaal of uitslagen...'

'Vanwege dat interne onderzoek?'

'Het is niet mijn vooronderzoek, maar ik wil graag jouw mening horen.'

'Nu is Nathan blij,' glimlacht Matilda en ze streelt haar man over zijn wang.

'Aardig dat je aan me denkt,' zegt Pollock.

'Je bent de beste die ik ken,' antwoordt Joona.

Hij gaat weer zitten en doet langzaam uit de doeken wat hij weet over de zaak, en even later staat Matilda op en gaat naar binnen. Pollock luistert aandachtig, vraagt af en toe door over bepaalde details, knikt en verzoekt Joona verder te gaan.

Een grijsgevlekte kat strijkt langs Nathans benen. De vogels zingen in de tuin terwijl Joona de vertrekken beschrijft en de posities van de lichamen, bloedspetters, plassen, van het wapen gespat bloed, voetsporen, uitgesmeerd bloed en korsten. Nathan sluit zijn ogen en gaat geconcentreerd mee in Joona's observaties van de hamer onder het kussen, het bebloede dekbed en het open raam.

'Eens even kijken,' fluistert Pollock. 'Het gaat om zeer grof geweld, maar geen bijtsporen, geen slachtpartij...'

Joona zegt niets en laat Pollock voor zichzelf de dingen op een rijtje zetten.

Nathan Pollock heeft veel daderprofielen opgesteld – en het tot nu toe nooit bij het verkeerde eind gehad.

Daderprofilering is een methode waarbij een dader wordt ingekaderd door de misdaad te interpreteren als een metafoor voor de psychische dispositie van de delinquent. De logische basisgedachte is dat het innerlijk leven van een mens zich in zekere mate weerspiegelt in zijn handelingen. Als de misdaad chaotisch is, is ook de geest van de misdadiger chaotisch en die chaos kan alleen verborgen blijven als de dader een kluizenaar is.

Joona ziet de lippen van Nathan Pollock bewegen terwijl hij nadenkt. Af en toe fluistert hij iets in zichzelf of trekt onbewust aan zijn paardenstaart.

'Ik denk dat ik de lichamen voor me kan zien... en de patronen van de bloedspetters,' zegt hij. 'Dit weet je immers allemaal al... dat de meeste moorden worden begaan in een vlaag van blinde woede. Daarna raakt men in paniek door het bloed en de chaos. Op dat moment haalt men een slijptol en vuilniszakken tevoorschijn... of men glibbert rond met een emmer en dweil en laat overal sporen achter.'

'Maar hier niet.'

'Deze moordenaar heeft in feite niet geprobeerd iets te verdoezelen.'

'Daar heb ik ook aan gedacht,' zegt Joona instemmend.

'Het geweld is grof en methodisch, het is geen uit de hand gelopen bestraffing, maar in beide gevallen was de opzet om te doden... niets anders. Beide slachtoffers zijn opgesloten in kleine ruimtes, ze kunnen niet ontkomen... Het geweld is niet van haat doortrokken, het doet eerder denken aan een executie of afslachting.'

'We denken dat de dader een meisje is,' zegt Joona.

'Een meisje?'

Joona ontmoet Nathans verbaasde blik en laat hem een foto van Vicky Bennet zien.

Hij schiet in de lach en haalt zijn schouders op.

'Sorry, maar dat betwijfel ik ten zeerste.'

Matilda komt aanlopen met thee en soesjes en gaat aan tafel zitten. Nathan schenkt drie koppen thee in.

'Geloof je niet dat een meisje dit kan hebben gedaan?' vraagt Joona.

'Ik ben zoiets nog nooit tegengekomen,' glimlacht Nathan.

'Niet alle meisjes zijn lief,' zegt Matilda.

Nathan wijst naar de foto.

'Staat ze bekend om gewelddadigheid?'

'Nee, integendeel.'

'Dan zitten jullie achter de verkeerde aan.'

'We weten zeker dat ze gisteren een kind heeft gekidnapt.'

'Maar ze heeft het niet gedood?'

'Niet dat we weten,' zegt Joona en hij pakt een soesje.

Nathan leunt achterover in zijn stoel en tuurt naar de lucht.

'Wanneer het meisje niet als gewelddadig wordt beschouwd, geen strafblad heeft, nooit eerder van iets vergelijkbaars verdacht is geweest, dan geloof ik niet dat zij het is,' zegt hij en hij kijkt Joona indringend aan.

'Maar als ze het toch is,' houdt Joona stug vol.

Nathan schudt zijn hoofd en blaast in zijn kop thee.

'Het klopt niet,' antwoordt hij. 'Ik heb net een boek van David Canter gelezen... Je weet dat hij de profielen toespitst op de rol die de dader het slachtoffer geeft tijdens het misdrijf. Ik heb daar zelf ook aan gedacht... dat de dader het slachtoffer gebruikt als een soort tegenspeler in een innerlijk drama.'

'Ja... zo zou je het kunnen uitdrukken,' antwoordt Joona.

'En volgens het model van David Canter betekent het bedekte gezicht dat de moordenaar haar gezicht wil wegnemen, haar volledig tot object wil maken... De mannen die tot die groep behoren, gebruiken vaak extreem veel geweld...'

'Stel dat ze gewoon verstoppertje spelen,' onderbreekt Joona hem.

'Hoe bedoel je?' vraagt Nathan en hij kijkt in Joona's grijze ogen.

'Het slachtoffer telt tot honderd en de dader verstopt zich.'

Nathan glimlacht en laat het idee bezinken.

'Dan is het de bedoeling dat men gaat zoeken...'

'Ja, maar waar?'

'Het enige advies dat ik kan geven is te zoeken op oude plekken,' zegt Pollock. 'Het verleden weerspiegelt de toekomst...'

48

De rijksrecherche is het enige centrale operatieve politieonderdeel in Zweden dat verantwoordelijk is voor het bestrijden van zware criminaliteit op zowel nationaal als internationaal niveau.

De chef van de rijksrecherche, Carlos Eliasson, staat bij het lage raam op de achtste verdieping en kijkt uit over de steile hellingen van het Kronobergspark.

Hij weet niet dat Joona Linna op dit moment op een van de paden in het park loopt na een kort bezoek aan de oude joodse begraafplaats.

Carlos gaat weer achter zijn bureau zitten en ziet niet hoe de commissaris met het piekerige haar de Polhemsgatan oversteekt en recht op de glazen entree van het politiebureau afstevent.

Joona loopt langs een affiche over de rol van de rijkspolitie in een veranderde wereld. Benny Rubin zit in elkaar gezakt achter zijn computer en vanuit de kamer van Magdalena Ronander klinkt een gesprek over een nieuw samenwerkingsverband met Europol.

Joona is teruggegaan naar Stockholm omdat hij is opgeroepen voor een gesprek later die dag met de mensen die het interne onderzoek uitvoeren. Hij pakt de post uit zijn vakje, gaat achter zijn bureau zitten, begint de stapel door te bladeren en bedenkt dat hij het eens is met Nathan Pollock.

Het is lastig het beeld van Vicky Bennet in verband te zien met de beide moorden.

Hoewel de politie geen toegang tot de gegevens van de diverse psychiaters heeft, is er niets dat erop wijst dat Vicky Bennet gevaarlijk zou zijn. Ze komt in geen enkel politieregister voor en iedereen die haar heeft ontmoet, lijkt haar teruggetrokken en aardig te vinden.

Toch wijst al het technische bewijs in haar richting.

En alles spreekt ervoor dat ze het jongetje heeft meegenomen.

Misschien ligt hij al met ingeslagen schedel in een greppel.

Maar als hij nog leeft, is er haast geboden.

Misschien zit hij samen met Vicky in de auto ergens in een donkere garage, misschien schreeuwt ze op dit moment tegen hem en ontsteekt er een gewelddadige woede in haar.

'Zoek in het verleden,' was de gebruikelijke raad van Nathan Pollock.

Het is net zo eenvoudig als voor de hand liggend – het verleden weerspiegelt altijd de toekomst.

Ondanks haar amper vijftien jaar is Vicky al vele malen weggelopen. Van haar dakloze moeder naar pleeggezinnen, acute opvang en internaten.

Vicky moet ergens zijn.

Het antwoord kan liggen bij een van de gezinnen waar ze heeft gewoond, het kan verstopt zitten in een gesprek met een vertrouwenspersoon, begeleider of pleegouder.

Er moeten mensen zijn die ze in vertrouwen heeft genomen.

Joona wil net opstaan om bij Anja te gaan vragen of het haar gelukt is wat namen en adressen boven water te krijgen als ze in de deuropening staat. Haar forse lichaam is in een strakke zwarte rok geperst en zoals altijd draagt ze een angoratrui. Haar blonde haar is kunstig opgestoken en haar lippenstift glanzend rood.

'Voordat ik antwoord geef, moet ik zeggen dat er per jaar meer dan vijftienduizend kinderen ergens geplaatst worden,' begint Anja. 'Toen de politiek private deelnemers toeliet in het veld, noemden ze dat hervorming van de gezondheidszorg. Nu zijn de tehuizen bijna uitsluitend in handen van beheerders van risicokapitaal. Het is net als vroeger bij de plaatsing van weeskinderen, de pleegouders die het minste geld vragen, krijgen de zorg... Er wordt bezuinigd op personeel, op onderwijs, op therapie en de tandarts om geld uit te sparen...'

'Ik weet het,' zegt Joona. 'Maar Vicky Bennet...'

'Mijn idee is om te proberen de laatste plaatsingsconsulent te pakken te krijgen.'

'Zou je dat kunnen doen?' vraagt Joona.

Ze glimlacht inschikkelijk en houdt haar hoofd schuin.

'Dat heb ik al gedaan, Joona Linna...'

'Je bent geweldig,' zegt Joona ernstig.

'Ik doe alles voor je.'

'Dat verdien ik niet,' glimlacht Joona.

'Nee, daar heb je gelijk in,' zegt ze terwijl ze de kamer uit loopt.

Hij blijft even zitten, staat dan op, loopt de gang in, klopt en opent Anja's deur.

'De adressen,' zegt ze en ze wijst op een stapel papier in de printer.

'Dank je.'

'Toen de plaatsingsconsulent mijn naam hoorde, zei hij dat Zweden ooit een fantastische zwemster op de vlinderslag had die ook zo heette,' zegt ze blozend.

'Je hebt toch wel gezegd dat jij dat was?'

'Nee, maar hij vertelde in elk geval dat Vicky Bennet pas in het bevolkingsregister opdook toen ze zes jaar oud was. Haar moeder Susie was dakloos en heeft haar blijkbaar buiten de instanties om gebaard. Toen de moeder werd opgenomen in een psychiatrische inrichting, is Vicky bij twee pleegouders hier in Stockholm geplaatst.'

Joona houdt de warme lijst in zijn handen, ziet data en plaatsingen, rijen namen en adressen, van de eerste pleegouders Jack en Elin Frank aan Strandvägen 47 tot aan jeugdzorginternaten de Ljungbacken in Uddevalla en de Birgittagården in Sundsvall. Op meerdere plekken staat een notitie dat het kind heeft gevraagd om terug te mogen naar haar eerste pleegouders.

'Het kind vraagt te mogen terugkeren naar de familie Frank, maar de familie reageert afwijzend,' luidt het zakelijke, steeds terugkerende commentaar.

Op het laatst woont Vicky Bennet niet meer bij gezinnen. Alleen in instellingen. Acute opvang, ter observatie, behandelcentra en internaten.

Hij denkt aan de bebloede hamer onder het kussen en het bloed op de vensterbank.

Het verbeten, smalle gezicht op de foto en de blonde, warrige lokken.

'Kun je uitzoeken of Jack en Elin Frank nog op dat adres wonen?'

Anja's gezicht glimt van genoegen als ze met getuite lippen zegt: 'Lees de bladen, dan blijf je op de hoogte.'

'Hoe bedoel je?'

'Elin Frank en Jack zijn gescheiden, maar zij heeft het huis gehouden... het is immers haar geld.'

'Zijn het beroemdheden?' vraagt Joona.

'Zij houdt zich bezig met liefdadigheid, aanzienlijk meer dan de meeste rijken... zij en haar toenmalige man Jack hebben heel veel geld in kinderdorpen en hulpfondsen gestoken.'

'En Vicky Bennet heeft dus bij hen gewoond?'

'Dat werkte niet zo goed,' antwoordt Anja.

Joona neemt de prints mee, loopt naar de deur en draait zich dan om naar Anja.

'Wat kan ik doen om je te bedanken?'

'Ik heb ons opgegeven voor een cursus,' antwoordt ze snel. 'Beloof dat je met me meegaat.'

'Wat is het voor cursus?'

'Ontspanning... Kamasutra nog iets...'

49

Strandvägen 47 ligt pal tegenover de Djurgårdsbron. Het is een woning op stand met een sierlijke voordeur en een donker, mooi trappenhuis.

Elin en Jack Frank waren de enige pleegouders naar wie Vicky Bennet terug wilde, ook al had ze maar kort bij hen gewoond. Steeds weer
vroeg ze om terug te mogen, maar de Franks wezen haar verzoeken af.

Als Joona Linna aanbelt bij de deur met de naam Frank op een
glimmend zwart naambordje, wordt er meteen opengedaan. Een ontspannen man met goudglanzend, kortgeknipt haar en een gelijkmatig
gebruinde huid kijkt de lange commissaris vragend aan.

'Ik ben op zoek naar Elin Frank.'

'Robert Bianchi, ik ben Elins consigliere,' zegt de man en hij steekt
zijn hand uit.

'Joona Linna, rijksrecherche.'

Er glijdt een glimlachje over de lippen van de man.

'Dat klinkt spannend, maar...'

'Ik moet haar spreken.'

'Mag ik vragen waar het over gaat? Ik wil haar niet onnodig storen...'

De man zwijgt als hij Joona's kille, grijze blik ziet.

'Wacht maar even in de hal, dan zal ik vragen of ze bezoek ont-
vangt,' zegt hij en hij verdwijnt door een deur.

De hal is wit en ongemeubileerd. Geen kapstok, geen voorwerpen,
geen schoenen of jassen. Alleen witte, gladde muren en een enorme
spiegel met witgetint glas.

Joona probeert zich een kind als Vicky in deze omgeving voor te
stellen. Een onrustig, chaotisch meisje dat pas in het bevolkingsregister werd ingeschreven toen ze zes was. Een kind dat eraan gewend was

dat een thuis niet veel meer was dan een garage of een voetgangerstunnel om in te overnachten.

Robert Bianchi keert terug met een kalme glimlach op zijn gezicht en vraagt Joona mee te komen. Ze lopen door een grote, lichte salon met meerdere bankstellen en een tegelkachel met ornamenten. Dikke vloerbedekking dempt het geluid van hun voetstappen als ze door de verschillende kamers naar een gesloten deur lopen.

'Gewoon aankloppen,' zegt hij met een onzeker lachje tegen Joona.

Joona klopt en hoort iemand met hakken over een harde vloer lopen. De deur wordt geopend door een slanke vrouw van middelbare leeftijd met donkerblond haar en grote blauwe ogen. Ze draagt een dunne, rode jurk tot net over de knie. Ze is mooi, naturel opgemaakt en ze heeft drie rijen sneeuwwitte parels om haar hals.

'Kom binnen, Joona,' zegt ze zacht maar zorgvuldig articulerend.

Ze lopen een zeer lichte kamer in met een bureau, een bankstel van wit leer en ingebouwde boekenkasten.

'Ik wilde net een kopje chai gaan drinken, of is dat nog te vroeg voor je?' vraagt ze.

'Nee, dat klinkt goed.'

Robert verlaat de kamer en Elin maakt een gebaar naar de bank.

'Laten we gaan zitten.'

Zonder haast neemt ze tegenover hem plaats en slaat haar benen over elkaar.

'Waar gaat het over?' vraagt ze en ze kijkt hem ernstig aan.

'Jaren geleden waren jij en je man Jack Andersson pleegouders voor een meisje...'

'We hebben veel kinderen op allerlei manieren geholpen toen...'

'Vicky Bennet heet ze,' valt Joona haar vriendelijk in de rede.

Even trekt er iets over haar beheerste gezicht, maar haar stem blijft rustig.

'Vicky herinner ik me heel goed,' antwoordt ze met een glimlachje.

'Wat herinner je je?'

'Ze was schattig en lief, en ze...'

Elin Frank zwijgt en kijkt recht voor zich uit. Haar handen liggen onbeweeglijk in haar schoot.

'We hebben reden om aan te nemen dat ze twee mensen heeft vermoord in een jeugdzorginternaat buiten Sundsvall,' zegt Joona.

De vrouw draait haar gezicht snel weg, maar Joona ziet nog net dat haar ogen donker worden. Ze strijkt haar jurk glad met handen die een beving niet weten te onderdrukken.

'Wat heeft dat met mij te maken?' vraagt ze.

Robert klopt en komt binnen met een rammelende theetrolley. Elin Frank bedankt en zegt hem de trolley te laten staan.

'Vicky Bennet is sinds afgelopen vrijdag verdwenen,' licht Joona toe als Robert de kamer uit is. 'De mogelijkheid bestaat dat ze je zal opzoeken.'

Elin kijkt hem niet aan. Ze buigt haar hoofd een beetje en slikt hoorbaar.

'Nee,' zegt ze dan kil.

'Waarom denk je dat Vicky Bennet dat niet zal doen?'

'Ze zal nooit contact met me opnemen,' antwoordt ze en ze staat op. 'Het was een vergissing je binnen te laten zonder eerst te informeren waar je voor kwam.'

Joona begint de tafel te dekken en richt dan zijn blik op haar.

'Met wie denk je dat Vicky dan contact zal zoeken? Met Jack?'

'Als je meer te vragen hebt, kun je contact opnemen met mijn advocaat,' zegt ze en ze verlaat de kamer.

Even later komt Robert de salon binnen.

'Ik zal je even uitlaten,' zegt hij kortaf.

'Dank je,' antwoordt Joona terwijl hij thee in de beide kopjes schenkt, er eentje oppakt, blaast en voorzichtig drinkt.

Hij glimlacht en pakt een citroenkoekje van een schaal met een witlinnen doek erin. Zonder haast eet hij het koekje en drinkt zijn thee, pakt het servet van zijn schoot, veegt zijn mond af, vouwt het servet op en legt het op tafel voordat hij opstaat.

Joona hoort dat Robert hem volgt als hij door de enorme woning loopt, langs de salons en zitkamer met tegelkachel. Hij loopt over de stenen vloer in de witte hal en opent de deur naar het trappenhuis.

'Eén ding dat ik nu al moet aankaarten, is dat het belangrijk is dat Elin niet wordt geassocieerd met negatieve...'

'Ik begrijp wat je bedoelt,' onderbreekt Joona hem. 'Het gaat hier in eerste instantie echter niet om Elin Frank, maar...'

'Voor mij wel, en voor haar ook,' valt Robert hem in de rede.

'Ja, maar daar houdt het verleden geen rekening mee als het terugkeert,' zegt Joona en hij loopt de trap af.

50

De fitnessruimte van het huis grenst aan de grootste badkamer. Elin rent elke dag zeven kilometer en gaat twee keer per week naar haar persoonlijke trainer bij de Mornington Health Club. Recht tegenover de loopband hangt een tv die uitstaat en links kijkt Elin uit over de daken naar de toren van de Oscars-kerk.

Ze luistert vandaag niet naar muziek. Het enige geluid is het gebonk van haar schoenen, de rinkelende echo in de gewichten aan de halter, de zoemende motor van de loopband en haar eigen ademhaling.

Haar paardenstaart wipt op en neer tussen haar schouderbladen. Ze draagt alleen een trainingsbroek en een witte sportbeha. Na vijftig minuten is het zweet door de stof tussen haar billen gedrongen en is haar beha doornat.

Ze denkt aan toen Vicky Bennet bij haar in huis kwam. Dat is acht jaar geleden. Een klein meisje met blond, warrig haar.

Elin had al jong chlamydia opgelopen, tijdens een taalcursus in Frankrijk. Ze had de klachten niet serieus genomen en was onvruchtbaar geworden. In die tijd had ze het totaal onbelangrijk gevonden omdat ze toch nooit kinderen zou willen. Jarenlang hield ze zichzelf voor hoe prettig het was om niet aan voorbehoedsmiddelen te hoeven denken.

Jack en zij waren nog maar twee jaar getrouwd toen hij over adoptie begon, maar telkens wanneer hij het onderwerp ter sprake bracht, zei ze dat ze geen kinderen wilde, dat het te veel verantwoordelijkheid was.

In die tijd was Jack nog verliefd op haar. Hij was het met haar eens dat ze zich konden aanmelden als tijdelijke opvang of pleeggezin voor kinderen die het moeilijk hadden in hun eigen gezin, die er een poosje tussenuit moesten.

Elin belde met de afdeling Jeugdzorg van het stadsdeelkantoor Norrmalm en Jack ging met haar mee om met een bevoegd ambtenaar te praten die vroeg naar hun woonsituatie, werk, burgerlijke staat en eigen kinderen.

Een maand later werden Elin en Jack opgeroepen voor een diepte-interview in aparte kamers. Ze kregen enorm veel vragen en vervolgvragen volgens de Kälvestenmethode.

Ze herinnert zich nog steeds de verbazing van de sociaal werkster toen ze begreep wie Elin Frank was.

Drie dagen later ging de telefoon. De sociaal werkster vertelde dat ze een kind had dat een poosje geborgenheid en rust nodig had.

'Ze is zes jaar en... ik denk dat het goed zal gaan... eh, het is een kwestie van uitproberen, en zodra ze haar draai gevonden heeft, kunnen we een paar psychologen aanbevelen,' zei de vrouw.

'Wat is er met haar gebeurd?'

'De moeder is dakloos en psychisch ziek... en de overheid heeft ingegrepen toen het meisje slapend in een metrowagon werd aangetroffen.'

'Maar ze maakt het verder goed?'

'Ze was een beetje uitgedroogd, maar de dokter zei dat ze verder gezond is... Ik heb geprobeerd met het meisje te praten... ze maakt een vriendelijke indruk, maar is in zichzelf gekeerd.'

'Hoe heet ze – weten jullie dat?'

'Ja... Vicky... ze heet Vicky Bennet.'

Tegen het einde voert Elin Frank de snelheid op, de loopband zoemt, haar ademhaling wordt heftiger, ze maakt de hellingshoek steiler, blijft naar boven lopen en mindert dan vaart.

Na afloop stretcht ze bij de barre voor de grote spiegel zonder zichzelf aan te kijken. Ze wurmt haar voeten uit de schoenen en verlaat de ruimte met zware, kriebelende benen. Buiten de badkamer trekt ze de al koud geworden beha uit en gooit hem op de grond, trekt haar broek en slipje naar beneden, trapt de kleding met haar voeten uit en stapt de douche in.

Als het warme water over haar nek en spieren stroomt, ontspant ze en komt de angst terug. Het is net alsof de hysterie zich vlak onder de oppervlakte bevindt, jagend onder haar huid. Iets in haar wil het uitschreeuwen en in een onbedaarlijk huilen uitbarsten. Maar ze beheerst zich en draait aan de thermostaat zodat het water ijskoud wordt. Ze dwingt zichzelf te blijven staan. Richt haar gezicht omhoog naar de straal tot haar slapen pijn doen van de kou en ze de kraan dichtdraait en uit de douche stapt om zich af te drogen.

51

Elin stapt uit haar inloopkast, gekleed in een halflange fluwelen rok en een stringbody van nylon uit de nieuwste collectie van Wolford. De huid van haar armen en schouders schijnt door de zwarte stof met fonkelende steentjes. De stof is zo dun dat ze speciale zijden handschoenen moet dragen als ze de body aantrekt.

In de leeskamer zit Robert in een lamsleren fauteuil papieren door te nemen die hij in verschillende leren mappen stopt.

'Wie was dat meisje waar de politie naar vroeg?'

'Niemand,' antwoordt Elin.

'Iets waar we ons zorgen over moeten maken?'

'Nee.'

Robert Bianchi is al zes jaar haar adviseur en assistent. Hij is homoseksueel, maar heeft nog nooit een vaste relatie gehad. Volgens Elin vindt hij het vooral leuk samen met knappe mannen gezien te worden. Dat van een homoseksuele assistent was Jacks idee, zodat hij geen reden voor jaloezie had. Ze herinnert zich dat ze antwoordde dat het haar niet uitmaakte – als hij maar niet aanstellerig praatte.

Ze gaat naast hem in de andere leesfauteuil zitten, strekt haar benen uit en laat hem de hoge lakschoenen zien.

'Prachtig,' glimlacht hij.

'Ik heb de planning voor de rest van de week gezien,' zegt ze.

'Over een uur is de ontvangst in het Clarion Hotel Sign.'

Een zware bus op de Strandvägen doet de grote schuifdeuren rammelen. Bijna onmerkbaar voelt Elin zijn blik, maar ze kijkt niet terug, verplaatst alleen het diamanten kruisje in het kuiltje van haar hals.

'Jack en ik hebben voor een klein meisje gezorgd dat Vicky heet... in een grijs verleden,' zegt ze en ze slikt hard.

'Hadden jullie haar geadopteerd?'

'Nee, ze had een moeder, wij fungeerden alleen als tijdelijke opvang, maar ik...'

Ze zwijgt en trekt aan het diamanten kruisje aan de dunne ketting.

'Wanneer was dat?'

'Een jaar of wat voordat jij bij ons kwam werken,' antwoordt ze. 'Maar ik zat toen nog niet in de leiding van het concern en Jack was net begonnen aan de samenwerking met Zentropa.'

'Je hoeft het niet te vertellen.'

'Volgens mij waren we er klaar voor, voor zover dat kan, we wisten dat het niet makkelijk zou zijn, maar... Snap jij iets van dit land? Ik bedoel, eerst was het allemaal ongelooflijk ingewikkeld, we moesten praten met sociaal werkers en ambtenaren, echt alles werd gecontroleerd, van onze financiële situatie tot ons seksleven... maar zodra we waren goedgekeurd – wat slechts drie dagen duurde – kregen we een kind en moesten we het verder zelf maar uitzoeken. Heel vreemd, eigenlijk. Ze vertelden helemaal niets over haar, weet je, we kregen sowieso geen enkele hulp.'

'Dat klinkt merkwaardig.'

'We wilden echt iets goeds doen... en het meisje heeft hier negen maanden gewoond, met tussenpozen. Ze hebben heel vaak geprobeerd haar terug te plaatsen bij haar moeder, maar het liep er steevast op uit dat Vicky ergens tussen oude kartonnen dozen in een garage buiten de stad werd teruggevonden.'

'Triest,' zegt hij.

'Jack kon het op het laatst niet meer aan, al die nachten dat we moesten uitrukken om haar op te halen, met haar naar de spoedeisende hulp moesten of haar in bad zetten en eten gaven... We waren anders ook wel gescheiden, maar... op een nacht zei hij dat ik moest kiezen...'

Elin glimlacht leeg naar Robert.

'Ik begrijp niet waarom hij me dwong te kiezen.'

'Omdat hij alleen maar aan zichzelf denkt,' zegt Robert.

'Maar we waren niet meer dan tijdelijke opvang, ik kon toch niet kiezen tussen hem en een kind dat hier een paar maanden zou wonen, dat sloeg nergens op... En hij wist dat ik in die tijd volledig afhankelijk van hem was.'

'Nee,' probeert Robert.

'Maar toch is het zo, dat was ik,' zegt Elin. 'Dus toen Vicky's moeder een nieuwe woning kreeg, stemde ik ermee in dat hij jeugdzorg belde... ik bedoel, alles zag er nu redelijk goed uit met de moeder...'

Haar stem breekt en ze merkt verrast dat de tranen plotseling beginnen te stromen.

'Waarom heb je dit nooit eerder verteld?'

Elin droogt haar tranen en weet niet waarom ze liegt.

'Het is niet belangrijk, niet iets waar ik over loop te tobben.'

'Een mens moet door,' zegt Robert alsof hij haar verexcuseert.

'Ja,' fluistert ze en ze slaat haar handen voor haar gezicht.

'Wat is er?' vraagt hij bezorgd.

'Robert,' zegt ze met een zucht en ze kijkt hem aan. 'Ik heb er niets mee te maken, maar de politieman die hier net was, hij vertelde dat Vicky twee mensen heeft gedood.'

'Bedoel je wat er net in Norrland is gebeurd?'

'Ik weet het niet.'

'Kun je met haar in verband worden gebracht?' vraagt hij langzaam.

'Nee.'

'Want je mag hier niet mee worden geassocieerd.'

'Ik weet het... ik zou natuurlijk graag iets doen om haar te helpen, maar...'

'Hou je erbuiten.'

'Misschien moet ik Jack bellen.'

'Nee, niet doen.'

'Hij moet het weten.'

'Niet van jou,' werpt Robert tegen. 'Jij wordt er alleen maar verdrietig van, dat weet je, elke keer dat je met hem praat...'

Ze probeert instemmend te glimlachen en legt haar hand op Roberts warme vingers.

'Kom morgenochtend om acht uur, dan nemen we de punten voor volgende week door.'

'Goed,' zegt Robert en hij verlaat de kamer.

Elin pakt de telefoon maar wacht tot Robert de voordeur achter zich op slot heeft gedaan en toetst dan het nummer van Jack in.

Hij klinkt hees en slaperig als hij opneemt.

'Elin? Weet je hoe laat het hier is? Je kunt niet zomaar bellen...'

'Lag je te slapen?'

'Ja.'

'Alleen?'

'Nee.'

'Ben je eerlijk om te kwetsen of om...'

'We zijn gescheiden, Elin,' kapt hij haar af.

Elin loopt de slaapkamer in en blijft dan staan met haar blik op het grote bed.

'Zeg dat je naar me verlangt,' fluistert ze.

'Welterusten, Elin.'

'Je kunt het appartement in Broome Street krijgen als je wilt.'

'Dat wil ik niet, jij bent degene die van New York houdt.'

'De politie denkt dat Vicky twee mensen heeft vermoord.'

'Onze Vicky?'

Haar lippen beginnen te trillen en tranen wellen op in haar ogen.

'Ja... ze waren hier om naar haar te vragen.'

'Wat erg,' zegt hij zacht.

'Kun je niet hierheen komen, ik heb je nodig... je kunt Norah mee-brengen als je wilt, ik ben niet jaloers.'

'Elin... ik kom niet naar Stockholm.'

'Sorry dat ik je heb gebeld,' zegt Elin en ze beëindigt het gesprek.

52

Hoog op Kungsbron 21 zit de afdeling Politiezaken van het Openbaar Ministerie en het bureau Intern Onderzoek van het Zweedse Korps Landelijke Politiediensten. Joona zit in een klein kantoortje samen met Mikael Båge, hoofd Intern Onderzoek en eerste secretaris Helene Fiorine.

'Op genoemd tijdstip deed de veiligheidsdienst Säpo een inval bij de Brigade, een links-extremistische groepering,' zegt Båge en hij schraapt zijn keel. 'De aanklacht luidt dat commissaris Linna van de rijksrecherche zich op genoemd adres zou hebben bevonden tijdens of kort voor...'

'Dat klopt,' antwoordt Joona en hij kijkt door het raam naar buiten, naar de treinsporen en het water van de Barnhusviken.

Helene Fiorine legt haar pen en notitieblok neer, ziet er opgelaten uit en maakt een soort smekend gebaar.

'Joona, ik moet je vragen om het interne onderzoek serieus te nemen,' zegt ze.

'Dat doe ik,' antwoordt hij afwezig.

Ze kijkt iets te lang in zijn zilvergrijze ogen, knikt dan snel en pakt haar pen weer.

'Voordat we afronden,' zegt Mikael Båge terwijl hij langdurig in zijn oor peutert, 'moet ik de hoofdverdenking van het interne onderzoek aan de orde stellen, die tegen jou gericht is...'

'Er kan natuurlijk sprake zijn van een misverstand,' verklaart Helene vlug. 'Dat de onderzoeken elkaar op een ongelukkige manier hebben gekruist.'

'Maar in de aangifte aan jouw adres,' vervolgt Båge en hij kijkt naar zijn vinger, 'wordt gezegd dat de inval van de Säpo is mislukt omdat jij de harde kern had gewaarschuwd.'

'Ja, dat klopt,' antwoordt Joona.

Helene Fiorine staat op van haar stoel en weet niet wat ze moet zeggen; ze staat daar maar en kijkt Joona met een verdrietige blik aan.

'Je hebt de groep gewaarschuwd voor de inval?' vraagt Båge glimlachend.

'De jongelui waren onvolwassen,' zegt hij, 'maar niet gevaarlijk en niet...'

'De Säpo was een andere mening toegedaan,' valt Båge hem in de rede.

'Ja,' antwoordt Joona rustig.

'We beëindigen het inleidende verhoor,' zegt Helene Fiorine en ze raapt haar papieren bij elkaar.

53

Het is al halfvijf als Joona Tumba passeert, waar hij ooit een drievoudige moord in een rijtjeshuis heeft onderzocht.

Op de stoel naast hem ligt de lijst met de verblijfplaatsen van Vicky Bennet door de jaren heen. Het laatste adres is de Birgittagården en het eerste Strandvägen 47.

Ze moet met een van al die mensen bij wie ze verbleef hebben gepraat. Ze moet iemand in vertrouwen hebben genomen, genoemd hebben dat ze ergens vrienden had.

Het enige wat Elin Frank over Vicky wist te vertellen, was dat ze schattig en lief was.

Schattig en lief, denkt Joona.

Voor de rijke familie Frank was Vicky een verwaarloosd kind, een kind dat hulp nodig had, voor wie je barmhartig bent.

Het ging om liefdadigheid.

Maar voor Vicky was Elin de eerste moederfiguur na haar eigen moeder.

Het bestaan op de Strandvägen moet heel anders zijn geweest. Zonder kou en op gezette tijden te eten. Ze sliep in een bed en droeg mooie kleren. De tijd bij Elin en Jack zou voor haar jarenlang een speciale glans behouden.

Joona geeft richting aan en gaat naar de linkerrijstrook.

Hij heeft de lijst bestudeerd en besloten deze keer onderaan te beginnen. Vóór de Birgittagården zat ze in jeugdzorginternaat de Ljungbacken en daarvoor twee weken bij de familie Arnander-Johansson in Katrineholm.

Weer ziet hij voor zich hoe de Naald en Frippe met veel moeite Miranda's handen van haar gezicht hadden gehaald. Ze hadden geworsteld met de verstijfde armen. De dode leek tegen te werken, alsof ze niet wilde, alsof ze zich schaamde.

Maar haar gezicht was rustig en wit als parelmoer geweest.

Ze had met het dekbed om zich heen gezeten toen ze met een grote steen werd geslagen, aldus de Naald. Zes of zeven keer, als Joona de bloedspetters goed had geïnterpreteerd.

Daarna was ze op het bed getild en waren haar handen over haar gezicht gelegd.

Het laatste wat ze in haar leven had gezien was de moordenaar.

Joona mindert vaart en rijdt een oudere villawijk in; hij parkeert bij een lage haag van bloeiende ganzeriken.

Hij stapt uit de auto en loopt naar een grote brievenbus van hout met een messing naambordje: Arnander-Johansson. Een vrouw verschijnt om de hoek van het huis met een emmer rode appels in haar hand. Ze heeft problemen met haar heupen en haar mond vertrekt af en toe van de pijn. Ze is fors van postuur, met grote borsten en dikke bovenarmen.

'Je bent hem net misgelopen,' zegt de vrouw als ze Joona ziet.

'Dat heb ik weer,' grapt Joona.

'Hij moest naar het magazijn... iets met vrachtbrieven.'

'Over wie hebben we het?' vraagt Joona glimlachend.

Ze zet de emmer neer.

'Ik dacht dat je naar de loopband kwam kijken.'

'Wat kost ie?'

'Zevenduizend kronen, spiksplinternieuw,' antwoordt ze en dan zwijgt ze.

Ze strijkt met haar hand over haar broekspijp en kijkt hem aan.

'Ik ben van de rijksrecherche en wil je een paar vragen stellen.'

'Waarover?' vraagt ze met zwakke stem.

'Vicky Bennet die hier... bijna een jaar geleden heeft gewoond.'

De vrouw knikt met een verdrietig gezicht, wijst naar de deur en gaat zelf voor. Joona loopt achter haar aan, een keuken in met een grenenhouten tafel en een gehaakt kleed, gebloemde gordijnen voor het raam naar de tuin. Het gras is net gemaaid en pruimenbomen en kruisbessenstruiken vormen een afscheiding met de buren. Rondom een klein lichtblauw zwembad liggen houten vlonders. Badspeeltjes drijven in het water tegen het afvoerrooster.

'Vicky is weggelopen,' valt Joona met de deur in huis.

'Ik heb het gelezen,' fluistert ze en ze zet de emmer met appels op het aanrecht.

'Waar denk je dat ze zich verborgen houdt?'

'Geen idee.'

'Heeft ze weleens iets gezegd over vrienden, jongens...'

'Vicky heeft hier eigenlijk nooit gewoond,' zegt de vrouw.

'Hoezo niet?'

'Het is gewoon zo gelopen,' zegt ze en ze wendt haar gezicht af.

De vrouw vult de koffiekan met koud water, giet het in het koffie-zetapparaat en staakt dan haar bewegingen.

'Ik kan je toch wel koffie aanbieden?' zegt ze krachteloos.

Door het raam ziet Joona twee blonde jongens karate spelen in de tuin. Ze zijn allebei tenger en gebruind door de zon en ze dragen grote zwemshorts. Het spel is iets te wild, iets te hard, maar toch lachen ze de hele tijd.

'Jullie nemen kinderen en pubers op in jullie gezin?'

'Onze dochter is negentien dus het... we doen het inmiddels een paar jaar.'

'Hoe lang blijven de kinderen meestal?'

'Dat wisselt... en het gaat soms een beetje op en neer,' antwoordt ze en ze draait zich om naar Joona. 'Veel kinderen komen uit heel erg verstoorde thuissituaties.'

'Is het moeilijk?'

'Nee, dat niet... natuurlijk ontstaan er conflicten, maar het enige wat je moet doen is gewoon duidelijk grenzen stellen.'

Een van de jongens maakt een jumpkick boven het zwembad en landt met een grote plons. De andere jongen doet een paar rechte slagen in de lucht gevolgd door een salto.

'Maar Vicky is dus maar twee weken gebleven,' zegt Joona terwijl hij de vrouw aankijkt. Ze ontwijkt zijn blik en krabt zachtjes aan haar onderarm.

'We hebben twee jongens,' zegt ze vaag. 'Die wonen hier al twee jaar... het zijn broers... we hoopten dat het zou werken samen met Vicky, maar we moesten het helaas afbreken.'

'Wat is er gebeurd?'

'Niets... in feite, ik bedoel... Het was niet haar fout, het was niemands fout... het werd gewoon te veel, we zijn maar een gewoon gezin en we konden het simpelweg niet aan.'

'Maar Vicky... was ze lastig, moeilijk in de omgang?'

'Nee,' antwoordt ze zwak. 'Het was...'

Ze zwijgt.

'Wat wilde je zeggen? Was is er gebeurd?'

'Niets.'

'Jullie zijn ervaren,' zegt Joona. 'Hoe kun je na twee weken al opgeven?'

'Zo is het nu eenmaal.'

'Maar ik denk dat er iets gebeurd is,' zegt Joona ernstig.

'Nee, het werd ons gewoon een beetje te veel.'

'Maar ik denk dat er iets gebeurd is,' herhaalt hij vriendelijk.

'Wat wil je van me?' vraagt ze in verlegenheid gebracht.

'Vertel alsjeblieft wat er is gebeurd.'

Ze wordt rood. De rode kleur verspreidt zich over de oneffen huid naar haar hals, tussen haar borsten.

'We kregen bezoek,' fluistert ze met neergeslagen ogen.

'Van wie?'

Ze schudt haar hoofd. Joona geeft haar zijn notitieblok en een pen. Tranen rollen over haar wangen. Ze kijkt hem aan, dan pakt ze de pen en het papier en schrijft.

54

Joona heeft drie uur gereden als hij op Skrakegatan 35 in Bengtsfors arriveert. Toen de vrouw het adres in zijn notitieblok schreef, drupten de tranen op het papier. Hij had het blok uit haar hand moeten trekken en toen hij meer uit haar probeerde te krijgen, had ze slechts haar hoofd geschud, zich de keuken uit gehaast om zich vervolgens op te sluiten in de wc.

Langzaam rijdt hij langs rijtjeshuizen van rode baksteen naar een keerlus met garage. Nummer 35 is het laatste huis. De tuinmeubels van witte kunststof liggen omgewaaid in het hoge gras. De brievenbus aan een zwarte ketting zit bomvol reclamefolders van pizzeria's en supermarkten.

Joona stapt uit, loopt door het onkruid bij het hek en dan over het pad van vochtige klinkers naar het huis.

Voor de deur ligt een drijfnatte deurmat met de tekst 'sleutels, portemonnee, mobiel'. Tegen de binnenkant van de ramen zitten zwarte vuilniszakken geplakt. Joona belt aan. Een hond slaat aan en even later kijkt iemand naar hem door het spionnetje in de deur. Twee sloten worden rondgedraaid en dan gaat de deur op een kiertje open tot hij niet verder kan vanwege een veiligheidsbalk. De lucht van gemorste rode wijn slaat hem tegemoet. Hij kan de persoon in de donkere hal niet onderscheiden.

'Mag ik even binnenkomen?'

'Ze wil je niet ontvangen,' antwoordt een jongen met een donkere, hese stem.

De hond hijgt en hij hoort hoe de slipketting ratelend aangetrokken wordt.

'Maar ik moet haar spreken.'

'We kopen niets,' roept een vrouw uit een andere kamer.

'Ik ben van de politie,' zegt Joona.

Er klinken voetstappen vanuit het huis.

'Is hij alleen?' vraagt de vrouw.

'Ik geloof van wel,' fluistert de jongen.

'Hou jij Zombie vast?'

'Ga je opendoen? Mama?' vraagt hij angstig.

De vrouw loopt naar de deur.

'Wat wil je?'

'Weet je iets over een meisje dat Vicky Bennet heet?'

De nagels van de hond glijden uit over de vloer. De vrouw doet de deur dicht en op slot. Joona hoort haar iets tegen de jongen schreeuwen. Even later wordt de deur op een kier van tien centimeter geopend. Ze heeft de veiligheidsbalk weggehaald. Joona duwt de deur verder open en stapt de hal in. De vrouw staat met haar rug naar hem toe. Ze is gekleed in een huidkleurige maillot en een wit t-shirt. Haar blonde haar hangt ver over haar schouders. Als Joona de deur achter zich sluit, wordt het zo donker dat hij moet blijven staan. Er brandt nergens licht.

Ze loopt voor hem uit. De zon staat direct op de ramen met vastgeplakte vuilniszakken. Gaatjes en scheuren stralen als sterren. Een zwak grijs schijnsel valt de keuken binnen. Op de tafel staat een wijnkarton en op het bruine zeil eronder ligt een grote plas. Als Joona de donkere woonkamer binnen gaat, zit de vrouw al op een bank van spijkerstof. Donkerpaarse gordijnen reiken tot aan de grond en daarachter zijn de vuilniszakken zichtbaar. Toch valt er een zwakke lichtstreep door de terrasdeur de kamer in, recht op de hand van de vrouw. Joona ziet dat haar nagels goed verzorgd en roodgelakt zijn.

'Ga zitten,' zegt ze rustig.

'Graag.'

Joona neemt tegenover haar plaats op een grote voetenbank. Als zijn ogen aan de schemering gewend zijn, ziet hij dat er iets mis is met haar gezicht.

'Wat wil je weten?'

'Je bent bij de familie Arnander-Johansson langs geweest.'

'Ja.'

'Wat was de reden van je bezoek?'

'Ik heb ze gewaarschuwd.'

'Waarvoor heb je ze gewaarschuwd?'

'Tompa!' roept de vrouw. 'Tompa!'

Een deur gaat open en langzame voetstappen komen dichterbij. Joona ziet de jongen niet in het donker, maar hij bespeurt toch zijn aanwezigheid en zijn silhouet dat zich vaag aftekent tegen de boekenkast. De jongen komt de donkere woonkamer binnen.

'Doe de plafondlamp aan.'

'Maar mama...'

'Doe het gewoon!'

Hij drukt op de schakelaar en een grote bol van rijstpapier verlicht de hele kamer. De lange, tengere jongen staat met gebogen hoofd in het felle licht. Joona neemt hem op. Het gezicht van de jongen ziet eruit alsof het opengebeten is door een vechthond en daarna verkeerd is genezen. Zijn onderlip ontbreekt volledig, de ondertanden zijn zichtbaar, zijn kin en rechterwang zijn uitgehold en vleeskleurig. Een diepe rode groef loopt vanaf de haarinplant schuin over zijn voorhoofd en door zijn wenkbrauw. Als Joona weer naar de vrouw kijkt, ziet hij dat haar gezicht nog erger is toegetakeld. Toch glimlacht ze naar hem. Ze mist haar rechteroog, in haar gezicht en hals zijn diepe kerven te zien, minstens tien. Haar andere wenkbrauw hangt over haar oog en haar mond is op verschillende plaatsen kapotgesneden.

'Vicky was kwaad op ons,' zegt de vrouw en haar glimlach verdwijnt.

'Wat is er gebeurd?'

'Ze is ons te lijf gegaan met een kapotte fles. Ik wist niet dat een mens zo woest kon worden, ze hield maar niet op. Ik raakte buiten bewustzijn, kwam weer bij en lag daar maar. Ik voelde de slagen met het kapotte glas, de stoten, de stukken die inwendig afbraken en ik begreep dat ik geen gezicht meer had.'

55

De gemeente Sundsvall onderhandelde met zorgonderneming Orre
en moest duur betalen om de ontstane situatie op te lossen. De meisjes
van de Birgittagården werden van het Ibis hotel overgebracht naar het
dorpje Hårte voor tijdelijke opvang.

Hårte is een oud vissersplaatsje zonder kerk. De school werd bijna
honderd jaar geleden opgeheven, de ijzermijn gesloten en de supermarkt ging dicht toen de eigenaren te oud werden. Maar 's zomers
leeft het vissersdorpje met zijn maagdelijk witte zandstranden aan de
Jungfrukust op.

De zes meisjes zullen de komende maanden in de voormalige
dorpswinkel wonen, een ruim huis met een grote serre, gelegen op
het punt waar de smalle weg die het dorp in voert zich splitst als een
slangentong.

Ze hebben net warm gegeten en een paar meisjes zijn blijven hangen in de eetkamer en bekijken de nevelblauwe zee. In de grote woonkamer zit Solveig Sundström van internaat de Sävstagården met haar
breiwerk voor de knetterende open haard.

Van de woonkamer leidt een koude gang naar een kleine keuken.
Daar is een bewaker zo gaan zitten dat hij de hal en de voordeur in de
gaten kan houden en tegelijkertijd door het raam over het gazon en de
weg kan uitkijken.

Lu Chu en Nina zoeken in de provisiekast naar chips, maar ze moeten genoegen nemen met een pak Frosties.

'Wat doe je als de moordenaar komt?' vraagt Lu Chu.

Er gaat een schokje door de getatoeëerde hand die op tafel ligt en de
bewaker glimlacht stijfjes naar haar.

'Jullie kunnen je veilig voelen.'

Het is een man van in de vijftig met een kaalgeschoren hoofd en een strenge sik van zijn onderlip naar de punt van zijn kin. Onder de donkerblauwe trui met het embleem van de bewakingsfirma tekent zijn gespierde lichaam zich af.

Lu Chu antwoordt niet, kijkt hem alleen maar aan terwijl ze de Frosties in haar mond stopt en luidruchtig kauwt. Nina zoekt in de koelkast en haalt er een pakje gerookte ham en een pot mosterd uit.

Aan de andere kant van het huis, rond de eettafel in de serre, zitten Caroline, Indie, Tuula en Almira te kwartetten.

'Mag ik al je boeren?' vraagt Indie.

'Heb ik niet,' giechelt Almira.

Indie pakt een kaart uit de pot en kijkt er tevreden naar.

'Ted Bundy was net een slager,' zegt Tuula zacht.

'Waar heb je het over,' zucht Caroline.

'Hij liep van de ene kamer naar de andere en knuppelde de meisjes neer als jonge zeehondjes. Eerst Lisa en Margaret en toen...'

'Hou je kop,' schatert Almira.

Tuula glimlacht met gebogen hoofd en Caroline huivert onwillekeurig.

'Wat doet dat wijf hier in foksnaam?' vraagt Indie hardop.

De vrouw bij de open haard kijkt op en gaat dan door met breien.

'Zullen we verder spelen?' vraagt Tuula ongeduldig.

'Wie is er aan de beurt?'

'Ik,' zegt Indie.

'Jezus, wat speel jij vals,' lacht Caroline.

'Mijn mobiel is helemaal dood,' zegt Almira. 'Ik had hem in mijn kamer aan de oplader gelegd en nu...'

'Zal ik ernaar kijken?' vraagt Indie.

Ze peutert het klepje aan de achterkant van de telefoon los, haalt de batterij eruit en stopt hem weer terug, maar er gebeurt niets.

'Vreemd,' mompelt ze.

'Laat maar,' zegt Almira.

Indie haalt de batterij er opnieuw uit.

'Er zit geeneens een simkaart in!'

'Tuula,' zegt Almira streng. 'Heb jij mijn simkaart eruit gehaald?'

'Weet ik niet,' antwoordt het meisje nors.

'Ik heb hem nodig – snap je dat?'

De vrouw heeft haar breiwerk neergelegd en komt de eetkamer binnen.

'Wat is er aan de hand?' vraagt ze.

'We lossen dit zelf op,' antwoordt Caroline rustig.

Tuula perst sip haar lippen op elkaar.

'Ik heb niets gepakt,' piept ze.

'Mijn simkaart is weg,' zegt Almira luid.

'Dat betekent nog niet dat zij hem heeft,' zegt de vrouw verontwaardigd.

'Almira zegt dat ze me gaat slaan,' zegt Tuula.

'Ik tolereer geen enkele vorm van geweld,' verklaart de vrouw en ze keert terug naar haar breiwerk.

'Tuula,' zegt Almira gedempt. 'Ik moet echt kunnen bellen.'

'Dat wordt dan lastig,' glimlacht Tuula terug.

Het bos aan de overkant van de baai wordt steeds zwarter en dan wordt ook de hemel donker terwijl het water nog steeds glinstert als vloeiend lood.

'De politie denkt dat Vicky Miranda heeft doodgeslagen,' zegt Caroline.

'Wat ontzettend dom,' mompelt Almira.

'Ik ken haar niet, niemand van ons kent haar,' zegt Indie.

'Hou op.'

'Stel dat ze hiernaartoe komt om...'

'Sst,' kapt Tuula haar af.

Ze komt overeind en staat uiterst gespannen in het duister te staren.

'Hoorden jullie dat?' zegt ze en ze draait zich om naar Caroline en Almira.

'Nee,' zucht Indie.

'Straks zijn we dood,' fluistert Tuula.

'Jij bent zó ziek, kutkind,' zegt Caroline, maar ze kan een glimlachje niet onderdrukken.

Ze grijpt Tuula's hand en trekt haar naar zich toe, op haar schoot, ze streelt haar.

'Je hoeft niet bang te zijn, er gebeurt helemaal niets,' troost Caroline.

56

Caroline wordt wakker op de bank. Het laatste restje van het vuur flikkert langzaam in de open haard. Een zachte warmte straalt haar tegemoet. Ze komt overeind en kijkt om zich heen in de donkere woonkamer en eetkamer. Ze begrijpt dat ze op de bank in slaap is gevallen en dat iedereen naar bed is gegaan en haar heeft laten liggen.

Caroline staat op, loopt naar een van de grote ramen en kijkt naar buiten. Achter de zwarte vissershutjes ziet ze het water. Alles is rustig. Boven de zee schijnt de maan achter wat sluierwolken.

Ze opent de krakende grenen deur en voelt de koele lucht van de gang langs haar gezicht strijken. Achter haar kraken de houten meubels. Het duister in de gang is compact en ze heeft niet meer dan een vaag vermoeden waar de deuren van de kamers van de andere meiden zijn. Caroline doet een stap de duisternis in. De vloer is ijskoud. Plotseling meent ze iets te horen, een zucht of gekreun.

Het komt van de wc.

Ze loopt er voorzichtig, met bonzend hart, naartoe. De deur staat op een kier. Daarbinnen is iemand. Weer klinkt het vreemde geluid.

Caroline kijkt voorzichtig door de smalle spleet.

Nina zit op de wc-pot met haar benen wijd en een onverschillige uitdrukking op haar gezicht. Op zijn knieën voor haar zit een man met zijn gezicht tussen haar dijen. Ze heeft haar pyjamajasje omhooggetrokken zodat hij met een hand aan haar borst kan zitten terwijl hij haar likt.

'Nu moet je ophouden,' zegt Nina met zware stem.

'Oké,' antwoordt hij en hij staat vlug op.

Als hij wc-papier pakt om zijn mond af te vegen, ziet Caroline dat het de bewaker is.

'Geef me het geld,' zegt Nina terwijl ze haar hand uitsteekt.

De bewaker begint in zijn zakken te rommelen.

'Shit, ik heb maar tachtig kronen,' zegt hij.

'Maar je zei vijfhonderd.'

'Kan ik het helpen? Ik heb maar tachtig.'

Nina zucht en pakt het geld aan.

Caroline loopt snel langs de deur en glipt het koude kamertje binnen dat zij toebedeeld heeft gekregen. Ze sluit de deur en knipt de plafondlamp aan. Ze ziet zichzelf weerspiegeld in de zwarte ruit, begrijpt dat ze van buitenaf volledig zichtbaar is en loopt naar het raam om vlug het rolgordijn naar beneden te trekken. Voor het eerst in zeer lange tijd is ze bang in het donker.

Met onbehagen denkt ze terug aan Tuula's lichte ogen toen ze het over verschillende seriemoordenaars had. De kleine Tuula was opgefokt en wilde de anderen bang maken door te beweren dat Vicky hen hierheen was gevolgd.

Caroline besluit het tandenpoetsen te laten zitten. Niets krijgt haar de lange, zwarte gang weer in.

Ze verplaatst de stoel naar de deur en probeert de rugleuning onder de deurkruk te schuiven. Het lukt niet. Ze pakt een stapel tijdschriften en legt ze met trillende handen onder de stoelpoten op de grond, zodat de rugleuning de deurkruk omhoogduwt.

Ze meent iemand vlak achter haar deur door de gang te horen sluipen, richt haar blik op het sleutelgat en voelt de rillingen over haar rug omhoogkruipen.

Plotseling klinkt er een knal achter haar. Het rolgordijn schiet omhoog en rolt zich ratelend op.

'Jezus,' zucht ze terwijl ze het gordijn weer naar beneden trekt.

Ze blijft roerloos in de stille kamer staan luisteren. Dan knipt ze het plafondlicht uit en stapt vlug in bed, trekt het dekbed om zich heen en wacht tot de lakens warm worden.

Ze ligt doodstil door het duister naar de deurkruk te staren en denkt weer aan Vicky Bennet. Ze leek zo verlegen en behoedzaam. Caroline denkt niet dat ze die vreselijke dingen heeft gedaan, ze kan het gewoon niet geloven. Voordat ze haar gedachten in een andere richting weet te dwingen, ziet ze Miranda's verbrijzelde hoofd weer voor zich en het bloed dat van het plafond drupte.

Opeens hoort ze voorzichtige voetstappen in de gang. Ze verstommen, lopen weer door en stoppen precies voor haar deur. Door het vibrerende duister ziet Caroline dat iemand de deurkruk naar beneden probeert te drukken. Hij stuit op de rugleuning. Caroline doet haar ogen dicht en houdt haar handen voor haar oren en bidt tot God die alle kinderen liefheeft.

57

Midden in de nacht klinken er matte, bonkende geluiden als een autostoeltje keer op keer tegen de grote stuwdam bij waterkrachtcentrale
Bergeforsen stoot.

Met de grijze plastic rug naar boven, nauwelijks zichtbaar boven
het wateroppervlak, is het stoeltje meegevoerd met het water van de
Indalsälven.

Aangezien de sneeuw in de bergen van Jämtland gesmolten is, staat
het water in de rivier erg hoog. De krachtcentrale bij Storsjön heeft
het waterniveau voortdurend moeten aanpassen omdat het over de
dammen dreigde te stromen.

Na de enorme regenval van de afgelopen week is de krachtcentrale
Bergeforsen begonnen de sluizen geleidelijk te openen tot de stroom
volledig wordt doorgelaten. Meer dan twee miljoen liter water per seconde.

Maandenlang heeft de Indalsälven met zijn trage beweging op een
meer geleken, maar nu stroomt hij onmiskenbaar en sterk.

Het autostoeltje raakt de dam, glijdt een stukje terug en stoot dan
weer tegen de rand.

*

Joona rent over de smalle weg langs de rand van de dam. Aan de rechterkant strekt de rivier zich uit als een glanzende vloer, maar links van
hem loopt een gladde betonnen wand zo'n dertig meter recht naar
beneden. Het is duizelingwekkend hoog. Wit water schuimt donde-
rend over de zwarte rotsen in de diepte. Met chaotische kracht spuit
het water door de sluizen in de dam.

Verderop, aan de rand van het stuwmeer staan twee geüniformeerde agenten samen met een bewaker van de krachtcentrale over de reling naar het gladde wateroppervlak te kijken. De ene agent wijst en heeft een bootshaak in zijn hand.

Rond het drijvende autostoeltje heeft zich rommel opgehoopt die is meegevoerd met het stromende water. Een lege plastic fles, sparrentakken, stokken en halfvergane kartonnen verpakkingen rollen tegen de rand.

Joona kijkt in het zwarte water. De stroom rukt aan het stoeltje. Alleen de grijze rugleuning van hard plastic is zichtbaar.

Het valt onmogelijk uit te maken of er nog een kind in het stoeltje zit.

'Draai het om,' zegt Joona.

De andere agent knikt kort en leunt dan zo ver mogelijk over de reling. Hij breekt het gladde wateroppervlak met de bootshaak en trekt een grote sparrentak opzij. Dan steekt hij de bootshaak dieper onder het autostoeltje en haalt de haak voorzichtig op om grip te krijgen. Hij trekt het stoeltje omhoog en er klinkt een plons als het zich eindelijk omdraait en de natte, geruite voering zichtbaar wordt.

Het stoeltje is leeg, de riempjes glijden langzaam door het water.

Joona kijkt naar het autostoeltje, de zwarte riempjes, en denkt aan het kinderlichaam dat uit de gordel gegleden en naar de bodem gezonken kan zijn.

'Zoals ik aan de telefoon al zei, lijkt het inderdaad het desbetreffende stoeltje te zijn... het ziet er niet noemenswaardig beschadigd uit, maar het is natuurlijk lastig details waar te nemen,' zegt de agent.

'Zorg dat de TR een waterdichte zak gebruikt als ze het uit het water halen.'

De agent laat het autostoeltje van de bootshaak terug in het water vallen en het tuimelt langzaam rond.

'We zien elkaar bij het bruggenhoofd in Indal,' zegt Joona als hij begint terug te lopen naar zijn auto. 'Daar is toch een plek waar je kunt zwemmen?'

'Wat gaan we daar dan doen?'

'Een duik nemen,' antwoordt Joona zonder een spoor van een glimlach.

58

Joona stopt bij het bruggenhoofd, laat zijn auto met open portier achter, loopt naar de rivier en kijkt over de grashelling naar beneden. Vanaf het zandstrandje loopt een verankerde steiger recht het stromende water in.

Zijn jasje waait open en onder het donkergrijze overhemd tekenen zijn spieren zich af.

Hij loopt verder langs de kant van de weg en voelt de damp van het warme groen, ruikt de geur van gras en de zoetheid van het wilgenroosje.

Hij blijft staan, bukt zich en raapt tussen de struiken een vierkant stukje glas op, legt het in de palm van zijn hand en kijkt weer naar het water.

'Hier zijn ze van de weg geraakt,' zegt hij en hij duidt de richting aan.

Een van de agenten loopt de helling af naar het zandstrandje, volgt de aangegeven richting en schudt zijn hoofd.

'Geen sporen hier,' roept hij terug.

'Ik denk dat ik gelijk heb,' zegt Joona.

'Dat zullen we nooit weten, het heeft te veel geregend,' zegt de andere agent.

'Maar onder water heeft het niet geregend,' zegt Joona.

Hij beent met grote passen van de kant van de weg naar het strandje. Hij loopt de agent voorbij tot aan de waterkant. Hij volgt de rivier een paar meter stroomopwaarts en ziet dan de wielsporen onder water. De parallelle afdrukken in de zanderige bodem verdwijnen het zwarte water in.

'Zie je iets?' roept de agent.

'Ja,' antwoordt Joona en hij loopt recht de rivier in.

Het koele water stroomt langs zijn benen, trekt hem zachtjes opzij. Met grote passen loopt hij verder. Het is moeilijk iets te zien onder het glinsterende, bewegende wateroppervlak. Lange waterplanten kringelen rond. Belletjes en stof worden meegevoerd met de stroom.

De politieagent volgt hem de rivier in en vloekt binnensmonds.

Zo'n tien meter verderop ziet Joona vagelijk een donkere formatie.

'Ik ga om duikers bellen,' zegt de agent.

Joona trekt snel zijn jasje uit, geeft het aan de agent en loopt verder.

'Wat doe je?'

'Ik moet weten of ze dood zijn,' antwoordt hij terwijl hij de agent zijn dienstwapen overhandigt.

Het water is koud en de stroom trekt aan zijn steeds zwaarder wordende broek. Een koude rilling gaat via zijn benen naar zijn lendenen.

'Er drijven boomstammen in de rivier,' roept de andere agent. 'Je kunt daar niet zwemmen.'

Joona waadt verder, de bodem loopt steil af en als het water zijn buik bereikt duikt hij er soepel in. Het bonst in zijn oren als zijn gehoorgangen zich vullen met water. Het voelt koud tegen zijn open ogen. Weerspiegelingen van de zon snijden door het water. Wervelende modder wordt met de draaikolken meegevoerd.

Hij trapt met zijn benen, komt steeds dieper en ziet plotseling de auto. Hij staat even verderop, naast de wielsporen. De stroom heeft het voertuig meegesleurd naar de geul in het midden van de rivier.

Het rode plaatwerk glanst. De voorruit en de twee ramen rechts ontbreken volledig en het water stroomt dwars door de coupé.

Joona zwemt dichterbij en probeert niet te denken aan wat hij mogelijk te zien zal krijgen. Hij moet nu vooral alert zijn en proberen zoveel mogelijk te registreren in de seconden die hij onder water kan blijven, maar zijn hersenen roepen toch beelden op van het meisje op de voorbank met de veiligheidsgordel diagonaal over haar lichaam. Uitgestrekte armen, opengesperde mond en het haar uitgewaaierd, wervelend voor haar gezicht.

Zijn hart bonst harder. Het is schemerig beneden. Duisternis en een dreunende stilte.

Hij nadert het achterportier met ingeslagen raam en krijgt de lege stijl te pakken. De krachtige rivier trekt zijn lichaam opzij. Er klinkt metaalachtig geknars en hij verliest zijn grip als de auto een meter of wat met de stroom wordt meegevoerd. Slib wervelt omhoog en hij ziet nauwelijks iets. Hij zwemt een paar slagen. De wolk van modder dunt uit en wordt steeds transparanter.

Boven hem – misschien drie meter hoger – is die andere, zonovergoten wereld.

Een door water verzadigde boomstam schiet als een zwaar projectiel vlak onder het wateroppervlak voorbij.

Zijn longen beginnen pijn te doen, trekken samen in lege krampen. Het water is op deze diepte behoorlijk sterk in beweging.

Joona krijgt het lege raam van het portier weer te pakken en ziet bloed van zijn hand met het water meestromen. Hij dwingt zichzelf naar beneden om op dezelfde hoogte als het autoportier te komen en probeert naar binnen te kijken. Stof, wier en golvende gewassen bewegen voor zijn gezicht.

De auto is leeg. Er zit niemand in, geen meisje, geen kind.

De voorruit is weg, de ruitenwissers zwabberen door het water. De lichamen kunnen eruit gespoeld zijn en buitelend over de bodem door de rivier zijn meegevoerd.

Het lukt hem het gebied vlak rondom de auto in zich op te nemen. Hij ziet niets waar de lichamen van de kinderen achter konden blijven haken. De rotsen zijn rond afgesleten en de waterplanten niet dicht genoeg.

Zijn longen schreeuwen nu om zuurstof maar hij weet dat er eigenlijk altijd meer tijd is.

Het lichaam moet leren wachten.

In het leger heeft hij meerdere keren twaalf kilometer met een seinvlag moeten zwemmen, hij heeft zonder uitrusting met een noodballon een onderzeeboot verlaten, hij heeft in de Finse Golf onder het ijs gezwommen.

Hij kan nog heel even zonder zuurstof.

Met krachtige slagen zwemt hij om de auto heen en bestudeert de uitgesleten stroombedding. Het water trekt als een sterke wind. Schaduwen van drijvende boomstammen bewegen zich snel over de bodem.

Vicky is in de harde regen van de weg gereden, de helling af naar het strand en het water in. De ruiten waren er al uit na de botsing met het stoplicht en de auto liep onmiddellijk vol water, gleed verder en kwam onder water tot stilstand.

Maar waar zijn de lichamen?

Hij moet de kinderen proberen te vinden.

Vijf meter verderop ontdekt hij iets glinsterends op de bodem, een bril die steeds verder van de auto rolt, naar dieper en sneller stromend water. Hij moet nu eigenlijk terug naar boven, maar denkt dat hij het misschien nog heel even kan volhouden. Het flitst voor zijn ogen als hij ernaartoe zwemt, zijn hand uitsteekt en de bril vlak voordat een draaikolk hem oplicht van de bodem te pakken krijgt. Hij draait zich om, zet af met zijn voeten, zwemt naar boven. Het flakkert voor zijn ogen. Hij heeft geen tijd om op te letten, hij moet ademhalen om niet buiten bewustzijn te raken. Hij breekt door het wateroppervlak, ademt in en ziet de boomstam nog net voordat deze tegen zijn schouder beukt. Het doet zo'n pijn dat hij het uitschreeuwt. Zijn arm wordt door de heftige stoot uit de kom geduwd. Joona belandt weer onder water. In zijn oren klinkt klokgelui als voor een kerkdienst. Het zonlicht flikkert in gebroken reflecties voor zijn ogen.

59

De collega's van het korps Västernorrland hadden inmiddels een boot in het water weten te krijgen en waren onderweg naar Joona toen ze zagen dat hij door een boomstam werd geraakt. Ze kregen hem te pakken en trokken hem over de reling aan boord.

'Sorry,' had Joona hijgend uitgebracht. 'Ik moest gewoon weten of...'

'Waar ben je geraakt?'

'Er zitten geen lichamen in de auto,' vervolgde Joona en hij slaakte een zucht van pijn.

'Kijk eens naar zijn arm,' zei de ene agent.

'Shit,' fluisterde zijn collega.

Er stroomde bloed over Joona's natte overhemd en zijn arm zat wonderlijk gedraaid, leek los in het spierweefsel te hangen.

Voorzichtig pakten ze de bril uit zijn hand en stopten hem in een plastic zakje.

Een agent bracht hem naar het ziekenhuis in Sundsvall. Joona zat zwijgend in de auto, sloot zijn ogen en drukte de gewonde arm dicht tegen zijn lichaam. Ondanks de enorme pijn zocht hij naar een verklaring voor de manier waarop de auto over de bodem was gegleden en het water door de kapotte ramen stroomde.

'De kinderen zaten er niet in,' zei hij bijna fluisterend.

'Lichamen kunnen heel ver meegevoerd worden,' zei de agent. 'Duikers naar beneden sturen heeft geen zin. Ze zijn of ergens achter blijven haken, daar kom je dus nooit achter... of ze belanden net als het autostoeltje bij de krachtcentrale.'

In het ziekenhuis ontfermden twee opgewekt pratende verpleegkundigen zich over Joona. Ze waren blond en leken wel moeder en dochter. Snel en zakelijk trokken ze zijn natte kleren uit maar toen ze hem begonnen af te drogen en zijn arm zagen vielen ze ineens stil. Ze maakten de wond schoon en verbonden hem, waarna hij werd opgehaald voor röntgenfoto's.

Twintig minuten later kwam er een dokter de behandelkamer binnen en zei dat hij naar de röntgenfoto's had gekeken. Hij legde vlug uit dat er niets was gebroken, maar dat er sprake was van een schouderluxatie. Het slechte nieuws was dat de arm uit de kom was, maar het goede dat de voorste kraakbeenrand intact leek. Joona moest op zijn buik op de onderzoektafel gaan liggen en zijn arm naar beneden laten hangen. De arts injecteerde twintig milligram lidocaïne direct in het gewricht om de arm weer recht te kunnen trekken. Hij ging op de grond zitten en trok de arm naar beneden terwijl de ene verpleegster zijn schouderblad in de richting van zijn ruggengraat duwde en de andere de kop van de bovenarm in positie manoeuvreerde. Er klonk gekraak, Joona verbeet zich en ademde langzaam uit.

De auto met Vicky Bennet en Dante was verdwenen op een traject met weinig afslagen. De politie beweerde dat ze alle mogelijke schuilplaatsen hadden gecontroleerd en de kritiek vanuit de media nam toe.

Toen Joona het autostoeltje in het water zag, begreep hij wat iedereen over het hoofd had gezien. Als de auto in het water was gereden en was opgeslokt door de rivier, dan was er maar één plek waar dat had kunnen gebeuren zonder door de politie of hulpdiensten te worden opgemerkt.

Na Indal maakt weg 86 een scherpe bocht naar rechts om de brug over de rivier over te gaan, maar de auto moest rechtdoor gereden zijn, de grashelling af, het strandje over en zo het water in.

Door de kapotte ruiten kon het water onbelemmerd de auto binnen lopen en de harde regen had de wielsporen op het zand onmiddellijk uitgewist. Binnen een paar seconden was de auto verdwenen.

60

Joona loopt een politiegarage binnen. De lucht is koel. Zijn arm is gestabiliseerd en rust in een donkerblauwe mitella.

In een grote plastic tent staat de auto die Vicky Bennet heeft gestolen. Hij is met een vierpuntshijstakel uit de rivier gelicht, ingepakt en hierheen getransporteerd. Alle stoelen zijn gedemonteerd en naast de auto gezet. Op een lange tafel ligt een aantal voorwerpen, verpakt in gemerkte plastic zakken. Joona kijkt naar de sporen die veiliggesteld zijn. Vingerafdrukken van Vicky en Dante. Zakken met glassplinters, een lege waterfles, een sportschoen die ongetwijfeld van Vicky is en het brilletje van de jongen.

De deur van het aangrenzende kantoor gaat open en Holger Jalmert komt met een map in zijn hand de garage in.

'Je wilde me iets laten zien,' zegt Joona.

'Ja, inderdaad,' zucht Holger en hij maakt een gebaar naar de auto. 'De hele voorruit lag eruit, dat heb je zelf gezien toen je naar beneden zwom. Hij is eruit geknald bij de botsing met het stoplicht... maar ik heb helaas haren van de jongen gevonden op de stijl van het autoraam.'

'Wat vreselijk om te horen,' zegt Joona en hij voelt dat er een grote eenzaamheid in hem neerdaalt.

'Ja, maar het bevestigt wat iedereen al dacht.'

Joona bekijkt een detailfoto van haren aan de rechterkant van de voorruit waar nog scherpe glasresten in de stijl zitten en een vergroting waar drie haren met wortel en al op te zien zijn.

De snelheid moet hoog geweest zijn en de remming door het water zeer sterk. Alles duidt erop dat Vicky Bennet en Dante Abrahamsson door de restanten van de voorruit naar buiten zijn geslingerd.

Joona leest dat er glassplinters met het bloed van de jongen erop gevonden zijn.

De motorkap werd vervormd en verdween onder water.

Joona bedenkt dat de enige verklaring dat er haren uit Dantes hoofd gerukt zijn, is dat hij uit de stoel over het dashboard, door de voorruit de rivier in is gelanceerd.

Er stond een enorme stroming doordat de sluizen in de krachtcentrale Bergeforsen openstonden.

Joona denkt dat Vicky Bennets woede bekoeld moest zijn aangezien ze de jongen niet heeft gedood, maar hem gewoon bij zich had in de auto.

'Denk je dat de jongen nog leefde toen ze het water in reden?' vraagt Joona zacht.

'Ja, waarschijnlijk is hij bewusteloos geraakt door de klap tegen de stijl en verdronken... maar we moeten afwachten tot de lichamen stranden bij de dam.'

Holger laat een plastic zakje zien met een rood waterpistool erin.

'Ik heb zelf een zoontje...'

Holger zwijgt en gaat op zijn bureaustoel zitten.

'Ja,' antwoordt Joona en hij legt de hand die hij kan bewegen op Holgers schouder.

'We moeten de moeder vertellen dat we de zoektocht staken en afwachten,' zegt Holger en zijn mond begint te trekken.

*

Het is abnormaal stil op het kleine politiebureau. Enkele geüniformeerde agenten staan te kletsen bij het koffieapparaat, een vrouw tikt langzaam op haar computer. Het grauwe daglicht is somber, het doet denken aan trooisteloze schooldagen.

Als de deur opengaat en Pia Abrahamsson binnenkomt, verstomt het geroezemoes. Pia is gekleed in een spijkerbroek en een dichtgeknoopt spijkerjack dat over haar borsten spant. Het hazelnootbruine haar onder haar zwarte alpinopet is piekerig en ongewassen.

Ze is niet opgemaakt en haar ogen staan vermoeid en angstig.

Mirja Zlatnek staat vlug op en trekt een stoel bij.

'Ik blijf staan,' zegt Pia zwak.

Mirja opent een knoop in de kraag van haar blouse.

'We hebben je gevraagd te komen omdat... het is zo dat we vrezen...'

Pia legt haar hand op de rugleuning van de stoel.

'Wat ik probeer te zeggen,' gaat Mirja verder, 'is...'

'Ja?'

'Niemand denkt dat ze nog leven.'

Pia reageert niet heel erg. Ze stort niet in, ze knikt alleen langzaam en likt over haar lippen.

'Waarom denken jullie dat ze niet meer leven?' vraagt ze met een zachte en merkwaardig kalme stem.

'We hebben je auto gevonden,' zegt Mirja. 'Hij is van de weg geraakt en in de rivier beland. De auto lag vier meter diep, hij was zwaar beschadigd en...'

Haar stem sterft weg.

'Ik wil mijn zoon zien,' zegt Pia met dezelfde akelig kalme stem. 'Waar is zijn lichaam?'

'Het is... We hebben de lichamen nog niet gevonden, maar... Dit is heel moeilijk, maar er is besloten het duiken te staken.'

'Maar...'

Pia Abrahamssons hand gaat omhoog naar haar hals, naar het zilveren kruisje onder haar kleren, maar stopt bij haar hart.

'Dante is nog maar vier,' zegt ze met verwondering in haar stem. 'Hij kan niet zwemmen.'

'Nee,' zegt Mirja met vertrokken mond.

'Maar hij... hij vindt het heerlijk om in het water te spelen,' fluistert Pia.

Haar kin begint licht te trillen. Daar staat ze in haar spijkerpak. Het witte priesterboordje piept onder haar jack vandaan. Met trage bewegingen, als van een oude, gebroken vrouw, laat ze zich eindelijk op de stoel zakken.

61

Elin Frank neemt een douche na het stoombad en loopt dan over de glanzende tegelvloer naar de grote spiegel boven de dubbele wasbak, waar ze zich afdroogt met een warm badlaken. Haar huid is nog steeds warm en vochtig als ze de zwarte kimono aantrekt die ze van Jack heeft gekregen in het jaar dat ze uit elkaar gingen.

Ze verlaat de badkamer, loopt door de lichte kamers, over de witte parketvloer haar slaapkamer in.

Op het tweepersoonsbed heeft ze al een koperkleurige, glanzende jurk van Karen Millen klaargelegd en een goudkleurig slipje van Dolce & Gabbana.

Ze doet de kimono uit en parfumeert zich met La Perla, wacht heel even en kleedt zich dan aan.

Als ze in de grote woonkamer komt, ziet ze haar adviseur met een plotseling gebaar zijn telefoon verbergen. Onmiddellijk slaat er een gevoel van pijnlijke onrust door haar heen die zwaar op haar maag drukt.

'Wat is er?' vraagt ze.

Het jongensachtige, gestreepte T-shirt is uit zijn witte spijkerbroek geglipt waardoor zijn ronde buik zichtbaar is.

'De fotograaf van de Franse *Vogue* is er over tien minuten,' zegt Robert zonder haar aan te kijken.

'Ik heb nog niet de kans gehad om naar het nieuws te kijken,' zegt ze in een poging luchtig te klinken. 'Weet jij of de politie Vicky al heeft gevonden?'

De afgelopen dagen durfde ze ook niet naar het nieuws te luisteren of de kranten te lezen. Ze heeft een slaappil moeten innemen om om tien uur in te kunnen slapen en om drie uur nog eentje, om door te kunnen slapen.

'Heb jij er iets over gehoord?' herhaalt ze zwakjes.

Robert krabt zich onder zijn korte haar.

'Elin, ik wil echt dat je je geen zorgen maakt.'

'Dat doe ik niet, maar het...'

'Niemand gaat je hierin betrekken.'

'Het kan geen kwaad om te weten wat er gebeurt,' zegt ze nonchalant.

'Je hebt er niets mee te maken,' houdt hij stug vol.

Ze heeft haar mimiek weer onder controle en glimlacht ongekunsteld en koel naar hem.

'Moet ik boos op je worden?'

Hij schudt zijn hoofd en trekt het T-shirt weer over zijn buik.

'Ik heb onderweg hierheen het laatste stukje van het nieuws op de radio gehoord, maar ik weet niet of het klopt,' antwoordt hij. 'Ze schijnen de gestolen auto teruggevonden te hebben, in een rivier... en ze gaan geloof ik zoeken met duikers.'

Elin wendt haar gezicht snel weer af. Haar lippen trillen en haar hart bonst alsof het zal barsten.

'Dat klinkt niet goed,' zegt ze toonloos.

'Zal ik de tv aanzetten?'

'Nee, dat hoeft niet,' fluistert ze.

'Het zou natuurlijk vreselijk zijn als ze verdronken blijken te zijn.'

'Doe niet zo arrogant,' zegt Elin.

Ze moet slikken. Het doet pijn in haar keel, ze kucht zachtjes en kijkt omlaag in haar handpalmen.

62

Elin kan zich op elk moment de dag waarop Vicky bij haar kwam wonen voor de geest halen. Het meisje stond in de hal met een gesloten gezicht en geel verkleurde bloeduitstortingen op haar armen. Zodra ze Vicky zag, wist Elin dat dit de dochter was naar wie ze had verlangd. Ze was zich er niet bewust van geweest dat ze over een dochter had gefantaseerd, maar toen ze Vicky zag, besefte ze hoe graag ze een kind had gewild.

Vicky was speciaal op haar eigen manier, precies zoals het moest zijn.

In het begin kwam het meisje 's nachts naar haar bed toe rennen. Ze bleef abrupt staan, staarde Elin aan en maakte rechtsomkeert. Misschien dacht ze dat ze haar echte moeder zou vinden om tegenaan te kruipen, of misschien kreeg ze ter plekke spijt, wilde ze niet laten merken dat ze bang was of wilde ze niet het risico lopen te worden afgewezen.

Elin herinnert zich de trippelende kindervoetjes die weer verdwenen over de parketvloer nog heel goed.

Soms wilde Vicky bij Jack op schoot zitten om naar een kinderprogramma te kijken, maar nooit bij haar.

Vicky vertrouwde haar niet, durfde dat niet, maar Elin merkte dat ze vaak heimelijk naar haar keek.

Kleine Vicky, het stille meisje dat alleen speelde als ze zeker wist dat niemand haar zag. Die haar kerstcadeautjes niet durfde open te maken omdat ze het niet vertrouwde dat die prachtige pakjes echt voor haar waren. Vicky die terugdeinsde voor elke knuffel.

Elin had een wit hamstertje voor haar gekocht in een grote, leuke kooi met trappetjes en lange tunnels van rood plastic. In de kerstvakantie zorgde Vicky voor het beestje, maar voordat de school weer begon was de hamster spoorloos verdwenen. Vicky bleek hem te hebben vrijgelaten in een park vlak bij school. Toen Jack haar uitlegde dat het beestje het misschien niet zou redden in de kou, rende ze naar haar kamer en sloeg de deur hard dicht, wel tien keer. 's Nachts dronk ze een fles bourgogne leeg en kotste de hele sauna onder. Diezelfde week pikte ze twee briljanten ringen die Elin van haar oma had geërfd. Ze weigerde te vertellen wat ze ermee gedaan had en Elin heeft de ringen nooit meer teruggezien.

Elin wist dat Jack het zat begon te worden. Hij zei dat hun leven te gecompliceerd was om geborgenheid te bieden aan een kind dat zoveel nodig had. Hij trok zich terug, hield zich afzijdig en voelde zich niet langer betrokken bij het lastige kind.

Ze begreep dat ze hem kwijt aan het raken was.

Toen de instanties een nieuwe poging deden om Vicky terug te plaatsen bij haar echte moeder, had Elin het gevoel dat Jack en zij echt een pauze nodig hadden om elkaar terug te vinden. Vicky nam zelfs de mobiele telefoon niet aan die Elin had gekocht zodat ze contact konden houden.

Toen Jack en Elin laat hadden getafeld in de Operakällaren en voor het eerst sinds maanden een hele nacht hadden kunnen vrijen en slapen, zei hij de volgende ochtend dat hij bij haar weg zou gaan als ze geen nee zei tegen een voortzetting van de regeling met Vicky.

Elin liet hem de begeleider bellen om te zeggen dat ze niet langer beschikbaar waren als pleeggezin, dat ze het niet meer aankonden.

Vicky en haar moeder namen de benen uit de open opvang in Västerås en verstopten zich in een speelhuisje. Haar moeder begon Vicky 's nachts alleen te laten en toen ze twee dagen niet was komen opdagen, reisde Vicky op eigen houtje naar Stockholm.

Jack was niet thuis op de avond dat Vicky in het trappenhuis stond en bij Elin aanbelde.

Elin had niet geweten wat ze moest doen. Ze herinnert zich hoe ze in de hal met haar rug tegen de muur gedrukt stond en het meisje had horen aanbellen en nog eens aanbellen terwijl ze haar naam fluisterde.

Uiteindelijk was Vicky gaan huilen en had ze de brievenbus opengedaan.

'Mag ik alsjeblieft terugkomen? Ik wil bij jou zijn. Alsjeblieft Elin, doe open... ik zal lief zijn. Alsjeblieft, alsjeblieft...'

Toen Jack en Elin hun verplichting hadden opgezegd, had de sociaal werker hen gewaarschuwd.

'Jullie mogen niet tegen Vicky zeggen waarom jullie het niet meer aankunnen.'

'Waarom niet?' vroeg Elin.

'Omdat het kind dan de schuld op zich zal nemen,' had de sociaal werker uitgelegd. 'Ze zal het gevoel krijgen dat het haar fout is dat jullie het niet aankunnen.'

Dus had Elin muisstil in de hal gestaan en na wat wel een eeuwigheid leek Vicky's voetstappen horen wegsterven in het trappenhuis.

63

Elin staat voor de enorme badkamerspiegel en kijkt zichzelf in de ogen. Het indirecte licht veroorzaakt fonkelende reflecties over de hele iris. Ze heeft twee valiumpjes ingenomen en een glas riesling uit de Alsace ingeschonken.

In de grote woonkamer staat de jonge fotograaf Nassim Dubois van het Franse *Vogue* zijn uitrusting uit te pakken en de belichting voor te bereiden. Het interview is vorige week al gehouden toen Elin in de Provence was voor een liefdadigheidsveiling. Ze heeft haar complete Franse kunstverzameling en het Jean Nouvel-huis in Nice verkocht om een garantiefonds op te richten voor microkrediet aan vrouwen in Noord-Afrika.

Ze loopt weg van de spiegel, pakt de telefoon en toetst het nummer van Jack om te vertellen dat de auto van Vicky bij Indal in de rivier is gevonden. Ze laat de telefoon overgaan, hoewel Jacks advocaat te kennen heeft gegeven dat al het contact over Vicky via het advocaten-kantoor dient te verlopen.

Het kan haar niet schelen dat Jacks stem vermoeid klinkt. Ze is niet meer verliefd op hem, maar soms moet ze zijn stem gewoon horen.

Misschien vertelt ze hem alleen maar dat ze zijn Basquiat heeft ver-kocht op de liefdadigheidsveiling. Maar voordat hij opneemt bedenkt ze zich en hangt op.

Elin gaat de badkamer uit, laat een hand over de muur glijden als steun, loopt door de woonkamer naar de openslaande glazen deu-ren.

Als ze het grote terras op stapt met een traagheid die je als sensueel zou kunnen zien, fluit Nassim tevreden.

'Je bent fantastisch,' zegt hij glimlachend.

Ze weet dat de koperkleurige jurk met smalle bandjes haar goed staat. Om haar hals draagt ze een platte ketting van gehamerd wit-goud die, net als haar oorbellen, reflecties op haar kin en lange hals werpen.

Hij wil dat ze met haar rug naar de balustrade gaat staan met een enorme witte sjaal van Ralph Lauren om haar schouders. Ze laat hem wapperen in de wind, ziet dat de uitwaaierende stof zich vult als een zeil en mooi opbolt.

Hij gebruikt geen belichtingsmeter maar plaatst een zilveren reflectiescherm onder een bepaalde hoek zodat haar gezicht in licht baadt.

Hij fotografeert haar heel intensief met een telelens, komt dan dichterbij, gaat in zijn strakke spijkerbroek op zijn knieën zitten en neemt een serie foto's met een ouderwetse polaroidcamera.

Ze ziet het zweet op Nassims voorhoofd parelen. Hij blijft haar complimentjes geven, maar zijn aandacht is elders, bij de compositie en het licht.

'Gevaarlijk, sexy,' mompelt hij.

'Vind je?' antwoordt ze glimlachend.

Hij stopt even, kijkt haar aan, knikt en glimlacht breed en verlegen. 'Maar vooral sexy.'

'Je bent een schat,' antwoordt ze.

Elin draagt geen beha en de wind bezorgt haar kippenvel. Haar harde tepels zijn door de jurk heen te zien. Ze betrapt zichzelf erop dat ze hoopt dat Nassim het zal zien en beseft dat ze beneveld begint te raken.

Hij gaat vlak onder haar liggen met een oude Hasselblad-camera en vraagt haar naar voren te buigen en haar lippen te tuiten alsof ze gekust wil worden.

'*Une petite pomme*,' zegt hij.

Ze glimlachen naar elkaar en ze voelt zich opeens blij, vrolijk bijna over het geflirt.

Ze ziet zijn borstkas duidelijk door het dunne, strakke T-shirt. Het schiet uit zijn spijkerbroek en onthult een platte buik.

Ze tuit haar lippen een beetje en hij fotografeert, mompelt dat ze de beste is, een topmodel, dan laat hij de camera op zijn borst zakken en kijkt naar haar op.

'Ik zou nog uren door kunnen gaan,' zegt hij en het klinkt oprecht. 'Maar ik zie dat je het koud hebt.'

'We gaan naar binnen en nemen een whisky,' knikt ze.

64

Binnen heeft Ingrid het vuur in de grote tegelkachel aangestoken. Ze gaan op de bank zitten, drinken maltwhisky en praten over het interview, over microkrediet dat tegenwoordig zo belangrijk is voor veel vrouwen omdat het hen de mogelijkheid biedt hun levenssituatie te veranderen.

Elin voelt dat het valium en de alcohol haar rust geven, als een windstilte, vanbinnen.

Nassim zegt dat de Franse journalist heel blij was met het interview. Dan vertelt hij dat zijn moeder uit Marokko komt.

'Het is heel belangrijk wat je doet,' zegt hij glimlachend. 'Als mijn oma een microkrediet had gekregen dan had het leven van mijn moeder er heel anders uitgezien.'

'Ik doe mijn best, maar...'

Ze zwijgt en kijkt in zijn ernstige ogen.

'Niemand is perfect,' zegt hij en hij schuift in haar richting.

'Ik heb een klein meisje in de steek gelaten... dat ik niet in de steek had mogen laten... dat...'

Hij streelt troostend over haar wang en fluistert iets in het Frans. Ze glimlacht naar hem en de roes tintelt in haar lichaam.

'Als je niet zo jong was zou ik verliefd worden,' zegt ze in het Zweeds.

'Wat zei je?' vraagt hij.

'Ik ben jaloers op je vriendin,' legt ze uit.

Ze voelt zijn ademhaling, hij ruikt naar mint en whisky. Als kruiden, denkt ze. Ze kijkt naar zijn mooi gevormde mond en krijgt ineens zin hem te kussen, maar denkt dat hij alleen maar bang zou worden.

Ze denkt eraan dat Jack kort nadat Vicky uit hun leven was verdwenen ophield met haar naar bed te gaan. Ze begreep niet dat hij haar gewoon niet meer begeerde. Ze dacht dat het met stress te maken had, met te weinig tijd samen, met vermoeidheid. Ze begon zich uit te sloven. Maakte zich mooi, regelde romantische etentjes, tijd voor hen samen.

Maar hij zag haar niet meer staan.

Toen hij op een nacht thuiskwam en haar in haar huidkleurige negligé zag liggen, zei hij plompverloren dat hij niet meer van haar hield.

Hij wilde scheiden, hij had een andere vrouw ontmoet.

'Pas op, je morst,' zegt Nassim.

'O, god,' fluistert ze op het moment dat ze een beetje whisky op het lijfje van haar jurk knoeit.

'Geen probleem.'

Hij pakt een stoffen servet en laat zich op zijn knieën op de grond zakken, legt het servet behoedzaam tegen de vlek en drukt het tegen haar aan, terwijl zijn andere hand rond haar middel glijdt.

'Ik moet me verkleden,' zegt ze terwijl ze opstaat en haar best doet om niet te vallen.

Ze voelt het valium, de wijn en de whisky met een dreunend geruis door haar hersenen trekken.

Hij ondersteunt haar terwijl ze achter elkaar door de kamers lopen. Ze voelt zich zwak en moe, leunt tegen hem aan en kust hem in zijn hals. De slaapkamer is koel en schemerig. Er brandt alleen een crèmekleurig lampje op het nachtkastje.

'Ik moet even gaan liggen.'

Ze zegt niets als hij haar op bed legt en langzaam haar schoenen uittrekt.

'Ik help je,' zegt hij zacht.

Ze doet alsof ze erger aangeschoten is dan ze is, blijft stilliggen alsof ze niet merkt dat hij met trillende vingers haar jurk openknoopt.

Ze hoort zijn zware ademhaling en vraagt zich af of hij haar zal durven aanraken, gebruik zal durven maken van haar benevelde toestand.

Ze blijft stilliggen in haar goudkleurige slipje, ziet hem door een golvende nevel en sluit haar ogen.

Hij mompelt iets en ze voelt dat zijn vingers ijskoud zijn van de zenuwen als hij haar slipje uittrekt.

Ze gluurt naar hem terwijl hij zich uitkleedt. Zijn lichaam is erg gebruind door de zon, alsof hij buiten op het veld werkt. Hij is slank als een jongen en heeft een grijze tatoeage op zijn schouder, het Oog van Horus.

Haar hart begint sneller te kloppen als hij iets mompelt en op het bed komt liggen. Ze zou hem moeten tegenhouden, maar voelt zich ook gevleid door zijn opwinding. Ze bedenkt dat ze hem niet in zich zal laten, hem alleen maar naar haar zal laten kijken terwijl hij zich aftrekt als een jongen.

Ze probeert zich te concentreren op wat er gebeurt, te genieten van het moment. Hij ademt snel, spreidt voorzichtig haar dijen en ze laat het gebeuren.

Ze is vochtig, helemaal glad, maar het lukt haar toch niet erbij te zijn. Hij gaat op haar liggen en ze voelt zijn geslacht tegen haar schaambeen, warm en hard. Langzaam draait ze zich weg en sluit haar dijen.

Ze opent haar ogen, ziet zijn angstige blik en sluit haar ogen weer.

Voorzichtig, als om haar niet wakker te maken, spreidt hij haar dijen weer. Ze glimlacht in zichzelf, laat hem kijken, voelt hem boven zich en ineens glijdt hij zomaar naar binnen.

Ze kreunt zacht en voelt zijn hart bonzen als hij op haar gaat liggen. Hij is in haar en begint meteen hijgend te stoten.

Misselijkheid borrelt in haar omhoog, ze zou hem willen begeren, maar hij heeft te veel haast, hij stoot snel en veel te hard. Eenzaamheid maakt zich van haar meester en haar opwinding verdwijnt. Ze blijft stilliggen tot hij klaar is en zich uit haar terugtrekt.

'Sorry, sorry,' fluistert Nassim en hij grist zijn kleren bij elkaar. 'Ik dacht dat je wilde...'

Dat dacht ik ook, denkt ze, maar ze is niet in staat te antwoorden. Ze hoort hoe hij zich snel en stilletjes aankleedt en hoopt dat hij zal vertrekken. Ze wil opstaan en zich wassen en dan tot ze in slaapt valt tot God bidden dat Vicky leeft.

65

Joona staat bij de reling en kijkt langs de hoge betonnen wand naar beneden. Twintig meter onder hem spuit het water uit drie openingen. Onder de sluizen golft de betonnen muur als een enorme glijbaan. Gigantische hoeveelheden water stromen over de wand en schuimen uit over de rotsige rivierbedding.

Zijn arm zit nog steeds in een mitella en zijn jasje hangt over zijn schouders. Hij leunt over de reling, kijkt uit over de rivier en denkt aan de auto met de twee kinderen in de harde regen. Hoe de auto tegen het verkeerslicht in Bjällsta botst waardoor de voorruit eruit wordt geslagen. Vicky heeft haar gordel om, maar stoot haar hoofd door de zijwaartse kracht tegen de ruit. De auto ligt opeens vol glassplinters en de koude regen slaat naar binnen.

Daarna is het heel stil, enkele lege seconden lang.

Het jongetje begint geschrokken te huilen. Vicky stapt trillend uit de auto, het glas valt van haar kleren op de grond, ze opent het achterportier, maakt het stoeltje los en kijkt of het jongetje gewond is en probeert hem stil te krijgen voordat ze verder rijdt.

Misschien was ze van plan over de brug te rijden als ze plotseling het blauwe zwaailicht van de afzetting aan de overkant ziet. In paniek slaat ze van de weg af, het lukt haar niet de auto tot stilstand te brengen en ze rijden het water in. Door het abrupte remmen slaat Vicky met haar gezicht tegen het stuur en verliest ze het bewustzijn.

Als de auto verder het water in rijdt, zijn ze waarschijnlijk allebei buiten westen. De stromingen krijgen de levenloze lichamen te pakken en voeren ze mee door de kapotte ruiten, zacht en kalm, slepen ze mee over de rotsachtige bodem.

Hij pakt zijn telefoon en belt Carlos Eliasson. De duiker van de reddingsbrigade staat al bij de steiger van de krachtcentrale. Het blauwe duikpak spant over zijn rug als hij alle aansluitingen in het regel-systeem controleert.

'Carlos,' antwoordt zijn baas.

'Susanne Öst wil het onderzoek beëindigen,' zegt Joona. 'Maar ik ben nog niet klaar.'

'Dat is altijd vervelend, maar de moordenaar is dood... en dan is het financieel helaas niet te verantwoorden om door te gaan.'

'We hebben geen lichamen.'

Hij hoort Carlos iets mompelen wat wordt onderbroken door een hoestbui. Joona wacht terwijl Carlos wat water drinkt. Hij denkt eraan dat hij bezig was zich in Vicky's verleden te verdiepen toen het auto-stoeltje werd gevonden. Dat hij op zoek was naar iemand die ze in vertrouwen had genomen, iemand die wist waar ze zou kunnen zijn.

'Het kan weken duren voordat de lichamen opduiken,' fluistert Carlos en hij kucht nogmaals.

'Maar ik ben nog niet klaar,' werpt Joona tegen.

'Nu ben je weer eigenwijs,' roept Carlos.

'Ik moet...'

'Het is jouw zaak niet eens,' valt Carlos hem in de rede.

Joona kijkt naar een zwarte boomstam die met de stroom meedrijft en met een doffe bons tegen de wand van de stuwdam stoot.

'Jawel, dat is het wel,' zegt hij.

'Joona,' zucht Carlos.

'Het forensisch materiaal wijst naar Vicky, maar er zijn geen getui-gen en ze is niet veroordeeld.'

'Doden worden niet veroordeeld,' zegt Carlos vermoeid in de hoorn.

Joona denkt aan het meisje, aan het gebrek aan een motief, dat ze in haar bed heeft geslapen na de gewelddadige moorden. Hij denkt aan het feit dat de Naald beweert dat ze Elisabet met een hamer heeft gedood, maar Miranda met een steen.

'Geef me een week, Carlos,' zegt hij ernstig. 'Ik móét een paar ant-woorden hebben voordat ik naar huis kan komen.'

Carlos mompelt iets naast de hoorn.

'Ik versta je niet,' zegt Joona.

'Dit is off the record,' zegt Carlos luider. 'Maar zolang het interne onderzoek niet is afgerond kun je je ding doen.'

'Welke middelen krijg ik?'

'Middelen? Je bent nog steeds waarnemer en ik kan niet...'

'Ik heb een duiker laten komen,' zegt Joona glimlachend.

'Een duiker?' vraagt Carlos verontwaardigd. 'Weet je wel wat dat kost...'

'En een hondengeleider.'

Joona hoort een motor, draait zich om en ziet een kleine grijze auto met knetterende motor halt houden naast de zijne. Het is een Messerschmitt Kabinenroller uit de vroege jaren zestig met twee wielen voor en één achter. De cabine wordt geopend en Gunnarsson klimt met een sigaret in zijn mond uit het vehikel.

'Ik bepaal of er wordt gedoken of niet,' roept Gunnarsson terwijl hij op Joona af beent. 'Jij hebt hier niets te zoeken.'

'Ik ben waarnemer,' antwoordt Joona kalm en hij vervolgt zijn weg naar de steiger beneden waar de duiker zijn voorbereidingen treft.

66

De duiker is een man van in de vijftig met beginnend overgewicht, maar met brede schouders en stevige bovenarmen. Het duikerspak van chloropreenrubber spant rond zijn buikje en nek.

'Hasse,' stelt hij zich voor.

'Het is niet mogelijk de sluizen te sluiten, vanwege gevaar voor overstroming,' zegt Joona.

'Ik begrijp het,' antwoordt Hasse kort en hij kijkt uit over het snelstromende, onstuimige water.

'Er staat een enorm sterke stroming,' licht Joona toe.

'Ja,' antwoordt de duiker rustig.

'Ga je dit redden?' vraagt Joona.

'Ik ben duiker geweest op een mijnenveger... erger dan dat bestaat niet,' antwoordt Hasse met een zweem van een glimlach.

'Heb je nitrox in je flessen?' vraagt Joona.

'Ja.'

'Wat is dat in godsnaam?' vraagt Gunnarsson, die hen heeft ingehaald.

'Zoiets als lucht, maar met een beetje meer zuurstof,' antwoordt Hasse terwijl hij zich in het vest wurmt.

'Hoe lang kun je dan beneden blijven?'

'Hiermee – een uur of twee... geen enkel probleem.'

'Ik ben blij dat je bereid bent dit te doen,' zegt Joona.

De duiker haalt zijn schouders op en zegt eerlijk: 'Mijn zoon is op voetbalkamp in Denemarken... in Ishøj... Ik had beloofd mee te gaan, maar ja, we zijn maar met zijn tweeën... dus moet ik af en toe wat bijklussen...'

Hij schudt zijn hoofd en wijst dan op het duikmasker met digitale camera en de kabel die samen met de reddingslijn naar een laptop loopt.

'Ik neem de duik op. Jullie zien dus alles wat ik zie... en we kunnen met elkaar praten.'

Een boomstam die mee komt drijven met de rivier bonkt tegen de wand van de stuwdam.

'Waarom liggen er boomstammen in het water?' vraagt Joona.

Hasse trekt moeizaam het duikpak aan en antwoordt onverschillig.

'Geen idee... waarschijnlijk heeft iemand hout gedumpt dat was aangetast door schorskever.'

Een vrouw met een verweerd gezicht, gekleed in een blauwe spijkerbroek, rubberlaarzen en een openhangend, gewatteerd jack komt van de parkeerplaats bij de krachtcentrale aanlopen met een herdershond.

'Daar komt zo'n klerebloedhond aan,' zegt Gunnarsson en hij huivert.

Hondengeleider Sara Bengtsson passeert de windas en zegt iets met zachte stem. De hond blijft onmiddellijk staan en gaat zitten. Ze keurt de hond geen blik waardig, loopt zelf door en gaat ervan uit dat de hond haar gehoorzaamt.

'Fijn dat je kon komen,' zegt Joona en hij geeft haar een hand.

Sara Bengtsson kijkt hem heel even aan, trekt haar hand terug en lijkt iets te zoeken in haar zakken.

'Ik heb hier de leiding,' zegt Gunnarsson. 'En ik heb weinig op met honden – dan weet je dat.'

'Ik ben hier nu toch,' zegt Sara en ze werpt een blik op de hond.

'Hoe heet ze?' vraagt Joona.

'Jackie,' glimlacht de vrouw.

'We gaan met een duiker naar beneden,' legt Joona uit. 'Maar het zou ons heel erg helpen als Jackie kon markeren waar we moeten zoeken... denk je dat ze dat kan?'

'Ja,' antwoordt Sara Bengtsson en ze schopt tegen een losliggende steen.

'Het water staat heel hoog en het is verdomde wild,' waarschuwt Gunnarsson.

'In het voorjaar heeft ze een lichaam op vijfenzestig meter diepte gevonden,' antwoordt Sara en haar wangen worden rood.

'Waar wachten we verdomme op?' vraagt Gunnarsson en hij steekt een sigaret op.

Sara Bengtsson lijkt hem niet eens te horen. Haar blik glijdt over het zwartglinsterende water. Ze stopt haar handen in haar zakken en blijft roerloos staan.

'Jackie,' zegt ze vervolgens zachtjes.

Onmiddellijk verlaat de hond haar plaats en komt naar haar toe. Ze gaat op haar hurken zitten, krauwt het dier in de hals en achter de oren. Ze praat aanmoedigend, vertelt waar ze naar op zoek zijn en dan lopen ze samen langs de rand van de stuwdam.

De hond is gespecialiseerd in het ruiken van de geur van bloed en longen van dode mensen. Eigenlijk is het de bedoeling dat speurhonden van de politie lijklucht met iets positiefs associëren, maar Sara weet dat Jackie onrustig wordt en na afloop getroost moet worden.

Ze lopen voorbij de plek waar het autostoeltje van Dante drijvend is aangetroffen. Sara Bengtsson stuurt Jackies snuit voorzichtig in de richting van het hoog gerezen water.

'Ik geloof hier niet in,' glimlacht Gunnarsson, steekt nog een sigaret op en strijkt over zijn buik.

Sara blijft staan en maakt een stopgebaar als Jackie iets ruikt. De hond steekt haar lange snuit over de rand.

'Wat ruik je?' vraagt ze.

De hond snuffelt, loopt zijwaarts, maar laat het geurspoor dan varen en gaat verder langs de rand.

'Hocuspocus,' mompelt de duiker en hij trekt zijn vest recht.

Joona bekijkt de vrouw en de herdershond met de ongebruikelijk rode vacht. Ze verplaatsen zich langzaam langs de reling en naderen het midden van de geul recht boven de open sluizen in de dam. Slierten blond haar zijn uit de paardenstaart van de vrouw geglipt en waaien voor haar gezicht. Plotseling blijft de hond staan en jankt, buigt over de rand, likt zich om de snuit, wordt onrustig, draait zich om en loopt schichtig een rondje.

'Is daarbeneden iets?' vraagt Sara bijna geluidloos terwijl ze in het zwarte water tuurt.

De hond wil niet blijven staan, loopt door, snuffelt bij een electriciteitskast, maar keert dan jankend terug naar de plek.

'Wat is er?' vraagt Joona terwijl hij dichterbij komt.

'Ik weet het niet, ze heeft de plek niet gemarkeerd, maar gedraagt zich alsof...'

De hond blaft en de vrouw gaat weer op haar hurken bij haar zitten.

'Wat is er, Jackie?' vraagt ze teder. 'Wat klopt er niet?'

De hond kwispelt met haar staart als Sara haar knuffelt en zegt dat ze een knappe meid is. Jackie jankt en gaat liggen, krabt met haar poot achter haar oor en likt zich om de snuit.

'Wat ben je aan het doen?' vraagt Sara met een verraste glimlach.

67

De stuwdam vibreert onophoudelijk. Waterdichte lijkzakken liggen netjes opgevouwen boven op een plastic teil met signaalboeien, om de positie van eventuele vondsten te markeren.

'Ik begin wel bij de krachtcentrale en volg een zoekpatroon in ruiten,' zegt Hasse.

'Nee, we gaan naar beneden op de plek waar de hond heeft gereageerd,' zegt Joona.

'Maken de dames nu de dienst uit?' vraagt Hasse gekwetst.

Ver onder het gladde, stromende wateroppervlak bevinden zich de openingen van de sluizen en voor die openingen zitten stevige roosters die alles opvangen wat door de rivier wordt meegevoerd.

De duiker test de gasdruk van de flessen met nitrox 36 op zijn rug. Hij koppelt de kabel van de camera aan de laptop en zet dan zijn duikmasker op. Joona ziet zichzelf op het beeldscherm.

'Zwaai eens naar de camera,' zegt Hasse en hij laat zich in het water zakken.

'Als de stroming te sterk is, stoppen we ermee,' zegt Joona.

'Wees voorzichtig,' roept Gunnarsson.

'Ik ben gewend om in stromend water te duiken,' zegt Hasse. 'Maar als ik niet bovenkom, zeg dan tegen mijn zoon dat ik beter met hem mee had kunnen gaan.'

'We gaan een biertje in hotel Laxen drinken als we klaar zijn,' zegt Gunnarsson wuivend.

Hasse Boman verdwijnt onder water, het oppervlak golft even en wordt dan weer glad. Gunnarsson glimlacht en schiet zijn peuk weg over de rand. De bewegingen van de duiker zijn zichtbaar als een pulserende donkere formatie. Belletjes van uitgeademde lucht breken het strakke rivieroppervlak. Het enige wat op het laptopscherm is te zien, is de ruwe betonnen wand die langsglijdt in het licht van de camera-lamp. De zware ademhaling van de duiker ruist in de luidspreker.

'Hoe diep zit je nu?' vraagt Joona.

'Op negen meter maar,' antwoordt Hasse Boman.

'Is de stroming sterk?'

'Het voelt alsof iemand aan mijn benen trekt.'

Joona volgt de afdaling van de duiker op het scherm. De betonnen wand glijdt naar boven. Zijn ademhaling klinkt zwaarder. Af en toe zijn de handen van de duiker tegen de wand zichtbaar. Zijn blauwe handschoenen lichten op in het schijnsel van de lamp.

'Er is niets hier,' zegt Gunnarsson ongeduldig en hij loopt gestrest heen en weer.

'De hond rook dat...'

'Maar ze markeerde niet,' valt Gunnarsson haar met luide stem in de rede.

'Nee, maar toch rook ze iets,' antwoordt Joona volhardend.

Hij denkt aan hoe de dode lichamen met het water meegevoerd kunnen zijn, tuimelend over de bodem, steeds dichter naar de onstui-mige stroomgeul.

'Zeventien meter... het water stroomt hier als een gek,' zegt de dui-ker blikkerig.

Gunnarsson laat de reddingslijn vieren, hij glijdt snel over de meta-len reling en verdwijnt in het water.

'Het gaat te snel,' zegt Joona. 'Vul het vest.'

De duiker begint zijn vest te vullen met grote hoeveelheden lucht uit de flessen. Normaal gesproken doet hij dat voor het afdalen en het opstijgen, maar hij begrijpt dat Joona gelijk heeft, gezien alle rotzooi in het water moet hij vaart minderen.

'Alles oké,' rapporteert hij even later.

'Als het kan wil ik dat je naar beneden gaat en bij de roosters kijkt,' draagt Joona hem op.

Hasse beweegt zich even wat langzamer tot de snelheid weer toe-neemt. Het voelt alsof de krachtcentrale de sluizen nog verder open-zet. Rommel, takken en bladeren stromen langs zijn gezicht, recht naar beneden.

Gunnarsson trekt de kabel en de reddingslijn opzij als er een boom-stam met een vaart nadert en hard tegen de wand van de dam stoot.

68

Hasse Boman voelt dat de sterke stroom hem recht naar beneden trekt. Het gaat weer veel te snel. Het water dreunt in zijn oren. Bij een botsing zou hij zomaar allebei zijn benen kunnen breken. Zijn hart slaat snel en hij probeert het vest nog verder te vullen, maar het drukventiel hapert.

Hij probeert met zijn handen vaart te minderen, slierten alg laten los van de betonnen wand en worden met de stroom meegevoerd naar beneden.

Hij laat de politiemannen boven niet merken dat hij bang begint te worden.

De zuigkracht is veel sterker dan hij ooit had kunnen vermoeden. Het gaat steeds sneller. Bellen en stof stromen door de beperkte licht-kring en verdwijnen. Alles buiten het schijnsel van de lamp is volko-men zwart.

'Hoe diep ben je nu?' vraagt de commissaris uit Stockholm.

Hij antwoordt niet, heeft geen tijd om op de dieptemeter te kijken, hij moet zien dat hij de afdaling stopt. Zijn ene hand frunnikt aan de inhalator terwijl zijn andere hem rechtstandig probeert te houden.

Een oude plastic zak zwabbert voorbij.

Hij stort naar beneden, probeert het ventiel op zijn rug te bereiken, maar slaagt er niet in het dopje dicht te draaien en stoot met zijn el-leboog tegen de betonnen wand. Hij zwaait heftig heen en weer, be-speurt de adrenaline in zijn bloed, denkt paniekerig dat hij de afdaling onder controle moet zien te krijgen.

'Zesentwintig meter,' hijgt hij.

'Dan ben je bijna bij de roosters,' antwoordt de commissaris.

Het water dat onder de betonnen wand door de roosters gezogen wordt, doet zijn benen onbeheerst schudden.

Hasse daalt snel en beseft dat hij het risico loopt aan een afgebroken boomstam of scherpe tak gespietst te worden. Hij zal zijn loodgewichten moeten lossen om hier te kunnen blijven hangen, maar weet ook dat hij gewichten moet bewaren om weer naar boven te kunnen komen.

De bellen van uitgeademde lucht die het duikmasker verlaten verdwijnen in een glanzende parelketting naar beneden. De zuigkracht lijkt nog meer toe te nemen en een nieuwe stroming zwelt aan, een enorme kracht nadert hem van achteren. Het water wordt snel kouder. Het voelt alsof de hele rivier hem tegen de wand drukt.

Hij ziet een grote tak van een loofboom van bovenaf door het zwarte water dichterbij komen. De tak glijdt met trillende bladeren langs de betonnen wand. Hij probeert weg te duiken, maar de tak blijft in de reddingslijn hangen en zwiept tegen hem aan, glijdt schokkend voorbij en verdwijnt dan snel in het donker.

'Wat was dat?' vraagt de commissaris.

'Er drijft een hoop troep in het water.'

Met trillende handen maakt de duiker de loodgewichten in zijn vest los en weet de heftige afdaling te stoppen. Hij hangt sidderend tegen de betonnen wand. Het zicht in het schijnsel van de lamp wordt steeds slechter, zand en modder vertroebelen het stromende water.

Plotseling stagneert hij, zijn voeten vinden steun, hij kijkt naar beneden en begrijpt dat hij de bovenrand van het rooster heeft bereikt, een betonnen richel. Enorme hoeveelheden takken, hele boomstammen, bladeren en troep hebben zich voor het inlaatrooster verzameld. De zuigkracht door het rooster de sluis in is zo krachtig dat elke beweging onmogelijk lijkt.

'Ik ben ter plaatse,' zegt hij vlug. 'Maar het is lastig iets te zien, er ligt hier zoveel rotzooi...'

Voorzichtig klautert hij over de grote takken en probeert de reddingslijn vrij te houden. Hij klimt over een vibrerende boomstam. Een zachte, donkere gestalte beweegt achter een kronkelende sparrentak. Hij hijgt van inspanning terwijl hij ernaartoe gaat.

'Wat gebeurt er?'

'Er ligt hier iets...'

69

Het water is grauw en bellen stromen voor het gezicht van de duiker langs. Hij houdt zich met een hand vast en steekt de andere uit, probeert de dichte sparrennaalden weg te buigen.

Plotseling is het vlak voor zijn gezicht. Een opengesperd oog en een ontblote rij tanden. Hij hapt naar adem en glijdt bijna weg, overrompeld door de nabijheid. Het is een optisch fenomeen dat alles onder water dichterbij lijkt. Je went eraan, maar als je verrast wordt, kun je je er niet tegen verweren. Het grote lichaam van de eland ligt vlak tegen het rooster, zijn hals ingeklemd tussen een forse boomtak en een afgebroken roeispaan. Zijn kop wiegt in grote zwiepen heen en weer in de sterke stroom.

'Ik heb een eland gevonden,' zegt hij terwijl hij zich achterwaarts verplaatst, weg van het dode beest.

'Dan heeft de hond daarop gereageerd,' zegt Gunnarsson.

'Kom ik naar boven?'

'Zoek nog even verder,' antwoordt Joona.

'Dieper of meer zijwaarts?'

'Wat is dat daar? Recht voor je?' vraagt Joona.

'Ziet eruit als stof,' antwoordt Hasse.

'Kun je erbij komen?'

Hasse voelt het melkzuur in zijn armen en benen. Hij gaat met zijn blik over alles wat zich voor het rooster heeft verzameld, probeert achter de zwarte sparrentak te kijken, tussen de naalden door. Alles schudt. Hij bedenkt dat hij een nieuwe PlayStation zal kopen voor het geld dat hij voor deze opdracht krijgt. Een verrassing voor zijn zoon, voor als hij thuiskomt na het voetbalkamp.

'Karton, het is maar een stuk karton...'

Hij probeert het doorweekte golfkarton opzij te duwen. Het scheurt moeiteloos kapot. Een los stuk wordt met de stroom meegevoerd en vastgezogen tegen het rooster.

'Ik begin uitgeput te raken, ik kom naar boven,' zegt hij.

'Wat is dat witte?' vraagt Joona.

'Waar?'

'Waar je nu kijkt, daar was iets,' zegt Joona. 'Ik dacht dat ik iets zag tussen de bladeren, daar bij het rooster, iets meer naar beneden.'

'Een plastic zak misschien,' suggereert de duiker.

'Nee,' zegt Joona.

'Kom maar naar boven,' roept Gunnarsson. 'We hebben een eland gevonden, dat is wat Fikkie heeft geroken.'

'Een speurhond kan in de war gebracht worden door kadavers, maar niet zo erg,' zegt Joona. 'Ik denk dat Jackie op iets anders reageerde.'

Hasse Boman klautert naar beneden en trekt bladeren en in elkaar verstrengelde twijgen weg. Zijn spieren trillen van inspanning. De sterke stroming perst hem voorwaarts. Met een arm moet hij zich tegenhouden. De reddingslijn rukt onophoudelijk.

'Ik kan niks vinden,' hijgt hij.

'Ophouden,' roept Gunnarsson.

'Moet ik ophouden?' vraagt Hasse.

'Als het echt moet wel,' antwoordt Joona.

'Niet iedereen is zoals jij,' sist Gunnarsson tegen hem.

'Wat moet ik doen?' vraagt de duiker. 'Ik moet weten wat ik...'

'Verder opzij,' zegt Joona.

Hasse Boman wordt in zijn nek geraakt door een tak, maar gaat door met zoeken. Hij trekt oud riet en lisdodden weg die de benedenhoek van het rooster bedekken. Maar er komt voortdurend nieuwe rommel bij. Hij graaft sneller en opeens ziet hij iets onverwachts. Een schoudertas van witte glimmende stof.

'Wacht! Niet aanraken,' zegt Joona. 'Ga ernaartoe en licht bij.'

'Zie je het zo?'

'Die kan van Vicky zijn. Doe hem voorzichtig in een plastic zak.'

70

Het water van de rivier stroomt glinsterend naar de stuwdam. Een boomstam wordt snel meegevoerd met de sterke stroom. Een uitstekende tak sleept door het wateroppervlak. Het lukt Gunnarsson niet de reddingslijn snel genoeg weg te trekken, er klinkt een doffe dreun, gevolgd door geplons en opeens is de digitale verbinding met de duiker verbroken.

'We zijn het contact kwijt,' zegt Joona.

'Hij moet omhoog.'

'Trek drie keer aan de lijn.'

'Hij reageert niet,' zegt Gunnarsson en hij trekt nog een keer.

'Maak grote bewegingen,' zegt Joona.

Gunnarsson trekt weer drie keer aan de lijn en hij krijgt min of meer direct antwoord.

'Hij antwoordde met twee rukken,' zegt Gunnarsson.

'Dan komt hij naar boven.'

'De lijn wordt slap, hij is onderweg.'

'Er komen meer boomstammen aan,' roept Gunnarsson.

'Hij moet rap naar boven,' antwoordt Joona.

Een tiental stammen komt in de richting van de dam. Ze naderen snel. Gunnarsson klimt over de reling en Joona haalt met zijn functionerende arm de reddingslijn in.

'Ik geloof dat ik hem zie,' wijst Gunnarsson.

Het blauwe duikerspak schemert als een vlag in de wind onder het stromende oppervlak.

Joona rukt zijn mitella af, pakt de bootshaak van de grond en ziet de eerste boomstam twee meter verderop tegen de dam slaan en van richting veranderen.

Joona stoot met de bootshaak om de volgende boomstam weg te

houden, hij verdwijnt onder de eerste en ze rollen samen weg.

Hasse Boman breekt door het wateroppervlak, Gunnarsson hangt boven het water en steekt zijn hand naar hem uit.

'Kom eruit, kom eruit!'

Hasse kijkt hem verbaasd aan en pakt de rand van de stuwdam beet. Joona klautert over de reling en gebruikt de bootshaak om de boomstammen van richting te laten veranderen.

'Opschieten!' roept hij.

Een stam met natte, zwarte bast – bijna onzichtbaar onder het wateroppervlak – komt snel dichterbij.

'Kijk uit!'

Joona drijft de bootshaak tussen het aansnellende hout en even later slaat de donkere boomstam tegen de steel, breekt hem, maar verandert van richting en mist op twintig centimeter Hasses hoofd en knalt dan met enorme kracht tegen de dam. De stam wentelt rond en een natte tak zwiept hard tegen Hasses rug waardoor hij weer onder water wordt geduwd.

'Probeer bij hem te komen,' roept Joona.

De reddingslijn wikkelt zich om de boomstam en Hasse wordt meegetrokken onder water. Bellen breken door het oppervlak. De lijn spant met een zingend geluid over de metalen reling. Het hout slaat luidruchtig tegen de betonnen wand. Hasse krijgt zijn mes te pakken en snijdt de lijn door, trapt met zijn benen en weet Gunnarssons hand te pakken.

Een volgende boomstam slaat tegen de eerste, en net op het moment dat Gunnarsson Hasse uit het water sleurt, volgen er snel nog drie.

Gunnarsson helpt hem de zware flessen af te doen en Hasse zakt neer op de grond. Joona pakt de plastic zak van hem aan. Met trillende handen weet de duiker zijn duikpak en onderkleding uit te krijgen. Hij is bont en blauw en uit schaafwonden op zijn rug welt bloed op dat zijn bezwete T-shirt kleurt. Hij heeft erge pijn en vloekt binnensmonds terwijl hij opstaat.

'Dit was misschien niet het slimste dat ik in mijn leven heb gedaan,' zegt hij buiten adem.

'Maar volgens mij heb je wel iets belangrijks gevonden,' zegt Joona.

Hij kijkt naar de tas in de plastic zak vol water en ziet hem bewegen, bijna gewichtloos in het troebele water. Een paar gele grassprieten komen in beweging. Zachtjes draait hij de zware zak rond en houdt hem tegen de zon. Zijn vingers zakken weg in het soepele plastic en raken de tas.

'We zoeken naar lijken en jij bent tevreden met een rottige tas,' verzucht Gunnarsson.

Het licht valt door de zak en een stralende gele schaduw trilt op Joona's voorhoofd. Hij ziet dat er donkerbruine vlekken aan de onderkant van de tas zitten. Bloed. Hij weet zeker dat het bloed is.

'Er zit bloed op,' zegt Joona. 'Dat heeft de hond geroken, samen met de lucht van de eland... daarom wist ze niet hoe ze moest markeren.'

Joona draait de zware, koele plastic zak nogmaals om. De tas roteert langzaam en het troebele water wervelt rond.

71

Joona staat voor het gesloten hek van de politiegarage op het grote industrieterrein aan de Bergsgatan in Sundsvall. Hij wil de technisch rechercheurs spreken en naar de tas uit het stuwmeer kijken, maar niemand reageert op de telefoon of de intercom. Het terrein achter het hoge hek maakt een verlaten indruk, de parkeerplaats is leeg en alle deuren zijn dicht.

Joona stapt weer in zijn auto en rijdt naar het politiebureau op de Storgatan, waar Gunnarsson zijn kantoor heeft. Op de trap komt hij Sonja Rask tegen. Ze is in burger, haar haar is nog nat van het douchen, ze heeft zich licht opgemaakt en ziet er vrolijk uit.

'Dag,' zegt Joona. 'Is Gunnarsson boven?'

'Trek je maar niks van hem aan,' zegt ze met een vermoeide grimas. 'Hij voelt zich voortdurend ontzettend bedreigd en denkt dat je zijn baan probeert in te pikken.'

'Ik ben maar een waarnemer.'

Sonja's donkere ogen glanzen warm.

'Ik heb gehoord dat je zo het water in bent gelopen en naar de auto bent gezwommen.'

'Alleen maar om te kijken,' glimlacht Joona terug.

Ze lacht, geeft hem een klopje op zijn arm maar kijkt dan ineens verlegen en loopt vlug de trap af.

Joona gaat naar boven. Op het politiebureau staat de radio zoals gebruikelijk in de koffieruimte. Iemand praat monotoon in de telefoon en door een paar glazen deuren ziet hij een stuk of tien mensen die aan een vergadertafel zitten te praten.

Gunnarsson zit aan het hoofd. Joona loopt naar de deur. Een vrouw vangt Joona's blik en schudt haar hoofd, maar Joona drukt de deurkruk toch naar beneden en gaat naar binnen.

'Verdomme,' mompelt Gunnarsson als hij Joona ziet.

'Ik moet naar de tas van Vicky Bennet kijken,' zegt Joona stug.

'We zitten in een vergadering,' zegt Gunnarsson op een toon alsof hun gesprek voorbij is terwijl hij in zijn papieren kijkt.

'Alles ligt bij de technisch rechercheurs op de Bergsgatan,' legt Rolf gegeneerd uit.

'Daar is niemand,' zegt Joona.

'Hou er verdomme toch mee op,' snauwt Gunnarsson. 'Het vooronderzoek is afgebroken en wat mij betreft kan de interne onderzoekscommissie je morgen als ontbijt geserveerd krijgen.'

Joona knikt en verlaat het bureau, gaat terug naar zijn auto en blijft even stilletjes zitten, waarna hij naar het streekziekenhuis in Sundsvall rijdt. Hij probeert te achterhalen wat hem zo verontrust aan de moorden op de Birgittagården.

Vicky Bennet, denkt hij. Dat aardige meisje dat misschien niet altijd zo aardig was. Vicky Bennet heeft het gezicht van een moeder en zoon met een kapotte fles aan flarden gesneden.

Ze raakten zwaar verminkt, maar ze hebben geen medische hulp gezocht of aangifte gedaan bij de politie.

Voordat Vicky verdronk, werd ze verdacht van twee zeer gewelddadige moorden.

Alles wijst erop dat ze de misdaad op de Birgittagården heeft voorbereid, de nacht heeft afgewacht, Elisabet met een hamer heeft gedood om aan de sleutels te komen, is teruggekeerd naar het hoofdgebouw, de deur van de separeer van slot heeft gedaan en Miranda heeft doodgeslagen.

Het merkwaardige is dat de Naald beweert dat Miranda met een steen om het leven is gebracht.

Waarom zou Vicky de hamer in haar kamer laten liggen en een steen gaan halen?

Joona heeft meer dan eens gedacht dat zijn oude vriend het bij het verkeerde eind kan hebben. Dat is een van de redenen waarom hij gewacht heeft om die optie tegenover iemand te noemen. De Naald moet zelf zijn hypotheses maar presenteren als hij klaar is met het sectierapport.

Een ander merkwaardig feit is dat Vicky na de moorden in haar bed heeft geslapen.

Holger Jalmert noemde Joona's observatie interessant, maar onmogelijk te bewijzen.

Maar Joona weet zeker dat hij heeft gezien dat er vers bloed was uitgesmeerd of afgeveegd aan het laken en dat het bloed een uur later, toen Vicky van houding was veranderd, kleverige afdrukken van haar arm had achtergelaten.

Zonder getuigen krijgt hij waarschijnlijk nooit antwoord.

Joona heeft het dagrapport van de Birgittagården gelezen en de laatste notitie van Elisabet Grim die vrijdag, maar in de beknopte aantekeningen staat niets wat vooruitwijst naar de gewelddadige nacht.

De pupillen hebben niets gezien.

Niemand kende Vicky Bennet.

Joona heeft al besloten om te kijken of Daniel Grim, de maatschappelijk werker, aanspreekbaar is.

Het is het proberen waard, al stuit het hem tegen de borst iemand die rouwt te storen. Maar in Daniel Grim lijken de meisjes het meeste vertrouwen te hebben gehad en als er iemand is die kan begrijpen wat er is gebeurd, dan is hij het wel.

Joona pakt langzaam de telefoon, voelt de pijn in zijn schouder, toetst het nummer in en denkt terug aan het moment dat de maatschappelijk werker aankwam op de Birgittagården. Hoe Daniel Grim zijn best deed om zich goed te houden tegenover de meisjes, maar toen hij begreep dat Elisabet vermoord was, raakte zijn gezicht verwrongen van verdriet.

De arts noemt zijn acute shocktoestand 'arousal'. Een traumatische stresstoestand die de mogelijkheid om zich iets te herinneren gedurende bepaalde tijd ernstig kan verstoren.

'Psychiatrische kliniek, Rebecka Stenbeck,' antwoordt een vrouw nadat de telefoon vijf keer is overgegaan.

'Ik wil graag een patiënt spreken... Daniel Grim is zijn naam.'

'Een moment.'

Hij hoort de vingers van de vrouw op een toetsenbord.

'Helaas, de patiënt mag geen telefoongesprekken aannemen,' zegt ze.

'Wie bepaalt dat?'

'De verantwoordelijk arts,' antwoordt de vrouw koel.

'Kan ik met hem worden doorverbonden?'

Er klinkt gerinkel en dan gaat de telefoon over.

'Rimmer.'

'Mijn naam is Joona Linna, commissaris rijksrecherche,' zegt hij. 'Het is belangrijk dat ik patiënt Daniel Grim mag spreken.'

'Ja, maar dat is uitgesloten,' zegt Rimmer meteen.

'We doen onderzoek naar een dubbele moord en...'

'Niemand gaat tegen mijn beslissing in om het herstel van mijn patiënt niet in gevaar te brengen.'

'Ik begrijp dat Daniel Grim het heel erg zwaar heeft, maar ik beloof dat...'

'Mijn inschatting,' onderbreekt Carl Rimmer hem. 'Mijn inschatting is dat de patiënt zal herstellen en dat de politie hem snel zal kunnen verhoren.'

'Wanneer?'

'Over een paar maanden, vermoed ik.'

'Maar ik zou hem nu graag heel even spreken,' probeert Joona.

'Als zijn arts moet ik nee zeggen,' antwoordt Rimmer onverstoorbaar. 'Hij was ontzettend overstuur na het verhoor door uw collega.'

72

Flora haast zich met de zware boodschappentas van de supermarkt naar huis. De lucht is donker maar de straatlantaarns branden nog niet. Haar maag krimpt samen als ze eraan denkt dat ze de politie heeft gebeld en werd afgescheept en hoe haar gezicht daarna gloeide van schaamte. De vrouw zei dat het strafbaar was te liegen tegen de politie, maar toch had ze nog een keer de telefoon gepakt om te vertellen over het moordwapen. En nu blijft ze maar aan dat tweede gesprek te denken.

'Politie,' antwoordde dezelfde vrouw die haar zojuist een waarschuwing had gegeven.

'Mijn naam is Flora Hansen,' zei ze en ze slikte hard. 'Ik heb net ook gebeld...'

'Over de moord in Sundsvall,' zei de vrouw zakelijk.

'Ik weet waar het moordwapen ligt,' loog ze.

'Ben je je ervan bewust dat ik een aanklacht ga indienen, Flora Hansen?'

'Ik ben een medium, ik heb het bebloede mes gezien, het ligt in het water... In donker, glinsterend water – dat is het enige wat ik heb gezien, maar ik... tegen betaling kan ik zorgen dat ik in trance raak en de exacte plek aanwijzen.'

'Flora,' zei de agente ernstig. 'Binnen een paar dagen ontvang je een mededeling dat je verdacht wordt van een delict en de politie zal...'

Flora had opgehangen.

Ze passeert de kleine halal winkel, blijft staan om te kijken of er lege statiegeldflessen in de prullenbak liggen, verplaatst de boodschappentas naar haar linkerhand, loopt naar de voordeur, ziet dat het slot is opengebroken en gaat zo het trappenhuis binnen.

De lift is blijven steken in de kelder. Ze loopt de trap op naar de tweede verdieping, doet de deur van het slot, loopt het halletje in en drukt op de schakelaar van de plafondlamp.

Er klinkt een klik maar het licht gaat niet aan.

Flora zet de boodschappentas neer, doet de deur dicht, trekt haar schoenen uit en als ze bukt om ze weg te zetten, gaan de haren op haar armen rechtovereind staan.

Het is plotseling koud geworden in het appartement.

Ze pakt het bonnetje en het wisselgeld uit haar portemonnee en loopt naar de donkere woonkamer. Vaag ziet ze de contouren van de bank, de grote doorgezeten fauteuil, het zwarte glas van de tv. Het ruikt naar elektrisch stof, kortsluiting.

Zonder over de drempel te stappen steekt ze haar hand naar binnen en tast over het behang naar de lichtschakelaar.

Er gebeurt niets als ze erop drukt.

'Is er iemand thuis?' fluistert ze.

De vloer kraakt en een theekop rinkelt op het schoteltje.

Iemand beweegt zich in het donker en de deur van de badkamer gaat dicht.

Flora gaat erachteraan.

Het zeil is koud onder haar voeten, net als wanneer je te lang lucht op een winterdag. Op het moment dat Flora haar hand uitsteekt om de deur van de badkamer te openen, herinnert ze zich dat Ewa en Hans-Gunnar vanavond niet thuis zouden zijn. Ze zouden bij de pizzeria eten om de verjaardag van een vriend te vieren. Hoewel ze beseft dat er niemand in de badkamer is, maakt haar hand de beweging af en trekt de deur open.

In het grauwe schijnsel dat gereflecteerd wordt in de badkamerspiegel ziet ze iets waardoor ze naar adem hapt en achteruitdeinst.

Op de vloer, tussen het bad en de wc, ligt een kind. Het is een meisje dat haar handen voor haar ogen houdt. Een grote, donkere plas bloed ligt naast haar hoofd en rode druppeltjes zijn tegen de witte zijkant van het bad, op de badmat en het douchegordijn gespat.

Flora struikelt over de stofzuigerslang, zwaait met haar armen en gooit Ewa's beschilderde gipsreliëf uit Kopenhagen om, valt achterover en slaat met haar hoofd tegen de vloer van de gang.

73

De vloer onder Flora's rug is koud als een bevroren akker als ze haar hoofd optilt en de badkamer in kijkt.

Haar hart bonst in haar keel.

Ze ziet het meisje niet meer.

Er zitten geen bloedspatten op de zijkant van het bad of het douchegordijn. Een spijkerbroek van Hans-Gunnar ligt naast de wc-pot op de grond.

Ze knippert met haar ogen en denkt dat ze het verkeerd moet hebben gezien.

Ze slikt, laat haar hoofd op de vloer rusten en wacht tot haar hartslag kalmeert. Een duidelijke bloedsmaak verspreidt zich door haar mond.

Verderop in de gang ziet ze de deur van haar kamer openstaan. Een rilling bezorgt haar kippenvel over haar hele lichaam.

Ze weet dat ze haar deur heeft dichtgedaan omdat ze dat altijd doet.

IJzige lucht wordt plotseling in de richting van haar kamer gezogen. Ze ziet opspringende vlokken stof en volgt ze met haar blik. Ze dansen weg in de tocht over de vloer van de gang en belanden tussen twee blote voeten.

Flora hoort zichzelf een vreemd, jammerend geluid maken.

Het meisje dat naast de badkuip lag, staat in de deuropening van haar kamer.

Flora probeert overeind te gaan zitten, maar haar lichaam is verdoofd van angst. Ze weet nu dat ze een spook ziet, voor het eerst in haar leven ziet ze daadwerkelijk een spook.

Het lijkt alsof het meisje een mooi kapsel heeft gehad, maar nu zit het in de war en onder het bloed.

Flora ademt snel en hoort haar hartslag dreunen in haar oren.

Het meisje verbergt iets achter haar rug terwijl ze op Flora af komt. Ze blijft met haar blote voeten maar één pas bij Flora's gezicht vandaan staan.

'Wat heb ik achter mijn rug?' vraagt het meisje zo zacht dat het bijna niet te verstaan is.

'Je bestaat niet,' fluistert Flora.

'Wil je dat ik mijn handen laat zien?'

'Nee.'

'Maar ik heb toch niks...'

Een zware steen bonst achter het meisje op de grond waardoor de vloer trilt en de scherven van het gebroken gipsreliëf opspringen.

Glimlachend laat het meisje haar lege handen zien.

De steen ligt achter haar, tussen haar voeten, donker en groot. Met scherpe randen als uit een ertsgroeve.

Het meisje gaat er voorzichtig met een voet op staan zodat hij wiebelt, ze duwt de steen moeizaam opzij.

'Ga dan toch eens dood,' mompelt het meisje in zichzelf. 'Ga dan toch eens dood.'

Het kind gaat op haar hurken zitten, legt haar lichtgrijze handen op de steen en wiegt hem heen en weer, probeert een stevige grip te krijgen, glijdt weg, veegt haar handen af aan haar jurk, begint opnieuw, kantelt de steen met een doffe bons op zijn zijkant.

'Wat ben je van plan?' vraagt Flora.

'Doe je ogen dicht, dan ben ik weg,' antwoordt het meisje. Ze pakt de scherpe steen en tilt hem boven Flora's hoofd.

De steen is zwaar, maar ze houdt hem met trillende armen recht boven Flora's gezicht. De donkere onderkant van de steen lijkt vochtig.

Plotseling is er weer stroom. Overal springen de lampen aan. Flora rolt opzij en gaat zitten. Het meisje is verdwenen. Uit de televisie klinken harde stemmen en de koelkast bromt.

Ze staat op, knipt nog meer licht aan, loopt naar haar kamer, opent de deur, doet de plafondlamp aan, opent haar kasten en kijkt onder het bed. Daarna gaat ze aan de keukentafel zitten. Ze merkt dat haar handen erg trillen als ze het nummer van de politie probeert in te toetsen.

Het automatische keuzemenu geeft haar een aantal opties. Ze kan een misdrijf aangeven, ze kan een tip achterlaten of ze kan antwoord krijgen op algemene vragen. De laatste optie stelt haar in verbinding met een telefoniste.

'Politie,' zegt een vriendelijke stem in haar oor. 'Waar kan ik mee van dienst zijn?'

'Ik wil graag iemand spreken die de zaak in Sundsvall behandelt,' zegt Flora met trillende stem.

'Waar gaat het om?'

'Ik denk... ik denk dat ik het moordwapen heb gezien,' fluistert Flora.

'Aha,' antwoordt de telefoniste. 'Dan stel ik voor dat je met de tiplijn belt. Ik verbind je door.'

Flora wil net protesteren als ze een klik in de hoorn hoort. Na een paar seconden krijgt ze een andere vrouw aan de lijn.

'Met de tiplijn, wat kan ik voor u doen?'

Flora weet niet of het de vrouw is die kwaad op haar werd toen ze loog over een bebloed mes.

'Ik wil graag iemand spreken die de moord in Sundsvall onderzoekt,' probeert ze.

'Je kunt eerst met mij praten,' antwoordt de vrouw.

'Het was een grote steen,' zegt Flora.

'Ik kan je niet verstaan. Iets luider graag.'

'Wat er in Sundsvall is gebeurd... Jullie moeten zoeken naar een grote steen. Er zit bloed aan de onderkant en...'

Flora zwijgt en voelt dat het zweet uit haar oksels langs de zijkanten van haar lichaam loopt.

'Hoe komt het dat je iets weet over de moorden in Sundsvall?'

'Ik heb... iemand heeft me erover verteld.'

'Iemand heeft je over de moord in Sundsvall verteld.'

'Ja,' fluistert Flora.

Ze hoort haar hart bonzen in haar slapen en haar oren suizen luid.

'Vertel verder,' zegt de vrouw.

'De moordenaar heeft een steen gebruikt... een steen met scherpe randen, dat is het enige wat ik weet.'

220

'Hoe heet je?'

'Dat doet er niet toe, ik wil alleen...'

'Ik herken je stem,' zegt de agente. 'Je hebt eerder gebeld en toen had je het over een bebloed mes. Ik heb een klacht tegen je ingediend, Flora Hansen... maar je zou beter naar een dokter kunnen gaan, want je hebt waarschijnlijk hulp nodig.'

De agente verbreekt de verbinding en Flora blijft met de telefoon in haar hand zitten. Als de boodschappentas in de hal zomaar omvalt, schrikt ze zo dat ze de houder met keukenrol omstoot.

74

Een uur geleden is Elin Frank thuisgekomen na een lange vergadering met de raad van bestuur van de grote dochteronderneming Kingston om twee holdings in het Verenigd Koninkrijk te bespreken.

Inwendig slaakt ze een zucht van ontzetting als ze eraan denkt dat ze valium en alcohol door elkaar heeft gebruikt en met de fotograaf van *Vogue* naar bed is geweest. Ze herhaalt voor zichzelf dat ze haar zinnen moest verzetten, dat het gewoon een avontuurtje was, dat ze het nodig had, dat het lang geleden was dat ze seks had gehad. Maar toch wordt ze helemaal klam van schaamte.

Ze heeft een flesje Perrier uit de keuken gehaald en loopt door de kamers in haar oude, vaalrode joggingbroek en een verwassen T-shirt met een gebarsten print van Abba. In de zitkamer blijft ze voor de televisie staan als net een heel lange vrouw in een groot stadion naar de hoogspringlat rent. Elin zet het flesje mineraalwater op de glazen salontafel, haalt het elastiekje van haar pols en bindt haar haar in een paardenstaart, waarna ze naar de slaapkamer loopt.

Later op de avond heeft ze een telefonische vergadering met haar onderafdeling in Chicago terwijl haar handen ondertussen een manicure en paraffinebad krijgen en om acht uur moet ze naar een liefdadigheidsdiner waar ze aan een van de voorste tafels zit met de concernchef van Volvo als tafelheer. De kroonprinses gaat een prijs uit het Zweedse Erfenissenfonds uitreiken en Roxette zorgt voor entertainment.

Ze loopt haar inloopkast in, hoort het geluid van de televisie maar luistert niet echt en heeft niet door dat het nieuws is begonnen. Ze opent een kast en laat haar blik over haar kleren glijden. Uiteindelijk kiest ze een metallic groene jurk die designer Alexander McQueen persoonlijk voor haar heeft ontworpen.

De naam Vicky Bennet klinkt op de tv.

Met een bonkende angst in haar lijf laat ze de jurk op grond vallen en keert terug naar de zitkamer.

De grote tv heeft een dunne witte lijst en het lijkt alsof het scherpe beeld direct op de witte wand wordt geprojecteerd. Een commissaris met de naam Olle Gunnarsson wordt voor een saai politiebureau geïnterviewd. Hij probeert geduldig te glimlachen, maar zijn blik is geïrriteerd. Hij strijkt over zijn snor en knikt.

'Daar kan ik in het belang van het onderzoek geen commentaar op geven,' antwoordt hij en hij schraapt kort zijn keel.

'Maar het zoeken met duikers is gestaakt?'

'Inderdaad.'

'Betekent dat dat de lichamen gevonden zijn?'

'Daar kan ik geen antwoord op geven.'

Het schijnsel van de televisie flikkert de kamer in en Elin staart naar de beelden van de berging van de beschadigde auto. De kraan tilt hem recht omhoog, het wateroppervlak breekt en komt in beweging. Water stroomt schuimend uit de auto en een ernstige stem vertelt dat de auto die door Vicky Bennet was gestolen eerder die dag in de Indalsälven is gevonden en dat gevreesd wordt dat de van moord verdachte Vicky Bennet en de vierjarige Dante Abrahamsson allebei zijn omgekomen.

'De politie is terughoudend over de vondst, maar volgens onze verslaggever is het duiken gestaakt en het opsporingsbericht is ingetrokken...'

Als er een foto van Vicky in beeld verschijnt, hoort Elin niet meer wat de nieuwslezer zegt. Ze ziet er ouder en magerder uit, maar ze is niet veranderd. Het voelt alsof Elins hart ophoudt met kloppen. Ze herinnert zich hoe het voelde het slapende meisje in haar armen te dragen.

'Nee,' fluistert Elin. 'Nee...'

Ze staart naar het smalle, bleke gezicht. Haar krullende haar, onverzorgd en klitterig, altijd zo lastig te borstelen.

Ze is nog steeds een kind en nu zeggen ze dat ze dood is.

Haar blik is koppig, ze wordt gedwongen in de camera te kijken.

Elin loopt bij de tv vandaan, wankelt, zoekt steun tegen de muur en merkt niet dat een olieverfschilderij van Erland Cullberg van het haakje schiet en op de grond valt.

'Nee, nee, nee,' jammert ze. 'Niet zo, niet zo... nee, nee...'

Het laatste wat ze van Vicky hoorde, was haar gehuil in het trappenhuis en nu is ze dood.

'Ik wil niet,' schreeuwt ze.

Met bonzend hart loopt ze naar de verlichte vitrinekast met de grote sederschotel die ze van haar vader heeft gekregen en die generaties lang in de familie is doorgegeven. Ze pakt de kast bij de bovenkant vast en trekt hem met al haar kracht omver. Hij slaat met een harde knal tegen de grond. De glazen wanden breken, splinters schieten over de parketvloer en de prachtig gedecoreerde schotel valt in gruzelementen.

Ze klapt dubbel en kruipt over de vloer alsof ze vreselijk buikpijn heeft. Ze hapt naar adem en denkt keer op keer dat ze een dochter had.

Ik had een dochter, ik had een dochter, ik had een dochter.

Ze gaat zitten, pakt een grote scherf van de sederschotel en haalt de scherpe kant hard over haar pols. Warm bloed begint te stromen, het druppelt op haar schoot. Nogmaals haalt ze het scherpe breukvlak over haar pols, ze slaakt een zucht van pijn en hoort tegelijkertijd dat er een sleutel in het slot van de huisdeur gestoken wordt, de deur opengaat en er iemand binnenkomt.

75

Op hoge temperatuur laat Joona twee dikke plakken rundvlees bruin worden in een gietijzeren pan. Hij heeft het vlees dichtgebonden en gekruid met grove zwarte en groene peper. Als de rolletjes een kristal-achtige buitenkant hebben, zet hij ze in de oven, strooit er zout over en legt ze op de aardappelpartjes. Terwijl het vlees gaart, laat hij een saus van port, krenten, kalfsfond en truffel inkoken.

Met kalme nonchalance schenkt hij vervolgens een rode wijn uit Saint-Émilion in twee glazen.

Als de bel gaat heeft zich een gronderige geur van merlot en caber-net sauvignon in de keuken verspreid.

Daar staat Disa in een regenjas met rode en witte noppen. Haar ogen zijn groot en haar gezicht is nat van de regen.

'Joona, ik ga onderzoeken of je inderdaad zo'n bekwame agent bent als ze zeggen.'

'Hoe doe je dat?' vraagt hij.

'Met een test,' zegt ze. 'Vind je dat ik eruitzie zoals altijd?'

'Mooier,' antwoordt hij.

'Nee,' glimlacht ze.

'Je bent naar de kapper geweest en draagt voor het eerst in een jaar de haarspeld uit Parijs.'

'Nog iets anders?'

Hij laat zijn blik over haar smalle, blozende gezicht glijden, het glanzende pagekapsel en haar slanke lichaam.

'Die zijn nieuw,' zegt hij terwijl hij op haar hooggehakte laarsjes wijst.

'Marc Jacobs... eigenlijk wat aan de dure kant.'

'Mooi.'

'Zie je verder nog iets?'

'Ik ben nog niet klaar,' zegt hij en hij neemt haar handen in de zijne, draait ze om en bestudeert haar nagels.

Ze kan het niet laten te glimlachen als hij mompelt dat ze dezelfde lippenstift opheeft als toen ze naar het Södra teatern gingen. Voorzichtig raakt hij haar oorbellen aan en kijkt dan in haar ogen, houdt haar blik vast en doet een pas naar achteren zodat het schijnsel van de staande schemerlamp op haar gezicht valt.

'Je ogen,' zegt hij. 'De linkerpupil trekt niet samen in het licht.'

'Knappe politieman,' zegt ze. 'Ik heb druppels gekregen.'

'Heb je je oog laten onderzoeken?' vraagt hij.

'Iets met het glasachtig lichaam, maar niets ernstigs,' zegt Disa en ze loopt de keuken in.

'Het eten is bijna klaar. Het vlees moet alleen nog even rusten.'

'Wat heb je het gezellig gemaakt,' zegt Disa.

'Het is lang geleden dat we elkaar hebben gezien,' zegt hij. 'Ik ben heel blij dat je gekomen bent.'

Ze toosten stilletjes en zoals altijd als Joona naar haar kijkt, wordt ze helemaal warm en het voelt alsof ze begint te stralen. Disa dwingt zichzelf weg te kijken, laat de wijn in het bordeauxglas rollen, snuift de geur op en proeft nogmaals van de wijn.

'Goed op temperatuur,' constateert ze.

Joona legt het vlees en de aardappels op een bedje van rucola, basilicum en tijm.

Voorzichtig schenkt hij de saus in een cirkel uit op de borden terwijl hij bedenkt dat hij lang geleden al open kaart met Disa had moeten spelen.

'Hoe is het je vergaan?'

'Zonder jou, bedoel je? Beter dan ooit,' bitst Disa.

Het wordt stil aan tafel en ze legt zacht haar hand over de zijne.

'Sorry,' zegt ze. 'Maar ik kan soms zo kwaad op je worden. Als ik mijn slechtere ik ben.'

'Wie ben je nu?'

'Mijn slechtere ik,' zegt ze.

Joona neemt een slok wijn.

'Ik heb de laatste tijd vaak over het verleden nagedacht,' begint hij.

Ze glimlacht en trekt haar wenkbrauwen op.

'De laatste tijd? Jij denkt altijd aan het verleden.'

'Is dat zo?'

'Ja, jij denkt... maar je praat er niet over.'

'Nee, ik...'

Hij zwijgt en zijn lichtgrijze blik versmalt zich. Disa voelt een rilling over haar rug glijden.

'Je hebt me uitgenodigd om te komen eten omdat we moesten praten,' zegt ze. 'Ik had besloten om nooit meer met je te praten, en dan bel je... na al die maanden...'

'Ja, omdat...'

'Je hebt lak aan mij, Joona.'

'Disa... je mag van me denken wat je wilt,' zegt hij ernstig. 'Maar ik wil dat je weet dat ik om je geef... ik geef om je en ik denk voortdurend aan je.'

'Ja,' zegt ze zacht en ze staat op zonder hem aan te kijken.

'Het heeft met heel andere dingen te maken, met vreselijke dingen die...'

Joona kijkt toe terwijl ze haar regenjas met noppen aantrekt.

'Dag,' fluistert ze.

'Disa, ik heb je nodig,' hoort hij zichzelf zeggen. 'Ik wil alleen jou.'

Ze staart hem aan. De glanzende, donkere pony komt tot haar wimpers.

'Wat zei je?' vraagt ze na een poosje.

'Ik wil alleen jou, Disa.'

'Zeg dat toch niet,' mompelt ze en ze trekt de ritssluitingen van haar laarsjes dicht.

'Ik heb je nodig, ik heb je al die tijd nodig gehad,' vervolgt Joona. 'Maar ik durfde je niet in gevaar te brengen... ik kon de gedachte niet verdragen dat jou iets zou overkomen als we...'

'Wat zou mij kunnen overkomen?' valt ze hem in de rede.

'Je kunt verdwijnen,' legt hij eenvoudig uit terwijl hij zijn handen om haar gezicht vouwt.

'Jij bent degene die verdwijnt,' fluistert ze.

'Ik ben niet gauw bang, ik heb het over echte dingen die...'

Ze gaat op haar tenen staan, kust hem op zijn mond en blijft dan talmen in de warmte van zijn adem. Hij zoekt haar mond, kust haar voorzichtig net zo vaak tot ze haar lippen opent.

Ze kussen elkaar langzaam en Joona knoopt haar regenjas open en laat hem op de grond vallen.

'Disa,' fluistert hij en hij streelt haar schouders en rug.

Hij drukt zich tegen haar aan, ademt haar zijdeachtige geur in, kust haar sleutelbeen en de slanke hals, krijgt haar gouden kettinkje in zijn mond, kust haar kin en zachte, vochtige mond.

Hij zoekt naar haar warme huid onder de dunne blouse. De drukkertjes gaan met een klikkend geluid open. Haar tepels zijn hard en haar buik siddert op het ritme van haar snelle ademhaling.

Ze kijkt hem ernstig aan, trekt hem mee naar de slaapkamer, haar blouse hangt open en haar borsten glanzen wit als gepolijst porselein.

Ze blijven staan en zoeken elkaars mond weer. Zijn handen glijden over haar onderrug, haar billen en onder de gladde stof van haar slipje.

Disa trekt zich voorzichtig terug, ze voelt de warmte bonzen tussen haar benen en weet dat ze al nat is. Haar wangen zijn vuurrood en haar handen beven als ze zijn broek openknoopt.

76

Na het ontbijt blijft Disa met een kop koffie in bed zitten en leest de *Sunday Times* op haar iPad terwijl Joona doucht en zich aankleedt.

Gisteren heeft hij besloten niet naar het Nordiska Museum te gaan om de Samische bruidskroon van gevlochten wortels te bekijken. In plaats daarvan was hij samen met Disa. Wat er gebeurd is was niet gepland. Misschien kwam dat doordat de dementie van Rosa Bergman alle banden met Summa en Lumi ten slotte afsneed.

Er was meer dan twaalf jaar verstreken.

Hij moet begrijpen dat er niets meer is om bang voor te zijn.

Maar hij had eerst met Disa moeten praten, haar moeten waarschuwen en vertellen over wat hem beangstigt, zodat ze zelf de keuze had kunnen maken.

Hij staat lang in de deuropening naar haar te kijken zonder dat ze het merkt, loopt dan naar de keuken en toetst het nummer van professor Holger Jalmert in.

'Met Joona Linna.'

'Ik heb gehoord dat Gunnarsson moeilijk doet,' zegt Holger geamuseerd. 'Ik heb hem moeten beloven je geen kopie van het sectierapport te sturen.'

'Maar mag je wel met me praten?' vraagt Joona, pakt zijn boterham en kop koffie en zwaait naar Disa die met gefronst voorhoofd op haar iPad leest.

'Waarschijnlijk niet,' lacht Holger, maar wordt dan weer serieus.

'Heb je nog naar de tas kunnen kijken die we bij de dam hebben gevonden?' vraagt Joona.

'Ja, ik ben klaar en ben nu met de auto onderweg naar huis in Umeå.'

'Zat er geschreven materiaal in de tas?'

'Alleen een bonnetje van een kiosk.'

'Mobieltje?'

'Helaas niet,' zegt Holger.

'Oké, wat hebben we?' vraagt Joona terwijl hij naar de grijze lucht boven de daken van de huizen blijft kijken.

Holger ademt in door zijn neus en zegt alsof hij iets uit zijn hoofd voordraagt: 'Met de grootste waarschijnlijkheid zijn het bloedvlekken op de tas. Ik heb er een stukje uitgeknipt en meteen naar het gerechtelijk lab in Linköping gestuurd... Wat make-up, twee lippenstiften, een stompje zwart oogpotlood, een roze plastic sierspeld, haarspelden, een portemonnee met een doodshoofd, een beetje geld, een foto van zichzelf, een soort fietsgereedschap, een potje medicijnen zonder etiket... dat is ook naar het lab gestuurd, een doordrukstrip Stesolid, twee pennen... en verstopt in de voering vond ik een bestekmes, scherp geslepen als een sushimes.'

'Maar geen papiertje met namen, geen adressen?'

'Nee, dat was alles...'

Joona hoort Disa's voeten achter zich op de houten vloer, maar blijft staan. Hij bespeurt de warmte van haar lichaam, huivert even en het volgende moment voelt hij haar zachte lippen in zijn nek en haar armen om zijn lichaam.

Als Disa onder de douche staat, gaat Joona aan de keukentafel zitten en toetst het nummer van Solveig Sundström in, die verantwoordelijk is voor de meisjes van de Birgittagården.

Misschien weet zij wat voor medicijnen Vicky gebruikt.

Acht keer gaat de telefoon over en dan hoort hij een klik en een stem van dichtbij.

'Met Caroline... die een lelijke telefoon opneemt die in de fauteuil lag.'

'Is Solveig daar ook?'

'Nee, ik weet niet waar ze is – kan iets ik doorgeven?'

Caroline is het oudere meisje, een kop groter dan Tuula. Ze had oude littekens van injecties aan de binnenkant van haar armen maar maakte een kalme, intelligente en doelbewuste indruk in haar poging te veranderen.

'Is alles in orde bij jullie?' vraagt hij.

'Jij bent die commissaris, hè?'

'Ja.'

Het wordt stil, dan vraagt Caroline voorzichtig: 'Is het waar dat Vicky dood is?'

'We zijn helaas bang van wel,' antwoordt Joona.

'Dat voelt echt megaraar,' zegt Caroline.

'Weet jij wat voor medicijnen ze gebruikte?'

'Vicky?'

'Ja.'

'Ze was eigenlijk veel te slank en aardig voor iemand die aan de Zyprexa is.'

'Dat is toch een neurolepticum?'

'Ik heb het ook gebruikt, maar nu neem ik alleen nog Imovane om te kunnen slapen,' zegt het meisje. 'Superlekker om van die Zyprexa af te zijn.'

'Geeft het veel bijwerkingen?'

'Dat is vast heel verschillend, maar bij mij... ik ben minstens tien kilo aangekomen.'

'Word je er moe van?' vraagt Joona en hij ziet de bebloede lakens voor zich waar Vicky tussen heeft geslapen.

'Eerst is het precies het tegenovergestelde... ik hoefde maar op een tablet te zuigen of het hele gezeik begon... het kruipt onder je huid, alles irriteert je en je begint te schreeuwen... ik heb mijn telefoon een keer tegen de muur gekeild en de gordijnen naar beneden gerukt... maar na een tijdje verandert het en dan is het net of je een warme deken over je heen krijgt... je wordt rustig en wilt alleen maar slapen.'

'Weet je of Vicky andere medicijnen kreeg?'

'Ze doet net als de meesten van ons, hamstert alles wat werkt... Stesolid, Lyrica, Ketogan...'

Er klinkt een stem op de achtergrond en Joona begrijpt dat de verpleegkundige de kamer binnen komt en Caroline met haar telefoon tegen haar oor ziet.

'Ik ben van plan dit te melden als diefstal,' zegt de vrouw.

'Er werd gebeld en ik heb opgenomen,' zegt Caroline. 'Een commissaris die jou wil spreken... Je wordt verdacht van de moord op Miranda Ericsdotter.'

'Doe niet zo stom,' snauwt de vrouw, ze pakt de telefoon en schraapt haar keel voordat ze haar naam zegt: 'Met Solveig Sundström.'

'Mijn naam is Joona Linna, commissaris bij de rijksrecherche en ik doe onderzoek...'

Zonder een woord te zeggen verbreekt de vrouw de verbinding en Joona neemt niet de moeite om terug te bellen omdat zijn vraag inmiddels beantwoord is.

77

Onder het platte dak van het Statoil-tankstation stopt een witte Opel en een vrouw met een lichtblauwe gebreide trui stapt uit, draait zich kordaat naar het apparaat waar je de betaalpas in moet stoppen en zoekt in haar schoudertas.

Ari Määtilainen wendt zijn blik van de vrouw af om twee dikke gril-worsten op een bedje van aardappelpuree met texassaus en geroos-terde ui te leggen. Hij kijkt de dikke motorrijder die op het eten wacht even aan en zegt zonder nadenken dat hij koffie of Coca-Cola uit de automaat kan pakken.

Diverse ritsen op het leren jack van de motorrijder schrapen tegen de glazen ruit van de toonbank als hij naar voren buigt om het eten aan te pakken.

'*Danke*,' zegt hij en hij loopt naar de koffieautomaat.

Ari zet het geluid van de radio ietsje harder en ziet dat de vrouw in de lichtblauwe trui een stapje opzij heeft gedaan terwijl de benzine de tank van de Opel in loopt.

Ari luistert naar de nieuwslezer die verslag uitbrengt over de op-zienbarende ontvoering.

'De zoektocht naar Vicky Bennet en Dante Abrahamsson is ge-staakt. De politie van Västernorrland is terughoudend maar bronnen bevestigen dat wordt gevreesd dat de vermisten zaterdagochtend al zijn omgekomen. Er is kritiek geuit dat de politie een opsporingsbe-richt heeft laten uitgaan. Wij hebben geprobeerd Carlos Eliasson, chef rijksrecherche, te bereiken voor commentaar...'

'Potverdomme,' fluistert Ari.

Hij kijkt op het Post-itbriefje dat nog naast de kassa ligt, pakt de telefoon en belt nogmaals het nummer van de politie.

'Politie, Sonja Rask,' antwoordt een vrouw.

'Hallo,' zegt Ari. 'Ik heb ze gezien... ik heb het meisje en het jongetje gezien.'

'Met wie spreek ik?'

'Met Ari Määtilainen... ik werk bij het Statoil-tankstation, in Dingersjö... ik zat net naar de radio te luisteren en toen hoorde ik zeggen dat ze zaterdagochtend zouden zijn omgekomen, maar dat is niet zo, ik heb ze hier in de nacht van zaterdag op zondag gezien.'

'Bedoel je Vicky Bennet en Dante Abrahamsson?' vraagt Sonja sceptisch.

'Ja, ik heb ze hier die nacht gezien, het was al zondag, dus ze kunnen in ieder geval niet op zaterdag zijn omgekomen zoals ze op de radio beweren.'

'Heb je Vicky Bennet en Dante Abrahamsson op...'

'Ja.'

'Waarom heb je dan niet meteen gebeld?'

'Dat heb ik wel gedaan, ik heb met een agent gesproken.'

Ari herinnert zich dat hij zaterdagavond naar Radio Gold had zitten luisteren. Het opsporingsbericht was toen nog niet uitgegaan, maar de lokale media hadden de bevolking gevraagd om naar het meisje en het jongetje uit te kijken.

Om elf uur was er een vrachtwagen op de parkeerplaats achter de dieselpompen gestopt.

De chauffeur had drie uur geslapen.

Het was midden in de nacht geweest, kwart over twee, toen hij ze zag.

Ari keek op het scherm met de beelden van de bewakingscamera's. Op een zwart-witbeeld was de vrachtwagen vanuit een andere hoek zichtbaar. Het grote vehikel was gestart en weggereden, waarna het tankstation er verlaten bij lag. Plotseling zag Ari een gestalte aan de achterkant van het gebouw, vlak bij de uitgang van de autowasstraat. Het waren niet één maar twee mensen. Hij staarde naar het scherm. De vrachtwagen maakte een bocht en reed naar de uitrit. Het licht van de koplampen scheen door het grote raam naar binnen en Ari verliet zijn plek achter de toonbank en rende om het gebouw heen. Maar ze waren al verdwenen. Het meisje en het jongetje waren weg.

78

Joona parkeert voor het Statoil-tankstation in Dingersjö, driehonderdzestig kilometer ten noorden van Stockholm. Het is een zonnige dag, er staat een frisse bries en rafelige reclamevlaggen wapperen in de wind. Joona en Disa zaten samen in Villa Källhagen te lunchen toen hij een nerveus telefoontje van politieassistente Sonja Rask uit Sundsvall kreeg.

Joona gaat de winkel binnen. Een man met diepliggende ogen en een Statoil-pet op is bezig pockets in een metalen stellingkast te zetten. Joona kijkt naar de lichtborden met menu's en dan naar de glanzende worsten die ronddraaien in de mechanische gril.

'Wat mag het zijn?' vraagt de man.

'*Makkarakeitto*,' antwoordt Joona.

'*Suomalainen makkarakeitto*,' zegt Ari Määtilainen glimlachend. 'Mijn oma maakte altijd worstsoep toen ik klein was.'

'Met roggebrood?'

'Ja, maar hier verkoop ik helaas alleen Zweeds eten,' zegt hij terwijl hij naar de hamburgers wijst.

'Ik ben hier niet om te eten – ik ben van de politie.'

'Dat begreep ik al... ik heb in de nacht dat ik ze zag al met je collega gesproken,' zegt Ari en hij maakt een gebaar naar het scherm.

'Wat had je gezien toen je belde?' vraagt Joona.

'Een jongetje en een ouder meisje aan de achterkant van het gebouw.'

'Je zag ze op het beeldscherm?'

'Ja.'

'Duidelijk?'

'Nee, maar... ik ben gewend om in de gaten te houden wat er gebeurt.'

'Is de politie die nacht langsgekomen?'

'Hij kwam de volgende ochtend, Gunnarsson heette hij, en hij vond dat er niets te zien was en zei dat ik de band kon wissen.'

'Maar dat heb je niet gedaan,' zegt Joona.

'Wat denk je?'

'Ik denk dat jullie de opnames op een externe harde schijf bewaren.'

Glimlachend gaat hij Joona voor naar het piepkleine kantoortje naast het magazijn. Er staat een uitgetrokken bedbank, op de grond liggen een paar blikjes Red Bull en voor het matglazen raam staat een pak yoghurt. Op een schoolbank met klapdeksel staat een kleine laptop, met een externe harde schijf eraan. Ari Määtilainen gaat op een krakende bureaustoel zitten en zoekt snel in de bestanden die op datum en tijd gesorteerd staan.

'Ik had op de radio gehoord dat iedereen naar een meisje en een jongetje zocht en toen zag ik dit midden in de nacht,' zegt hij terwijl hij op een filmbestand klikt.

Joona buigt zich naar het vlekkerige scherm. In vier ruitjes is de buiten- en binnenkant van het tankstation zichtbaar. Digitale klokken geven flikkerend de tijd weer. De grijze beelden zijn volstrekt onbeweeglijk. Achter de toonbank is Ari zichtbaar. Soms bladert hij in een boulevardkrant en eet achteloos een paar uienringen.

'Die vrachtwagen heeft hier drie uur gestaan,' vertelt Ari en hij wijst op een van de films. 'Maar nu vertrekt hij bijna...'

Een donkere schaduw beweegt zich in de cabine.

'Kun je het beeld vergroten?' vraagt Joona.

'Wacht even...'

Plotseling licht een groepje bomen op in een wit schijnsel als de vrachtwagen wordt gestart en er een hele batterij lampen aangaat.

Ari klikt op de andere buitenopname en wisselt naar volledig scherm.

'Hier zie je ze,' fluistert hij.

De vrachtwagen is nu vanuit een andere hoek zichtbaar. Hij komt in beweging en rijdt langzaam naar voren. Ari wijst helemaal onder in het scherm, op de achterkant van het tankstation met vuilcontainers en bakken voor recycling. Het is er donker en stil. Maar plotseling beweegt er iets in het zwarte glas bij de uitgang van de autowasstraat en dan is daar iemand, een slanke gestalte naast de muur.

Het beeld is korrelig en flikkert in dunne grijstinten. Het is onmogelijk een gezicht of andere details te onderscheiden. Maar het gaat onmiskenbaar om een mens en nog iets.

'Kun je het beeld verbeteren?' vraagt Joona.

'Wacht,' fluistert Ari.

De vrachtwagen maakt een bocht en rijdt naar de uitrit. Plotseling valt het licht van de koplampen naast de gestalte de garagedeur binnen. Het beeld is even helemaal wit. De hele achterkant van het tankstation baadt in het licht.

Joona ziet in een fractie van een seconde dat het om een mager meisje en een kind gaat. Ze kijken de vrachtwagen na en dan wordt het weer donker.

Ari wijst op het scherm als de beide figuurtjes langs de donkergrijze wand lopen, in het zwarte, vlekkerige verdwijnen en dan het beeld uit.

'Heb je ze gezien?' vraagt Ari.

'Ga terug,' zegt Joona.

Hij hoeft niet uit te leggen welk gedeelte hij wil zien. Een paar seconden later speelt Ari het lichte fragment sterk vertraagd af.

Je ziet de vrachtwagen amper rijden, maar het licht van de koplampen beweegt met horten en stoten tussen de bomen door, over de gevel van het tankstation en vult de ramen met wit. Het gezicht van het kleinste kind is naar beneden gericht en beschaduwd. Het tengere meisje is blootsvoets en het lijkt of ze plastic tassen in beide handen houdt. Nog feller licht hakkelt voort, terwijl het meisje langzaam haar hand heft.

Joona ziet dat het geen plastic tassen zijn, maar verband dat afgewikkeld is. Hij ziet de natte uiteinden bungelen in het felle licht en hij weet dat Vicky Bennet en Dante Abrahamsson niet in de rivier verdronken zijn.

De digitale klok geeft veertien minuten over twee aan in de nacht van zaterdag op zondag.

Op de een of andere manier zijn ze uit de auto gekomen, door het stromende water naar de overkant van de rivier en ook nog eens honderdvijftig kilometer naar het zuiden.

Het warrige haar hangt in slierten langs het gezicht van het meisje. Haar donkere ogen glanzen intens en dan wordt het beeld weer zwart.

Ze leven, denkt Joona. Ze leven allebei nog.

79

Carlos Eliasson, chef van de rijksrecherche, staat demonstratief met zijn rug naar de deur als Joona zijn kamer binnen komt.

'Ga zitten,' zegt hij met een vreemd soort verwachting in zijn stem.

'Ik ben net uit Sundsvall komen rijden en...'

'Wacht,' valt Carlos hem in de rede.

Joona kijkt vragend naar zijn rug en gaat in de lichtbruine leren stoel zitten. Hij laat zijn blik over het ongerepte oppervlak van het bureau glijden, het glanzende vernis en de weerspiegelingen die de aquaria projecteren.

Carlos haalt diep adem en draait zich dan om. Hij ziet er anders uit, ongeschoren. Dunne haartjes van een grijzende baard zijn zichtbaar op zijn bovenlip en kin.

'Wat vind je ervan?' vraagt hij met een brede grijns.

'Je laat je baard staan,' zegt Joona langzaam.

'Een volle baard,' zegt Carlos tevreden. 'Of nou ja... volgens mij wordt hij gauw voller. Ik ben van plan me nooit meer te scheren, heb mijn scheerapparaat in de vuilnisbak gegooid.'

'Mooi,' zegt Joona kortaf.

'Maar we zijn hier niet om het over mijn baard te hebben,' zegt Carlos, het onderwerp afsluitend. 'Ik heb begrepen dat de duiker geen lichamen heeft gevonden.'

'Nee,' zegt Joona en hij haalt het printje van de beelden van de bewakingscamera bij het tankstation tevoorschijn. 'We hebben geen lichamen gevonden...'

'Nu komt het,' mompelt Carlos binnensmonds.

'... omdat ze niet in de rivier liggen,' maakt Joona zijn zin af.

'En daar ben je zeker van?'

'Vicky Bennet en Dante Abrahamsson leven nog.'

'Gunnarsson belde over de opnames van het tankstation en...'

'Vaardig een nieuw opsporingsbericht uit,' valt Joona hem in de rede.

'Opsporingsbericht? Dat kun je niet zomaar uitvaardigen en intrekken en weer uitva...'

'Ik weet dat het Vicky Bennet en Dante Abrahamsson zijn die op deze beelden staan,' zegt Joona scherp en hij wijst op het printje. 'Ze zijn uren na het auto-ongeluk genomen. Ze leven en we moeten een nieuw opsporingsbericht uit laten gaan.'

Carlos strekt zijn ene been uit.

'Je kunt me een beenschroef aantrekken als je wilt,' zegt hij. 'Maar ik laat niet nog een keer een opsporingsbericht uitgaan.'

'Kijk naar de foto,' zegt Joona.

'De politie van Västernorrland is vandaag bij die benzinepomp geweest,' zegt Carlos en hij vouwt het printje op tot een klein, hard vierkant. 'Ze hebben een kopie van de harde schijf naar het gerechtelijk lab in Linköping gestuurd en twee experts hebben naar de film gekeken en ze vinden allebei dat het volstrekt onmogelijk is de personen buiten bij het tankstation met zekerheid te identificeren.'

'Maar je weet dat ik gelijk heb,' zegt Joona.

'Oké,' knikt Carlos. 'Je kunt natuurlijk gelijk hebben, dat zal moeten blijken... maar ik ben niet van plan mezelf voor gek te zetten door een opsporingsbericht uit te laten gaan voor iemand die door de politie als dood wordt beschouwd.'

'Ik geef niet op tot...'

'Wacht even, wacht even,' valt Carlos hem in de rede en hij zucht. 'Joona, het interne onderzoek tegen jou ligt nu bij de hoofdofficier van justitie.'

'Maar het is...'

'Ik ben je baas en ik neem de klacht tegen jou heel serieus en ik wil nu echt van je horen dat je begrijpt dat je het vooronderzoek in Sundsvall niet leidt.'

'Ik leid het vooronderzoek niet.'

'En wat doet een waarnemer als het Openbaar Ministerie in Sundsvall besluit met de zaak te stoppen?'

'Niets.'

'Dan zijn we het eens,' glimlacht Carlos.

'Nee,' zegt Joona en hij verlaat de kamer.

80

Flora ligt stil in haar bed naar het plafond te staren. Haar hart klopt nog steeds snel. Ze droomde dat ze zich in een kleine kamer bevond samen met een meisje dat haar gezicht niet wilde laten zien. Het meisje verstopte zich achter een houten ladder. Er was iets mis met haar, ze had iets gevaarlijks. Ze was slechts gekleed in een wit katoenen slipje en Flora kon haar puberborstjes zien. Ze wachtte tot Flora dichterbij kwam en wendde zich toen af, giechelde en verborg haar ogen achter haar handen.

De vorige avond had Flora over de moorden in Sundsvall gelezen, over Miranda Ericsdotter en Elisabet Grim. Ze blijft maar denken aan het spook dat haar heeft bezocht. Het voelt al als een droom, hoewel ze weet dat ze het dode meisje in de gang heeft gezien. Het meisje was hoogstens vijf jaar, maar in haar droom was ze net zo oud als Miranda.

Flora ligt heel stil te luisteren. Elk krakend geluid in de meubels en de vloer doet haar hart sneller kloppen.

Wie bang is in het donker is geen baas in zijn eigen huis, die sluipt rond, waakt over zijn eigen bewegingen.

Flora weet niet waar ze het moet zoeken. Het is kwart voor acht. Ze stapt uit bed, loopt naar de deur, doet hem open en luistert of ze iets in het appartement hoort.

Er is nog niemand op.

Ze sluipt naar de keuken om koffie voor Hans-Gunnar te zetten. De ochtendzon schittert op het gekraste aanrecht.

Flora pakt een ongebleekt filterzakje, vouwt de randen om, doet het in het koffiezetapparaat en als ze kleverige voetstappen achter zich hoort, schrikt ze zo dat ze naar adem hapt.

Ze draait zich om en ziet Ewa in een blauw T-shirt en onderbroek in de deur van haar slaapkamer staan.

'Wat is er?' vraagt ze als ze Flora's gezicht ziet. 'Heb je zitten janken?'

'Ik... ik moet het weten... want volgens mij heb ik een spook gezien,' zegt Flora. 'Heb jij haar ook gezien? Hier in huis. Een klein meisje...'

'Wat is er mis met jou, Flora?'

Ze draait zich om en wil de woonkamer in gaan, maar Flora legt haar hand op Ewa's stevige arm en houdt haar tegen.

'Maar het was echt, ik zweer het... iemand heeft haar geslagen met een steen, hier achter op...'

'Je zweert het,' valt Ewa haar scherp in de rede.

'Ik... Kunnen spoken niet echt bestaan?'

Ewa pakt Flora's oor, houdt het stevig vast en trekt haar naar zich toe.

'Ik begrijp niet waarom je zo graag liegt, maar dat doe je,' zegt Ewa. 'Dat heb je altijd al gedaan en dat zal...'

'Maar ik zag...'

'Hou je kop,' sist Ewa en ze draait Flora's oor om.

'Au...'

'Maar dat accepteren we hier niet,' zegt ze en ze draait nog harder aan Flora's oor.

'Hou op, alsjeblieft... au.'

Ewa draait nog een stukje verder en laat dan los. Flora blijft met tranen in haar ogen staan en houdt haar hand voor het schrijnende oor terwijl Ewa naar de badkamer loopt. Na een poosje drukt ze het koffiezetapparaat aan en loopt terug naar haar kamer. Ze trekt de deur achter zich dicht, knipt de lamp aan en gaat op bed zitten huilen.

Ze is er altijd van uitgegaan dat alle spiritistische mediums alleen maar doen alsof ze geesten zien.

'Ik begrijp er niks van,' mompelt ze.

Stel dat ze echt spoken heeft opgeroepen door haar seances? Misschien maakte het helemaal niets uit dat ze er zelf niet in geloofde. Toen ze met de deelnemers een cirkel vormde en ze opriep, heeft ze de deur naar gene zijde geopend en degenen die buiten stonden te wachten konden opeens zo naar binnen.

Want ik heb echt een spook gezien, denkt ze.

Ik heb het dode meisje als kind gezien.

Miranda wilde me iets laten zien.

Het is niet onmogelijk, die dingen kunnen gebeuren. Ze heeft erover gelezen, dat de energie van dode mensen niet verdwijnt. Er zijn veel mensen die hebben beweerd dat spoken bestaan zonder dat ze voor gek werden verklaard.

Flora probeert haar gedachten te ordenen en door te nemen wat er de afgelopen dagen is gebeurd.

Het meisje is bij me gekomen in een droom, denkt ze. Ik heb van haar gedroomd, dat weet ik, maar toen ik haar in de gang zag, was ik wakker, dat was echt. Ik zag haar voor me staan, ik hoorde haar praten, ik voelde haar aanwezigheid.

Flora gaat op bed liggen, doet haar ogen dicht en bedenkt dat ze misschien buiten kennis is geraakt toen ze viel en met haar hoofd tegen de vloer klapte.

Er lag een spijkerbroek tussen de wc-pot en het bad.

Ik werd bang, liep achteruit en viel.

Een plotse opluchting vervult haar als ze beseft dat ze ook die eerste keer misschien heeft gedroomd.

Ze moet bewusteloos op de grond hebben gelegen en hebben gedroomd over een spook.

Zo moet het gegaan zijn.

Ze sluit haar ogen en glimlacht bij zichzelf als ze plotseling een vreemde lucht in de kamer bespeurt, als van verbrand haar.

Ze gaat rechtop zitten en krijgt kippenvel op haar armen als ze ziet dat er iets onder haar kussen ligt. Ze draait het bedlampje en slaat het kussen terug. Op het witte onderlaken ligt de grote, scherpe steen.

'Waarom doe je je ogen niet dicht?' vraagt een hoge stem.

Het meisje staat achter het bedlampje in het donker en kijkt ademloos naar haar. Haar haar is kleverig en zwart van opgedroogd bloed. Het licht van de lamp verblindt Flora, maar ze ziet dat de slanke armen van het meisje grijs zijn en onder de dode huid zijn de bruine aderen zichtbaar als een roestig netwerk.

'Je mag niet naar me kijken,' zegt het meisje hard en ze doet de lamp uit.

Het is pikkedonker en Flora valt van het bed. Lichtblauwe vlekken bewegen voor haar ogen. De lamp valt op de grond, het beddengoed ritselt en over de vloer, de muren en het plafond klinkt vlug getrippel van blote voeten. Flora kruipt weg en komt overeind, zoekt op de tast de deur en struikelt de gang in. Ze weet te voorkomen dat ze gilt, ze jammert alleen zachtjes, probeert rustig te blijven, loopt naar de hal en zoekt steun bij de muur om niet te vallen. Hijgend pakt ze de telefoon op het gangtafeltje, maar laat hem op de grond vallen. Ze zakt op haar knieën en belt de politie.

81

Robert was binnengekomen en had Elin op haar knieën naast de ver-
splinterde vitrinekast gevonden.

'Elin, wat is er gebeurd?'

Zonder hem aan te kijken was ze opgestaan. Er stroomde bloed
langs haar linkerarm, over de binnenkant van haar hand, het sijpelde
van drie vingers naar beneden.

'Je bloedt uit...'

Elin was dwars door de glassplinters richting haar slaapkamer gelopen toen hij haar tegenhield en zei dat hij haar arts zou bellen.

'Ik wil niet, het kan me niet schelen...'

'Elin,' riep hij geschokt. 'Je bloedt.'

Ze keek naar haar arm en zei dat het misschien goed was er een
pleister op te plakken en liep met een spoor van bloed achter zich aan
naar het kantoor.

Ze ging achter de computer zitten, zocht het nummer van de rijksrecherche op, belde de centrale en vroeg of ze het hoofd van het onderzoek naar de moorden op de Birgittagården kon spreken. Een
vrouw verbond haar door en ze herhaalde haar vraag, hoorde iemand
langzaam ademhalen en typen op een computer, zuchten en verder
typen.

'Het vooronderzoek wordt geleid door de officier van justitie in
Sundsvall,' verklaarde een man met een hoge stem.

'Is er geen agent met wie ik kan praten?'

'Het Openbaar Ministerie werkt samen met de politie van Västernorrland.'

'Ik heb bezoek gehad van een commissaris van de rijksrecherche,
een lange man met grijze ogen en...'

'Joona Linna.'

'Ja.'

Elin pakte een pen en schreef het nummer op de voorkant van een glanzend modeblad, bedankte voor de hulp en hing op.

Snel toetste ze het nummer van de commissaris in, maar kreeg te horen dat hij op dienstreis was en de dag erop werd terugverwacht.

Elin wilde net het Openbaar Ministerie in Sundsvall bellen toen haar dokter binnenkwam. Hij stelde geen vragen en Elin deed er het zwijgen toe terwijl hij de wond schoonmaakte. Ze keek naar de telefoon die op het augustusnummer van de Britse *Vogue* lag. Tussen de borsten van Gwyneth Paltrow stond het nummer van Joona Linna.

Toen ze was verbonden en terugging naar de zitkamer, had een schoonmaakbedrijf het glas al opgeruimd en de vloer gedweild. De vitrinekast was verwijderd en Robert zei dat hij had de scherven van de gebroken sederschotel bij een conservator van het Museum voor Mediterrane Kunst zou laten bezorgen.

82

Elin Frank glimlacht naar niemand als ze langzaam door de gang loopt die naar Joona Linna's kamer in het politiebureau leidt. Ze draagt een zwarte zonnebril om haar behuilde ogen achter te verhullen. De antracietgrijze trenchcoat van Burberry hangt open en ze heeft een zilverkleurige, zijden sjaal om haar hoofd. De diepe sneden in haar pols doen pijn en kloppen onafgebroken.

Haar hakken klikken op de gekraste vloer. Een affiche met de tekst 'Als je denkt dat je niets waard bent en dat blauwe plekken normaal zijn, kom dan naar ons' waait op als ze erlangs loopt. Een paar mannen in donkerblauwe politietruien verdwijnen naar de regionen van de me. Een stevige vrouw in een helderrode angoratrui en een strakke, zwarte rok komt een kamer uit en wacht haar met de handen in haar zij op.

'Ik ben Anja Larsson,' zegt ze.

Elin probeert uit te brengen dat ze Joona Linna wil spreken, maar haar stem begeeft het. De grote vrouw glimlacht naar haar en zegt dat ze haar naar de commissaris zal brengen.

'Sorry,' fluistert Elin.

'Geen probleem,' zegt Anja en ze vergezelt haar naar Joona's kamer, klopt en doet de deur open.

'Nog bedankt voor de thee,' zegt Joona en hij trekt een stoel bij voor Elin.

Ze gaat moeizaam zitten en Anja en Joona kijken elkaar kort aan.

'Ik zal water halen,' zegt Anja en ze laat hen alleen.

Het wordt stil in de kamer. Elin probeert zichzelf onder controle te krijgen zodat ze kan praten. Ze wacht een poosje en zegt dan: 'Ik weet dat het overal te laat voor is en ik weet dat ik je niet heb geholpen toen je bij me langskwam... en ik kan wel raden wat je van me vindt en...'

Ze raakt de draad kwijt, haar mondhoeken trekken naar beneden en er komen tranen tevoorschijn, vanonder haar zonnebril biggelen ze over haar wangen. Anja komt terug met een glas water en een tros vochtige druiven op een schoteltje en verlaat de kamer weer.

'Ik wil het nu wel over Vicky Bennet hebben,' zegt Elin beheerst.

'Dan luister ik,' zegt hij vriendelijk.

'Ze was zes jaar toen ze bij me kwam en ik heb... ik heb haar negen maanden gehad...'

'Dat had ik begrepen,' zegt hij.

'Maar wat je niet weet is dat ik... ik haar in de steek heb gelaten op een manier die... die je een ander nooit zou mogen aandoen.'

'Soms falen we,' zegt Joona Linna.

Ze zet met trillende handen haar zonnebril af. Ze kijkt de commissaris tegenover zich onderzoekend aan, het blonde warrige haar, het ernstige gezicht en de grijze ogen die zo merkwaardig van kleur veranderen.

'Ik kan niet langer van mezelf houden,' zegt ze. 'Maar ik... ik wil een voorstel doen... ik ben bereid alle kosten te betalen... zodat jullie de lichamen zullen vinden... en dat het onderzoek zonder beperkingen kan worden voortgezet.'

'Waarom zou je dat doen?' vraagt hij.

'Ook al kan het nooit meer goed komen, dan kan... Ik bedoel, stel dat ze onschuldig is.'

'Er is niets dat in die richting wijst.'

'Nee, maar ik kan niet geloven dat...'

Elin zwijgt en haar ogen vullen zich nogmaals met tranen die de wereld vervormen.

'Omdat ze als kind lief en zoet was?'

'Meestal was ze dat niet eens,' glimlacht Elin.

'Zoiets vermoedde ik al.'

'Gaan jullie door met het onderzoek als ik betaal?'

'We kunnen geen geld van je aannemen om...'

'Ik ben ervan overtuigd dat het juridisch te regelen valt.'

'Misschien, maar het verandert niets aan de zaak,' legt Joona vriendelijk uit. 'De officier van justitie staat op het punt het vooronderzoek af te sluiten...'

'Wat moet ik doen?' fluistert Elin wanhopig.

'Ik zou dit niet tegen je moeten zeggen, maar ik ga door, want ik ben ervan overtuigd dat Vicky nog in leven is.'

'Maar ze zeiden op het nieuws dat...' fluistert Elin en ze staat op met een hand voor haar mond.

'De auto is op vier meter diepte gevonden en er zaten bloed en haren aan de stijl van de kapotte voorruit,' zegt hij.

'Maar jij gelooft niet dat ze dood zijn?' vraagt ze terwijl ze vlug de tranen van haar wangen veegt.

'Ik weet dat ze niet in de rivier verdronken zijn,' antwoordt hij.

'Mijn god,' fluistert Elin.

83

Elin gaat weer zitten en huilt met afgewend gezicht. Joona geeft haar de tijd, hij loopt naar het raam en kijkt naar buiten. Het regent zacht en de bomen in het park zwaaien in de namiddagwind.

'Heb je enig idee waar ze zich schuil kan houden?' vraagt hij na een poosje.

'Haar moeder sliep altijd in garages... ik heb Susie een keer ontmoet toen ze zou proberen een weekend voor Vicky te zorgen... ze had toen een woning in Hallonbergen, maar het werkte niet, ze sliepen in de metro en Vicky werd in haar eentje aangetroffen in de metrotunnel tussen station Slussen en Mariatorget.'

'Het kan lastig worden om haar vinden,' zegt Joona.

'Ik heb Vicky acht jaar niet gezien, maar de medewerkers van de Birgittagården... degenen die met haar hebben gepraat, zij moeten toch iets weten?' zegt Elin.

'Ja,' knikt Joona en zwijgt dan.

'Maar?'

Hij kijkt haar aan.

'De enige met wie Vicky sprak was de verpleegkundige die is vermoord... en haar man die daar maatschappelijk werker is. Hij zou van alles moeten weten... of in ieder geval iets, maar het gaat geestelijk zo slecht met hem dat de arts de politie niet toestaat met hem te praten. Het is niet anders, de arts denkt dat een politieverhoor zijn herstel nadelig zal beïnvloeden.'

'Maar ik ben geen agent,' zegt Elin. 'Ik kan met hem praten.'

Ze kijkt Joona aan en beseft dat dit precies is wat hij wilde dat ze zou zeggen.

In de lift naar beneden voelt ze die zware, bijna verdovende vermoeidheid van na een heftige huilbui. Ze denkt aan de stem van de commissaris, het vriendelijke Finse accent. Zijn ogen waren prachtig grijs en tegelijkertijd wonderlijk scherp.

De stevige vrouw, die zijn medewerkster is, had het streekziekenhuis in Sundsvall gebeld en te horen gekregen dat maatschappelijk werker Daniel Grim overgeplaatst was naar de psychiatrische afdeling, maar dat zijn behandelend arts gedurende de herstelperiode een nadrukkelijk bezoek- en contactverbod voor de politie had ingesteld.

Elin loopt de grote glazen entree van het Zweedse Korps Landelijke Politiediensten uit, gaat naar haar BMW en toetst het nummer van het ziekenhuis in Sundsvall in. Ze wordt doorverbonden met afdeling 52 B en krijgt te horen dat de telefoon van Daniel Grim geblokkeerd is voor inkomende gesprekken, maar dat het bezoekuur tot zes uur duurt.

Ze zet het adres in de navigatiecomputer en ziet dat de afstand driehonderdvijfenzeventig kilometer is en dat ze als ze nu begint te rijden om kwart voor zeven bij het ziekenhuis aankomt. Ze keert op de Polhemsgatan waarbij ze over de stoep voor de ingang rijdt en gaat dan richting Fleminggatan.

Bij het eerste verkeerslicht belt Robert Bianchi om haar te herinneren aan de vergadering over twintig minuten met Kinnevik en Sven Warg bij Waterfront Expo.

'Ik haal het niet,' zegt ze kort.

'Zal ik zeggen dat ze zonder jou kunnen beginnen?'

'Robert, ik weet niet wanneer ik terugkom, maar vandaag in ieder geval niet.'

Op de E4 stelt ze de cruisecontrol in op exact negenentwintig kilometer per uur boven de toegestane snelheid. Boetes interesseren haar niet, maar haar rijbewijs kwijtraken zou niet best zijn.

84

Joona voelt en weet dat Vicky Bennet en het jongetje leven. Hij kan ze nu niet in de steek laten.

Een meisje dat twee mensen heeft doodgeslagen, dat met een kapotte fles gezichten heeft verminkt, heeft nu een kleuter van zijn moeder weggenomen en zich ergens met hem verstopt.

Iedereen beschouwt ze al als dood.

Niemand zoekt meer.

Joona denkt terug aan het punt waar hij zich met zijn onderzoek bevond toen collega Sonja Rask uit Sundsvall belde om te vertellen van de beeldopnames in het tankstation. Hij had met een van de pupillen van de Birgittagården gepraat en zij had gezegd dat Vicky aan de Zyprexa was.

Joona had bij de vrouw van de Naald, die psychiater is, geïnformeerd naar de bijwerkingen.

Er ontbreken nog te veel componenten, denkt hij. Maar het is mogelijk dat Vicky Bennet die avond een overdosis van het middel Zyprexa heeft geslikt.

Caroline zei dat het onder je huid kruipt als je op een tablet zuigt en beschreef de plotselinge aanvallen van rusteloosheid en woede.

Hij sluit zijn ogen en probeert zich Vicky voor te stellen toen ze de sleutels opeiste. Ze bedreigde Elisabet met de hamer, werd kwaad en beukte erop los. Daarna pakte ze de sleutels van de dode vrouw en deed de deur van de separeer open. Miranda zat op de stoel met het dekbed om haar schouders toen Vicky naar binnen ging en met een steen op haar hoofd sloeg.

Ze sleepte haar naar het bed en legde Miranda's handen over haar gezicht.

Pas daarna ebde haar woede weg.

Vicky raakte in de war, nam het bebloede dekbed mee en verstopte het onder haar bed, precies op dat moment brak het dempende effect van de medicatie door. Waarschijnlijk werd ze ineens verschrikkelijk moe, schopte de laarzen uit in de kast, verstopte de hamer onder haar kussen en ging liggen om te slapen. Na een paar uur werd ze wakker, besefte wat ze had gedaan, werd bang, vluchtte door het raam en liep linea recta het bos in.

De medicijnen kunnen de woede verklaren en het slapen tussen de bebloede lakens.

Maar wat heeft ze met de steen gedaan? Was er wel een steen?

Weer voelt Joona een grote aarzeling – voor de tweede keer in zijn leven vraagt hij zich af of de Naald het misschien bij het verkeerde eind heeft.

85

Vijf minuten voor zes passeert Elin de deuren naar afdeling 52 b, houdt een verpleegkundige staande en zegt dat ze voor Daniel Grim komt.

'Het bezoekuur is afgelopen,' antwoordt de vrouw en ze loopt weg.

'Over vijf minuten pas,' probeert Elin met een glimlach.

'Na kwart voor zes laten we niemand meer toe om op tijd klaar te kunnen zijn.'

'Ik ben helemaal uit Stockholm hierheen komen rijden,' dringt Elin aan.

De vrouw blijft staan en kijkt haar aarzelend aan.

'Als we voor iedereen een uitzondering gaan maken dan is het hier de hele dag de zoete inval,' zegt ze nors.

'Alsjeblieft, laat me heel even...'

'Er is niet eens genoeg tijd voor een kop koffie.'

'Dat maakt niet uit,' verzekert Elin haar.

De vrouw kijkt nog steeds aarzelend, maar met een hoofdgebaar maant ze Elin mee te lopen, ze gaat naar rechts en klopt kort op de deur van een ziekenkamer.

'Dank je,' zegt Elin en ze wacht tot de vrouw doorloopt voordat ze naar binnen gaat.

Bij het raam staat een man van middelbare leeftijd met een grauw gezicht. Hij heeft zich die ochtend niet geschoren, en gisteren misschien ook wel niet. Hij draagt een spijkerbroek en een gekreukt overhemd. Vragend kijkt hij haar aan terwijl hij zijn hand door zijn dunne haar haalt.

'Mijn naam is Elin Frank,' zegt ze vriendelijk. 'Ik weet dat ik stoor en dat spijt me.'

'Nee, het is... het...'

Ze denkt dat het lijkt alsof hij dagenlang gehuild heeft. Onder andere omstandigheden zou ze hem erg knap hebben gevonden. Zijn vriendelijke trekken, de rijpe intelligentie.

'Ik moet je spreken, maar ik begrijp het als je daar niet toe in staat bent.'

'Geen probleem,' zegt hij met een stem die elk moment lijkt te kunnen breken. 'De eerste dagen waren de media hier, maar toen kon ik niet praten, het ging niet, er viel niets te zeggen... ik bedoel, ik wil graag proberen de politie te helpen, maar dat ging ook niet zo goed... ik kan mijn gedachten niet ordenen.'

Elin probeert een manier te vinden om over Vicky te beginnen. Ze begrijpt dat het meisje een monster moet zijn in de ogen van Daniel, dat ze zijn leven heeft verwoest en dat het niet makkelijk zal zijn hem zover te krijgen om te helpen.

'Mag ik even binnenkomen?'

'Ik weet het niet, eerlijk gezegd,' zegt hij terwijl hij over zijn gezicht wrijft.

'Daniel, ik vind het heel erg wat je is overkomen.'

Hij fluistert een bedankje en gaat zitten, kijkt dan op en becommentarieert zichzelf.

'Ik zeg wel dankjewel, maar het is nog niet echt tot me doorgedrongen,' zegt hij langzaam. 'Het is zo onwerkelijk, want ik maakte me zorgen over Elisabets hart... en...'

Zijn gezicht dooft uit, wordt grauw en keert zich weer naar binnen.

'Ik kan me geen voorstelling maken van wat je doormaakt,' zegt ze zachtjes.

'Ik heb nu zelf een psycholoog,' zegt hij met een gekweld lachje. 'Dat had ik nooit gedacht, dat ik ooit een psycholoog nodig zou hebben... Hij luistert naar me, zit te wachten terwijl ik jank, ik voel... Weet je, hij staat de politie niet toe om me te verhoren... Ik had in zijn positie waarschijnlijk dezelfde beslissing genomen... maar tegelijkertijd, ik ken mezelf, het is niet schadelijk voor me... ik zou misschien tegen hem moeten zeggen dat ik in staat ben met ze te praten... niet dat ik weet of ik tot enige hulp kan zijn...'

'Je kunt maar beter naar je psycholoog luisteren,' zegt ze.

'Klink ik zo verward?' vraagt hij glimlachend.

'Nee, maar...'

'Soms schiet me iets te binnen wat ik misschien tegen de politie zou moeten zeggen, maar dan vergeet ik het weer, want ik... het klinkt gek, maar ik kan mijn gedachten niet op een rijtje krijgen, het is net als wanneer je ongelooflijk moe bent.'

'Dat wordt wel weer beter.'

Hij strijkt met zijn vinger onder zijn neus en kijkt haar aan.

'Heb ik al gevraagd van welke krant je bent?'

Ze schudt haar hoofd en zegt: 'Ik ben hier omdat Vicky Bennet bij mij heeft gewoond toen ze zes jaar oud was.'

86

Het is stil in de ziekenkamer. Door de deur heen zijn voetstappen op de gang te horen. Daniel knippert met zijn ogen achter zijn brillenglazen en perst zijn lippen op elkaar alsof hij al zijn krachten moet verzamelen om te begrijpen wat ze zojuist heeft gezegd.

'Ik heb over haar gehoord op het nieuws... over de auto en het jongetje,' fluistert hij na een poosje.

'Ik weet het,' antwoordt Elin met gedempte stem. 'Maar... als ze nog leeft – waar denk jij dan dat ze zich zou verstoppen?'

'Waarom vraag je dat?'

'Ik weet het niet... Ik wil weten wie ze vertrouwde.'

Hij kijkt haar een moment aan voordat hij de vraag stelt.

'Jij denkt niet dat ze dood is?'

'Nee,' antwoordt ze zacht.

'Je gelooft het niet omdat je het niet wilt geloven,' zegt hij. 'Maar heb je enig bewijs dat ze niet in de rivier is verdronken?'

'Schrik niet,' zegt ze. 'Maar we zijn er tamelijk zeker van dat ze uit het water is gekomen.'

'We?'

'Een commissaris van de rijksrecherche en ik.'

'Maar ik begrijp het niet... waarom zeggen ze dat ze verdronken is als ze niet...'

'Ze denken, de meeste mensen denken nog steeds dat ze verdronken is, de politie heeft het zoeken naar haar en het jongetje gestaakt...'

'Maar jij niet?'

'Misschien ben ik op dit moment de enige die zich echt zorgen maakt om Vicky zelf,' zegt Elin.

Ze brengt het niet op om naar hem te glimlachen, om haar stem vriendelijk en voorkomend te laten klinken.

'En nu wil je mijn hulp om haar te vinden?'

'Ze kan het jongetje iets aandoen,' probeert Elin. 'Ze kan andere mensen iets aandoen.'

'Ja, maar dat geloof ik niet,' zegt Daniel en hij kijkt haar met een volstrekt open gezicht aan. 'Van het begin af aan heb ik gezegd dat ik eraan twijfelde dat ze Miranda heeft gedood, ik kan het nog steeds niet geloven...'

Daniel zwijgt, zijn lippen bewegen langzaam maar brengen amper geluid voort.

'Wat zeg je?' vraagt ze vriendelijk.

'Wat?'

'Je fluisterde iets,' zegt ze.

'Ik geloof niet dat Vicky Elisabet heeft gedood.'

'Je gelooft niet...'

'Ik heb jarenlang met dergelijke probleemmeisjes gewerkt en ik... het klopt gewoon niet.'

'Maar...'

'Tijdens mijn periode als maatschappelijk werker heb ik een paar pupillen gehad die echt iets zwarts hadden... die het doden in zich hadden... die...'

'Maar Vicky niet?'

'Nee.'

Elin glimlacht breed en merkt dat haar ogen zich met tranen vullen voor ze haar gevoelens weer onder controle heeft.

'Dit moet je aan de politie vertellen,' zegt ze.

'Dat heb ik al gedaan, ze weten dat Vicky naar mijn inschatting niet gewelddadig is. Ik kan het natuurlijk bij het verkeerde eind hebben,' zegt Daniel terwijl hij stevig in zijn ogen wrijft.

'Kun jij me helpen?'

'Zei je dat Vicky zes jaar bij je heeft gewoond?'

'Nee, ze was zes toen ze bij me woonde,' antwoordt ze.

'Wat wil je dat ik doe?'

'Ik moet haar vinden, Daniel... jij hebt urenlang met haar gepraat, je moet iets weten over haar vrienden, jongens... wat dan ook.'

'Ja, misschien... We hebben het vaak over groepsdynamiek en... sorry, ik kan me niet concentreren.'

'Probeer het.'

'Ik heb haar bijna elke dag gezien... en ik weet het niet meer precies, maar misschien zo'n vijfentwintig gesprekken onder vier ogen met haar gevoerd... Vicky, ze is... het probleem met haar is dat ze nogal vaak verdwijnt, in haar gedachten... waar ik me zorgen over zou maken is dat ze het jongetje zomaar ergens achterlaat, midden op straat...'

'Waar zou ze naartoe vluchten? Was er een gezin waar ze erg op gesteld was?'

87

De deur van de ziekenkamer gaat open en de verpleegkundige komt binnen met Daniels medicijnen voor die avond. Ze blijft abrupt staan, verstijft alsof ze iets onfatsoenlijks heeft gezien en richt zich dan tot Elin.

'Wat heeft dit te betekenen?' zegt de vrouw. 'Vijf minuten was de afspraak.'

'Ik weet het,' antwoordt Elin. 'Maar het is heel belangrijk dat ik...'

'Het is bijna halfzeven,' valt de zuster haar in de rede.

'Sorry,' zegt Elin en ze keert zich snel weer naar Daniel. 'Waar moet ik beginnen met zoeken...'

'Eruit,' brult de vrouw.

'Alsjeblieft,' zegt Elin vriendelijk en ze vouwt haar handen in een smekend gebaar. 'Ik moet echt praten met...'

'Ben je nu helemaal...!' kapt ze Elin af. 'Eruit, heb ik gezegd...'

De zuster vloekt en verlaat de kamer. Elin pakt Daniels bovenarm vast.

'Vicky moet iets hebben gezegd over plekken of vrienden.'

'Ja, natuurlijk, maar er schiet me niets te binnen, ik heb op dit moment moeite om...'

'Probeer het, alsjeblieft...'

'Ik weet dat ik waardeloos ben, ik zou me iets moeten herinneren, maar...'

Daniel krabt hard aan zijn voorhoofd.

'En de andere meisjes – die weten toch wel íéts over Vicky?'

'Ja, dat zou... Caroline misschien...'

Een man in witte kleren komt samen met de zuster de kamer binnen.

'Ik moet je verzoeken mee te gaan,' zegt de man.

'Geef me nog een minuut,' antwoordt Elin.

'Nee, je gaat nu mee,' zegt hij.

'Alsjeblieft,' zegt Elin en ze kijkt hem aan. 'Het gaat om mijn dochter...'

'Kom nu,' zegt hij wat vriendelijker.

Elins lippen trillen van ingehouden tranen als ze voor hen beiden op de knieën gaat.

'Geef me nog een paar minuutjes,' smeekt ze.

'We sleuren je hier weg als...'

'Nee, zo is het genoeg,' zegt Daniel met stemverheffing. Hij helpt Elin overeind.

De zuster protesteert.

'Ze mag niet op de afdeling komen na...'

'Hou je kop,' kapt Daniel haar af en hij neemt Elin mee de kamer uit. 'We praten beneden in de hal of buiten op de parkeerplaats verder.'

Ze lopen samen door de gang, horen voetstappen achter zich maar lopen gewoon door.

'Ik ben van plan met de meisjes van de Birgittagården te gaan praten,' zegt Elin.

'Die zijn daar niet meer, ze zijn geëvacueerd,' antwoordt Daniel.

'Waarheen?'

Hij houdt een glazen deur voor haar open en loopt dan achter haar aan.

'Naar een oud vissersdorpje ten noorden van Hudiksvall.'

Elin drukt op de knop van de lift.

'Laten ze me daar binnen?' vraagt ze.

'Nee, maar als ik erbij ben wel,' zegt hij precies op het moment dat de liftdeuren opengaan.

88

Elin en Daniel zitten zwijgend naast elkaar in haar BMW. Als ze de E4 op rijden pakt ze haar telefoon en belt Joona Linna.

'Sorry dat ik stoor,' zegt ze met een stem waarin ze een siddering van vertwijfeling niet weet te onderdrukken.

'Je mag zo vaak bellen als je wilt,' antwoordt Joona vriendelijk.

'Ik zit met Daniel in de auto en hij gelooft niet dat Vicky die vreselijke dingen gedaan kan hebben,' legt Elin snel uit.

'Al het technisch bewijs wijst in haar richting en al...'

'Maar het klopt niet, want Daniel zegt dat ze niet gewelddadig is,' valt ze hem verontwaardigd in de rede.

'Ze kan gewelddadig worden,' zegt Joona.

'Jij kent haar niet,' schreeuwt Elin bijna.

Het blijft een paar seconden stil en dan zegt Joona kalm: 'Vraag Daniel naar het geneesmiddel Zyprexa.'

'Zyprexa?'

Daniel kijkt haar aan.

'Vraag naar de bijwerkingen,' zegt Joona en hij hangt op.

Ze rijdt een poosje met hoge snelheid langs de kust en dan de uitgestrekte bossen in.

'Wat zijn dat voor bijwerkingen?' vraagt ze met zachte stem.

'Je kunt heel erg agressief worden bij overdosering,' antwoordt Daniel zakelijk.

'Kreeg Vicky dat middel?'

Hij knikt en Elin zegt niets.

'Het is een goed middel,' probeert Daniel, maar dan zwijgt hij weer.

Bijna al het licht van de koplampen wordt door de buitenste stammen van de bosrand opgevangen, daarna overlappen de schaduwen elkaar tot er alleen duisternis overblijft.

'Heb je gemerkt dat je zei dat Vicky je dochter was?' vraagt Daniel.

'Ja, ik weet het,' antwoordt ze. 'Zonet in het ziekenhuis. Het ging vanzelf...'

'Ze was je dochter ook voor een tijdje.'

'Ja, dat was ze inderdaad,' zegt Elin met haar blik op de weg gericht.

Ze passeren het grote meer Armsjön dat in het donker glanst als gietijzer als Daniel scherp inademt.

'Er schoot me ineens iets te binnen wat Vicky in het begin heeft gezegd... Maar nu weet ik het niet meer,' zegt hij en hij denkt na. 'O ja... ze had het over Chileense vrienden die een huis hadden...'

Hij zwijgt, buigt zijn hoofd naar het zijraampje en veegt tranen van zijn wangen.

'Elisabet en ik zouden naar Chili gaan net toen die aardbeving...'

Hij zucht en blijft stilletjes met zijn handen op zijn knieën zitten.

'Je wilde iets over Vicky vertellen,' zegt Elin.

'O ja... wat zei ik ook alweer?'

'Dat ze Chileense vrienden had.'

'Ja...'

'En dat ze ergens een huis hadden.'

'Zei ik dat?'

'Ja.'

'Jezus,' mompelt hij. 'Wat heb ik toch? Dit is echt niet normaal – ik had in het ziekenhuis moeten blijven.'

Elin glimlacht flauwtjes naar hem.

'Ik ben blij dat je dat niet hebt gedaan.'

89

De grindweg slingert door een donker bos, langs ingezakte schuren en de typische boerderijen van de provincie Hälsingland. Waar de weg ophoudt, opent het landschap zich met ossenbloedrode huizen en de gladde zee als een opaliserende eeuwigheid. De meiboom staat er nog, met bruine berkenblaadjes en dode bloemen. Vlak bij de meiboom staat een groot houten huis met een mooie serre met uitzicht op het water. Het huis was ooit een plattelandswinkel, maar is sinds een aantal jaren eigendom van de private zorgonderneming Orre.

De auto rijdt langzaam tussen de palen van het hek door en als Elin haar gordel losmaakt zegt Daniel ernstig: 'Je moet erop voorbereid zijn dat... deze pupillen... ze hebben het hun hele leven moeilijk gehad,' zegt hij en hij duwt de bril op zijn neus omhoog. 'Ze zijn op zoek naar grenzen en zullen je provoceren.'

'Daar kan ik wel tegen,' zegt Elin. 'Ik ben zelf ook puber geweest.'

'Dit is iets heel anders – echt,' zegt hij. 'Het is niet makkelijk... zelfs voor mij niet, want ze kunnen af en toe echt verschrikkelijk zijn.'

'Hoe moet ik dan reageren als ze me provoceren?' vraagt Elin terwijl ze hem aankijkt.

'Het beste is om eerlijk en duidelijk te zijn...'

'Dat zal ik onthouden,' zegt ze en ze opent het portier.

'Wacht, ik moet... voordat we naar binnen gaan,' zegt hij. 'Ze hebben een bewaker en ik vind dat hij de hele tijd bij je moet blijven.'

Elin glimlacht even.

'Is dat niet een beetje overdreven?'

'Ik weet het niet, misschien... ik bedoel niet dat je reden hebt om bang te zijn, maar ik... Ik vind dat je niet alleen moet zijn met twee van de pupillen, zelfs niet heel even.'

'En wie zijn dat?'

Daniel aarzelt even en antwoordt dan: 'Almira en een meisje dat Tuula heet.'

'Zijn ze zo gevaarlijk?'

Hij heft zijn hand.

'Ik wil alleen dat de bewaker erbij is als je met ze praat.'

'Oké.'

'Maak je geen zorgen,' glimlacht hij geruststellend. 'In feite zijn ze allemaal heel aardig.'

Als ze uitstappen merken ze allebei dat de lucht nog zoel is en de geur van de zee met zich meedraagt.

'Een van de meisjes weet vast wie Vicky's vrienden zijn,' zegt Elin. 'Maar het is niet zeker dat ze je dat willen vertellen.'

Een pad van zwart leisteen leidt om het huis heen naar de trap naar de serre en de voordeur.

Elins rode gehakte sandaaltjes blijven steken in het natte gras tussen de stenen. Het is laat op de avond, maar in de schommelbank voor de grote seringenboom zit een meisje te roken. Haar weerloze gezicht en armen met tatoeages lichten wit op in het donker.

'Daniel,' zegt het meisje met een lachje en ze schiet de sigaret weg in het gras.

'Dag, Almira,' zegt Daniel. 'Dit is Elin.'

'Hallo,' zegt Elin.

Almira kijkt haar aan, maar ze beantwoordt haar glimlach niet. Haar dikke zwarte wenkbrauwen lopen door boven de stevige neus en haar wangen zitten vol donkere puntjes.

'Vicky heeft zijn vrouw doodgeslagen,' zegt Almira plotseling en ze kijkt Elin aan. 'En toen Elisabet dood was heeft ze Miranda doodgeslagen... ik denk dat ze pas klaar is als wij allemaal dood zijn.'

Almira loopt de trap op en gaat naar binnen.

90

Elin en Daniel lopen met Almira mee en belanden in een oude boerenkeuken met handgeslagen koperen braadpannen, voddenkleden op de gezeepte vloer en een provisiekast in de hoek. Aan een vurenhouten tafel zitten Lu Chu en Indie ijs uit een pak te eten terwijl ze in oude strips bladeren.

'Goed dat je er bent,' zegt Indie als ze Daniel ziet. 'Je moet met Tuula praten. Ze is hartstikke ziek, ik denk dat ze haar medicijn weer nodig heeft.'

'Waar is Solveig?' vraagt hij.

'Ze is ergens heen,' antwoordt Almira terwijl ze een lepel uit de la pakt.

'Wanneer is ze weggegaan?' vraagt Daniel sceptisch.

'Meteen na het eten,' mompelt Lu Chu zonder op te kijken uit het stripboek.

'Dus er is hier alleen iemand van de bewaking?'

'Anders,' zegt Almira en ze gaat bij Lu Chu op schoot zitten. 'Hij is hier alleen de eerste en tweede avond geweest.'

'Wat?' roept Daniel verontwaardigd uit. 'Wat zeg je? Zijn jullie hier helemaal alleen?'

Almira haalt haar schouders op en begint ijs te eten.

'Ik moet het weten,' zegt Daniel.

'Solveig zou terugkomen,' zegt Indie.

'Maar het is verdomme al acht uur,' zegt Daniel en hij pakt zijn telefoon.

Hij belt de zorgonderneming en krijgt een nummer voor buiten kantoortijden. Als daar niemand opneemt spreekt hij geïrriteerd in op het antwoordapparaat dat er altijd geschoold personeel aanwezig dient te zijn, dat je op sommige dingen niet kunt bezuinigen, dat ze hun verantwoordelijkheid hebben.

Terwijl Daniel belt neemt Elin de meisjes op. Almira eet ijs en zit op de schoot van een schattig meisje met Oost-Aziatische trekken en acne in heel haar ronde gezicht. Ze bladert in een oude *Mad* en zoent Almira voortdurend in haar nek.

'Almira,' zegt Elin. 'Waar denk jij dat Vicky zich verstopt heeft?'

'Weet niet,' antwoordt ze en ze zuigt op haar lepel.

'Vicky is godverdomme dood,' zegt Indie. 'Hebben jullie dat niet gehoord? Ze heeft zichzelf en een klein jongetje doodgereden.'

'Shit,' roept Lu Chu opeens uit en ze wijst glimlachend naar Elin. 'Ik ken jou ergens van... Ben jij niet zeg maar de rijkste van heel Zweden?'

'Ophouden,' zegt Daniel.

'Fuck, ik zweer het,' gaat Lu Chu verder terwijl ze op de tafel trommelt, waarna ze uitschreeuwt: 'Ik wil ook geld!'

'Praat eens wat zachter.'

'Ik herkende haar gewoon,' zegt ze vlug. 'Ik mag toch zeker wel zeggen dat ik haar herken.'

'Je mag zeggen wat je wilt,' zegt Daniel sussend.

'We willen weten of jullie enig idee hebben waar Vicky zich kan schuilhouden,' zegt Elin.

'Ze was meestal nogal erg op zichzelf,' zegt Daniel. 'Maar jullie hebben weleens met haar gepraat en je hoeft geen beste vriendinnen te zijn om elkaar te kennen... ik bedoel, ik weet ook hoe jouw vorige vriendje heet, Indie.'

'We zijn weer bij elkaar,' zegt ze met een lachje.

'Sinds wanneer?' vraagt hij.

'Ik heb hem gisteren gebeld en we hebben het uitgepraat,' vertelt ze.

'Wat fijn,' zegt Daniel glimlachend. 'Daar ben ik echt blij om.'

'De laatste tijd ging Vicky alleen met Miranda om,' zegt Indie.

'En met Caroline,' zegt Daniel.

'Omdat ze samen ADL hadden,' antwoordt Indie.

'Wie is Caroline?' vraagt Elin.

'Een van de oudere meisjes,' antwoordt Daniel. 'Ze oefende samen met Vicky vaardigheden voor het dagelijks leven.'

'Ik snap niet dat er mensen zijn die zich zorgen maken over Vicky,' zegt Almira luid. 'Ze heeft Miranda afgeslacht als een varkentje.'

'Dat is niet zeker,' probeert Elin te zeggen.

'Niet zeker,' herhaalt Almira fel. 'Je had haar moeten zien – ze was hartstikke dood, ik zweer het je, er was zo gruwelijk veel bloed...'

'Niet schreeuwen,' zegt Daniel.

'Wat nou? Wat moeten we dan zeggen? Moeten we zeggen dat er niks is gebeurd?' gaat Indie met luide stem verder. 'Moeten we zeggen dat Miranda leeft, dat Elisabet leeft...'

'Ik bedoel alleen...'

'Je was er godverdomme niet bij,' schreeuwt Almira. 'Vicky heeft Elisabets hoofd met een fokking hamer tot moes geslagen, maar jij denkt dat ze leeft.'

'Probeer om beurten te praten,' zegt Daniel geforceerd kalm.

Indie steekt haar hand op als een schoolmeisje.

'Elisabet was een fokking junk,' zegt ze. 'Ik haat junks en ik...'

Almira grijnst.

'Omdat je moeder een...'

'Eén tegelijk, Almira,' kapt Daniel haar af en hij veegt vlug wat tranen van zijn wangen.

'Elisabet kan me geen ruk schelen, van mij mag ze branden in de hel, mij doet het niks,' sluit Indie af.

'Hoe kun je dat nou zeggen?' vraagt Elin.

'We hebben haar die nacht gehoord,' liegt Lu Chu. 'Ze heeft hartstikke lang om hulp geroepen en wij zaten gewoon in bed te luisteren.'

'Ze hield maar niet op met gillen,' glimlacht Almira.

Daniel heeft zich afgewend, met zijn gezicht naar de muur. Het is stil geworden in de keuken. Daniel staat een poosje onbeweeglijk, veegt dan met zijn mouw over zijn gezicht en draait zich om.

'Jullie begrijpen dat het behoorlijk gemeen is om zo te doen,' zegt hij.

'Maar wel leuk,' zegt Almira.

'Vind je?'

'Ja.'

'En jij, Lu Chu?'

Ze haalt haar schouders op.

'Je weet het niet?'

'Nee.'

'We hebben het over zulke situaties gehad,' zegt hij.

'Oké... sorry, het was gemeen.'

Hij probeert geruststellend naar haar te glimlachen, maar ziet er verschrikkelijk treurig uit.

'Waar is Caroline?' vraagt Elin.

'Op haar kamer,' antwoordt Lu Chu.

'Kun je laten zien waar die is?'

91

Een ijskoude gang leidt van de keuken naar de woonkamer met de open haard en de eetkamer met de serre aan het water. Aan één kant van de gang zitten de deuren naar de kamers van de pupillen. Lu Chu loopt in een zakkige joggingbroek en sportschoenen met afgetrapte hakken voor Elin uit. Ze wijst naar haar eigen kamer en die van Tuula waarna ze blijft staan voor een deur met een kleurig porseleinen belletje aan de deurkruk.

'Hier slaapt Carro.'

'Dank je,' zegt Elin.

'Het is al laat,' zegt Daniel tegen Lu Chu. 'Ga je tanden poetsen en maak je klaar voor de nacht.'

Ze talmt even en gaat dan naar de badkamer. Als Daniel op de deur klopt, rinkelt het porseleinen belletje. De deur gaat open en een jonge vrouw kijkt Daniel met grote ogen aan en omhelst hem daarna voorzichtig.

'Mogen we binnenkomen?' vraagt hij vriendelijk.

'Natuurlijk,' antwoordt ze en ze steekt haar hand uit. 'Caroline.'

Elin groet het meisje en houdt de smalle hand even in de hare. Carolines lichte gezicht is sproetig en een beetje opgemaakt, de zandkleurige wenkbrauwen zijn geëpileerd en haar steile haar is bij elkaar gebonden in een dikke staart.

Het behang is bont, er staat een geloogde ladekast bij het raam en aan de muur hangt een schilderij van een visser met zuidwester en pijpje.

'We zijn hier om over Vicky te praten,' zegt Daniel en hij gaat op het opgemaakte bed zitten.

'Jaren geleden was ik Vicky's pleegmoeder,' zegt Elin.

'Toen ze klein was?'

Elin knikt, en Caroline bijt op haar lip en kijkt door het raam aan de achterkant van het gebouw naar buiten.

'Jij kent Vicky een beetje,' zegt Elin na een poosje.

'Ik denk dat ze andere mensen niet durfde te vertrouwen,' zegt Caroline met een glimlach. 'Maar ik mocht haar wel... ze was rustig en had een ongelooflijke zieke humor als ze moe werd.'

Elin schraapt haar keel en vraagt dan onomwonden: 'Had ze het weleens over mensen die ze had ontmoet? Had ze misschien ergens een vriendje of vriendinnen?'

'We hebben het hier bijna nooit over shit van vroeger, daar word je maar depri van.'

'Maar goede dingen dan. Waar droomde ze over, wat wilde ze doen als ze uit het internaat kwam?'

'We hadden het er weleens over om in het buitenland te gaan werken,' zegt Caroline. 'Je weet wel, voor het Rode Kruis, Save the Children, maar wie zou ons nou in dienst nemen?'

'Wilden jullie dat samen doen?'

'Het was alleen maar geklets,' zegt Caroline geduldig.

'Ik vraag me iets af,' zegt Daniel terwijl hij over zijn voorhoofd wrijft. 'Ik was vrijdag zoals je weet vrij, maar ik heb begrepen dat Miranda in de separeer zat. Weet jij waarom?'

'Ze had Tuula geslagen,' zegt Caroline zakelijk.

'Waarom dat?' vraagt Elin.

Het meisje haalt haar schouders op.

'Omdat ze het verdient. Ze pikt steeds dingen. Gisteren heeft ze mijn oorbellen gepakt, zei dat die liever bij haar waren.'

'Wat had ze van Miranda afgepakt?'

'Toen we die middag gingen zwemmen had ze Vicky's tas meegenomen en 's avonds heeft ze een ketting van Miranda gepakt.'

'Ze heeft Vicky's tas meegenomen?' vraagt Elin met gespannen stem.

'Ze heeft hem teruggegeven, maar hield ook iets... ik snapte niet helemaal wat, maar het was iets wat Vicky van haar moeder had gekregen.'

'Was Vicky kwaad op Tuula?' vraagt Elin.

'Nee.'

'Vicky en Caroline zijn nooit betrokken bij ruzies,' zegt Daniel en hij klopt Caroline op haar tengere arm.

'Daniel, we hebben je nodig,' zegt Caroline en ze kijkt hem met een weerloos gezicht aan. 'Je moet voor ons zorgen.'

'Ik kom gauw terug,' antwoordt hij. 'Ik wil het echt, maar ik... ik ben niet echt in vorm om...'

Als Daniel zijn hand van haar arm haalt, probeert ze hem daar te houden.

'Maar je komt toch wel terug? Ja toch?'

'Ja, ik kom terug.'

Daniel en Elin lopen de gang op, Caroline blijft midden in de kamer staan en ziet er ontzettend verlaten uit.

92

Daniel klopt op Tuula's deur. Ze wachten even zonder dat iemand opendoet en lopen dan naar de woonkamer.

'Denk aan wat ik je eerder vertelde,' zegt Daniel ernstig.

De open haard is uit en koud. Op de eettafel staan nog wat borden met etensresten. Door de grote ramen in de serre zien ze in het donker de haven liggen. De zilverachtige, zongebleekte vissershutjes staan op een rij en worden weerspiegeld in het water. Het is een schitterend uitzicht, maar het roodharige meisje heeft haar stoel naar de muur gedraaid en staart naar de witgeschilderde sierlijst.

'Hoi Tuula,' zegt Daniel luchtig.

Het meisje draait zich om met haar bleke ogen. Een gejaagde gezichtsuitdrukking maakt plaats voor een andere, moeilijk te duiden blik.

'Ik heb koorts,' mompelt ze en ze draait terug naar de muur.

'Mooi uitzicht.'

'Ja hè?' antwoordt ze en ze staart naar de muur.

Elin kan zien dat ze glimlacht voor ze weer ernstig kijkt.

'Ik wil even met je praten,' zegt Daniel.

'Doe dat dan.'

'Ik wil je gezicht zien als we een gesprek voeren.'

'Moet ik het lossnijden?'

'Het is makkelijker om je stoel om te draaien.'

Ze slaakt een diepe zucht, draait haar stoel om en gaat weer zitten met een gesloten gezicht.

'Je hebt Vicky's tas vrijdag gepakt,' zegt Elin.

'Wat?' vraagt ze. 'Wat zei je? Wat zei je godverdomme?'

Daniel probeert Elins woorden goed te praten.

'Ze vroeg zich af...'

'Hou je bek!' gilt Tuula.

Het wordt stil en Tuula perst haar lippen op elkaar en trekt een nagelriem los.

'Je hebt Vicky's tas gepakt,' herhaalt Elin.

'Jezus, wat loop jij te liegen,' zegt Tuula zacht en ze slaat haar ogen neer.

Ze zit met een verdrietig gezicht en trillend lichaam. Elin buigt zich voorover om haar over haar wang te aaien.

'Ik bedoel niet...'

Tuula grijpt Elins haar beet, grist een vork van de tafel en probeert haar in het gezicht te steken, maar Daniel weet haar hand te blokkeren. Hij houdt Tuula vast terwijl zij worstelt, trapt en schreeuwt: 'Kutwijf, ik zal alle kutwijven neer...'

Tuula huilt schor en Daniel houdt haar zwijgend vast. Hij zit met haar op zijn schoot en na een poosje ontspant haar lichaam. Elin is even verderop gaan staan, voelt aan haar pijnlijke hoofdhuid.

'Je hebt haar tas alleen maar geleend, dat weet ik best,' zegt Daniel.

'Er zat toch alleen maar troep in,' antwoordt Tuula. 'Ik had die hele zooi in brand moeten steken.'

'Dus er zat niks in de tas dat bij jou wilde zijn?' vraagt Daniel.

'Alleen het bloemplaatje,' zegt het meisje en ze kijkt hem aan.

'Dat klinkt mooi. Mag ik het zien?'

'Een tijger bewaakt het.'

'O jee.'

'Je kunt me tegen een muur spijkeren,' mompelt ze.

'Was er nog meer dat bij jou wilde zijn?'

'Ik had Vicky in brand moeten steken toen we in het bos waren...'

Terwijl Tuula met Daniel praat verlaat Elin de serre, loopt de woonkamer door en de koude gang in. Die is verlaten en donker. Ze gaat naar Tuula's deur, werpt weer een blik op de woonkamer, verzekert zich ervan dat Daniel nog steeds met het meisje praat en gaat dan de kleine kamer binnen.

93

Elin staat met bonkend hart in een kamertje met één raam vlak onder het overhangende gedeelte van een laag dak met bolle dakpannen. Er ligt een omgevallen bureaulamp op de grond en het zwakke schijnsel verlicht de kamer van onderaf.

Aan de witte muur hangt een geborduurd wandkleed met de tekst: HET BESTE WAT WE HEBBEN IS ELKAAR.

Elin denkt aan Tuula, hoe ze langs haar droge lippen likte en hoe haar lichaam trilde voordat ze een vork in haar gezicht probeerde te steken.

In de stilstaande lucht van de kamer hangt een merkwaardige zoete en bedompte geur.

Ze hoopt dat Daniel begrijpt dat ze hierheen is gegaan. Dat hij ervoor zorgt dat Tuula niet naar haar kamer gaat, maar alles doet om haar bij zich te houden.

Op de bedbodem van het smalle bed zonder dekbed en matras staat een rood koffertje. Voorzichtig loopt ze erheen en doet het open. Haar schaduw valt op het plafond als ze zich vooroverbuigt. De koffer bevat een fotoalbum, een paar gekreukelde kleren, parfumflesjes met Disneyprinsessen en een snoeppapiertje.

Elin sluit de koffer weer, kijkt om zich heen en ziet dat er een geloogde ladekast een halve meter bij de muur vandaan geschoven is. Daarachter liggen beddengoed, kussens en lakens. Tuula heeft daar geslapen in plaats van in bed.

Elin loopt voorzichtig, blijft staan als er een vloerplank kraakt, luistert even voor ze verder loopt en de laden van de ladekast uittrekt, maar daar liggen slechts gemangelde lakens en kleine zakjes met gedroogde lavendel. Ze tilt de lakens op, maar vindt niks, schuift de onderste la voorzichtig dicht en komt net overeind als er voetstappen op de gang klinken. Ze staat stil, probeert onhoorbaar te ademen, hoort het porseleinen belletje van Carolines kamer klingelen en dan is het weer stil.

Elin wacht even en loopt voorzichtig om de verschoven ladekast heen, kijkt naar het beddengoed en het kussen zonder sloop in het donker. Weer ruikt ze die eigenaardige geur en ze verplaatst het dekbed en trekt een grijze deken weg. Als ze het matras optilt, stijgt er een stank van bederf op. Op een krant op de vloer ligt oud voedsel: beschimmeld brood, wat kippenpoten, bruine appels, knakworstjes en gebakken aardappels.

94

Tuula mompelt dat ze moe is, wringt zich uit Daniels armen, loopt naar de grote ramen en likt aan het glas.

'Heeft Vicky dingen gezegd die jij hebt gehoord?' vraagt Daniel.

'Wat bijvoorbeeld?'

'Of ze verstopplekken heeft of plaatsen waar...'

'Nee,' antwoordt ze en ze draait zich naar hem om.

'Maar jij luistert toch vaak naar de oudere meisjes.'

'Jij ook,' antwoordt ze.

'Dat weet ik, maar ik heb op het moment moeite om me dingen te herinneren, dat wordt arousal genoemd,' legt hij uit.

'Is dat gevaarlijk?'

Hij schudt zijn hoofd, maar brengt het niet op om te glimlachen.

'Ik ga naar een psycholoog en krijg medicijnen.'

'Je moet niet verdrietig zijn,' zegt ze en ze houdt haar hoofd scheef. 'Het was eigenlijk goed dat Miranda en Elisabet werden vermoord... want er zijn al veel te veel mensen.'

'Maar ik hield van Elisabet, ik had haar nodig en...'

Tuula slaat haar achterhoofd tegen het raam zodat het glas en de spijlen rinkelen. Een barst deelt een ruitje diagonaal in tweeën.

'Misschien kan ik maar beter naar mijn kamer gaan om me achter de ladekast te verstoppen,' mompelt ze.

'Wacht,' zegt Daniel.

95

Elin zit op haar knieën in Tuula's kamer voor een handbeschilderde hutkoffer aan het voeteneinde van het bed. Op het deksel staat in krullerige letters: Fritz Gustavsson 1861 Harmånger. In het begin van de twintigste eeuw is meer dan een kwart van de Zweedse bevolking geemigreerd naar Amerika, maar misschien is Fritz nooit weggekomen. Elin probeert het deksel open te krijgen, verliest de grip en breekt een nagel, probeert het weer maar de koffer zit op slot.

Het klinkt alsof er een ruit van de serre breekt en even later hoort ze Tuula keihard schreeuwen met overslaande stem.

Het kippenvel staat Elin op de armen en ze loopt naar het raam. Er staan zeven doosjes in de vensterbank, sommige van blik, andere van porselein. Ze doet er twee open. Het ene is leeg en in het andere liggen gebruikte lintjes.

Door het raampje is de donkerrode gevel van de andere hoek van het gebouw zichtbaar. In het donker is het gras aan de achterkant niet te zien. De grond ziet eruit als een zwarte afgrond. Maar vanuit een andere kamer valt er licht door het raam dat de buiten-wc en de brandnetels verlicht.

Ze doet een porseleinen potje open, ziet wat oude koperen munten, zet het terug en pakt dan een blikje met een kleurige harlekijn op de zijkant. Ze haalt het deksel eraf, schudt de inhoud in haar hand en ziet net dat het maar wat spijkertjes en een dode hommel zijn, als ze vanuit haar ooghoek een beweging aan de andere kant van het raam ziet. Ze kijkt weer naar buiten en voelt haar snellere hartslag bonzen in haar slapen. Buiten is alles stil. Het zwakke schijnsel van de kamer ernaast valt op de brandnetels. Het enige wat ze hoort is haar eigen ademhaling. Plotseling passeert er een gestalte door het licht en Elin laat het blikje op de grond vallen en stapt achteruit.

Het raampje is zwart en ze begrijpt dat er op dit moment iemand daar aan de andere kant naar haar zou kunnen staan kijken.

Elin besluit Tuula's kamer uit te gaan, als haar oog op een stickertje midden op de deur van de bezemkast valt. Ze loopt erheen en ziet dat het de tijger van Winnie de Poeh voorstelt.

Tuula zei dat een tijger het bloemplaatje bewaakte.

In de kast hangt een oliepak aan een haakje voor een oude stofzuiger. Met trillende handen trekt ze de stofzuiger de kamer in, daaronder liggen geplette sportschoenen en een vieze kussensloop. Ze pakt een hoek van de sloop vast, trekt het naar zich toe en voelt meteen hoe zwaar het is.

Het rinkelt als ze de glinsterende inhoud op de vloer schudt. Munten, knopen, haarspelden, knikkers, een glanzende gouden simkaart van een mobieltje, een glimmende balpen, capsules, oorhangers en een sleutelhanger waaraan een metalen plaatje met een lichtblauwe bloem zit. Elin kijkt ernaar, draait het om en ziet de naam Dennis in het plaatje gegraveerd staan.

Dit moet het voorwerp zijn waar Caroline het over had, dat Vicky van haar moeder had gekregen.

Elin stopt de sleutelhanger in haar zak, bekijkt snel de andere dingen terwijl ze die terugstopt in de kussensloop. Vlug ruimt ze de bezemkast weer in, duwt de stofzuiger naar binnen en hangt de regenkleding goed voor ze de deur dichtdoet. Ze loopt snel naar de kamerdeur, luistert even, doet hem open en stapt de gang op.

Daar staat Tuula.

Het roodharige meisje staat op maar een paar stappen afstand in de gang te wachten en neemt haar zonder een woord te zeggen op.

96

Tuula doet een stap naar voren en houdt haar bebloede hand omhoog naar Elin. Haar gezicht is lijkbleek. Haar blik is intens, verwachtingsvol. De witte wenkbrauwen zijn niet zichtbaar. Haar haar hangt in rode slierten langs haar wangen.

'Ga terug de kamer in,' zegt Tuula.

'Ik moet Daniel spreken.'

'We kunnen ons samen verstoppen,' zegt het meisje hard.

'Wat is er gebeurd?'

'Ga de kamer in,' herhaalt ze en ze likt langs haar lippen.

'Wil je me iets laten zien?'

'Ja,' antwoordt ze snel.

'Wat dan?'

'Het is een spelletje... Vicky en Miranda hebben het vorige week gespeeld,' zegt Tuula en ze houdt haar handen voor haar gezicht.

'Ik moet gaan,' zegt Elin.

'Kom mee, dan laat ik je zien hoe het moet,' fluistert Tuula.

Er klinken voetstappen in de gang en Elin ziet Daniel met een verbanddoos aankomen. Lu Chu en Almira komen de keuken uit. Tuula voelt aan haar achterhoofd en krijgt vers bloed op haar vingers.

'Tuula, je zou op je stoel blijven zitten,' zegt Daniel terwijl hij haar meevoert naar de keuken. 'We moeten de wond schoonmaken en kijken of hij gehecht moet worden...'

Elin blijft domweg in de gang staan en laat haar hartslag tot rust komen. Ze voelt aan de sleutelhanger die Vicky van haar moeder heeft gekregen.

Na een tijdje gaat de deur van de keuken weer open. Tuula loopt langzaam terwijl ze haar hand langs de lambrisering van de gang sleept. Daniel loopt naast haar en zegt iets op ernstige, rustige toon.

Ze knikt en verdwijnt dan haar kamer in. Elin wacht tot Daniel naar haar toe komt voor ze vraagt wat er is gebeurd.

'Het is niet ernstig... ze heeft een paar keer met haar hoofd tegen het raam gebonkt tot het glas kapotging.'

'Heeft Vicky het weleens over iemand gehad die Dennis heet?' vraagt Elin op gedempte toon en ze laat hem de sleutelhanger zien.

Hij kijkt ernaar, draait hem in zijn hand en fluistert Dennis voor zich uit.

'Nou, ik heb het gevoel dat ik dat eerder heb gehoord,' zegt hij. 'Maar ik... Elin, ik schaam me, ik voel me zo waardeloos omdat...'

'Je doet je best...'

'Ja, maar het is helemaal niet zeker of Vicky me iets heeft verteld dat de politie zou helpen... ze sprak sowieso niet zoveel en...'

Hij zwijgt als er klossende voetstappen op de buitentrap klinken en de voordeur opengaat. Een potige vrouw van een jaar of vijftig komt binnen en staat op het punt de deur op slot te draaien, als ze hen ziet.

'Jullie mogen hier niet zijn,' zegt ze terwijl ze in hun richting loopt.

'Ik heet Daniel Grim, ik ben...'

'Jullie begrijpen ook wel dat de pupillen op dit tijdstip geen bezoek kunnen ontvangen,' valt de vrouw hem in de rede.

'We gaan zo,' zegt hij. 'We moeten alleen Caroline vragen of...'

'Jullie gaan helemaal niks vragen.'

97

In de lift naar zijn kamer op het politiebureau kijkt Joona naar de sleutelhanger. Hij zit in een klein plastic zakje en heeft de vorm van een grote munt, een zilveren dollar, maar met de naam Dennis in reliëf op de ene kant en een lichtblauwe bloem met zeven kroonblaadjes op de andere kant. Aan een oogje aan de bovenkant hangt een vrij forse sleutelhanger.

Gisteravond laat heeft Elin Frank Joona gebeld. Ze zat in de auto om Daniel naar huis te brengen en zou daarna haar intrek nemen in een hotel in Sundsvall.

Elin vertelde dat Tuula de sleutelhanger vrijdag vroeg op de dag uit Vicky's tas had gestolen.

'Hij was blijkbaar belangrijk voor Vicky. Ze had hem van haar moeder gekregen,' vertelde Elin en ze beloofde zodra ze in het hotel was de sleutelhanger door een koerier te laten bezorgen.

Joona draait het zakje meerdere keren rond in het scherpe licht, waarna hij het in de zak van zijn jasje stopt en uitstapt op de vijfde verdieping.

In gedachten overweegt hij mogelijke redenen waarom het meisje een sleutelhanger met de naam Dennis van haar moeder heeft gekregen.

De vader van Vicky Bennet is onbekend, haar moeder heeft Vicky zonder hulp van instanties gebaard en het meisje is pas op zesjarige leeftijd in het bevolkingsregister ingeschreven. Heeft haar moeder al die tijd toch geweten wie de vader was? Was dit dan misschien een manier om het Vicky te vertellen?

Joona loopt bij Anja binnen om te vragen of ze iets gevonden heeft. Maar hij heeft zijn mond nog niet opengedaan of ze zegt: 'Er komt überhaupt geen Dennis in Vicky's leven voor. Niet op de Birgittagården, niet op de Ljungbacken en niet in de gezinnen waar ze heeft gewoond.'

'Vreemd,' zegt Joona.

'Ik heb Saga Bauer zelfs gebeld,' vertelt Anja met een glimlach. 'De veiligheidsdienst heeft immers zijn eigen registers.'

'Maar iemand moet toch weten wie Dennis is,' zegt hij terwijl hij op de rand van haar bureau gaat zitten.

'Nee,' verzucht ze en ze trommelt ontmoedigd met haar lange, roodgelakte nagels op het bureau.

Joona kijkt door het raam naar buiten. Scherp afgetekende wolkenformaties jagen voorbij.

'Ik zit vast,' zegt hij eenvoudig. 'Ik kan de verslagen van het gerechtelijk laboratorium niet opvragen, ik mag geen verhoren houden, ik heb niets om mee verder te gaan.'

'Misschien moet je toegeven dat het jouw zaak niet is,' zegt Anja zacht.

'Dat kan ik niet,' fluistert hij.

Anja glimlacht tevreden en haar ronde wangen blozen.

'Bij gebrek aan iets anders wil ik dat je ergens naar luistert,' zegt ze. 'En deze keer is het geen Finse tango.'

'Dat verwachtte ik ook niet.'

'Dat deed je heus wel,' pruttelt ze terwijl ze iets aanklikt op haar computer. 'Maar dit is een telefoongesprek van vandaag.'

'Neem jij je gesprekken op?'

'Ja,' antwoordt ze neutraal.

Plotseling vult een iele vrouwenstem uit de luidspreker van de computer de kamer.

'Sorry dat ik steeds maar bel,' zegt de vrouw bijna ademloos. 'Ik heb een agent in Sundsvall gesproken en hij zei dat een commissaris die Joona Linna heet misschien geïnteresseerd is in...'

'Vertel het maar aan mij,' horen ze Anja zeggen.

'Als je maar luistert, want ik... Ik moet iets belangrijks vertellen over de moord op de Birgittagården.'

'De politie heeft een tiplijn,' vertelt Anja de vrouw.

'Dat weet ik,' zegt de vrouw snel.

Een Japanse kat staat continu te zwaaien op Anja's bureau. Joona hoort het zachte klikken van het mechaniek terwijl hij naar de stem van de vrouw luistert.

'Ik heb het meisje gezien, ze verborg haar gezicht,' zegt ze. 'En er was een grote, bebloede steen, jullie moeten de steen zoeken...'

'Zeg je dat je de moord hebt gezien?' vraagt Anja.

Ze horen de snelle ademhaling van de vrouw voor ze antwoordt.

'Ik weet niet waarom ik dit heb gezien,' zegt ze. 'Ik ben bang en erg moe, maar ik ben niet gek.'

'Bedoel je dat je de moord hebt gezien?'

'Of ik ben wel gek,' gaat de vrouw met trillende stem verder zonder dat Anja's vraag tot haar doordringt.

Het gesprek wordt afgebroken.

Anja kijkt op van haar computer en zegt: 'Deze vrouw heet Flora Hansen en er is aangifte tegen haar gedaan.'

'Waarom?'

Anja haalt haar ronde schouders op.

'Brittis van de tiplijn werd het zat... Flora Hansen schijnt met allerlei onjuiste tips te hebben gebeld en heeft geprobeerd daar geld voor te krijgen.'

'Belt ze vaker?'

'Nee, alleen over de Birgittagården... Ik vond dat je het moest horen voor ze jou belt, want dat zal ze zeker doen. Ze lijkt het niet op te geven, ondanks de aangifte blijft ze bellen en nu wist ze al tot mij door te dringen.'

'Wat weet je over haar?' vraagt Joona nadenkend.

'Brittis zei dat Flora een alibi heeft voor de hele moordavond, aangezien ze een seance met negen personen hield aan Upplandsgatan 40 hier in Stockholm,' vertelt Anja geamuseerd. 'Flora noemt zichzelf een spiritueel medium en beweert dat ze vragen aan de doden kan stellen als ze er geld voor krijgt.'

'Ik ga erheen,' zegt hij terwijl hij naar de deur loopt.

'Joona, ik wilde alleen laten zien dat mensen de zaak kennen,' zegt ze met een onzeker lachje. 'En vroeg of laat krijgen we een tip... als Vicky Bennet leeft, zal iemand haar zien.'

'Ja,' antwoordt hij terwijl hij zijn jasje dichtknoopt.

Anja wil gaan lachen, maar kijkt in Joona's grijze ogen en begrijpt plotseling waar het om gaat.

'De steen,' zegt ze zacht. 'Klopt die opmerking over de steen?'

'Ja,' antwoordt hij en hij kijkt haar aan. 'Maar alleen de patholoog-anatoom en ik weten dat de moordenaar een steen heeft gebruikt.'

98

In Zweden is het vrij ongebruikelijk, maar de politie heeft toch een paar keer de hulp van spirituele mediums en zieners ingeschakeld. Joona herinnert zich de moord op Engla Höglund. Toen heeft de politie een medium gebruikt dat een uitvoerig signalement van twee moordenaars gaf. De beschrijving bleek later volstrekt onjuist te zijn.

De werkelijke dader werd opgepakt doordat iemand een net gekochte camera probeerde en bij toeval zowel het meisje als de auto van de moordenaar had gefotografeerd.

Joona heeft een tijdje geleden gelezen dat er in Amerika een onafhankelijk onderzoek is gedaan naar het medium dat wereldwijd het vaakst door de politie is ingeschakeld. Uit het onderzoek bleek dat ze geen enkele informatie van waarde heeft bijgedragen in de honderdvijftien onderzoeken waarbij ze betrokken was.

De kille namiddagzon heeft plaatsgemaakt voor de avondschemering en Joona huivert als hij uit de auto stapt en naar een grijs flatgebouw met huurwoningen en schotels aan de balkons loopt. Het slot van de buitendeur is opengebroken en iemand heeft zijn tags met roze spuitbusverf in de hele hal gezet. Joona gaat met de trap naar de tweede verdieping en belt aan bij de deur met de naam Hansen op de brievenbus.

Een bleke vrouw in versleten, grijze kleren doet open en kijkt hem schuw aan.

'Ik heet Joona Linna,' zegt Joona en hij laat zijn legitimatie zien. 'Je hebt de politie een paar keer gebeld...'

'Sorry,' fluistert ze en ze slaat haar blik neer.

'Je moet niet bellen als je niets te melden hebt.'

'Maar ik... ik heb gebeld omdat ik het dode meisje heb gezien,' zegt ze en ze kijkt hem aan.

'Mag ik even binnenkomen?'

Ze knikt en neemt hem door een donkere hal met versleten zeil mee naar een kleine, schone keuken. Flora gaat op een van de vier stoelen aan de tafel zitten en slaat haar armen om zichzelf heen. Joona loopt naar het raam en kijkt naar buiten. De gevel van het gebouw aan de overkant is bedekt met beschermend plastic. De thermometer die aan de buitenkant van het raam is vastgeschroefd, wiebelt een beetje in de wind.

'Ik denk dat Miranda naar me toe is gekomen omdat ik haar van gene zijde heb binnengelaten tijdens een seance,' begint Flora. 'Maar ik... ik weet niet goed wat ze wil.'

'Wanneer was die seance?' vraagt Joona.

'Die is elke week... Ik leef van het spreken met de doden,' zegt ze en er begint een spiertje naast haar rechteroog te trekken.

'In zekere zin doe ik dat ook,' antwoordt Joona rustig.

Hij gaat tegenover haar zitten.

'De koffie is op,' fluistert ze.

'Dat geeft niks,' zegt hij. 'Toen je belde vertelde je over een steen...'

'Ik wist niet wat ik moest doen, maar Miranda laat me steeds een bebloede steen zien...'

Ze geeft het formaat van de steen aan met haar handen.

'Je hield dus een seance,' zegt hij vriendelijk, 'en toen kwam er een meisje dat vertelde...'

'Nee, zo ging het niet,' onderbreekt ze hem. 'Het was na de seance, toen ik thuiskwam.'

'En wat zei dit meisje?'

Flora kijkt hem recht aan en haar blik is zwart van de herinnering.

'Ze laat me de steen zien en zegt dat ik mijn ogen dicht moet doen.'

Joona neemt haar op met een grijze, ondoorgrondelijke blik.

'Als Miranda vaker komt, wil ik dat je haar vraagt waar de moordenaar zich schuilhoudt,' zegt hij.

99

Joona haalt het plastic zakje met Vicky's sleutelhanger uit zijn zak, doet het open en laat de inhoud voor Flora op tafel glijden.

'Dit is van de verdachte van de moord,' zegt hij.

Flora bekijkt het voorwerp.

'Dennis?' vraagt ze.

'We weten niet wie Dennis is, maar ik dacht... misschien kun jij iets boven water krijgen,' zegt hij.

'Misschien, maar ik... dit is mijn werk.'

Ze glimlacht gegeneerd, houdt haar hand voor haar mond en zegt iets verontschuldigends dat hij niet verstaat.

'Dat begrijp ik,' zegt Joona. 'Hoeveel kost het?'

Ze vertelt met neergeslagen blik wat de prijs per halfuur voor losstaande sessies is. Joona pakt zijn portemonnee en betaalt voor een uur. Flora bedankt hem, haalt haar tas en knipt de plafondlamp uit. Buiten schemert het nog, maar de keuken wordt donker. Ze pakt een kaarsje en een zwartfluwelen doek met goud borduursel. Dan steekt ze de kaars aan, zet hem voor Joona neer en legt de doek over de sleutelhanger. Ze sluit haar ogen en strijkt voorzichtig met haar hand over de doek.

Joona slaat haar onbevooroordeeld gade.

Flora schuift haar linkerhand onder de stof, zit stil, begint te trillen en haalt dan diep adem.

'Dennis, Dennis,' mompelt ze.

Ze friemelt aan het metalen plaatje onder de zwarte doek. Door de muren klinken stemmen van de televisie van de buren en buiten gaat opeens een autoalarm af.

'Ik zie vreemde beelden... nog niets duidelijks.'

'Ga verder,' zegt Joona terwijl hij haar intensief opneemt.

Flora's blonde, krullerige haar hangt voor haar wangen. Haar vlekkerige huid kleurt rood en de bolle oogleden trekken door de oogbewegingen erachter.

'Er zit een vreselijke kracht in dit voorwerp. Eenzaamheid en woede. Ik brand me er haast aan,' fluistert ze en ze haalt de sleutelhanger tevoorschijn, houdt hem in haar handpalm en staart ernaar. 'Miranda zegt dat... hij hangt aan een draadje van de dood... Want ze waren allebei verliefd op Dennis... ja, ik voel de jaloezie branden in het metaal...'

Flora zwijgt, houdt de sleutelhanger even in haar hand, mompelt dat het contact verbroken is, schudt haar hoofd en geeft hem terug aan Joona.

Joona staat op. Hij heeft te gehaast gehandeld. Het was tijdverspilling om hierheen te komen. Hij had gedacht dat ze echt iets wist, om redenen die ze niet durfde te vertellen. Maar het is duidelijk dat Flora Hansen verzint wat ze denkt dat mensen willen horen. Dennis hoort bij een tijd van ver voor de Birgittagården, want Vicky heeft de sleutelhanger jaren geleden van haar moeder gekregen.

'Ik betreur het dat je zit te liegen,' zegt Joona terwijl hij de sleutelhanger van tafel pakt.

'Mag ik het geld houden?' vraagt ze zwakjes. 'Ik kom niet rond, ik verzamel blikjes in de metro en uit alle prullenbakken...'

Joona stopt de sleutelhanger in zijn zak en loopt de hal in. Flora pakt een papier en loopt achter hem aan.

'Ik denk dat ik een echt spook heb gezien,' zegt ze. 'Ik heb haar getekend...'

Ze laat een kinderlijke tekening van een meisje en een hart zien en houdt hem voor zijn gezicht, wil dat hij kijkt, maar Joona duwt haar hand weg. Ze laat het papier vallen, het dwarrelt naar de grond, maar hij stapt eroverheen, doet de deur open en vertrekt.

100

Joona voelt de irritatie nog in zijn lichaam kriebelen als hij uit de auto stapt en naar Disa's portiekdeur in de Lützengatan bij Karlaplan loopt. Vicky Bennet en Dante Abrahamsson leven, ze houden zich ergens schuil, hij heeft bijna een uur verdaan door met een gestoorde vrouw te praten die liegt voor geld.

Disa zit op het bed met haar dunne laptop op schoot. Ze heeft een witte ochtendjas aan en haar bruine haar wordt door een brede, witte haarband uit haar gezicht gehouden.

Hij doucht met heel warm water. Daarna gaat hij naast haar liggen. Als hij zijn gezicht tegen haar aan legt, ruikt hij de geur van haar parfum.

'Ben je weer in Sundsvall geweest?' vraagt ze afwezig als hij met zijn hand haar arm volgt tot aan de smalle pols.

'Vandaag niet,' antwoordt Joona zacht en hij denkt aan Flora's bleke, magere gezicht.

'Ik ben er vorig jaar geweest,' vertelt Disa. 'Heb het vrouwenhuis in Högom opgegraven.'

'Het vrouwenhuis?' vraagt hij.

'In Selånger.'

Ze laat het beeldscherm los met haar blik en glimlacht naar hem.

'Ga er eens langs als je tijd over hebt tussen de moorden,' zegt ze.

Joona glimlacht terug en raakt haar heup aan, volgt de spier van haar dijbeen tot haar knie. Hij wil dat Disa doorgaat met praten dus hij vraagt: 'Waarom wordt die plaats "het vrouwenhuis" genoemd?'

'Het is een grafheuvel, gebouwd op een afgebrand huis. Maar we weten niet wat er is gebeurd.'

'Zaten er mensen in?'

'Twee vrouwen,' antwoordt ze en ze zet de laptop weg. 'Ik stond daar persoonlijk aarde van hun kammen en sieraden af te borstelen.'

Joona legt zijn hoofd op haar schoot en vraagt: 'Waar is de brand begonnen?'

'Ik weet het niet, maar ze hebben minstens één pijlpunt in de muur gevonden.'

'Dus de dader kwam van buiten?' mompelt hij.

'Misschien stond het hele dorp toe te kijken terwijl ze het huis lieten afbranden,' zegt ze en ze woelt met haar vingers door zijn vochtige, dikke haar.

'Vertel eens wat meer over de graven,' verzoekt hij haar en hij sluit zijn ogen.

'We weten niet zoveel,' zegt ze en ze draait een haarlok om haar vinger. 'Maar degenen die in het huis woonden, zaten binnen te weven, hun weefgewichtjes lagen her en der. Het is toch opmerkelijk dat altijd van die kleine dingetjes, zoals kammen en naalden, de millennia overleven.'

Joona's gedachten voeren langs Summa's bruidskroon van gevlochten berkenwortels en gaan verder naar de oude joodse begraafplaats bij het Kronobergspark waar zijn collega Samuel Mendel moederziel alleen in zijn familiegraf rust.

101

Joona wordt wakker van een zachte kus op zijn mond. Disa is al aangekleed. Ze heeft een kop koffie op het nachtkastje gezet.

'Ik ben in slaap gevallen,' zegt hij.

'En je hebt honderd jaar geslapen,' glimlacht ze en ze loopt naar de hal.

Joona hoort haar de deur achter zich dichtdoen. Hij trekt zijn broek aan en staat dan naast het bed aan het spiritistische medium Flora Hansen te denken. Wat hem ertoe bracht naar haar toe te gaan, was dat ze toevallig goed had gegokt met die steen. In de psychologie heet dat fenomeen voorkeur voor bevestiging. Onbewust hebben alle mensen de neiging om veel meer aandacht te schenken aan resultaten die een hypothese bevestigen dan aan resultaten die haar tegenspreken. Flora heeft de politie meerdere keren gebeld en vertelde over diverse moordwapens, maar toen ze de steen noemde, begon hij te luisteren.

Er waren geen andere sporen om te volgen dan het spoor dat naar Flora leidde.

Joona loopt naar de grote ramen en schuift het dunne, witte gordijn weg. In het grijze ochtendlicht hangen nog resten van het duister van de nacht. De fontein op het plein pulseert en schuimt met een zwaarmoedige monotonie. Duiven bewegen zich langzaam voor het gesloten hek van het winkelcentrum.

Een enkeling is op weg naar zijn werk.

Iets in de blik en stem van Flora Hansen was zo wanhopig toen ze vertelde dat ze blikjes en flessen zocht in de metro.

Joona sluit zijn ogen even, draait zich om naar de slaapkamer en pakt zijn overhemd van de stoel.

Met afwezige bewegingen trekt hij zijn overhemd aan, zijn ogen staren leeg terwijl hij het dichtknoopt.

Hij was net vlak bij een logisch verband, maar raakte het op hetzelfde moment weer kwijt. Hij probeert terug te keren in zijn gedachten, maar voelt hoe het alleen maar verder wegglijdt.

Het had met Vicky te maken, met de sleutelhanger en haar moeder.

Hij trekt zijn jasje aan en gaat weer bij het raam staan.

Was het iets wat hij zag?

Zijn blik gaat zoekend naar het Karlaplan onder hem, er rijdt een bus over de rotonde, hij stopt en er stappen passagiers in. Verderop staat een oudere man met een rollator glimlachend naar een hond te kijken die rondom een prullenbak snuffelt.

Een vrouw met rode wangen en een openhangend leren jack rent naar de metro. Ze verschrikt een troep duiven op het plein. Ze vliegen op en maken samen een halve cirkel voor ze landen.

De metro.

Het gaat over de metro, denkt Joona, en hij pakt zijn telefoon.

Hij weet bijna zeker dat hij gelijk heeft, hij moet alleen wat details controleren.

Snel bladert hij naar een nummer en terwijl de telefoon overgaat, loopt hij de hal in en trekt zijn schoenen aan.

'Holger...'

'Met Joona Linna spreek je,' zegt Joona en hij stapt de flat uit.

'Goeiemorgen, ik heb...'

'Ik moet meteen iets vragen,' onderbreekt Joona de man terwijl hij de deur op slot draait. 'Je hebt de tas die we bij de dam hebben gevonden bekeken?'

Hij rent de trap af.

'Ik heb foto's gemaakt en een lijst van de inhoud opgesteld voordat de officier van justitie belde om te zeggen dat de zaak geen prioriteit meer had.'

'Ik mag je rapport niet lezen,' zegt Joona.

'Het was toch niks bijzonders,' zegt Holger terwijl hij met papieren ritselt. 'Ik heb het mes toch genoemd dat...'

'Je had het over fietsgereedschap, heb je dat nagetrokken?'

Joona is inmiddels op straat en haast zich de Valhallavägen in, naar zijn auto.

'Ja,' antwoordt Holger. 'Het kostte een noorderling wat tijd... Het was geen gereedschap, maar een sleutel voor bestuurderscabines van de metro...'

'Heeft die eerder aan een sleutelhanger gezeten?'

'Hoe moet ik dat nou...'

Holger zwijgt abrupt en kijkt dan naar de foto in het rapport.

'Je hebt natuurlijk gelijk, de binnenkant van het oogje is glimmend afgesleten,' zegt hij.

Joona bedankt hem en belt Anja. Hij rent het laatste stukje en denkt eraan dat Elin Frank vertelde dat Tuula mooie dingen van iedereen in haar omgeving steelt. Dingen als oorbellen, glimmende pennen, munten en hulsjes van lippenstift. Tuula heeft de mooie sleutelhanger met de lichtblauwe bloem losgehaald en de lelijke sleutel teruggestopt in de tas.

'Ghostbusters,' neemt Anja met schelle en opgewekte stem op.

'Anja, kun je me helpen door contact op te nemen met iemand die verantwoordelijk is voor het metrobedrijf in Stockholm?' zegt Joona terwijl hij wegrijdt.

'Anders kan ik het de geesten wel vragen...'

'Er is haast bij,' valt Joona haar in de rede.

'Ben je met het verkeerde been uit bed gestapt?' mompelt ze gekrenkt.

Joona rijdt in de richting van het stadion.

'Weet je dat alle wagons een persoonsnaam hebben?' vraagt hij.

'Ik heb vandaag in de Rebecka gezeten, ze was erg mooi en...'

'Want ik denk dat Dennis niet de naam van een persoon is, maar van een metrowagon en ik moet weten waar die wagon zich op dit moment bevindt.'

102

Alle wagons van de metro hebben natuurlijk nummers, net als in de rest van de wereld, maar in Stockholm hebben de wagons sinds jaar en dag ook persoonsnamen. Het schijnt dat de traditie in 1887 is begonnen met de namen van de paarden die de trams door de stad trokken.

Joona weet vrij zeker dat de sleutel die Vicky van haar moeder Susie heeft gekregen op het mechanische slot past waarmee alle metrowagons opengaan, maar dat de sleutelhanger naar een specifieke wagon verwijst. Misschien bewaarde haar moeder persoonlijke bezittingen in de stuurcabine van een wagon, misschien sliep ze er soms.

Haar moeder is haar hele volwassen leven dakloos geweest, en bivakkeerde geregeld in de metro, op bankjes van stations, in wagons en in verlaten ruimtes langs het spoor, diep in de tunnels.

Op de een of andere manier had haar moeder deze sleutel bemachtigd, denkt Joona onder het rijden. Dat kan niet makkelijk geweest zijn. In haar wereld moet het een kostbaar bezit zijn geweest.

Toch heeft ze hem aan haar dochter gegeven.

En ze kocht een sleutelhanger met de naam Dennis zodat het meisje niet zou vergeten welke wagon belangrijk was.

Misschien wist ze dat Vicky zou weglopen.

Ze is vaak weggelopen en is er twee keer in geslaagd om behoorlijk lang onvindbaar te blijven. De eerste keer was ze nog maar acht jaar. Ze is toen zeven maanden spoorloos gebleven en werd half december samen met haar moeder ernstig onderkoeld aangetroffen in een parkeergarage. De tweede keer was ze dertien. Vicky was die keer elf maanden spoorloos en werd door de politie wegens ernstige winkeldiefstal opgepakt in de buurt van stadion de Globe.

Het is mogelijk de stuurcabines met ander gereedschap binnen te komen. Een gewone dopsleutel van het juiste formaat zou genoeg zijn.

Maar hoewel het niet waarschijnlijk is dat Vicky zich zonder sleutel in de wagon bevindt, kunnen er daar sporen uit haar periode als zwerfkind te vinden zijn, dingen die naar haar huidige schuilplaats leiden.

Joona is bijna bij het politiebureau als Anja belt en zegt dat ze met het gemeentelijk vervoersbedrijf van Stockholm heeft gebeld.

'Er is een wagon die Dennis heet, maar die is buiten gebruik gesteld... ernstige mankementen, zei hij.'

'Maar waar is ie?'

'Ze wisten het niet zeker,' antwoordt ze. 'Hij kan in de remise in Rissne staan... maar waarschijnlijk staat hij bij materieelbeheer in Johanneshov.'

'Verbind me door,' zegt Joona terwijl hij keert.

De banden denderen over een verkeersdrempel, hij rijdt door rood licht en slaat de Fleminggatan in.

103

Joona rijdt in de richting van Johanneshov ten zuiden van Stockholm als er eindelijk iemand opneemt. Het klinkt alsof hij zijn mond vol eten heeft.

'Materieelbeheer... met Kjelle.'

'Joona Linna, rijksrecherche. Staat er een wagon met de naam Dennis bij jullie in Johanneshov?'

'Dennis?' smakt de man. 'Heb je een wagonnummer?'

'Nee, helaas.'

'Wacht even, ik check het in de computer.'

Joona hoort de man in zichzelf praten, waarna hij ritselend terugkomt aan de lijn.

'Er is een Denniz met een z aan het einde na...'

'Dat maakt niet uit.'

'Oké,' zegt Kjelle en Joona hoort hem de grote hap in zijn mond luidruchtig doorslikken. 'Ik zie hem niet in het register staan... Het is een vrij oude wagon, ik weet niet... maar volgens de informatie die ik boven water heb gekregen is hij de laatste jaren niet in gebruik geweest.'

'Waar is hij dan?'

'Als het goed is, staat hij hier, maar... Momentje, dan verbind ik je door met Dick. Die weet alles wat de computer niet weet...'

Kjelles stem verdwijnt en maakt plaats voor een elektronisch ruisen. Daarna neemt een oudere man galmend op, alsof hij zich in een kathedraal of metalen loods bevindt.

'Met swingende Dick.'

'Ik heb Kjelle net gesproken,' legt Joona uit. 'En hij vermoedt dat er een wagon die Dennis heet bij jou staat.'

'Als Kjelle zegt dat ie hier staat, dan is dat vast zo – maar ik kan wel even gaan kijken als het een zaak op leven en dood en voor het vaderland is.'

'Dat is het,' zegt Joona op gedempte toon.

'Zit je in de auto?' vraagt Dick.

'Ja.'

'Toevallig onderweg hierheen?'

Joona hoort dat de man een metalen trap af loopt. Een grote, zware deur knarst en de man klinkt een beetje buiten adem als hij weer aan de lijn komt.

'Ik ben nu in de tunnel. Ben je er nog?'

'Ja.'

'Hier staan in elk geval de Mikaela en de Maria. De Denniz zou even verderop moeten staan.'

Joona hoort de oude man met galmende stappen lopen, terwijl hij zelf zo snel hij kan over de brug Centralbron rijdt. Hij denkt aan de periodes in Vicky's leven waarin ze weggelopen was. Ergens heeft ze geslapen, ergens heeft ze zich veilig gevoeld.

'Zie je de wagon?' vraagt hij.

'Nee, dit was de Ellinor... daar staat de Silvia... zelfs de verlichting functioneert hier niet naar behoren.'

Joona hoort geknars onder de voeten van de man terwijl hij in een tunnel onder het industrieterrein loopt.

'Hier ben ik al lang niet geweest,' zegt de man hijgend. 'Ik doe even m'n zaklamp aan... Helemaal achterin natuurlijk... de Denniz, roestig en verrot als een...'

'Weet je het zeker?'

'Ik kan erheen gaan en een foto nemen als je... Jezus, wat is dat? Er zijn hier mensen, er zitten mensen in...'

'Stil,' zegt Joona snel.

'Er zit iemand in de wagon,' fluistert de man.

'Blijf uit de buurt,' zegt Joona.

'Ze hebben verdomme een gasfles in de deuropening gezet.'

Er klinkt hard geruis en Joona hoort de man zich hijgend met grote passen verplaatsen.

'Er waren... ik zag mensen in de wagon,' fluistert de man weer in de telefoon.

Joona denkt dat het Vicky waarschijnlijk niet is, aangezien ze de sleutel en de sleutelhanger niet meer heeft.

Opeens hoort Joona hoog gegil door de telefoon, ver weg maar duidelijk.

'Er gilt daar een vrouw,' fluistert de monteur. 'Ze klinkt hartstikke gestoord.'

'Ga weer naar buiten,' zegt Joona.

De voetstappen van de man en zijn hijgende ademhaling klinken. Ook het gegil klinkt weer, maar nu zachter.

'Wat heb je gezien?' vraagt Joona.

'Een verdraaid grote gasfles voor laswerk blokkeerde de deur.'

'Heb je iemand gezien?'

'Er zit graffiti op de ramen, maar er waren in elk geval een groter en een kleiner persoon binnen, misschien nog meer, dat weet ik niet.'

'Weet je dit zeker?' vraagt Joona Linna.

'De tunnels zijn afgesloten, maar als je per se wilt, dan... dan kun je natuurlijk wel binnenkomen,' hijgt de oude man.

'Luister goed naar me... Ik ben rechercheur en het enige dat ik nu wil, is dat je er weggaat en buiten op de politie wacht.'

104

Een zwart busje rijdt met hoge snelheid door de hekken van Materi-eelbeheer Metro in Johanneshov. Droog grind spat op en een wolk van stof wervelt richting het hek. Het busje maakt een bocht en blijft voor een groene metalen deur staan.

Na het gesprek met Dick heeft Joona het hoofd van de regiopolitie gebeld en uitgelegd dat hij niet kon uitsluiten dat er een gijzelsituatie zou ontstaan.

Deze mobiele eenheid is een speciaal opgeleide eenheid binnen de Zweedse rijksrecherche. Hun voornaamste taak is terroristische acties te bestrijden, maar het team kan ook opgeroepen worden voor bij-zonder moeilijke taken.

De vijf agenten stappen uit het busje met een combinatie van ner-vositeit en brandende aanwezigheid in hun lichaam. Ze zijn zwaar uit-gerust met laarzen, donkerblauwe overalls, keramische kogelwerende vesten, helmen, beschermende brillen en handschoenen.

Joona loopt de groep tegemoet en begrijpt dat ze ook toestemming hebben gekregen om ondersteunende wapens te gebruiken – drie van hen dragen jadegroene aanvalsgeweren met laserviziers van Heckler & Koch.

Het zijn geen gespecialiseerde wapens, maar ze zijn licht en kunnen in minder dan drie seconden een magazijn leegschieten.

De twee andere mannen in de groep hebben ieder een scherpschut-tersgeweer bij zich.

Joona schudt de bevelhebber, de arts van de groep en de drie an-deren gehaast de hand, waarna hij uitlegt dat de situatie naar zijn in-schatting zeer urgent is.

'Ik wil dat we meteen naar binnen gaan, zo snel als maar mogelijk is, maar omdat ik niet weet wat jullie voor briefing hebben gehad, moet ik zeggen dat we geen positieve identificatie van Vicky Bennet en Dante Abrahamsson hebben.'

Voordat de ME arriveerde heeft Joona Dick Jansson uitgehoord en hem de positie van de wagons laten aangeven op een detailkaart van het terrein.

Een jonge man met een scherpschuttersgeweer 90 in een tas aan zijn voeten steekt zijn hand op.

'Gaan we ervan uit dat ze gewapend is?' vraagt de scherpschutter.

'Waarschijnlijk niet met een vuurwapen,' antwoordt Joona.

'Dus we verwachten twee ongewapende kinderen aan te treffen,' zegt de jonge man en hij schudt grijnzend zijn hoofd.

'We weten niet wat we zullen aantreffen, dat weet je nooit,' zegt Joona en hij laat ze een tekening van een wagon van hetzelfde model als de Denniz zien.

'Waar gaan we naar binnen?' vraagt de bevelhebber.

'De voorste deur is open, maar geblokkeerd met één of meerdere gasflessen,' vertelt Joona.

'Horen jullie dat?' vraagt de bevelhebber aan de anderen.

Joona legt de grote kaart boven op de tekening en laat zien waar alle zijsporen lopen en waar de wagons staan.

'Volgens mij kunnen we tot hier komen zonder ontdekt te worden. Het is een beetje lastig in te schatten, maar in elk geval tot hier.'

'Ja, daar lijkt het wel op.'

'De afstand is kort, maar ik wil toch een scherpschutter op het dak van de dichtstbijzijnde wagon hebben.'

'Dat ben ik,' zegt een van de mannen.

'En ik kan hier gaan liggen,' wijst de jongere scherpschutter.

Met grote passen lopen ze achter Joona aan naar de stalen deur. Een van de mannen checkt zijn reservemagazijnen een laatste keer en Joona wurmt zich in een kogelwerend vest.

'Ons primaire doel is de jongen uit de wagon te halen, ons secundaire doel de verdachte op te pakken,' legt Joona uit en hij doet de deur open. 'Jullie richten in eerste instantie op de benen van het meisje en in tweede instantie op schouders en armen.'

Een lange, vaalbleke trap leidt naar beneden naar de zijsporen onder de onderhoudsremise Johanneshov, waar metrowagons neer worden gezet voor grote reparaties.

Het enige wat achter Joona te horen is, is het doffe stommelen van zware laarzen en keramische kogelwerende vesten.

105

Als de groep in de tunnel komt, bewegen ze zich voorzichtiger, langzamer. Het geluid van de stappen op grind en roestige zijsporen weerkaatst fluisterend tegen de met metaal beklede rotswanden.

Ze naderen een gedeukt metrostel waar een rare stank omheen hangt. De wagons staan erbij als duistere overblijfselen van een achterhaalde beschaving. Het schijnsel van de zaklampen dwaalt over de ruwe wanden.

Ze verplaatsen zich in een rij, snel en bijna geruisloos. De sporen vertakken zich bij een handwissel. Een rode lamp met gebarsten bol schijnt zwak. In het zwarte grind ligt een vieze werkhandschoen.

Joona gebaart naar de groep de zaklampen uit te doen. Daarna lopen ze verder in de smalle spleet tussen twee buiten gebruik gestelde wagons met ingeslagen ruiten.

Een doos met vettige bouten staat tegen de wand met loshangende kabels, contactdozen en stoffige tl-buizen.

Ze zijn nu heel dichtbij en bewegen zich voorzichtig. Joona wijst de eerste scherpschutter de wagon aan. De rest van de groep monteert wapenlampen en verspreidt zich terwijl de schutter zonder enig geluid te maken op het dak klimt, het statief openklapt en het Hensoldt-vizier begint af te stellen.

De anderen bewegen zich dichter naar de wagon, helemaal achter in de tunnel. De ingehouden spanning klinkt door in hun ademhaling. Een van de mannen controleert keer op keer dwangmatig de gesp van zijn helm. De bevelhebber wisselt een blik met de jongste scherpschutter en bakent een vuurlijn af.

Iemand slipt in het grind en een losse steen rinkelt tegen de rails. Een glanzende rat rent langs de wand en verdwijnt in een gat.

Joona loopt alleen verder langs het spoor. Hij ziet de wagon met de naam Denniz op het zijspoor staan dat het dichtst langs de muur loopt. Aan het plafond hangen kabels of touwen. Hij verplaatst zich een stukje zijwaarts en ziet een zwak schijnsel achter de vuile, bruingestreepte ramen flakkeren. Als een gele vlinder vliegt het licht rond en laat de schaduwen beurtelings krimpen en groeien.

De bevelhebber haalt een shockgranaat van zijn riem.

Joona staat even stil om te luisteren voor hij verder loopt met de prikkelende gewaarwording zich in de vuurlijn te bevinden, dat het geweer van de scherpschutter op dit moment op zijn rug is gericht, dat ze hem gadeslaan door hun vizieren.

In de open deur staat een grote gasfles van groen metaal.

Joona loopt er voorzichtig heen, bereikt de wagon en hurkt in het donker. Hij legt zijn oor tegen het metaal en hoort onmiddellijk dat er iemand over de vloer sloft.

De bevelhebber geeft twee mannen een teken. Als vormloze demonen schieten ze door de duisternis. Ze zijn allebei fors, maar hun verplaatsing voltrekt zich haast geruisloos. Het enige dat er te horen is zijn doffe, waterige echo's van holsters, kogelwerende vesten en zware overalls tot ze naast hem staan.

Joona heeft zijn pistool niet eens getrokken, maar ziet dat de mannen hun vingers al om de trekker van hun aanvalsgeweer hebben gelegd.

Het is moeilijk iets door de ramen van de wagon te onderscheiden. Er ligt een kleine lamp op de vloer. Het schijnsel valt op opengescheurde pakken, lege flessen en plastic tassen.

Tussen twee stoelen ligt een grote bundel met een touw eromheen.

Het schijnsel van de kleine lamp begint te trillen. De hele wagon vibreert zacht. Misschien zijn de rails verderop in gebruik.

Het dreunt door muren en plafond.

Er klinkt een zacht gejammer.

Joona pakt voorzichtig zijn pistool.

Verder naar achter in de gang van de wagon glijdt een schaduw. Een forse man met spijkerbroek en vieze sportschoenen kruipt weg.

Joona plaatst de eerste patroon in de patroonhouder, draait zich om naar de bevelhebber, laat zien waar de man zich in de wagon bevindt en geeft het teken voor een onmiddellijke inval.

106

Er klinkt een korte knal als de tussendeur wordt opengebroken en in het grind valt en de ME de metrowagon bestormt.

Ruiten versplinteren en scherven vliegen over opengesneden stoelen en kletteren op de grond.

De man schreeuwt met reutelende stem.

De gasfles valt met een zwaar geluid om en argon stroomt sissend naar buiten terwijl hij de wagon in rolt. Alle tussendeuren in de wagon worden met harde bonzen geforceerd.

Joona klautert over beschimmelde dekens, eierdozen en vertrapte kranten. De scherpe lucht van gas vult de wagon.

'Blijf liggen!' schreeuwt iemand.

Het schijnsel van twee wapenlampen doorzoekt de wagon sectie voor sectie, tussen de stoelen en door vuil plexiglas.

'Niet slaan,' schreeuwt een man vanuit de andere sectie.

'Stil!'

Het kapotgeslagen ventiel van de gasfles wordt dichtgetapet door de bevelhebber.

Joona haast zich naar de bestuurderscabine.

Vicky Bennet en Dante zijn nergens te zien.

Het ruikt naar zweet en oud voedsel. De wanden en ramen zijn bekrast en bekladderd met tags.

Iemand heeft gegrilde kip gegeten op een vettig papier op de vloer, tussen de banken liggen bierblikjes en snoeppapiertjes.

Het krantenpapier op de vloer ritselt onder zijn schoenen.

Het schijnsel van buiten wordt gespikkeld als het door de kapotte ruiten naar binnen valt.

Joona loopt verder naar de bestuurderscabine waar de sleutel met de naam Dennis toegang toe geeft.

De deur is opengebroken door de ME en Joona loopt door. De kleine ruimte is leeg. De wanden zitten onder de graffiti en krassen. Op het dashboard liggen een spuit zonder naald, beroet aluminiumfolie en lege plastic capsules. Op het smalle plankje voor de twee pedalen staan een pakje Alvedon en een tube tandpasta.

Dit was de plek waar Vicky's moeder zich soms schuilhield, voor deze cabine heeft ze haar dochter vele jaren geleden de sleutel gegeven.

Joona zoekt verder en vindt een roestig stanleymes vastgestoken in de vering onder de stoel, snoeppapiertjes en een leeg potje babyvoeding waarin pruimenmoes heeft gezeten.

Door het zijraampje ziet hij de ME de man in spijkerbroek naar buiten slepen. Zijn gezicht is erg gegroefd. Zijn ogen staan bang. Hij hoest bloed op over zijn baard en schreeuwt. Zijn armen zijn met kunststof handboeien vastgezet achter zijn rug. Hij wordt op zijn buik in het grind geduwd en krijgt de loop van een aanvalsgeweer tegen zijn achterhoofd gedrukt.

Joona kijkt rond in de krappe ruimte. Zijn blik vliegt over knoppen en schakelaars, de microfoon en de stuurknuppel met gelakt houten handvat, maar hij weet niet meer waar hij moet zoeken. Hij wil teruggaan naar het gedeelte met passagiersstoelen, maar dwingt zichzelf toch nog even te blijven, zijn blik over het instrumentenpaneel en de bestuurdersstoel te laten gaan.

Waarom hadden Vicky en haar moeder hier sleutels van?

Er is hier niks.

Hij staat op en bestudeert de schroeven waarmee het rooster voor de ventilatieopening vastzit, als zijn blik afdwaalt en blijft hangen op een van de woorden die op de wand is gekladderd: **mama**

Hij doet een stap naar achteren en ziet meteen dat bijna alles wat er op de verf is geschreven en erin is gekrast mededelingen tussen Vicky en haar moeder zijn. Dit moet een plek zijn geweest waar ze elkaar in alle rust konden ontmoeten en als ze elkaar misliepen, schreven ze berichtjes.

Mama ze waren gemeen, ik kon niet blijven.

Ik heb het koud en ik heb honger. Moet nu terug, maar kom maandag weer.

Niet huilen hoor Vicky! ze hebben me in een instelling gestopt daarom heb ik je gemisd

Bedankt voor het snoep.

lieferd!! ik slaap hier nu een tijdje Uffe is een klootzak!! het zou fijn zijn als je wat gelt achterliet.

Fijne kerst, mama.

je moet begreipen dat ik je nou niet terug kan bellen.

Mama ben je ergens boos over op mij?

107

Als Joona weer buitenkomt, heeft de ME de bebaarde man omgedraaid. Hij zit met zijn rug tegen de muur te huilen en lijkt erg verward.

'Ik zoek een pubermeisje en een jongetje,' zegt Joona. Hij trekt zijn kogelwerende vest uit en gaat op zijn hurken voor hem zitten.

'Niet slaan,' mompelt de man.

'Niemand zal je slaan, maar ik wil weten of je hier een meisje hebt gezien, in deze wagon.'

'Ik heb haar niet aangeraakt, ik ben haar alleen gevolgd.'

'Waar is ze nu?'

'Ik ben haar alleen gevolgd,' antwoordt hij en hij likt bloed van zijn lippen.

'Was ze alleen?'

'Ik weet het niet – ze sloot zich op in de cabine.'

'Had ze een jongetje bij zich?'

'Een jongetje? Ja, misschien... misschien...'

'Geef fatsoenlijk antwoord,' onderbreekt de bevelhebber hem.

'Je bent haar hierheen gevolgd,' gaat Joona verder. 'Maar wat deed ze daarna?'

'Ze ging weer weg,' antwoordt hij met angstige blik.

'Waarheen? Weet je dat?'

'Daarheen,' antwoordt de man met een hulpeloze hoofdbeweging naar de metrobuis.

'Is ze in de metrobuis, bedoel je dat?'

'Misschien niet... misschien...'

'Geef antwoord!' buldert de bevelhebber.

'Maar ik weet het niet,' snikt de man.

'Kun je zeggen wanneer ze hier was?' vraagt Joona voorzichtig. 'Was het vandaag?'

'Nu net,' zegt hij. 'Ze begon te gillen en...'

Joona begint langs het zijspoor te rennen en hoort dat de bevelhebber het verhoor overneemt. Met hese en barse stem vraagt hij de man wat hij met het meisje heeft gedaan, of hij haar aangeraakt heeft.

Joona stormt langs een roestig spoor. De duisternis beweegt zich in rookachtige formaties voor hem. Hij beklimt een trap en bevindt zich dan in een gang waar de leidingen onbedekt langs het plafond lopen.

In de verte ziet hij een poortdeur. Er sijpelt licht naar binnen en de vochtige betonnen vloer glinstert. De onderkant van de deur is beschadigd en hij weet zich eronderdoor te wurmen. Plotseling is hij buiten. Hij staat midden op het grove steengruis naast een stuk of vijftien roestige sporen. De sporen komen verderop samen als strengen haar in een paardenstaart en buigen enigszins af.

Verderop op de spoordijk loopt een magere gedaante. Ze heeft een hond bij zich. Joona rent in haar richting. Een metro raast op hoge snelheid langs hem. De grond trilt. Hij ziet haar af en toe vluchtig tussen de treinstellen terwijl hij verder rent door het onkruid langs de spoordijk. De grond is bedekt met gebroken glas, afval en oude condooms. Er klinkt een elektrisch gonzen en er komt een volgende metro aan uit Skärmarbrink. Joona is bijna bij de dunne gestalte, hij springt over het spoor, pakt haar magere arm beet en draait haar om. Ze is verrast en probeert hem te slaan, maar hij trekt zijn gezicht weg, verliest de grip om haar arm, houdt haar vast aan haar jack, ze slaat weer, rukt en wurmt zich uit haar jack, laat haar tas vallen en valt achterover in het grind.

108

Joona houdt de vrouw tegen de spoordijk gedrukt tussen distels en verwelkt fluitenkruid, blokkeert haar hand, wringt de steen eruit en probeert haar te kalmeren.

'Ik wil alleen praten, ik wil...'

'Laat me verdomme met rust,' schreeuwt ze en ze probeert zich los te worstelen.

Ze schopt, maar hij houdt haar been tegen en blijft haar tegen de grond drukken. Ze ademt als een bang konijn. Haar kleine borsten bewegen mee met het hijgen. Het is een broodmagere vrouw, met gegroefd gezicht en gesprongen lippen. Veertig misschien, misschien zelfs maar dertig. Als ze zich niet los weet te worstelen, fluistert ze sorry en binnensmondse frases over het goedmaken met hem.

'Rustig nu maar,' herhaalt hij en hij laat haar los.

Ze kijkt hem schuw aan als ze opstaat en haar schoudertas van de grond raapt. Haar spichtige armen zitten vol littekens van injecties en aan de binnenkant van haar onderarm ziet hij een kapotgesneden tatoeage. Het zwarte t-shirt met de tekst KAFKA DIDN'T HAVE MUCH FUN EITHER is erg vies. Ze wrijft over haar mondhoeken, werpt een blik langs de rails en beweegt rondglurend opzij.

'Wees niet bang, maar ik moet met je praten.'

'Ik heb geen tijd,' antwoordt ze snel.

'Heb je iemand gezien toen je in de wagon in het depot was?'

'Ik weet niet waar je het over hebt.'

'Je was in een metrowagon.'

Ze geeft geen antwoord, perst haar lippen slechts op elkaar en krabt in haar nek. Hij pakt haar jack op, draait het goed en geeft het aan haar. Ze pakt het zonder te bedanken aan.

'Ik zoek een meisje dat...'

'Laat me verdomme met rust, ik heb niks gedaan.'

'Dat zeg ik ook niet,' antwoordt Joona vriendelijk.

'Wat moet je dan?'

'Ik zoek een meisje dat Vicky heet.'

'Wat heeft dat met mij te maken?'

Joona pakt de opsporingsfoto van Vicky.

'Ken ik niet,' zegt ze automatisch.

'Kijk nog eens.'

'Heb je geld?'

'Nee.'

'Kun je me niet aan wat geld helpen?'

Op de brug passeert knarsend een metro en veroorzaakt vonkenregens.

'Ik weet dat je in de bestuurderscabine verblijft,' zegt Joona.

'Daar is Susie mee begonnen,' schuift ze de schuld af.

Joona laat haar de foto van Vicky weer zien.

'Dit is Susies dochter,' licht hij toe.

'Ik wist niet dat ze kinderen had,' zegt de vrouw en ze wrijft over haar neus.

De hoogspanningskabel langs de grond begint te zoemen.

'Waar kende je Susie van?'

'We zaten allebei in het volkstuintjescomplex zolang als dat ging... ik was in het begin ontzettend ziek, had hepatitis en Vadim zat voortdurend achter me aan... ik kreeg zo godverdomde veel klappen, maar Susie hielp me... het was een hard wijf, godskolere, maar zonder haar had ik het die winter niet gered, no way... Maar toen Susie dood was heb ik dat ding van haar gepakt om...'

De vrouw mompelt iets, graaft in haar schoudertas en haalt dan net zo'n soort sleutel tevoorschijn als Vicky in haar tas had.

'Waarom heb je die meegenomen?'

'Dat zou iedereen gedaan hebben, zo werkt het verdomme, ik heb hem eigenlijk al gepakt voor ze dood was,' bekent de vrouw.

'Wat lag er in de wagon?'

Ze veegt in een mondhoek, mompelt 'godverdomme' en doet een stap opzij.

Over twee sporen komen er metro's aan. De ene komt uit Blåsut en de andere van station Skärmarbrink.

'Ik moet het echt weten,' zegt Joona.

'Wat zou het ook,' antwoordt ze met onvaste blik. 'Er lag wat stuff en een telefoon.'

'Heb je die telefoon nog?'

Het gebulder en het metaalachtig schrapen nemen toe.

'Je kunt niet bewijzen dat ie niet van mij is.'

De eerste metro passeert op hoge snelheid. De grond trilt onder hun voeten. Losse stenen springen van het talud af en het onkruid ritselt in de luchtstroom. Tussen de andere rails rolt een lege beker van McDonald's.

'Ik wil hem alleen bekijken,' roept hij.

'Ja,' lacht ze.

Hun kleren fladderen in de wind. De hond blaft verhit. De vrouw loopt naar achteren langs de passerende metrowagons, zegt iets en rent dan weg richting het depot. Het gebeurt zo onverwacht dat Joona niet kan reageren. Het is duidelijk dat ze de metro vanuit de andere richting niet gezien heeft. Het dreunen is al oorverdovend. De trein is flink op snelheid en vreemd genoeg hoort hij niets als de vrouw wordt geraakt.

Ze verdwijnt domweg onder de wagons.

Midden in het ogenblik van knarsende vertraging ziet Joona nog net hoe zich druppels bloed in de schaalvormige bladen van de vrouwenmantel op de spoordijk verzamelen. De metrotrein knarst langgerekt en eigenaardig tijdens het remmen. De wagons steunen als ze hakkelend vertragen en tot stilstand komen. Het wordt stil en het zwakke zoemen van de insecten bij het talud klinkt weer. De bestuurder blijft op zijn plaats zitten alsof hij tot ijs is bevroren. Een langgerekte streep bloed loopt over de bielzen tussen de rails tot aan een donkerrode klomp van stof en vlees. De stank van de remmen verspreidt zich over de omgeving. De hond loopt met zijn staart tussen zijn poten piepend heen en weer langs het spoor en lijkt niet te weten waar hij moet blijven staan.

Joona loopt langzaam weg en pakt de schoudertas van de vrouw op van het talud. De hond komt naar hem toe en snuffelt als hij de inhoud op het talud kiepert. Snoeppapiertjes waaien samen met wat bankbiljetten weg in de wind. Joona pakt de zwarte telefoon op en gaat op een betonnen plint naast de spoordijk zitten.

Een westenwind voert geuren van stad en afval mee.

Hij klikt naar de voicemail van de telefoon, belt op en krijgt te horen dat er twee nieuwe berichten zijn.

'Hallo, mama,' zegt een meisjesstem en Joona begrijpt meteen dat dat Vicky is. 'Waarom neem je niet meer op? Als je in een afkickkliniek zit wil ik dat van tevoren weten. Ik heb het in elk geval naar m'n zin op die nieuwe plek. Dat zei ik de vorige keer misschien ook...'

'Ontvangen op 1 augustus, om drieëntwintig uur tien,' zegt de computerstem.

'Hallo, mama,' zegt Vicky met gespannen, hijgende stem. 'Er zijn wat dingen gebeurd en ik wil je graag spreken, ik kan niet lang praten, ik heb de telefoon maar geleend... Mama, ik weet niet wat ik moet doen... ik kan nergens heen, misschien moet ik Tobias om hulp vragen.'

'Ontvangen gisteren om veertien uur vijf.'

Plotseling breekt de zon door aan de grijze hemel. De schaduwen worden scherp en de glanzende bovenkant van de rails stralen.

109

Elin Frank wordt wakker in het grote, onbekende bed. Het groene schijnsel van het klokje van de televisie valt in de slaapkamer van de presidentiële suite. De kleurrijke siergordijnen zijn vagelijk zichtbaar voor de verduisteringsgordijnen.

Ze heeft lang geslapen.

Een zoete geur van snijbloemen in de salon maakt haar misselijk en de zoemende airconditioning geeft een ongelijkmatige kilte af, maar ze is te moe om te proberen hem uit te zetten of de receptie te bellen.

Ze denkt aan de meisjes in het huis aan de kust. Een van hen moet toch meer weten. Er moet een getuige zijn.

Het kleine meisje Tuula sprak en bewoog alsof ze inwendig kookte. Misschien heeft ze iets gezien wat ze niet durft te vertellen.

Elin denkt aan de manier waarop het meisje haar haar vastgreep en haar met een vork in het gezicht probeerde te hakken.

Dat zou haar banger moeten maken dan het geval is.

Ze laat haar hand onder het kussen glijden, voelt de branderige pijn van de wond aan haar pols en denkt terug aan hoe de meisjes Daniel eensgezind hadden geprovoceerd toen ze een zwakke plek bij hem hadden ontdekt.

Elin wikkelt zich in het laken en denkt aan Daniels gezicht, zijn fijne mond en zijn gevoelige ogen. Stom genoeg was ze Jack tot de vergissing met de Franse fotograaf trouw gebleven. Dat was uiteraard niet haar opzet geweest. Ze weet dat ze gescheiden zijn en dat hij nooit bij haar terug zal komen.

Na het douchen smeert Elin zich in met de merkloze bodylotion van het hotel, wikkelt nieuw verband om haar pols en trekt voor het eerst in haar leven de kleren van de dag ervoor aan.

Ze kan de gebeurtenissen van gisteren haast niet vatten. Het begon ermee dat de vriendelijke commissaris van de rijksrecherche vertelde dat hij zeker wist dat Vicky in leven was.

Zonder een moment te aarzelen was ze naar het ziekenhuis in Sundsvall gereden en had net zo lang aangedrongen tot ze maatschappelijk werker Daniel Grim te spreken kreeg.

Elins gezicht is vlekkerig van emotie als ze haar toilettas uit haar schoudertas haalt en zich met langzame bewegingen opmaakt.

Hij was met haar meegegaan naar Hårte en Elin had Vicky's sleutelhanger gevonden.

In de auto terug naar Sundsvall had Daniel geprobeerd zich te herinneren of Vicky het over ene Dennis had gehad. Hij raakte gefrustreerd en schaamde zich dat hij het niet meer wist.

Ze voelt kriebels in haar buik als ze aan Daniel Grim denkt. Alsof ze van grote hoogte valt – en ervan geniet.

Het was al laat toen ze bij zijn huis in Sundsvall parkeerde. Een grindpad leidde naar een oude tuin. Donkere loofbomen bewogen in de wind voor een klein, donkerrood huis met een witte veranda.

Als hij haar had gevraagd of ze binnen wilde komen, had ze dat waarschijnlijk gedaan, en ze was dan vast ook met hem naar bed gegaan. Maar hij vroeg het niet, hij was voorzichtig en sympathiek en toen ze hem bedankte voor zijn hulp, antwoordde hij dat deze reis hem meer goed had gedaan dan welke therapie ook.

Ze voelde zich vreselijk eenzaam toen ze hem door het lage hekje zag lopen, waarna hij richting het huis verdween. Ze bleef nog even in de auto zitten en reed daarna terug naar Sundsvall en checkte in bij het First Hotel.

De telefoon bromt in de tas naast de fruitschaal in de salon en ze haast zich erheen om op te nemen. Het is Joona Linna.

'Ben je nog in Sundsvall?' vraagt de commissaris.

'Ik sta op het punt uit te checken,' zegt Elin en ze voelt een golf van angst door haar lichaam trekken. 'Wat is er aan de hand?'

'Niks, maak je geen zorgen,' zegt hij snel. 'Ik heb alleen nog ergens hulp bij nodig, als je tijd hebt.'

'Waarmee?'

'Als het niet te lastig voor je is, zou ik je dankbaar zijn als je Daniel Grim iets wilt vragen.'

'Dat kan ik wel doen,' antwoordt ze gedempt, terwijl ze een brede glimlach niet kan onderdrukken.

'Vraag hem of Vicky het ooit over ene Tobias heeft gehad.'

'Dennis en Tobias,' zegt ze bedachtzaam.

'Alleen Tobias... dat is op het moment ons enige spoor naar Vicky.'

110

Het is kwart voor negen 's ochtends als Elin Frank langs de vrijstaande huizen door de luchtige zonneschijn in de Bruksgatan rijdt. Ze parkeert voor een dichte heg, stapt uit en loopt door het lage hekje de tuin in.

Het huis is goed onderhouden, het zwarte zadeldak ziet er nieuw uit en het houtsnijwerk van de serre straalt wit. Hier leefden Daniel en Elisabet Grim tot afgelopen vrijdagnacht samen. Elin huivert als ze aanbelt. Ze wacht lang en hoort de wind door de bladeren van de grote berk waaien. Een elektrische grasmaaier verstomt in een belendende tuin. Ze belt een tweede keer aan, wacht nog even en loopt dan om het huis heen.

Vogeltjes vliegen op van het grasveld. Bij een stel hoge seringenstruiken staat een donkerblauwe schommelbank. Daar ligt Daniel op te slapen. Zijn gezicht is inbleek en hij ligt in elkaar gekropen alsof hij het koud heeft.

Elisabet loopt naar hem toe en hij schiet met een ruk wakker. Hij gaat rechtop zitten en kijkt haar met verbaasde blik aan.

'Het is te koud om buiten te slapen,' zegt Elin vriendelijk en ze gaat zitten.

'Ik kon het huis niet in,' zegt hij en hij schuift een stukje op om plaats voor haar te maken.

'De politie heeft me vanmorgen gebeld,' vertelt ze.

'Wat wilden ze?'

'Heeft Vicky het ooit over een zekere Tobias gehad?'

Daniel fronst zijn wenkbrauwen en Elin wil zich net verontschuldigen omdat ze hem onder druk zet, als hij zijn hand opsteekt.

'Wacht,' zegt hij snel, 'dat was natuurlijk die man met een zolderetage in Stockholm, ze heeft een tijdje bij hem gewoond...'

Daniels gezicht breekt ineens open in een grote, warme glimlach.

'Wollmar Yxkullsgatan 9.'

Elin stamelt iets van verbazing en pakt haar mobiele telefoon uit haar handtas. Daniel schudt zijn hoofd.

'Hoe kon ik dat verdorie weten?' vraagt hij zich hardop af. 'Ik vergeet immers alles. Ik weet zelfs de tweede naam van mijn ouders niet meer.'

Elin staat op van de schommelbank, doet een paar stappen in de zonneschijn op het grasveld, belt Joona en vertelt wat ze heeft ontdekt. Ze hoort dat de commissaris begint te rennen terwijl ze praat en voor ze hebben opgehangen, slaat er al een portier dicht.

111

Elins hart bonst snel als ze weer naast Daniel op de schommelbank gaat zitten en de warmte van zijn lichaam tegen haar bovenbeen voelt. Hij heeft een oude kurk tussen de kussens gevonden en leest hem bijziend.

'We hebben een cursus wijnproeven gedaan en waren begonnen wijn te verzamelen... niets bijzonders, maar een paar zijn wel chic, ik heb ze als kerstcadeau gekregen... uit Bordeaux... twee flessen château hautbrion uit 1970. We zouden ze opdrinken als we met pensioen gingen, Elisabet en ik... je maakt allerlei plannen... We hebben zelfs wat marihuana bewaard. Dat was een soort grap tussen ons. Daar hadden we het vaak over, dat we jongeren zouden worden als we oud waren. Dat is immers de tijd waarin je harde muziek draait en 's ochtends uitslaapt.'

'Ik zou eigenlijk terug moeten naar Stockholm,' zegt ze.

'Ja.'

Ze schommelen wat samen en de grove, roestige veren kraken.

'Mooi huis,' zegt Elin zacht.

Ze legt haar hand op de zijne, hij draait hem om en ze vervlechten hun vingers. Ze zitten zwijgend terwijl de schommelbank langzaam kraakt.

Haar glanzende haar is voor haar gezicht gevallen, ze veegt het weg en kijkt hem in de ogen.

'Daniel,' mompelt ze.

'Ja,' antwoordt hij fluisterend.

Elin neemt hem op. Ze bedenkt dat ze de genegenheid van een ander mens nog nooit zo hard nodig heeft gehad als nu. Iets in zijn blik, in zijn gefronste voorhoofd, raakt haar diep. Ze kust hem voorzichtig op zijn mond, glimlacht en kust hem weer, neemt zijn gezicht tussen haar handen en zoent hem.

'Mijn god,' zegt hij.

Elin zoent hem weer, schuurt haar lippen aan zijn stoppels, maakt het lijfje van haar jurk open en leidt zijn hand naar haar borsten. Hij raakt haar heel voorzichtig aan en beroert een tepel.

Daniel ziet er verschrikkelijk kwetsbaar uit als ze hem weer zoent, een hand onder zijn overhemd laat glijden en zijn buik even voelt sidderen onder de aanraking.

Golven van verlangen trekken door haar schoot, ze voelt haar benen slap worden, zou gewoon met hem in het gras willen gaan liggen of schrijlings over zijn heupen gaan zitten.

Ze sluit haar ogen, drukt zich tegen hem aan en hij zegt iets wat ze niet verstaat. Het bloed bruist en bonkt in haar. Ze voelt zijn warme handen over haar lichaam gaan, maar plotseling houdt hij op en trekt hij zich terug.

'Elin, ik kan het niet...'

'Het spijt me, het was niet de bedoeling,' zegt ze en ze probeert rustiger te ademen.

'Ik heb gewoon wat meer tijd nodig,' legt hij met tranen in zijn ogen uit. 'Het is nu te veel, maar ik wil je niet afschrikken...'

'Dat doe je niet,' antwoordt ze en ze probeert te glimlachen.

Elin loopt de tuin uit, trekt haar kleren recht en neemt plaats achter het stuur.

Als ze Sundsvall uit rijdt, kleuren haar wangen rood en zijn haar benen helemaal week. Na vijf minuten slaat ze al een bosweg in en blijft met gloeiende schoot en bonzend hart staan. Ze kijkt naar haar gezicht in de achteruitkijkspiegel. Haar ogen zijn zwaar glanzend en haar lippen gezwollen.

Haar slipje is doornat, schuimig. Het bloed raast door haar lichaam. Ze kan zich niet herinneren dat ze ooit eerder zo'n seksuele kracht heeft ervaren.

Daniel lijkt zich zo merkwaardig onbewust van haar uiterlijk. Ze heeft het gevoel dat hij recht in haar hart kijkt.

Ze probeert rustiger te ademen, wacht even, maar kijkt dan om zich heen, de smalle bosweg af, schuift haar jurk omhoog, tilt haar billen op en trekt haar slipje tot halverwege haar dijen. Ze streelt zichzelf snel met beide handen. Het orgasme komt fel en hevig. Elin Frank zit hijgend en bezweet met twee vingers in zichzelf door de autoruit naar de betoverende strepen zonlicht tussen de takken van de dennen te kijken.

112

Het is donker aan het worden als Flora naar de milieustraat achter de Ica-supermarkt gaat om naar flessen en blikjes te zoeken. Ze denkt voortdurend aan de moorden in Sundsvall en is aan het fantaseren geslagen over Miranda en haar leven op de Birgittagården. Ze stelt zich voor dat Miranda zich uitdagend kleedt, rookt en scheldwoorden schreeuwt. Ze onderbreekt de fantasie als ze de ingang van het magazijn van de grote supermarkt passeert, even blijft staan en in de dozen onder de laadplaats kijkt, waarna ze verder loopt. Dan ontstaat de gedachte dat Miranda met wat vriendinnen ver- stoppertje speelde bij een kerk.

Flora's hart klopt sneller als ze voor zich ziet hoe Miranda haar han- den voor haar gezicht houdt en tot honderd telt. Een vijfjarig meisje rent weg tussen de grafstenen en lacht uitgelaten, al iets banger dan nodig is.

Flora blijft staan bij de containers voor oude kranten en karton. Ze zet haar plastic zak met lege petflessen en blikjes neer, loopt naar de grote container voor wit glas en schijnt met haar zaklamp naar bin- nen. Het licht glinstert op kapotte en hele flessen. Het is bijna oogver- blindend. Helemaal achterin tegen de zijkant ziet Flora een fles lig- gen waar statiegeld op zit. Ze steekt haar arm door de opening en tast voorzichtig, zonder dat ze kan zien wat ze doet. Het is doodstil in de milieustraat. Flora steekt haar arm verder naar binnen en voelt opeens iets. Het is net een voorzichtige streling over de rug van haar hand en op het volgende moment haalt ze haar vingers open aan een glas- scherf, trekt haar arm terug en doet een paar passen achteruit.

In de verte blaft een hond en daarna hoort ze een langzaam, knar- send geluid tussen het glas in de grote container.

Flora rent weg uit de milieustraat, loopt een stukje met bonzend hart en een hevige ademhaling. De gewonde vinger schrijnt. Ze kijkt om zich heen en denkt dat er zich een spook onder de glasscherven verborgen hield.

Ik zie het dode meisje als kind, denkt ze. Miranda achtervolgt me omdat ze me iets wil laten zien, ze laat me niet met rust omdat ik haar met mijn seances heb opgeroepen.

Flora zuigt bloed van haar vingertoppen en fantaseert erover hoe het meisje haar hand probeerde te grijpen en vast te houden.

'Er was iemand die alles heeft gezien,' denkt ze dat het meisje zou sissen. 'Er mochten geen getuigen zijn, maar die zijn er wel...'

Flora versnelt haar pas weer, kijkt over haar schouder en slaakt een kreet als ze tegen een man op botst die glimlacht en 'oeps' mompelt als ze zich verder haast.

113

Joona loopt snel de portiekdeur van Wollmar Yxkullsgatan 9 door. Hij rent de trap naar de bovenste verdieping op en belt aan bij de enige deur. Zijn hartslag bedaart terwijl hij wacht. Op het vastgeschroefde messing bordje staat de naam Horáčková gegraveerd en op een stukje tape er vlak boven staat Lundhagen. Hij klopt hard, maar hoort niets vanuit de flat. Hij doet de brievenbus open en kijkt naar binnen. Het is donker, maar hij kan wel zien dat de halvloer is bedekt met post en reclamefolders. Hij belt weer aan, wacht even en draait dan het nummer van Anja.

'Kun je Tobias Horáčková opzoeken?'

'Die bestaat niet,' zegt ze na een paar seconden.

'Horáčková aan Wollmar Yxkullsgatan 9.'

'Ja, Viktoriya Horáčková,' antwoordt ze en ze blijft typen.

'Bestaat er een Tobias Lundhagen?' vraagt Joona.

'Ik moet wel even zeggen dat Viktoriya Horáčková de dochter van een Tsjechische diplomaat is.'

'Bestaat er een Tobias Lundhagen?'

'Ja, die woont daar, of als onderhuurder of als inwonende.'

'Bedankt.'

'Joona, wacht,' haast Anja zich te zeggen.

'Ja.'

'Drie kleine details... zonder huiszoekingsbevel kun je niet naar binnen gaan in een appartement van een diplomaat...'

'Dat is een detail,' zegt hij.

'Over vijfentwintig minuten heb je een afspraak met Intern Onderzoek.'

'Ik heb geen tijd.'

'En om halfvijf heb je een afspraak met Carlos.'

Joona zit roerloos en met rechte rug in een leunstoel bij de afdeling Politiezaken van het Openbaar Ministerie. Het hoofd van Intern Onderzoek leest het verslag van het eerste verhoor met Joona monotoon voor en geeft het papier dan aan hem, zodat hij het kan goedkeuren en ondertekenen.

Mikael Båge haalt zijn neus op, overhandigt het papier aan eerste secretaris Helene Fiorine en gaat dan verder met het voorlezen van het gehele verslag van het getuigenverhoor met Göran Stone van de veiligheidsdienst.

Drie uur later loopt Joona over de brug Kungsbron naar het hoofdbureau van de politie even verderop. Hij neemt de lift naar de achtste verdieping, klopt aan bij de werkkamer van Carlos Eliasson en neemt plaats aan de tafel waar zijn collega's Petter Näslund, Benny Rubin en Magdalena Ronander al zitten te wachten.

'Joona, ik ben best een redelijk mens, maar nu is de maat echt vol,' zegt Carlos terwijl hij zijn paradijsvissen voert.

'De ME,' zegt Petter grijnzend.

Magdalena zit stil met haar blik op de tafel gericht.

'Bied je excuses aan,' zegt Carlos.

'Omdat ik het leven van een jongetje probeer te redden?' vraagt Joona.

'Nee, omdat je weet dat je het verkeerd hebt aangepakt.'

'Het spijt me,' zegt Joona.

Petter giechelt en er staat zweet op zijn voorhoofd.

'Ik ga je op non-actief stellen,' gaat Carlos verder. 'Tot het interne onderzoek voorbij is, heb je geen taken meer.'

'Wie neemt het van me over?' vraagt Joona.

'Het vooronderzoek naar de moorden op de Birgittagården heeft geen prioriteit meer en zal naar alle waar...'

'Vicky Bennet leeft,' valt Joona hem in de rede.

'En naar alle waarschijnlijkheid,' gaat Carlos verder, 'zal de officier van justitie morgenmiddag al besluiten het hele onderzoek te beëindigen.'

'Ze leeft.'

'Kom op man,' zegt Benny, 'ik heb de film zelf gezien en...'

Carlos maant hem met een handgebaar tot zwijgen en zegt vervolgens: 'Niets wijst erop dat Vicky en de jongen op de film van de bewakingscamera van die benzinepomp staan.'

'Eergisteren heeft ze een bericht ingesproken op de voicemail van haar moeders telefoon,' zegt Joona.

'Vicky heeft geen telefoon en haar moeder is dood,' zegt Magdalena ernstig.

'Joona, je begint slordig te worden,' zegt Petter met spijt in zijn stem.

Carlos schraapt zijn keel, aarzelt, maar haalt dan adem: 'Dit is niet leuk voor me,' zegt hij langzaam.

Petter kijkt Carlos verwachtingsvol aan, Magdalena kijkt met rode wangen naar de tafel en Benny tekent poppetjes op een vel papier.

'Ik neem een maand vrij,' zegt Joona.

'Mooi,' hijgt Carlos snel. 'Dat lost...'

'Als ik eerst een bepaald appartement binnen mag gaan,' maakt Joona zijn zin af.

'Een appartement?'

Carlos' gezicht betrekt en hij neemt plaats achter zijn bureau alsof zijn krachten uit hem wegvloeien.

'Het is zeventien jaar geleden gekocht door de Tsjechische ambassadeur in Zweden... hij heeft het overgedaan aan zijn twintigjarige dochter.'

'Vergeet het maar,' zucht Carlos.

'Maar zijn dochter heeft het appartement al twaalf jaar niet gebruikt.'

'Dat heeft geen enkele betekenis... zolang het in het bezit is van iemand die diplomatieke immuniteit geniet, geldt paragraaf 21 niet.'

Zonder te kloppen komt Anja Larsson de kamer binnen stappen. Haar blonde haar is minutieus in een knotje op haar hoofd vastgezet en haar lipgloss zit vol glitters. Ze loopt naar Carlos toe, kijkt hem aan en maakt een gebaar naar zijn wang.

'Je gezicht is vies,' zegt ze.

'Baard?' zegt Carlos zwakjes.

'Wat?'

'Misschien ben ik vergeten me te scheren,' zegt Carlos.

'Het ziet er niet goed uit.'

'Nee,' antwoordt hij met neergeslagen blik.

'Ik moet Joona spreken,' zegt ze. 'Zijn jullie klaar?'

'Nee,' antwoordt Carlos met onvaste stem. 'We...'

Anja leunt over het bureau. De rode plastic kralen van haar ketting schommelen in de geweldige gleuf tussen haar borsten. Carlos onderdrukt de impuls om te zeggen dat hij getrouwd is als zijn blik midden in Anja's decolleté belandt.

'Ben je bezig in te storten?' vraagt Anja belangstellend.

'Ja,' zegt hij zacht.

De anderen staren slechts als Joona opstaat en met Anja mee de gang op loopt.

Ze lopen door naar de liften en Joona drukt op het knopje.

'Wat wilde je, Anja?' vraagt hij.

'Nu ben je weer zo gestrest,' zegt ze en ze biedt hem een snoepje in een gestreept papiertje aan. 'Ik wilde alleen zeggen dat Flora Hansen me heeft gebeld en...'

'Ik heb een huiszoekingsbevel nodig.'

Anja schudt haar hoofd, haalt het snoepje uit het papiertje en stopt het in zijn mond.

'Flora wil het geld teruggeven...'

'Ze heeft tegen me gelogen,' valt Joona haar in de rede.

'Nu wil ze alleen maar dat we luisteren,' legt ze uit. 'Flora zegt dat er een getuige is... Ze klonk eerlijk gezegd oprecht angstig en herhaalde dat je haar moet geloven, dat ze geen geld wil, ze wil alleen dat we naar haar luisteren.'

'Ik moet zien dat ik een appartement aan de Wollmar Yxkullsgatan binnen kom.'

'Joona,' verzucht Anja.

Ze haalt het papiertje van een nieuw snoepje, houdt het voor Joona's mond en tuit haar lippen. Hij eet het snoepje op, Anja lacht verrukt en haalt vlug het papiertje van nog een snoepje af. Ze steekt het snel omhoog naar zijn mond, maar het is te laat, hij is de lift al in gestapt.

114

In de hal op de begane grond van Wollmar Yxkullsgatan 9 hangen nu ballonnen aan een van de huisdeuren. Hoge kinderstemmen zingen iets op de binnenplaats. Joona doet de deur met de rinkelende ruit open en kijkt de binnenplaats op: een kleine tuin met een grasveld en een appelboom. In het laatste restje avondzon staat een tafel met vrolijk gekleurde bordjes en bekertjes, ballonnen en serpentines. Een zwangere vrouw zit op een witte plastic stoel. Ze is geschminkt als een kat en roept iets naar de spelende kinderen. Er gaat een steek van verlangen door Joona heen. Plotseling maakt een meisje zich los van het gezelschap en holt naar hem toe.

'Hoi,' zegt ze. Ze glipt langs hem heen en holt naar de deur met de ballonnen.

Haar blote voeten laten sporen achter op de witte marmeren vloer in de hal. Ze doet de deur open en Joona hoort haar het appartement in gillen dat ze moet plassen. Er raakt een ballon los en hij valt naar beneden, tegen zijn roze schaduw op de grond. Joona ziet dat het hele trappenhuis is bezaaid met sporen van blote voeten: naar de buitendeur en terug, de trap op en af, langs de stortkoker en recht naar de deur van de kelderboxen.

Joona loopt voor de tweede keer die dag naar de bovenste verdieping en belt aan. Hij kijkt naar het messing bordje met de naam Horáčková en het vergeelde stukje tape met de naam Lundhagen.

Vanaf de binnenplaats hoort hij nog steeds gedempte kinderstemmen. Hij belt weer aan en heeft net zijn etui met lopers tevoorschijn gehaald, als de deur wordt opengedaan door een man van een jaar of dertig met piekerig haar. De deurketting wordt niet gebruikt, hij slaat rinkelend tegen de deurpost. Oude post en reclamefolders bedekken de vloer van het krappe halletje. Een witgeschilderde stenen trap leidt naar het appartement zelf.

'Tobias?'

'En u bent?' vraagt de man.

Hij draagt een overhemd met korte mouwen en een zwarte spijker-broek. Zijn haar staat stijf van de gel en zijn gezicht is gelig.

'Rijksrecherche,' zegt Joona.

'*No shit*,' zegt de man met een verbaasd lachje.

'Mag ik binnenkomen?'

'Dat schikt niet, ik sta op het punt om weg te gaan, maar als...'

'Je kent Vicky Bennet,' onderbreekt Joona hem.

'Misschien is het beter dat je toch even binnenkomt,' zegt Tobias ernstig.

Joona is zich opeens bewust van het gewicht van zijn nieuwe pistool in de schouderholster als hij de korte trap op loopt en op een zolderetage met schuin dak en dakkapellen belandt. Op de lage tafel staat een aardewerken schaal met snoepjes. Aan een wand hangt een ingelijste poster die een soort gotische vrouw met engelenvleugels en grote borsten voorstelt.

Tobias gaat op de bank zitten en probeert een vieze koffer die op de vloer bij zijn benen staat dicht te krijgen, maar hij geeft het op en leunt achterover.

'Je wilt het over Vicky hebben,' zegt Tobias en hij buigt zich voorover en pakt een handvol winegumsleutels uit de aardewerken schaal.

'Wanneer heb je voor het laatst van haar gehoord?' vraagt Joona terwijl hij door de ongeopende enveloppen op een bijzettafeltje bladert.

'Nou,' zucht Tobias. 'Ik weet het niet precies. Dat moet inmiddels bijna een jaar geleden zijn, ze belde van... fuck,' onderbreekt hij zichzelf als hij snoep op de grond laat vallen.

'Wat wilde je zeggen?'

'Alleen dat ze me toen belde... uit Uddevalla, geloof ik, ze praatte veel, maar ik weet eerlijk gezegd niet wat ze wou.'

'Geen telefoontjes de afgelopen maanden?'

'Nee.'

Joona doet een houten deurtje van een inloopkast open. Er staan vier ijshockeyspellen in hun dozen en op een plank ligt een bekraste computer.

'Ik moet er echt vandoor,' zegt Tobias.

'Wanneer woonde ze hier?'

Tobias probeert de grote koffer weer dicht te doen. Een raam naar de binnenplaats staat op een kier en de kinderen beneden roepen net hoera voor de jarige job.

'Bijna drie jaar geleden.'

'Hoe lang?'

'Ze heeft hier niet aan één stuk door gewoond, maar zeven maanden,' antwoordt Tobias.

'Waar woonde ze nog meer?'

'Wie weet...'

'Jij weet het niet?'

'Ik heb haar er een paar keer uit gezet... ik bedoel... je snapt het niet, ze was nog een kind, maar die meid kan verdomde lastig zijn in een gemeubileerd huis.'

'Op welke manier?'

'De gebruikelijke manier... drugs, diefstal en zelfmoordpogingen,' zegt hij en hij krabt aan zijn hoofdhuid. 'Maar ik had nooit verwacht dat ze iemand zou vermoorden. Ik volg alles in de *Expressen*... ik bedoel, het is zo groot geworden.'

Tobias werpt een blik op zijn horloge en kijkt dan in de rustige, grijze ogen van de commissaris.

'Waarom?' vraagt Joona na een poosje.

'Hoe bedoel je?' zegt Tobias gegeneerd.

'Waarom nam je haar in huis?'

'Ik heb zelf een rotjeugd gehad,' antwoordt hij met een glimlach en weer probeert hij de rits van de koffer op de vloer dicht te trekken.

De grote koffer zit vol e-readers in hun originele verpakking.

'Zal ik je even helpen?'

Joona houdt de twee delen van de rits tegen elkaar terwijl Tobias de koffer naar links toe dichttrekt.

'Sorry van deze spullen,' zegt hij terwijl hij op de koffer klopt. 'Maar ik verzeker je, ze zijn niet van mij, ik bewaar ze alleen voor een vriend van me.'

'Vandaar,' zegt Joona.

Tobias lacht even en spuugt daarbij een stukje snoep op het vloerkleed. Hij staat op en sleept de koffer de trap naar het halletje af. Joona loopt langzaam achter hem aan naar de deur.

'Hoe denkt Vicky? Waar houdt ze zich schuil?' vraagt hij.

'Ik weet het niet – ze kan overal zijn.'

'Wie vertrouwt ze?' vraagt Joona.

'Niemand,' antwoordt hij en hij doet de voordeur open en stapt het trappenhuis in.

'Vertrouwt ze jou?'

'Dat denk ik niet.'

'Dus er is geen kans dat ze hierheen komt?'

Joona blijft even hangen in de hal en maakt voorzichtig het sleutelkastje aan de muur open.

'Nee, maar misschien naar... ach nee, vergeet het,' zegt Tobias en hij drukt op de knop van de lift.

'Wat wilde je zeggen?' vraagt Joona terwijl hij tussen de sleutels zoekt.

'Ik heb nu echt ontzettende haast.'

Voorzichtig haalt Joona de reservesleutels van het appartement van het haakje en stopt ze in zijn zak voordat hij naar buiten stapt, de deur dichttrekt en naast Tobias in de lift gaat staan.

115

Ze stappen uit de lift en onderweg naar buiten horen ze vrolijk geschreeuw op de binnenplaats. De ballonnen aan de deur stoten zacht tegen elkaar aan in de tocht. Ze lopen de zonneschijn op het trottoir op. Tobias blijft staan en kijkt Joona aan, krabt aan zijn wenkbrauw en laat zijn blik dan over de straat glijden.

'Je wilde iets zeggen over waar ze wellicht heen is gegaan,' zegt Joona.

'Ik weet niet eens meer hoe hij heet,' zegt Tobias en hij schermt zijn ogen af met zijn hand. 'Maar hij is de stiefpa van Mickan, een meisje dat ik ken... en ik weet dat Vicky voor ze bij mij kwam wonen bij hem op een bedbank sliep, aan Mosebacketorg... sorry, ik weet niet waarom ik dit zeg.'

'Welk nummer?'

Tobias schudt zijn hoofd en verschuift de zware koffer.

'Dat kleine witte huisje, tegenover het theater.'

Joona ziet hem om de hoek verdwijnen met de zware koffer vol gestolen goederen en bedenkt dat hij naar Mosebacketorg kan rijden om eens aan te bellen, maar iets zorgt ervoor dat hij met een wonderlijke inwendige onrust blijft staan waar hij staat. Opeens heeft hij het koud. Het is al avond en het is een hele tijd geleden dat hij heeft gegeten of geslapen. Door de hoofdpijn is het steeds moeilijker om zijn gedachten stabiel te houden. Joona begint naar zijn auto te lopen, maar blijft staan als hij beseft wat er niet klopte.

Hij kan een glimlachje niet onderdrukken.

Het is onbegrijpelijk dat het hem niet eerder is opgevallen; hij moet erg moe zijn dat hij het nu pas doorheeft.

Misschien lag het wat al te zeer voor de hand, als een missing link in een klassieke speurdersroman.

Tobias zei dat hij de zaak van dag tot dag in de boulevardkrant *Ex-*

pressen had gevolgd, maar sprak al die tijd met Joona alsof hij wist dat Vicky in leven was.

Joona is in principe de enige die gelooft dat ze nog leeft.

De journalisten schreven afgelopen woensdag al dat Vicky en Dante waren verdronken in de rivier Indalsälven. Ze hebben al het leed dat Dantes moeder is berokkend door de traagheid van de politie eindeloos herkauwd en geprobeerd haar de politie aan te laten klagen.

Maar Tobias weet dat Vicky leeft.

Dit natuurlijke inzicht voert plotseling een andere waarneming met zich mee.

Joona weet wat hij heeft gezien en in plaats van te proberen Tobias in te halen, draait hij zich abrupt om en loopt hij haastig terug naar Wollmar Yxkullsgatan 9.

Zijn hersenen hebben plotseling de herinnering teruggeroepen aan de roze ballon die was losgeraakt van de deur. Hij rolde bijna gewichtsloos over de witte marmeren vloer in de hal van het trappenhuis.

Er liepen een heleboel voetsporen van allerlei kinderen. Ze hadden op de trap gespeeld, elkaar achternagezeten tot op de binnenplaats en weer terug naar binnen.

Joona houdt zichzelf voor dat Vicky nog steeds blootsvoets kan zijn sinds ze haar sportschoenen in de rivier is kwijtgeraakt. Hij trekt de buitendeur open, stormt de hal binnen en ziet dan dat hij het zich goed heeft herinnerd.

Een spoor van grotere blote voetstappen leidt recht naar de kelderdeur, maar niet terug.

116

Joona volgt de voetsporen recht naar de metalen deur, pakt de sleutels die hij bij Tobias heeft gestolen en draait de deur van het slot. Met zijn hand vindt hij de schakelaar van de plafondverlichting. De zware deur slaat achter hem dicht. Het wordt donker en daarna knippert het licht weer. De muren stralen kou uit en een bedorven lucht vanuit de ruimte met vuilcontainers bereikt hem door een luchtkoker. Hij staat een poosje roerloos te luisteren waarna hij verder loopt, de steile trap af.

Hij belandt in een overvolle fietsenkelder, wurmt zich langs sleetjes, fietsen en kinderwagens en loopt een lage gang in. Langs het plafond lopen geïsoleerde buisleidingen. De wanden bestaan uit traliedeuren naar boxen die bij de appartementen horen.

Joona knipt de lamp aan en doet een paar passen verder de gang in. Er bromt opeens iets naast hem, hij draait zich om en ziet dat het motorsysteem van de lift is aangeslagen.

Er hangt een sterke urinegeur in de stilstaande lucht.

Plotseling hoort hij iemand zich verderop in de kelder bewegen.

Joona denkt aan de foto van Vicky die bij het opsporingsbericht werd gebruikt. Het is moeilijk je voor te stellen dat het verlegen, blozende gezicht verandert in iets heel anders. Dat het bevangen raakt van een onbeheerste woede. De enige manier waarop ze met die zware hamer heeft kunnen slaan, is door hem met beide handen vast te houden. Hij probeert zich haar voor te stellen, hoe ze slaat en hoe het bloed in haar gezicht spat, hoe ze blijft staan, het bloed met haar schouder uit haar oog veegt en dan nogmaals slaat.

Joona probeert onhoorbaar te ademen terwijl hij met zijn linkerhand een knoop van zijn jasje openmaakt en het wapen tevoorschijn haalt. Hij is nog niet helemaal gewend aan het gewicht en de andere balans van het pistool.

In een box staat een bruin stokpaard met zijn snuit tegen het traliewerk. Erachter blinken ski's met metalen randen, skistokken en een messing gordijnroede.

Het klinkt alsof er iemand wegsloft over de betonnen vloer, maar hij ziet niemand.

Hij huivert bij de gedachte dat Vicky Bennet zich wellicht verborgen houdt onder de stapel oude sleetjes die hij net passeerde, en hem nu van achteren besluipt.

Er ratelt iets en Joona draait zich om.

De gang is leeg.

De afvoerbuizen aan het plafond rommelen.

Net als hij zich terugdraait, springt de verlichting automatisch uit en wordt de kelder zwart. Hij ziet niets, tast met zijn hand en voelt de tralies van een box. Even verderop ziet hij een lampje gloeien in het plastic omhulsel van de schakelaar.

Een geel, vibrerend lampje zodat je de knop makkelijk kunt vinden in het donker.

Joona wacht tot zijn ogen enigszins aan het duister zijn gewend voor hij begint te lopen.

Plotseling dooft het lampje van de schakelaar.

Joona staat doodstil in de gang en luistert intens.

Het kost een seconde voor hij begrijpt dat het lampje afgeschermd wordt, dat er iemand voor is gaan staan.

Hij bukt voorzichtig om geen doelwit te zijn van een blinde aanval.

De machinerie van de lift bromt achter een deur en plotseling is het lampje weer zichtbaar.

Joona stapt naar achteren en hoort tegelijkertijd dat iemand zacht over de vloer schuift.

Er is daar iemand, onmiskenbaar. Er bevindt zich een mens in een van de boxen voor hem.

'Vicky,' zegt hij in het donker.

Plotseling gaat de kelderdeur open, er klinken stemmen uit het trappenhuis boven en iemand loopt de trap naar de fietsenkelder af terwijl de lampen knipperen.

Joona benut het moment, hij doet een paar snelle stappen naar voren, ziet een beweging in een box en richt zijn pistool op een in elkaar gedoken gestalte.

Trage tl-flitsen doorklieven de duisternis en dan is het licht. De deur van de fietsenkelder slaat dicht en de stemmen verdwijnen weer.

Joona stopt zijn pistool in de holster, trapt het hangslotje kapot en stormt naar binnen. De gedaante in de box is veel kleiner dan hij aanvankelijk dacht. De gekromde rug beweegt zich snel op het ritme van de ademhaling.

Degene die daar staat is zonder twijfel Vicky Bennet.

Haar mond is dichtgetapet en haar magere armen zijn stevig achter haar rug gedraaid en aan het traliewerk gebonden.

Joona loopt snel naar haar toe om de touwen los te maken. Ze staat met gebogen hoofd hijgend te ademen. Haar verwarde haar hangt over haar vuile gezicht.

'Vicky, ik zal je los...'

Net op het moment dat hij vooroverbuigt, trapt ze hem hard en onverwacht tegen zijn voorhoofd. De schop is zo hard dat hij achteruitwankelt. Ze hangt aan haar vastgebonden armen en trapt hem tegen zijn borst. Haar schouders schieten bijna uit de kom door het gewicht. Ze trapt weer, maar Joona blokt haar voet met zijn hand. Ze gilt achter de tape, trapt en werpt zich naar voren zodat er een hele sectie van het traliewerk loslaat. Vicky rukt met beide armen en probeert een scherpe stalen lat te pakken te krijgen als Joona haar met zijn superieure kracht tegen de betonnen vloer werkt. Hij houdt haar in bedwang met zijn knie en doet handboeien om haar polsen voor hij de touwen en de tape losmaakt.

'Ik maak je dood,' schreeuwt Vicky.

'Ik ben commissaris bij...'

'Verkracht me dan, doe maar, mij kan het niet schelen, ik kom achter je aan en maak je dood en alle anderen...'

'Vicky,' herhaalt Joona met stemverheffing. 'Ik ben commissaris bij de rijksrecherche en ik moet weten waar Dante is.'

117

Vicky Bennet ademt gehaast door haar halfgeopende mond en staart hem met donkere ogen aan. Haar gezicht is streperig van bloed en vuil en ze ziet er vreselijk afgemat uit.

'Als je van de politie bent, moet je Tobias tegenhouden,' zegt ze schor.

'Ik heb Tobias zojuist gesproken,' vertelt Joona. 'Hij ging net weg om wat e-readers te verkopen die hij...'

'Die klootzak,' zegt ze hijgend.

'Vicky, je begrijpt dat ik je mee moet nemen naar het politiebureau.'

'Wat zou het ook, doe maar, het interesseert me geen hol...'

'Maar eerst... eerst moet je zeggen waar de jongen is.'

'Tobias heeft hem meegenomen, ik geloofde hem,' zegt Vicky en ze wendt haar gezicht af.

Haar lichaam begint te trillen.

'Ik geloofde hem weer, ik...'

'Wat probeer je te zeggen?'

'Je luistert toch niet,' zegt ze en ze kijkt Joona met natte ogen aan.

'Ik luister nu.'

'Tobias beloofde Dante terug te brengen naar zijn moeder.'

'Dat heeft hij niet gedaan,' zegt Joona.

'Ik weet het, ik geloofde hem... ik ben zo fokking achterlijk, ik...'

Haar stem breekt en de paniek vonkt in haar donkere ogen.

'Snap je het niet? Hij is van plan de jongen te verkopen, hij wil hem verkopen.'

'Wat bedoel...?'

'Snap je niet wat ik zeg? Je hebt hem laten gaan!' schreeuwt ze.

'Wat bedoel je met verkopen?'

'We moeten opschieten! Tobias, hij is... hij zal Dante verkopen aan mensen die hem doorverkopen, daarna is het onmogelijk hem nog op te sporen.'

Ze haasten zich door de fietsenkelder en rennen de steile trap op. Joona houdt een hand om Vicky's smalle onderarm als hij zijn telefoon pakt en de regionale meldkamer belt.

'Stuur een auto naar Wollmar Yxkullsgatan 9 om een verdachte van moord op te pikken,' zegt hij snel. 'En ik heb hulp nodig om een persoon op te sporen die verdacht wordt van ontvoering...'

Ze lopen de voordeur door, de trap af, het trottoir op de felle zonneschijn in. Joona wijst in de richting van zijn auto en legt de dienstdoende centralist uit: 'Hij heet Tobias Lundhagen en... Wacht,' zegt Joona en hij kijkt Vicky aan. 'Wat heeft hij voor auto?'

'Een grote zwarte.' Ze geeft de hoogte aan met haar hand. 'Ik herken hem als ik hem zie.'

'Welk merk?'

'Geen idee.'

'Hoe ziet ie eruit? Is het een suv, een bestelwagen, een busje?'

'Ik weet het niet.'

'Weet je niet of het...'

'Godverdomme, sorry!' gilt Vicky.

Joona hangt op en pakt haar beide schouders vast en kijkt haar in de ogen.

'Aan wie verkoopt hij Dante?' vraagt hij.

'Dat weet ik niet, god, ik weet het niet...'

'Maar hoe weet je dat hij hem gaat verkopen? Heeft hij dat gezegd? Heb je hem dat horen zeggen?' vraagt Joona en hij ziet de angst in haar blik.

'Ik ken hem... ik...'

'Wat is er?'

Haar stem is iel en slaat over van de spanning als ze antwoordt.

'Het slachthuisterrein, we gaan naar het slachthuisterrein.'

'Ga in de auto zitten,' zegt Joona kortaf.

Ze rennen het laatste stukje. Joona roept tegen haar dat ze op moet schieten, ze gaat met haar armen geboeid achter haar rug zitten, hij draait om de auto heen, start en geeft gas. Losse steentjes ratelen onder de banden. Vicky valt opzij als Joona scherp de Timmermansgatan in slaat.

Met een lenige beweging trekt Vicky haar geboeide handen onder haar billen en benen door, zodat ze die voor zich krijgt.

'Gordel om,' zegt Joona.

Hij voert de snelheid op tot negentig kilometer per uur, remt, slipt een stukje met gierende banden en slaat de Hornsgatan in.

Een vrouw blijft midden op het zebrapad stilstaan terwijl ze naar iets op haar telefoon kijkt.

'Kutwijf!' schreeuwt Vicky.

Joona passeert de vrouw aan de verkeerde kant van de vluchtheuvel, rijdt op een bus af maar schiet op tijd terug naar de juiste rijbaan, scheurt langs het Mariatorget en voert de snelheid nog verder op. Bij de kerk rommelt een dakloze in een prullenbak en loopt dan zo de straat op met een gedeukte zak over zijn schouder.

Vicky ademt snel in en kruipt in elkaar. Joona moet scherp uitwijken, over het fietspad. Een tegemoetkomende auto toetert langgerekt. Na de muur rijdt Joona nog harder, hij negeert de verkeerslichten, slaat rechts af en geeft vol gas, de Södertunnel in.

Het schijnsel van de voortsnellende lampen langs de wanden knippert monotoon de auto in. Vicky's gezicht is stil, verstijfd bijna. Haar lippen zijn gebarsten en opgedroogde modder ligt als een vuil vlies over haar huid.

'Waarom het slachthuisterrein?' vraagt Joona.

'Daar heeft Tobias mij verkocht,' antwoordt ze.

118

Het slachthuisterrein is ten zuiden van Stockholm aangelegd als gevolg van de wet op vleeskeuring en slachthuizen uit 1897 en is tot op de dag van vandaag de grootste locatie voor vleesverwerking in Noord-Europa.

Er is weinig verkeer in de Södertunnel en Joona rijdt erg hard. Dun krantenpapier zweeft in de lucht rondom de grote ventilatoren.

Naast hem zit Vicky Bennet en vanuit zijn ooghoek ziet hij dat ze op haar nagels bijt.

De politieradio in de auto knettert vreemd als Joona om ondersteuning van politie en een ambulance verzoekt, hij zegt dat de inzet waarschijnlijk nodig is op het slachthuisterrein in Johanneshov, maar vertelt ook dat hij nog geen adres heeft.

'Ik kom erop terug,' zegt hij vlak voordat de auto over de resten van een oude band rijdt.

De lange, afbuigende tunnel stort de diepte in terwijl de randen van de betonnen wanden onder de oranje lampen langs flikkeren.

'Harder, harder,' zegt ze en ze zet haar handen tegen de klep van het handschoenenvakje, alsof ze zich wil schrap zetten voor het geval ze zouden botsen.

Het licht knippert stroboscopisch over haar bleke, vuile gezicht.

'Ik zei dat ik hem het dubbele zou terugbetalen als hij geld en een paspoort zou regelen... hij beloofde dat Dante terug naar zijn moeder zou gaan... en ik geloofde hem, snap jij dat nou, na alles wat hij met me heeft gedaan...'

Ze slaat met gebalde vuisten tegen haar hoofd.

'Hoe kan ik godverdomme zo ongelooflijk achterlijk zijn,' zegt ze zacht. 'Hij wilde Dante gewoon hebben... hij heeft me afgeranseld met een buis en opgesloten. Ik ben zo gruwelijk dom, ik zou niet mogen leven...'

Aan de andere kant van het water van de Hammarbyleden gaan ze onder het viaduct van de Nynäsvägen door en rijden dan verder om de Globe Arena heen. De grote arena ligt als een vuilwit hemellichaam naast het voetbalstadion.

Vlak achter het winkelcomplex worden de gebouwen laag en bedrijfsmatig. Ze rijden een groot omheind terrein op met industriële bebouwing en geparkeerde aanhangwagens. Uit de verte is een neonbak boven de twee rijbanen van de weg zichtbaar; tegen een rode achtergrond lichten ijzig witte letters op: SLACHTHUISTERREIN.

De slagbomen staan open en ze rijden het terrein met gierende banden op.

'Waar moeten we nu heen?' vraagt Joona terwijl hij langs een grijze opslagruimte rijdt.

Vicky bijt op haar lippen en haar blik dwaalt rond.

'Ik weet het niet.'

119

De lucht is donker, maar op het labyrintische industrieterrein branden lichtreclames en straatlantaarns. Bijna alle werkzaamheden van vandaag zijn afgelopen, maar ver achter in een dwarsstraat tilt een kraanwagen met een knarsend, schrapend geluid een blauwe container op de laadvloer.

Joona rijdt snel langs een vuil huis met een gedeukt reclamebord voor bieflappen en komt bij een paar groene gebouwen van golfplaat met gesloten stalen hekken voor een keerplaats.

Ze passeren een geel bakstenen gebouw met een laadperron en roestige containers en rijden om de vleescentrale heen.

Er is geen mens te zien.

Ze rijden een donkerder straat in met grote ventilatiekasten, vuilnisbakken en oude winkelwagentjes.

Op de parkeerplaats onder een bord met de tekst VLEZIGE WORSTJES VOOR JOU staat een bestelwagen met een pornografische afbeelding op de zijkant.

Er klinkt een knal als ze over een scheef putdeksel rijden. Joona slaat om een gebogen reling heen af naar links. Een stel stormmeeuwen vliegt op van een stapel pallets.

'Daar! Daar staat de auto!' roept Vicky. 'Die is van hem... Ik herken het gebouw, ze zijn daarbinnen.'

Voor een groot leverbruin pand met vuile ramen en metalen luxaflex staat een zwarte bestelwagen met de vlag van de geconfedereerde staten van Amerika op de achterruit. Aan de andere kant van de weg staan vier personenauto's op een rijtje langs de stoep geparkeerd. Joona rijdt langs het pand, slaat links af en stopt bij een bakstenen gebouw. Drie vlaggenstokken met bedrijfswimpels wapperen in de wind. Hij zegt niets, pakt alleen het sleuteltje, maakt Vicky's ene hand los en bevestigt de andere boei aan het stuur en stapt dan uit. Ze kijkt hem met donkere ogen aan maar protesteert niet.

Door de ruit ziet ze de commissaris het schijnsel van een lantaarnpaal in rennen. Het waait hard en er vliegt zand en stof door de lucht.

Tussen de gesloten gebouwen loopt een smal steegje met laad- en losperrons, ijzeren trappen en containers voor slachtafval.

Joona is bijna bij de deur die ze heeft aangewezen, blikt achterom, kijkt naar het verlaten terrein. In de verte rijdt een heftruck rond in een hangarachtige loods.

Hij loopt een metalen trap op, doet de deur open en komt terecht in een gang met krakend zeil op de vloer, loopt stil langs drie kantoren met dunne wanden. In een witte pot met kleikorrels staat een stoffige plastic citroenboom. Tussen de takken zitten nog restjes engelenhaar. Aan de wand hangt een ingelijste slachtvergunning uit 1943, afgegeven door de toenmalige Crisisraad in Stockholm.

Op de stalen deur aan het einde van de gang hangt een geplastificeerd aanplakbiljet met regels over hygiëne en hergebruik. Dwars door de regels heeft iemand 'behandeling van lullen' geschreven. Joona doet de deur een centimeter open, luistert en hoort stemmen in de verte.

Voorzichtig kijkt hij een grote machinehal in voor grof snijwerk aan de lopende band, met geautomatiseerde toevoer voor het klieven van halve varkens. De gele tegelvloer glimt zwakjes en de werkbanken zijn van roestvrij staal. Er hangt een bebloed plastic schort uit een vuilnisbak.

Geruisloos haalt hij zijn wapen tevoorschijn en hij voelt een doffe kriebeling in zijn hart als hij de geur van wapenvet inademt.

120

Met het wapen in zijn hand sluipt Joona naar binnen, gebukt langs de grote machines. Hij ruikt de zoete geur van de doorgespoelde afvoerputten en de rubberen matten terwijl hij zich realiseert dat hij geen exacte locatie heeft doorgegeven aan de regionale meldkamer, dat ze waarschijnlijk al op het slachthuisterrein zijn, maar dat het even kan duren voor ze Vicky hebben gevonden.

De herinnering die even plotseling als onbarmhartig is, flakkert op. De seconden waarin ons leven wordt bepaald zijn voortdurend in beweging. De tijden vloeien samen. Joona was elf toen het schoolhoofd hem uit de klas haalde, meenam naar de gang en zonder zijn tranen in te kunnen houden vertelde wat er was gebeurd.

Zijn vader was als surveillerende agent gedood toen hij een flat binnen ging en in zijn rug werd geschoten. Hoewel het tegen de regels was, was zijn vader alleen naar binnen gegaan.

Nu heeft Joona geen tijd om op versterking te wachten.

Aan het plafond met traversen en rails hangen pneumatische schouderbladtrekkers die bedekt zijn met een laag vuil.

Hij verplaatst zich geruisloos voorwaarts en hoort de stemmen duidelijker.

'Nee, hij moet eerst wakker worden,' zegt een man zwaar en amechtig. 'Geef het even tijd.'

Joona herkent Tobias' stem, zijn onschuldige jongensachtige toon.

'Wat dacht je in godsnaam?' vraagt iemand anders.

'Dat hij zich koest zou houden,' zegt Tobias vriendelijk.

'Hij is bijna dood,' zegt de amechtige man. 'Ik betaal niet voor ik weet dat hij in orde is.'

'We blijven nog twee minuten,' zegt een derde man met ernstige stem.

Joona loopt verder en als hij bij het einde van de reeks machines is, ziet hij de jongen plotseling. Hij ligt op een grijze deken op de vloer. Hij draagt een gekreukelde blauwe trui, een donkerblauwe broek en gymschoentjes. Zijn ontspannen gezicht is gewassen, maar zijn haar en handen zijn vies.

Naast de jongen staat een forse man met leren vest en een enorme bierbuik. Het zweet stroomt over zijn gezicht, hij loopt heen en weer, krabt aan zijn bebaarde wang en zucht geïrriteerd.

Er spettert iets op Joona. Er zit een slangklem los. Er druppelt water, dat vervolgens over de tegels naar een afvoerput even verderop stroomt.

De dikke man loopt rusteloos door de ruimte, kijkt op de klok, er valt een zweetdruppel van het puntje van zijn neus. Hij gaat puffend op zijn hurken naast de jongen zitten.

'We maken wat foto's,' zegt een andere man die Joona niet eerder heeft gehoord.

Joona weet niet wat hij moet doen, hij vermoedt dat er vier mannen zijn, maar kan niet bepalen of ze gewapend zijn.

Hij zou wel versterking van de ME kunnen gebruiken.

Er glinstert iets in het gezicht van de dikke man als hij de gympjes van Dantes voeten trekt.

Kleine gestreepte sokjes glijden mee en vallen op de grond. Zijn ronde hielen bonzen stuiterend op de deken.

Als de immense handen van de man de spijkerbroek van het jongetje openknopen, kan Joona het niet langer aanzien. Hij staat op in zijn schuilplaats.

Zonder zijn aanwezigheid te verbergen loopt hij langs de snijbanken met pasgeslepen messen van verschillende lengte, flexibiliteit en met gleuven in het lemmet.

Hij houdt zijn pistool op de grond gericht.

Zijn hart bonst van angst.

Joona weet dat hij zich niet aan het reglement houdt, maar hij kan niet langer wachten, hij loopt er domweg met grote passen op af.

'Jezus,' zegt de dikke man als hij opkijkt.

Hij laat de jongen los maar blijft op zijn knieën zitten.

'Jullie worden verdacht van betrokkenheid bij ontvoering,' zegt Joona en hij trapt de dikke man midden in zijn borstkas.

Zweetdruppeltjes spatten van het gezicht van de man als hij door de harde trap achteroverstort. Hij kukelt tussen de schoonmaakemmers, rolt over het afvoerrooster, trekt een kist met gehoorbeschermers mee en davert tegen de zware vilmachine.

Joona hoort een wapen ontgrendeld worden en voelt meteen daarop de stoot van een loop in zijn rug, precies tussen zijn ruggengraat en schouderblad, snel en nauwkeurig. Hij staat stil omdat hij weet dat de kogel recht door zijn hart zou gaan als het pistool op dat moment zou worden afgevuurd.

Van opzij komt een man van een jaar of vijftig met een blonde paardenstaart en een lichtbruin leren jack op hem af. Hij beweegt zich soepel als een lijfwacht en richt een hagelgeweer met afgezaagde loop op Joona.

'Schiet hem af,' roept iemand.

De vette man ligt op zijn rug en ademt hijgend. Hij rolt om, probeert op te krabbelen, maar struikelt, zoekt steun met zijn hand, komt op wankele benen overeind en verdwijnt uit Joona's blikveld.

'We kunnen hier niet blijven,' fluistert Tobias.

Joona probeert iets te zien in het spiegelende metaal van de snijbanken en de glanzende kap van de hangende schouderbladtrekkers, maar het is onmogelijk te bepalen hoeveel mannen er zich achter hem bevinden.

'Geef je wapen af,' zegt een rustige stem.

Joona laat Tobias zijn pistool pakken, denkt dat zijn collega's hem nu toch snel zouden moeten vinden, dat dit niet het juiste moment is om risico's te nemen.

121

Vicky Bennet zit voorin Joona's auto. Ze bijt op haar droge lippen en staart naar het roodbruine gebouw.

Ze houdt haar hand op het stuur zodat de handboei haar pols niet schaaft.

Als ze kwaad of bang is geweest, heeft ze na afloop moeite zich er iets van te herinneren. Het is alsof je een zonnestraal die met een spiegeltje wordt weerkaatst probeert te volgen met je ogen. Hij springt rond en blijft soms trillend hangen bij een detail, voor hij weer verdwijnt.

Vicky schudt haar hoofd, knijpt haar ogen stijf dicht en kijkt dan weer.

Ze weet niet hoeveel tijd er is verstreken sinds de commissaris met de mooie stem met fladderend jasje is verdwenen.

Misschien is Dante al verloren, verdwenen in het zwarte gat dat kinderen, meisjes en jongetjes, naar binnen zuigt.

Ze probeert zich rustig te houden, maar voelt dat ze niet in de auto kan blijven.

Een rat sluipt langzaam langs een vochtige betonnen fundering en glipt dan een rioolput in.

De man die achter in de steeg in een vorkheftruck reed, is opgehouden met werken. Hij heeft de hoge deuren van de loods dichtgetrokken en op slot gedraaid, en is daarna vertrokken.

Vicky kijkt naar haar hand, naar het glanzende metaal dat haar vasthoudt, de rinkelende boeien.

Hij beloofde dat Dante terug zou gaan naar zijn moeder.

Vicky kermt.

Hoe kón ze Tobias weer vertrouwen? Als Dante verdwijnt, is dat haar schuld.

Ze probeert iets door de achterruit te zien. De deuren zijn gesloten, er is geen mens te bekennen, de gele stof van een kapotte markies fladdert in de wind.

Ze rukt met beide handen aan het stuur van de auto, probeert het los te breken, maar het is onmogelijk.

'Godverdomme...'

Ze ademt hijgend en bonkt haar hoofd tegen de hoofdsteun.

Op een aanplakbiljet met reclame voor vers vlees en Zweedse producten heeft iemand ogen en een treurige mond in het vuil getekend.

De commissaris had nu terug moeten zijn.

Plotseling klinkt er een harde knal, luid als een explosie.

Een ratelende echo sterft weg en daarna is het weer stil. Ze probeert iets te zien, draait zich om maar het terrein is uitgestorven.

Wat doen ze?

Haar hart gaat tekeer in haar borst.

Er zou daar van alles kunnen gebeuren.

Ze ademt sneller en denkt aan een eenzaam kind in een ruimte met onbekende mannen dat huilt van angst.

Het beeld was er zomaar – ze heeft geen idee waar het over gaat.

Vicky rekt zich uit en probeert iets door de raampjes te zien, voelt de paniek vanbinnen toenemen en probeert haar hand uit de boei te wurmen. Het is onmogelijk. Ze trekt harder en slaakt een zucht van pijn. Het metaal glijdt een stukje over de rug van haar hand en blijft dan steken. Ze ademt door haar neus, leunt achterover, zet zich met één voet schrap tegen het stuur en met de ander op de rand van de handboei en daarna zet ze zich uit alle macht af.

Vicky Bennet gilt het uit als het metaal haar huid openhaalt en haar duim breekt om de hand uit de boei te laten ontsnappen.

122

De druk van de loop van het pistool verdwijnt uit Joona's rug, snelle voeten lopen weg en hij draait zich langzaam om.

Een korte man met een grijs kostuum en een bril stapt nog wat verder achteruit. Hij houdt een zwarte Glock op Joona gericht terwijl zijn linkerhand bleek langs zijn heup hangt. Eerst vraagt Joona zich af of hij gewond is aan zijn hand, maar dan realiseert hij zich dat het een prothese is.

Tobias staat achter een vuile werkbank en houdt Joona's Smith & Wesson vast, maar lijkt niet te weten wat hij ermee moet doen.

Rechts staat de blonde man met het afgezaagde jachtgeweer op Joona gericht.

'Roger,' zegt de korte tegen de man met het jachtgeweer, 'Micke en jij ontfermen je over die politieman als ik vertrokken ben.'

Tobias staat bij de muur en staart hem aan met ogen die zwart zien van de stress.

Een jonge man met stekeltjes en een camouflagebroek loopt recht op Joona af terwijl hij een pistoolmitrailleur op hem gericht houdt. Het is een klein wapen dat is vervaardigd van onderdelen van diverse andere wapens. Joona draagt geen kogelwerend vest, maar als hij echt moet kiezen, dan wil hij het liefst wat schoten van dat ding. Een pistoolmitrailleur heeft soms dezelfde vuurkracht als een gewoon automatisch wapen, maar heel vaak zijn het slechte, zelfgebouwde dingen.

Een rood puntje trilt op Joona's borst.

Op de pistoolmitrailleur zit een laservizier van het soort dat sommige agenten een aantal jaar geleden gebruikten.

'Ga met je handen in je nek op de vloer liggen,' zegt Joona.

De man met de stekeltjes grijnst ongecontroleerd. Het rode stipje glijdt naar Joona's maag en beweegt zich dan omhoog naar zijn sleutelbeen.

'Micke, schiet hem neer,' zegt Roger, die zijn afgezaagde jachtgeweer op Joona blijft richten.

'We kunnen geen getuigen gebruiken,' vindt ook Tobias en hij veegt nerveus langs zijn lippen.

'Leg dat joch in de auto,' zegt de man met de prothese zacht tegen Tobias, waarna hij wegloopt uit de machinehal.

Tobias laat Joona niet los met zijn blik als hij naar Dante toe loopt en hem meesleept aan zijn capuchon, snel en onvoorzichtig over de tegelvloer.

'Ik kom zo,' roept Joona hem na.

Het is misschien zes meter naar de jonge man die de pistoolmitrailleur vasthoudt en die Micke wordt genoemd.

Joona verplaatst zich een stukje in zijn richting, één voorzichtige stap maar.

'Blijf staan!' schreeuwt de jonge man.

'Micke,' zegt Joona vriendelijk. 'Als je met je handen in je nek op de grond gaat liggen, red je het wel.'

'Schiet die smeris af,' roept de man die Roger wordt genoemd.

'Doe het zelf,' fluistert Micke.

'Wat?' vraagt Roger en hij laat zijn jachtgeweer zakken. 'Wat zeg je?'

123

De jonge man met de pistoolmitrailleur ademt hijgend. Het rode stipje van het laservizier trilt op Joona's borst, verdwijnt een halve seconde en komt dan bevend terug.

'Ik zie dat je bang bent,' zegt Joona en hij komt dichterbij.

'Bek houden, ja, bek houden,' zegt Micke terwijl hij achteruitloopt.

'Het stipje trilt.'

'Schieten verdomme,' brult Roger.

'Leg het wapen neer,' herhaalt Joona.

'Schiet!'

'Hij durft niet te schieten,' antwoordt Joona hem.

'Maar ik wel,' zegt Roger en hij heft zijn geweer. 'Ik durf wel te schieten.'

'Dat geloof ik niet,' zegt Joona glimlachend.

'Zal ik het doen? Ik doe het!' schreeuwt hij en hij komt dichterbij. 'Wil je dat ik het doe?'

Roger loopt met grote passen op Joona af. Een hamer van Thor bungelt aan een ketting om zijn nek. Hij steekt het afgezaagde jacht-geweer naar voren, legt zijn vinger op de trekker en richt op Joona.

'Ik schiet je door je harses,' sist hij.

Joona kijkt omlaag, wacht tot de man vlakbij is voor hij uithaalt met zijn arm, de korte loop beetpakt, het geweer naar zich toe trekt, hem rondzwaait en Roger met de kolf op zijn wang raakt. Er klinkt een smak en zijn hoofd draait opzij. De man struikelt de vuurlijn van de pistoolmitrailleur in. Joona staat achter hem, richt tussen zijn benen door en vuurt het jachtgeweer af. De knal is oorverdovend, het wapen stuit op vanwege de zware lading en de hagel passeert de benen van de man en raakt Mickes onderbeen met ongekende kracht. Het schot van 258 kogeltjes gaat dwars door zijn scheenbeen en kuitspier heen. Zijn voet wordt van zijn been gerukt en rolt onder de lopende band.

Vanuit de gehavende stomp spat bloed over de vloer en Micke vuurt de pistoolmitrailleur af. Zes kogels slaan in in de borstkas en schouders van Roger. Micke zakt gillend in elkaar. De rest van de schoten verdwijnt fluitend in het plafond en weerkaatst tussen buizen en traversen.

Er klinkt een metaalachtig geratel tot het magazijn leeg is, dan is alleen het gebroken geschreeuw van Micke nog te horen.

De korte man met de prothese komt aangerend en ziet nog net hoe Roger op zijn knieën zakt, vooroverhelt zodat zijn paardenstaart langs zijn wang glijdt. Hij steunt met gestrekte armen op zijn handen terwijl er een gelijkmatige stroom bloed van zijn borstkas naar beneden loopt, door het rooster, waarna het verder wordt geleid naar de goot voor varkensbloed.

Joona verdwijnt snel achter een paar machines waarmee varkenslichamen opgeblazen kunnen worden om het snijwerk te vergemakkelijken. Hij hoort de man met de Glock achter zich aankomen, een rammelende kar wegtrappen en gejaagd door zijn nauwe neusgaten ademen.

Joona verplaatst zich achterwaarts, klapt het hagelgeweer open en ziet dat het met maar één patroon was geladen.

De jonge man roept om hulp, hijgt en schreeuwt.

Slechts tien stappen verderop ziet Joona de deuropening van een koelruimte. Achter de vergeelde plastic lamellen ziet hij de contouren van schoongemaakte varkens aan dicht op elkaar hangende haken.

Hij bedenkt dat er verderop in de koelruimte een deur naar de straat met laadperrons moet zijn.

124

In de korte zijde van het bruinrode gebouw zit een zwarte metalen deur die opengehouden wordt door een opgerolde krant.

Een wit plaatijzeren bord vermeldt: LARSSONS VLEESWAREN.

Vicky loopt erheen, struikelt over het schoenenrekje en doet dan de deur open. Er druppelt bloed van haar gewonde hand op de krant als ze naar binnen gaat.

Ze moet Dante vinden. Dat is haar enige doel.

Zonder te sluipen loopt ze een kleedkamer binnen met houten banken voor rode, gebutste lockers. Er hangt een poster van een glimlachende Zlatan Ibrahimović aan de muur. In de vensterbank staan wat plastic houdertjes voor koffiebekertjes op een brochure van de vakbond voor werknemers in de voedselindustrie.

Er klinkt een kreet door de muren heen. Het is een man die om hulp roept.

Vicky kijkt rond in de kleedkamer, doet een locker open, trekt er wat zanderige plastic tassen uit, doet de volgende open, loopt verder, kijkt in de prullenbak, ziet een lege glazen fles tussen uitgespuugde pruimtabak en snoeppapiertjes liggen.

De man schreeuwt weer, vermoeider.

'Kut,' fluistert Vicky. Ze pakt de fles en klemt hem stevig in haar rechterhand terwijl ze de kleedkamer door de andere deur uit loopt, een koele opslagruimte met pallets en verpakkingsmachines in.

Ze rent zo stil ze kan in de richting van een grote garagedeur. Als ze langs pallets met geplastificeerde kartonnen dozen komt, ziet ze een beweging aan de rand van haar blikveld en blijft staan.

Ze speurt rond met haar blik en ziet een schaduw achter een oranje vorkheftruck schieten. Ze ademt onhoorbaar en sluipt erheen, zoekt met haar hand steun bij de heftruck, loopt eromheen en ziet een man die over een bundeltje op een deken gebogen zit.

'Ik ben misselijk,' zegt een hoge kinderstem.

'Kun je opstaan, jochie?' vraagt de man.

Ze doet een stap in hun richting. De man draait zich om en Vicky ziet dat het Tobias is.

'Vicky? Wat doe jij hier?' vraagt hij met een ongelovig lachje.

Ze loopt verbaasd naar hen toe.

'Dante?' vraagt ze voorzichtig.

Het jongetje kijkt naar haar alsof hij haar gezicht niet goed kan onderscheiden in de donkere ruimte.

'Vicky, neem hem mee naar de bestelwagen,' zegt Tobias. 'Ik kom over een seconde...'

'Maar ik ben...'

'Doe nou maar wat ik zeg dan komt alles goed,' kapt hij haar af.

'Oké,' antwoordt ze toonloos.

'Vlug, neem hem mee naar de auto.'

De jongen ziet grauw, hij gaat weer op de deken liggen. Zijn oogleden zijn zwaar, ze vallen dicht.

'Je moet hem dragen,' zucht Tobias.

'Ja,' antwoordt Vicky. Ze loopt naar Tobias toe en slaat de fles kapot op zijn hoofd.

Eerst kijkt hij alleen maar verbaasd, hij wankelt even en zakt op een knie. Hij voelt verbijsterd aan zijn hoofdhuid, ziet de scherven en het bloed aan zijn handen.

'Waar ben je godsamme mee...'

Ze steekt hem met de puntige resten van de fles en raakt de zijkant van zijn nek, draait en voelt zijn warme bloed over haar vingers stromen. De woede die haar vervult is zo immens dat ze zich beneveld voelt. De razernij brandt als een oververhitte waanzin in haar. Ze steekt weer en raakt zijn rechterwang.

'Je had van hem af moeten blijven,' schreeuwt ze.

Ze richt op zijn ogen en haalt uit. Hij tast met zijn handen en krijgt haar jack te pakken, sleurt haar naar zich toe en slaat haar met zijn vuist midden in haar gezicht. Ze kukelt achterover, haar blikveld krimpt ineen en het wordt ineens zwart voor haar ogen.

Terwijl ze valt herinnert ze zich nog net de man die Tobias heeft betaald. Ze herinnert zich hoe ze met een ongelooflijke pijn in haar onderlichaam en beschadigde eierstokken wakker werd.

Hijgend klapt ze met haar rug op de grond, maar ze weet haar kin op haar borst te houden. Ze knippert, herkrijgt haar zicht, staat op, wankelt, maar blijft op de been. Er loopt bloed langs haar mond. Tobias heeft een plank met spijkers op de grond gevonden en probeert overeind te komen.

Haar linkerhand brandt van de pijn van de gebroken duim, maar Vicky houdt de resten van de kapotte fles nog in haar rechter.

Ze loopt naar Tobias toe en mept hem op zijn vooruitgestoken hand, ze krijgt haar eigen bloed in haar ogen, hakt in het wilde weg, raakt hem midden op zijn borst en op zijn voorhoofd, het restant van de fles barst en ze snijdt zich in haar hand, maar blijft slaan totdat hij omvalt en blijft liggen.

125

Vicky houdt het rennen niet meer vol, daarom loopt ze verder met Dante in haar armen. Ze denkt dat ze moet kotsen. Ze heeft geen gevoel meer in haar armen en is bang de jongen te laten vallen. Ze blijft staan en probeert hem anders vast te pakken, maar wankelt en valt hard op haar beide knieën. Vicky slaakt een zucht en legt Dante voorzichtig op de grond. Hij is weer in slaap gevallen. Zijn gezicht is lijkbleek, ze hoort hem nauwelijks ademen.

Ze moeten hier weg zien te komen of zich verstoppen.

Ze vermant zich, zet haar tanden op elkaar, pakt zijn jack vast en sleept hem mee naar een vuilcontainer. Misschien dat ze zich daar achter kunnen persen. Dante kermt en ademt opeens onrustig. Ze streelt hem en ziet hem zijn ogen even openen, maar daarna vallen ze weer dicht.

Het is misschien maar tien meter naar een glazen deur naast een hoge garagedeur, maar ze heeft de kracht niet meer om hem verder te dragen. Haar benen trillen nog steeds van de inspanning. Ze zou domweg achter Dante willen gaan liggen om te slapen, maar ze weet dat ze dat niet mag doen.

Haar handen zijn bebloed, maar ze voelt niks, heeft geen gevoel in haar armen.

Buiten de glazen deur ligt een verlaten straat.

Ze zakt neer op haar heup, ademt zwaar, probeert haar gedachten op een rijtje te krijgen, kijkt naar haar handen en naar het jongetje, strijkt haar uit zijn gezicht en buigt zich voorover.

'Wakker worden,' zegt ze.

Hij knippert, ziet haar bebloede gezicht en kijkt angstig.

'Het is niet erg,' zegt ze. 'Het doet geen pijn. Heb je weleens een bloedneus gehad?'

Hij knikt en likt over zijn lippen.

'Dante, ik kan je niet dragen, je moet het laatste stukje lopen,' zegt Vicky en ze voelt dat een uitgeput huilen wil doordringen in haar stem.

'Ik slaap steeds maar,' zegt hij gapend.

'Je gaat zo naar huis, het is voorbij...'

'Waarom?'

'Je gaat weer naar je moeder,' zegt ze en ze glimlacht met heel haar vermoeide gezicht. 'Als je maar een stukje loopt.'

Hij knikt, haalt zijn hand over zijn hoofd en gaat rechtop zitten.

Verderop in het grote magazijn valt er iets rammelend op de grond. Het klinkt als een aantal stalen buizen die rollen en dan blijven liggen.

'Probeer nu maar op te staan,' fluistert Vicky.

Ze staan allebei op en lopen in de richting van de glazen deur. Elke stap is ondraaglijk en Vicky beseft dat ze het niet zal halen. Plotseling ziet ze het zwaailicht van de eerste politiewagen. Er komen meer auto's en Vicky denkt dat ze gered zijn.

'Hallo?' roept een man met een hese stem. 'Hallo?'

Zijn stem echoot tussen de wanden en het hoge plafond. Vicky voelt zich duizelig en moet blijven staan, maar Dante loopt door.

Ze leunt met haar schouder tegen het koude metaal van de container.

'Ga door de deur naar buiten,' zegt ze zacht.

Dante kijkt haar aan en staat op het punt naar haar toe te lopen.

'Nee, ga naar buiten,' beveelt ze. 'Ik kom zo.'

Ze ziet drie geüniformeerde politiemannen de verkeerde kant op rennen, naar een gebouw aan de andere kant van de straat. Dante loopt verder naar de deur. Hij drukt de deurkruk naar beneden en trekt, maar er gebeurt niets.

'Hallo?' roept de man dichterbij.

Vicky spuugt bloedig speeksel op de vloer, zet haar tanden op elkaar, probeert rustiger te ademen en loopt weer verder.

'Zit vast,' zegt Dante terwijl hij aan de deurkruk trekt.

Haar benen trillen en ze heeft het gevoel alsof ze zo door haar knieen zal zakken, maar ze dwingt zichzelf de laatste stappen te zetten.

Haar hand brandt van de pijn als ze de deurkruk pakt en trekt. Er is geen beweging in de deur te krijgen. Ze duwt ertegen, maar hij zit op slot. Ze probeert op het harde glas te bonzen, maar je hoort haast niks. Buiten staan vier politiewagens. Het zwaailicht stroomt over de gevels en weerkaatst in allerlei ramen. Ze zwaait, maar geen van de agenten ziet haar.

Op de betonnen vloer van de opslagruimte achter hen klinken zware voetstappen. Ze komen snel dichterbij. Vicky draait zich om en ziet een dikke man in een leren vest glimlachend op hen af komen.

126

Onder het plafond lopen elektrische rails met dicht op elkaar hangende varkens. De zoete geur van het vlees wordt getemperd door de lage temperatuur in de koelruimte.

Joona verplaatst zich gebukt tussen de kadavers, steeds dieper naar binnen, terwijl hij naar een potentieel wapen zoekt. Vanuit de machinehal klinken gedempte kreten, gevolgd door snelle bonzen. Hij probeert zijn achtervolger te zien door het grove industriële plastic in de deuropening. Tussen de snijbanken ziet hij een wazige gestalte, breed als vier personen, en daarna weer smal.

Hij komt dichterbij, gehaast.

Joona ziet dat hij een pistool in zijn rechterhand houdt.

Joona loopt achteruit en kijkt onder de varkens door. Verderop tegen de muur staat een witte emmer en daarnaast liggen een buis en wat vieze lappen.

Een buis kan hij wel gebruiken.

Voorzichtig probeert hij ernaartoe te komen, maar hij moet halt houden en zich terugtrekken als de korte man het zware plastic met zijn kunsthand opzijduwt.

Joona staat stil en volgt de bewegingen van zijn achtervolger via de smalle weerspiegelingen in de lijsten van verchroomd staal. Hij ziet de man de koelruimte binnen komen en het pistool in zijn gestrekte arm houden terwijl hij rondspiedt.

Geruisloos doet Joona een paar passen naar de muur toe, glipt achter een varken. Hij kan zijn achtervolger niet meer zien, maar hij hoort zijn stappen en ademhaling wel.

Vijftien meter verderop zit een deur die waarschijnlijk naar een laadperron leidt. Joona zou door het gangpad tussen de hangende varkens kunnen rennen, maar op een gegeven moment, vlak voor de buitendeur, zou zijn achtervolger meerdere seconden een vrije vuur-lijn hebben.

Dat is waarschijnlijk te lang, denkt Joona.

Er klinken snelle, sloffende voetstappen en daarna een zware bons. Een van de varkens slingert en de glijder van de loophaak ratelt in de plafondrails.

Joona zet de laatste passen naar de muur en zakt naast een koelelement op zijn knieën. De schaduw van de achtervolger verplaatst zich tien meter verderop over de betonnen vloer.

De tijd begint te dringen.

Nog even en de man met de prothese heeft hem gevonden. Joona schuift opzij en ziet dat de buis op de grond van plastic is. Het is een waardeloos wapen. Hij staat op het punt weg te lopen als hij ontdekt dat er wat gereedschap in de oude emmer zit. Drie schroevendraaiers, een nijptang en een mes met een kort, sterk lemmet.

Joona haalt het mes voorzichtig uit de emmer, metaal schraapt langs metaal, het lemmet glijdt langs de benen van de nijptang.

Hij probeert de bewegingen van de achtervolger te duiden op basis van het geluid van zijn stappen en begrijpt dat hij moet maken dat hij wegkomt.

Er wordt een schot afgevuurd en met een smakkend geluid slaat de kogel een halve meter van Joona's hoofd in.

De voetstappen van de achtervolger naderen snel, hij rent nu. Joona gaat plat op de vloer liggen en rolt weg, de volgende gang van vlees in.

127

De politieman is ongewapend en bang, denkt de man, en hij veegt zijn pony met zijn kunsthand uit zijn gezicht.

Hij blijft staan, richt en probeert iets tussen de geslachte kadavers door te zien.

Hij moet bang zijn, herhaalt hij voor zichzelf.

Op dit moment houdt hij zich schuil, maar de man weet dat de agent binnenkort door de deur naar de straat zal proberen te vluchten.

Zijn eigen ademhaling is gehaast. De lucht is koud en droog in zijn longen. Hij hoest zachtjes, draait zich helemaal om, werpt een blik op het pistool en kijkt weer voor zich. Hij moet flink knipperen. Misschien dat hij iets bij de muur zag – achter het koelelement. Hij begint langs de rij varkens te rennen.

Dit moet snel af te handelen zijn. Het enige wat hij hoeft te doen is de politieman vinden en van dichtbij neerschieten. Eerst in zijn romp en daarna door zijn slaap.

Hij blijft staan en ziet dat de spleet langs de betonnen wand leeg is, alleen wat vodden op de grond en een witte emmer.

Hij draait zich abrupt om en begint terug te lopen, blijft dan weer staan en luistert.

Het enige wat hij hoort is zijn eigen ademhaling door zijn neus.

Hij zet zijn rechterhand tegen een varken, maar het beest is zwaarder dan hij had verwacht. Hij moet flink duwen om er beweging in te krijgen. De pijn in zijn arm komt terug als zijn stomp tegen de kom van de prothese drukt.

Het bevestigingspunt van de loophaak ratelt.

Het varken slingert naar rechts en hij kan de volgende gang in kijken.

Hij kan nergens heen, denkt de man. Hij heeft hem als het ware in een kooitje zitten. Het enige dat hij hoeft te doen is een vuurlijn naar de buitendeuren openhouden voor als de agent een poging doet naar buiten te komen, terwijl hij tegelijkertijd de deuropening met plastic lamellen in het oog moet houden om een aftocht via die weg te verhinderen.

Zijn schouder is moe aan het worden en hij laat het pistool even zakken. Hij weet dat hij het risico loopt belangrijke seconden te verliezen, maar zijn wapen zal gaan trillen als zijn arm te uitgeput raakt.

Langzaam sluipt hij verder, meent een glimp van een rug te zien, heft zijn wapen snel en vuurt. De terugslag geeft een klap en het kruit uit het slaghoedje brandt op zijn knokkels. Adrenaline wordt rondgepompt door zijn aderen en maakt zijn gezicht koud.

Hij verplaatst zich zijwaarts, voelt zijn hart sneller slaan, maar beseft dat hij zich vergist heeft, het was maar een varken dat scheef hing.

Dit is finaal mis aan het lopen, denkt hij. Hij moet de agent stoppen, hij kan hem niet laten ontsnappen, niet nu.

Maar waar is hij verdomme? Waar is hij godverdomme?

Het plafond kraakt en hij kijkt omhoog naar stalen balken en traversen. Er is niets te zien. Hij loopt achteruit en verstapt zich, wankelt even en zoekt met zijn schouder steun bij een varken en voelt het vocht van het koude vlees door zijn overhemd heen. Het zwoerd glinstert van kleine druppeltjes condens. Hij voelt zich misselijk. Er klopt iets niet. De stress begint de overhand te krijgen, hij kan hier niet zo lang meer blijven.

De man loopt verder achteruit, ziet een snelle schaduw over de muur en heft zijn wapen.

Plotseling beginnen de varkens te trillen, allemaal, in de hele koelruimte. Ze beven en worden wazig. Er klinkt elektrisch gezoem van het plafond, het conveyorsysteem ratelt en de zware geslachte beesten komen in beweging. Ze verschuiven in een rij aan de plafondrails en voeren een ijskoude wind met zich mee.

De man met het pistool draait zich om, blikt rond, probeert alle richtingen tegelijk in de gaten te houden en denkt dat het dit niet waard is.

Het had zo simpel moeten zijn om een Zweeds jongetje te kopen dat door de politie als dood werd beschouwd. Hij zou er in Duitsland of Nederland een heel goede prijs voor gekregen hebben.

Maar dit is het niet waard.

De varkens komen abrupt tot stilstand en zwaaien traag heen en weer. Op de muur brandt een rood lampje. De agent heeft op de noodknop gedrukt.

Het is weer stil en een opwellend onbehagen verspreidt zich als bloed in water.

Wat doe ik hier goddomme? vraagt de man zich af.

Hij probeert rustiger te ademen, loopt langzaam naar het rode licht toe, bukt zich om iets tussen de varkens te zien en doet twee stappen naar voren.

De deuren naar de straat zijn nog steeds dicht.

Hij draait zich om om de andere uitgang in het vizier te houden, maar dan staat de lange agent plotseling tegenover hem.

De man voelt een rilling langs zijn hele ruggengraat lopen.

128

Joona ziet hoe de korte man zijn pistool op hem probeert te richten. Hij volgt de beweging van de man, doet een stap naar voren en duwt het wapen weg, bijna recht omhoog. Hij grijpt zijn pols, slaat het wapen tegen een varken uit zijn hand en ramt het mes met volle kracht door de handpalm van de man heen. Het lemmet zinkt diep tussen de ribben van het varken en de man schreeuwt het uit.

Joona laat het mes los en stapt weg.

De korte man ademt heftig, tast met de levenloze vingers van de prothese over het handvat van het mes, maar geeft het op. Hij zit vast en begrijpt dat hij doodstil moet blijven staan om de pijn draaglijk te houden. Zijn hand is hoog boven zijn hoofd vastgezet. Bloed stroomt langs zijn pols zijn overhemd in.

Zonder hem een blik waardig te keuren pakt Joona het pistool van de vloer en verlaat de koelruimte.

De lucht in de grote machinehal voelt opeens warm aan als hij langs de wand rent, in de richting van de deur waar Tobias met Dante door verdween. Snel controleert hij het pistool, ziet dat er ten minste één patroon in de loop zit, plus waarschijnlijk meer in het magazijn, doet de groene metalen deur open en belandt in een grote opslagruimte met goederen op pallets en geparkeerde vorkheftrucks.

Door de vuile ruiten vlak onder het plafond valt licht binnen.

Hij hoort een reutelend, kreunend geluid.

Joona luistert waar het vandaan komt en rent naar een grote vuilcontainer. Blauw licht speelt door een raam over de vloer. Hij heft zijn pistool en loopt om de container heen. De dikke man met het leren vest zit op zijn knieën met zijn rug naar Joona. Hij steunt zwaar terwijl hij Vicky's hoofd tegen de grond bonkt. Even verderop zit Dante in elkaar gedoken. Hij huilt hoog en eenzaam.

Voor de dikke man overeind kan komen is Joona bij hem. Met één hand pakt hij de man bij zijn strot, sleurt hem omhoog, weg bij Vicky, duwt hem, breekt zijn sleutelbeen met een klap van het pistool, smijt hem achterover, laat hem los en trapt tegen zijn borst zodat hij dwars door de glazen deur vliegt.

De dikke man valt in een cascade van glasscherven achterover op straat en blijft liggen in het blauwe schijnsel.

Drie geüniformeerde politiemannen komen met getrokken wapen aanrennen, ze richten op de liggende man die met zijn hand over zijn borst tast en probeert overeind te gaan zitten.

'Joona Linna?' vraagt een van de agenten.

Ze staren de lange commissaris aan die in het raamwerk van de verbrijzelde glazen deur staat terwijl er nog steeds splinters van de bovenkant vallen.

'Ik ben maar een waarnemer,' zegt Joona.

Hij gooit zijn Glock op de grond en gaat op zijn knieën naast Vicky zitten. Ze ligt op haar rug en ademt zwaar. Haar arm ligt in een wonderlijke hoek. Dante is opgehouden met huilen en kijkt verbijsterd naar Joona die Vicky troostend over haar wang streelt en fluistert dat het nu voorbij is. Er loopt een gelijkmatige stroom bloed uit haar neus. Joona zit op zijn hurken en houdt haar hoofd volkomen stil. Ze doet haar ogen niet open en reageert niet op zijn woorden hoewel haar voeten schokken.

129

De man die achterover door een glazen deur sloeg, bleef even op zijn rug liggen, ging daarna rechtop zitten en probeerde weg te kruipen, maar werd overmand door twee agenten, die hem op zijn buik draaiden en in de handboeien sloegen.

Het eerste ambulancepersoneel ter plaatse stabiliseerde Vicky's hoofd met een nekkraag, waarna ze haar op een brancard tilden.

Joona informeerde de operatieve leiding over de situatie terwijl twee groepjes agenten zich van verschillende kanten het gebouw in begaven.

In de koelruimte stond een stille, bleke man wiens rechterhand met een mes vastzat aan een hangend varken. De agent die hem vond waarschuwde het ambulancepersoneel en kreeg daarna toestemming om het mes er met behulp van een collega uit te trekken. Het lemmet ging knarsend langs de ribben van het dier en schoot daarna met een zuchtend geluid los. De man liet zijn hand zakken, duwde hem met zijn kunsthand tegen zijn buik, wankelde en ging op de grond zitten.

De man die door het zelfgemaakte automatische wapen in zijn borst was getroffen, was dood. De jonge man die het wapen had vastgehouden en de trekker had overgehaald toen Joona zijn voet eraf schoot, leefde nog. Hij had voorkomen dat hij was doodgebloed door zijn riem vlak onder zijn knie om zijn kuit te binden. Toen de agenten met getrokken pistool op hem af kwamen, had hij slechts met slappe hand naar zijn afgeschoten voet gewezen die in een plas bloed onder de slachtbank lag.

De laatste die werd gevonden was Tobias Lundhagen die zich met zijn aan flarden gesneden gezicht had verstopt tussen het afval in het duister van het magazijn. Hij bloedde hevig, maar zijn verwondingen waren niet levensbedreigend, alleen misvormend. Hij probeerde verder tussen het afval te kruipen, en toen de agenten hem aan zijn benen tevoorschijn trokken, beefde hij van angst.

*

Chef van de rijksrecherche Carlos Eliasson is al op de hoogte gebracht van de ontwikkelingen op het slachthuisterrein als Joona hem vanuit de ambulance belt.

'Eén dode, twee zwaargewonden en drie lichtgewonden,' leest Carlos voor.

'Maar de kinderen leven, ze hebben het gered...'

'Joona,' verzucht hij.

'Iedereen zei dat ze verdronken waren, maar ik...'

'Ik weet het. Je had gelijk, absoluut,' onderbreekt Carlos hem. 'Maar er wordt intern onderzoek naar je gedaan en je had andere orders gekregen.'

'Dus ik had het erbij moeten laten zitten?' vraagt Joona.

'Ja.'

'Dat kon ik niet.'

De sirenes verstommen, de ambulance neemt een scherpe bocht en rijdt de inrit van de spoedeisende hulp van het Söder-ziekenhuis in.

'De officier van justitie en haar medewerkers houden de verhoren en jij bent bij dezen ziek gemeld en overal van afgehaald.'

Joona neemt aan dat het interne onderzoek nog erger zal worden en dat er misschien zelfs een klacht tegen hem wordt ingediend, maar het enige wat hij op dit moment voelt, is een ongelooflijke opluchting omdat het jongetje uit de muil van de wolf is gesleurd.

Als ze bij het ziekenhuis aankomen, klimt hij zelf uit de ambulance, maar wordt dan verzocht op een bed te gaan liggen. Ze doen de hekjes omhoog en rijden hem onmiddellijk naar een onderzoekskamer.

Terwijl hij onderzocht wordt en zijn wonden verbonden worden, probeert hij te achterhalen hoe de toestand van Vicky Bennet is en in plaats van dat hij op zijn beurt voor de röntgenfoto's wacht, zoekt hij de arts op die haar behandelt.

Dokter Lindgren is een heel kleine vrouw die met gefronst voorhoofd een koffieautomaat bestudeert.

De kleine vrouw luistert naar hem zonder hem aan te kijken. Ze drukt op de knop waar mokka op staat, wacht tot haar beker gevuld is en zegt dan dat ze een acute CT-scan van Vicky's hersenen heeft gemaakt om eventuele intracraniële bloedingen op te sporen. Ze heeft een zware hersenschudding, maar de subdurale bloedvaten zijn gelukkig nog intact.

'Vicky moet voor observatie in het ziekenhuis blijven, maar er zijn eigenlijk geen redenen waarom ze morgenochtend niet al verhoord zou kunnen worden als het belangrijk is,' deelt de vrouw mee, waarna ze wegloopt met haar mok.

*

Officier van justitie Susanne Öst uit Sundsvall rijdt naar Stockholm. Ze heeft besloten het opgepakte meisje aan te houden. Morgenochtend om acht uur wil ze beginnen met de eerste verhoren van Vicky Bennet, het vijftienjarige meisje dat wordt verdacht van twee moorden en een ontvoering.

130

Joona Linna loopt de gang door, legitimeert zich en groet de jonge agent die de wacht houdt bij deur 703 van het Söder-ziekenhuis in Stockholm.

Vicky zit binnen op het ziekenhuisbed. De gordijnen zijn opengetrokken en haar gezicht is vlekkerig van donkere wonden en blauwe plekken. Haar hoofd is verbonden en de hand met de gebroken duim is gefixeerd met gipsverband. Bij het raam staat Susanne Öst, officier van justitie uit Sundsvall, samen met een andere vrouw. Zonder ze te groeten loopt Joona naar Vicky toe en gaat op de stoel bij het bed zitten.

'Hoe is het met je?' vraagt hij.

Ze kijkt hem met troebele blik aan en vraagt: 'Is Dante al terug bij zijn moeder?'

'Hij ligt nog in het ziekenhuis, maar zijn moeder is er ook, ze zit continu bij hem.'

'Is hij gewond?'

'Nee.'

Vicky knikt en staart voor zich uit.

'En hoe is het met jou?' vraagt Joona weer.

Ze kijkt hem aan, maar kan geen antwoord geven omdat de officier van justitie kucht.

'Ik moet Joona Linna nu verzoeken de kamer te verlaten,' zegt ze.

'Dat heb je bij dezen gedaan,' antwoordt Joona zonder Vicky los te laten met zijn blik.

'Je hebt niets met dit vooronderzoek te maken,' zegt Susanne met stemverheffing.

'Ze zullen je een heleboel vragen gaan stellen,' legt Joona Vicky uit.

'Ik wil dat jij erbij bent,' zegt ze zacht.

'Dat mag niet,' zegt Joona eerlijk.

Vicky fluistert voor zich uit en kijkt Susanne Öst dan weer aan.

'Ik praat met niemand als Joona er niet bij is,' zegt ze koppig.

'Hij kan blijven als hij zijn mond houdt,' antwoordt de officier van justitie.

Joona kijkt Vicky aan en probeert te begrijpen hoe je haar kunt bereiken.

Twee moorden is een enorme last om met je mee te dragen.

Iedereen van haar leeftijd zou al zijn ingestort, hebben gehuild en alles bekend, maar dit meisje heeft een gekristalliseerde buitenkant. Ze laat niemand echt toe. Ze sluit snelle verbonden, maar blijft ondergronds en houdt de controle over de situatie.

'Vicky Bennet,' begint de officier van justitie glimlachend. 'Ik heet dus Susanne en ik ga met je praten, maar voor we beginnen wil ik zeggen dat ik alles wat er wordt gezegd opneem, zodat we het na afloop nog weten... en ik niet een heleboel hoef op te schrijven, wat lekker is, want ik ben nogal lui...'

Vicky kijkt haar niet aan en reageert volstrekt niet op haar woorden. Susanne wacht even, blijft glimlachen en dreunt dan het tijdstip, de datum en de aanwezigen op.

'Dat doen we altijd voor we beginnen,' legt ze uit.

'Heb je eigenlijk begrepen wie we zijn?' vraagt de andere vrouw. 'Ik heet Signe Ridelman en ik ben je juridisch raadsvrouw.'

'Signe is hier om je te helpen,' zegt de officier van justitie.

'Weet je wat een juridisch raadsvrouw is?' vraagt ze.

Vicky knikt bijna onmerkbaar.

'Ik heb een hoorbaar antwoord nodig,' zegt Signe geduldig.

'Ik begrijp het,' zegt Vicky zacht en opeens glimlacht ze breed.

'Wat is er zo leuk?' vraagt de officier van justitie.

'Dit,' zegt Vicky en langzaam trekt ze het dunne slangetje uit haar arm en kijkt dan zwijgend naar het donkere bloed dat over haar bleke arm loopt.

131

Het zachte schrapen van een vogel die op de vensterbank landt klinkt duidelijk in de stilte. De tl-buis aan het plafond zoemt zacht in de ziekenhuiskamer.

'Ik ga je dingen over bepaalde situaties vragen,' zegt Susanne Öst. 'En ik wil dat je de waarheid vertelt.'

'En niets dan de waarheid,' fluistert Vicky met neergeslagen ogen.

'Negen dagen geleden... ben je midden in de nacht vertrokken uit je kamer op de Birgittagården,' begint de officier. 'Weet je dat nog?'

'Ik heb de dagen niet geteld,' zegt het meisje toonloos.

'Maar je weet nog wel dat je midden in de nacht bent weggegaan van de Birgittagården?'

'Ja.'

'Waarom?' vraagt Susanne Öst. 'Waarom ben je midden in de nacht weggegaan van de Birgittagården?'

Vicky trekt langzaam aan een losse draad van het verband om haar hand.

'Heb je dat eerder gedaan?' vraagt Susanne.

'Wat?'

'Midden in de nacht weggaan van de Birgittagården?'

'Nee,' zegt Vicky op verveelde toon.

'Waarom deed je dat die nacht dan?'

Als de officier van justitie geen antwoord krijgt, glimlacht ze slechts geduldig en vraagt dan op mildere toon: 'Waarom was je midden in de nacht wakker?'

'Weet ik niet meer.'

'Als we ons nog een paar uur terug verplaatsen – weet je nog wat er toen gebeurde? Iedereen ging naar bed, maar jij was wakker. Wat deed je?'

'Niks.'

'Deed je niks totdat je midden in de nacht plotseling van de Birgittagården vertrok? Vind je dat niet een beetje vreemd klinken?'

'Nee.'

Vicky staart door het raam naar buiten. Het waait boven de daken en de zon gaat schuil achter langsdrijvende wolken.

'Nu wil ik dat je vertelt waarom je bent weggegaan van de Birgittagården,' zegt Susanne op ernstiger toon. 'Want ik neem pas genoegen met je antwoorden als je hebt verteld wat er is gebeurd. Begrijp je dat?'

'Ik weet niet wat je wilt dat ik zeg,' antwoordt Vicky zacht.

'Het is misschien niet prettig, maar je moet het toch vertellen.'

Het meisje richt haar blik op het plafond en haar lippen bewegen zich een beetje alsof ze naar woorden zoekt voor ze op verwonderde toon zegt: 'Ik mepte...'

Ze zwijgt en frunnikt aan de slang in haar arm.

'Ga verder,' zegt Susanne met spanning in haar stem.

Vicky bevochtigt haar lippen en schudt haar hoofd.

'Je kunt het net zo goed vertellen,' zegt Susanne. 'Je zei "ik mepte"...'

'O ja... er zat een irritante vlieg in mijn kamer die ik heb doodgemept en...'

'Maar jezus... sorry, neem me niet kwalijk... maar is het niet vreemd dat je je wel herinnert dat je een vlieg doodsloeg, maar niet meer weet waarom je midden in de nacht bent weggegaan van de Birgittagården?'

132

De officier van justitie en Signe Ridelman hebben om een korte pauze verzocht en zijn even de kamer uit gegaan. Het grijze ochtendlicht valt binnen door het streperige glas van het raam en de witte lucht wordt weerkaatst in de infuusstandaard en het chroom van het voeteneinde van het bed. Vicky Bennet zit zachtjes te vloeken op het hoge ziekenhuisbed.

'Ja, balen hè?' reageert Joona en hij gaat op de stoel bij het bed zitten.

Ze kijkt naar hem op en glimlacht kort.

'Ik denk steeds aan Dante,' zegt ze zacht.

'Hij redt het wel.'

Ze staat op het punt nog iets te zeggen, maar doet het niet als de officier van justitie en de advocate binnenkomen.

'Je hebt toegegeven dat je midden in de nacht bent weggelopen van de Birgittagården,' zegt de officier van justitie vol energie. 'Midden in de nacht. Zo het bos in. Dat is toch nauwelijks iets wat je zomaar doet. Je had een reden om weg te lopen, of niet soms?'

Vicky slaat haar blik neer, bevochtigt haar lippen, maar zegt niks.

'Geef antwoord,' zegt ze met stemverheffing. 'Dat is echt beter.'

'Ja...'

'Waarom ben je weggelopen?'

Het meisje haalt haar schouders op.

'Je hebt iets gedaan waarover je moeilijk kunt praten, hè?'

Vicky wrijft hard over haar gezicht.

'Ik moet je deze vragen stellen,' zegt Susanne. 'Jij vindt het vervelend, maar ik weet dat alles beter voelt als je eenmaal bekend hebt.'

'Echt?'

'Ja.'

Ze haalt haar schouders op, heft haar hoofd, kijkt de officier van justitie in de ogen en vraagt: 'Wat moet ik bekennen?'

'Wat je die avond hebt gedaan.'

'Ik heb een vlieg doodgeslagen.'

De officier van justitie staat abrupt op en verlaat de kamer zonder een woord te zeggen.

133

Het is kwart over acht 's ochtends als Saga Bauer de deur van de kamer van de hoofdofficier van justitie van de nationale eenheid voor politiezaken opendoet. Mikael Båge, die verantwoordelijk is voor het interne onderzoek, staat beleefd op uit een leunstoel.

Saga's haar is nog vochtig van het douchen en haar lange, blonde lokken met kleurige linten slingeren glinsterend over haar rug en smalle schouders. Ze heeft een pleister op haar neuswortel, maar is ontstellend mooi.

Saga heeft vanmorgen tien kilometer hardgelopen en draagt zoals altijd een capuchontrui van boksclub Narva, een gebleekte spijkerbroek en sportschoenen.

'Saga Bauer?' vraagt Mikael Båge met een brede, vreemde glimlach.

'Ja,' antwoordt ze.

Hij loopt naar haar toe, strijkt met zijn handen over zijn jasje en begroet haar.

'Neem me niet kwalijk,' zegt hij, 'maar ik... ach, laat ook maar, je hebt het ongetwijfeld vaker gehoord... maar als ik twintig jaar jonger was geweest...'

Mikael Båges wangen kleuren rood, hij gaat op een stoel zitten en trekt zijn stropdas iets losser voor hij Saga weer aankijkt.

De deur gaat open en hoofdofficier van justitie Sven Wiklund komt binnen. Hij groet hen beiden, blijft voor Saga staan, twijfelt of hij iets zal zeggen, maar knikt alleen en zet een waterkaraf en drie glazen op tafel, waarna hij ook gaat zitten.

'Saga Bauer, rechercheur bij veiligheidsdienst Säpo,' begint Mikael Båge, waarna hij onbeheerst glimlacht.

'We kunnen het maar beter achter de rug hebben,' zegt de hoofdofficier tegen Saga. 'Je ziet eruit als een sprookjesprinses van John Bauer.'

Hij talmt even en schenkt dan water in de glazen.

'Je bent opgeroepen om een getuigenis af te leggen,' gaat Mikael Båge verder en hij klopt op een map. 'Omdat je aanwezig was bij de actie in kwestie.'

'Wat willen jullie weten?' vraagt Saga ernstig.

'De klacht tegen Joona Linna betreft... hij wordt verdacht van het waarschuwen...'

'Göran Stone is verdomme niet goed bij zijn hoofd,' valt ze hem in de rede.

'Je hoeft niet kwaad te worden,' probeert Mikael Båge haar te sussen.

Saga weet nog heel goed hoe Joona en zij binnendrongen bij de geheime links-extremistische actiegroep. Daniel Marklund, expert op het gebied van netwerkhacking en afluisteren, verstrekte hen informatie die bijdroeg aan het redden van het leven van Penelope Fernandez.

'Dus je bent niet van mening dat de actie van de veiligheidsdienst is mislukt?'

'Jawel, maar ík heb de Brigade gewaarschuwd.'

'De klacht betreft echter...'

'Joona is de beste rechercheur van het land.'

'Loyaliteit is heel sympathiek, maar we zullen een aanklacht indienen tegen...'

'Rot toch op!' schreeuwt Saga.

Ze staat op en gooit de hele tafel ondersteboven. De glazen en de karaf kletteren op de grond, water en glassplinters spatten door de kamer. Ze rukt de map uit de handen van Mikael Båge, trekt alle papieren eruit, stampt erop, verlaat de kamer en slaat de deur zo hard dicht dat het raam openvliegt.

Saga Bauer ziet er inderdaad uit als een prinses uit een sprookje, maar voelt zich niet meer dan de rechercheur bij de veiligheidsdienst die ze in feite is. Ze is een van de beste scherpschutters in het korps buiten de speciale eenheden en ze bokst op topniveau.

134

Saga vloekt nog steeds als ze de brug Kungsbron op loopt. Ze dwingt zichzelf langzamer te lopen terwijl ze vecht om te bedaren. De telefoon in de zak van haar capuchontrui gaat. Ze blijft staan, kijkt op de display en neemt op als ze ziet dat het haar baas bij de veiligheidsdienst is.

'We hebben een verzoek van de rijksrecherche gekregen,' zegt Verner met zijn diepe basstem. 'Ik heb al even overlegd met Jimmy en Jan Pettersson, maar geen van beiden kan het doen... Ik weet niet of Göran Stone geschikt is, maar...'

'Waar gaat het om?' vraagt ze.

'Een verhoor van een minderjarig meisje... ze is psychisch labiel en de leider van het vooronderzoek heeft iemand nodig die is opgeleid in verhoortechnieken en ervaring heeft met...'

'Ik begrijp dat je Jimmy vraagt,' zegt Saga en ze hoort dat haar stem hard klinkt van de irritatie. 'Maar waarom Jan Pettersson? Waarom vraag je Jan Pettersson voor je mij belt? En Göran... hoe kun je denken dat hij...'

Saga dwingt zichzelf haar mond te houden. Ze voelt hoe ze nog zweet vanwege de uitbarsting van zonet.

'Moet je nu ruzie gaan maken?' verzucht Verner.

'Ik ben verdomme degene die naar Pullach is gegaan om die opleiding van de BND te doen en dat...'

'Alsjeblieft...'

'Ik ben nog niet klaar,' onderbreekt ze hem. 'Je weet best dat ik aanwezig was bij het kruisverhoor van Muhammed al-Abdaly.'

'Maar je was niet de verhoorder.'

'Nee, maar ik was wel degene die hem... laat maar zitten.'

Ze drukt het gesprek weg en denkt dat ze morgen ontslag neemt als de telefoon weer gaat.

'Oké, Saga,' zegt Verner langzaam. 'Je mag een poging doen.'
'Hou je bek,' schreeuwt ze en ze zet haar telefoon uit.

*

Carlos morst visvoer over zijn bureau als Anja zijn deur plotseling openzwaait. Hij begint de droge vlokken met zijn handen op te vegen als zijn vaste telefoon gaat.

'Druk alsjeblieft op de luidspreker,' verzoekt hij haar.

'Het is Verner,' zegt Anja en ze drukt op de knop.

'Hallo, hallo,' zegt Carlos monter terwijl hij zijn handen boven de aquaria uitklopt.

'Met Verner weer... sorry dat het even duurde.'

'Geen probleem.'

'Nou, Carlos, ik heb in alle hoeken en gaten gezocht, maar helaas, mijn beste jongens zijn uitgeleend aan Alex Allan van het Joint Intelligence Committee,' zegt het hoofd van de Säpo en hij schraapt zijn keel. 'Maar er is een vrouwelijke... je hebt haar trouwens weleens ontmoet, Saga Bauer... zij zou in elk geval aanwezig kunnen zijn bij...'

Anja buigt zich voorover naar de telefoon en snauwt: 'Ze kan aanwezig zijn en er leuk uitzien, of niet soms?'

'Hallo?' vraagt Verner. 'Met wie spreek ik ei...'

'Mond houden jij!' briest Anja. 'Ik ken Saga Bauer en ik kan zeggen dat de Säpo zo'n bekwame rechercheur niet verd...'

'Anja,' zegt Carlos. Hij veegt zijn handen vlug af aan zijn broek en probeert tussen haar en de telefoon te gaan staan.

'Zitten jij,' brult Anja.

Carlos gaat zitten terwijl Verner met zwakke stem opmerkt: 'Ik zit al...'

'Je belt Saga op en biedt je excuses aan,' zegt Anja ernstig tegen de telefoon.

135

De op wacht staande politieman kijkt naar de legitimatie van Saga Bauer en bloost hevig. Hij zegt dat de patiënt zo terug is en houdt de deur van kamer 703 voor haar open.

Saga doet een paar stappen naar binnen en blijft staan voor de twee mensen die in de lege kamer zitten te wachten. Het bed is weg, maar de infuusstandaard staat er nog.

'Neem me niet kwalijk,' zegt een vrouw in een grijs jasje.

'Ja?' antwoordt Saga.

'Ben jij een vriendin van Vicky?'

Voordat Saga antwoord kan geven gaat de deur weer open en komt Joona Linna binnen.

'Joona,' zegt ze verbaasd en ze schudt hem glimlachend de hand. 'Ik dacht dat je overal van afgehaald was.'

'Dat ben ik ook,' bevestigt hij.

'Fijn om te horen,' zegt ze.

'De interne onderzoekscommissie doet goed werk,' zegt hij met een glimlach waardoor er kuiltjes in zijn wangen verschijnen.

Officier van justitie Susanne Öst loopt met een verwonderde blik naar Saga toe.

'De Säpo?' vraagt ze. 'Ik dacht misschien... ik bedoel, ik heb gevraagd om...'

'Waar is Vicky Bennet?' vraagt Saga.

'De arts wilde een nieuwe CT-scan laten maken,' zegt Joona en hij gaat met zijn rug naar de kamer bij het raam staan en kijkt naar buiten.

'Vanmorgen heb ik besloten Vicky Bennet aan te houden,' vertelt de officier van justitie. 'Maar voor de inbewaringstelling zou een bekentenis natuurlijk wel prettig zijn.'

'Je bent van plan een aanklacht tegen haar in te dienen?' vraagt Saga verbaasd.

'Zeg,' reageert Susanne afgemeten, 'ik ben er geweest, ik heb de lichamen gezien. Vicky Bennet is vijftien en ze bevindt zich al in een divisie vér voorbij gesloten jeugdzorg.'

Saga glimlacht sceptisch.

'Maar een gevangenisstraf...'

'Vat dit niet verkeerd op,' onderbreekt de officier van justitie haar. 'Maar ik had eerlijk gezegd op een ervaren verhoorder gerekend.'

'Dat begrijp ik,' zegt Saga.

'Maar je krijgt wel een kans, dat wel. Dat vind ik wel zo eerlijk.'

'Bedankt,' antwoordt Saga verbeten.

'Ik ben hier al een halve dag en ik kan je verzekeren dat het geen gewoon verhoor is,' zegt Susanne Öst en ze ademt diep in.

'In welk opzicht niet?'

'Vicky Bennet is niet bang – ze lijkt wel van machtsspelletjes te houden.'

'En jij?' vraagt Saga. 'Hou jij van machtsspelletjes?'

'Ik heb geen tijd voor haar spelletjes en ook niet voor de jouwe,' zegt de officier bits. 'Morgen zal ik een verzoek tot inbewaringstelling doen voor de rechter.'

'Na het beluisteren van het eerste verhoor, heb ik niet de indruk dat Vicky Bennet een spelletje speelt,' zegt Saga.

'Zeker weten van wel,' houdt Susanne vol.

'Ik denk van niet, maar een moord kan ook voor de moordenaar traumatisch zijn en dan nemen de herinneringen de vorm aan van eilanden met vage grenzen.'

'En wat leer je bij de veiligheidsdienst dan zoal om te doen?'

'Een verhoorder moet ervan uitgaan dat iedereen wil bekennen en begrepen wil worden,' antwoordt Saga zonder zich iets van Susanne Östs provocerende toon aan te trekken.

'Is dat alles?' vraagt de officier van justitie.

'Ik ben me er altijd van bewust dat de bekentenis verband houdt met een gevoel van macht, omdat degene die bekent de macht over de waarheid heeft. Daarom hebben dreigementen ook geen zin, terwijl vriendelijkheid, respect en...'

'Vergeet niet dat ze wordt verdacht van twee zeer brute moorden.'

Het geluid van voetstappen en het ratelen van het bed op wielen komt naderbij over de gang.

136

Vicky Bennet wordt door twee verpleegkundigen naar binnen gereden. Haar gezicht is behoorlijk gezwollen. Haar wangen en voorhoofd
zitten vol zwarte wonden. Haar armen zijn verbonden en haar duim
is gefixeerd met gipsverband. Het bed wordt op zijn plaats gezet en
de infuuszak wordt aan de standaard gehangen. Vicky ligt op haar
rug met haar ogen open. Ze negeert de voorzichtige pogingen tot een
praatje van de verpleegkundigen. Haar gezicht staat onveranderd ernstig en haar mondhoeken wijzen iets naar beneden.

De hekken van het bed staan omhoog, maar alle riemen liggen los.

Voor de verpleegkundigen de kamer verlaten en de deur achter
zich dichttrekken, ziet Saga dat er inmiddels twee agenten op de gang
staan.

Saga wacht tot het meisje haar blik zoekt voor ze naar het bed toe
gaat.

'Ik heet Saga Bauer en ik ben hier om je te helpen om je de afgelopen dagen te herinneren.'

'Ben je een maatschappelijk werkster of wat?'

'Rechercheur.'

'Bij de politie?'

'Ja, bij de Säpo,' antwoordt Saga.

'Je bent de mooiste vrouw die ik ooit in het echt heb gezien.'

'Aardig dat je dat zegt.'

'Ik heb mooie gezichten kapotgesneden,' glimlacht Vicky.

'Dat weet ik,' antwoordt Saga rustig.

Ze pakt haar mobiele telefoon en zet de dictafoon aan. Snel noemt
ze datum, tijd en plaats. Ze vertelt wie er in de kamer aanwezig zijn,
richt zich dan tot Vicky en kijkt haar even aan voor ze verdergaat.

'Je hebt vreselijke dingen meegemaakt,' zegt Saga volkomen oprecht.

'Ik heb de kranten gezien,' antwoordt Vicky en ze slikt een paar keer. 'Ik heb mijn gezicht en dat van Dante gezien... en ik heb dingen over mezelf gelezen.'

'Herken je wat ze schrijven?'

'Nee.'

'Vertel dan eens in je eigen woorden hoe het is gegaan.'

'Ik heb gerend en gelopen en kou gelijd... geleden.'

Vicky kijkt Saga verwonderd in de ogen, bevochtigt haar lippen en lijkt naar herinneringen te zoeken die overeenkomen met wat ze heeft gezegd of leugens die haar woorden weerspreken.

'Ik weet niets over de reden waarom je wegrende, maar ik luister als je besluit erover te vertellen,' zegt Saga langzaam.

'Ik wil het niet,' mompelt Vicky.

'Maar als we met de dag ervoor beginnen,' gaat Saga door. 'Iets weet ik daar wel van, namelijk dat jullie 's ochtends les hadden, maar verder...'

Vicky sluit haar ogen en antwoordt na een poosje: 'Het was net als anders, saai en stomme opdrachten.'

'Hebben jullie 's middags niet altijd activiteiten?'

'Elisabet heeft ons allemaal meegenomen naar het meer... Lu Chu en Almira gingen in hun blootje zwemmen, dat mag niet, maar zo zijn ze nu eenmaal,' vertelt Vicky plotseling met een glimlachje. 'Elisabet werd kwaad op ze en toen begon iedereen zich uit te kleden.'

'Maar jij niet?'

'Nee... en Miranda en Tuula ook niet,' antwoordt Vicky.

'Wat deden jullie?'

'Ik was een beetje aan het pootjebaden en keek naar de spelende meiden.'

'Wat deed Elisabet?'

'Ze kleedde zich ook helemaal uit en ging zwemmen,' glimlacht Vicky.

'Wat deden Tuula en Miranda?'

'Die zaten dennenappels naar elkaar te gooien.'

'En Elisabet zwom met de anderen.'

'Ze zwom zoals oude vrouwen dat doen.'

'En jij? Wat deed jij?'

'Ik ging terug naar de Birgittagården,' antwoordt Vicky.

'Hoe voelde je je die avond?'

'Goed.'

'Voelde je je goed? Waarom heb je jezelf dan verwond? Je hebt in je armen en in je buik gesneden.'

137

De officier van justitie is op een stoel gaan zitten en volgt het verhoor aandachtig. Saga kijkt naar Vicky's gezicht, hoe het eventjes betrekt en verhardt. Ze ziet haar mondhoeken een stukje naar beneden trekken en haar blik kil worden.

'In het zorgdossier staat dat je in je armen hebt gesneden,' legt Saga uit.

'Ja, maar dat stelde niks voor... We zaten tv te kijken en ik vond mezelf zielig en sneed me daarom met een scherpe scherf... Ik mocht naar het kantoortje komen om verbonden te worden. Dat vind ik fijn. Want Elisabet is rustig en ze weet dat ik zacht gaas om mijn handen nodig heb, ik bedoel mijn polsen... Want achteraf walg ik er altijd van, als ik aan de open aderen met bloed denk...'

'Waarom vond je jezelf zielig?'

'Ik zou met Elisabet gaan praten, maar ze zei dat ze geen tijd had.'

'Waar wilde je het over hebben?'

'Ik weet het niet, nergens over, ik was gewoon aan de beurt voor een gesprek, maar doordat Miranda en Tuula ruziemaakten was er geen tijd meer voor.'

'Dat klinkt onrechtvaardig,' zegt Saga.

'Ik vond het in elk geval zielig voor mezelf en sneed me en werd verbonden.'

'En zo kreeg je toch wat tijd samen met Elisabet.'

'Ja,' glimlacht Vicky.

'Ben je Elisabets favoriete pupil?'

'Nee.'

'Wie wel?' vraagt Saga.

Vicky slaat snel en onverwacht met de rug van haar hand, maar Saga trekt alleen even haar hoofd weg zonder haar lichaam te bewegen.

Vicky begrijpt niet wat er gebeurde, hoe ze haar kon missen en hoe de agente haar hand tegen haar wang heeft kunnen leggen, heel zacht.

'Ben je moe?' vraagt Saga terwijl ze haar hand troostend tegen de wang van het meisje houdt.

Vicky kijkt haar aan en laat haar hand even liggen, waarna ze zich plotseling afwendt.

'Je neemt altijd dertig milligram Zyprexa voor je gaat slapen,' gaat Saga verder.

'Ja.'

De stem van het meisje is nu monotoon en afwijzend.

'Hoe laat?'

'Om tien uur.'

'Kon je toen slapen?'

'Nee.'

'Je kon de hele nacht niet slapen, heb ik begrepen.'

'Ik wil niet meer praten,' zegt Vicky. Ze laat haar hoofd zwaar op het kussen rusten en sluit haar ogen.

'Het is genoeg voor vandaag,' zegt de advocate en ze staat op van haar stoel.

'We hebben nog twintig minuten,' werpt de officier van justitie tegen.

'Mijn cliënt moet uitrusten,' zegt Signe Ridelman en ze loopt naar Vicky toe. 'Je bent moe, hè? Zal ik iets te eten voor je regelen?'

De advocate praat met haar cliënt en de officier van justitie staat met een neutrale gezichtsuitdrukking bij het raam haar voicemails af te luisteren.

Saga wil de dictafoon net uitzetten als ze Joona's blik ziet, en haar bewegingen stokken.

Zijn ogen hebben een merkwaardig grijze tint – als het ijs dat tevoorschijn komt als de sneeuw in het voorjaar smelt – en dan verlaat hij de kamer zonder een woord te zeggen. Saga vraagt de advocate te wachten en loopt dan achter Joona aan langs de op wacht staande agenten, een stuk de gang in. Hij staat bij een stalen deur naar het trappenhuis met nooduitgangen op haar te wachten.

'Heb ik iets gemist?' vraagt ze.

'Vicky sliep in haar bed met bebloede lakens,' vertelt Joona zacht.

'Wat zeg je?'

'Dat blijkt niet uit het verslag van het onderzoek van de plaats delict.'

'Maar jij hebt het gezien?'

'Ja.'

'Dus ze heeft geslapen na de moorden?' vraagt Saga.

'Ik heb geen inzage gehad in de labuitslagen, maar ik heb overwogen of ze geen overdosis van de medicijnen heeft genomen omdat ze zich rot voelde. Je kunt immers denken dat dat helpt, maar dat is niet zo, je wordt alleen maar rustelozer en ten slotte razend. We weten nog niets, misschien wilde ze wraak nemen op Miranda omdat ze haar gespreksstijd met Elisabet had afgepakt, misschien was ze kwaad op Elisabet omdat ze Miranda dat liet doen, misschien gaat het over iets heel anders...'

'Maar je denkt dat het mogelijk is dat ze Elisabet doodsloeg, de sleutel afpakte, de deur van de separeer openmaakte, Miranda doodsloeg en in slaap viel?'

'Ja, want de sporen op de deur van de separeerkamer laten twee kanten zien, zowel uitzinnig geweld als haast melancholieke behoedzaamheid.'

Joona kijkt Saga recht in de ogen, maar zijn blik is zwaar en bedachtzaam.

'Als Miranda dood is, zakt de woede af,' zegt hij. 'Ze probeert Miranda's lichaam te fatsoeneren, legt haar in bed en bedekt haar ogen met haar handen. Daarna gaat ze terug naar haar eigen kamer vlak voor het dempende effect van de medicijnen toeslaat, het is een zwaar middel... en ze wordt hondsmoe.'

138

Als Saga terugkeert naar Vicky's kamer, probeert de officier van justitie uit te leggen dat de resterende vijftien minuten te kort zijn om iets waardevols boven water te krijgen. Saga knikt alsof ze het ermee eens is en loopt dan naar het voeteneinde. De advocate kijkt haar vragend aan. Saga wacht met haar handen op het glanzende metaal van het bed tot Vicky haar gewonde gezicht opheft en haar aankijkt.

'Ik dacht dat je die hele nacht wakker was,' begint Saga heel langzaam. 'Maar Joona zegt dat je in je bed hebt geslapen voor je van de Birgittagården vertrok.'

Vicky schudt haar hoofd en haar advocate probeert tussenbeide te komen.

'Het verhoor van vandaag is afgesloten en...'

Vicky fluistert iets en krabt aan een korstje op haar wang. Saga denkt dat ze haar moet vragen te vertellen over wat er toen gebeurde. Het hoeft niet veel te zijn, gewoon een paar eerlijke woorden over de vlucht door het bos en de ontvoering van de jongen.

Ze weet dat hoe meer een verhoorder de ondervraagde over de gebeurtenissen rondom de misdaad kan laten vertellen, hoe meer kans dat ze alles vertelt.

'Joona vergist zich meestal niet,' zegt Saga en ze glimlacht.

'Het was donker en ik lag in bed toen iedereen gilde en met deuren sloeg,' fluistert Vicky.

'Je ligt in je bed en iedereen gilt,' zegt Saga knikkend. 'Wat denk je, wat doe je dan?'

'Ik ben bang, dat is het eerste, mijn hart bonst hard en snel en ik lig heel stil onder mijn dekbed,' zegt Vicky zonder iemand in de kamer aan te kijken. 'Het is stikdonker... maar dan voel ik dat ik nat ben... ik denk dat ik in bed heb geplast of ongesteld ben geworden of zoiets...

Buster blaft en Nina schreeuwt iets over Miranda en ik doe mijn lamp aan en dan zie ik dat ik onder het bloed zit.'

Saga dwingt zichzelf niets over het bloed en de moorden te vragen, niet te proberen de bekentenis te forceren, maar alleen mee te gaan met de stroom.

'Gil jij ook?' vraagt ze neutraal.

'Ik geloof het niet, ik weet het niet, ik kon niet denken,' gaat Vicky verder. 'Ik wilde gewoon weg, verdwijnen... Ik slaap met mijn kleren aan... dat doe ik altijd... dus ik pak mijn tas, trek mijn schoenen aan, klim het raam uit en loop zo het bos in... ik ben bang en loop zo snel ik kan en de lucht wordt lichter en na een paar uur kan ik beter tussen de bomen door kijken. Ik loop alsmaar door en plotseling zie ik een auto... hij is bijna nieuw, maar zomaar verlaten, het portier staat open en er zitten sleutels in... Ik kan rijden, dat heb ik een hele zomer gedaan... dus ik strompel naar de auto toe en rij weg... En dan voel ik hoe gruwelijk moe ik ben, mijn benen trillen... Ik bedenk dat ik naar Stockholm ga rijden om daar geld te fiksen zodat ik naar vrienden in Chili kan gaan... Plotseling knalt de auto ergens tegenaan, hij draait rond en raakt iets met zijn zijkant... pang en dan is alles stil... Ik word wakker, bloed uit mijn oor en kijk op, overal liggen stukjes glas, ik ben tegen een fokking stoplicht aan gereden, ik snap niet hoe het is gegaan, alle ramen zijn weg, het regent zo de auto in... de motor draait nog en ik leef... mijn hand gaat naar de versnellingspook en ik rij achteruit en rij verder... er waait regen in mijn gezicht en dan hoor ik iemand huilen, ik draai me om en zie dat er een kind in het stoeltje op de achterbank zit... een klein jochie. Het is hartstikke ziek, ik snap niet waar hij vandaan komt... Ik roep tegen hem dat ie zijn kop moet houden. Het giet van de regen. Er is haast geen zicht, maar net als ik ben afgeslagen om een brug over te rijden, zie ik het zwaailicht aan de andere kant van de rivier... Ik raak een beetje in paniek en draai aan het stuur en we raken van de weg af. Het gaat te snel, zo over een strandje heen, ik rem maar rij toch het water in en knal met mijn gezicht tegen het stuur. Het water slaat over de motorkap de auto in en we glijden zo de rivier in... Het wordt donker, we zinken, maar vlak onder het dak vind ik lucht en ik kruip naar het jongetje achterin, krijg zijn gordel los en sleur hem met stoel en al het raam door, we zitten al diep onder water, maar het stoeltje drijft en brengt ons naar boven, we stromen een stukje met de rivier mee en belanden aan de andere kant... we zijn kletsnat, mijn tas en mijn schoenen zijn weg, maar we beginnen te lopen...'

Vicky zwijgt om adem te halen. Saga ziet vanuit haar ooghoek een beweging van de officier van justitie, maar laat Vicky niet los met haar blik.

'Ik zei tegen Dante dat we zijn moeder gingen zoeken,' gaat Vicky met trillerige stem verder. 'Ik hield zijn hand vast en we bleven maar lopen en zongen een liedje van zijn crèche over een oud mannetje met versleten schoenen. We volgden een grote weg met palen erlangs... er stopte een auto en we mochten mee op de achterbank... die man in de auto keek in het spiegeltje naar ons en zette de verwarming aan en vroeg of we met hem mee naar huis wilden waar we nieuwe kleren en eten zouden krijgen... en we waren zeker met hem meegegaan als hij niet steeds naar ons had gekeken in het spiegeltje en had gezegd dat we ook wat zakgeld zouden krijgen... Maar toen hij stopte om te tanken, peerden we 'm en liepen we verder... Ik weet niet hoe ver we waren gekomen, maar op een parkeerplaats bij een meer stond een vracht-wagen van Ikea geparkeerd en op een van die houten tafels daar vonden we een thermoskan en zo'n grote stapel boterhammen met worst, maar voor we die zak kunnen pakken komt er een man vanachter de vrachtwagen die vraagt of we honger hebben... Hij komt uit Polen en we mogen helemaal met hem mee naar Uppsala... Ik leen zijn telefoon en bel mama op... Een paar keer denk ik dat ik hem doodmaak als hij het jongetje aanraakt, maar hij laat ons rustig slapen... Hij wil niks van ons. Hij zet ons gewoon af en het laatste stuk nemen we de trein naar Stockholm, we verstoppen ons tussen de koffers... ik heb de sleutel van de metro niet meer en ken er ook niemand meer, het is ook zo lang geleden... Ik heb een paar weken bij een stel in Midsommarkransen gewoond, maar ik weet niet meer hoe ze heten, alleen Tobias herin-ner ik me nog, natuurlijk herinner ik me hem, ik weet nog dat hij aan de Wollmar Yxkullsgatan woonde, dat ik altijd naar halte Mariatorget ging en... ik ben zo ongelooflijk stom, ik zou niet mogen leven.'

Ze zwijgt en draait haar gezicht weer naar haar kussen en ligt daar stil te ademen.

139

Saga blijft voor het bed staan en kijkt naar Vicky die heel stil op haar buik ligt en het hek van het bed volgt met haar wijsvinger.

'Ik denk aan de man met de auto,' zegt Saga. 'Die man die wilde dat jullie met hem mee naar huis gingen... Ik weet bijna zeker dat je gevoel van gevaar juist was.'

Vicky gaat rechtop zitten en kijkt recht in Saga's lichtblauwe ogen.

'Denk je dat je me zou kunnen helpen hem op te sporen als dit voorbij is?'

Vicky knikt en slikt hard, slaat dan haar ogen neer en zit heel stil met haar armen met kippenvel om zich heen geslagen. Het is niet zo makkelijk je voor te stellen hoe dit broze, dunne meisje twee mensen de schedel in zou kunnen slaan.

'Voor we verdergaan wil ik even zeggen dat het gek genoeg beter voelt om de waarheid te vertellen,' zegt Saga.

Als in een boksring raakt ze bevangen door een kriebelende rust. Ze weet dat ze heel dicht bij een volledige, waarheidsgetrouwe bekentenis is. Ze voelt de verandering in de kamer, die zit in de stemmen, in de warmte en de vochtigheid van de ogen. Saga doet alsof ze een aantekening maakt en wacht nog even voor ze het meisje aankijkt alsof ze de moorden al heeft bekend.

'Je hebt tussen bebloede lakens geslapen,' zegt Saga mild.

'Ik heb Miranda gedood,' fluistert Vicky. 'Toch?'

'Vertel het maar.'

Vicky's lippen trillen en de wonden in haar gezicht kleuren donkerder als ze bloost.

'Ik kan zo ontzettend kwaad worden,' fluistert ze en daarna verbergt ze haar gezicht achter haar handen.

'Was je kwaad op Miranda?'

'Ja.'

'Wat deed je toen?'

'Ik wil het er niet over hebben.'

De advocate kan het niet laten naar Vicky toe te gaan.

'Je weet dat je niets hoeft te vertellen, hè?' zegt ze.

'Ik hoef het niet,' herhaalt Vicky tegen Saga.

'Het verhoor is beëindigd,' zegt Susanne Öst gedecideerd.

'Bedankt,' fluistert Vicky.

'Ze heeft tijd nodig om het zich te herinneren,' zegt Saga.

'Maar we hebben een bekentenis,' zegt Susanne.

'Ik weet het niet,' mompelt Vicky.

'Je hebt bekend dat je Miranda Ericsdotter hebt gedood,' zegt Susanne met stemverheffing.

'Schreeuw niet tegen me,' zegt Vicky.

'Heb je haar geslagen?' dringt Susanne aan. 'Je hebt haar geslagen, hè?'

'Ik wil niet meer praten.'

'Het verhoor is afgelopen,' zegt de advocate beslist.

'Hoe heb je Miranda geslagen?' vraagt de officier van justitie scherp.

'Dat doet er niet toe,' antwoordt Vicky met een spoor van tranen in haar stem.

'Je vingerafdrukken staan op een bebloede hamer die...'

'Ik kan er godverdomme niet over praten, snap dat dan!'

'Dat hoeft ook niet,' zegt Saga. 'Je hebt het recht om te zwijgen.'

'Waarom werd je zo kwaad op Miranda?' vraagt de officier van justitie met stemverheffing. 'Zo verschrikkelijk kwaad dat je...'

'Ik zal dit rapporteren,' zegt de advocate.

'Hoe ben je de kamer van Miranda binnen gekomen?' vraagt de officier van justitie.

'Ik heb de deur van het slot gedraaid,' antwoordt Vicky en ze probeert uit bed te stappen. 'Maar nu is het me te veel om verder te praten over...'

'Hoe kwam je aan de sleutels?' onderbreekt de officier van justitie haar.

'Ik weet het niet, ik...'

'Had Elisabet ze?'

'Ik heb ze geleend,' antwoordt ze en ze staat op.

'Wilde ze die wel uitlenen?'

'Ik heb haar kop ingeslagen!' schreeuwt Vicky en ze smijt het blad met ontbijt naar de officier van justitie.

Het plastic bord met yoghurt en muesli klettert op de grond, sinaasappelsap spat tegen de muur.

'Rot toch op,' schreeuwt ze en ze duwt haar advocate aan de kant waardoor deze achterover tussen de stoelen valt.

Voor Saga en Joona bij haar zijn, grijpt Vicky de infuusstandaard en slaat hem uit alle macht tegen de schouder van de officier van justitie waardoor het zakje met vloeistof losraakt, tegen de muur geslingerd wordt en barst.

140

Joona en Saga gingen tussen Vicky en de anderen in staan en probeerden haar te kalmeren. Infuusvloeistof droop van de muur. Vicky ademde hijgend en keek hen met bange ogen aan. Ze had zich ergens aan bezeerd en bloedde hevig uit een wenkbrauw. Agenten en verpleegkundigen kwamen binnenrennen en dwongen haar op de grond. Ze waren met zijn vieren. Ze raakte in paniek en worstelde heftig om los te komen, gilde en trapte de brancard omver.

Vicky werd op haar buik gedraaid, in een stabiele zijligging, kreeg een kalmerend middel in haar bil ingespoten, schreeuwde hees en werd daarna snel rustig.

Een paar minuten later tilden ze Vicky Bennet op bed. Ze huilde en probeerde iets te zeggen maar sprak zo moeizaam dat ze onverstaanbaar was. Een verpleegkundige zorgde dat Vicky gefixeerd werd. Eerst werden haar polsen en enkels vastgezet aan de hekken van het bed, vervolgens haar bovenbenen en ten slotte werden er brede riemen kruiselings over haar borstkas bevestigd. Vicky's bloed had vlekken gemaakt op de lakens en de witte kleding van de verpleging en de kamer was een bende met water en haar ontbijt op de vloer.

Een halfuur later lag Vicky heel stil met een grauw, gesloten gezicht en kapotte lippen. De bloeding van haar wenkbrauw was gestelpt en er was een nieuw infuus aangebracht in haar arm. In de deuropening hield een agent de wacht terwijl een schoonmaakster de vloer een laatste keer dweilde.

*

Joona weet dat de officier van justitie hem in de gaten houdt, dat hij zich er niet mee mag bemoeien, maar de ontwikkelingen bevallen hem niet. Voor de zitting over de inbewaringstelling zullen er geen verhoren meer worden gehouden. Het was beter geweest met de juridische procedure te wachten tot de verhoren waren afgerond en de uitslagen van het gerechtelijk lab binnen waren. Susanne Öst heeft echter besloten het opgespoorde meisje te arresteren en morgenvroeg al een zitting voor inbewaringstelling te houden.

Als Saga Bauer wat meer tijd had gekregen, zou Vicky Bennet haar de hele waarheid hebben verteld. Nu hebben ze een bekentenis die als 'uitgelokt' aangemerkt kan worden.

Zolang het technisch bewijs eenduidig is, is dat wellicht niet van belang, denkt Joona, en hij verlaat de kamer waar het meisje nu ligt te slapen.

Hij loopt de gang door en ruikt de sterke geur van ontsmettingsmiddel uit een open kamerdeur.

Er is iets in deze zaak dat hem dwarszit. Als hij de steen buiten beschouwing laat, heeft hij eigenlijk geen moeite om zich de loop van de gebeurtenissen voor te stellen. Het is aannemelijk, maar nog lang niet vastgesteld. Nog steeds is alles vloeibaar als in een golvend schimmenrijk. De gebeurtenissen zijn nog transparant en veranderlijk.

Hij zou al het onderzoeksmateriaal moeten hebben, de sectierapporten, de technische verslagen en de uitgebreide laboratoriumuitslagen.

Waarom lag Miranda met haar handen voor haar ogen?

Hij herinnert zich hoe het bebloede tafereel eruitzag, maar zou inzage moeten hebben in de rapporten van de plaats delict om dieper in de loop der gebeurtenissen door te dringen.

Susanne Öst komt naar de liften lopen en gaat naast Joona staan. Ze knikken naar elkaar en de officier van justitie ziet er voldaan uit.

'Nu heeft iedereen de pest aan me omdat ik te voortvarend was,' zegt ze, waarna ze de lift in stapt en op het knopje drukt. 'Maar een bekentenis weegt ontzettend zwaar, ook als er wat protesten komen.'

'Hoe vind je het technisch bewijs eruitzien?' vraagt Joona.

'Zo sterk dat ik voor de op een na hoogste graad van verdenking kies.'

De lift stopt op de begane grond en ze lopen er samen uit.

'Zal ik het rapport bekijken?' vraagt Joona en hij blijft staan.

Susanne kijkt verbaasd en antwoordt na een moment van twijfel: 'Dat is niet nodig, hoor.'

'Oké,' zegt Joona en hij komt weer in beweging.

'Denk je dat er lacunes in kunnen zitten?' vraagt Susanne Öst en ze probeert hem bij te houden.

'Nee,' antwoordt Joona kort.

'Het rapport van het onderzoek plaats delict moet ik hier ergens hebben,' zegt ze terwijl ze haar tas opendoet.

Joona loopt door de glazen deuren naar buiten en hoort de officier van justitie achter zich in haar papieren rommelen en daarna naar hem toe hollen. Hij is al bij zijn auto als Susanne Öst hem bijhaalt.

'Het zou geweldig zijn als je er vandaag nog naar kon kijken,' zegt ze buiten adem en ze houdt een dunne leren map omhoog. 'Ik doe de voorlopige uitslagen van het gerechtelijk lab in Linköping er ook bij, plus het attest met de doodsoorzaken uit het sectierapport.'

Joona kijkt haar aan, knikt, gooit de map op de passagiersstoel en stapt in.

141

Joona zit alleen achter in Il Caffè en leest de kopieën uit de map van Susanne Öst. Haar provocaties tijdens het verhoor waren een grote vergissing.

Hij kan niet geloven dat Vicky Dante opzettelijk heeft meegenomen, dat klopt niet met het beeld dat hij van haar heeft gekregen, maar om de een of andere reden heeft ze Miranda en Elisabet gedood.

Waarom?

Joona·slaat de map open en denkt dat de antwoorden hier misschien te vinden zijn.

Waarom wordt Vicky soms zo ongelooflijk kwaad en gewelddadig?

Dat kan niet alleen door de medicijnen komen.

Die kreeg ze niet voor ze op de Birgittagården kwam.

Joona bladert verder in de papieren.

Plaatsen delict en vindplaatsen zijn spiegels die de dader reflecteren. Scherven van het motief bevinden zich in het spatpatroon op muren en vloeren, tussen omvergegooide meubelen, laarzensporen en de positie van de lichamen. Nathan Pollock zou waarschijnlijk zeggen dat een scherp oor en oog voor de plaats delict veel belangrijker kunnen zijn dan het veiligstellen van sporen. De dader geeft het slachtoffer en de plaats van de moord specifieke functies. Het slachtoffer speelt een rol in het innerlijk drama van de dader en de plaats kan beschouwd worden als een toneel met decor en rekwisieten. Veel kan toeval zijn, maar er zijn altijd dingen die bij het innerlijk drama horen, die in verband gebracht kunnen worden met het motief.

Voor de eerste keer leest Joona Linna het verslag van het onderzoek van de plaats delict. Hij blijft lang stilstaan bij de documentatie, het veiligstellen van sporen en de analyse van de plaats delict.

De politie heeft uitstekend werk verricht, veel nauwkeuriger dan je eigenlijk zou mogen eisen.

Een ober met een gebreid mutsje komt met een grote kop koffie op een dienblad aan, maar Joona is zo in gedachten verzonken dat hij hem niet opmerkt. In de ruimte ernaast zit een jonge vrouw met een zilveren ringetje door haar onderlip. Glimlachend zegt ze tegen de jongen dat ze Joona de koffie heeft zien bestellen.

Hoewel de uitslagen van het gerechtelijk laboratorium niet in het rapport zijn opgenomen, begrijpt Joona dat de resultaten eensluidend zijn: de vingerafdrukken zijn afkomstig van Vicky Bennet. In de deskundigenverklaring wordt het hoogste niveau van betrouwbaarheid gebruikt, graad +4.

Niets in de analyse wijkt af van wat hij zelf op de plaats delict heeft gezien, hoewel veel van zijn waarnemingen niet terug te vinden zijn, bijvoorbeeld dat het steeds verder gestolde bloed gedurende minstens een uur over de lakens was uitgesmeerd. Ook staat er niet in het rapport vermeld dat de sporen van de bloedspatten op de muren na drie slagen van hoek veranderen.

Joona steekt zijn hand uit, pakt de kop koffie, neemt een slok en bestudeert de foto's opnieuw. Hij bladert langzaam door de stapel en bekijkt elke foto aandachtig. Daarna kiest hij twee foto's van Vicky Bennets kamer, twee van de separeerkamer waar Miranda Ericsdotter is gevonden en twee van het bakhuis waar Elisabet Grim is aangetroffen. Hij verwijdert zijn koffiekop en alle andere dingen van tafel en legt de zes foto's dan op het lege tafelblad. Hij staat op en probeert ze allemaal tegelijk te zien om nieuwe, onverwachte patronen te ontdekken.

Na een tijdje draait Joona alle foto's op een na om. Hij kijkt zorgvuldig naar de laatste foto en probeert in gedachten terug te gaan naar de kamer. Hij verplaatst zich in het gevoel en de geuren. Op de foto is het tengere lichaam van Miranda Ericsdotter te zien. Ze ligt in een wit slipje op bed met beide handen voor haar ogen. Door het licht van de camera zijn haar lichaam en de lakens stralend wit. Het bloed van haar verbrijzelde hoofd is als een donkere formatie zichtbaar op het kussen.

Plotseling ziet Joona iets wat hij niet had verwacht.

Hij doet een stap achteruit en het lege koffiekopje valt pardoes op de grond.

Het meisje met het zilveren ringetje door haar lip glimlacht met gebogen hoofd.

Joona buigt zich over de foto van Miranda. Hij denkt aan zijn bezoek aan Flora Hansen. Hij was geïrriteerd geraakt omdat hij zijn tijd aan haar had verspild. Toen hij weg zou gaan, was ze achter hem aan gelopen naar de hal, herhaalde dat ze Miranda echt had gezien en vertelde dat ze het spook had getekend. Ze had de tekening voor hem opgehouden, maar liet hem vallen toen hij haar hand had weggeduwd. Het papier was geluidloos op de grond beland. Joona's blik was op de kinderlijke tekening gevallen toen hij er op weg naar de deur overheen stapte.

Nu hij de foto van Miranda's gearrangeerde lichaam bestudeert, probeert hij zich de tekening van Flora Hansen voor de geest te halen. Die was in twee etappes gemaakt. Eerst had ze een poppetje van strepen getekend, daarna had ze de ledematen verbreed en ingekleurd. Op sommige plekken had het meisje op de tekening krasserige contouren, terwijl andere delen van haar lichaam sprietdun waren gebleven. Het hoofd was te groot en buiten proporties. De rechte mond was nauwelijks zichtbaar omdat het meisje haar onaffe skelethanden voor haar gezicht hield. De tekening kwam vrij goed overeen met wat er in de boulevardkranten was beschreven.

Wat de kranten niet wisten, was dat Miranda op haar hoofd was geslagen en dat het bloed vanuit haar hoofd op het bed was gestroomd. Er waren geen foto's van de plaats delict gepubliceerd. De pers had over haar handen voor haar gezicht geschreven, ze hadden gespeculeerd, maar waren niet op de hoogte van de verwondingen aan haar hoofd. Er had strikte geheimhouding rondom het gehele vooronderzoek geheerst, tot aan de zitting voor inbewaringstelling.

'Je hebt iets belangrijks ontdekt, hè?' vraagt het meisje.

Joona kijkt in haar glinsterende ogen en knikt, waarna hij zijn blik weer op de kleurenfoto op tafel richt.

Wat hij zich realiseerde toen hij Miranda's lichaam op de foto bekeek, was dat Flora een donker hart bij het hoofd van het meisje had getekend, precies op de plek waar de donkere bloedvlek in werkelijkheid zat.

Hetzelfde formaat, dezelfde plaats.

Het was net alsof ze Miranda daadwerkelijk in het bed had gezien.

Het kan natuurlijk toeval zijn, maar als hij zich Flora's tekening goed herinnert, dan is de gelijkenis treffend.

142

De klokken van de Gustav Vasa-kerk beieren als Joona Flora bij Carlén Antikviteter in de Upplandsgatan ontmoet. Ze ziet er ellendig uit, vermoeid en vaal. Op een wang zit een grote, verbleekte bloeduitstorting. Haar ogen staan mat en somber. Op een smalle deur naast de antiekzaak zit een bordje dat vermeldt dat er die avond een spiritistische avond wordt gehouden.

'Heb je de tekening bij je?' vraagt Joona.

'Ja,' antwoordt ze en ze draait de deur van het slot.

Ze lopen de trap naar een souterrain af. Flora knipt de plafondlampen aan alsof ze hier thuis is en gaat naar rechts, de ruimte in met aan de straatkant een raampje op plafondhoogte.

'Het spijt me dat ik heb gelogen,' zegt Flora en ze zoekt in haar tas. 'Ik voelde niks bij die sleutelhanger, maar ik...'

'Mag ik die tekening alleen even bekijken?'

'Ik heb Miranda gezien,' zegt ze en ze geeft hem het papier. 'Ik geloof niet in spoken, maar... ze was er.'

Joona vouwt het papier open en kijkt naar de kinderlijke tekening. Een meisje dat op haar rug ligt, zo te zien. Ze houdt haar handen voor haar gezicht en haar haar hangt los. Er staan geen bed of meubels op de tekening. Zijn herinnering klopt. Naast het hoofd van het meisje staat een heel donker hart, precies op de plek waar Miranda's bloed uit haar hoofd was gestroomd en was opgezogen door het onderlaken en het matras.

'Waarom heb je een hart over haar heen getekend?'

Hij kijkt Flora aan, die haar blik neerslaat en bloost.

'Ik weet het niet, ik weet niet eens meer dat ik dat heb gedaan... ik was gewoon doodsbang en ik trilde over mijn hele lichaam.'

'Heb je het spook weer gezien?'

Ze knikt en haar rode kleur verdiept zich.

Joona probeert het verband te begrijpen. Kan Flora dit allemaal geraden hebben? Als de steen een gok van haar was, dan moet ze begrepen hebben dat ze raak had geschoten.

Het was niet zo moeilijk om de reacties te interpreteren.

En als de steen klopte, was het eigenlijk niet meer dan logisch om ervan uit te gaan dat Miranda op haar hoofd geslagen was en dat er bloed in het bed lag.

Ze heeft echter geen bloed getekend, maar een hart, denkt hij. En dat zou ze niet doen als ze de kluit probeert te belazeren.

Het klopt niet.

Ze moet iets gezien hebben.

Het lijkt alsof ze Miranda heel vaag of heel kort in het bed heeft gezien en dat daarna gedachteloos heeft nagetekend.

Het beeld van Miranda met de bloedvlek bij haar hoofd kwam boven.

Ze ging zitten en tekende wat ze had gezien. Ze herinnerde zich het liggende lichaam en de handen voor het gezicht en dat er iets donkers bij het hoofd van het meisje zat.

Een donkere formatie.

Toen ze de tekening maakte, interpreteerde ze de donkere vlek als een hart. Ze heeft geen moment nagedacht over verbanden of logica.

Joona weet dat Flora zich op het moment van de moorden ver van de Birgittagården bevond en dat ze geen link heeft met de betrokkenen of de gebeurtenissen.

Hij kijkt nogmaals naar de tekening en overweegt een nieuwe gedachte: misschien heeft Flora iets te horen gekregen van iemand die er wel was.

Misschien heeft een getuige van de moorden haar verteld wat ze moest tekenen.

Een kinderlijke getuige die het bloed aanzag voor een hart.

In dat geval is dat geklets over spoken Flora's manier om de identiteit van de getuige te beschermen.

'Ik wil dat je contact probeert te maken met het spook,' zegt Joona.

'Nee, dat kan ik niet...'

'Hoe werkt dat dan?'

'Het spijt me, maar dat kan ik hier niet doen,' zegt ze beheerst.

'Je moet het spook vragen of ze heeft gezien wat er gebeurde.'

'Dat wil ik niet,' fluistert ze. 'Ik breng het niet meer op.'

'Je krijgt ervoor betaald,' zegt hij.

'Ik wil niet betaald worden, ik wil alleen dat je luistert naar wat ik heb gezien.'

'Dat doe ik,' zegt Joona.

'Ik weet het eigenlijk niet zeker meer, maar ik geloof niet dat ik gek ben.'

'Ik geloof ook niet dat je gek bent,' zegt hij ernstig.

Ze kijkt hem aan en veegt tranen van haar wangen. Daarna staart ze voor zich uit en slikt hard.

'Ik zal het proberen,' antwoordt ze zacht. 'Maar ik geloof eerlijk gezegd niet in...'

'Probeer het maar.'

'Jij moet daar wachten,' zegt ze terwijl ze naar het keukentje naast de kelderruimte wijst. 'Miranda lijkt alleen te komen als ik helemaal alleen ben.'

'Ik begrijp het,' zegt Joona. Hij staat op en loopt de kamer uit.

143

Flora zit heel stil en ziet de commissaris de deur achter zich dichtdoen. De stoel in het keukentje kraakt als hij gaat zitten en daarna wordt het heel stil. Ze hoort geen enkel geluid, geen auto of hondengeblaf en niets vanuit het keukentje waar de commissaris zit te wachten.

Nu pas voelt ze hoe moe ze is.

Flora weet niet wat ze moet doen. Of ze kaarsjes en wierook aan zou moeten steken. Ze blijft maar zitten, sluit haar ogen even en kijkt dan naar de tekening.

Ze herinnert zich hoe haar hand trilde terwijl ze tekende wat ze had gezien en hoe moeilijk het was zich te concentreren. Ze keek voortdurend rond in de kamer om te zien of het spook terug was gekomen.

Nu kijkt ze naar haar tekening. Ze kan niet goed tekenen, maar je ziet wel dat het meisje op de grond ligt. Ze ziet de kleine kruisjes en beseft dat die de franjes van de badmat voor moeten stellen.

Flora's hand had getrild en een van de bovenbenen was per ongeluk zo dun geworden als een kaal bot.

De vingers voor het gezicht zijn niet meer dan streepjes. De rechte mond erachter is te zien.

De stoel in het keukentje kraakt weer.

Flora knippert hard met haar ogen en staart naar de tekening.

Het is net alsof de vingers een stukje verder gespreid zijn, want nu kan Flora een van haar ogen zien.

Het meisje kijkt naar haar.

Er gaat een schok door Flora heen als de buizen tikken. Ze kijkt de kamer door. De divan is een zwarte schaduw, de tafel staat onzichtbaar in een donkere hoek.

Als ze weer naar de tekening kijkt, is het oog niet meer te zien. Een vouw in het ruitjespapier loopt over het getekende gezicht.

Flora's handen trillen als ze het papier glad probeert te strijken. De dunne vingers van het meisje verbergen haar ogen. Alleen een stukje van haar mond is zichtbaar op het ruitjespapier.

Plotseling kraakt de vloer achter haar en Flora kijkt vlug achterom. Er is niemand.

Ze bestudeert de tekening weer tot ze tranen in haar ogen krijgt. De randen van het hart dat boven het hoofd van het meisje hangt, zijn vervaagd. Ze laat haar blik over het klitterige haar gaan en keert terug naar de vingers voor haar gezicht. Flora trekt haar handen in een impuls van het papier als ze ziet dat de lippen geen streep meer vormen.

Ze vormen een schreeuw.

Flora is opgestaan van haar stoel, ademt hijgend, staart naar de tekening, naar de schreeuwende mond achter de vingers en net als ze de commissaris wil roepen, ziet ze het meisje in het echt.

Ze heeft zich verstopt in de kast in de muur. Het lijkt alsof ze zich zo verdekt mogelijk wil opstellen. Maar de deur kan niet dicht als zij er staat. Het meisje staat roerloos met haar handen voor haar gezicht. Dan glijden haar vinger uit elkaar en kijkt ze Flora met één oog aan.

Flora staart het meisje aan.

Ze zegt iets achter haar handen, ze kan de woorden niet verstaan.

Flora komt dichterbij.

'Ik versta je niet,' zegt ze.

'Ik ben zwanger,' zegt het meisje en ze haalt haar handen van haar gezicht. Ze tast verwonderd over haar achterhoofd, kijkt naar haar hand, ziet het bloed en wankelt even. Uit haar achterhoofd loopt een dikke stroom bloed, over haar rug naar beneden, op de grond.

Haar mond gaat open, maar voor ze iets kan zeggen, knakt haar hoofd opzij en zakken haar benen onder haar weg.

Joona hoort lawaai uit de kamer komen en stormt naar binnen. Flora ligt voor een halfopen wandkast op de vloer. Ze gaat rechtop zitten en kijkt hem met een verwarde blik aan.

'Ik heb haar gezien... ze is zwanger...'

Joona helpt Flora overeind.

'Heb je haar gevraagd wat er is gebeurd?'

Flora schudt haar hoofd en kijkt naar de lege kast.

'Niemand mag iets zien,' fluistert ze.

'Wat zeg je?'

'Miranda zei dat ze zwanger was,' huilt Flora en ze stapt achteruit.

Ze droogt haar tranen, kijkt naar de kast en loopt dan de kamer uit. Joona pakt haar jas van een stoel en gaat achter haar aan. Ze is al halverwege de trap naar de straat.

144

Flora zit op de stoep voor Carlén Antikviteter en knoopt haar jas dicht. Ze heeft weer wat kleur op haar wangen gekregen, maar zegt niets. Joona staat op de stoep met de telefoon aan zijn oor. Hij belt patholoog-anatoom Nils Åhlén, hoofd van de afdeling Forensische Geneeskunde in het Karolinska-ziekenhuis.

'Wacht even,' hoort hij de Naald zeggen. 'Ik heb net een nieuwe smartphone.'

Het ritselt luid in Joona's oor.

'Ja?'

'Ik heb een korte vraag,' zegt Joona.

'Frippe is verliefd,' antwoordt de Naald met zijn nasale, geknepen stem.

'Wat leuk,' zegt Joona kalm.

'Ik ben alleen bang dat hij verdrietig wordt als het uitgaat,' gaat de Naald verder. 'Begrijp je wat ik bedoel?'

'Ja, maar...'

'Wat wilde je vragen?'

'Was Miranda Ericsdotter zwanger?'

'Absoluut niet.'

'Je herinnert je het meisje dat...'

'Ik herinner me ze allemaal,' antwoordt hij bars.

'O ja? Dat heb je me nooit verteld.'

'Je hebt er nooit naar gevraagd.'

Flora is opgestaan en staat een beetje benauwd voor zich uit te glimlachen.

'Weet je zeker dat...'

'Honderd procent zeker,' valt de Naald hem in de rede. 'Ze kon niet eens zwanger worden.'

'Hoezo niet?'

'Miranda had een grote cyste op haar eierstokken.'

'Bedankt, dan weet ik dat... de groeten aan Frippe.'

'Zal ik doen.'

Joona verbreekt de verbinding en kijkt naar Flora. Haar glimlach verdwijnt langzaam.

'Waarom doe je dit?' vraagt Joona ernstig. 'Je zei dat het vermoorde meisje zwanger was, maar ze kon niet eens zwanger raken.'

Flora maakt een vaag gebaar naar de deur van het souterrain.

'Ik herinner me dat ze...'

'Maar het was niet waar,' kapt Joona haar af. 'Ze was niet zwanger.'

'Ik bedoelde eigenlijk...' fluistert Flora. 'Ik bedoelde eigenlijk dat ze zei dat ze zwanger was. Maar het was niet waar, ze was niet zwanger. Ze dacht het alleen, ze dacht dat ze zwanger was.'

'*Jumala*,' zucht Joona en hij loopt door de Upplandsgatan naar zijn auto.

145

Het eten is iets te duur en Daniel kijkt beschaamd op de wijnkaart. Hij vraagt of Elin wil kiezen, maar ze schudt glimlachend haar hoofd. Hij schraapt zacht zijn keel, vraagt de ober om de huiswijn, verandert voor hij kan antwoorden van gedachten en vraagt of de man een rode wijn bij hun gerecht kan aanbevelen. De jonge man kijkt in de wijnkaart en stelt drie wijnen voor in verschillende prijsklassen. Daniel kiest de goedkoopste en zegt dat een Zuid-Afrikaanse pinot noir prima is.

De ober neemt de wijnkaart en de menu's mee. Verderop in het restaurant zit een gezin te eten.

'Je had me niet mee uit eten hoeven nemen,' zegt Elin.

'Ik wilde het graag,' glimlacht hij.

'Dat is ontzettend aardig,' zegt ze en ze neemt een slokje water.

Een serveerster vervangt bestek en wijnglazen, maar Elin praat door alsof er geen personeel bij is.

'Vicky's advocate heeft de zaak teruggegeven,' zegt ze zacht. 'Maar mijn advocaat, Johannes Grünewald... is er al op gezet.'

'Het zal zeker goed gaan,' stelt Daniel haar gerust.

'Ze wordt niet verder verhoord, ze zeggen dat ze heeft bekend,' gaat Elin verder en ze schraapt behoedzaam haar keel. 'Ik zie zelf ook wel dat Vicky in het plaatje past. Pleeggezinnen, weglopen, internaten, geweld... alles wijst in haar richting. Maar ik geloof nog steeds dat ze onschuldig is.'

'Ik weet het,' zegt Daniel.

Ze buigt haar hoofd als de tranen beginnen te stromen. Daniel staat op, loopt om de tafel heen en slaat zijn armen om haar heen.

'Sorry dat ik zoveel over Vicky praat,' zegt ze en ze schudt haar hoofd. 'Het komt doordat jij hebt gezegd dat je niet gelooft dat zij het heeft gedaan. Ik bedoel, anders had ik niet... maar het voelt alsof jij en ik de enigen zijn die niet geloven dat zij...'

'Elin,' zegt hij ernstig. 'Ik geloof eigenlijk helemaal niets, ik bedoel, de Vicky die ik heb leren kennen, zou zoiets nooit kunnen doen.'

'Mag ik je vragen... Tuula leek Vicky en Miranda samen te hebben gezien,' vertelt Elin.

'Die nacht?'

'Nee, eerder...'

Elin zwijgt en Daniel houdt haar schouders vast en probeert in haar ogen te kijken.

'Wat bedoel je?'

'Vicky en Miranda speelden een spelletje... en hielden hun handen voor hun gezicht,' zegt Elin. 'Ik heb het niet aan de politie verteld, want dan zouden ze Vicky alleen maar nog meer verdenken.'

'Maar Elin...'

'Het hoeft niets te betekenen,' zegt Elin snel. 'Ik vraag het Vicky zodra ik de kans krijg... ze kan me vast uitleggen wat ze deden.'

'Maar als ze dat niet kan?'

Hij zwijgt als hij ziet dat de ober met de wijnfles aankomt. Elin droogt haar tranen en Daniel gaat weer zitten, legt het servet op zijn schoot en keurt dan met trillende hand de wijn.

'Prima,' zegt hij iets te vlug.

Ze zwijgen terwijl de ober hun glazen inschenkt, bedanken op gedempte toon en als hij hen alleen gelaten heeft, kijken ze elkaar voorzichtig aan.

'Ik wil Vicky's pleegmoeder weer zijn,' zegt Elin ernstig.

'Heb je dat besloten?' vraagt hij.

'Denk je dat ik het niet aankan?' vraagt ze met een lachje.

'Elin, daar gaat het niet om,' zegt hij. 'Vicky is suïcidaal... Het is wel beter geworden, maar ze vertoont nog steeds zeer ernstig automutilerend gedrag.'

'Snijdt ze zichzelf? Is dat het?'

'Het is al minder erg dan eerst, maar ze snijdt zichzelf en neemt pillen... volgens mij moet er dag en nacht iemand bij haar in de buurt zijn.'

'Je zou mij dus niet aanbevelen als pleegouder?'

'Ze heeft professionele hulp nodig,' legt Daniel behoedzaam uit. 'Ik bedoel, ik vind dat ze zelfs op de Birgittagården niet voldoende hulp kreeg, daar was geen geld voor, maar...'

'Wat heeft ze nodig?'

'Dag en nacht verpleegkundig personeel,' antwoordt hij kort.

'En therapie?'

'Ik had maar een uur in de week met de pupillen, met sommige twee, maar dat is eigenlijk veel te weinig als je...'

Elins telefoon gaat, ze verontschuldigt zich, kijkt op de display, ziet dat het Johannes Grünewald is en neemt meteen op.

'Wat is er aan de hand?' vraagt ze vlug.

'Ik heb de zaak gecontroleerd en het klopt dat de officier van justitie heeft besloten tot een verzoek tot inbewaringstelling zonder verdere verhoren,' antwoordt de advocaat. 'Ik zal met de rechtbank overleggen over het tijdstip, we hebben een paar uur extra nodig.'

'Accepteert Vicky hulp van ons?'

'Ik heb met haar gesproken en ze accepteert mij als raadsman.'

'Heb je mij genoemd?'

'Ja.'

'Reageerde ze daarop?'

'Ze is... ze hebben haar medicijnen gegeven en...'

'Wat zei ze precies toen je mijn naam noemde?' dringt Elin aan.

'Niets,' antwoordt Johannes kort.

Daniel ziet een plotseling verdriet over het mooie, gladde gezicht van Elin Frank trekken.

'We spreken af in het ziekenhuis,' zegt ze in de telefoon. 'Laten we het er zo snel mogelijk met haar over hebben voor we doorgaan.'

'Ja.'

'Hoe snel kun jij in het Söder-ziekenhuis zijn, Johannes?'

'Over een minuut of twintig, dat moet...'

'Tot dan,' zegt ze en ze verbreekt de verbinding en kijkt dan in Daniels vragende ogen.

'Oké... Vicky heeft Johannes als raadsman geaccepteerd. Ik moet er nu heen.'

413

'Nu? Kunnen we niet eerst eten?'

'Het lijkt me heerlijk,' zegt ze terwijl ze opstaat. 'Maar laten we dat na afloop doen.'

'Prima,' antwoordt hij zacht.

'Kun je niet meegaan naar het Söder-ziekenhuis?' vraagt ze.

'Ik weet niet of ik dat aankan,' antwoordt hij.

'Ik bedoel niet dat je haar moet ontmoeten,' zegt ze vlug. 'Ik dacht vooral aan mezelf, dat ik me rustiger zal voelen als ik weet dat jij buiten op me wacht.'

'Elin, het is... Ik ben nog niet zover dat ik aan Vicky kan denken... Het heeft tijd nodig. Elisabet is dood... en ook al kan ik niet geloven dat Vicky het geda...'

'Ik begrijp het,' zegt Elin. 'Het is misschien geen goed idee om haar te ontmoeten.'

'Of misschien ook wel,' zegt hij aarzelend. 'Misschien brengt het mijn geheugen op gang, ik weet echt niet hoe ik ga reageren.'

146

Vicky wendt haar gezicht af als Saga de kamer binnen komt. Het meisje heeft witte banden om haar enkels, polsen en kruiselings over haar borstkas, als een sneeuwkristal.

'Maak de riemen los,' zegt Saga.

'Dat kan ik niet doen,' antwoordt de verpleegkundige.

'Het is goed dat ze bang voor me zijn,' fluistert Vicky.

'Heb je zo de hele nacht gelegen?' vraagt Saga terwijl ze op de stoel gaat zitten.

'Mm...'

Vicky ligt heel stil, met afgewend gezicht en een bijna slap lichaam.

'Ik ga je nieuwe advocaat ontmoeten,' zegt Saga. 'Vanavond is er overleg over de inbewaringstelling en hij heeft het proces-verbaal van het verhoor nodig.'

'Ik word soms gewoon zo kwaad.'

'De verhoren zijn afgesloten, Vicky.'

'Mag ik niet praten?' vraagt ze en ze kijkt Saga aan.

'Het is het beste als je je advocaat om raad vraagt voordat je...'

'Maar als ik wíl praten,' valt ze Saga in de rede.

'Natuurlijk mag je praten, maar dit gesprek wordt niet opgenomen,' antwoordt Saga rustig.

'Het is net als wanneer het hard waait,' vertelt Vicky. 'Alles gaat gewoon vanzelf... het dreunt in je oren en je gaat erin mee om niet om te vallen.'

Saga kijkt naar de afgekloven nagels van het meisje en herhaalt dan op kalme, bijna onverschillige toon: 'Net als wanneer het hard waait.'

'Ik kan het niet uitleggen... het is net als die keer dat ze Simon treiterden, een jongetje dat... we zaten in hetzelfde pleeggezin,' vertelt Vicky met trillende mond. 'De zoon van het gezin, hun echte kind...

hij deed zo gemeen tegen Simon en pestte hem altijd. Iedereen wist het, ik had het ook aan de begeleider verteld, maar niemand deed er iets aan...'

'Wat is er gebeurd?' vraagt Saga.

'Ik kwam de keuken binnen... de echte zoon had Simons handjes in kokend water geduwd en de moeder stond met bange ogen naar ze te kijken. Ik zag alles en voelde me heel raar worden vanbinnen en opeens sloeg ik ze en sneed ze met een kapotte fles in hun gezicht...'

Vicky rukt ineens hard aan de riemen, spant haar lichaam en kalmeert hijgend als er op de deur wordt geklopt.

Een man met grijs haar en een donkerblauw pak beent de ziekenhuiskamer binnen.

'Ik ben Johannes Grünewald,' zegt hij en hij schudt Saga de hand.

'Hier is het laatste proces-verbaal,' zegt Saga.

'Dank je,' zegt de man zonder naar de papieren te kijken. 'Het heeft geen haast om het te lezen, want ik ben net met de rechtbank overeengekomen om de zitting naar morgenochtend te verplaatsen.'

'Ik wil niet wachten,' zegt Vicky.

'Dat begrijp ik, maar ik moet de zaak nog voorbereiden,' zegt hij glimlachend. 'En ik wil dat je iemand ontmoet voordat we alle vragen doornemen.'

Vicky kijkt met grote lichte ogen naar de vrouw die zonder de agenten te groeten op haar af loopt. De blik van Elin Frank is glinsterend en nerveus. Haar lippen trillen als ze het vastgebonden meisje in het bed ziet.

'Hallo,' zegt ze.

Vicky wendt haar gezicht langzaam af en blijft zo liggen terwijl Elin de banden om haar lichaam losmaakt. Met tederheid in haar bewegingen ontdoet ze het meisje langzaam van de fixatie die al twintig uur duurt.

'Mag ik gaan zitten?' vraagt ze met een stem die dik is van emotie.

Vicky's blik wordt glashelder en hard. Maar ze antwoordt nog steeds niet.

'Herinner je je mij nog?' fluistert Elin.

Haar keel doet pijn van woorden die blijven hangen en tranen die zich opdringen, haar aderen doen opzwellen en het bloed onder haar huid verhitten.

Ergens in de stad beiert een kerkklok.

Vicky raakt Elins pols aan en trekt dan haar vinger terug.

'We hebben hetzelfde verband, jij en ik,' glimlacht Elin en haar ogen vullen zich onmiddellijk met tranen.

Vicky antwoordt nog steeds niet, perst haar lippen op elkaar en wendt haar gezicht af.

'Ik weet niet of je nog weet wie ik ben,' gaat Elin verder. 'Maar je hebt bij mij gewoond toen je klein was, ik was alleen een tijdelijke opvang, maar ik denk altijd aan je...'

Ze ademt in en daarna breekt haar stem weer.

'Ik weet dat ik je in de steek heb gelaten, Vicky... Ik heb je in de steek gelaten en...'

Elin Frank kijkt naar het meisje in het bed, het warrige haar, het bezorgde voorhoofd, de donkere kringen onder haar ogen, de verwondingen in haar gezicht.

'Voor jou beteken ik niets,' vervolgt ze met zwakke stem, 'ben ik een van de velen die je hebt zien komen en gaan, die jou in de steek hebben gelaten...'

Elin zwijgt en slikt hard voor ze verdergaat.

'De officier van justitie wil dat je naar de gevangenis gaat, maar ik denk niet dat dat goed voor je is, ik denk dat het voor niemand goed is om opgesloten te zitten.'

Vicky schudt bijna onmerkbaar haar hoofd. Elin ziet het en haar stem klinkt geestdriftig als ze zegt: 'Dan is het belangrijk dat je luistert naar wat Johannes en ik je te zeggen hebben.'

147

De rechtbank van Stockholm beschikt over een zittingszaal op de benedenverdieping van het politiebureau. Het is een eenvoudige vergaderruimte met stoelen en tafels van gelakt grenen. Een twintigtal journalisten heeft zich al verzameld in de glazen entree van het gebouw van het Zweedse Korps Landelijke Politiediensten en buiten op de Polhemsgatan staan mediawagens geparkeerd.

De heftige regen van afgelopen nacht heeft strepen achtergelaten op de ramen van driedubbelglas en er zitten natte boomblaadjes tegen de witte vensterbanken geplakt.

Officier van justitie Susanne Öst ziet er bleek en gespannen uit in haar nieuwe jurk van Marella en lage zwarte pumps. Een potige politieman in uniform staat naast de deur tegen de muur. Achter het bureau van de voorzitter zit de rechter, een oudere man met enorme, borstelige wenkbrauwen.

Vicky zit voorovergebogen alsof ze buikpijn heeft op een stoel tussen Elin Frank en Johannes Grünewald in. Ze ziet er vreselijk klein en verzwakt uit.

'Waar is Joona?' fluistert ze.

'Het is niet zeker of hij kan komen,' antwoordt Johannes rustig.

De officier van justitie richt zich uitsluitend tot de rechter terwijl ze met ernstig gezicht spreekt.

'Ik ben voornemens te verzoeken Vicky Bennet in bewaring te stellen op plausibele gronden verdacht van de moorden op Elisabet Grim en Miranda Ericsdotter, daarnaast op plausibele gronden verdacht... van ontvoering, kidnapping van Dante Abrahamsson.'

De rechter maakt een notitie en de officier van justitie legt een stapel papier, bijeengehouden door een spiraalbandje, neer en neemt door wat tot nu toe uit het vooronderzoek naar voren is gekomen.

'Al het technisch bewijs wijst direct op Vicky Bennet en op haar alleen.'

Susanne Öst pauzeert even en vervolgt dan met het onderzoeksrapport van de plaats delict. Met moeizaam onderdrukt enthousiasme doet ze langzaam verslag van de aangetroffen biologische sporen.

'De laarzen die in de kast van Vicky Bennet zijn gevonden komen overeen met de voetsporen op de beide moordplekken, bloed van de beide slachtoffers is gevonden in de kamer van de verdachte en op haar kleren, handafdrukken van Vicky Bennet zijn aangetroffen in bloed op de vensterbank.'

'Waarom moeten ze dat allemaal zeggen?' fluistert Vicky.

'Ik weet het niet,' antwoordt Elin.

'Kijk naar de bijlagen van het gerechtelijk laboratorium in Linköping voor verklaringen van de deskundigen,' zegt Susanne Öst tegen de rechter. 'Op afbeelding 9 zien we het moordwapen... De vingerafdrukken van Vicky Bennet op de steel zijn veiliggesteld, afbeelding 113 en 114. Uit vergelijkend onderzoek blijkt stellig dat Vicky Bennet het moordwapen heeft gebruikt.'

De officier van justitie schraapt haar keel terwijl ze de rechter tijd geeft het materiaal te bekijken en vervolgt dan met de conclusies van de uitgebreide, forensische sectie.

'Miranda Ericsdotter is overleden aan stomp geweld tegen het hoofd, dat is boven elke twijfel verheven... impressiefracturen van het slaapbeen en...'

'Susanne,' onderbreekt de rechter haar vriendelijk. 'Dit is een verzoek tot inbewaringstelling, geen rechtsgeding.'

'Ik weet het,' knikt ze, 'maar met het oog op de jonge leeftijd van de verdachte ben ik van mening dat een relatief uitgebreide toelichting gerechtvaardigd is.'

'Als het binnen redelijke grenzen blijft,' zegt de rechter.

'Dank u,' zegt de officier van justitie glimlachend en ze gaat verder met het beschrijven van de verwondingen op beide slachtoffers, hoe ze gezien de lijkvlekken gelegen hebben en de ernstige afweerverwondingen bij Elisabet Grim.

'Waar is Joona?' vraagt Vicky weer.

Johannes legt kalmerend zijn hand op haar arm en fluistert dat hij hem zal bellen als hij voor de pauze niet komt opdagen.

148

Als ze na de pauze terugkomen in de zaal om de zitting voort te zetten, is Joona er nog steeds niet. Johannes schudt zijn hoofd als hij Vicky's vragende gezicht ziet. Ze is heel bleek en zit er stilletjes en in elkaar gedoken bij. Met behulp van een reconstructie van de gebeurtenissen door de politie van Västernorrland geeft de officier van justitie weer hoe Vicky Bennet Elisabet Grim heeft achtervolgd naar het bakhuis en hoe ze haar daar om het leven heeft gebracht om aan de sleutels van de separeerkamer te komen.

Vicky heeft haar hoofd gebogen en tranen druppelen op haar schoot.

De officier van justitie beschrijft de tweede moord, de vlucht door het bos, de diefstal van de auto, de impulsieve ontvoering en vervolgens de arrestatie van de verdachte in Stockholm, haar gewelddadigheid tijdens het verhoor en het fixeren van de verdachte met banden.

Op ontvoering staat een gevangenisstraf tussen de vier jaar en levenslang en voor moord minstens tien jaar.

Susanne Öst staat op terwijl ze Vicky Bennet afschildert als gevaarlijk en met een sterke neiging tot geweld, maar niet als een monster. Om de verdediging vóór te zijn noemt ze meerdere malen haar positieve kanten. De toelichting van de officier van justitie is professioneel en ze eindigt met een citaat uit het proces-verbaal van het verhoor.

'Tijdens het derde verhoor heeft de verdachte beide moorden bekend,' zegt de officier van justitie talmend terwijl ze in het proces-verbaal bladert. 'Ik citeer: "Ik heb Miranda gedood" en later, op mijn vraag of... of Elisabet Grim haar sleutels aan haar wilde uitlenen, antwoordde de verdachte: "Ik heb haar kop ingeslagen."'

149

Met een vermoeid gezicht wendt de rechter zich tot Vicky Bennet en Johannes Grünewald en vraagt formeel of ze iets in te brengen hebben tegen de toelichting van de officier van justitie. Vicky staart hem met ontstelde blik aan. Ze schudt haar hoofd, maar Johannes moet een glimlach onderdrukken als hij zegt dat hij het geheel een laatste keer wil doornemen om zeker te zijn dat de rechtbank niets is ontgaan.

'Ik was er al van uitgegaan dat we er niet zo makkelijk van af zouden komen met jou in de zaal,' antwoordt de rechter rustig.

In zijn bezwaar kiest Johannes ervoor de technische bewijzen noch Vicky's schuld aan te roeren. Hij herhaalt echter Vicky's positieve kanten die Susanne Öst al heeft genoemd en wijst meerdere malen op Vicky's jonge leeftijd.

'Ook al hebben Vicky Bennet en haar vorige advocaat ingestemd met het verhoor, de officier van justitie had ervan af moeten zien,' zegt Johannes.

'De officier van justitie?'

De rechter kijkt erg bevreemd, waarna Johannes naar hem toe loopt en het antwoord van Vicky Bennet op de transcriptie van de geluidsopname aanwijst. De officier van justitie heeft de woorden 'Ik heb Miranda gedood' geel gemarkeerd.

'Lees haar antwoord op,' verzoekt Johannes.

'Ik heb Miranda gedood,' leest de rechter hardop.

'Niet alleen het geel gemarkeerde.'

De rechter zet zijn leesbril op en leest: 'Ik heb Miranda gedood. Toch?'

'Beschouwt u dat als een bekentenis?' vraagt Johannes.

'Nee,' antwoordt de rechter.

Susanne Öst staat op.

'Maar het volgende antwoord,' probeert ze te zeggen. 'De volgende bekentenis is...'

'Stilte,' onderbreekt de rechter haar.

'Laat de officier van justitie het zelf voorlezen,' stelt Johannes voor.

De rechter knikt en glanzende strepen transpiratie lopen over de wangen van Susanne Öst als ze met trillende stem leest: 'Ik heb haar kop ingeslagen.'

'Dat klinkt als een bekentenis,' zegt de rechter en hij richt zich tot Johannes.

'Kijk een stukje eerder in de transcriptie,' zegt Johannes en hij wijst op de kopie.

'Het verhoor is beëindigd,' leest de rechter.

'Wie zegt er dat het verhoor is afgelopen?' vraagt Johannes.

De rechter strijkt met zijn hand over het papier en kijkt de officier van justitie aan.

'Ik,' zegt de officier van justitie zacht.

'En wat betekent dat?' vraagt de rechter.

'Dat het verhoor is beëindigd,' antwoordt Susanne Öst. 'Maar ik wilde alleen...'

'Schaam je,' onderbreekt de rechter haar scherp.

'Zich hiervan bedienen bij een inbewaringstelling is in strijd met de Zweedse wet, met artikel 40 van het kinderrechtenverdrag van de VN en met het Europese mensenrechtenverdrag,' zegt Johannes.

150

Susanne Öst gaat zwaar zitten, schenkt water in haar glas, knoeit op tafel, veegt de druppels weg met haar mouw en drinkt met trillende hand. Pas als ze Johannes Daniel Grim hoort binnenroepen, beseft ze ten volle dat ze de graad van verdenking zal moeten laten zakken om Vicky überhaupt in bewaring te laten stellen voor de moorden.

Elin probeert Vicky's blik te vangen, maar het meisje zit met gebogen hoofd.

Johannes introduceert Daniel Grim met hartelijke stem en vermeldt zijn vele jaren als maatschappelijk werker op de Birgittagården en andere instellingen. Voor het eerst kijkt Vicky op, ze probeert oogcontact met Daniel te krijgen, maar hij staart met opeengeperste lippen voor zich uit.

'Daniel,' zegt Johannes. 'Ik zou je willen vragen hoe goed je Vicky Bennet meent te kennen.'

'Kennen,' herhaalt Daniel vragend. 'Nee, dat...'

Hij zwijgt en Vicky begint aan een korst op haar arm te peuteren.

'Is er een psycholoog of maatschappelijk werker die haar beter kent dan jij?'

'Nee,' fluistert Daniel.

'Niet?'

'Nee, tja... het is moeilijk af te meten, maar ik denk dat ik vaker met haar heb gepraat dan wie dan ook.'

'Is jullie laatste gesprek lang geleden?'

'Nee.'

'Klopt het dat je elke week, tot ze wegliep, een uur cognitieve therapie met haar had?' vraagt Johannes.

'Ja... en ik was ook betrokken bij haar All Day Lifestyle-training.'

'Dat is een begin om terug te keren naar een normaal leven in de maatschappij,' legt Johannes de rechter uit.

'Een grote stap,' bevestigt Daniel.

Johannes denkt na, kijkt Daniel een poosje aan en zegt dan ernstig: 'Nu ga ik je een moeilijke vraag stellen.'

'Oké.'

'Er wordt gezegd dat veel van het technisch onderzoek erop wijst dat Vicky Bennet betrokken was bij de moord op je vrouw.'

Daniel knikt bijna onmerkbaar en een bedrukte stemming daalt neer op de aanwezigen in de eenvoudige vergaderzaal.

Elin probeert Daniels blik te duiden, maar hij kijkt niet naar haar. Vicky's ogen zijn rooddoorlopen, alsof ze probeert haar tranen terug te dringen.

Johannes staat roerloos met een onveranderlijk kalm gezicht en laat Daniel niet los met zijn blik.

'Jij bent de maatschappelijk werker van Vicky Bennet,' zegt hij. 'Geloof jij dat zíj jouw vrouw heeft vermoord?'

Daniel Grim recht zijn rug, zijn lippen zien heel bleek, en als hij zijn tranen probeert weg te vegen trillen zijn handen zo erg dat zijn bril scheef komt te staan.

'Ik heb niet met collega's gesproken. Daar was ik niet toe in staat,' zegt hij met zwakke stem. 'Maar mijn inschatting is... ik kan gewoon niet geloven dat Vicky Bennet zoiets zou hebben gedaan.'

'Hoe maak je die inschatting?'

'Vicky reageerde goed op zowel de therapie als de medicatie,' vervolgt hij. 'Maar vooral, je leert mensen toch kennen als... Ze heeft geen gewelddadige fantasieën en ze is niet gewelddadig, niet op die manier.'

'Dank je wel,' zegt Johannes rustig.

151

Na de lunchpauze neemt iedereen weer plaats in de zittingszaal. Johannes komt als laatste binnen. Hij houdt zijn telefoon in zijn hand. De rechter wacht tot het stil is en geeft dan een samenvatting van het eerste deel van de zitting.

'De officier van justitie heeft de graad van verdenking laten zakken tot de een na laagste voor beide moorden, maar eist nog steeds dat de verdachte in hechtenis wordt genomen op plausibele gronden voor vervolging wegens ontvoering.'

'Inderdaad, we kunnen er toch niet omheen dat Vicky Bennet Dante Abrahamsson heeft ontvoerd en dat ze het jongetje ruim een week van zijn vrijheid heeft beroofd,' zegt Susanne Öst verbeten.

'Eén ding alleen,' zegt Johannes Grünewald.

'Ja?' vraagt de rechter.

De deur gaat open en Joona Linna komt binnen. Zijn gezicht is ernstig, zijn blonde, golvende haar staat alle kanten op. Een vrouw en een jongetje met een bril komen achter hem aan, maar blijven net over de drempel staan.

'Joona Linna,' stelt Johannes hem voor.

'Is me bekend,' zegt de rechter en hij leunt geïnteresseerd naar voren.

'Dit zijn de mannetjes waarover ik je heb verteld,' zegt Joona tegen het jongetje dat zich achter de benen van de vrouw heeft verscholen.

'Ze lijken helemaal niet op trollen,' fluistert hij met een lachje.

'Vind je van niet? Kijk eens naar hem,' zegt Joona en hij wijst naar de rechter.

Het jongetje schudt lachend zijn hoofd.

'Zeg Dante en zijn moeder eens gedag,' maant Joona de aanwezigen.

Iedereen zegt hallo en als Dante Vicky in de gaten krijgt zwaait hij voorzichtig. Ze zwaait terug en glimlacht hartverscheurend. De officier van justitie sluit haar ogen even en probeert langzaam te ademen.

'Je zwaait naar Vicky – maar is ze niet gemeen?' vraagt Joona.

'Gemeen?'

'Ik dacht ze heel gemeen was?' zegt Joona.

'Ik mocht paardjerijden op haar rug en kreeg al haar Hubba Bubba.'

'Maar je wilde toch terug naar je mama?'

'Dat kon niet,' antwoordt hij zacht.

'Waarom kon dat niet?'

Dante haalt zijn schouders op.

'Vertel maar wat je thuis hebt verteld,' zegt Pia tegen hem.

'Wat dan?' fluistert hij.

'Dat ze heeft gebeld,' helpt ze hem.

'Ze heeft gebeld,' zegt Dante.

'Zeg het tegen Joona,' knikt Pia.

'Vicky heeft gebeld maar ze mocht niet terugkomen,' zegt Dante tegen Joona.

'Waarvandaan heeft ze gebeld?' vraagt Joona.

'Uit de vrachtwagen.'

'Mocht ze een telefoon lenen in de vrachtwagen?'

'Ik weet het niet,' zegt Dante en hij haalt zijn schouders op.

'Wat zei ze aan de telefoon?' vraagt Joona.

'Dat ze terug wilde komen.'

Zijn moeder tilt hem op en fluistert iets tegen zijn wang, maar zet hem neer als hij onrustig wordt.

'Wat heeft dit te betekenen?' vraagt de rechter.

'Vicky Bennet mocht de telefoon gebruiken van Radek Skorża, een chauffeur van Ikea,' vertelt Johannes Grünewald. 'Joona Linna heeft het gesprek getraceerd. Het was naar de Birgittagården, en werd automatisch doorgeschakeld naar de centrale van de zorgonderneming. Vicky sprak met een vrouw die Eva Morander heet. Vicky vroeg om hulp en herhaalde dat ze terug wilde naar de jeugdinstelling. Eva Morander herinnert zich het gesprek en vertelde dat ze het meisje heeft uitgelegd – zonder dat ze wist met wie ze sprak – dat ze op het hoofdkantoor geen aparte gevallen konden behandelen.'

'Herinner je je dit, Vicky?' vraagt de rechter.

'Ja,' zegt Vicky met weerloze stem. 'Ik wilde gewoon terug, ik wilde dat Dante weer naar zijn moeder kon, maar ze zeiden dat ik niet meer welkom was.'

Joona loopt naar voren en gaat naast Johannes staan.

'Het komt misschien vreemd over dat een commissaris van de recherche zich aansluit bij de verdediging,' zegt hij. 'Maar ik ben van mening dat Vicky Bennet de waarheid heeft verteld over het verloop van de vlucht tijdens het verhoor door Saga Bauer. Ik denk niet dat er sprake is van een ontvoering... maar van een ontzettend ongelukkige samenloop van omstandigheden. Daarom ben ik met Dante en zijn moeder gaan praten en daarom ben ik hier...'

Hij laat zijn grijze, scherpe ogen over het onopgemaakte gezicht van het meisje glijden, over haar blauwe plekken en verwondingen.

'De moorden zijn echter een heel andere kwestie, Vicky,' zegt hij ernstig. 'Jij denkt misschien dat je kunt zwijgen, maar ik geef het niet op voor ik weet hoe het zit.'

152

De inbewaringstelling wordt in slechts twintig minuten afgehandeld. Met een rood gezicht ziet officier van justitie Susanne Öst zich genoodzaakt haar verzoek tot inbewaringstelling wegens ontvoering in te trekken.

De rechter leunt achterover in zijn stoel en verklaart dat Vicky Bennet niet in hechtenis zal worden genomen voor de moorden op Elisabet Grim en Miranda Ericsdotter, en dat ze daarom op vrije voeten wordt gesteld in afwachting van de aanklacht van de officier van justitie.

Elin luistert met rechte rug en een neutraal gezicht. Vicky staart naar het tafelblad en schudt onmerkbaar haar hoofd.

De verantwoordelijkheid voor Vicky Bennet tot het voorkomen van de zaak zou weer bij zorgonderneming Orre komen te liggen als jeugdzorg Elin Frank niet had goedgekeurd als tijdelijke pleegouder.

Als de rechter zich tot Vicky wendt en zegt dat ze nu vrij is om te gaan, kan Elin een brede en dankbare glimlach niet onderdrukken, maar na de zitting neemt Johannes Elin terzijde om haar te waarschuwen.

'Ook al wordt Vicky niet in hechtenis genomen, ze wordt nog steeds verdacht van twee moorden en...'

'Ik weet dat...'

'En als de officier van justitie een aanklacht indient dan winnen we waarschijnlijk in de rechtbank, maar dan kan ze nog altijd in hoger beroep gaan,' gaat hij verder. 'Vicky kan nog steeds schuldig zijn aan de moorden.'

'Maar ik weet dat ze onschuldig is,' zegt Elin en er loopt een huivering over haar rug als ze beseft hoe naïef ze in zijn oren moet klinken.

'Het is mijn taak om je te waarschuwen,' zegt Johannes voorzichtig.

'Maar ook al zou Vicky erbij betrokken zijn dan... dan vind ik dat ze te jong is om naar de gevangenis te gaan,' probeert Elin hem uit te leggen. 'Johannes, ik kan haar de beste zorg ter wereld geven, ik heb al mensen in de arm genomen, bovendien heb ik Daniel gevraagd om mee te gaan omdat ze zich veilig voelt bij hem...'

'Dat is goed,' zegt hij vriendelijk.

'We moeten zorgvuldig uitzoeken wat het beste voor haar is. Dat is het enige waar ik me druk om maak,' zegt ze en ze pakt zijn handen. 'Misschien kan Daniel doorgaan met de cognitieve therapie, misschien moeten we andere deskundigen raadplegen. Maar ik zal haar niet in de steek laten, dat kan ik niet.'

153

Terwijl Johannes Grünewald de journalisten te woord staat in de perskamer van het Zweedse Korps Landelijke Politiediensten, verlaten Elin en Vicky Stockholm in een SUV.

De geur van exclusief Italiaans leer vult het ruime interieur van de auto. Elins linkerhand rust op het stuur en het barnsteenkleurige licht van het dashboard schijnt op haar vingers.

Uit de boxen klinkt de eerste cellosuite van Bach als een ingetogen herfstsprookje.

De acht rijstroken van de snelweg lopen dwars door het Hagapark waar de kroonprinses in haar paleis woont en de enorme begraafplaats waar de socialist August Palm begraven ligt.

Elin kijkt naar Vicky's rustige gezicht en glimlacht even.

Om de opdringerige media te ontlopen hebben ze besloten de tijd tot de zitting door te brengen in Elins buitenhuis in de bergen. Het is een huis van bijna vierhonderd vierkante meter op de helling van de Tegefjäll vlak voor Duved.

Elin heeft geregeld dat er dag en nacht toezicht is op Vicky. Bella is al in het huis, Daniel gaat met zijn eigen auto en de verpleegkundige komt morgen.

Vicky heeft zich in het ziekenhuis gewassen en haar haar ruikt naar goedkope shampoo. Elin heeft een paar spijkerbroeken en truien, ondergoed, sokken, sportschoenen en een winddicht jack gekocht. Vicky heeft een zwarte Armani-spijkerbroek aangetrokken en een flodderige grijze trui van Gant. De rest van de kleren ligt in tassen op de achterbank.

'Waar denk je aan?' vraagt Elin.

Vicky reageert niet. Ze zit naar de weg te staren, door de voorruit. Elin zet de muziek iets zachter.

'Je zult op alle punten worden vrijgesproken,' zegt Elin. 'Dat weet ik, daar ben ik van overtuigd.'

Ze laten de buitenwijken achter zich en vervolgen hun weg door akkers en bossen.

Elin biedt Vicky chocola aan, maar krijgt slechts een kort hoofdschudden als antwoord.

Vicky ziet er vandaag beter uit. Haar gezicht heeft een gezondere kleur, de pleisters zijn weg, alleen het verband om haar gebroken duim zit er nog.

'Ik ben zo blij dat Daniel mee kon komen,' zegt Elin.

'Hij is goed,' fluistert Vicky.

Daniel is in zijn eigen auto onderweg en rijdt ergens voor hen. Elin zag zijn goudkleurige combi bij Norrtull, maar is daarna achteropgeraakt.

'Is hij beter dan je eerdere therapeuten?' vraagt ze.

'Ja.'

Elin zet het geluid van de muziek nog zachter.

'Je wilt dus wel dat hij doorgaat?'

'Als het moet.'

'Ik denk dat het goed is als je nog een poosje doorgaat met therapie.'

'Dan wil ik Daniel.'

Hoe noordelijker ze komen, hoe verder de herfst is gevorderd. Het is alsof de seizoenen met enorme snelheid wisselen. De groene blaadjes worden geel en rood. Ze vallen als lichtgevende meren rond de stammen van de bomen en wervelen over de rijbaan.

'Ik moet mijn spullen hebben,' zegt Vicky plotseling.

'Welke spullen?'

'Mijn dingen, alles...'

'Ik geloof dat ze alles wat de politie niet nodig had naar het huis hebben gebracht waar de andere pupillen nu wonen,' legt Elin uit. 'Ik kan ervoor zorgen dat iemand ze ophaalt...'

Ze kijkt naar het meisje en bedenkt dat het misschien belangrijk voor haar is.

'Of we rijden er nu langs, als je dat liever hebt...'

Vicky knikt.

'Wil je dat? Oké, dan overleg ik even met Daniel,' zegt Elin. 'We komen er toch langs.'

154

Het is al donker tussen de naaldbomen in het bos als Elin rechts afslaat naar Jättendal en stopt achter de auto van Daniel. Hij heeft een
roze koeltas tevoorschijn gehaald en zwaait naar hen. Ze stappen uit
en strekken de benen, eten ieder een broodje kaas, drinken Ice Tea en
kijken uit over de spoorlijn en de velden.

'Ik heb de invalster gebeld,' zegt Daniel tegen Vicky. 'Ze vond het
geen goed idee dat je mee naar binnen zou komen, naar de meisjes.'

'Wat maakt dat nou uit?' vraagt Elin.

'Ik wil ze toch niet zien,' mompelt Vicky. 'Ik wil alleen mijn spullen
terug.'

Ze stappen weer in. Een kronkelige weg leidt langs meren en ossenbloedrode stallen, door bos en dan naar de vlakke kust.

Ze rijden het terrein op en stoppen voor het gebouw waar de pupillen
van de Birgittagården nu verblijven. Naast een oude benzinepomp staat
een zwarte zeemijn en op de telefoonpalen zitten stormmeeuwen.

Vicky maakt haar gordel los maar blijft in de auto zitten. Ze ziet
Elin en Daniel de grindweg oversteken naar een groot rood huis en
verdwijnen achter de seringenstruiken.

Waar de weg splitst staat een vergeelde meiboom. Vicky kijkt uit
over het gladde wateroppervlak van de zeebaai en haalt de nog inge-
pakte mobiele telefoon tevoorschijn die Elin haar heeft gegeven. Ze
trekt de verzegeling los, tilt het deksel op, pakt de telefoon en haalt
voorzichtig het beschermplastic van de display.

*

De pupillen staan voor het raam als Daniel en Elin de trap naar de
grote veranda op lopen. Invalster Solveig Sundström van jeugdinter-

naat de Sävstagården staat al bij de voordeur. Het is duidelijk dat ze niet blij is met het bezoek. Ze laat onmiddellijk weten dat ze helaas niet kunnen blijven eten.

'Kunnen we wel naar binnen om even gedag te zeggen?' vraagt Daniel.

'Liever niet,' antwoordt Solveig. 'Het is beter als jullie zeggen wat je moet hebben, dan kan ik het binnen opzoeken.'

'Het zijn veel dingen,' probeert Elin uit te leggen.

'Ik kan niets beloven...'

'Vraag het aan Caroline,' zegt Daniel. 'Zij weet vast waar die spullen zijn.'

Terwijl Daniel informeert hoe de pupillen het maken en of er medicatie is veranderd, staat Elin naar de meisjes bij het raam te kijken. Ze duwen elkaar en ze hoort hun stemmen door het glas. Het klinkt opgesloten, als geluid onder water. Lu Chu dringt naar voren en zwaait. Elin zwaait terug en dan zijn Indie en Nina naast elkaar te zien. De meisjes verdringen elkaar en om de beurt kijken ze naar buiten en zwaaien. De enige die zich geen moment laat zien is Tuula, het kleine roodharige meisje.

*

Vicky schuift de simkaart in de telefoon en kijkt dan op. Er loopt een huivering langs haar rug. Het is net of ze een beweging vanuit haar ooghoek zag, buiten de auto. Misschien was het de wind maar die door de blaadjes van de seringen waaide.

Het is donkerder nu.

Vicky kijkt naar de auto van Daniel, naar de meiboom, de haag van coniferen, het hek en het grasveld voor het donkerrode huis.

Een enkele lamp brandt in een mast aan het einde van de pier en spiegelt zich in het zwarte water.

Op een veld dichter bij de haven staan oude stellages om de netten van de vissers schoon te maken. Het lijken net rijen samengevoegde voetbaldoelen met honderden ijzeren haken langs de latten.

Plotseling ziet Vicky een rode ballon over het grasveld rollen voor het huis waarin de pupillen wonen.

Ze legt de telefoon terug in de doos en opent het portier. De lucht is zacht en draagt de geur van de zee in zich. In de verte klinkt een enkele stormmeeuw.

De ballon rolt weg over het grasveld.

Vicky loopt voorzichtig naar het huis, blijft staan om te luisteren. Het licht uit een van de ramen valt op de gele blaadjes van de berk.

Verderop klinkt zwak gemompel. Vicky vraagt zich af of er soms iemand buiten is in het donker. Ze loopt zachtjes over het pad. Voor de gevel staan uitgebloeide zonnebloemen.

De ballon rolt verder onder een volleybalnet door en blijft steken in de coniferenhaag.

'Vicky?' fluistert een stem.

Ze draait zich snel om maar ziet niks.

Haar hartslag gaat omhoog, adrenaline giert door haar bloed en al haar zintuigen staan ineens op scherp.

De schommelbank kraakt in zijn veren en beweegt langzaam. De oude weerhaan op het dak draait.

'Vicky!' zegt een scherpe stem vlakbij.

Ze draait zich naar rechts en staart met bonzend hart het duister in. Het duurt een paar seconden voordat ze het smalle gezicht ziet. Het is Tuula. Ze staat bijna onzichtbaar tussen de seringenstruiken. In haar rechterhand houdt ze een honkbalknuppel. Hij is zwaar en zo lang dat het uiteinde op de grond rust. Tuula bevochtigt haar lippen en staart Vicky met roodomrande ogen aan.

*

Elin leunt tegen de reling van de veranda en probeert te zien of Vicky nog in de auto zit, maar het is te donker. Solveig komt weer naar buiten nadat ze Caroline om hulp heeft gevraagd. Daniel staat met haar te praten. Elin hoort dat hij probeert uit te leggen dat Almira therapie nodig heeft en altijd negatief reageert op sterkere antidepressiva. Hij vraagt nogmaals of hij binnen mag komen, maar Solveig zegt dat de pupillen haar verantwoording zijn. De buitendeur gaat open en Caroline komt de veranda op. Ze omhelst Daniel en groet Elin.

'Ik heb Vicky's spullen ingepakt,' zegt ze.

'Is Tuula binnen?' vraagt Elin met gespannen stem.

'Ja, volgens mij wel,' antwoordt Caroline een tikkeltje verbaasd. 'Zal ik haar gaan halen?'

'Ja, alsjeblieft,' zegt Elin met klem en ze probeert er kalm uit te zien.

Caroline gaat naar binnen en roept Tuula. Solveig kijkt met een misnoegde blik naar Elin en Daniel.

'Als jullie trek hebben kan ik aan een van de meisjes vragen een paar appels voor jullie te halen,' zegt ze.

Elin reageert niet. Ze loopt de trap af de tuin in. Achter zich hoort ze dat Tuula geroepen wordt.

Het is donkerder als je de zee niet meer kunt zien. Bomen en struiken schermen bijna al het licht af.

De schommelbank beweegt knerpend.

Ze probeert zacht te ademen, maar haar hakken tikken op de tuintegels als ze zich de hoek om haast.

De blaadjes van de grote seringenstruik ritselen. Het klinkt alsof er een haas wegrent. De takken bewegen en plotseling staat Elin tegenover Vicky.

'Mijn god,' hijgt Elin.

Ze kijken elkaar aan. Het gezicht van het meisje is heel bleek in het zwakke licht. Elins hart bonkt zo hard dat het dreunt in haar oren.

'We gaan naar de auto,' zegt ze en ze troont Vicky met zich mee bij het huis vandaan.

Ze kijkt over haar schouder, houdt afstand van de donkere bomen, hoort snelle passen achter zich maar loopt met Vicky de tuin uit. Pas op de grindweg draait ze zich om en ziet dat Caroline hen achternakomt met een grote plastic tas in haar hand.

'Ik kon Tuula niet vinden,' zegt ze.

'In elk geval bedankt,' zegt Elin.

Vicky pakt de tas aan en kijkt erin.

'Het meeste zit erin, ook al wilden Lu Chu en Almira pokeren om je oorbellen,' zegt Caroline.

Als Elin en Vicky wegrijden in de grote zwarte auto, staat Caroline hen met een bedroefd gezicht na te kijken.

155

Elin ziet het licht van Daniels auto op de E14 de hele tijd in haar achteruitkijkspiegel. Op een enkele vrachtwagen na is er geen verkeer, maar toch duurt het drie uur voor ze het skigebied bereiken. In het donker langs de flanken van de bergen zijn stilgelegde sleepliften en de hoge palen van de grote cabinebaan van Åre zichtbaar. Zes kilometer voor Duved slaan ze een weg in die de bergen in gaat. Blaadjes en stof dwarrelen in het schijnsel van de koplampen. De smalle grindweg voert schuin de Tegefjäll op.

Ze minderen snelheid en draaien tussen twee hekpalen door de weg naar Tegefors af en rijden het laatste stukje omhoog naar een groot, modernistisch huis. Het is opgetrokken in gegoten beton, met terrassen in rechte lijnen en enorme raampartijen die schuilgaan achter neergelaten aluminium luxaflex.

Ze rijden een garage in waar plaats is voor vijf auto's. Er staat al een kleine blauwe Mazda. Daniel helpt Elin met het dragen van de koffers. In het huis branden al een paar lampen en Elin loopt recht op een knop af en drukt erop. Het begint te zoemen en de luxaflex klikt als de lamellen opengaan. Het licht van de parkeerplaats sijpelt plotseling door de honderden gaatjes naar binnen en ratelend wordt de metalen luxaflex opgerold.

'Het is net een kluis,' zegt Elin.

Even later is het weer stil en achter de enorme ramen tekent zich een imposante bergwereld af. Kleine glimpjes licht van andere huizen zijn als zwevende lichtpuntjes in het donker te zien.

'Wauw,' zegt Vicky zacht als ze naar buiten kijkt.

'Herinner je je Jack nog, met wie ik getrouwd was?' vraagt Elin en ze gaat naast haar staan. 'Hij heeft dit bergverblijf gebouwd. Of gebouwd... hij heeft het niet zelf gebouwd, maar... hij zei dat hij een bunker met uitzicht wilde.'

Een oudere vrouw met een groen schort voor komt van de bovenverdieping naar beneden.

'Hallo Bella, het spijt me dat het zo laat is geworden,' zegt Elin en ze omhelst haar.

'Beter laat dan nooit,' zegt de vrouw glimlachend en ze vertelt dat ze in alle kamers de bedden heeft opgemaakt.

'Fijn, bedankt.'

'Ik wist niet of jullie onderweg boodschappen zouden doen, dus heb ik maar het een en ander ingeslagen. Dan kunnen jullie in elk geval een paar dagen vooruit.'

Bella maakt een vuur in de grote open haard en dan loopt Elin met haar mee naar de garage en wenst haar welterusten. Als de deuren zich achter de blauwe auto hebben gesloten, keert ze terug. Daniel is begonnen met koken en Vicky zit op de bank te huilen. Elin loopt snel naar haar toe en gaat op haar knieën voor haar zitten.

'Vicky, wat is er? Waarom ben je verdrietig?'

Het meisje staat op en loopt naar een van de badkamers en sluit zichzelf op. Elin gaat vlug terug naar Daniel.

'Vicky heeft zich opgesloten in de badkamer,' zegt ze.

'Wil je dat ik met haar praat?'

'Vlug, schiet op!'

Daniel loopt met haar mee naar de badkamerdeur, klopt en maant Vicky open te doen.

'Geen afgesloten deuren,' zegt hij. 'Dat weet je toch nog wel?'

Het duurt maar een paar seconden voordat Vicky met vochtige ogen naar buiten komt en weer op de bank gaat zitten. Daniel wisselt een blik met Elin en gaat dan naast het meisje zitten.

'Je was ook verdrietig toen je voor het eerst op de Birgittagården kwam,' zegt hij na een poosje.

'Ik weet het... terwijl ik eigenlijk blij had moeten zijn,' antwoordt ze zonder hem aan te kijken.

'Op een plek aankomen... is ook de eerste stap om die te verlaten,' zegt hij.

Vicky slikt hard, krijgt weer tranen in haar ogen en laat haar stem dalen zodat Elin haar niet kan horen.

'Ik ben een moordenaar.'

'Ik wil niet dat je dat zegt als je er niet honderd procent zeker van bent dat het waar is,' zegt hij rustig. 'En ik hoor aan je stem dat je twijfelt.'

156

Flora laat dampend heet water in de emmer lopen en hoewel ze de lucht van rubberen handschoenen verafschuwt, trekt ze die toch aan. Het schoonmaakmiddel bederft de helderheid van het water en lost op in een groengrijze wolk. Een geur van reinheid verspreidt zich door het kleine appartement. Koele lucht stroomt door de open ramen naar binnen, de zon schijnt en de vogels kwetteren.

Toen de commissaris haar achterliet voor de antiekwinkel, was Flora buiten blijven staan. Ze had zich moeten voorbereiden op de se-ance, maar ze durfde niet alleen naar beneden te gaan en had gewacht tot de eerste deelnemers arriveerden. Dina en Asker Sibelius kwamen zoals altijd een kwartier te vroeg. Flora deed alsof ze wat laat was en ze liepen met haar mee naar het souterrain en hielpen de stoelen klaar te zetten. Om vijf over zeven waren er negentien deelnemers.

Flora ging langer door dan gebruikelijk, gaf hen de tijd, deed alsof ze aardige oude spoken zag, vrolijke kinderen en vergevende ouders.

Voorzichtig had ze Dina en Asker de reden ontfutseld waarom ze naar de seances bleven komen.

Een volwassen zoon was na een heel ernstig verkeersongeluk in coma geraakt en ze waren onder druk gezet in te stemmen met het advies van de dokter om de levensverlengende machines af te kop-pelen en een document voor orgaandonatie te ondertekenen.

'Stel dat hij niet bij God komt,' fluisterde Dina.

Maar Flora sprak met de zoon en verzekerde hen dat hij zich in het licht bevond en dat het zijn diepste wens was geweest om zijn hart, longen, hoornvliezen en andere organen verder te laten leven.

Na afloop had Dina haar handen gekust, gehuild en herhaald dat ze nu de gelukkigste mens op aarde was.

Flora dweilt het zeil met stevige halen en voelt dat ze transpireert van de lichamelijke inspanning.

Ewa is met een paar buurvrouwen naar een naaikransje en Hans-Gunnar kijkt met het geluid heel hard naar een Italiaanse voetbalwedstrijd.

Ze spoelt de zwabber uit, drukt het water eruit en recht haar pijnlijke rug voordat ze doorgaat.

Flora weet dat Ewa de envelop in haar secretaire maandagochtend zal openen om de maandelijkse rekeningen te betalen.

'Pass dan godverdomme Zlatan,' schreeuwt Hans-Gunnar in de woonkamer.

Haar schouders doen zeer als ze de zware emmer naar Ewa's slaapkamer draagt. Ze sluit de deur, zet de emmer ervoor, loopt naar de trouwfoto, pakt het messing sleuteltje, haast zich naar de secretaire en doet hem van slot.

Flora schrikt van een harde knal.

Het was de zwabber maar die omviel waardoor de lange steel op het zeil kletterde.

Flora luistert even en klapt dan het zware blad van de secretaire open. Met trillende handen probeert ze het laatje eruit te trekken, maar het zit vast. Ze rommelt tussen de pennen en paperclips tot ze een briefopener vindt. Voorzichtig zet ze die in de kier boven het latje en wrikt zachtjes.

Het laatje schuift langzaam een paar centimeter open.

Vlakbij klinkt een schrapend geluid. Het is een duif die met zijn pootjes over de vensterbank glijdt.

Flora kan haar vingers in het laatje steken en trekt het eruit. De ansichtkaart van Kopenhagen is gekreukt. Ze pakt de envelop voor de rekeningen, opent hem en vult het bedrag exact aan.

Haar handen maken alles in orde, proberen de kaart glad te strijken, duwen het laatje dicht, leggen de pennen en de briefopener recht, klappen het blad dicht en doen de secretaire op slot.

Vlug loopt ze naar het nachtkastje en ze heeft net de trouwfoto in haar handen als de deur van de slaapkamer opengaat. De emmer valt om en het water gutst over de vloer. Flora voelt haar voeten nat en warm worden.

'Vervloekte dief,' schreeuwt Hans-Gunnar terwijl hij met ontbloot bovenlijf de kamer binnen beent.

Ze draait zich naar hem om. Zijn ogen zijn opengesperd en hij is zo kwaad dat hij in het wilde weg begint te slaan. De eerste klap raakt haar schouder en die voelt ze niet. Maar dan grijpt hij haar haar vast en slaat haar met zijn andere hand, een harde klap tegen de zijkant van haar hals en kin. De volgende klap treft haar recht op de wang. Ze valt en voelt dat er haren uit haar hoofd getrokken worden. De trouwfoto valt op de grond en het glas breekt. Ze ligt op haar zij terwijl het water van de vloer door haar kleren dringt. Ze kan amper ademhalen door de intense pijn aan haar oog en wang.

Flora is misselijk, ze rolt op haar buik en probeert om niet over te geven. Het flitst voor haar ogen. Ze ziet dat de foto uit het lijstje is gegleden en ondersteboven op de natte vloer ligt. Op de achterkant staat geschreven: Ewa en Hans-Gunnar, Delsbo-kerk.

Flora herinnert zich opeens wat het spook tegen haar had gefluisterd. Niet laatst in het souterrain, maar eerder, hier thuis. Misschien had ze het gedroomd? Ze weet het niet meer. Miranda had gefluisterd over een toren die beiert als een kerk. Het kleine meisje had haar de trouwfoto laten zien en gewezen naar de zwarte klokkenstoel op de achtergrond en gefluisterd: 'Daar verstopt ze zich, ze ziet alles, ze verstopt zich in de toren.'

Hans-Gunnar staat hijgend over haar gebogen als Ewa met haar jas nog aan de slaapkamer binnen komt.

'Wat is hier aan de hand?' vraagt ze met angstige stem.

'Ze heeft ons geld gestolen,' zegt hij. 'Ik wist het wel!'

Hij spuugt op Flora, pakt het messing sleuteltje van de grond en loopt naar de secretaire.

157

Joona zit in zijn kamer met het volledige dossier van de inbewaring-stelling voor zich.

Het materiaal zal waarschijnlijk voldoende zijn voor een veroorde-ling.

De telefoon gaat en als Joona niet op de display had gekeken had hij waarschijnlijk niet opgenomen.

'Ik weet dat je denkt dat ik een leugenaar bent,' zegt Flora buiten adem. 'Alsjeblieft, hang niet op. Je moet naar me luisteren, echt, ik doe alles wat je wilt als je maar luistert...'

'Rustig maar en vertel wat er is.'

'Er is een getuige van de moorden,' zegt ze. 'Een echte getuige, geen spook. Ik bedoel een echte getuige die zich schuilhoudt...'

Joona hoort dat haar stem iel is van hysterie en hij probeert haar te kalmeren.

'Dat is mooi,' zegt hij rustig. 'Maar het vooronderzoek...'

'Je moet ernaartoe,' onderbreekt ze hem.

Hij weet niet waarom hij naar deze vrouw luistert. Misschien omdat ze zo vertwijfeld klinkt.

'Waar bevindt die getuige zich precies?' vraagt hij.

'Er is een klokkentoren, een zwarte klokkenstoel bij de Delsbo-kerk.'

'Wie heeft verteld dat...'

'Alsjeblieft, ze is daar, ze is bang en heeft zich daar verstopt.'

'Flora, je moet de officier van justitie de zaak laten...'

'Niemand luistert naar mij.'

Joona hoort een stem op de achtergrond roepen dat ze van zijn te-lefoon af moet blijven, gevolgd door gekraak.

'Het kletspraatje is afgelopen,' zegt een man en hij verbreekt de ver-binding.

Joona zucht en legt zijn telefoon op tafel. Hij begrijpt maar niet waarom Flora blijft liegen.

Na het besluit om Vicky niet in bewaring te stellen heeft het vooronderzoek geen prioriteit meer en het enige wat resteert is het werk van de officier van justitie om de bewijsvoering voor de rechtszaak rond te krijgen.

Ik heb gefaald in deze zaak, denkt Joona en hij voelt een vreemde verlatenheid.

Hij was al voorbij voordat ik toegang kreeg tot alle rapporten en uitspraken van deskundigen.

Joona weet dat hij het vooronderzoek nooit heeft geleid, dat hij nooit echt bij het onderzoek betrokken werd.

Een overdosis antidepressiva kan de oorzaak zijn van Vicky's gewelddadigheid en plotselinge slaap.

Maar de gedachte aan de steen kan hij maar niet van zich afzetten.

De Naald noemt in zijn sectierapport dat het moordwapen een steen is, maar niemand heeft geprobeerd dat spoor te volgen, omdat het niet klopt.

Joona herinnert zich dat hij vertrokken is op het moment dat de Naald en Frippe in Sundsvall zouden beginnen met de inwendige lijkschouwing.

Hij besluit het rapport nog niet weg te leggen. Een prikkelende koppigheid doet hem de uitslagen van het gerechtelijk lab in Linköping doorbladeren en dan begint hij het forensisch sectierapport te lezen.

Hij staat stil bij de uitwendige schouwing van het lichaam van Elisabet Grim en leest de zinnen over de verwondingen aan haar handen voordat hij verdergaat.

Het licht dwaalt langzaam over Joona's prikbord met een mededeling over het gestarte interne onderzoek en de laatste ansichtkaart van Disa: een foto van een chimpansee met lippenstift en een hartvormige bril.

Terwijl Joona leest, glijdt de schaduw van de plant in het raam langzaam richting boekenkast.

Miranda's buikholte bevatte niets ongewoons en de bladen waren glanzend en glad. Hetzelfde gold voor het borstvlies. De bladen waren glanzend en glad. Het hartzakje idem.

> 84. Het hart is normaal van vorm en weegt 198 gram. De buitenkant is glanzend en glad. De kleppen en openingen zijn normaal. In de wanden van de kransslagaders zijn geen afzettingen zichtbaar. De hartspier is grijsrood en vertoont geen afwijkingen.

Joona houdt een vinger in het forensisch rapport en bladert in de resultaten van het gerechtelijk lab en leest dat Miranda's bloed tot bloedgroep A behoorde, sporen bevatte van venlafaxine dat in veel antidepressiva voorkomt, maar verder normaal was.

Joona keert terug naar het sectierapport en leest dat het weefsel van de schildklier grijsrood van kleur was en een normaal colloïdengehalte had en dat de bijnieren normaal van grootte waren en de schors geel.

> 104. De afvoerende urinewegen vertonen geen afwijkingen.

> 105. In de urineblaas is circa 100 ml lichtgele, heldere urine aanwezig. Het slijmvlies is bleek.

Joona bladert verder in de uitslagen van het gerechtelijk lab op zoek naar de urine-uitslagen. Er zaten sporen van de slaapmiddelsubstantie nitrazepam in Miranda's urine en het hCG-gehalte was abnormaal hoog.

Joona staat abrupt op, pakt de telefoon van tafel en belt de Naald.

'Ik zit de resultaten van het gerechtelijk lab te bekijken en zie dat Miranda een abnormaal hoog hCG-gehalte in haar urine had,' zegt hij.

'Ja, dat is logisch,' antwoordt de Naald. 'De cyste op de eierstokken was zo...'

'Wacht eens even,' onderbreekt Joona hem. 'Hebben zwangere vrouwen niet ook een hoog hCG-gehalte?'

'Jawel, maar zoals ik al zei...'

'Dus als Miranda een normale zwangerschapstest had gedaan, dan zou ze denken dat ze zwanger was?'

'Ja,' zegt de Naald. 'De uitslag zou absoluut positief zijn.'
'Miranda kan dus hebben gedacht dat ze zwanger was?'

*

Joona verlaat zijn kamer, beent vlug de gang door, toetst het telefoon-
nummer van Flora in, hoort Anja iets naar hem roepen maar loopt
door naar beneden. Geen gehoor. Joona herhaalt voor zichzelf dat
Flora zichzelf verbeterde en zei dat het meisje dat haar bezocht dácht
dat ze zwanger was.

Joona toetst hetzelfde nummer nogmaals in, laat de telefoon overgaan terwijl hij door de glazen hal rent, voorbij de zitjes en precies op
het moment dat hij door de draaideuren loopt, hoort hij een hijgende
stem: 'Hans-Gunnar Hansen.'

'Mijn naam is Joona Linna, ik werk voor de rijksrecherche en...'

'Hebben jullie de auto gevonden?'

'Ik moet Flora spreken.'

'Wel godverdomme,' schreeuwt de man. 'Als dat wijf hier zou zijn
had ik niet naar mijn auto gevraagd – zij heeft hem gejat en als de politie zijn werk niet...'

Joona drukt hem weg en rent het laatste stukje naar zijn zwarte Volvo.

158

Elin heeft in de kamer naast die van Vicky geslapen met de deuren open. Ze is van het minste geringste geluid wakker geworden, heeft geluisterd en is bij Vicky gaan kijken. Die ochtend blijft ze even in de deuropening staan om het meisje dat in diepe slaap is gade te slaan, waarna ze naar de keuken gaat.

Daniel staat achter het fornuis een romig roerei te maken. Het ruikt naar koffie en versgebakken brood. Door de enorme ramen is het imposante panorama bijna angstaanjagend overweldigend. Bergen met ronde toppen, meertjes met spiegelgladde oppervlakken en dalen met geel en rood fonkelende bomen.

'Het is bijna niet te doen om naar buiten te kijken,' zegt hij glimlachend. 'Ik krijg er een soort van pijn in mijn hart van.'

Ze omhelzen elkaar en hij kust voorzichtig meerdere keren haar hoofd. Ze blijft doodstil staan, ademt zijn geur in en voelt haar buik warm worden van plotseling geluk.

Een timer op het aanrecht piept en Daniel maakt zich los om het brood uit de oven te halen.

Ze gaan aan de grote eettafel zitten, ontbijten en strelen af en toe elkaars handen op de tafel.

Het ongelooflijke uitzicht maakt hen sprakeloos. Zwijgend drinken ze koffie en kijken door de ramen naar buiten.

'Ik maak me zo'n zorgen om Vicky,' zegt Elin uiteindelijk zacht.

'Het komt wel goed.'

Ze zet haar kopje neer.

'Meen je dat?'

'Ik moet zien dat ik haar aan het praten krijg over wat er is gebeurd,' zegt hij. 'Want ik vrees dat ze uit schuldgevoel steeds zelfdestructiever zal worden... We moeten haar echt goed in de gaten houden.'

'De verpleegkundige komt over een uur met de bus aan in Åre, dus ik ga daar zo heen om haar op te halen,' zegt Elin. 'Wat vind jij, zal ik aan Vicky vragen of ze zin heeft om mee te gaan?'

'Ik weet het niet, ik denk dat het beter is dat ze hier blijft,' zegt hij.

'Ja, we zijn hier nog maar net,' stemt Elin in. 'Maar ik maak me zorgen... Je moet de hele tijd bij haar blijven.'

'Ze weet dat ze zelfs de deur van de wc niet op slot mag doen,' zegt Daniel ernstig.

Op hetzelfde moment ziet Elin het meisje door het raam. Ze loopt alleen buiten door het gras en schopt tegen de rode bladeren. Haar lange haar hangt in een warrige bos op haar rug en het tengere lichaam lijkt het koud te hebben. Elin pakt haar vest van de rugleuning en loopt naar buiten om het aan Vicky te geven.

'Dank je wel,' fluistert het meisje.

'Ik zal je nooit meer in de steek laten,' zegt Elin.

Zonder iets te zeggen pakt Vicky haar hand en knijpt erin. Elins hart bonst van geluk en door de brok in haar keel kan ze geen woord uitbrengen.

159

De lucht is merkwaardig donker als Joona de e4 verlaat en weg 84 naar Delsbo op draait. Hij gaat ervan uit dat Flora de auto heeft genomen om naar de Delsbo-kerk in Hälsingland te gaan.

Hij kan nog steeds haar opgewonden stem horen toen ze vertelde dat er zich een getuige in de klokkenstoel schuilhield.

Joona begrijpt haar niet. Het is net of ze leugen en waarheid vermengt zonder dat ze zich daar bewust van is.

Ondanks al haar leugens heeft hij al die tijd het gevoel gehouden dat ze meer dan wie ook iets weet over de moorden op de Birgittagården.

Misschien is deze getuige een van haar leugens, maar mocht het waar zijn dan is het zo belangrijk dat hij het er niet bij kan laten zitten.

De laaghangende regenwolken kleuren de akkers grijs en de naaldbomen bijna blauw. Hij draait een smalle grindweg in. Herfstblaadjes wervelen over de weg en het is moeilijk snelheid te houden. De weg zit vol kuilen en kronkelt.

Hij slaat een rechte laan naar de Delsbo-kerk in. Tussen de bomen door ziet hij een uitgestrekte akker. Een eenzame maaidorser beweegt zich langzaam voort. De maaibalk strijkt als een zeis vlak boven de grond. Het dampt van kaf en stof. Vogels stijgen en dalen in de wervelende lucht.

Als hij bijna bij de kerk is, ziet hij een auto die tegen een boom is gebotst. De motorkap is gedeukt, de grille ligt in het gras en een ruit is eruit geslagen.

De motor draait nog, het voorportier staat wijd open en de achterlichten schijnen op het gras van de berm.

Joona mindert vaart maar als hij ziet dat de auto leeg is, geeft hij weer gas. Flora is zeker verder gerend, denkt hij, en hij rijdt helemaal tot aan de kerk.

Joona stapt uit en haast zich over het geharkte grindpad. De geteerde klokkenstoel staat op een heuvel een eindje bij de kerk vandaan.

De lucht is donker en het lijkt elk moment te kunnen gaan regenen. Onder de zwarte uienkoepel hangt de enorme, matgetinte klok. Achter de klokkentoren is het snelstromende water, schuimend en zwart, van de rivier zichtbaar.

De deur van het gebouwtje staat op een kier.

Joona loopt het laatste stukje en als hij vlak bij de klokkentoren is, ruikt hij duidelijk de geur van teer.

De brede benedenverdieping is bekleed met donkere, schubachtige panelen. Binnen leidt een steile houten trap naar de klok.

'Flora?' roept Joona.

160

Flora komt tevoorschijn en blijft in de donkere deuropening boven aan de trap staan. Haar gezicht staat verdrietig en haar grote vermoeide ogen glanzen.

'Er is niemand hier,' zegt ze en ze bijt op haar lip.

'Weet je het zeker?'

Ze begint te huilen en haar stem breekt.

'Sorry, maar ik dacht... ik wist zeker...'

Ze klautert naar beneden en fluistert 'sorry' zonder hem aan te kijken, ze houdt een hand voor haar mond en loopt langzaam terug naar de auto.

'Hoe heb je dit gevonden?' vraagt Joona terwijl hij achter haar aan loopt. 'Waarom dacht je dat de getuige hier zou zijn?'

'De trouwfoto van mijn pleegouders... de toren staat op de achtergrond.'

'Maar wat heeft dat met Miranda te maken?'

'Het spook zei...'

Flora zwijgt en blijft staan.

'Wat is er?' vraagt Joona.

Hij moet er weer aan denken dat Flora Miranda had getekend met haar handen voor haar gezicht en het donkere bloed naast haar hoofd. Het bloed was echter niet getekend zoals een bedrieger dat zou doen, maar door iemand die echt iets had gezien maar zich de omstandigheden niet meer precies herinnerde.

Voor Carlén Antikviteter had Flora over het spook gepraat als een herinnering. Ze probeerde te vertellen wat ze zich herinnerde dat het spook had gezegd.

Smalle lichtstrepen komen tussen grote formaties regenzwangere wolken tevoorschijn.

'Als een herinnering,' herhaalt hij en hij kijkt naar Flora's bleke gezicht.

Gele herfstbladeren dwarrelen door de lucht naar beneden en plotseling begrijpt Joona hoe het in elkaar moet steken. Alsof de gordijnen worden opengetrokken en licht wordt binnengelaten in een grote kamer. Hij weet dat hij de sleutel heeft gevonden om het hele raadsel op te lossen.

'Jij bent het,' fluistert hij en hij huivert bij zijn eigen woorden.

Nu begrijpt hij dat Flora de getuige is die in de klokkentoren zou zijn.

Zij is de getuige, maar het is niet Miranda die ze vermoord heeft zien worden.

Het gaat om een ander meisje.

Iemand die op exact dezelfde manier is gedood.

Een ander meisje, maar dezelfde moordenaar.

Het inzicht komt hem volstrekt vanzelfsprekend voor en wordt gevolgd door een steek migraine. Een eindeloze seconde lang is het alsof er een pistoolschot dwars door zijn hoofd gaat. Hij tast naar steun en hoort Flora's ongeruste stem door het donker voordat de pijn weer wegtrekt.

'Jij hebt alles gezien,' zegt hij.

'Je bloedt,' zegt ze.

Er loopt wat bloed uit zijn neus, hij zoekt in zijn zakken en vindt een servetje.

'Flora,' zegt hij. 'Jij bent de getuige die in de toren zou zijn...'

'Maar ik heb niks gezien.'

Hij drukt het servetje tegen zijn neus.

'Je bent het alleen vergeten.'

'Maar ik was daar niet, dat weet je, ik ben nooit op de Birgittagården geweest.'

'Je hebt iets anders gezien...'

'Nee,' fluistert Flora en ze schudt haar hoofd.

'Hoe oud is het spook?' vraagt Joona.

'In mijn dromen is Miranda is een jaar of vijftien... maar als ze echt bij me komt, als ze echt in de kamer staat, is ze klein.'

'Hoe oud?'

'Vijf jaar.'

'Hoe oud ben jij nu, Flora?'

Ze wordt bang als ze in zijn bijzondere grijze ogen kijkt.

'Veertig,' antwoordt ze zacht.

Joona vermoedt dat Flora een moord heeft beschreven waar ze als kind getuige van is geweest, maar dat ze al die tijd dacht dat ze vertelde over de moorden op de Birgittagården.

Joona weet dat hij gelijk heeft als hij zijn telefoon pakt en Anja belt. Door een tunnel van jaren zag Flora plotseling wat ze was vergeten. Daarom waren de beelden zo verwarrend en krachtig.

'Anja,' zegt hij terwijl zijn assistente opneemt. 'Zit je achter je computer?'

'Zit jij op een betere plek?' vraagt ze geamuseerd.

'Kun je uitzoeken of er zo'n vijfendertig jaar geleden iets is gebeurd in Delsbo?'

'Zoals?'

'Iets met een vijfjarig meisje.'

Terwijl Anja op haar toetsenbord tikt, ziet Joona dat Flora naar de kerk loopt, met haar hand over de gevel strijkt en achter het voorportaal verdwijnt. Hij loopt achter haar aan om haar niet uit het oog te verliezen. Een egel haast zich schommelend tussen de grafstenen.

Achter de laan beweegt de maaidorser zich in een wolk van stof over de akker.

'Ja,' zegt Anja en ze ademt door haar neus. 'Er was een sterfgeval... Zesendertig jaar geleden werd een vijfjarig meisje bij de Delsbo-kerk gevonden. Verder staat er niets. De politie kwam tot de conclusie dat het een ongeluk was.'

Joona ziet dat Flora zich omdraait en hem met een zware, vreemde blik aankijkt.

'Hoe heet de agent die het onderzoek leidde?'

'Torkel Ekholm,' antwoordt Anja.

'Kun je proberen zijn adres te achterhalen?'

161

Twintig minuten later parkeert Joona zijn auto langs een smalle grind-weg. Flora en hij openen een ijzeren hek, lopen door een lommerrijke tuin naar een rood houten huis met witte hoeken en eternietplaten op het dak. Het herfstige groen zit vol zoemende insecten. De lucht is troebel geel van ingehouden regen en onweer. Joona belt aan en een oorverdovend belgerinkel klinkt door de tuin.

Er is een sloffend geluid te horen en dan wordt de deur geopend door een bejaarde man in een gebreid vest met bretels en pantoffels.

'Torkel Ekholm?' vraagt Joona.

De man steunt op zijn rollator en kijkt hen met waterige oudeman-nenogen aan. Achter zijn grote, kreukelige rechteroor is een gehoor-apparaat zichtbaar.

'En u bent?' vraagt hij amper hoorbaar.

'Joona Linna, commissaris rijksrecherche.'

De man tuurt naar Joona's legitimatie en kan een kort, vreemd lachje niet onderdrukken.

'Rijksrecherche,' fluistert hij en hij maakt een krachteloos gebaar naar Joona en Flora om binnen te komen. 'Kom binnen, dan drinken we een kopje koffie.'

Ze nemen plaats aan de keukentafel terwijl Torkel naar het fornuis loopt na Flora te hebben gezegd dat hij geen koekjes in huis heeft. Hij praat heel zacht en lijkt bijna volledig doof.

Een wandklok tikt hard en boven de keukenbank hangt een don-ker glanzend geweer voor de elandenjacht, een goed onderhouden Remington. Het geborduurde wandkleed met de woorden 'huiselijk geluk is tevredenheid' is losgeschoten van de punaises en hangt daar met omgekrulde hoeken als een smoezelige ansichtkaart uit een ander Zweden.

De man krabt aan zijn kin en kijkt Joona in de schemerige keuken aan.

Als het water kookt, zet Torkel Ekholm drie koppen en een pot oploskoffie neer.

'Een mens wordt gemakzuchtig,' zegt hij schouderophalend terwijl hij Flora het theelepeltje aangeeft.

'Ik ben hier vanwege een heel oude zaak,' zegt Joona. 'Zesendertig jaar geleden is er een dood meisje gevonden bij de Delsbo-kerk.'

'Ja,' antwoordt de oude man zonder Joona aan te kijken.

'Een ongeluk?' vraagt Joona.

'Ja,' antwoordt hij verbeten.

'Maar dat is niet wat ik denk,' zegt Joona.

'Dat is fijn om te horen,' zegt de man.

Zijn mond begint te trillen en hij duwt de schaal met suikerklontjes naar de commissaris toe.

'Je herinnert je de zaak?' vraagt Joona.

Het lepeltje rinkelt als de oude politieman oploskoffie in zijn kop doet en roert. Zijn ogen zijn bloeddoorlopen als hij weer opkijkt en Joona's blik ontmoet.

'Ik wou dat ik het kon vergeten, maar sommige zaken...'

Torkel Ekholm staat op, loopt naar een donkere ladekast en opent de bovenste la. Hij verklaart met gebroken stem dat hij alle aantekeningen over de zaak al die jaren heeft bewaard.

'Ik wist dat jullie ooit bij me terug zouden komen,' zegt hij zo zacht dat hij amper te verstaan is.

162

Een dikke herfstvlieg bromt tegen het raam van de kleine keuken. Torkel knikt naar de papieren die voor hen op tafel liggen.

'Het dode meisje heette Ylva, dochter van de voorman op landgoed Rånne... Toen ik ter plaatse kwam, hadden ze haar al op een laken gelegd... Ze was uit de klokkentoren gevallen, werd me verteld...'

De oude politieman leunt achterover op zijn stoel zodat het hout kraakt.

'Er zat bloed op het fries van de toren... Ze wezen en ik keek, maar zag dat het niet klopte.'

'Waarom heb je het onderzoek gestaakt?'

'Er waren geen getuigen, ik had niets. Ik stelde vragen, maar ik kwam nergens. Ik kreeg geen toestemming om het echtpaar Rånne nog langer lastig te vallen. Ze stuurden de voorman met vakantie en... het was... Ik heb een foto die Janne heeft genomen, hij werkte voor de krant *Arbetarbladet* en we maakten gebruik van zijn diensten als fotograaf van de plaats delict.'

De oude politieman laat hun een zwart-witfoto zien. Op een laken in het gras ligt een klein meisje met uitgewaaid haar. Naast haar hoofd zit een zwarte bloedvlek, precies zoals in Miranda's bed, op dezelfde plek.

De vlek ziet er bijna uit als een hart.

Het gezicht van het meisje is zacht, haar wangen zijn kinderlijk rond en haar mond ziet eruit alsof ze slaapt.

Flora staart naar de foto, graait met haar vingers in haar haar en alle kleur trekt uit haar gezicht.

'Ik heb niks gezien,' jammert ze en ze begint met open mond te huilen.

Joona legt de foto weg en probeert Flora te kalmeren, maar ze staat op en pakt de foto van Torkel. Ze veegt de tranen van haar wangen en staart naar de afbeelding, zoekt met een hand steun bij het aanrecht en merkt niet dat ze een leeg bierflesje in de spoelbak stoot.

'We speelden blindemannetje,' zegt ze met gedempte stem.

'Blindemannetje?'

'We moesten onze ogen dichtdoen en onze handen voor ons gezicht houden.'

'Maar jij keek, Flora,' zegt Joona. 'Jij zag wie het kleine meisje met een steen sloeg.'

'Nee, ik had mijn ogen dicht... ik...'

'Wie sloeg haar?'

'Wat heb je gezien?' vraagt Torkel.

'Kleine Ylva... ze keek zo blij, hield haar handen voor haar ogen en toen sloeg hij...'

'Wie?' vraagt Joona.

'Mijn broer,' fluistert ze.

'Je hebt geen broer,' zegt Joona.

Torkel krijgt zo'n schok dat het koffiekopje op het schoteltje omvalt.

'De jongen,' mompelt hij. 'Het was toch zeker niet de jongen?'

'Welke jongen?' vraagt Joona.

Flora ziet lijkbleek en de tranen biggelen over haar wangen. De oude politieman scheurt wat papier van de keukenrol en staat moeizaam op van zijn stoel. Joona ziet dat ze haar hoofd schudt en haar lippen bewegen een beetje.

'Wat heb je gezien?' vraagt Joona. 'Flora?'

Torkel loopt naar haar toe en reikt het stuk papier aan.

'Ben jij de kleine Flora? Het stille zusje?' vraagt hij behoedzaam.

163

De vroege herinnering komt bij Flora boven als ze in de keuken van de oude politieman met haar hand op het aanrecht staat. Als ze zich herinnert wat ze heeft gezien, heeft ze het gevoel dat haar benen onder haar zullen wegklappen.

De zon speelde over het gras naast de kerk. Ze hield haar handen voor haar gezicht. Het licht scheen tussen haar vingers door en gaf beide mensen oranjegele randen.

'Mijn god,' jammert ze en ze zakt op de grond. 'Mijn god...'

In het vlammende licht herinnert ze zich dat ze zag dat haar broer het kleine meisje met een steen sloeg.

De beelden zijn zo tastbaar dat het lijkt alsof de kinderen hier in de keuken staan.

Ze hoort een bons en ziet Ylva's hoofd schudden.

Flora herinnert zich dat het meisje in het gras viel. Haar mond ging open en dicht, haar oogleden trilden, ze mompelde verward en hij sloeg nog een keer.

Hij sloeg zo hard hij maar kon en schreeuwde dat ze hun ogen dicht moesten doen. Ylva werd stil en hij legde haar handen op haar gezicht en herhaalde dat ze haar ogen dicht moest doen.

'Maar ik deed mijn ogen niet dicht...'

'Ben jij Flora?' vraagt de oude politieman nog een keer.

Tussen haar vingers door zag Flora haar broer met de steen in zijn hand opstaan. Volkomen kalm zei hij dat Flora haar ogen dicht moest doen, dat ze blindemannetje speelden. Hij kwam van opzij op haar af en hief de bebloede steen. Precies op het moment dat hij sloeg, deinsde ze terug. De steen schaafde haar wang en bonkte hard tegen haar schouder, ze zakte op haar knieën, maar kwam weer overeind en begon te rennen.

'Ben jij de kleine Flora die op landgoed Rånne woonde?'

'Ik herinner me bijna niets,' antwoordt ze.

'Wie is haar broer?' vraagt Joona.

'De mensen noemden hen de weeshuiskinderen, maar ze waren geadopteerd door het echtpaar,' vertelt de oude man.

'Heten ze Rånne?'

'Houtbaron Rånne... maar wij zeiden gewoon mijnheer...' antwoordt Torkel. 'Het heeft zelfs in de krant gestaan dat ze twee kinderen adopteerden, een nobele en barmhartige daad, schreven ze... maar na het ongeluk verhuisde het meisje... Alleen de jongen bleef op het landgoed.'

'Daniel,' zegt Flora. 'Hij heet Daniel.'

De stoel schraapt over de vloer als Joona opstaat van tafel en zonder een woord te zeggen het huis verlaat. Met de telefoon tegen zijn oor rent hij door de tuin, waar gevallen vruchten tussen gele bladeren onder de bomen liggen, het hek uit naar zijn auto.

'Anja, luister, je moet me helpen, er is haast bij,' zegt Joona en hij neemt plaats achter het stuur. 'Zoek uit of er een verband bestaat tussen Daniel Grim en een zekere familie Rånne uit Delsbo.'

Joona heeft de politieradio nog maar net aangezet om de rijkscommandocentrale te alarmeren als Anja al met het antwoord komt.

'Ja, dat zijn z'n ouders.'

'Zoek alles wat je over hem kunt vinden,' zegt Joona.

'Waar gaat het over?'

'Meisjes,' antwoordt Joona.

Hij verbreekt de verbinding en voordat hij de politie alarmeert, toetst hij vlug het nummer van Elin Frank in.

164

Elin rijdt voorzichtig over de steile grindweg naar Åre om Vicky's verpleegkundige op te halen. Het zijraampje staat open en frisse lucht vult de auto. Het langgerekte meer glanst donker. De bergen liggen als gigantische Vikingengraven naast elkaar, zacht welvend en overgroeid.

Ze denkt eraan dat Vicky haar hand pakte en erin kneep. Alles staat op het punt ten goede te keren.

De smalle weg voert haar onder een overhangende rots door als de telefoon in haar tas gaat. Langzaam rijdt ze een klein stukje door tot een passeerplaats en stopt dan. Met een onbehaaglijk gevoel in haar lichaam haalt ze de telefoon uit haar tas. Hij blijft rinkelen in haar hand. Het is Joona Linna. Ze wil eigenlijk niet horen wat hij te zeggen heeft, maar neemt toch met trillende vingers op.

'Hallo?' antwoordt Elin.

'Waar is Vicky?' vraagt de commissaris.

'Ze is hier, bij mij,' antwoordt ze. 'Ik heb een huis in Duved dat...'

'Weet ik, maar zie je haar nu?'

'Nee, ik...'

'Ik wil dat je met Vicky in de auto stapt en naar Stockholm rijdt. Alleen Vicky en jij. Doe het nú, neem niemand mee, ga meteen naar je auto en...'

'Ik zit al in de auto,' schreeuwt Elin en ze voelt de paniek groeien in haar borst. 'Vicky is samen met Daniel in het huis.'

'Dat is niet best,' zegt Joona en ze hoort een ondertoon in zijn stem die haar misselijk maakt van angst.

'Wat is er gebeurd?'

'Luister naar me... Daniel heeft Miranda en Elisabet vermoord.'

'O nee, laat het niet waar zijn,' fluistert ze. 'Hij zou op haar letten terwijl ik naar het busstation ging.'

'Dan is ze waarschijnlijk niet meer in leven,' zegt Joona. 'Maak dat je daar wegkomt. Dat is mijn raad als politieman.'

Elin staart door de voorruit naar de lucht. Hij is niet langer wit. De wolken hangen laag en zakken over de bergtoppen – zwart en zwanger van regen en herfst.

'Ik kan haar niet in de steek laten,' hoort ze zichzelf zeggen.

'De politie is onderweg, maar het kan nog even duren voor ze er zijn.'

'Ik ga terug,' zegt ze.

'Ik begrijp het,' zegt Joona. 'Maar wees voorzichtig... want Daniel Grim is heel erg gevaarlijk en tot de politie arriveert zul je helemaal alleen met hem zijn...'

Maar Elin denkt niet langer na, ze keert de auto en rijdt terug, de steile helling op met het grind ratelend onder de auto.

165

Vicky zit in de witleren fauteuil apps te downloaden op haar mobiel als Daniel binnenkomt en op haar bed gaat zitten.

Buiten glooit het berglandschap zacht en de toppen van de Ullådalen en de Åreskutan tekenen zich grijs en oeroud af tegen de lucht.

'Voelde het verkeerd gisteren?' vraagt Daniel. 'Ik bedoel... dat je in de auto moest wachten terwijl wij je spullen ophaalden?'

'Nee... ik begrijp best dat niemand me wil zien,' antwoordt ze en ze prutst verder met haar telefoon.

'Toen ik het gebouw binnen kwam, zag ik dat Almira en Lu Chu speelden dat ze hun handen voor hun ogen moesten doen,' liegt Daniel. 'Ik weet dat Miranda jou het spelletje heeft geleerd...'

'Ja,' antwoordt ze.

'Weet je hoe Miranda het heeft geleerd?' vraagt Daniel.

Vicky knikt en haalt de telefoonoplader tevoorschijn.

'Ik pas het spelletje soms toe in de therapie,' vertelt Daniel. 'Het is een oefening om op elkaar te vertrouwen.'

'Miranda voerde me chocola,' glimlacht Vicky. 'En toen tekende ze een hart op mijn buik en...'

Vicky zwijgt abrupt. Ze denkt aan wat Tuula in Hårte tegen haar zei, toen ze uit het duister naast de seringenstruiken tevoorschijn kwam.

'Heb je iemand over het spel verteld?' vraagt Daniel terwijl hij haar aankijkt.

'Nee,' antwoordt ze.

'Ik vroeg het me gewoon af...'

Vicky slaat haar blik neer en denkt aan Tuula die in het donker met een honkbalknuppel in haar hand stond en zei dat de moordenaar alleen sletten doodt. Alleen sletten moeten bang zijn dat hun kop wordt gesmasht, fluisterde ze. Echt iets voor Tuula om altijd van die afschuwelijke, gestoorde dingen te zeggen. Vicky had geprobeerd te glimlachen, maar Tuula had gezegd dat ze een zwangerschapstest in Miranda's tas had gevonden toen ze haar ketting meenam. Gisteren had Vicky nog gewoon gedacht dat Miranda met een van de jongens die ze bij ADL hadden ontmoet naar bed was geweest.

Nu beseft ze echter dat het Daniel moet zijn.

Vicky had gevoeld dat er iets mis was toen Miranda haar liet zien hoe het spelletje ging. Want Miranda deed net alsof het leuk was. Ze giechelde en brak stukjes chocola af, maar ze wilde er in feite alleen achter komen of Vicky hetzelfde had meegemaakt als zij, zonder te hoeven verklappen wat er was gebeurd.

Vicky herinnert zich dat Miranda onverschillig probeerde te klinken toen ze vroeg of Daniel naar haar kamer was gekomen om het spel te doen.

'Miranda heeft niets gezegd,' tracht Vicky uit te leggen en ze kijkt Daniel even kort aan. 'Ze heeft zeg maar niks verteld van wat jullie bij therapie doen...'

Vicky's wangen worden rood als ze opeens begrijpt hoe alles in elkaar steekt. Daniel moet degene zijn die Miranda en Elisabet heeft gedood. De moorden hebben niets met sletten te maken. Daniel heeft Miranda vermoord omdat ze zwanger was.

Misschien had Miranda alles al aan Elisabet verteld.

Vicky probeert rustig te ademen, ze weet niet wat ze moet zeggen en frunnikt aan het gipsverband en trekt wat aan het brokkelige uiteinde.

'Het was toch...'

Daniel buigt naar haar toe, pakt de telefoon van haar schoot en stopt hem in zijn zak.

'De therapie... dat ging toch gewoon over elkaar durven vertrouwen,' vervolgt Vicky, hoewel ze begrijpt dat Daniel haar doorziet.

Hij weet dat ze begrijpt dat hij Miranda en Elisabet heeft doodgeslagen en haar de schuld heeft gegeven.

'Ja, het is een belangrijke stap in de therapie,' zegt Daniel en hij observeert haar aandachtig.

'Weet ik,' fluistert ze.

'We zouden het nu kunnen doen, jij en ik. Gewoon voor de lol,' zegt hij.

Ze knikt en denkt met een paniekgevoel in haar lichaam dat hij besloten heeft haar te doden. Het bloed dreunt in haar oren en het zweet gutst uit haar oksels. Hij heeft geholpen haar vrij te krijgen en is meegegaan naar Elins huis om uit te zoeken wat ze wist, om er zeker van te zijn dat hij niet zal worden ontmaskerd.

'Doe je ogen dicht,' zegt hij glimlachend.

'Nu?'

'Het is leuk.'

'Maar ik...'

'Doe het gewoon,' zegt hij streng.

Ze doet haar ogen dicht en houdt haar handen voor haar gezicht. Haar hart gaat tekeer van angst. Hij doet iets in de kamer. Het klinkt alsof hij het onderlaken van het bed trekt.

'Ik moet plassen,' zegt ze.

'Zo meteen.'

Ze zit met haar handen voor haar gezicht en schrikt als hij een stoel over de vloer verplaatst. Er klinkt een sloffend geluid, haar benen trillen, maar ze blijft haar handen voor haar gezicht houden.

166

Elin rijdt zo snel als maar mogelijk is de steile helling op. Een sleutel-hanger rammelt in het bakje naast de versnellingspook. Takken van een boom ratelen langs carrosserie en ramen. Ze remt in een scherpe bocht en raakt bijna in een slip. De banden glijden weg over het losse grind, maar ze trapt de koppeling in, trekt hem door de bocht en kan weer gas geven.

De auto hotst en botst enorm. Smeltwater heeft diepe voren in de grindweg naar Tegefors getrokken.

Ze rijdt verder naar boven, het gaat iets te snel, ze probeert vaart te minderen als ze de inrit van het huis nadert. Ze draait scherp naar rechts, de zijkant van de auto schampt een hekpaal en de linkerzijspiegel wordt eraf geslagen. Ze geeft gas en het voelt alsof de auto loskomt van de grond als ze de heuveltop rondt. Het krat met mineraalwater in de achterbak valt met een kletterend geluid om.

Ze legt het laatste rechte stuk naar het huis af, gaat op de rem staan waardoor er een stofwolk opwaait. Elin laat de motor draaien als ze uitstapt, rent naar de voordeur en gaat meteen naar binnen. De luxa-flex is naar beneden. Het is volslagen donker en ze struikelt over laarzen en schoenen als ze zich naar de royale woonkamer haast.

'Vicky!' roept ze.

Elin doet de lampen aan, rent de trap op, glijdt uit en stoot haar knie tegen een traptree, komt boven en vliegt naar Vicky's kamer. Ze drukt de deurkruk naar beneden, maar de deur zit op slot. Elin bonst op de deur en hoort de hysterie in haar eigen stem als ze schreeuwt: 'Doe open!'

Er komt geen geluid uit de kamer en Elin bukt zich om door het sleutelgat te kijken. Een stoel ligt op de grond en schaduwen bewegen zich schokkerig over de muren.

'Vicky?'

Ze doet een stap opzij en trapt tegen de deur. Er klinkt alleen een dof geluid. Verder gebeurt er niets. Ze trapt nog een keer, rent naar de kamer ernaast, maar de sleutel zit niet in het slot. Ze loopt naar de volgende deur, tast met haar hand en krijgt de sleutel te pakken. Ze rent terug en stoot per ongeluk een glazen sculptuur om die met een zware bons op de grond valt. Haar handen beven zo dat ze moeite heeft de sleutel in het slot te krijgen, ze moet allebei haar handen gebruiken, de tweede poging slaagt en ze rukt de deur open.

'O, mijn god,' fluistert ze.

Vicky is aan een in elkaar gedraaid laken opgehangen aan de witte balk van gelamineerd hout. Haar mond staat wijd open en alle kleur is uit haar gezicht verdwenen. Haar voeten bewegen zachtjes in het luchtledige. Ze leeft nog. De punten van haar tenen zoeken naar de grond een halve meter onder zich en haar vingers heeft ze om de strop geklemd.

Elin bedenkt zich geen seconde. Ze rent naar Vicky toe en tilt haar op zo hoog ze kan.

'Probeer los te komen,' huilt ze terwijl ze Vicky's tengere benen vasthoudt.

Het meisje worstelt met de in elkaar gedraaide stof, haar lichaam beweegt zich als in een kramp, ze heeft zuurstof nodig en is in paniek, ze rukt en trekt om de strop losser te krijgen.

Plotseling hoort Elin Vicky inademen en hoesten. Ze hijgt zwaar en spant haar lichaam.

'Ik krijg hem niet af,' hoest Vicky.

Elin staat op haar tenen en probeert uit alle macht om haar hoger op te tillen.

'Probeer te klimmen!'

'Dat gaat niet...'

De strop wordt weer aangetrokken. Vicky krijgt niet voldoende lucht en schudt van paniekerige stuiptrekkingen. Elins armen trillen van inspanning om het meisje in de lucht te houden. Ze mag niet opgeven. Ze probeert met haar voet de omgevallen stoel te bereiken om daar op te kunnen klimmen, maar het is onmogelijk. Vicky is nat van het zweet en haar lichaam schokt spastisch. Elin probeert haar greep te veranderen, maar het is gewoon te zwaar. Een verdovende zwakte nadert, toch slaagt ze erin haar ene hand iets te laten zakken, krijgt beter grip en kan het meisje iets hoger optillen. Vicky vecht met haar laatste krachten en trekt uiteindelijk de strop over haar hoofd. Ze hoest en ze zakken samen op de grond.

Vicky's hals heeft een blauwe tint gekregen, ze ademt kort en hijgend, maar ze ademt, ze leeft. Elin kust haar wangen, strijkt trillend het haar uit haar bezwete gezicht en fluistert dat ze stil moet zijn.

'Het was Daniel...'

'Ik weet het, de politie is onderweg,' fluistert Elin. 'Jij moet hier blijven. Ik doe de deur op slot, maar je moet doodstil zijn.'

167

Elin doet de deur achter Vicky op slot en voelt haar lichaam trillen als ze de trap af loopt. Haar armen en benen zijn stijf van inspanning. Haar telefoon zoemt en ze ziet dat ze een sms'je van Vicky's telefoon heeft.

Sorry, maar ik kan niet meer liegen. Niet verdrietig zijn. Kus, V

Elin is misselijk en haar hart gaat tekeer van angst. Gedachten tuimelen door haar hoofd. Het is niet te bevatten wat er gebeurt. Daniel moet haar precies op dit moment een sms vanaf Vicky's telefoon hebben gestuurd. Voorzichtig loopt ze verder de donkere woonkamer in. In het hele huis is de luxaflex naar beneden.

Plotseling valt er een schaduw over de vloer. Het is Daniel. Hij staat op de trap naar de benedenverdieping. Hij moet vanuit de garage naar boven zijn gekomen. Ze weet dat ze hem moet bezighouden tot de politie arriveert.

'Ze heeft het gedaan,' zegt Elin. 'Vicky heeft de deur van haar kamer op slot gedaan, het duurde te lang, ik begrijp het niet...'

'Wat zeg je?' vraagt hij langzaam en hij kijkt haar met glanzende ogen aan.

'Ze leeft niet meer... kunnen we niet naar buiten gaan? We moeten iemand bellen,' fluistert ze.

'Ja,' antwoordt hij terwijl hij dichterbij komt.

'Daniel... Ik begrijp het niet.'

'O nee?'

'Nee, ik...'

'Na jou te hebben gedood... is Vicky naar haar kamer gegaan en heeft ze zich verhangen,' zegt hij.

'Waarom zeg je...'

'Je had niet zo snel terug moeten komen,' besluit Daniel.

Elin ziet opeens dat hij een bijl achter zijn rug houdt. Ze rent naar de buitendeur, maar er is niet genoeg tijd, hij zit vlak achter haar en ze maakt een abrupte wending naar rechts en gooit een stoel achter zich omver. Hij struikelt en ze krijgt een kleine voorsprong langs de open keuken de gang in. Zijn voetstappen komen dichterbij. Ze kan zich nergens verstoppen. Snel loopt ze Jacks oude slaapkamer binnen, doet de deur achter zich op slot en drukt op de knop van de luxaflex.

Ik kom hier niet op tijd uit, denkt ze. Dit duurt veel te lang.

De motor zoemt en er klinkt een klik als de aluminium lamellen opengaan en het licht door de kleine gaatjes naar binnen sijpelt.

Elin schreeuwt het uit als ze de eerste bijlslag tegen de deur hoort. Het blad gaat naast het slot door het hout, wordt opzijgewrikt en teruggetrokken.

Langzaam en ratelend gaat de luxaflex omhoog. Als de bijl voor de tweede keer toeslaat is er tien centimeter van het raam zichtbaar.

Ze kan niet wachten, moet verder en loopt snel Jacks badkamer in als Daniel de slaapkamerdeur in trapt. Een enorme knal en gekraak. Hout versplintert in lange spaanders rond het slot en de deur slaat open.

Elin ziet zichzelf in de grote spiegel als ze door de badkamer loopt, voorbij het bad, de douche en de sauna, door de andere deur Jacks kantoor in. Het is zo donker dat ze over een ladeblok struikelt. Oude mappen vallen op de grond. Ze tast over het bureau, trekt een la open, gooit de pennen eruit en pakt de briefopener.

De luxaflex in de slaapkamer zwijgt als hij helemaal is opgetrokken. Ze hoort iets vallen in de grote badkuip. Daniel komt achter haar aan. Elin schopt haar schoenen uit, sluipt blootsvoets de gang in en doet de deur achter zich dicht.

Ze bedenkt dat ze Daniel misschien kan volgen, de vernielde deur van Jacks slaapkamer weer binnen gaan en proberen een raam te openen.

Ze doet een paar passen, maar verandert van gedachten en rent verder de gang in.

'Elin,' brult hij achter haar.

De deur van de grote logeerkamer zit op slot. Ze draait de sleutel om, maar het slot gaat stroef. Ze kijkt achterom en ziet Daniel dichterbij komen. Hij rent niet, maar zijn passen zijn groot. Ze drukt de deurkruk naar beneden en ruikt de geur van zijn zweet. Een schaduw beweegt snel over de deur. Ze werpt zich opzij en stoot haar wang tegen een schilderij.

De bijl mist haar hoofd. Het blad knalt schuin tegen de betonnen muur. Met een scherp geluid ketst hij zo sterk af dat hij uit Daniels handen glipt. De bijl slaat kletterend tegen de grond.

168

Het slot klikt en Elin duwt de deur met haar schouder open. Ze struikelt de kamer binnen. Daniel komt achter haar aan en probeert haar vast te grijpen. Ze draait zich om en steekt hem met de briefopener, die gaat zijn borst in, maar slechts oppervlakkig. Hij grijpt haar haar beet en rukt haar met zo'n kracht opzij en naar de grond dat ze tegen het televisiemeubel knalt waardoor de schemerlamp omvalt.

Hij duwt zijn bril op zijn neus omhoog en loopt terug om de bijl te halen. Elin kruipt onder het brede bed.

Ze hoopt dat Vicky zich niet laat zien, want ze denkt dat ze het misschien kan volhouden tot de politie komt.

Ze ziet Daniels benen en voeten, hij loopt om het bed heen. Ze verplaatst zich en merkt dat hij op het bed stapt. Matras en lattenbodem kraken. Ze weet niet welke kant ze op moet bewegen, probeert in het midden te blijven.

Plotseling heeft hij haar voet te pakken, ze schreeuwt, maar hij staat naast het bed aan haar te trekken. Ze probeert zich vast te houden, maar dat is onmogelijk. Hij houdt haar enkel in zijn greep en tilt de bijl op. Ze trapt hem met haar andere voet in zijn gezicht. Hij verliest zijn bril en laat haar los, wankelt achteruit, stoot met zijn rug tegen de boekenkast, houdt zijn hand voor een oog en kijkt naar haar met het andere.

Ze krabbelt overeind en stuift naar de deur. Vanuit haar ooghoek ziet ze dat hij zich bukt om zijn bril op te rapen. Ze rent langs Jacks kamer naar de keuken. Daniels zware voetstappen klinken in de gang.

Gedachten flitsen door haar hoofd. De politie zou er ondertussen toch moeten zijn – Joona zei dat ze onderweg waren.

Elin grist een steelpan van het aanrecht als ze langs de open keuken loopt, rent door de woonkamer, opent de deur naar de garage en gooit de pan naar beneden.

Ze hoort de pan van de trap kletteren terwijl ze zelf naar boven sluipt.

Daniel is bij de deur naar de garage, maar laat zich niet voor de gek houden. Hij heeft haar voetstappen op de bovenverdieping gehoord. Haar mogelijkheden zijn bijna uitgeput. Elin is heel erg buiten adem, ze loopt voorbij de etage waar Vicky zich schuilhoudt en gaat wat langzamer de trap op om Daniel bij het meisje weg te lokken, naar de bovenste verdieping.

Elin weet dat ze zich moet zien te redden tot de politie komt, dat ze geen keus heeft, dat ze Daniel moet bezighouden zodat hij niet naar Vicky's kamer gaat.

De trap achter haar kraakt door Daniels voetstappen.

Ze bereikt de bovenste verdieping. Het is er bijna helemaal donker. Ze loopt snel naar de tegelkachel en pakt de pook uit het haardstel. De andere gereedschappen schommelen rinkelend tegen elkaar. Elin loopt naar het midden van de kamer en slaat in één klap de plafond-lamp stuk. De grote kroonluchter van matglas valt op de grond en versplintert met een knal. De scherven schieten over de vloer en dan wordt het stil.

Alleen de zware voetstappen op de trap zijn nog te horen.

Elin verstopt zich in het donker naast de boekenkast meteen rechts van de deuropening.

Daniel hijgt als hij de laatste tree neemt. Hij heeft geen haast, hij weet dat ze niet kan ontsnappen van de bovenverdieping.

Elin probeert het geluid van haar hijgende ademhaling te dempen.

Daniel staat met de bijl in zijn hand, hij staart de donkere kamer in en drukt dan op de knop van de plafondlamp.

Er klinkt een klik, maar er gebeurt niets. Het blijft donker.

169

Elin staat verborgen in het donker en houdt de pook met beide handen vast. Ze trilt van de adrenaline in haar bloed, maar voelt zich opmerkelijk sterk.

Daniel ademt zwaar en loopt heel voorzichtig de kamer in.

Ze kan hem niet zien, maar het glas kraakt onder zijn schoenen.

Plotseling klinkt er een klik en een elektrisch gezoem, gevolgd door een tikkend geluid. Licht sijpelt naar binnen door de vele gaatjes in de lamellen. Daniel staat bij de deur en wacht tot de luxaflex omhoog is en licht van buiten de kamer vult.

Er is geen enkele plek waar Elin zich kan verbergen.

Hij staart haar aan en ze loopt achteruit met de pook op hem gericht.

Daniel heeft de bijl in zijn rechterhand, kijkt ernaar en komt dan dichterbij.

Ze haalt naar hem uit, maar hij ontwijkt de klap. Ze ademt hijgend en richt de pook weer op hem. Een felle pijn in haar voet als ze op een glasscherf trapt, maar ze laat Daniel niet los met haar blik.

De bijl schommelt in zijn hand.

Ze haalt nogmaals uit, maar hij ontwijkt haar weer.

Zijn blik is onpeilbaar.

Plotseling maakt hij een snelle beweging met de bijl. Onverwacht en hard. De brede kant van het blad raakt de pook. Er klinkt een doffe dreun als metaal tegen metaal slaat. De pook beweegt zo heftig dat hij uit haar hand vliegt en op de grond klettert.

Ze kan zich niet meer verdedigen, beweegt zich achterwaarts en beseft met een soort verbazing dat het er slecht voor haar uitziet. Angst stroomt door haar lichaam en maakt haar opvallend gesloten, afstandelijk.

Daniel komt achter haar aan.

Ze kijkt in zijn ogen, hij kijkt terug, maar niets lijkt nog enige weerklank in zijn innerlijk te vinden.

Ten slotte staat ze met haar rug naar het grote raam toe. Achter haar vormt de gladde betonnen gevel een afgrond van drieënhalve verdieping naar een terras met tuinmeubels en een barbecue.

Elins voeten bloeden en op de lichte, houten vloer zijn rode, uitgeveegde sporen zichtbaar.

Ze kan niet meer, blijft stil staan en bedenkt dat ze met hem moet onderhandelen, hem iets moet beloven, moet laten praten.

Daniel ademt zwaarder, neemt haar heel even op, likt langs zijn lippen en doet dan snel de paar laatste passen in haar richting, zwaait met de bijl en slaat toe. Instinctief trekt ze haar hoofd weg. De bijl hakt recht in het raam. Ze voelt het dikke glas achter haar rug trillen als de ruit barst. Daniel heft de bijl nogmaals, maar voordat hij kan slaan leunt Elin achterover. Ze zet haar hele gewicht tegen het grote raam en voelt het meegeven. Haar maag trekt zich samen. Ze valt achterover door de lucht, omringd door glas en glinsterende scherven. Elin Frank sluit haar ogen en merkt het niet eens als ze tegen de grond slaat.

Daniel steunt met een hand tegen het raamkozijn en kijkt naar beneden. Er glijden nog steeds glassplinters van de vensterbank. Daar in de diepte ligt Elin. Er is overal glas. Een constante stroom van donker bloed loopt uit haar hoofd over de terrastegels.

Daniels ademhaling wordt rustiger. Zijn overhemd kleeft tegen zijn rug.

Het uitzicht vanaf de bovenverdieping is overweldigend. De top van de Tyskhuvudet doemt heel dichtbij op en de hut op de Åreskutan is in herfstnevel gehuld. Vanuit Åre komt plotseling het blauwe zwaailicht van politiewagens en ambulances omhoog, maar de weg naar Tegefors ligt er verlaten bij.

170

Op het moment dat Flora de naam van haar broer noemde, had Joona alles onmiddellijk doorzien. Hij toetste Anja's nummer al in toen hij door de hal van Torkels huis liep en ze nam op terwijl hij door de tuin rende. Toen hij in de auto stapte, kon ze bevestigen dat Daniel Grim de jongen was die door de houtbaron van landgoed Rånne was geadopteerd.

Hij was de Daniel over wie Flora had verteld.

Daniel Grim was de jongen die zesendertig jaar geleden in Delsbo in het bijzijn van Flora een klein meisje had gedood.

In de auto toetste Joona het nummer van Elin Frank in – Daniel was met haar en Vicky meegegaan naar Duved.

Terwijl hij wachtte tot Elin opnam, besefte hij waarom Elisabet afweerverwondingen aan de verkeerde kant van haar handen had.

Ze had ze voor haar gezicht gehouden.

Daniel laat geen getuigen na – niemand mag zien wat hij doet.

Na Elin te hebben gewaarschuwd, alarmeerde hij de rijkscommandocentrale en vroeg om politieversterking en ambulances voor Duved. De helikopters waren ingezet in Kiruna en dus niet beschikbaar, en het zou de hulpdiensten minstens een halfuur kosten om het huis te bereiken.

Joona had geen enkele kans daar zelf op tijd te zijn, het was meer dan driehonderd kilometer van Delsbo naar Duved.

Hij sloeg het portier dicht en startte de motor toen zijn chef Carlos Eliasson belde om te vragen op welke grond hij Daniel Grim opeens verdacht.

'Zesendertig jaar geleden heeft hij een kind gedood op exact dezelfde manier als het meisje op de Birgittagården,' antwoordde Joona en hij reed langzaam de grindweg af.

'Anja heeft me de foto's van het ongeluk in Delsbo laten zien,' zuchtte Carlos.

'Het was geen ongeluk,' zei Joona koppig.

'Waarom denk je dat die zaken met elkaar te maken hebben?'

'Beide slachtoffers hielden hun handen voor hun gezicht toen ze...'

'Ik weet dat Miranda dat deed,' onderbrak Carlos hem. 'Maar ik zit verdorie met de foto's van Delsbo voor me. Het slachtoffer ligt op een laken en haar handen zijn...'

'Het lichaam werd van positie veranderd voordat de politie ter plaatse was,' zei Joona.

'Hoe weet je dat?'

'Dat weet ik gewoon,' antwoordde hij.

'Is het je gebruikelijke koppigheid of heeft die waarzegster je dat verteld?'

'Ze is een ooggetuige,' antwoordde Joona met een donkere zweem Fins accent.

Carlos lachte vermoeid en zei toen ernstig: 'Alles is toch al verjaard, we hebben een officier van justitie die het vooronderzoek tegen Vicky Bennet leidt en jij bent onderwerp van een intern onderzoek.'

Toen Joona weg 84 op was gedraaid en richting Sundsvall reed, nam hij contact op met de politie van Västernorrland en verzocht om een surveillancewagen en technisch rechercheurs naar het huis van Daniel Grim. Via de politieradio hoorde hij dat de wagens van de Jämtlandse politie over tien minuten bij het huis van Elin Frank dachten te zijn.

171

De eerste surveillancewagen stopt voor het huis van Elin Frank op de helling van de Tegefjäl. Een agent loopt naar de SUV en zet de motor uit terwijl de andere agent zijn wapen trekt en de voordeur van het huis nadert. Nog een politiewagen draait het terrein op, gevolgd door een ambulance.

Het licht van de volgende ambulance is ook al zichtbaar op de steile grindweg.

Het grote huis ziet er opmerkelijk dicht uit. Voor de ramen hangt dichte, matmetalen luxaflex.

Het is angstaanjagend stil.

Met getrokken wapen gaan twee agenten door de voordeur naar binnen. Een derde blijft wachten terwijl de vierde zich naar de achterkant van het huis begeeft. Behoedzaam loopt hij een brede trap van wit beton op.

Het huis lijkt niet bewoond; alles zit potdicht.

De agent loopt het terras op, langs een tuinameublement, en ziet dan het bloed, de glasscherven en de twee mensen.

Hij blijft staan.

Een meisje met een bleek gezicht, gebarsten lippen en warrig haar kijkt naar hem. Haar blik is bijna zwart. Ze zit op haar knieën naast een levenloze vrouw. Rond hen beiden heeft zich een poel van bloed gevormd. Het meisje houdt de hand van de vrouw met twee handen vast. Haar lippen bewegen, maar de agent verstaat pas wat ze zegt als hij dichterbij komt.

'Ze is nog warm,' fluistert Vicky. 'Ze is nog warm...'

De agent laat zijn wapen zakken, pakt zijn portofoon en roept het ambulancepersoneel op.

De wolken zijn grijs en koud als het ambulancepersoneel twee brancards naar de gewonden toe rijden. Ze constateren onmiddellijk een schedelbasisfractuur bij de liggende vrouw en tillen haar voorzichtig op de brancard, al laat het meisje haar niet los.

Vicky houdt de hand van de vrouw stevig vast terwijl er dikke tranen over haar wangen biggelen.

Het meisje is zelf ook ernstig gewond, ze bloedt heftig uit haar knieën en benen van het zitten op de glasscherven. Haar hals is gezwollen en blauwzwart en haar nekwervels zijn waarschijnlijk beschadigd, maar ze wil niet op een brancard gaan liggen en het is duidelijk dat ze niet van Elins zijde zal wijken.

Ze hebben haast om weg te komen en besluiten snel dat het meisje naast Elin Frank mag zitten om haar hand vast te houden terwijl ze naar Östersund rijden, vanwaar de gewonden met een traumahelikopter naar het Karolinska-ziekenhuis in Stockholm zullen worden overgebracht.

172

Joona rijdt net over een roestige spoorwegovergang als de coördinator van de operatie in Duved eindelijk zijn telefoon opneemt. Zijn stem klinkt opgewonden en hij praat tegelijkertijd tegen iemand anders die met hem in de commandobus zit.

'Het is even een beetje hectisch... maar we zijn ter plaatse,' zegt hij en hij hoest.

'Ik moet weten of...'

'Nee, verdomme... het moet vóór Trångsviken en Strömsund,' schreeuwt de coördinator tegen iemand.

'Leven ze?'

'Sorry, ik moet wegafzettingen regelen.'

'Ik wacht,' zegt Joona en hij haalt een vrachtwagen in.

Hij hoort de coördinator de telefoon neerleggen, met de operationeel chef praten, de plekken bevestigd krijgen, terugkeren naar de alarmcentrale en via hen surveillancewagens dirigeren om blokkades op te zetten.

'Ik ben er weer,' zegt hij dan in de telefoon.

'Leven ze?' herhaalt Joona.

'Het meisje is buiten levensgevaar, maar de vrouw is... haar toestand is kritiek, ze bereiden een acute operatie voor in het ziekenhuis in Östersund, en daarna wordt ze overgebracht naar het Karolinska-ziekenhuis.'

'En Daniel Grim?'

'Er was niemand meer in het huis... we zetten blokkades op, maar als hij een secundaire weg kiest dan hebben we niet genoeg middelen...'

'En helikopters?' vraagt Joona.

'We onderhandelen met de Jagereenheid van Defensie in Kiruna, maar het duurt te lang,' antwoordt de coördinator met een stem die schor is van vermoeidheid.

Joona rijdt Sundsvall binnen en denkt dat Elin Frank ondanks zijn waarschuwing terug is gegaan naar haar huis. Hij kan zich geen voorstelling maken van wat ze heeft gedaan, maar blijkbaar was ze op tijd.

Elin is zwaargewond, maar Vicky leeft nog.

De kans bestaat dat Daniel Grim op een van de blokkades stuit. Vooral als hij niet doorheeft dat hij gezocht wordt. Maar als hij erdoor weet te glippen dan is hij op z'n vroegst over twee uur bij zijn huis en moet de politie een val voor hem hebben opgezet.

En voor die tijd moet een eerste technisch onderzoek van het huis hebben plaatsgevonden, denkt Joona.

Hij mindert snelheid en stopt op de Bruksgatan achter een surveillancewagen. De voordeur van Daniel Grims huis staat open en twee geüniformeerde agenten staan hem op te wachten in de hal.

'Het huis is leeg,' vertelt een agent. 'Niks bijzonders.'

'Is de technische recherche onderweg?'

'Die verwacht ik over een minuut of tien.'

'Ik kijk even rond,' zegt Joona en hij gaat naar binnen.

Hij loopt snel door het huis zonder te weten wat hij zoekt. Hij kijkt in kasten, trekt laden open, doet haastig de deur open van wat een wijnkast blijkt te zijn, loopt door naar de keuken, onderzoekt de bezemkast, laatjes, koelkast en vriezer, rent naar de bovenverdieping en trekt de sprei met tijgerdessin weg, kiept het hele matras om, opent de grote kleerkast, duwt Elisabets jurken opzij en klopt op de muur, schopt oude schoenen weg en trekt een kartonnen doos met kerstversiering naar voren, loopt de badkamer in, kijkt in het kastje met aftershave, medicijnflesjes en make-up, daalt af naar de kelder, bekijkt het gereedschap aan de wand, voelt aan de afgesloten deur voor de verwarmingsketel, trekt de grasmaaier opzij, wipt het deksel van het afvoerputje, kijkt achter de zakken met potaarde en gaat dan weer naar boven.

Hij blijft midden in het huis staan en kijkt naar de schommelbank in de tuin. De andere kant op staat de voordeur open en Joona ziet de twee agenten bij hun auto wachten.

Joona sluit zijn ogen en denkt aan het luik in het plafond van de slaapkamer naar de vliering, aan de afgesloten deur van de ruimte van de verwarmingsketel en aan het feit dat de wijnkast onder de trap groter had moeten zijn.

Aan de smalle deur onder de trap hangt een oud bordje met de tekst 'Ernst en Luim'. Hij opent de wijnkast en kijkt naar binnen. Zo'n honderd flessen liggen in vakjes in een hoog houten rek. Het is duidelijk dat er ruimte achter zit. Minstens dertig centimeter tussen de achterkant van het rek en de buitenmuur. Hij trekt aan het rek, verwijdert aan weerszijden flessen en ontdekt een grendel links onderaan en een rechts bovenaan. Voorzichtig draait hij de zware kast in zijn scharnieren. Een geur van stof en hout verspreidt zich. De ruimte erachter is bijna leeg, maar op de grond staat een schoenendoos met een hart op het deksel geschilderd.

Joona pakt zijn telefoon, fotografeert de doos en trekt dan een paar schone latex handschoenen aan.

173

Het eerste wat Joona ziet als hij voorzichtig het deksel van de doos tilt, is een foto van een meisje met rossig haar. Het is niet Miranda. Het is een ander meisje, ze moet een jaar of twaalf zijn.

Ze houdt haar handen voor haar gezicht.

Het is maar een spelletje – haar mond is blij en haar glinsterende ogen zijn tussen haar vingers door te zien.

Joona tilt de foto voorzichtig op en ziet een verdroogde wilde roos.

Op de volgende foto zit een meisje met haar benen onder zich op een bruine bank chips te eten. Ze kijkt met een vragende blik naar de camera.

Joona keert een poëzieplaatje van een engel om en ziet dat iemand op de achterkant met een gouden pen 'Linda S' heeft geschreven.

Boven op een stapel foto's met een elastiekje eromheen ligt een lichtbruine haarlok, een zijden strikje en een goedkope ring met een plastic hartje.

Hij bladert de foto's van de verschillende meisjes door. Op de een of andere manier doen ze allemaal aan Miranda denken, maar de meesten zijn aanzienlijk jonger. Op sommige foto's hebben ze hun ogen dicht of hun handen voor hun ogen.

Een klein meisje in een roze balletpakje en roze beenwarmers houdt haar handen voor haar gezicht.

Joona draait de foto om en leest 'Lieve Sandy'. Met een rode en blauwe pen zijn een heleboel hartjes rondom beide woorden getekend.

Een meisje met kort haar kijkt in de lens en trekt een zuur gezicht. Op het glanzende oppervlak van de foto heeft iemand een hart en de naam Euterpe gekerfd.

Op de bodem van de doos liggen een geslepen amethist, een paar verdroogde kroonblaadjes van een tulp, snoepjes en op een papiertje heeft een kind geschreven: Daniel + Emilia.

Joona pakt zijn telefoon, houdt hem even in zijn hand, kijkt naar de foto's en belt dan Anja.

'Ik heb niks,' zegt ze. 'Ik weet niet eens waar ik naar moet zoeken.'

'Sterfgevallen,' antwoordt Joona met zijn blik op een meisje met haar handen voor haar gezicht.

'Ja, maar helaas... Daniel Grim heeft als maatschappelijk werker bij zeven verschillende instellingen voor moeilijk opvoedbare meisjes gewerkt in Västernorrland, Gävleborg en Jämtland. Hij is nooit veroordeeld en is nooit verdacht geweest van een misdrijf. Er zijn geen klachten tegen hem... zelfs geen aantekening.'

'Ik begrijp het,' zegt Joona.

'Weet je zeker dat je de juiste persoon hebt? Ik heb het vergeleken... In de tijd dat hij er werkte, waren er in de instellingen zelfs lagere sterftecijfers dan gemiddeld.'

Joona kijkt weer naar de foto's, naar alle bloemen en hartjes. Als een kleine jongen de doos had verstopt, was het iets moois geweest.

'Is er niks opmerkelijks of onverwachts?'

'In de loop der jaren zijn er iets meer dan tweehonderdvijftig meisjes opgenomen geweest in de instellingen waar hij werkte.'

Joona haalt diep adem.

'Ik heb zeven voornamen,' zegt hij. 'De opvallendste is Euterpe. Is er iemand die Euterpe heet?'

'Euterpe Papadias,' zegt Anja. 'Zelfmoord tijdens een acute opname in Norrköping. Maar er is geen verband met Daniel Grim...'

'Weet je het zeker?'

'Voor haar overplaatsing naar de acute opname staat er alleen heel summier iets over haar bipolaire ziektebeeld, automutilerend gedrag en twee serieuze zelfmoordpogingen.'

'Werd ze overgeplaatst vanuit de Birgittagården?' vraagt Joona.

'Ja, in juni 2009... en op 2 juli van datzelfde jaar, twee weken later dus, werd ze met opengesneden polsen in de douche gevonden.'

'Maar Daniel werkte daar toen niet?'

'Nee,' antwoordt Anja.

'Heb je een pupil die Sandy heet?'

'Ja, twee zelfs... een van hen is dood, overdosis medicijnen in een instelling in Uppsala...'

'Linda S heeft hij op een poëzieplaatje geschreven.'

'Ja, Linda Svensson... zeven jaar geleden als vermist opgegeven nadat ze was teruggekeerd naar Sollefteå en weer naar een gewone school ging...'

'Ze sterven allemaal ergens anders,' zegt Joona zwaar.

'Maar... heeft híj dit allemaal op zijn geweten?' fluistert Anja.

'Ja, ik vermoed van wel,' antwoordt Joona.

'Lieve hemel...'

'Heb je een meisje met de naam Emilia?'

'Ja... ene Emilia Larsson die de Birgittagården heeft verlaten... Er is een foto... haar armen zijn opengesneden, van de pols tot aan de binnenkant van haar elleboog... hij moet haar armen hebben opengesneden en hebben verhinderd dat ze om hulp riep, de deur hebben geblokkeerd en haar domweg hebben zien doodbloeden.'

Joona gaat naar buiten en stapt in zijn auto. De wereld heeft zijn donkere kant weer laten zien en hij voelt het grote verdriet als een ijzige wind opkomen.

Hij ziet de mooie bomen buiten, haalt diep adem en denkt dat de politie net zo lang op Daniel Grim zal jagen tot ze hem hebben.

Op de E4 praat Joona met de coördinator van de operatie in Duved en krijgt te horen dat de blokkades nog twee uur zullen blijven staan, maar dat de operationeel chef weinig hoop meer heeft dat Daniel Grim hen in de armen zal rijden.

Joona denkt aan de doos met foto's van meisjes die Daniel Grim heeft uitgekozen. Hij lijkt een kinderlijke liefde voor hen te hebben opgevat. Tussen de foto's zaten hartjes, bloemen, snoep en briefjes.

Zijn kleine verzameling was roze en licht, terwijl de werkelijkheid een nachtmerrie was.

De meisjes in de instellingen en internaten zaten opgesloten, lagen misschien vastgebonden en waren zwaar gedrogeerd als hij zich aan hen opdrong.

Hij was de enige met wie ze konden praten.

Niemand luisterde naar hen en niemand zou hen missen.

Hij had meisjes met automutilerend gedrag uitgekozen en die zoveel zelfmoordpogingen achter de rug hadden dat alle verwanten het hadden opgegeven en hen al als dood waren gaan beschouwen.

Miranda was een uitzondering. Hij doodde haar ter plekke, in paniek. Misschien werd de moord getriggerd doordat ze dacht dat ze zwanger was?

Joona denkt aan de meisjesnamen die Anja heeft opgespoord. Met dit verband kan de politie hem voor een aantal moorden oppakken. Het is nu eindelijk mogelijk deze geseponeerde sterfgevallen op te lossen en de naam van de meisjes in zekere zin te zuiveren.

174

De hand van Torkel Ekholms vrouw is nog zichtbaar in de aankleding, de borduursels op het versleten tafelkleed. Maar de gehaakte valletjes voor het raam zijn inmiddels grijs van het vuil en de knieën in Torkels broek bijna doorgesleten.

De oude politieman heeft zijn medicijnen uit de doseerbox gepakt en is daarna langzaam met zijn rollator naar de keukenbank gelopen.

De klok aan de wand tikt schrapend en moeizaam. Voor Flora op tafel liggen al Torkels aantekeningen, krantenknipsels van het ongeluk en de beknopte necrologie.

De oude man vertelt Flora alles wat hij zich maar kan herinneren over houtbaron Rånne, het landgoed van de familie, hun bossen en akkers, hun kinderloosheid en de adoptie van Flora en haar broer Daniel. Hij vertelt over Ylva, de dochter van de voorman, die dood gevonden werd onder aan de klokkenstoel en het stilzwijgen dat zich in Delsbo verspreidde.

'Ik was zo klein,' zegt Flora. 'Ik kon niet geloven dat het herinneringen waren, ik dacht dat deze kinderen fantasieën van me waren...'

Flora denkt eraan dat ze meende gek te worden nadat ze gehoord had over de moorden op de Birgittagården. Ze moest er de hele tijd aan denken, aan wat er was gebeurd, aan het meisje dat haar handen voor haar gezicht had gehouden. Ze droomde van haar en zag haar overal.

'Maar jij was erbij,' zegt hij.

'Ik probeerde te vertellen wat Daniel had gedaan, maar iedereen werd kwaad... Toen ik zei wat er gebeurd was, nam papa me mee naar zijn kantoor en zei dat alle leugenaars in een poel van vuur geworpen zouden worden.'

'Eindelijk heb ik mijn getuige,' zegt de oude politieman zacht.

Flora herinnert zich dat ze bang was te verbranden, bang dat haar haar en kleding vlam zouden vatten. Ze dacht dat als ze vertelde wat Daniel had gedaan heel haar lichaam zwart en droog zou worden als het hout in het fornuis.

Torkel veegt langzaam een paar kruimels van tafel.

'Wat is er met het meisje gebeurd?' vraagt hij.

'Ik weet dat Daniel Ylva graag mocht... hij wilde altijd haar hand vasthouden, gaf haar frambozen...'

Ze zwijgt en weer ziet ze de vreemde gele flarden van vroege herinneringen voorbijkomen alsof ze op het punt stonden vlam te vatten.

'We speelden blindemannetje,' vervolgt ze. 'Toen Ylva haar ogen dichtdeed, kuste hij haar op haar mond... ze deed haar ogen open, lachte en zei dat ze nu zwanger was en een kindje kreeg. Ik lachte, maar Daniel werd... hij zei dat we niet mochten kijken... en ik hoorde dat zijn stem vreemd klonk. Ik keek tussen mijn vingers door zoals ik altijd deed. Ylva keek blij toen ze haar handen voor haar gezicht hield en ik zag dat Daniel een steen van de grond pakte en haar sloeg en sloeg, steeds maar weer...'

Torkel zucht diep en gaat op de smalle keukenbank liggen.

'Ik zie Daniel soms als hij in Rånne op bezoek komt...'

Als de oude politieman in slaap gevallen is, pakt Flora voorzichtig het jachtgeweer van de muur en verlaat het huis.

175

Flora loopt met het zware geweer in haar armen door de smalle laan naar landhuis Rånne. Zwarte vogels zitten in de vergeelde boomkruinen.

Het voelt alsof Ylva naast haar loopt. Ze herinnert zich dat ze hier samen met Daniel over het land rende.

Flora dacht dat het een droom was. Het mooie huis waar ze mochten komen wonen, met een eigen slaapkamer met bloemetjesbehang. Ze weet het nu weer. De herinneringen zijn uit de diepte naar boven gekomen, ze waren begraven in de zwarte aarde, maar nu staan ze voor haar.

De oude met straatkeien geplaveide binnenplaats is hetzelfde gebleven. Voor de inrit van de garage staan wat glanzende auto's. Ze loopt het bordes op, opent de deur en gaat naar binnen.

Het is vreemd om met een geladen wapen in haar handen door het haar bekende huis te lopen.

Gewoon onder de enorme kroonluchters, over donkere Perzische tapijten.

Nog niemand heeft haar gezien, maar vanuit de eetzaal klinken gedempte stemmen.

Ze loopt door de vier aan elkaar grenzende salons en ziet al van verre dat ze aan tafel zitten.

Ze pakt het geweer anders vast, legt de loop op haar onderarm, pakt de kolf vast en plaatst haar vinger op de trekker.

Haar vroegere familie zit te eten, te converseren en kijkt niet in haar richting.

In de hoge vazen in de nissen voor de ramen staan verse snijbloemen. Vanuit haar ooghoek meent ze een beweging te zien en ze draait zich met het wapen geheven om. Ze ziet haar eigen spiegelbeeld. Daar staat ze in een enorme bobbelige spiegel die van de vloer tot het plafond reikt met het geweer op zichzelf gericht. Haar gezicht is bijna grijs en haar ogen staan wild en onbeheerst.

Met het geweer in de aanslag loopt ze door de laatste salon en dan de eetzaal in.

De tafel is versierd met oogstgeschenken: kleine tarweschoven, trossen druiven, pruimen en kruisbessen.

Het schiet Flora te binnen dat het Dankdag voor het gewas is.

De vrouw die ooit haar moeder was ziet er mager en armetierig uit. Ze eet langzaam en bevend, met het servet uitgespreid op haar schoot.

Een man van haar eigen leeftijd zit tussen de ouders in. Ze herkent hem niet, maar begrijpt wie hij is.

Flora blijft voor de tafel staan en de vloer onder haar voeten kraakt.

De vader ziet haar het eerst.

Als de oude man haar ontdekt, komt er een opmerkelijke kalmte over hem. Hij laat zijn bestek zakken en recht zijn rug alsof hij haar eens goed wil bekijken.

De moeder volgt de blik van de vader en knippert een paar keer met haar ogen als ze de vrouw van middelbare leeftijd met het glanzende geweer uit het duister ziet opdoemen.

'Flora,' zegt de oude vrouw en ze laat haar mes vallen. 'Ben jij het, Flora?'

Ze staat daar met het geweer voor hun gedekte tafel en kan geen woord uitbrengen, ze slikt hard, kijkt de moeder vluchtig aan en keert zich dan naar de vader.

'Waarom kom je hier met een wapen?' vraagt hij.

'Je hebt een leugenaar van mij gemaakt,' antwoordt ze.

De vader glimlacht kort en vreugdeloos. De rimpels in zijn gezicht zijn bitter en eenzaam.

'Degene die liegt zal in een poel van vuur worden geworpen,' zegt hij vermoeid.

Ze knikt en aarzelt een paar seconden voordat ze haar vraag stelt.

'Je wist zeker wel dat Daniel Ylva had gedood?'

De vader veegt langzaam zijn mond af aan het witlinnen servet.

'We konden niet anders dan je wegsturen omdat je zo vreselijk loog,' zegt hij. 'En nu ben je teruggekomen en lieg je weer.'

'Ik lieg niet.'

'Je hebt het toegegeven, Flora... je hebt tegenover mij toegegeven dat je het had verzonnen,' zegt hij zacht.

'Ik was vier jaar en je schreeuwde tegen me dat mijn haar zou verbranden als ik niet toegaf dat ik had gelogen, je schreeuwde dat mijn gezicht zou smelten en mijn bloed zou koken... dus zei ik dat ik had gelogen en toen stuurden jullie me weg.'

176

Flora tuurt naar haar broer die in het tegenlicht aan de eettafel zit. Het is niet te zien of hij haar blik beantwoordt, zijn ogen zijn net bevroren poelen.

'Ga weg,' zegt de vader en hij eet verder.

'Niet zonder Daniel,' antwoordt ze en ze wijst naar hem met het geweer.

'Het was niet zijn fout,' zegt de moeder zwak, 'ík heb...'

'Daniel is een goede zoon,' valt de vader haar in de rede.

'Dat kan ik alleen maar beamen,' zegt de moeder. 'Maar hij... Jij herinnert je dat niet, maar de avond voordat het allemaal gebeurde, zaten we naar een toneelstuk op televisie te kijken. *Freule Julie*, ze verlangt zo enorm naar de knecht... en ik zei dat het beter was...'

'Wat is dit voor onzin,' kapt de vader haar af.

'Ik denk er elke dag aan,' gaat de oude vrouw verder. 'Het was mijn fout, want ik zei dat het beter voor het zwangere meisje was om te sterven dan een kindje te krijgen.'

'Hou op nu.'

'En op het moment dat ik dat zei toen... toen zag ik dat de kleine Daniel uit bed was gekomen en naar me stond te kijken,' legt ze met tranen in haar ogen uit. 'Ik had het over het stuk van Strindberg...'

Ze pakt haar servet met heftig bevende handen op.

'Na dat met Ylva... er was een week verstreken sinds het ongeluk, het was avond en ik wilde zijn avondgebed met hem bidden... Toen vertelde hij dat Ylva een kindje kreeg. Hij was pas zes en begreep niet waar het over ging.'

Flora kijkt naar haar broer. Hij duwt zijn bril op zijn neus omhoog en staart zijn moeder aan. Ze kan niet peilen wat hij denkt.

'Je gaat mee naar de politie om de waarheid te vertellen,' zegt Flora tegen Daniel en ze richt het geweer op zijn borstkas.

'Wat heeft dat voor zin?' vraagt de moeder. 'Het was een ongeluk.'

'We speelden,' zegt Flora zonder haar aan te kijken. 'Maar het was geen ongeluk...'

'Hij was nog maar een kind,' brult de vader.

'Ja, maar hij heeft weer gedood... hij heeft twee mensen op de Birgittagården gedood. Het meisje was nog maar veertien en is gevonden met haar handen voor haar gezicht en...'

'Je liegt,' schreeuwt de vader en hij slaat met zijn vuist op tafel.

'Jullie liegen,' fluistert Flora.

Daniel staat op. Er gebeurt iets in zijn gezicht. Misschien is het wreedheid, maar het ziet eruit als afschuw en angst. Het is een mengeling van gevoelens. Een mes heeft twee kanten, maar slechts één snijvlak.

Zijn moeder smeekt, probeert Daniel tegen te houden maar hij haalt haar handen weg en zegt iets wat Flora niet kan horen.

Het klinkt alsof hij tegen haar vloekt.

'Nu gaan we,' zegt Flora tegen Daniel.

De vader en moeder gapen haar aan. Er valt niets meer te zeggen. Ze verlaat de eetzaal samen met haar broer.

177

Flora en Daniel verlaten het landhuis, lopen het bordes af, over de binnenplaats naar de oprijlaan, langs een vrijstaande vleugel in de richting van een paar schuren en stallen.

'Doorlopen,' mompelt ze als hij te traag is.

Ze lopen over de grindweg om de grote rode schuur heen om bij de akker te komen. Flora houdt het geweer continu op Daniels rug gericht en fragmenten van herinneringen van haar twee jaar op het landgoed komen boven, maar ze realiseert zich ook dat er een fase daarvoor was die volkomen zwart is – de periode dat ze samen met Daniel in kindertehuizen woonde.

Maar helemaal aan het begin moet er een tijd geweest zijn dat ze bij haar moeder was.

'Ga je me doodschieten?' vraagt Daniel zacht.

'Dat kan ik doen,' antwoordt Flora. 'Maar ik wil dat we naar de politie gaan.'

De zon komt tussen de zware regenwolken tevoorschijn en verblindt haar een moment. Als de witte reflecties minder worden, merkt ze dat haar handen klam zijn van het zweet. Eigenlijk zou ze haar handen willen afvegen aan haar broek, maar ze durft de greep om het geweer niet te veranderen.

In de verte krast een kraai.

Ze komen langs twee tractorbanden en een oude badkuip die in het gras liggen, lopen de grindweg verder af die een wijde bocht om de grote, lege stal maakt. Zwijgend lopen ze langs brandnetels en uitgebloeide wilgenroosjes rond een muur waartegen zakken met kleikorrels staan opgestapeld.

Het is een lange omweg om de enorme akker te bereiken.

De zon wordt overschaduwd door de grote schuur als ze aan de achterkant komen.

'Flora,' mompelt hij verbaasd.

Haar armen beginnen moe te worden en haar spieren trillen.

In de verte tekent de weg naar Delsbo zich af als een potloodstreep recht door de gele velden.

Flora port Daniel met de loop tussen zijn schouderbladen en samen lopen ze het droge erf bij de stal op.

Vlug veegt ze het zweet van haar hand en legt dan haar vinger weer op de trekker.

Daniel blijft staan, wacht op de aanraking van de loop, waarna hij verder loopt langs de betonnen fundering met ringen van roestig ijzer erin vast gegoten.

Er groeit onkruid langs de gebarsten rand.

Daniel trekt met een been en wordt steeds trager.

'Doorlopen,' zegt Flora.

Hij steekt zijn hand uit en laat hem door het hoge onkruid glijden. Een vlinder vliegt op en wervelt omhoog.

'Ik dacht dat we hier konden stoppen,' zegt hij terwijl hij zijn pas inhoudt. 'Want dit is de oude slachtplaats, toen we nog vee hadden... weet je nog van het slachtmasker en dat ze de dieren sloegen?'

'Ik schiet als je stopt,' zegt ze en ze voelt haar vinger beven op de trekker.

Daniel grijpt een roze klokvormige bloem en trekt hem van de stengel af, stopt en draait zich om naar Flora om haar de bloem te geven.

Ze stapt achteruit, bedenkt dat ze moet schieten, maar daar krijgt ze de tijd niet voor. Daniel heeft de loop al gepakt en trekt het geweer met een ruk naar zich toe.

Flora is zo verbaasd dat ze zelfs niet terugdeinst als hij met de kolf tegen haar borst stoot zodat ze op haar rug valt. Ze hapt naar adem, hoest, tast met haar hand en komt overeind.

Ze staan recht tegenover elkaar. Daniel neemt haar met dromerige ogen op.

'Je had misschien niet moeten kijken,' zegt hij.

Met een nonchalant gebaar laat hij het geweer zakken zodat de loop naar de grond wijst. Ze weet niet wat ze moet terugzeggen. Een angst doet haar maag samenknijpen als ze beseft dat ze waarschijnlijk op deze plek zal sterven.

Kleine insecten bewegen in het onkruid.

Daniel tilt het geweer op en kijkt haar aan. Hij legt de loop tegen haar rechterbovenbeen en als hij het wapen plotseling afvuurt lijkt dat bijna onopzettelijk te gaan.

De knal is zo hard dat haar oren suizen.

De kogel is dwars door Flora's beenspier gegaan en ze voelt eigenlijk geen pijn, alleen een soort kramp.

Daniel doet een stap achteruit door de terugslag en ziet Flora vallen als ze niet meer op haar been kan steunen.

Ze probeert zichzelf op te vangen maar slaat met haar heup en wang tegen de grond, blijft op haar zij liggen, ruikt de geur van hooi en kruit.

'Doe je handen voor je gezicht,' zegt hij en hij richt het geweer op haar gezicht.

Flora ligt op haar zij en het bloed borrelt uit haar dij. Ze richt haar blik op de grote stal. Het wordt even zwart voor haar ogen. Ze voelt zich misselijk, het landschap met de gele velden en de hoge stal tolt om haar heen alsof ze in een draaimolen zit.

Haar hart gaat zo tekeer dat ze moeite heeft met ademhalen. Ze hoest en zucht diep.

Daniel staat in het tegenlicht over haar heen gebogen. Hij drukt het geweer tegen haar schouder zodat ze op haar rug valt. Een vreselijke pijn in haar bovenbeen doet haar jammeren. Hij neemt haar op en zegt iets wat ze niet verstaat.

Ze probeert haar hoofd op te tillen en haar blik dwaalt over de grond, over het onkruid en de betonnen fundering met de ijzeren ringen.

Daniel beweegt het geweer over haar lichaam. Richt op haar voorhoofd, glijdt ermee over haar neus naar haar mond.

Ze voelt het warme metaal tegen haar lippen en kin. Haar ademhaling gaat gejaagd. Grote hoeveelheden warm bloed pulseren uit haar bonzende dijbeen. Ze kijkt op naar de lichte lucht, naar de nok van de stal, knippert met haar ogen en probeert te begrijpen wat ze ziet. Een man rent door de grote stal, achter de kierende planken, door het gestreepte licht.

Ze probeert iets te zeggen, maar heeft geen stem.

De loop van het geweer gaat naar haar ogen en ze sluit ze, voelt de zoekende druk tegen haar ooglid en oogbal en de krachtige knal hoort ze niet eens.

178

Joona is vanuit Sundsvall naar Hudiksvall gereden en heeft weg 84 naar Delsbo genomen. In de veertig minuten die zijn verstreken heeft hij de gedachte aan Daniel Grim en zijn doos met foto's geen seconde van zich af kunnen zetten.

De inhoud is op het eerste gezicht min of meer onschuldig. Misschien had de inleidende fase veel weg gehad van dweperij, met kusjes, blikken en verlangende woorden.

Maar nadat de pupillen waren doorgeplaatst, had Daniel ongetwijfeld zijn andere kant laten zien. Hij had gewacht en ze vervolgens stiekem opgezocht en vermoord. Hun dood kwam zelden onverwacht. Hij had een overdosis slaapmiddelen toegediend als dat in overeenstemming was met het totaalbeeld en de polsen opengesneden bij degenen die zichzelf eerder hadden gesneden.

De jeugdinstellingen in de private sector hebben een winstoogmerk en hechtten er waarschijnlijk aan de sterfgevallen stil te houden om onderzoek van de Raad voor Gezondheid en Welzijn te vermijden.

Niemand heeft überhaupt een verband gelegd met de Birgittagården en Daniel Grim.

Met Miranda was het anders. Daar is hij van zijn patroon afgeweken. Waarschijnlijk doordat hij in paniek was geraakt omdat Miranda dacht dat ze zwanger was.

Misschien dreigde ze hem te ontmaskeren.

Dat had ze niet moeten doen, want Daniel kan absoluut niet tegen het idee dat er getuigen zijn. Hij heeft er altijd voor gezorgd zich van hen te ontdoen, een voor een.

Met een sterk gevoel van onbehagen belt Joona Torkel Ekholm op, zegt dat hij er over tien minuten is en vraagt of Flora klaar is om naar huis te gaan.

'Lieve hemel, ik ben na het eten in slaap gevallen,' zegt de oude politieman. 'Geef me heel even.'

Joona hoort dat Torkel de telefoon neerlegt, hoest en door de kamer sloft. Hij rijdt al over de brug bij Badhusholmen als de oude man weer aan de telefoon komt.

'Flora is verdwenen,' zegt hij. 'En de buks is weg...'

'Weet je waar ze heen is?'

Het blijft even stil aan de andere kant van de lijn. Joona denkt aan het huisje, aan de keukentafel met foto's en aantekeningen.

'Misschien naar het landgoed,' antwoordt Torkel.

In plaats van door te rijden naar Ovanåker en het huis van Torkel, draait Joona scherp naar rechts weg 743 op en hij geeft gas. Hij krijgt contact met de regionale meldkamer en vraagt om politieversterking en een ambulance ter plaatse. Op het korte stuk langs het water haalt hij een snelheid van honderdtachtig kilometer per uur, waarna hij moet afremmen om rechts af te slaan tussen de hekpalen door, en verder over de smalle weg naar landgoed Rånne.

Het grind ratelt onder de auto en de banden razen over de oneffenheden.

In de verte ziet het grote witte gebouw eruit als een sierlijke sculptuur van ijs, maar hoe dichterbij hij komt, hoe donkerder het lijkt.

Joona maakt een bocht, stopt abrupt en laat de auto voor het huis staan. Stof van losgereden grind hangt om hem heen. Hij rent naar de ingang als hij plotseling twee gestalten in de verte ziet, die net de hoek van een muur om gaan en achter een grote, rode stal verdwijnen.

Hoewel hij niet meer dan een glimp van hen opving, begrijpt Joona meteen wat hij zag: Flora liep met het geweer op Daniels rug gericht. Ze is van plan hem dwars over de akker te laten lopen om zo de kortste weg naar Delsbo nemen.

Joona begint te rennen over de grindweg, langs de losstaande vleugel en links van de schuur de helling af.

Flora loopt veel te dicht op Daniel, denkt hij. Haar broer kan het geweer moeiteloos van haar afpakken. Ze is niet klaar om te schieten, ze wil niet schieten, ze wil alleen de waarheid boven tafel krijgen.

Joona springt over de resten van een oude omheining, glijdt weg over het losse gruis van de helling, zijn hand maait door het onkruid, maar hij blijft op de been.

Hij probeert ze door de rode wanden van de stal heen te zien. De zwarte deuren staan open. Zonlicht flikkert tussen de kierende planken.

Hij rent langs een roestige benzinetank en recht op de enorme stal af als hij de knal van het geweer hoort. De echo weerkaatst tussen de gebouwen en verdwijnt over de akkers.

Daniel moet Flora overmeesterd hebben.

Om de stal en de muur heen is te ver. Er is geen tijd. Misschien is het al te laat.

179

Joona trekt zijn pistool terwijl hij de lege stal in rent. Licht stroomt van alle kanten door de kierende planken naar binnen. Het is misschien een meter of zeven naar de nok. De spleten vormen een enorme kooi van licht.

Joona rent recht over de droge, onverharde vloer van de stal, ziet de gele akker flikkeren tussen de planken en dan de twee gestalten aan de achterkant van de stal.

Flora ligt roerloos op de grond en Daniel staat met het geweer op haar gezicht gericht over haar heen gebogen.

Joona blijft staan en heft zijn pistool met gestrekte arm. De afstand is eigenlijk te groot. Door de kieren tussen de planken is Daniel net zichtbaar als hij zijn hoofd schuin houdt en de loop van het geweer tegen Flora's oog drukt.

Het gaat allemaal razendsnel.

Het vizier van het pistool trilt voor Joona's ogen. Hij richt op Daniels romp, gaat mee met zijn beweging en haalt de trekker over.

Er klinkt een knal, de terugslag slaat door zijn arm, de kruitspatten branden op zijn hand.

De kogel uit het pistool is precies tussen twee planken in de wand door gegaan. Een wolkje stof wervelt op in het licht van de spleet.

Joona blijft echter niet staan om te kijken of hij raak heeft geschoten, maar rent verder door de stal. Hij kan de beide gestalten niet meer zien. Het licht tussen de planken flitst voorbij. Joona trapt een smalle achterdeur open, loopt met grote passen het taillehoge onkruid in en struikelt het erf achter de schuur op.

Daniel heeft zijn geweer op de grond laten vallen, het is hem niet gelukt het een tweede keer af te vuren. Voordat hij de kans kreeg drong de kogel uit Joona's pistool zijn lichaam binnen.

Daniel loopt over het erf naar het enorme veld en houdt zijn hand tegen zijn buik. Er loopt bloed tussen zijn vingers door en over zijn broek. Hij hoort Joona achter zich, draait zich wankelend om en maakt een gebaar naar Flora die op haar rug ligt en hijgend ademhaalt.

Joona loopt door naar Daniel met het pistool op diens borstkas gericht.

De zon blikkert in Daniels bril als hij op de grond gaat zitten.

Hij kreunt en kijkt op.

Zonder iets te zeggen schopt Joona het geweer weg, pakt Daniels arm vast en sleept hem een paar meter over het erf. Hij zet hem met een handboei vast aan een van de ijzeren ringen in de betonnen fundering en haast zich dan terug naar Flora.

Ze is niet buiten bewustzijn, maar kijkt hem met een strakke, vreemde blik aan. Ze bloedt flink uit haar bovenbeen. Haar gezicht is bleek en klam van het zweet. Ze is bezig een verbloedingsshock te krijgen en ademt heel snel en hijgend.

'Drinken,' fluistert ze.

Flora's broekspijp is drijfnat van het bloed en het blijft maar opborrelen. Er is geen tijd om een drukverband aan te leggen. Hij pakt haar bovenbeen met beide handen vast en drukt met zijn duimen boven de wond, precies tegen de slagader. Het warme, opwellende bloeden neemt onmiddellijk af. Hij drukt harder en kijkt naar Flora's gezicht. Haar lippen zijn wit en haar ademhaling is heel oppervlakkig. Haar ogen zijn dichtgezakt en hij voelt haar hoge hartslag.

'De ambulance is er zo,' zegt hij. 'Het komt goed, Flora.'

Achter zijn rug hoort Joona dat Daniel iets probeert te zeggen. Hij draait zich om en ziet dat er een bejaarde man aan komt. De oude heer draagt een zwarte jas over een zwart pak en zijn voetstappen richting Daniel zijn opmerkelijk zwaar. Het strenge gezicht van de man is grauw en zijn ogen staan verdrietig als hij Joona aankijkt.

'Laat me alleen mijn zoon omhelzen,' verzoekt hij met hese stem.

Joona kan de druk op Flora's been niet verminderen. Hij moet zo blijven zitten om haar leven te redden.

Als de man hem passeert ruikt Joona een benzinelucht. De jas van de oude man is doordrenkt. Hij heeft zich met benzine overgoten, houdt al een doosje lucifers in zijn hand en beweegt zich met verdoofde traagheid.

'Niet doen,' roept Joona.

Daniel staart naar zijn vader en probeert weg te kruipen, rukt aan de handboeien en probeert zijn hand eruit te trekken.

De oude man slaat Daniel gade die vecht om weg te komen. Zijn vingers trillen als hij in het doosje naar een lucifer graait, het dichtschuift en de kop tegen het strijkvlak legt.

'Ze liegt,' jammert Daniel.

De vader hoeft alleen maar de lucifer over het strijkvlak te halen waarna hij met een blazend geluid ontvlamt. Een bol lichtblauw vuur omvat hem. De hitte slaat Joona in het gezicht. De brandende oude man wankelt, buigt zich dan over zijn zoon en omarmt hem met zijn vuur. Het gras op de grond om hen heen vat vlam. De oude man houdt zich vast. Daniel vecht, maar moet het opgeven. Het vuur sluit zich knetterend om hen beiden. De vlammen die naar boven uitslaan klinken als een vlag in de wind. Een zuil van zwarte rook en gloeiende roetschilfers stijgt naar de hemel.

180

Toen het vuur achter de grote stal gedoofd was, restten er slechts twee verkoolde lijken. Zwarte botten, vervlochten en smeulend.

Het ambulancepersoneel reed met Flora weg op hetzelfde moment dat de oude dame naar buiten kwam. De vrouw des huizes bleef roerloos op het bordes staan, alsof ze precies voor het moment van smart was vastgevroren.

Joona rijdt terug naar Stockholm en luistert naar een boekenprogramma op de radio terwijl hij ondertussen aan de hamer en de steen denkt. De moordwapens die hem zo hadden beziggehouden. Nu lijkt het allemaal zo voor de hand liggend. Elisabet werd niet gedood omdat de moordenaar aan haar sleutels wilde komen. Daniel had zelf sleutels van de separeerkamer. Elisabet moet hem hebben gezien. Hij achtervolgde en vermoordde Elisabet omdat ze getuige was geweest van de eerste moord, niet om haar sleutels te pakken.

Regen, hard als glas, klettert tegen de autoruit en op het dak. De avondzon schijnt door de druppels en witte stoom stijgt op van het asfalt.

Waarschijnlijk ging Daniel Miranda's kamer altijd binnen als Elisabet haar tabletten had genomen en in slaap was gevallen. Miranda deed wat hij wilde, ze had geen keus. Ze kleedde zich uit en ging op de stoel zitten met een dekbed om haar schouders om het niet koud te krijgen. Maar die nacht ging er iets mis.

Misschien vertelde Miranda dat ze zwanger was, misschien zag hij een zwangerschapstest in de badkamer liggen.

En hij raakte in paniek, zijn oude paniek.

Daniel wist niet wat hij moest doen, hij voelde zich opgejaagd en onder druk gezet, trok de laarzen aan die altijd in de hal stonden, ging naar buiten en vond een steen op het erf, ging weer naar binnen, eiste dat Miranda haar ogen dicht zou doen en sloeg.

Ze mocht hem niet zien, ze moest haar handen voor haar gezicht houden, net als de kleine Ylva.

Nathan Pollock had het bedekte gezicht zo geïnterpreteerd dat de moordenaar haar gezicht wilde wegnemen, haar volledig tot object wilde maken.

Maar in feite was Daniel verliefd op Miranda en wilde hij dat ze haar handen voor haar gezicht zou houden om niet bang te worden.

De dood van de andere meisjes had hij ruim van tevoren gepland, maar de moord op Miranda was een paniekreactie. Hij sloeg haar dood zonder te weten hoe hij zich uit de situatie moest redden.

Op enig moment – toen hij Miranda dwong haar handen voor haar gezicht te houden, haar met de steen sloeg, op het bed tilde of haar gezicht weer bedekte – werd hij betrapt door Elisabet.

Misschien had hij de steen al in de haard gelegd, misschien had hij hem diep het bos in geslingerd.

Daniel zette de jacht op Elisabet in, zag haar het bakhuisje binnen gaan, pakte een hamer uit de schuur, volgde haar, zei haar dat ze haar handen voor haar gezicht moest houden en sloeg.

Pas toen Elisabet dood was, kwam hij op het idee om het nieuwe meisje Vicky Bennet de schuld in de schoenen te schuiven. Hij wist dat ze het eerste deel van de nacht in diepe slaap was van een zwaar medicijn.

Daniel moest opschieten voordat er iemand wakker zou worden. Hij pakte de sleutels van Elisabet, keerde terug naar het hoofdgebouw, stak de sleutel in het slot van de separeerkamer, haastte zich om de bewijzen in Vicky's kamer te planten en smeerde bloed over haar slapende lichaam waarna hij de Birgittagården verliet.

Waarschijnlijk was hij in zijn auto op een vuilniszak of krant gaan zitten. Eenmaal thuis had hij zijn kleren in de gietijzeren kachel verbrand.

Daarna zorgde hij ervoor in de buurt te zijn om te kijken of iemand iets wist of vermoedde. Hij speelde zowel de rol van behulpzaam maatschappelijk werker als die van slachtoffer.

Joona nadert Stockholm. Het boekenprogramma is bijna afgelopen. Ze bespreken *Gösta Berling* van Selma Lagerlöf.

Hij zet de radio uit en loopt in gedachten het onderzoek tot het einde door.

Toen Vicky werd opgepakt en Daniel te horen kreeg dat Miranda haar had verteld over het spelletje blindemannetje, begreep hij dat hij zou worden ontmaskerd als Vicky de kans kreeg alles echt diepgaand door te spreken. Een gesprek met een psycholoog die de juiste vragen stelde, kon al genoeg zijn, dus Daniel deed alles om Vicky vrij te krijgen zodat hij haar zelfmoord kon arrangeren.

Daniel werkte al jaren met verwaarloosde meisjes, pubers die het zonder geborgenheid en ouders moesten stellen. Bewust of onbewust zocht hij dat milieu op en werd verliefd op meisjes die hem deden denken aan dat allereerste meisje. Daniel misbruikte de meisjes en als ze werden overgeplaatst, zorgde hij ervoor dat ze nooit de waarheid zouden vertellen.

Voorzichtig mindert Joona snelheid voor een verkeerslicht en een huivering glijdt over zijn rug. Hij heeft in zijn leven een aantal moordenaars ontmoet, maar als Joona denkt aan de rapporten en verslagen die Daniel schreef en dat hij de dood van de meisjes voorbereidde lang voordat hij ze voor de laatste keer bezocht, vraagt hij zich af of Daniel niet de op een na ergste van allemaal is.

181

De lucht is vol koude mist als Joona Linna van zijn auto schuin over het Karlaplan naar Disa's appartement loopt.

'Joona?' zegt Disa als ze de deur opendoet. 'Ik dacht bijna dat je niet meer zou komen. Ik heb de televisie aanstaan. Het gaat alleen maar over de gebeurtenissen in Delsbo.'

Joona knikt.

'Je hebt de moordenaar dus gepakt,' zegt Disa met een lachje.

'Of hoe je het ook wilt noemen,' zegt Joona en hij denkt aan de brandende omhelzing van de vader.

'Hoe is het met die arme vrouw die je steeds opbelde? Ze zeggen dat ze is neergeschoten.'

'Flora Hansen,' zegt Joona en hij loopt Disa's hal in.

De lamp raakt zijn hoofd, het licht rolt over de wanden en Joona denkt weer aan de jonge meisjes in de schoenendoos van Daniel Grim.

'Je bent moe,' zegt Disa teder en ze trekt hem aan zijn hand mee.

'Flora werd in haar been geschoten door haar broer en...'

Hij merkt niet dat hij stilvalt. Hij heeft geprobeerd zich op te frissen bij een tankstation, maar zijn kleren zitten nog onder Flora's bloed.

'Neem een bad, dan haal ik iets te eten op de hoek,' zegt Disa.

'Graag,' zegt Joona glimlachend.

Net als ze door de woonkamer lopen laat het journaal een foto van Elin Frank zien. Ze blijven allebei staan. Een jonge verslaggever vertelt dat Elin Frank die nacht geopereerd is en dat de artsen zeer optimistisch zijn. Elins adviseur Robert Bianchi verschijnt in beeld. Hij ziet er uitgeput uit, maar glimlacht geroerd en krijgt tranen in zijn ogen als hij vertelt dat Elin het zal halen.

'Wat is er gebeurd?' fluistert Disa.

'Ze heeft het in haar eentje tegen de moordenaar opgenomen en het meisje gered dat...'

'Lieve hemel,' fluistert Disa.

'Ja, Elin Frank is... ze is echt... buitengewoon,' zegt Joona en hij beroert Disa's smalle schouders.

182

Joona zit met een deken om zich heen aan Disa's keukentafel terwijl ze kip *vindaloo* en lam *tikka masala* eten.

'Lekker...'

'Mijn moeders Finse recept, meer zeg ik niet,' lacht ze.

Ze scheurt een stukje naan af en geeft de rest aan Joona. Hij kijkt haar met lachende ogen aan, drinkt wat wijn en vertelt verder over de zaak. Disa luistert en stelt vragen en hoe meer hij kan vertellen, hoe rustiger hij vanbinnen wordt.

Hij begint bij het begin en vertelt Disa over broer Daniel en zus Flora die op zeer jonge leeftijd in een kindertehuis terechtkwamen.

'Ze waren dus echt broer en zus?' vraagt ze terwijl ze de glazen bijvult.

'Ja... en het was niet niks toen het rijke echtpaar Rånne hen adopteerde.'

'Dat begrijp ik.'

Ze waren nog klein toen ze met de dochter van de voorman op het landgoed speelden, op het terrein en op het kerkhof rondom de klokkenstoel. Daniel had een zwak voor de kleine Ylva. Joona herinnert zich dat Flora met opengesperde ogen had verteld dat Daniel Ylva had gekust toen ze blindemannetje speelden.

'Het meisje lachte en zei dat ze zwanger was en een kindje zou krijgen,' zegt Joona. 'Daniel was pas zes en om de een of andere reden raakte hij in paniek...'

'Ga verder,' fluistert Disa.

'Hij beval beide meisjes hun handen voor hun ogen te houden en toen pakte hij een zware steen van de grond en sloeg Ylva dood.'

Disa is opgehouden met eten en zit met een bleek gezicht naar Joona te luisteren als hij beschrijft hoe Flora naar huis rende om haar vader te vertellen wat er was gebeurd.

'Maar de vader hield van Daniel en verdedigde hem,' zegt Joona. 'Hij eiste dat Flora haar beschuldigingen introk. Onder de bedreiging dat alle leugenaars in een poel van vuur zouden worden geworpen.'

'Dus ze nam alles terug?'

'Ze zei dat ze had gelogen en omdat ze zo vreselijk had gelogen stuurden ze haar voor altijd weg.'

'Flora nam terug wat ze had gezien... en loog over dat ze had gelogen,' zegt Disa nadenkend.

'Ja,' zegt Joona en hij raakt over tafel haar hand aan.

Hij denkt aan Flora, hoe klein ze nog maar was geweest en dat ze haar eerdere leven vrij snel was vergeten, haar adoptieouders en haar broer.

Joona kan zich levendig voorstellen dat Flora een heel leven om de leugens heen heeft opgebouwd. Ze loog om anderen tevreden te stellen. Pas toen ze op de radio over de moorden op de Birgittagården hoorde, over het meisje met haar handen voor haar gezicht, maakte het verleden zich weer kenbaar.

'Maar hoe zat het met de herinneringen van Flora Hansen?' vraagt Disa en ze gebaart naar Joona nog wat eten op te scheppen.

'Onderweg hierheen heb ik Britt-Marie erover gebeld,' zegt Joona.

'De vrouw van de Naald?'

'Ja... zij is psychiater en vond het niet heel vreemd...'

Hij vertelt dat Britt-Marie heeft uitgelegd dat er veel uiteenlopende modellen bestaan voor geheugenverlies in combinatie met posttraumatische stressstoornis. De zeer sterke uitscheiding van adrenaline en aan stress gerelateerde hormonen beïnvloeden het langetermijngeheugen. Bij ernstige traumatiserende ervaringen kan de herinnering min of meer intact in de hersenen worden opgeslagen. Ze wordt weggestopt en blijft emotioneel onaangetast omdat de verwerking nooit plaatsvindt. Maar bij de juiste stimulus kan de herinnering plotseling naar de oppervlakte komen in fysieke waarnemingen en beelden.

'Eerst was Flora alleen maar geschokt door wat ze op de radio hoorde, ze wist niet waarom, en dacht dat ze geld kon verdienen met tips geven,' vertelt Joona. 'Maar toen de echte herinneringen naar boven kwamen, dacht ze dat het spoken waren.'

'Misschien waren het echt spoken?' suggereert Disa.

'Ja,' knikt hij. 'Hoe dan ook, Flora begon de waarheid te spreken en zíj was de getuige die het hele raadsel oploste.'

Joona staat op en blaast de kaarsen op tafel uit. Disa loopt naar hem toe, kruipt onder de deken en omhelst hem. Lang staan ze zo en houden elkaar vast. Hij ademt haar geur in en voelt een ader kloppen in haar ranke hals.

'Ik ben zo bang dat jou iets overkomt. Dat is steeds het hele punt geweest, dat is ook de enige reden waarom ik me heb teruggetrokken,' zegt hij.

'Wat zou me kunnen overkomen?' vraagt ze glimlachend.

'Je kunt verdwijnen,' antwoordt hij ernstig.

'Joona, ik verdwijn niet.'

'Ik had een vriend die Samuel Mendel heette,' zegt hij zacht, en hij zwijgt dan.

183

Joona Linna loopt van het politiebureau het steile voetpad door het Kronobergspark op, over de heuvel naar de oude joodse begraafplaats. Met geoefende handen maakt hij het ijzerdraad aan de binnenkant van het hek los, opent het en gaat naar binnen.

Tussen de donkere grafstenen ligt een relatief recent familiegraf met de woorden: Samuel Mendel, zijn echtgenote Rebecka en hun zonen Joshua en Ruben.

Joona legt een rond steentje boven op de grafsteen en blijft met gesloten ogen staan. Hij ruikt de geur van de vochtige aarde en hoort de blaadjes in het park ruisen als de wind door de boomkruinen waait.

Samuel Mendel was in rechte neergaande lijn familie van Koppel Mendel die dit graf tegenover Aaron Isaac in 1787 heeft gekocht. Hoewel de begraafplaats al in 1857 buiten gebruik werd gesteld, bleef het al die jaren de rustplaats voor de familie van Koppel Mendel.

Samuel Mendel was commissaris bij de recherche en Joona's eerste partner bij de rijksrecherche.

Joona en hij waren heel goede vrienden.

Samuel Mendel is slechts zesenveertig jaar geworden en Joona weet dat hij alleen in het familiegraf ligt, ook al vertelt de steen iets anders.

De eerste grote zaak waar Joona en Samuel samen op zaten, werd tevens hun laatste.

*

Een uur later is Joona terug bij de afdeling Politiezaken van het Openbaar Ministerie. Hij zit in een kamer samen met Mikael Båge, hoofd intern onderzoek, eerste secretaris Helene Fiorine en hoofdofficier van justitie Sven Wiklund.

Het gele licht van buiten glanst op de geverniste meubels en wordt gereflecteerd in de glazen deuren voor de prachtig ingebonden wetboeken, politieverordeningen en de banden met als leidraad dienende uitspraken van het hooggerechtshof.

'Ik ga nu beslissen of ik al dan niet een aanklacht tegen je zal indienen, Joona Linna,' zegt de hoofdofficier van justitie en hij strijkt met zijn hand over een stapel papier. 'Dit is mijn materiaal en er is niets wat in jouw voordeel spreekt.'

De rugleuning kraakt als hij achteroverleunt en Joona's kalme blik ontmoet. Het enige geluid in de kamer is het gekras van Helene Fiorines pen en haar oppervlakkige ademhaling.

'In mijn ogen,' vervolgt Sven Wiklund zakelijk, 'is een echt goeie verklaring je enige kans om een aanklacht te ontlopen.'

'Joona heeft meestal een aas achter de hand,' fluistert Mikael Båge.

Aan de lichte hemel lost een witte condensstreep van een vliegtuig langzaam op. De stoelen kraken en Helen Fiorine slikt hoorbaar en legt haar pen neer.

'Je hoeft alleen maar te vertellen wat er is gebeurd,' zegt ze. 'Je had misschien goede redenen om de inval van de Säpo te voorkomen.'

'Ja,' antwoordt Joona.

'We weten natuurlijk dat je een goede politieman bent,' zegt Mikael Båge met een ongemakkelijk lachje.

'Ik op mijn beurt ben een scherpslijper,' zegt de hoofdofficier van justitie. 'Ik ben een man die mensen die tegen de regels zondigen kapotmaakt. Zorg dat ik je niet hier en nu kapotmaak.'

Helene Fiorine heeft Sven Wiklund nooit eerder zo horen aandringen.

'Je toekomst hangt aan een zijden draadje, Joona,' fluistert het hoofd Intern Onderzoek.

Helene Fiorines kin begint te trillen en Mikael Båges voorhoofd glimt van het zweet. Joona kijkt de hoofdofficier van justitie aan en begint eindelijk te praten.

'Het besluit was van mijzelf, dat hebben jullie begrepen,' begint hij. 'Maar ik heb wel een antwoord dat jullie misschien...'

Joona onderbreekt zichzelf als zijn telefoon plotseling begint te zoemen. Hij kijkt automatisch op de display en zijn ogen worden donker als nat graniet.

'Het spijt me,' zegt hij heel ernstig. 'Maar ik moet dit gesprek aannemen.'

Het drietal slaat de commissaris verbaasd gade als hij opneemt en luistert naar de stem aan de andere kant van de lijn.

'Ja, ik weet het,' zegt hij zacht. 'Ja... Ik kom meteen.'

Joona hangt op, kijkt de hoofdofficier verdwaasd aan, alsof hij is vergeten waar hij zich bevindt.

'Ik moet gaan,' zegt Joona en hij verlaat de kamer zonder verder een woord te zeggen.

184

Een uur en twintig minuten later landt de lijndienst op Härjedalen Sveg Airport en Joona neemt meteen een taxi naar verzorgingstehuis Blåvingen. Hier had hij Rosa Bergman opgespoord, de vrouw die hem bij de Adolf Fredriks-kerk had achtervolgd, de vrouw die hem had gevraagd waarom hij deed alsof zijn dochter dood was.

Rosa Bergman had op hoge leeftijd haar naam veranderd in haar tweede doopnaam in combinatie met de geboortenaam van haar moeder en heette nu Maja Stefanson.

Joona stapt uit de taxi, loopt recht op het gele gebouwencomplex af, de entree in en meteen door naar Maja's afdeling.

De verpleegkundige die hij de vorige keer heeft ontmoet wenkt hem vanuit het kantoortje. Het licht dat door de luxaflex valt doet haar krullende haar glanzen als koper.

'Dat is snel,' kwettert ze. 'Ik heb aan je gedacht en we hebben je visitekaartje hier op het prikbord hangen, dus heb ik gebeld...'

'Is ze aanspreekbaar?' valt Joona haar in de rede.

Het gezicht van de vrouw krijgt een verwarde uitdrukking door zijn toon, ze strijkt met haar handen over haar lichtblauwe schort.

'Eergisteren was onze nieuwe dokter er, een jonge vrouw, uit Algerije, geloof ik. Ze heeft Maja's medicijnen veranderd... Ik heb erover gehoord, maar het nooit eerder gezien... De oude dame werd vanmorgen wakker en herhaalde volkomen helder dat ze jou moest spreken.'

'Waar is ze?'

De verpleegkundige loopt met Joona mee naar het krappe kamertje met gesloten gordijnen en laat hem dan alleen met de bejaarde vrouw. Boven een smal bureau hangt een ingelijste foto van een jonge vrouw die naast haar zoon zit. De moeder houdt de jongen vast bij zijn schouders, ernstig en beschermend.

Enkele zware meubels uit een gegoed milieu staan op het zeil tegen de wanden. Een donkere secretaire, een kaptafel en twee goudglanzende piëdestals.

Op een divan met donkerrode kussens zit Rosa Bergman.

Ze is netjes gekleed in een blouse, een rok en een gebreid vest. Haar gezicht is pafferig en rimpelig, maar haar blik heeft een hele nieuwe vastheid.

'Mijn naam is Joona Linna,' zegt hij. 'Je wilt me iets zeggen.'

De vrouw op de sofa knikt en komt moeizaam overeind. Ze opent een laatje van haar nachtkastje en pakt er een Gideonbijbel uit. Ze houdt de band zo dat de bladzijden openvallen naar het bed toe. Een klein, opgevouwen papiertje valt op de sprei.

'Joona Linna,' zegt ze en ze pakt het papiertje. 'Dus jij bent Joona Linna.'

Hij geeft geen antwoord, voelt enkel dat de migraine als een gloeiende naald door zijn slaap schiet.

'Hoe kun je doen alsof je dochter dood is?' vraagt Rosa Bergman.

De blik van de oude vrouw gaat naar de foto aan de muur.

'Als mijn jongen nog zou leven... Als je eens wist hoe het is om je kind te zien sterven... Niets zou mij ertoe kunnen bewegen hem in de steek te laten.'

'Ik heb mijn gezin niet in de steek gelaten,' zegt Joona verbeten. 'Ik heb hun leven gered.'

'Toen Summa bij me kwam,' gaat Rosa verder, 'vertelde ze niet over jou, maar ze was kapot... het ergst was het nog voor je dochter, ze stopte met praten, ze heeft twee jaar niet gesproken.'

Joona voelt een rilling over zijn ruggengraat naar zijn nek kruipen.

'Heb je contact met ze gehad?' vraagt hij. 'Je had geen contact met ze mogen hebben.'

'Ik kon ze niet zomaar laten verdwijnen,' zegt ze. 'Ik had zo ontzettend meelij met ze.'

Joona weet dat Summa zijn naam nooit zou noemen tenzij er iets heel erg mis was. Er mocht geen enkele link tussen hen zijn. Nooit ofte nimmer. Dat was de enige manier om te overleven.

Hij zoekt steun bij het ladekastje, slikt hard en kijkt weer naar de oude vrouw.

'Hoe is het met ze?' vraagt hij.

'Het is ernstig, Joona Linna,' zegt Rosa. 'Ik zie Lumi meestal één keer per jaar. Maar... ik... ik ben zo ontzettend vergeetachtig en verward.'

'Wat is er aan de hand?'

'Je vrouw heeft kanker, Joona Linna,' zegt Rosa langzaam. 'Ze belde me op om te vertellen dat ze geopereerd moest worden en dat ze het waarschijnlijk niet zou halen... ze wilde dat jij zou weten dat Lumi onder de hoede van jeugdzorg komt als zij...'

'Wanneer was dat?' vraagt Joona met gespannen kaken en witte lippen. 'Wanneer heeft ze gebeld?'

'Ik ben bang dat het te laat is,' fluistert ze. 'Ik was zo vergeetachtig en zo...'

Ze geeft hem eindelijk het gekreukte papiertje met het adres en kijkt dan neer op haar reumatische handen.

185

Van het vliegveld in Sveg kun je maar twee bestemmingen kiezen. Joona moet noodgedwongen eerst terug naar Arlanda om te kunnen overstappen naar Helsinki. Het is alsof hij alles droomt. Hij zit in de vliegtuigstoel en staart door de wolkensluiers naar het kabbelende oppervlak van de Oostzee. Mensen proberen een praatje met hem aan te knopen of hem iets te serveren, maar hij kan zich er niet toe zetten te reageren.

Herinneringen trekken hem naar beneden, zijn troebele oceaan in.

Twaalf geleden heeft Joona een vinger van de duivel zelf afgesneden.

Negentien mensen in alle leeftijden waren verdwenen uit hun auto, van hun fiets of brommer. Eerst leek het alleen maar een merkwaardige samenloop van omstandigheden, maar toen geen van de vermisten werd teruggevonden, kreeg de zaak de allerhoogste prioriteit.

Joona was de eerste die beweerde dat ze te maken hadden met een seriemoordenaar.

Samen met Samuel Mendel lukte het hem Jurek Walter op te sporen en hem in het bos Lill-Jansskogen op heterdaad te betrappen terwijl hij een vijftigjarige vrouw terugdwong in een kist in de grond. Ze lag daar al twee jaar, maar leefde nog steeds.

De omvang van de nachtmerrie werd duidelijk in het ziekenhuis. De spieren van de vrouw waren weggekwijnd, doorligwonden hadden haar misvormd en haar handen en voeten waren bevroren. Na verdere onderzoeken constateerden de artsen dat ze niet alleen psychisch getraumatiseerd was, maar ook zware hersenbeschadigingen had opgelopen.

Joona denkt altijd dat als het lichaam van de duivel bestaat uit de ergste wreedheden die door de tijden heen gepleegd zijn, het dan onmogelijk is de duivel te doden, maar twaalf jaar geleden hebben Samuel en hij hem in elk geval een vinger afgesneden door seriemoordenaar Jurek Walter een halt toe te roepen.

Joona was aanwezig geweest in het Svea-gerechtshof in Wrangelska palatset op Riddarholmen toen het vonnis van de rechtbank in hoger beroep werd getoetst en aangescherpt. Jurek Walter werd veroordeeld tot psychiatrische verpleging op een gesloten afdeling – gekoppeld aan de zogenoemde 'bijzondere ontslagtoetsing' – en in een beveiligde eenheid twintig kilometer ten noorden van Stockholm geplaatst.

Joona zal nooit Jurek Walters gefronste gezicht vergeten toen deze zijn blik op hem richtte.

'Nu zullen beide zonen van Samuel Mendel verdwijnen,' zei Jurek met vermoeide stem terwijl zijn advocaat de papieren bij elkaar raapte. 'En Samuels vrouw Rebecka zal verdwijnen, maar... Nee, luister naar me, Joona Linna. De politie zal zoeken en als de politie het opgeeft zal Samuel doorgaan, maar als hij uiteindelijk begrijpt dat hij zijn gezin niet zal terugzien, berooft hij zich van het leven.'

Joona stond op om te vertrekken.

'En jouw dochtertje,' vervolgde Jurek Walter met neergeslagen blik.

'Pas op,' zei Joona, zonder woede in zijn stem.

'Lumi zal verdwijnen... en Summa zal verdwijnen... en als je hebt begrepen dat je ze nooit zult vinden, verhang je jezelf.'

Op een vrijdagmiddag een paar maanden later reed Samuels vrouw van hun woning in Liljeholmen naar hun zomerhuisje in Dalarö. Bij haar in de auto zaten hun twee kinderen, Joshua en Ruben. Toen Samuel een paar uur later bij het zomerhuisje arriveerde, waren zijn vrouw en kinderen er niet. De auto werd leeg teruggevonden op een bosweg in de buurt, en Samuel heeft zijn gezin nooit teruggezien. Een jaar later, op een kille ochtend in maart, ging Samuel Mendel naar het prachtige strand waar zijn jongens altijd zwommen. De politie had het zoeken acht maanden geleden gestaakt en nu gaf hij het zelf op. Hij haalde zijn dienstpistool uit de schouderholster en schoot zichzelf door het hoofd.

Ver onder zich ziet Joona de schaduw van het toestel op het donker glanzende wateroppervlak. Hij kijkt door het raampje en denkt terug aan de dag dat zijn leven aan gruzelementen geslagen zou worden. Het was stil in de auto en de wereld baadde in een vreemd licht. De zon glansde rood achter dunne sluiers. Het had geregend en de zonnestralen deden de waterplassen glinsteren alsof ze onderaards brandden.

186

Joona en Summa hadden een autovakantie in kleine etappes gepland: eerst noordwaarts naar Umeå, via Storuman doorsteken naar Mo i Rana in Noorwegen en dan terug langs de westkust. Ze waren onderweg naar een hotel aan de rivier Dalälven en de volgende dag zouden ze een dierenpark in de buurt bezoeken.

Summa zocht een andere zender op de radio en murmelde tevreden toen ze bij aangenaam trage pianomuziek uitkwam, waarvan de tonen in elkaar overvloeiden. Joona reikte naar achteren om te voelen of Lumi goed zat in haar autostoeltje, om te controleren dat ze haar armen niet uit de gordel had geworsteld.

'Papa,' zei ze slaperig.

Hij voelde haar vingertjes in zijn hand. Ze hield hem vast, maar liet los toen hij zijn hand terugtrok.

Ze passeerden de afslag naar Älvkarleby.

'Ze zal de Furuvik-dierentuin geweldig vinden,' zei Summa zacht. 'De chimpansees en neusho...'

'Ik heb al een aap,' riep Lumi vanaf de achterbank.

'Wat?'

'Ik ben haar aap,' zei Joona.

Summa trok haar wenkbrauwen op.

'Dat past goed bij je.'

'Lumi zorgt voor me – ze zegt dat ze een lieve dierenarts is.'

Summa's zandbruine haar hing voor haar gezicht en verborg voor de helft haar enorme, donkere ogen. De lachkuiltjes in haar wangen verdiepten zich.

'Waarom heb je een dierenarts nodig? Wat mankeer je?'

'Ik heb een bril nodig.'

'Zei ze dat?' lachte Summa terwijl ze verder bladerde in het tijdschrift zonder te merken dat hij een andere weg nam, dat ze al ten noorden van de rivier waren.

Lumi was met de pop tegen haar bezwete wang in slaap gevallen.

'Weet je zeker dat we geen tafeltje hoeven te reserveren?' vroeg Summa ineens. 'Want ik wil graag dat we vanavond in de serre zitten zodat we uitzicht over de hele rivier hebben...'

De weg is recht en smal, het bos stond dicht en donker achter de wildafrastering.

Pas toen ze afsloegen richting Mora besefte Summa dat er iets niet klopte.

'Joona, we zijn Älvkarleby voorbijgereden,' zei ze opeens. 'Zouden we daar niet overnachten? Dat hadden we toch afgesproken?'

'Ja.'

'Waar ben je mee bezig?'

Hij antwoordde niet, staarde enkel naar de weg waar de waterplassen glinsterden in de middagzon. Een vrachtwagen haalde plotseling in zonder richting aan te geven.

'We hadden toch afgesproken dat...'

Ze zweeg, ademde door haar neus en vervolgde met angstige stem: 'Joona? Zeg dat je niet tegen me hebt gelogen, zeg het nu.'

'Ik kon niet anders,' fluisterde hij.

Summa keek naar hem, hij hoorde hoe verontwaardigd ze was, maar ze deed toch haar best op gedempte toon te praten om Lumi niet wakker te maken.

'Dit kun je niet menen,' zei ze verbeten. 'Je mag niet... je zei dat er geen gevaar meer was, dat het voorbij was. Je zei dat het voorbij was en ik geloofde je. Ik dacht dat je was veranderd, ik dacht het echt...'

Haar stem brak en ze wendde haar blik af, keek door het raam naar buiten. Haar kin trilde en haar wangen werden rood.

'Ik heb gelogen,' gaf Joona toe.

'Je mocht niet tegen me liegen, niet tegen mij...'

'Nee... Het spijt me ontzettend.'

'We kunnen samen vluchten, het kan echt, het zal goed gaan.'

'Je moet begrijpen... Summa, je moet begrijpen dat... als ik dacht dat het mogelijk was, als ik ook maar één andere keus had dan...'

'Hou op,' kapte ze hem af. 'De bedreiging is niet serieus. Het is niet waar, jij ziet verbanden die er niet zijn. Het gezin van Samuel Mendel heeft niets met ons te maken, hoor je me? Er bestaat geen bedreiging tegen ons.'

'Ik heb geprobeerd uit te leggen hoe ernstig het is, maar je luistert niet.'

'Ik wil niet luisteren. Waarom zou ik?'

'Summa, ik moet... Ik heb alles geregeld, er is een vrouw die Rosa Bergman heet. Zij wacht jullie op in Malmberget, zij voorziet jullie van een nieuwe identiteit. Jullie zullen het goed krijgen.'

Zijn handen trilden. Zijn vingers rond het stuur waren glad van het zweet.

'Je meent het echt,' fluisterde Summa.

'Meer dan ooit,' antwoordde hij moeizaam. 'We zijn onderweg naar Mora en daar nemen jullie de trein naar Gällivare.'

Hij hoorde hoe Summa haar uiterste best deed om beheerst te klinken.

'Als je ons daar op het station achterlaat, ben je ons kwijt. Begrijp je dat? Dan is er geen weg meer terug.'

Ze keek hem aan met koppige, glanzende ogen.

'Zeg tegen Lumi dat ik in het buitenland moet werken,' ging hij zacht verder en hij hoorde dat Summa begon te snotteren.

'Joona,' fluisterde ze. 'Nee, nee...'

Hij staarde recht voor zich uit, naar de natte rijbaan, en slikte hard.

'En over een paar jaar,' vervolgde hij, 'als ze wat groter is, dan moet je haar vertellen dat ik dood ben. Je mag nooit, nooit meer contact met me opnemen. Me nooit opzoeken. Hoor je dat?'

Summa kon haar tranen niet langer bedwingen.

'Ik wil het niet, ik wil het niet...'

'Ik ook niet.'

'Je mag ons dit niet aandoen,' huilde ze.

'Mama?'

Lumi was wakker geworden en luisterde angstig naar haar stem. Summa veegde de tranen van haar wangen.

'Niks aan de hand,' zei Joona tegen zijn dochter. 'Mama is verdrietig omdat we niet naar het hotel aan de rivier gaan.'

'Vertel het haar,' zei Summa tegen Joona.

'Wat vertellen?' vroeg Lumi.

'Mama en jij gaan met de trein mee,' zei Joona.

'En jij?'

'Ik moet werken,' antwoordde hij.

'Je zei dat we dierenarts en aap zouden spelen.'

'Dat wil hij niet,' zei Summa hard.

Ze naderden Mora, passeerden dun bebouwde villawijken en industrieterreinen. Winkelcentra en garages met een enkele auto op de parkeerplaatsen. Het dichte trollenbos werd steeds verder weggehakt, de wildafrastering verdween.

187

Joona remde af voor het gele stationsgebouw. Hij parkeerde de auto, opende de kofferbak en tilde de grote koffer op wieltjes eruit.

'Heb je al jouw spullen er vannacht uit gehaald?' vroeg Summa zacht.

'Ja.'

'En er andere dingen in gestopt?'

Hij knikte en keek weg naar het rangeerterrein met vier paar parallelle sporen, spoortaluds met roestkleurig grind, onkruid en donkere bielzen.

Summa ging voor hem staan.

'Je dochter heeft je nodig in haar leven.'

'Ik heb geen keus,' antwoordde hij en hij keek door de achterruit de auto in.

Lumi propte een grote, zachte pop in haar roze rugzak.

'Je hebt heel veel keuzes,' ging Summa verder. 'Maar in plaats van te vechten geef je gewoon op, je weet niet eens of de bedreiging wel echt is. Ik begrijp hier helemaal niets van.'

'Kan Lollo niet vinden,' mopperde Lumi voor zichzelf.

'De trein gaat over twintig minuten,' zei Joona verbeten.

'Ik wil niet leven zonder jou,' zei Summa zacht en ze probeerde zijn hand te pakken. 'Ik wil dat alles blijft zoals het is...'

'Ja.'

'Als je zo tegen ons doet dan ben je alleen.'

Hij reageerde niet. Lumi klom uit de auto, ze sleepte haar tas over de grond mee. En rood speldje hing los in haar haar.

'Wordt het een leven in eenzaamheid?'

'Ja,' zei hij.

Tussen de bomen aan de andere kant van de sporen glinsterde de noordelijkste baai van het Siljanmeer.

'Zeg papa gedag,' zei Summa toonloos en ze duwde haar dochter naar voren.

Lumi bleef met een donker gezicht staan en keek naar de grond.

'Schiet op,' zei Summa.

Lumi keek even op en zei toen: 'Dag aap.'

'Zeg fatsoenlijk gedag,' zei Summa geïrriteerd.

'Ik wil niet,' antwoordde Lumi en ze klampte zich vast aan haar moeders been.

'Doe het toch maar,' zei Summa.

Joona ging op zijn hurken voor zijn dochtertje zitten. Zijn voorhoofd was nat van het zweet.

'Krijg ik een knuffel?'

Ze schudde haar hoofd.

'Nu komt de aap met zijn lange armen,' grapte hij.

Hij tilde haar op, voelde haar kleine lichaam weerstand bieden, hoorde haar tegen wil en dank lachen, terwijl ze voelde dat er iets helemaal mis was. Ze probeerde zich los te schoppen, maar hij drukte haar stevig tegen zich aan, heel even maar, om de geur van haar hals en nek op te snuiven.

'Stommerd,' gilde ze.

'Lumi,' fluisterde hij tegen haar wang, 'Vergeet nooit dat ik heel, heel erg veel van je hou...'

'Kom nu,' zei Summa.

Hij zette zijn dochter neer en probeerde naar haar te glimlachen, wilde haar over haar wang strelen, maar kon het niet. Het was alsof zijn lichaam van glas was dat versplinterd was en daarna weer in elkaar gezet. Summa keek hem aan met een gezicht strak van angst, pakte Lumi's hand en trok haar met zich mee.

Ze wachtten zwijgend op de trein. Er viel niets meer te zeggen. Donzige parachutezaden van de paardenbloem vlogen langzaam over het spoor.

Joona herinnert zich dat de brandlucht van de remmen nog in de lucht hing toen de trein het station uit reed. Als in een droom stond hij naar het bleke gezicht van zijn dochter achter het raam te kijken en naar het kleine handje dat voorzichtig zwaaide. Naast haar zat Summa als een verlamde, zwarte schaduw. Voordat de trein door de bocht naar de haven was verdwenen, draaide hij zich om en liep naar zijn auto.

188

Hij reed honderdveertig kilometer zonder na te denken. Zijn hoofd was bruisend leeg en angstaanjagend afwezig.

Hij reed zonder dat hij zich er bewust van was.

Ten slotte was hij er.

In het donker schenen zijn koplampen op zware, zwartmetalen silhouetten. Hij sloeg het grote industrieterrein in Ludvika op en reed naar de verlaten haven bij de thermische elektriciteitscentrale. Daar stond al een grote grijze auto tussen twee enorme bergen zaagsel geparkeerd. Joona stopte naast de grijze auto. Hij voelde zich plotseling opmerkelijk rustig. Zo rustig dat een deel van hem besefte dat hij zich in een soort shocktoestand bevond.

Hij stapte uit en keek om zich heen. De Naald stond in het duister van de nacht naast zijn auto te wachten. Hij was gekleed in een witte overall, zijn gezicht stond verbeten en hij had iets uitgeputs over zich.

'En? Zijn ze weg?' vroeg hij met de scherpe stem die hij altijd kreeg als iets hem erg raakte.

'Ze zijn weg,' bevestigde Joona kortaf.

De Naald knikte een paar keer. Zijn bril met het witte montuur glom koud in het zwakke schijnsel van een straatlantaarn verderop.

'Je liet me geen keus,' zei hij grimmig.

'Dat is waar,' antwoordde Joona. 'Je hebt geen keus.'

'We zullen er allebei uit vliegen,' zei de Naald met onbewogen gezicht.

'Dat is dan maar zo,' antwoordde Joona.

Ze liepen om de auto heen.

'Het zijn er twee, ik heb gereageerd zodra ze binnenkwamen.'

'Goed.'

'Twee personen,' herhaalde de Naald min of meer in zichzelf.

Joona dacht eraan dat hij een paar dagen geleden naast zijn vrouw en dochter wakker was geworden van zijn mobiel die in zijn jas in de gang had gezoemd.

Iemand stuurde een sms'je. Toen hij opstond en zag dat het van de Naald was, begreep hij meteen waar het over ging.

Ze hadden afgesproken dat zodra de Naald twee geschikte lichamen had gevonden, hij met Summa en Lumi zou vertrekken onder het mom van de autovakantie die ze al zo lang wilden maken.

Joona zat al bijna drie weken op een reactie van de Naald te wachten. De tijd begon te dringen. Hij bewaakte zijn gezin, maar begreep dat het op de lange duur niet haalbaar was. Jurek Walter was een man die kon wachten.

Joona wist dat het bericht van de Naald inhield dat hij zijn gezin kwijt zou raken. Maar hij wist ook dat dat hij Summa en Lumi hierdoor eindelijk bescherming kon bieden.

De Naald opende de twee achterdeuren van de grijze auto.

Op twee brancards, afgedekt met lakens, waren de contouren zichtbaar van een groot en een klein lichaam.

'Het zijn een vrouw en een meisje, ze zijn gisterochtend tijdens een eenzijdig ongeluk omgekomen,' lichtte de Naald toe en hij trok de brancards over de rails uit de auto.

'Ik heb ze verdonkeremaand,' vervolgde hij kort. 'Ze bestaan niet, geen enkel spoor, ik heb alles gewist.'

Hij steunde toen hij de lichamen eruit haalde. Het onderstel van de brancards werd uitgeklapt en de metalen poten met de kleine wieltjes schraapten over de grond.

Zonder omhaal trok de Naald de rits van de ene zak open.

Joona beet zijn kaken op elkaar en dwong zichzelf om te kijken.

Er lag een jonge vrouw met gesloten ogen en een volkomen kalm gezicht. Haar hele borstkas was verbrijzeld. Haar armen leken op heel veel plaatsen gebroken en haar bekken was verdraaid.

'De auto is van een brug gereden,' zei de Naald met zijn nasale, hese stem. 'De verwondingen aan haar borst en buik zijn ontstaan doordat ze de gordel had losgedaan. Misschien wilde ze gewoon de speen van het meisje oprapen. Dat heb ik wel eerder gezien.'

Joona bekeek de vrouw. Er was geen pijn, geen angst te zien. Niets in haar gezicht dat wees op wat er met haar lichaam was gebeurd.

Toen hij zijn blik op het meisje richtte en haar gezicht zag, kreeg hij tranen in zijn ogen.

De Naald mompelde iets voor zichzelf en bedekte de lichamen weer.

'Oké,' zei hij. 'Dan worden Catharina en Mimmi nooit teruggevonden, worden ze nooit geïdentificeerd.'

Even raakte hij van zijn stuk, toen vervolgde hij kwaad: 'De vader van het meisje heeft alle ziekenhuizen afgelopen op zoek naar zijn vrouw en kind. De hele nacht. Hij heeft zelfs mijn afdeling gebeld en ik heb met hem gesproken.'

De Naald vertrok zijn mond.

'Ze zullen worden begraven als Summa en Lumi... Ik regel de vervalsing van de gebitsgegevens.'

Hij wierp Joona een laatste onderzoekende blik toe maar kreeg geen reactie. Samen droegen ze de lichamen naar de andere auto.

189

Het was vreemd om in een auto te rijden met twee dode mensen als passagiers. De wegen waren donker. Overreden egels lagen in de berm, een das staarde hem vanaf de kant van de weg met zijn glanzende ogen aan, gehypnotiseerd door de koplampen.

Toen hij bij de heuvel was die hij had uitgekozen, zette hij de lichamen op een bepaalde manier neer. Zonder een ander geluid dan zijn eigen ingespannen ademhaling, het geschuur van textiel langs de autostoelen en gedempt gebons van bungelende armen en benen zette Joona de vrouw op de bestuurdersplaats. Daarna gespte hij het meisje vast in Lumi's autostoeltje.

Hij boog zich de auto in, maakte de handrem los en duwde de auto in beweging. Langzaam begon hij de heuvel af te rijden. Joona liep ernaast. Af en toe moest hij naar binnen leunen om een beetje bij te sturen. De auto maakte vaart, hij begon mee te rennen. Met een harde, doffe knal reed het voertuig recht tegen een flinke dennenboom. Het knarste toen het plaatwerk van de voorkant zich om de stam vouwde. De vrouw viel slap tegen het dashboard. Het lichaam van het kleine meisje in het autostoeltje kreeg een harde schok.

Joona pakte de jerrycan uit de kofferbak en goot de benzine over de stoelen, over de benen van het meisje in de overall, over het gehavende lichaam van de vrouw.

Hij kreeg moeite met ademen.

Hij moest stoppen en proberen te kalmeren. Zijn op hol geslagen hart bonkte in zijn keel.

Joona Linna murmelde iets en maakte het meisje weer los uit de gordel. Hij liep heen en weer met haar lichaam in zijn armen, hield haar stevig vast, wiegde haar en fluisterde iets in haar oor. Toen zette hij haar voorin bij haar moeder op schoot.

Zacht sloot hij het portier en goot de rest van de benzine over de auto. Het achterraampje stond open. Hij stak de achterbank in brand.

Als een blauwe doodsengel verspreidde het vuur zich in de auto.

Door de ruit zag hij het onbegrijpelijk rustige gezicht van de vrouw terwijl haar haar brandde.

De auto stond vastgepind tegen de boom. Hij stond in lichterlaaie. De vlammen riepen met fluitende, verscheurende stemmen en huilden.

Plotseling was het alsof Joona ontwaakte. Hij vloog op de auto af om de lichamen er weer uit te krijgen. Hij brandde zijn handen aan het portier, maar slaagde erin het open te krijgen. Het vuur in de auto laaide op toen hij het portier opende. De slanke benen in de spijkerbroek leken te schokken en stampvoeten in de vlammen.

Papa, papa. Help me, papa.

Joona wist dat het niet waar was, hij wist dat ze dood waren, maar toch was het niet om te harden. Hij reikte in het vuur en kreeg de hand van het meisje te pakken.

Toen explodeerde de benzinetank door de hitte. Joona ervoer een vreemd gekraak toen zijn trommelvliezen scheurden. Als in een waas voelde hij het bloed uit zijn neus en oren lopen, hij sloeg achterover, viel met lege handen en voelde de klap tegen zijn achterhoofd als een druk uit de verte. Het knetterde en gloeide in zijn hersenen. Voordat zijn zicht verdween zag hij de verbrande schilfers van de bast langzaam naar beneden dwarrelen.

190

Joona staart door het raam naar buiten en hoort de mededeling niet dat de landing naar het internationale vliegveld van Helsinki is ingezet.

Twaalf jaar geleden heeft hij een vinger van de duivel zelf afgesneden en als straf werd hij tot eenzaamheid veroordeeld. Dat is een hoge prijs, maar hij heeft al die tijd gevoeld dat het niet genoeg was, dat de straf te mild was, dat de duivel slechts had zitten wachten om hem nog meer af te kunnen nemen, had zitten wachten tot hij zich zou gaan inbeelden dat het was vergeten en vergeven.

Joona kruipt in elkaar in zijn vliegtuigstoel, wacht en probeert zijn ademhaling te hervinden. De man naast hem neemt hem bezorgd op.

Zweet gutst over Joona's voorhoofd.

Het is geen migraine, het is dat andere, de grote duisternis achter alles.

Hij heeft seriemoordenaar Jurek Walter gestopt. Dat is niet iets wat wordt vergeten, wat ooit wordt afgeschreven.

Hij had geen keus, maar de prijs was te hoog, veel te hoog.

Het was het niet waard.

Hij krijgt kippenvel op zijn armen, krauwt met een hand in zijn haar, drukt zijn voeten tegen de vloer van het toestel.

Hij is onderweg om Summa en Lumi te bezoeken. Hij is onderweg om iets onvergeeflijks te doen. Zolang Jurek Walter denkt dat ze dood zijn, zijn ze veilig. Misschien is hij op dit moment bezig een seriemoordenaar naar zijn gezin te leiden.

*

Joona heeft zijn mobiele telefoon in Stockholm achtergelaten. Hij gebruikt een vals paspoort en betaalt alles contant. Als hij uit de taxi stapt, loopt hij twee blokken voordat hij stopt in een portiek en probeert iets te zien door de donkere ramen van hun appartement.

Hij wacht even en loopt dan naar een café verderop in de straat, betaalt tien euro om een telefoon te lenen en belt Saga Bauer.

'Ik heb hulp nodig,' zegt hij met een stem die nauwelijks draagt.

'Weet je dat iedereen naar je op zoek is? Het is hier een complete chaos...'

'Ik heb ergens hulp bij nodig.'

'Ja,' zegt ze en haar stem is ineens rustig en aandachtig.

'Nadat je mij de gevraagde informatie hebt verstrekt,' vervolgt Joona, 'moet je er honderd procent zeker van zijn dat je de hele zoekgeschiedenis wist.'

'Oké,' zegt ze zacht en zonder aarzelen.

Joona slikt hard, kijkt op het briefje dat Rosa Bergman hem heeft gegeven en vraagt dan aan Saga om te checken of er een vrouw met de naam Laura Sandin op Liisankatu 16 in Helsinki woont.

'Kan ik je zo terugbellen?' vraagt ze.

'Liever niet, check het terwijl ik aan de lijn blijf,' antwoordt hij.

De minuten die verstrijken zijn de langste van zijn leven. Hij kijkt naar het glinsterende stof op de toonbank, de espressomachine en de sporen op de houten vloer van stoelen die verschoven werden.

'Joona?' zegt Saga uiteindelijk.

'Ja, ik luister,' fluistert hij.

'Laura Sandin is twee jaar geleden ziek geworden, leverkanker...'

'Ga verder,' zegt Joona en hij voelt het zweet over zijn rug lopen.

'Eh, ze is vorig jaar geopereerd. En ze... maar...'

Saga Bauer fluistert iets voor zichzelf.

'Wat is er?' vraagt Joona.

Saga schraapt haar keel en zegt met een zweem van stress in haar stem – alsof ze nu pas begrijpt dat het om iets heel belangrijks gaat: 'Ze is onlangs nog een keer geopereerd, vorige week...'

'Leeft ze?'

'Daar lijkt het wel op... Ze ligt nog in het ziekenhuis,' zegt Saga voorzichtig.

191

Als Joona de gang in komt waar Summa ligt is het of alles vertraagt. Het zwakke geluid van televisietoestellen en geklets gaat steeds langzamer.

Voorzichtig opent hij de deur van haar kamer en gaat naar binnen.

Een tengere vrouw ligt afgewend in bed.

Voor het raam is een licht katoenen gordijn dichtgetrokken. Haar dunne armen liggen op het dekbed. Haar donkere haar is zweterig en dof.

Hij weet niet of ze slaapt, maar hij moet haar gezicht zien. Hij loopt dichterbij. Het is volkomen stil in de kamer.

*

De vrouw die in een heel ander leven Summa Linna heette, is heel moe. Haar dochter heeft de hele nacht bij haar gezeten, nu slaapt het meisje in de familiekamer.

Summa ziet het zwakke daglicht door de vezels van de gordijnen heen en bedenkt dat een mens hopeloos eenzaam is. Ze heeft een paar mooie herinneringen waarbij ze haar heil zoekt als ze zich heel eenzaam en heel bang voelt. Toen ze haar voor de operatie in slaap brachten, heeft ze die momenten opgeroepen.

De lichte, lichte zomernachten uit haar kindertijd.

Het ogenblik dat haar dochter werd geboren en haar vingertjes om de hare sloot.

Haar bruiloft die zomerdag met de bruidskroon die haar moeder van berkenwortels had gevlochten.

Summa slikt en voelt dat ze leeft, dat haar hart klopt. Maar ze is zo vreselijk bang om te sterven en Lumi alleen op de wereld achter te moeten laten.

De hechtingen van de operatie trekken als ze zich omdraait. Ze sluit haar ogen, maar doet ze vervolgens weer open.

Ze moet een paar keer knipperen en begrijpt dan dat haar bericht hem heeft bereikt.

Joona Linna buigt zich over haar heen en ze raakt zijn gezicht aan. Ze strijkt met haar handen door zijn dikke, blonde haar.

'Als ik doodga moet jij voor Lumi zorgen,' fluistert ze.

'Dat beloof ik.'

'En je moet haar zien voor je weer vertrekt,' zegt ze. 'Je moet haar zien.'

Hij legt zijn handen tegen haar wangen, hij streelt haar gezicht. Fluistert dat ze nog steeds even mooi is. Ze glimlacht naar hem. Dan is hij weg en Summa is niet bang meer.

*

De familiekamer is eenvoudig gemeubileerd, er hangt een televisie aan de muur en voor een doorgezeten bank staat een grenen tafel vol met schroeiplekken van sigaretten.

Op de bank ligt een vijftienjarig meisje te slapen. Haar ogen schrijnen van al het huilen en haar ene wang is gestreept van de vouwen in het kussen. Ze wordt abrupt wakker met een vreemd gevoel. Iemand heeft een deken over haar heen gelegd. Haar schoenen zijn uit, ze staan netjes op de grond naast haar.

Er is iemand bij haar geweest. In haar droom zat er iemand bij haar die voorzichtig haar hand in de zijne hield.

192

Aan de oude provinciale weg, halverwege Stockholm en Uppsala, ligt het Löwenströmska-ziekenhuis. Gustaf Adolf Löwenström liet het ziekenhuis in het begin van de negentiende eeuw bouwen in een poging te boeten voor de grote schuld van de familie. In 1792 had zijn broer koning Gustaaf III vermoord tijdens een gemaskerd bal in de Opera in Stockholm.

Anders Rönn is drieëntwintig jaar en net afgestudeerd als arts. Hij is tenger en heeft een mooi, gevoelig gezicht. Vandaag begint hij in het Löwenströmska-ziekenhuis. Het is zijn eerste dag. Het lage herfstlicht speelt tussen het gebladerte van de boomkruinen als hij de grote entree voorbijloopt.

Achter het moderne hoofdgebouw van het ziekenhuis in roodbruine baksteen staat een opmerkelijk bijgebouw. Van bovenaf lijkt het op twee verstrengelde heraldische lelies. Het is de grote psychiatrische afdeling, inclusief forensisch psychiatrische verpleging en gesloten eenheden.

Op de beboste helling staat een bronzen beeld, een jongen die op een fluit speelt. Er zit een vogel op zijn schouder en eentje op zijn breedgerande hoed.

Aan de ene kant van het voetpad strekt het pastorale landschap zich uit met weitjes naar het meer Fysingen, aan de andere kant rijst een vijf meter hoog hek van prikkeldraad op voor een beschaduwde luchtplaats met sigarettenpeuken rondom het ene bankje dat er staat.

Geen enkele bezoeker van de psychiatrische afdeling mag jonger dan veertien zijn, het maken van foto's en geluidsopnames is verboden.

Anders Rönn loopt over de bestrating van betonplaten, onder een afdak van schilferend plaatijzer door en gaat via de deuren met glazen ruiten naar binnen.

Zijn voetstappen zijn bijna onhoorbaar op het ivoorkleurige zeil met wielsporen van bedden. Als hij bij de lift komt, merkt hij dat hij zich al op de tweede verdieping bevindt.

De eerste verdieping ligt onder de grond en herbergt afdeling 30, de gesloten afdeling Forensisch Psychiatrische Verpleging.

De ziekenhuislift gaat niet verder naar beneden, maar achter een roomgeel stalen hek is een wenteltrap die naar de onderste verdieping leidt.

Daar zit de beveiligde eenheid met de aparte, bunkerachtige isoleercellen.

Deze geïsoleerde afdeling heeft ruimte voor maximaal drie patiënten, maar sinds twaalf jaar zit er maar één, de oude Jurek Walter.

Jurek Walter was veroordeeld tot dwangverpleging met bijzondere ontslagtoetsing. Bij aankomst was hij zo agressief dat hij vastgebonden moest worden en onder dwang medicijnen kreeg toegediend.

Negen jaar geleden kreeg hij de diagnose 'Schizofrenie, niet nader gespecificeerd. Chaotisch denken. Terugkerende acute psychotische toestand met bizarre en zeer gewelddadige trekken'.

Dat is de enige diagnose die hij tot nu toe heeft gekregen.

'Ik laat je naar binnen,' zegt een vrouw met ronde wangen en rustige ogen.

'Bedankt.'

'Ken je de patiënt? Jurek Walter?' vraagt ze, maar ze lijkt geen antwoord te verwachten.

193

Anders Rönn hangt de sleutel van het traliehek in de kast op de beveiligde afdeling, waarna de vrouw de eerste deur van de sluis opent. Hij gaat naar binnen, wacht tot de deur zich heeft gesloten waarna hij doorloopt. Als er een signaal klinkt, opent de vrouw ook de tweede deur. Anders draait zich om en wuift naar haar voordat hij door de gang naar de personeelskamer van de isoleerafdeling loopt.

Een stevige man van een jaar of vijftig met hangende schouders en stekeltjeshaar staat onder de ventilator in de pantry te roken. Hij knijpt de vuurkegel eruit, gooit die in de gootsteen, doet de halve sigaret terug in het pakje en stopt dat in het zakje van zijn doktersjas.

'Roland Brolin, chef-arts,' stelt hij zichzelf voor.

'Anders Rönn.'

'Hoe ben je uitgerekend hierbeneden terechtgekomen?' vraagt de chef-arts.

'Ik heb kleine kinderen en wilde een baan in de buurt,' antwoordt Anders Rönn.

'Je hebt een goeie dag uitgekozen om te beginnen,' zegt Roland Brolin glimlachend en hij begint door de geluiddempende gang te lopen.

De dokter haalt zijn magneetpasje tevoorschijn, wacht tot het slot van de veiligheidsdeur klikt en duwt hem dan met een lange zucht open. Hij laat de deur los voordat Anders er helemaal doorheen is. De zware deur knalt tegen zijn schouder.

'Is er iets wat ik over de patiënt moet weten?' vraagt Anders en hij knippert zijn tranen weg.

Brolin maakt een wuivend gebaar en somt op: 'Hij mag nooit alleen gelaten worden met iemand van het personeel, hij heeft nog nooit toestemming gekregen voor verlof, hij mag nooit andere patiënten ontmoeten, hij mag geen bezoek ontvangen en hij mag nooit naar buiten op de luchtplaats. Ook niet...'

'Nooit?' valt Anders hem aarzelend in de rede. 'Het is toch niet toegestaan om iemand op te sluiten...'

'Nee, inderdaad,' zegt Roland kortaf.

De stemming is opeens bedrukt. Maar ten slotte vraagt Anders voorzichtig: 'Wat heeft hij eigenlijk gedaan?'

'Een paar leuke dingetjes,' antwoordt Roland.

'Zoals?'

De chef-arts kijkt naar hem en het grauwe, pafferige gezicht breekt plotseling open.

'Je bent echt nieuw hier,' lacht hij.

Ze gaan nog een veiligheidsdeur door en een vrouw met piercings in haar wangen knipoogt naar ze.

'Kom heelhuids terug,' zegt ze kort.

'Maak je geen zorgen,' zegt Roland met gedempte stem tegen Anders. 'Jurek Walter is een rustige, oudere man. Hij vecht niet en verheft zijn stem niet. Hij blijft op zichzelf en wij gaan nooit bij hem naar binnen. Maar nu moeten we wel omdat de mannen van de nachtdienst hem een mes onder zijn matras hebben zien verstoppen...'

'Hoe heeft ie dat in godsnaam te pakken gekregen?'

Rolands voorhoofd is bezweet, hij strijkt met zijn hand over zijn gezicht en veegt hem af aan zijn jas.

'Jurek Walter kan behoorlijk manipulatief zijn en... We stellen een intern onderzoek in, dus wie weet...'

194

De chef-arts haalt zijn pasje door nog een lezer en toetst een code in.
Er klinkt een piep en het slot van de veiligheidsdeur klikt.

'Wat moet hij met een mes?' vraagt Anders terwijl hij snel door de deur loopt. 'Als hij zich van het leven had willen beroven, dan had hij dat toch al gedaan – of niet soms?'

'Misschien houdt hij van messen,' antwoordt Roland.

'Is hij vluchtgevaarlijk?'

'Hij heeft geen pogingen gedaan sinds hij hier zit.'

Ze zijn bij een sluis met betraliede hekken aangekomen.

'Wacht,' zegt Roland en hij haalt een doosje met gele oordoppen tevoorschijn.

'Je zei dat hij niet schreeuwt.'

Roland ziet er heel erg moe uit, alsof hij dagen en nachten achtereen niet heeft geslapen. Hij neemt zijn nieuwe collega een poosje op en slaakt een diepe zucht voordat hij het begint uit te leggen.

'Jurek Walter zal tegen je praten, heel rustig, best gezellig,' vertelt hij met ernstige stem. 'Maar later op de avond, als je naar huis rijdt, geef je een zwiep aan je stuur zodat je op de andere weghelft terechtkomt en frontaal tegen een vrachtwagen botst... of je gaat even langs de bouwmarkt en koopt een bijl voordat je je kinderen uit de crèche ophaalt.'

'Moet ik nu bang worden?' vraagt Anders glimlachend.

'Nee, maar hopelijk wel voorzichtig,' zegt Roland. 'Ik ben eerder bij hem naar binnen geweest, dat was vorig jaar, vlak na Pasen, toen had hij een schaar te pakken weten te krijgen.'

'Het is een oude baas – ja toch?'

'Maak je geen zorgen – het gaat goed...'

Rolands stem sterft weg en zijn blik wordt troebel en ongericht.

Voordat ze door de traliesluis gaan fluistert hij tegen Anders: 'Gedraag je alsof het je totaal niet interesseert, alsof wat je in zijn nabijheid doet doodsaaie routine is, zoals het verschonen van een bed in een verpleeghuis.'

'Ik zal het proberen.'

Rolands slappe gezicht staat nu gespannen en zijn blik is hard en nerveus.

'We zeggen niet waar we voor komen en doen net alsof we hem een spuit Risperdal komen geven, net als altijd.'

'Maar...'

'In plaats daarvan geven we een overdosis Mirtazapine,' zegt de chef-arts.

'Gaan we een overdosis geven?'

'Ik heb het vorige keer uitgeprobeerd en toen... Goed, eerst werd hij verdomd agressief, maar slechts heel even. Want dan komen de bewegingsstoornissen... het begon in zijn gezicht en tong. Hij kon niet fatsoenlijk praten. En daarna kukelde hij op de grond, lag op zijn zij, zo, en hijgde. En toen kreeg hij allemaal spasmen, bijna als bij epilepsie, dat duurde vrij lang, maar daarna was hij moe en doezelig, bijna van de wereld... Dat is het moment waarop we toeslaan en naar binnen gaan om het mes te pakken.'

'Waarom geen slaapmiddel?'

'Dat zou inderdaad beter zijn,' knikt Roland. 'Maar ik vind dat we bij de medicijnen moeten blijven die hij toch al moet hebben.'

Ze lopen door de traliesluis de afdeling van Jurek Walter op. Bleek licht stroomt de gang in door het gepantserde glas in een witgeschilderde metalen deur met veiligheidsbalk en luik.

Roland Brolin gebaart naar Anders dat hij moet wachten. Hij beweegt zich langzamer, alsof hij het gepantserde glas behoedzaam wil naderen.

Misschien is hij bang verrast te worden.

Hij houdt afstand tot het glas en beweegt zich zijwaarts, maar opeens wordt zijn gezicht rustiger en hij wenkt Anders te komen. Ze gaan bij de ruit in de deur staan. Anders kijkt naar binnen in een lichte, tamelijk grote kamer zonder ramen.

195

Op een plastic stoel in de isoleercel zit een man in een blauwe spijkerbroek en een spijkeroverhemd. Hij zit voorovergebogen, met zijn ellebogen steunend op zijn knieën. Plotseling kijkt hij met zijn lichte blik op naar de deur en Roland Brolin doet een stap naar achteren.

Jurek Walter is gladgeschoren, zijn grijze haar is in een scheiding gekamd en hij heeft een pony. Zijn gezicht is bleek en erg gegroefd door diepe rimpels, een netwerk van smart.

Roland loopt terug naar de traliesluis, doet een donkere kast van slot en haalt drie glazen flesjes met brede halzen en aluminiumcapsules tevoorschijn. Alle flesjes bevatten een geel poeder. Hij voegt tien milliliter water toe aan elk flesje, beweegt ze heen en weer, laat de vloeistof voorzichtig ronddraaien zodat het poeder oplost en trekt dan de vloeistof uit de flesjes omhoog in een spuit.

Ze lopen weer naar het gepantserde glas in de deur. Jurek Walter zit nu op bed. Roland doet de oordoppen in en opent dan het luik in de deur.

'Jurek Walter,' zegt hij met lijzige stem. 'Het is tijd...'

Anders ziet de man opstaan, zijn blik op het luik in de deur richten en dichterbij komen terwijl hij zijn overhemd openknoopt.

'Blijf staan en trek je overhemd uit,' zegt Roland hoewel de man daar al mee bezig is.

Jurek Walter komt langzaam naar de deur.

Roland doet het luik dicht en vergrendelt het met iets te snelle en nerveuze bewegingen. Jurek blijft staan, opent de laatste knopen en trekt zijn spijkerhemd uit. Hij heeft drie ronde littekens op zijn borstkas. Zijn huid hangt slap om zijn geaderde spieren. Roland opent het luik weer en Jurek Walter zet de laatste passen naar de deur.

'Steek je arm uit,' zegt Roland en een hikje in zijn inademing verraadt dat hij heel bang is.

Jurek kijkt hem niet aan. In plaats daarvan kijkt hij geïnteresseerd naar Anders.

Door het luik in de deur steekt hij zijn oude arm met pigmentvlekken naar buiten. Twee lange littekens van brandwonden lopen langs de binnenkant van zijn arm.

Roland drukt de spuit in de dikke ader en injecteert de vloeistof heel snel. Jureks hand schokt verrast, maar hij trekt hem niet terug voor hij toestemming krijgt. De chef-arts sluit het luik en vergrendelt het gauw en kijkt dan naar binnen. Jurek Walter strompelt naar zijn bed. Met schokkerige bewegingen gaat hij zitten. Roland laat de spuit per ongeluk vallen en ze zien hem wegrollen over het beton.

Als ze zich naar Jurek Walter wenden, zien ze dat de binnenkant van het gepantserde glas beslagen is. Hij heeft erop geademd en met zijn vinger 'JOONA' geschreven.

'Wat staat er?' vraagt Anders met zwakke stem.

'Hij heeft "Joona" geschreven.'

'Joona?'

'Wat betekent dat in jezusnaam?'

De wasem verdwijnt en ze zien Jurek Walter op het bed zitten, net als voorheen, alsof hij zich niet heeft bewogen.